DZIEŃ SZAKALA

Tego autora

DZIEŃ SZAKALA
AKTA ODESSY
PSY WOJNY
PASTERZ
DIABELSKA ALTERNATYWA
CZWARTY PROTOKÓŁ
DEZINFORMATOR
PIĘŚĆ BOGA
IKONA
WETERAN
MŚCICIEL
AFGAŃCZYK
KOBRA
CZARNA LISTA

FREDERICK FORSYTH

DZIEŃ SZAKALA

Z angielskiego przełożył
ZBIGNIEW KOŚCIUK

ALBATROS
Wydawnictwo
A. Kuryłowicz

Tytuł oryginału:
THE DAY OF THE JACKAL

Redakcja: Barbara Nowak

Zdjęcia na okładce: © Photo12/BE&W (*góra*), AKG/BE&W (*dół*)

Projekt graficzny okładki: Wydawnictwo Albatros Andrzej Kuryłowicz s.c.

Skład: Laguna

ISBN 978-83-7985-712-8

Książka dostępna także jako e-book

Dystrybutor

Firma Księgarska Olesiejuk sp. z o.o. sp. j.
Poznańska 91, 05-850 Ożarów Mazowiecki
tel. (22) 721 30 00, faks (22) 721 30 01
www.olesiejuk.pl

Wydawca

WYDAWNICTWO ALBATROS ANDRZEJ KURYŁOWICZ S.C.
Hlonda 2A/25, 02-972 Warszawa
www.wydawnictwoalbatros.com

2016. Wydanie III
Druk: Read Me, Łódź

Mamie i tacie

CZĘŚĆ PIERWSZA

Anatomia intrygi

Rozdział pierwszy

W marcu, o szóstej czterdzieści rano, w Paryżu bywa zimno. Szczególnie zimno musi się wydawać człowiekowi, który za chwilę stanie oko w oko z plutonem egzekucyjnym. O tej właśnie porze, jedenastego marca tysiąc dziewięćset sześćdziesiątego trzeciego roku, podpułkownik francuskich sił powietrznych stał na chłodnym żwirze fortu d'Ivry, z rękami skrępowanymi za słupem. Ze słabnącą nadzieją spoglądał na oddział ustawiony w odległości dwudziestu metrów od niego.

Jean-Marie Bastien-Thiry poruszył stopami, kiedy zawiązywali mu oczy. Po raz ostatni spojrzał w słońce. Szept księdza przypominał cichy kontrapunkt rozbrzmiewający na tle szczęku przeładowywanych i unoszonych karabinów.

Zza murów bazy doleciał basowy klakson ciężarowego berlieta, któremu zajechał drogę jakiś mniejszy pojazd kierujący się w stronę centrum. „Cel!", zawołał oficer dowodzący plutonem. Salwa, która rozległa się chwilę później, nie wywołała żadnej zmarszczki na powierzchni budzącego się do życia miasta. Huk pojedynczego wystrzału, który po kilku sekundach dobił skazańca, rozpłynął się w narastającym zgiełku ulicznego ruchu.

Chociaż śmierć przywódcy terrorystycznej Organizacji Tajnej Armii[1], dążącej do zamordowania prezydenta Francji, miała położyć kres dalszym zamachom na jego życie, dziwnym zrządzeniem losu zapoczątkowała nową falę przemocy. Aby zrozumieć, dlaczego tak się stało, trzeba cofnąć się w czasie i wyjaśnić, czemu w tamten marcowy poranek podziurawione kulami ciało zawisło bezwładnie na powrozach w więzieniu wojskowym pod Paryżem...

• • •

Słońce zniknęło za murami pałacu, kładąc na dziedzińcu upragnione długie cienie. O dziewiętnastej wieczorem w najgorętszy dzień roku temperatura wynosiła dwadzieścia trzy stopnie Celsjusza. W mieście oblewającym się potem paryżanie ładowali do samochodów i pociągów zdenerwowane małżonki i rozwrzeszczane bachory, aby spędzić weekend na wsi. Był dwudziesty drugi sierpnia tysiąc dziewięćset sześćdziesiątego drugiego roku — dzień, w którym garstka mężczyzn zaczajonych na przedmieściach uznała, że prezydent Francji, generał Charles de Gaulle, musi umrzeć.

Kiedy mieszkańcy Paryża szykowali się do ucieczki przed skwarem nad nieco chłodniejsze brzegi rzek i plaże, rada ministrów obradowała za bogato zdobioną fasadą Pałacu Elizejskiego. Na jasnobrązowym żwirze dziedzińca frontowego w chłodnym cieniu stało szesnaście czarnych limuzyn, citroenów ds, zaparkowanych zderzak w zderzak, tworząc krąg opasujący trzy czwarte placu.

Szoferzy ukryli się w najgłębszym cieniu przy zachodniej ścianie, tam gdzie najpierw zrobiło się chłodniej. Prowadzili błahe rozmowy ludzi oczekujących całe dnie na spełnienie kaprysu przełożonego.

---

[1] Organisation de l'Armée Secrète, w skrócie OAS.

Bez większego entuzjazmu narzekali na przeciągające się obrady, gdy tuż przed dziewiętnastą trzydzieści za szklanymi drzwiami stanął obwieszony łańcuchami i medalami odźwierny, by skinąć dłonią obstawie. Kierowcy cisnęli wypalone do połowy gauloisy, gasząc je podeszwą. Ochroniarze i strażnicy zamarli na baczność w budkach obok masywnej bramy, którą otworzono na oścież.

Szoferzy siedzieli już za kierownicami swoich limuzyn, gdy za szklaną szybą pojawiła się pierwsza grupa ministrów. Otworzono drzwi i mężczyźni zaczęli schodzić po stopniach, wymieniając ostatnie uprzejmości i życząc kolegom spokojnego weekendu. Limuzyny zaczęły podjeżdżać do schodów w ustalonej kolejności, odźwierny z głębokim ukłonem otwierał tylne drzwiczki, a ministrowie wsiadali do swoich wozów i odjeżdżali Faubourg St Honoré, żegnani honorami Gwardii Republikańskiej.

Rozjechali się w ciągu dziesięciu minut. Na dziedzińcu pozostały jedynie dwa długie czarne citroeny ds dziewiętnaście, zaparkowane u podstawy schodów. Pierwszym wozem, z powiewającą chorągiewką prezydenta Republiki Francuskiej, kierował Francis Marroux, policyjny szofer z kwatery głównej i ośrodka szkoleniowego Żandarmerii Narodowej w Satory. Znany z milczącego usposobienia, trzymał się z dala od dowcipkujących kolegów. Dzięki stalowym nerwom i umiejętności szybkiego, a jednocześnie bezpiecznego prowadzenia samochodu został osobistym szoferem de Gaulle'a. Oprócz Marroux w limuzynie nie było nikogo. Za kierownicą drugiego citroena ds dziewiętnaście siedział inny żandarm z Satory.

O dziewiętnastej czterdzieści pięć za szklanymi drzwiami ukazała się kolejna grupa. Ludzie stojący na żwirze ponownie wyprężyli się na baczność. W drzwiach ukazał się Charles de Gaulle ubrany w charakterystyczny dwurzędowy ciemnografitowy garnitur i czarny krawat. Zgodnie ze starym zwyczajem przepuścił w drzwiach panią Yvonne de Gaulle, a następnie usłużył ramieniem, aby pomóc jej zejść do oczekującego citroena. Obok limuzyny rozdzielili się. Żona prezydenta usiadła z tyłu, po lewej stronie. Generał otworzył prawe drzwiczki i zajął miejsce obok niej.

Ich zięć, pułkownik Alain de Boissieu, ówczesny szef sztabu francuskiej kawalerii zmechanizowanej, sprawdził, czy jedne i drugie drzwi zostały należycie zamknięte, a następnie usiadł z przodu, obok Marroux.

Do następnej limuzyny wsiedli dwaj funkcjonariusze, którzy zeszli za prezydencką parą po schodach. Henri d'Jouder, zwalisty ochroniarz z algierskiego plemienia Kabilów, który pełnił tego dnia służbę, poprawił ciężki rewolwer w kaburze umieszczonej pod lewą pachą i opadł na fotel. Rozglądał się wokół, mrugając oczami — nie patrzył na jadącą przodem limuzynę, lecz na chodniki i skrzyżowania mijanych ulic. Zamieniwszy ostatnie słowo z ochroniarzem, który pozostał w pałacu, na tylnym fotelu usiadł drugi funkcjonariusz, komisarz Jean Ducret, szef prezydenckiej ochrony.

Przy zachodnim murze dwaj policjanci w białych kaskach uruchomili motocykle i wolno podjechali do bramy. Zatrzymali się tuż przed nią w odległości trzech metrów od siebie i obejrzeli się w kierunku limuzyn. Marroux ruszył pierwszy, zbliżając się do eskorty motocyklowej. Za nim podążyła druga limuzyna. Była dziewiętnasta pięćdziesiąt.

Żelazna brama otworzyła się ponownie i mała kolumna minęła wyprężonych strażników, wjeżdżając na Faubourg St Honoré. Dojechawszy do końca Faubourg St Honoré, konwój ruszył Avenue de Marigny. Na ulicach panował ruch typowy dla sierpniowego weekendu i nic nie zapowiadało, że prezydent opuści pałac. Jedynie wycie motocyklowych syren informowało policjantów kierujących ruchem o zbliżaniu się konwoju. Funkcjonariusze gestykulowali i gwizdali jak oszalali, aby w porę zatrzymać ruch.

Konwój nabrał prędkości w ocienionej drzewami alei i wjechał pędem na oświetlony promieniami słońca plac Clemenceau, zmierzając w kierunku mostu Aleksandra III. Facet na skuterze z trudnością nadążał za rządową kolumną. Po przejechaniu mostu Marroux skręcił za motocyklową eskortą w Avenue Général Gallieni, a stamtąd w szeroki Boulevard des Invalides. Mężczyzna na skuterze zdobył już informację, na którą czekał. Na skrzyżowaniu Boulevard des Invalides z Rue de Varenne zwolnił, aby stanąć przed kawiarnią z telefonem i odbyć rozmowę miejscową.

• • •

Podpułkownik Jean-Marie Bastien-Thiry czekał w kawiarence w podmiejskim Meudon. Ten trzydziestopięcioletni żonaty mężczyzna miał trójkę dzieci i pracował w Ministerstwie Lotnictwa. Pod maską profesjonalisty i człowieka oddanego rodzinie skrywał głęboką niechęć do Charles'a de Gaulle'a; według niego generał zdradził Francję i ludzi, którzy w tysiąc dziewięćset pięćdziesiątym ósmym roku pomogli mu ponownie sięgnąć po władzę, oddając Algierię w ręce arabskich nacjonalistów.

Chociaż nie poniósł osobistej szkody z powodu wycofania się Francji z Algierii, nie kierowały nim względy prywatne. Jako patriota uważał, że przysłuży się ukochanej ojczyźnie, zabijając człowieka, który ją zdradził. W tym czasie stanowisko to podzielały tysiące Francuzów, lecz tylko nieliczni byli fanatycznymi członkami Organizacji Tajnej Armii, zdecydowanymi zamordować de Gaulle'a i położyć kres jego rządom. Takim człowiekiem był Bastien-Thiry.

Kiedy zadzwonił telefon, sączył piwo. Barman podał mu słuchawkę, a następnie poszedł na drugi koniec baru i włączył telewizor. Bastien-Thiry słuchał kilka sekund, aby w końcu mruknąć: „Znakomicie, dziękuję" i odłożyć słuchawkę. Już wcześniej zapłacił za piwo. Wyszedł z baru na ulicę, wyciągnął gazetę, którą trzymał pod pachą, i złożył ją dwukrotnie.

W mieszkaniu na pierwszym piętrze, po drugiej stronie ulicy, młoda kobieta zaciągnęła zasłonę z koronki i powiedziała dwunastu mężczyznom, którzy czekali w pokoju: „Trasa numer dwa". Pięciu młodzików, amatorów w dziedzinie zabijania, przestało wykręcać nerwowo ręce i skoczyło na równe nogi.

Siedmiu pozostałych było bardziej doświadczonych i mniej nerwowych. Grupą zamachowców dowodził zastępca Bastiena-Thiry'ego, wywodzący się z rodziny ziemiańskiej porucznik Alain Bougrenet de la Tocnaye, zwolennik skrajnej prawicy. Trzydziestopięcioletni mężczyzna miał żonę i dwójkę dzieci.

Najbardziej groźnym z zamachowców był trzydziestodziewięcioletni Georges Watin, barczysty facet o kwadratowej szczęce, fanatyczny członek OAS, niegdyś inżynier rolnictwa z Algierii, który w ciągu dwóch lat okazał się jednym z najbardziej niebezpiecznych zabójców tajnej organizacji. Z powodu odniesionej rany nogi utykał i dlatego koledzy nazywali go „Kulawy".

Po otrzymaniu wiadomości od dziewczyny dwunastu mężczyzn zbiegło po schodach na tył domu, gdzie w bocznej uliczce czekało sześć skradzionych lub wynajętych pojazdów. Była dziewiętnasta pięćdziesiąt pięć.

Bastien-Thiry poświęcił wiele dni na przygotowanie zasadzki, określenie kątów ostrzału, szybkości i odległości poruszających się pojazdów oraz siły ognia niezbędnej do zatrzymania prezydenckiego konwoju. Wybrał długi prosty odcinek drogi nazywany Avenue de la Libération, prowadzący do głównego skrzyżowania Petit-Clamart. Pierwsza grupa ze snajperem miała rozpocząć ogień do prezydenckiej limuzyny w odległości dwustu metrów przed skrzyżowaniem. Mężczyźni ukryci za furgonetką marki Renault Estafette zaparkowaną przy poboczu mieli strzelać pod ostrym kątem, aby dać czas snajperowi.

Z obliczeń Bastiena-Thiry'ego wynikało, że w pierwszej limuzynie utkwi sto pięćdziesiąt pocisków, zanim zrówna się z furgonetką. Kiedy prezydencki citroen zostanie zatrzymany, z bocznej uliczki wybiegnie druga grupa, aby razić ogniem wóz ochrony z bliskiej odległości. Obie grupy miały kilka sekund na dokończenie dzieła i dotarcie do trzech pojazdów czekających w bocznej uliczce.

Bastien-Thiry, trzynasty członek grupy uderzeniowej, pełnił funkcję obserwatora. O dwudziestej pięć obie grupy zajęły wyznaczone pozycje. W odległości stu metrów od miejsca zasadzki, na przystanku autobusowym, stał bezczynnie Bastien-Thiry z gazetą w dłoni. Machnięcie gazetą miało być sygnałem dla Serge'a Berniera, dowódcy pierwszego oddziału, czekającego w ukryciu obok renault estafette. Bernier miał przekazać rozkaz strzelcowi leżącemu w trawie u jego stóp, a Alain Bougrenet de la Tocnaye — zajechać drogę wozowi ochrony. Watin zwany Kulawym czekał obok, ściskając w dłoni pistolet maszynowy.

• • •

Po odblokowaniu Petit-Clamart konwój generała de Gaulle'a opuścił zatłoczone ulice centrum Paryża i wjechał na puste podmiejskie arterie. Szofer przyspieszył do niemal dziewięćdziesięciu kilometrów na godzinę.

Wjeżdżając na pusty odcinek drogi, Francis Marroux rzucił okiem na zegarek, wyczuwając zniecierpliwienie starego generała i jeszcze bardziej przyspieszając. Dwaj policjanci na motocyklach zostali w tyle, zajmując miejsce na końcu konwoju. De Gaulle nie lubił afiszować się ochroną i rezygnował z motocyklowej eskorty, gdy tylko mógł. W ten sposób kawalkada dotarła do Avenue de la Division Leclerc w Petit-Clamart. Była dwudziesta siedemnaście.

Dwa kilometry dalej Bastien-Thiry miał doświadczyć skutków swojej fatalnej pomyłki. Dowie się o niej od policji kilka miesięcy później, w celi, oczekując wykonania kary śmierci. Planując datę zamachu, sięgnął po kalendarz i zanotował, że dwudziestego drugiego sierpnia zmrok zapadnie o dwudziestej trzydzieści pięć, co dawało spiskowcom dość czasu, nawet gdyby de Gaulle zjawił się później niż zwykle, jak się faktycznie stało. Niestety, kalendarz, z którego korzystał, pochodził z tysiąc dziewięćset sześćdziesiątego pierwszego. Rok później dwudziestego drugiego sierpnia zmierzch zapadł o dwudziestej dziesięć. Te dwadzieścia pięć minut miało zaważyć na całej współczesnej historii Francji. O dwudziestej osiemnaście Bastien-Thiry dostrzegł konwój pędzący Avenue de la Libération z prędkością stu dziesięciu kilometrów na godzinę. Zaczął machać gazetą jak oszalały.

Sto metrów dalej Bernier wpatrywał się gniewnie w niewyraźną postać na przystanku autobusowym.

— Czy pułkownik dał znak gazetą? — zapytał samego siebie. Nie zdążył dokończyć, gdy ostry nos prezydenckiej limuzyny śmignął obok przystanku, pędząc ku niemu. — Ognia! — krzyknął do snajpera leżącego u jego stóp. Zaczęli strzelać pod kątem dziewięćdziesięciu stopni do ruchomego celu mijającego ich z prędkością ponad stu kilometrów na godzinę.

W limuzynę trafiło dwanaście kul — jedynie wskutek świetnego wyszkolenia snajpera. Większość pocisków utkwiła w jadącym z tyłu citroenie. Kule rozerwały dwie opony. Chociaż były to opony samouszczelniające, nagły spadek ciśnienia spowodował, że pędzący samochód zakołysał się i przednie koła wpadły w poślizg. Właśnie w tym momencie Francis Marroux ocalił de Gaulle'owi życie.

Kiedy strzelec wyborowy, dawny legionista Varga, celował w opony, pozostali strzelali w tylne okno oddalającej się limuzyny. Kilka kul przeszyło karoserię, a jedna rozbiła tylną szybę, przelatując w odległości kilkunastu centymetrów od prezydenta. Siedzący z przodu pułkownik de Boissieu odwrócił się i krzyknął do teściów: „Na podłogę!". Pani de Gaulle położyła głowę na kolanach męża, a generał rzucił lodowato: „Co? Znowu?", wyglądając przez tylną szybę.

Marroux skręcił drżącą kierownicę, wchodząc w delikatny poślizg i spuszczając nogę z gazu. Po chwilowej utracie mocy citroen przyspieszył w kierunku skrzyżowania z Avenue du Bois, gdzie czekali mężczyźni z drugiej grupy uderzeniowej OAS. Marroux ujrzał nagle za sobą drugi wóz prezydenckiej ochrony nietknięty przez kule.

Dla Bougreneta de la Tocnaye'a siedzącego w wozie z włączonym silnikiem, zaparkowanym w Avenue du Bois, widok rozpędzonych limuzyn oznaczał jasny wybór: zajechać im drogę i popełnić samobójstwo lub zwolnić sprzęgło pół sekundy później. Wybrał drugie rozwiązanie. Kiedy ruszył od krawężnika i zrównał się z prezydenckim konwojem, znalazł się nie obok limuzyny de Gaulle'a, lecz strzelca wyborowego d'Joudera i komisarza Ducreta. Watin wychylił się przez okno z prawej strony i wpakował cały magazynek w tył jadącego przed nim citroena ds, w którym za rozbitą szybą dostrzegł dumny profil de Gaulle'a.

— Czemu ci idioci nie odpowiadają ogniem? — spytał żałośnie prezydent. D'Jouder próbował strzelić do zamachowców z odległości trzech metrów dzielących oba samochody, lecz policyjny kierowca blokował mu widok. Ducret krzyknął, aby szofer jechał na ogonie prezydenckiej limuzyny i sekundę później wóz OAS pozostał w tyle. Dwaj motocykliści, których niemal przewróciło nagłe wtargnięcie wozu de la Tocnaye'a, odzyskali równowagę i dogonili konwój. Przemknęli rondo i skrzyżowanie, pędząc w stronę Villacoublay.

Oasowcy, którzy pozostali na miejscu zamachu, nie mieli czasu na wzajemne oskarżenia. Wiedzieli, że pomówią o tym później. Porzucili trzy wozy użyte podczas operacji, wsiedli do przygotowanych samochodów i zniknęli w zapadających ciemnościach.

Używając umieszczonego w samochodzie nadajnika, komisarz Ducret nawiązał łączność z komendą policji w Villacoublay, opisując przebieg wydarzeń. Kiedy konwój nadjechał dziesięć minut później, generał de Gaulle polecił, aby jechać prosto na płytę lotniska, gdzie czekał helikopter. Gdy limuzyna stanęła, otoczyła ją grupa oficerów i funkcjonariuszy, otwierając drzwi i pomagając stanąć na nogi drżącej pani de Gaulle. Z drugiej strony rozbitej limuzyny wyłonił się generał, strząsając kawałki szkła z klap marynarki. Ignorując nacechowane paniką prośby oficerów, obszedł samochód, aby podać ramię żonie.

— Chodź, kochanie. Pojedziemy do domu — oznajmił małżonce i przedstawił personelowi lotniczemu swoją opinię na temat OAS: — Ci ludzie nie potrafią strzelać. — Po tych słowach zaprowadził żonę do helikoptera i zajął miejsce obok niej. Do prezydenckiej pary dołączył d'Jouder i chwilę później odlecieli, aby spędzić weekend na wsi.

Francis Marroux siedział cały czas za kółkiem z twarzą bladą jak płótno. Obie opony z prawej strony w końcu się poddały i citroen ds jechał na felgach. Ducret wymamrotał ciche podziękowanie pod jego adresem i poszedł ustalić, co się stało.

• • •

Podczas gdy dziennikarze na całym świecie snuli spekulacje na temat zamachu, dysponując jedynie własnymi domysłami, francuska policja pod kierunkiem Sûreté Nationale, przy wsparciu tajnych służb i żandarmerii, przeprowadzała największą operację w historii Francji. Akcja policyjna przerodziła się niebawem w największą obławę, jaką znał ten kraj. Wkrótce miało ją przyćmić polowanie na innego zabójcę o nieznanej tożsamości, który figurował w kartotekach pod kryptonimem „Szakal".

Do pierwszego przełomu doszło podczas rutynowej kontroli przeprowadzonej trzeciego września, jak to zwykle bywa w policyjnej robocie. Nieopodal Valence, na południe od Lyonu, podczas blokady głównej drogi wiodącej z Paryża do Marsylii, zatrzymano prywatny samochód z czterema mężczyznami. Tego dnia skontrolowano setki wozów w celu sprawdzenia dokumentów pasażerów. Tym razem okazało się, że jeden z mężczyzn ich nie ma. Utrzymywał, że je zgubił. Wraz z pozostałymi został przewieziony do Valence na rutynowe przesłuchanie.

Na posterunku okazało się, że trzej pierwsi nie mieli nic wspólnego z czwartym, którego najzwyczajniej w świecie zabrali po drodze. Wypuszczono ich. Czwartemu pobrano odciski palców i przesłano je do Paryża, aby sprawdzić, czy jest tym, za kogo się podaje. Odpowiedź nadeszła dwanaście godzin później: odciski palców należały do dwudziestodwuletniego dezertera z legii cudzoziemskiej oskarżonego o naruszenie przepisów wojskowych. Człowiek ten podał policji prawdziwe nazwisko — Pierre-Denis Magade.

Magade został przewieziony do kwatery głównej policji kryminalnej w Lyonie. Przed przesłuchaniem jeden z pilnujących go policjantów spytał żartem:

— Wiesz coś o zamachu w Petit-Clamart?

Magade wzruszył obojętnie ramionami.

— Tak, a co chcesz wiedzieć?

Magade „śpiewał" przez bite osiem godzin. Oficerowie policji słuchali jak skamieniali, a stenografowie zapisywali jeden notatnik po drugim. W końcu Pierre-Denis Magade wymienił wszystkich uczestników zamachu w Petit-Clamart oraz dziewięciu innych, którzy odegrali pomniejszą rolę w fazie planowania lub zdobywania sprzętu. W sumie dwadzieścia dwie osoby. Polowanie trwało, lecz teraz policja wiedziała już, kogo szukać.

W końcu tylko jednemu zamachowcowi udało się uciec i nie schwytano go do dziś. Georges Watin zdołał się wymknąć. Podobno mieszka w Hiszpanii razem z innymi przywódcami OAS, ukrywając się wśród emigrantów z Algierii.

Przesłuchania i przygotowanie aktu oskarżenia przeciwko Bastieneowi-Thiry'emu, Bougrenetowi de la Tocnaye'owi i pozostałym uczestnikom spisku zakończono w grudniu, a w styczniu tysiąc dziewięćset sześćdziesiątego trzeciego wszyscy stanęli przed sądem.

Podczas rozprawy OAS przypuściła kolejny zmasowany atak na gaullistowski rząd, a francuskie tajne służby odpowiedziały kłami i pazurami. Pod powierzchnią eleganckiego paryskiego życia, pod płaszczykiem kultury i cywilizacji, toczyła się jedna z najbardziej zaciekłych i sadystycznych podziemnych wojen w historii współczesnego świata.

Francuskie służby specjalne nosiły nazwę Służby Dokumentacji Zagranicznej i Kontrwywiadu, w skrócie SDECE[1]. Ich zadaniem było prowadzenie działalności wywiadowczej poza granicami Francji i działalności kontrwywiadowczej na jej terytorium, co się niekiedy pokrywało. Tak zwany wydział pierwszy parał się typową działalnością wywiadowczą i dzielił na komórki oznaczone literą R[2]. R1 zajmowała się analizą danych wywiadowczych, R2 Europą Wschodnią, R3 Europą Zachodnią, R4 Afryką, R5 Bliskim Wschodem, R6 Dalekim

---

[1] Service de Documentation Extérieure et de Contre-espionnage (fr.).
[2] Renseignement (fr.), informacje.

Wschodem, R7 Ameryką/półkulą zachodnią. Działalność kontrwywiadowcza była domeną wydziału drugiego. Wydziały trzeci i czwarty tworzyły tak zwaną sekcję komunistyczną. Wydział szósty zajmował się finansami, a wydział siódmy administracją.

Wydział piąty, określany mianem „operacyjnego", powołano do zwalczania OAS. W jego kwaterze głównej, zlokalizowanej w kompleksie niepozornych gmachów przy Boulevard Mortier, nieopodal Porte des Lilas, w obskurnej podmiejskiej dzielnicy Paryża, walkę z terrorystami toczyły setki pracowników wydziału operacyjnego. Ludzie ci, głównie Korsykanie, stanowili niemal idealne uosobienie „twardzieli". Świetnie wyszkolonych funkcjonariuszy wysłano do ośrodka Satory, gdzie z najlepszych utworzono sekcję specjalną, ucząc ich wszystkiego o sztuce niszczenia i zabijania. Stali się mistrzami we władaniu bronią ręczną i w walce wręcz, opanowali karate i judo. Ukończyli kursy radiołączności, saperski i sabotażu. Wiedzieli, jak przesłuchiwać, uciekając się do tortur i bez ich pomocy, jak porywać ludzi, podpalać i zabijać.

Niektórzy mówili wyłącznie po francusku, inni posługiwali się biegle kilkoma językami i czuli jak w domu w wielkich stolicach świata. Mieli prawo zabijać podczas wykonywania zadań i często to czynili.

Kiedy działania OAS przybrały na sile i stały się bardziej brutalne, szef SDECE, generał Eugène Guibaud, spuścił psy ze smyczy. Niektórzy z agentów wstąpili do OAS i przeniknęli na najwyższe szczeble organizacji. Dostarczali później cennych informacji, które umożliwiały podejmowanie skutecznych działań ich kolegom. Członkowie OAS wykonujący zadania we Francji lub innych krajach byli narażeni na represje policji z powodu informacji przekazanych przez agentów wydziału operacyjnego, którzy przeniknęli do organizacji terrorystycznych. Inni byli poszukiwani przez policję, nie mogli wjechać do Francji i ginęli poza jej granicami. Wielu krewnych członków OAS, którzy zniknęli w tajemniczych okolicznościach, uważa, że ich bliscy zostali zlikwidowani przez funkcjonariuszy wydziału operacyjnego.

Oasowcy nie potrzebowali nauki w dziedzinie przemocy. Nienawidzili agentów wydziału operacyjnego, których nazywali *barbouze* — „brodatymi", tajną policją, ponieważ działali potajemnie, bardziej skrycie niż zwykła policja. W okresie walki o władzę między OAS i rządem gaullistowskim oasowcy schwytali w Algierii siedmiu „brodatych". Później znaleziono ich okaleczone, pozbawione uszu i nosa ciała dyndające na balkonach i latarniach. Tajna wojna trwała, nigdy nie dowiemy się dokładnie, ilu ludzi zginęło podczas tortur w piwnicach po jednej i drugiej stronie.

Pozostali agenci działali na zewnątrz OAS, gotowi przystąpić do akcji na rozkaz SDECE. Niektórzy przed wstąpieniem na służbę mieli kontakt ze światem przestępczym i podtrzymywali stare znajomości, skłaniając dawnych przyjaciół do wykonania brudnej roboty dla rządu. Działania te spowodowały, że we Francji zaczęto mówić o policji „równoległej" (nieoficjalnej) wykonującej rozkazy prawej ręki prezydenta de Gaulle'a, *monsieur* Jacques'a Foccarta. W rzeczywistości nie istniała żadna policja „równoległa", a akcje jej przypisywane były dziełem agentów wydziału operacyjnego lub szefów grup mafijnych z tak zwanego środowiska wykonujących zlecenia dla rządu.

Korsykanie, którzy zdominowali wydział operacyjny oraz światek przestępczy Paryża i Marsylii, wiedzieli to i owo na temat wendety, dlatego po zamordowaniu siedmiu „brodatych", wchodzących w skład działającej w Algierii Misji C, wydali krwawą wojnę OAS. Wcześniej, w tysiąc dziewięćset czterdziestym czwartym roku, korsykańscy przestępcy pomogli aliantom w lądowaniu na południu Francji (uczynili to we własnym interesie, aby w nagrodę mieć pod swoją kontrolą handel narkotykami na Lazurowym Wybrzeżu). Na początku lat sześćdziesiątych dwudziestego wieku Korsykanie stanęli ponownie po stronie Francji w okresie krwawej wendety przeciwko OAS. Ponieważ wielu członków OAS było *pieds-noirs*[1] i zewnętrznie przypominało Korsykanów, czasami wojna sprawiała wrażenie bratobójczej.

Podczas procesu Bastiena-Thiry'ego i jego towarzyszy trwała kampania terroru rozpętana przez OAS. Jej przywódcą i ukrytym pomysłodawcą zamachu w Petit-Clamart był pułkownik Antoine Argoud. Ukończył jedną z czołowych francuskich uczelni, École Polytechnique, odznaczał się przenikliwym umysłem i niespożytą energią. W okresie Wolnej Francji służył w stopniu porucznika pod de Gaulle'em, działając na rzecz wyzwolenia kraju spod nazistowskiej okupacji. Później dowodził pułkiem kawalerii zmechanizowanej w Algierii. Ten niski, żylasty mężczyzna był świetnym, choć bezlitosnym żołnierzem. W tysiąc dziewięćset sześćdziesiątym drugim roku został szefem komórki operacyjnej OAS na wygnaniu.

Ponieważ miał doświadczenie w prowadzeniu wojny psychologicznej, wiedział, że walka przeciw gaullistowskiej Francji musi być toczona na wszystkich frontach środkami terroru, dyplomacji i narzędziami public relations. Elementem kampanii było zaproszenie szefa Krajowej Rady Ruchu Oporu[2], politycznego ramienia OAS, dawnego ministra spraw zagranicznych Francji Georges'a Bidaulta, do udzielenia szeregu wywiadów prasowych i telewizyjnych w Europie Zachodniej, w których wyjaśnił w „cywilizowany" sposób, dlaczego OAS sprzeciwia się polityce generała de Gaulle'a.

---

[1] Francuscy mieszkańcy Algierii w czasach kolonialnych (fr.).
[2] Conseil National del la Résistance, CNR (fr.).

Niezwykła inteligencja Argouda, która kiedyś uczyniła go najmłodszym pułkownikiem armii francuskiej, sprawiła, że stał się najbardziej niebezpiecznym członkiem OAS. Zorganizował Bidaultowi cykl wywiadów z korespondentami głównych sieci telewizyjnych i gazet, podczas których wytrawny polityk przedstawił w oględny sposób mniej chlubne działania zbirów z OAS.

Sukces kampanii medialnej Bidaulta zaniepokoił rząd francuski równie mocno jak taktyka terroru i seria wybuchów bomb z plastycznym materiałem wybuchowym w kinach i kawiarniach całej Francji. Czternastego lutego wykryto kolejny spisek, którego celem było zgładzenie generała de Gaulle'a. Następnego dnia prezydent miał wygłosić odczyt w École Militaire na Polu Marsowym. Zamachowcy chcieli go zgładzić strzałem w plecy z broni snajpera ukrytego pod okapem sąsiedniego budynku.

Wkrótce przed sądem stanęli kolejni spiskowcy: Jean Bichon, kapitan artylerii Robert Poinard i pani Paule Rousselet de Liffiac, nauczycielka angielskiego z Akademii Wojskowej. Snajperem był Georges Watin, lecz Kulawemu i tym razem udało się ujść cało. Karabin z lunetą snajperską został znaleziony w mieszkaniu Poinarda i cała trójka trafiła do aresztu. Podczas późniejszego procesu zeznali, że zastanawiając się nad sposobem przemycenia Watina i karabinu do gmachu akademii, zasięgnęli rady chorążego Mariusa Tho, który udał się wprost na policję. Generał de Gaulle zgodnie z planem wziął udział w uroczystości wojskowej piętnastego lutego, musiał jednak przyjechać w opancerzonym samochodzie, co bardzo go zdenerwowało.

Chociaż akcja była przeprowadzona w sposób niesłychanie amatorski, rozzłościła prezydenta. Następnego dnia wezwał do siebie ministra spraw wewnętrznych Freya, walnął pięścią w stół i oznajmił urzędnikowi odpowiedzialnemu za bezpieczeństwo kraju: „Trzeba położyć temu kres!”.

Zdecydowano, że należy dać nauczkę oasowcom i wymierzyć

surowe wyroki czołowym przywódcom, aby odstraszyć pozostałych. Frey nie miał wątpliwości, jakim wyrokiem zakończy się proces Bastiena-Thiry'ego, który toczył się przed Najwyższym Sądem Wojskowym, albowiem na ławie oskarżonych zamachowiec nie umiał wyjaśnić, dlaczego Charles de Gaulle powinien umrzeć. Trzeba było jednak bardziej zdecydowanych działań, aby odstraszyć pozostałych.

Dwudziestego drugiego lutego na biurku szefa wydziału operacyjnego znalazła się kopia notatki służbowej, którą szef wydziału drugiego SDECE (zajmującego się kontrwywiadem i bezpieczeństwem wewnętrznym) przesłał ministrowi spraw wewnętrznych. Oto jej fragment:

• • •

„Udało się nam ustalić miejsce pobytu jednego z głównych przywódców organizacji wywrotowej, byłego pułkownika armii francuskiej Antoine'a Argouda. Argoud uciekł do Niemiec i ma zamiar, zgodnie z informacjami przekazanymi przez wywiad, pozostać tam kilka dni...

W tych warunkach jego ujęcie należy uznać za możliwe. Z powodu odrzucenia prośby naszego kontrwywiadu skierowanej do władz niemieckich, a także dlatego, że Niemcy spodziewają się, iż depczemy po piętach Argoudowi i innym przywódcom OAS, operacja mająca na celu ujęcie Argouda powinna być przeprowadzona z najwyższą szybkością i dyskrecją".

• • •

Zadanie aresztowania Argouda zlecono wydziałowi operacyjnemu.

Po południu dwudziestego piątego lutego Argoud wrócił do Monachium z Rzymu, gdzie spotkał się z innymi przywódcami OAS. Zamiast udać się wprost na Unertlstrasse, pojechał taksówką do hotelu Eden-Wolff, w którym zarezerwował pokój, najwyraźniej planując odbyć jakieś spotkanie. Nigdy tam jednak nie dotarł. W holu podeszło do niego dwóch mężczyzn mówiących płynnie po niemiecku. Przekonany, że ma do czynienia z policją niemiecką, sięgnął do kieszeni, aby pokazać paszport.

Wtedy wykręcono mu ręce w żelaznym uścisku, powalono na ziemię i wywleczono na zewnątrz do czekającej furgonetki z pralni. Kiedy zaprotestował, usłyszał potok francuskich przekleństw. Twarda pięść grzmotnęła go w nos, a inna uderzyła w brzuch. Poczuł palec na splocie nerwowym poniżej ucha i stracił przytomność.

Dwadzieścia cztery godziny później ktoś zadzwonił na Quai des Orfèvres 36, do wydziału kryminalnego paryskiej policji. Szorstki głos poinformował sierżanta pełniącego służbę, że dzwoni w imieniu OAS i że Antoine Argoud leży „zgrabnie związany" w furgonetce zaparkowanej obok ich gmachu. Kilka minut później otworzono drzwi furgonetki i Argouda otoczyli oniemiali z wrażenia policjanci.

Argoud nie mógł skupić wzroku, ponieważ od dwudziestu czterech godzin miał opaskę na oczach. Trzeba go było podtrzymać, aby nie upadł. Twarz pokrywała zaschnięta krew z nosa, a usta były obolałe od knebla wyjętego przez policjantów.

— Czy pan to pułkownik Antoine Argoud? — spytał któryś z funkcjonariuszy.

— Tak — wymamrotał.

Agenci wydziału operacyjnego jakimś sposobem przemycili go przez granicę poprzedniej nocy, a anonimowy rozmówca powiadomił policję o przesyłce czekającej na policyjnym parkingu, co trzeba uznać za specyficzny rodzaj poczucia humoru. Argouda trzymano w areszcie do czerwca tysiąc dziewięćset sześćdziesiątego ósmego roku. Porwanie Argouda wywołało ogromną demoralizację w szeregach OAS, otworzyło też drogę jego ukrytemu w mroku zastępcy, mało znanemu, lecz równie inteligentnemu podpułkownikowi Marcowi Rodinowi, który objął dowództwo nad działaniami mającymi na celu zgładzenie de Gaulle'a. Pod wieloma względami było to niefortunne wydarzenie.

Czwartego marca Najwyższy Sąd Wojskowy wydał wyrok na Jeana-Marie Bastiena-Thiry'ego. On i dwaj inni zostali skazani na karę śmierci, podobnie jak trzech kolejnych, w dalszym ciągu przebywających na wolności, między innymi Watin, „Kulawy". Ósmego marca generał de Gaulle przez trzy godziny słuchał w milczeniu prawników reprezentujących skazanych, którzy błagali go o ułaskawienie. Zamienił dwa wyroki śmierci na dożywocie, lecz kara dla Bastiena-Thiry'ego nie została cofnięta.

Tej samej nocy prawnik przekazał pułkownikowi sił powietrznych ostateczną decyzję.

— Wyrok zostanie wykonany jedenastego marca — powiedział klientowi, a gdy ten uśmiechnął się do niego z niedowierzaniem, wybuchnął: — Zostaniesz rozstrzelany!

Bastien-Thiry potrząsnął głową, nie tracąc dobrego humoru.

— Nic nie rozumiesz — wyjaśnił prawnikowi. — Żaden francuski pułk nie wykona takiego wyroku.

Okazało się, że był w błędzie. Wiadomość o wykonaniu wyroku ogłoszono o ósmej rano we francuskim Radiu Europa 1. Stacja była słyszalna na terenie prawie całej Europy Zachodniej, pod warunkiem że ktoś nastroił na nią odbiornik. W małym pokoiku hotelowym w Austrii komunikat ten zapoczątkował cały ciąg myśli i działań, które sprawiły, że generał de Gaulle otarł się o śmierć bliżej niż kiedykolwiek dotąd. W hoteliku tym zatrzymał się pułkownik Marc Rodin, nowy szef komórki operacyjnej OAS.

Rozdział drugi

Marc Rodin wyłączył radio i wstał od stołu, niemal nie tykając śniadania. Podszedł do okna, zapalił kolejnego papierosa i spojrzał na pokrytą śniegiem okolicę. Tego roku późna wiosna nie dała jeszcze o sobie znać.

— Dranie — mruknął złowieszczo. Po tym słowie nastąpił cały szereg wypowiedzianych *sotto voce* rzeczowników i przymiotników wyrażających jego uczucia do francuskiego prezydenta, jego rządu i agentów wydziału operacyjnego.

Rodin różnił się od swojego poprzednika niemal pod każdym względem. Był wysoki i szczupły, miał wymizerowaną twarz trawioną nienawiścią, chociaż zwykle ukrywał swoje emocje pod płaszczykiem nietypowej dla mieszkańców południa oziębłości. W jego przypadku drzwi do awansu nie otworzyło ukończenie École Polytechnique. Gdy Niemcy pokonały Francję, Marc, syn szewca, uciekł do Anglii łodzią rybacką i zaciągnął się w stopniu szeregowca pod sztandar krzyża lotaryńskiego.

Musiał ciężko harować, by awansować z sierżanta na chorążego, podczas zaciekłych walk w Afryce Północnej, gdzie służył pod Koenigiem, a później w Normandii pod dowództwem Leclerca. Oficerskie szlify, których nigdy nie otrzymałby z racji wykształcenia lub pochodzenia, dostał za udział w walkach o zdobycie Paryża. W powojennej Francji stanął przed wyborem powrotu do cywila lub pozostania w armii.

Czy rzeczywiście miał do czego wracać? Nie znał innego fachu oprócz szewstwa, którego nauczył go ojciec. Na dodatek wśród francuskich robotników wiedli prym komuniści, którzy zdominowali podziemny ruch oporu i francuskie siły wewnętrzne. Pozostał w armii i z rozgoryczeniem typowym dla oficera frontowego obserwował przedstawicieli nowej generacji, którzy świeżo po szkole oficerskiej, dzięki zadaniom teoretycznym wykonywanym na salach wykładowych, otrzymywali te same szlify, na które on musiał zapracować własnym potem i krwią. Zaczął odczuwać gniew, widząc, że przewyższają go szarżą i przywilejami.

Pozostał mu tylko jeden wybór, wstąpić do któregoś z pułków kolonialnych, jak to czynili twardzi wojacy, którzy walczyli, podczas gdy ich towarzysze z poboru paradowali po placu musztry. Załatwił sobie przeniesienie do kolonialnych oddziałów spadochronowych.

Po roku został dowódcą kompanii w Indochinach, żyjąc wśród ludzi, którzy mówili i myśleli podobnie jak on. Młody mężczyzna będący synem szewca mógł awansować dzięki udziałowi w walce. Pod koniec wojny w Indochinach dochrapał się stopnia majora, a po nieszczęśliwym i frustrującym roku spędzonym we Francji został wysłany do Algierii.

Wycofanie się Francji z Indochin i rok spędzony w ojczyźnie sprawiły, że jego uśpiona gorycz przekształciła się w ogromną pogardę dla polityków i komunistów, których z tymi pierwszymi utożsamiał. Doszedł do wniosku, że dopóki Francja nie będzie rządzona przez wojskowego, nigdy nie uwolni się z niewoli zdrajców i wazeliniarzy, którzy opanowali jej życie publiczne. Dwie wspomniane grupy nie istniały tylko w armii.

Podobnie jak większość oficerów frontowych, którzy oglądali śmierć swoich ludzi i grzebali potwornie okaleczone ciała tych, co mieli pecha i dostali się żywcem w ręce wroga, Rodin otaczał czcią wojskowych, uważając ich za sól ziemi — ludzi poświęcających własną krew, aby burżuje mogli prowadzić wygodne życie w ojczyźnie. Po ośmiu latach spędzonych w lasach Indochin usłyszał od francuskich cywilów, że nie obchodzi ich los żołnierzy. Lewicowi intelektualiści potępiali armię z powodu takiej drobnostki jak torturowanie jeńców w celu uzyskania ważnych informacji. Rodin zareagował bardzo emocjonalnie, co w połączeniu z rozgoryczeniem wypływającym z braku życiowych możliwości uczyniło zeń fanatyka.

Był przekonany, że gdyby cywilne władze Wietnamu oraz rząd i rodacy w ojczyźnie dostarczyli armii wystarczającego wsparcia, zdołałaby pokonać Viet Minh (Ligę Niepodległości Wietnamu). Wycofanie się Francji z Indochin uznał za wielką zdradę tysięcy wspaniałych młodych mężczyzn, którzy ponieśli bezsensowną śmierć w tym rejonie. Rodin doszedł do wniosku, że nie będzie więcej tolerował zdrady. Dowiódł tego w Algierii. Wypłynął z portu w Marsylii wiosną tysiąc dziewięćset pięćdziesiątego szóstego roku, tak szczęśliwy jak jeszcze nigdy dotąd, przekonany, że na odległych algierskich wzgórzach ujrzy dopełnienie dzieła swojego życia, apoteozę armii francuskiej.

Mimo dwóch lat zażartych, morderczych zmagań jego przekonania pozostały niewzruszone. To prawda, że buntownicy nie byli tak łatwi do pokonania, jak początkowo sądził. Niezależnie od tego, ilu fellachów zabili, ile wiosek zrównali z ziemią, ilu terrorystów z FLN[1] zamęczyli na torturach, powstanie rozprzestrzeniało się, aż objęło swoim zasięgiem cały kraj i rozlało się na miasta.

[1] Front de Libération Nationale (fr.), Front Wyzwolenia Narodowego.

Marc Rodin uważał, że potrzebowali jedynie większej pomocy ze strony Francji. Tym razem nie można było powiedzieć, że toczą wojnę w jakimś odległym zakątku imperium. Algieria była częścią Francji, fragmentem jej terytorium zamieszkanym przez trzy miliony Francuzów. Powinni walczyć o Algierię jak o Normandię, Bretanię czy Alpy Nadmorskie. Awansowany do stopnia podpułkownika Marc Rodin przeniósł się z frontu do miasta, najpierw do Bône[1], a później do Konstantyny.

Na froncie walczył z wojownikami ALN[2], członkami nieregularnej armii, lecz mimo wszystko żołnierzami. Nienawiść odczuwana wobec nich była niczym w porównaniu z tą, która zaczęła go trawić, kiedy rozpoczął podstępną, krwawą wojnę w miastach, gdzie sprzątacze podkładali bomby z plastycznego materiału wybuchowego w kawiarniach uczęszczanych przez Francuzów, supermarketach i parkach. Środki, które przedsięwziął, aby oczyścić Konstantynę z plagi zabijającej bombami francuskich cywilów, sprawiły, że mieszkańcy starego miasta nazwali go „Rzeźnikiem".

Do pokonania FLN i jej zbrojnego ramienia ALN potrzebne było jedynie wsparcie Paryża. Podobnie jak większość fanatyków Rodin ignorował fakty. W jego oczach nie liczyły się rosnące koszty prowadzenia wojny, rozchwianie francuskiej gospodarki pod ciężarem wysiłku wojennego, malejące perspektywy wygranej oraz rosnąca demoralizacja wśród poborowych.

W czerwcu tysiąc dziewięćset pięćdziesiątego ósmego roku generał de Gaulle ponownie objął urząd premiera Francji. Skutecznie odsuwając od władzy przedstawicieli skorumpowanej, chwiejącej się Czwartej Republiki, ogłosił nastanie Piątej.

---

[1] Obecnie Annaba.

[2] Armeé de Libération Nationale (fr.), Narodowa Armia Wyzwoleńcza.

Kiedy wypowiedział słowa *Algérie Française*, które zdaniem generałów zapewniły mu powrót do Matignon, a w styczniu tysiąc dziewięćset pięćdziesiątego dziewiątego roku do Pałacu Elizejskiego, Rodin poszedł do swojego pokoju i zapłakał. Gdy de Gaulle odwiedził Algierię, jego przyjazd był dla Rodina niczym zstąpienie Zeusa z Olimpu. Był pewny, że polityka francuska przybierze nowy kierunek. Komuniści stracą zajmowane stanowiska, Jean-Paul Sartre zostanie rozstrzelany za zdradę, związki zawodowe będą ujarzmione, a synowie Francji walczący w Algierii zyskają pełne wsparcie ojczyzny jako armia broniąca granic francuskiej cywilizacji.

Rodin był tego tak pewny, jak tego, że słońce wzejdzie na wschodzie. Kiedy de Gaulle poczynił kroki w kierunku normalizacji sytuacji w kraju, Rodin uznał to za jakąś pomyłkę. Sądził, że trzeba dać staruszkowi więcej czasu. Gdy rozeszły się plotki o rozmowach wstępnych z Ben Bellą i FLN, nie mógł w to uwierzyć. Chociaż w tysiąc dziewięćset sześćdziesiątym roku sympatyzował z buntem osadników pod wodzą Big Jo Ortiza, był przekonany, że brak sukcesów w ostatecznej rozprawie z fellachami był taktycznym posunięciem ze strony de Gaulle'a. Uważał, że *Le Vieux*[1] wie, co robi. Czyż nie wypowiedział złotych słów: *Algérie Française*?

Kiedy w końcu dostał rozstrzygający dowód, że Nowa Francja Charles'a de Gaulle'a nie obejmie Algierii Francuskiej, jego świat pękł jak porcelanowa waza zmiażdżona przez pociąg. Nic nie pozostało z wiary i nadziei, zaufania i pewności. Ich miejsce zajęła nienawiść. Nienawiść do systemu, do polityków, do intelektualistów, do Algierczyków, związków zawodowych, dziennikarzy i cudzoziemców. Największa była jednak nienawiść do de Gaulle'a. Z wyjątkiem kilku głupków, którzy od-

[1] Staruszek (fr.).

mówili udziału, cały batalion Rodina przyłączył się do wojskowego puczu w kwietniu tysiąc dziewięćset sześćdziesiątego pierwszego roku.

Pucz zakończył się klęską. De Gaulle stłumił przewrót w zarodku jednym prostym, porażająco skutecznym posunięciem. Nikt nie zwrócił większej uwagi, gdy na kilka tygodni przed ogłoszeniem rozpoczęcia oficjalnych rozmów z FLN żołnierzom rozdano tysiące prostych odbiorników radiowych. Odbiorniki, uważane za źródło nieszkodliwej żołnierskiej rozrywki, były aprobowane przez wielu oficerów i starszych podoficerów. Muzyka rozrywkowa nadawana z Francji pozwalała wojsku zapomnieć o skwarze, muchach i nudzie.

Trudno było jednak uznać za nieszkodliwy głos de Gaulle'a. Kiedy wierność armii została poddana najwyższej próbie, dziesiątki tysięcy poborowych siedzących w algierskich barakach dowiedziały się o tym z radia. Po wiadomościach usłyszeli ten sam głos, który Rodin słyszał w czerwcu tysiąc dziewięćset czterdziestego roku. Przesłanie było niemal identyczne: „Stoicie przed wyborem, komu będziecie posłuszni. Jestem Francją, narzędziem jej przeznaczenia. Chodźcie za mną. Okażcie mi posłuch".

Przy dowódcach innych batalionów została jedynie garstka oficerów, nawet większość sierżantów odeszła.

Iluzję buntu zdławiono drogą radiową. Rodin miał więcej szczęścia. Pozostało z nim stu dwudziestu ludzi: oficerów, podoficerów i zwykłych żołnierzy. Stało się tak dlatego, że dowodził jednostką, w której służyło więcej starych wiarusów z Indochin i algierskich okopów. Wspólnie z innymi uczestnikami przewrotu utworzyli Organizację Tajnej Armii, przysięgając obalić judasza z Pałacu Elizejskiego.

Do czasu objęcia władzy przez FLN i lojalną armię francuską trwała orgia zniszczenia. W ciągu siedmiu tygodni osadnicy sprzedali za bezcen dorobek całego życia i opuścili spustoszone wojną wybrzeże. Tajna Armia dokonała ostatniej odrażającej zemsty na tym, co za sobą pozostawili. Kiedy dobiegła końca, przywódcom, których nazwiska były znane gaullistowskim władzom, pozostało jedynie wygnanie.

Zimą tysiąc dziewięćset sześćdziesiątego pierwszego roku Rodin został zastępcą Argouda pełniącego wówczas funkcję szefa komórki operacyjnej OAS na wygnaniu. To właśnie jego talent, mądrość i błyskotliwa wizja kryły się za ofensywą OAS na terenie Francji. Pełen sprytu i zdrowego rozsądku Rodin zajmował się organizacją podziemnej działalności. Gdyby był jedynie zatwardziałym fanatykiem, stwarzałby niewielkie zagrożenie. Okazał się jednak kimś więcej. Stary szewc spłodził syna o przenikliwym umyśle. Chociaż Rodin nie otrzymał formalnego wykształcenia wojskowego, rozwinął naturalne zdolności na własny wyjątkowy sposób.

Choć tak jak pozostali był fanatycznie oddany swojej wizji Francji i honorowi armii, w obliczu praktycznych problemów umiał wskazać pragmatyczne i logiczne rozwiązanie bardziej skuteczne od gwałtownego entuzjazmu lub bezsensownej przemocy.

Wykorzystał te zdolności rankiem jedenastego marca, szukając sposobu pozbawienia życia Charles'a de Gaulle'a. Nie był tak głupi, aby sądzić, że będzie to łatwe zadanie. Wręcz przeciwnie, nieudane zamachy w Petit-Clamart i École Militaire dodatkowo je utrudniły. Znalezienie płatnego zabójcy nie przedstawiało większego problemu. Prawdziwym wyzwaniem było wybranie odpowiedniego człowieka lub stworzenie planu na tyle przebiegłego, aby zdołał przeniknąć przez pierścień bezpieczeństwa otaczający prezydenta.

W metodyczny sposób przeanalizował główne problemy. Dwie godziny stał w oknie, wypalając jednego papierosa po drugim, aż pokój zasnuł gęsty, błękitny dym. Następnie zaczął się zastanawiać nad sposobem ich rozwiązania lub obejścia. Żaden nie zdołał jednak pomyślnie przejść najważniejszej próby. Rodin zawsze stawał przed nierozwiązywalnym problemem — kwestią bezpieczeństwa.

Od czasu zamachu w Petit-Clamart sytuacja uległa zmianie. Agenci wydziału operacyjnego coraz głębiej infiltrowali OAS. Okoliczności stawały się wręcz alarmujące. Niedawne porwanie Argouda wskazywało, jak daleko mogą się posunąć tamci, aby aresztować i przesłuchać przywódców OAS. Nie zawahali się nawet przed zatargiem z rządem niemieckim.

Po trwających czternaście dni przesłuchaniach Argouda wszyscy przywódcy OAS rzucili się do ucieczki. Bidault nagle stracił ochotę do publicznych wystąpień i wystawiania się na atak. Inni liderzy CNR uciekli w panice do Hiszpanii, Ameryki Północnej i Belgii. W pośpiechu kupowali fałszywe dokumenty i bilety w odległe miejsca.

Szeregowi członkowie tracili ducha, obserwując, co się dzieje. Ludzie we Francji, wcześniej gotowi pomóc, udzielić schronienia poszukiwanym, przesłać paczkę z bronią i amunicją, przekazać wiadomość, czy nawet dostarczyć informacje, teraz odkładali słuchawkę, mrucząc jakieś usprawiedliwienie.

Po nieudanym zamachu w Petit-Clamart i przesłuchaniu więźniów na terenie Francji zlikwidowano trzy *réseaux*[1]. Dzięki zdobyciu poufnych informacji policja francuska przeszukiwała dom po domu, likwidując magazyny broni i amunicji. Dwa inne zamachy na życie de Gaulle'a zostały udaremnione przez policję, gdy konspiratorzy spotkali się po raz drugi, aby zaplanować operację.

Chociaż przywódcy CNR wygłaszali mowy i wspominali

---

[1] Siatki konspiracyjne (fr.).

o przywróceniu demokracji we Francji, Rodin z ponurą miną myślał o faktach opisanych w dokumentach spoczywających w pękatej walizce pod jego łóżkiem. Kurczące się środki, słabnące poparcie w kraju i za granicą, malejąca liczba członków, utrata wiarygodności. OAS uginała się pod ciosami policji francuskiej i tajnych służb.

Rozstrzelanie Bastiena-Thiry'ego mogło jedynie pogorszyć i tak już słabe morale. W takiej sytuacji znalezienie ludzi gotowych im pomóc byłoby naprawdę trudne. Twarze tych, którzy mogli się na to poważyć, były doskonale znane każdemu francuskiemu policjantowi oraz kilku milionom obywateli. Nowy plan opracowany w takich warunkach, mimo ogromnej pracy i współdziałania wielu grup, zostałby udaremniony, zanim zabójca znalazłby się w odległości dwustu kilometrów od de Gaulle'a.

Doszedłszy do końca swojego rozumowania, Rodin wymamrotał:

— Człowiek, o którym nikt nie wie... — Pomyślał o ludziach, którzy nie zawahaliby się zabić prezydenta. Każdy z nich miał w kwaterze głównej policji francuskiej akta, które pod względem objętości nie ustępowały Biblii. Czy gdyby było inaczej, ukrywałby się w hoteliku w małej wiosce w austriackich Alpach?

Znalazł odpowiedź tuż przed południem. Początkowo ją odrzucił, aby po chwili do niej powrócić z jeszcze większym zainteresowaniem. Gdyby udało się znaleźć takiego człowieka... gdyby istniał... Powoli i z mozołem stworzył kolejny plan oparty na istnieniu odpowiedniej postaci, a następnie poddał go najróżniejszym sprawdzianom i próbom. Pomyślnie przeszedł wszystkie, nawet sprawdzian bezpieczeństwa.

Przed lunchem Marc Rodin narzucił szynel i zszedł po schodach. W drzwiach poczuł podmuch wiatru hulającego na oblodzonej uliczce. Wzdrygnął się, a jednocześnie pozbył tępego bólu głowy wywołanego papierosowym dymem wypełniającym przegrzany pokój. Skręcił w lewo, idąc z chrzęstem po śniegu do poczty przy Adlerstrasse, skąd nadał kilka krótkich telegramów, informując kolegów mieszkających pod fałszywym nazwiskiem w południowych Niemczech, Austrii, we Włoszech i w Hiszpanii, że przez kilka tygodni nie będzie dostępny z powodu ważnej misji.

Wlokąc się do skromnego hoteliku, pomyślał, że niektórzy uznają, iż stchórzył, rozpłynął się w powietrzu przerażony groźbą porwania lub zamordowania przez agentów wydziału operacyjnego. Wzdrygnął się. Niech sobie myślą co chcą, czas wyjaśnień już minął.

Zjadł lunch w pensjonacie Stammkarte, gdzie tego dnia podawano golonkę wieprzową z kluskami. Chociaż lata spędzone w dżungli Indochin i na pustkowiach Algierii sprawiły, że przywykł do nędznego jadła, z trudnością przełknął danie. Wyjechał po południu, spakowawszy walizki i uregulowawszy rachunek, aby znaleźć odpowiedniego człowieka, choć nie wiedział nawet, czy taki istnieje.

• • •

Kiedy Rodin wsiadał do pociągu, samolot marki Comet 4B linii BOAC lądował na pasie zero-cztery londyńskiego lotniska. Maszyna przyleciała z Bejrutu. Wśród pasażerów wchodzących do hali przylotów był wysoki, jasnowłosy Anglik. Jego twarz pokrywała zdrowa opalenizna będąca dziełem bliskowschodniego słońca. Czuł się zrelaksowany i wypoczęty po dwóch miesiącach przyjemnego pobytu w Libanie. Jeszcze większej przyjemności dostarczyła mu pokaźna sumka przelana na jego szwajcarskie konto z banku w Bejrucie.

W piasku dalekiej pustyni pozostawił ciała dwóch niemieckich konstruktorów rakiet, ze zgrabnym otworem po kuli w kręgosłupie. Teraz zwłoki zostały już pewnie pogrzebane przez skonsternowaną i wściekłą policję egipską. Pozbycie się obu mężczyzn opóźni o kilka lat zapoczątkowane przez Nassera prace nad skonstruowaniem rakiety Al Zafira, więc milioner syjonista z Nowego Jorku miał poczucie, że jego pieniądze zostały dobrze zainwestowane. Anglik przeszedł bez żadnego problemu przez kontrolę celną i pojechał wynajętym samochodem do swojego mieszkania w Mayfair.

• • •

Poszukiwania trwały dziewięćdziesiąt dni. Ich owocem były trzy krótkie dossier umieszczone w szarych kopertach, te zaś spoczywały w teczce, z którą Rodin nigdy się nie rozstawał. Wrócił do Austrii w połowie czerwca i zameldował się w małym wiedeńskim pensjonacie Kleist przy Brucknerallee.

Z poczty głównej nadał dwie lakoniczne depesze, jedną do Bolzano w północnych Włoszech, drugą do Rzymu. W każdej wzywał swoich głównych współpracowników na pilne spotkanie, które miało się odbyć w jego pokoju hotelowym w Wiedniu. Mężczyźni przybyli w ciągu dwudziestu czterech godzin. René Montclair przyjechał z Bolzano wynajętym samochodem, a André Casson wsiadł na pokład samolotu rejsowego z Rzymu. Obaj podróżowali pod fałszywym nazwiskiem i posługiwali się podrobionymi dokumentami, albowiem ich dane personalne figurowały na pierwszych miejscach list agentów SDECE we Włoszech i w Austrii. Tajna policja francuska wydawała mnóstwo pieniędzy, aby przekupić informatorów na przejściach granicznych i lotniskach.

André Casson zjawił się w pensjonacie Kleist siedem minut przed jedenastą, na którą wyznaczono spotkanie. Kazał kierowcy taksówki stanąć na rogu Brucknerallee i spędził kilka minut na poprawianiu krawata w odbiciu okna kwiaciarni, zanim szybkim krokiem wszedł do holu pensjonatu. Rodin zameldował się jak zwykle pod fałszywym nazwiskiem, jednym z dwudziestu znanych wyłącznie jego najbliższym współpracownikom. Telegraficzna wiadomość wzywająca na spotkanie była podpisana nazwiskiem „Schulz”, którym Rodin posługiwał się w ciągu ostatnich dwudziestu czterech godzin.

— *Herr Schulz, bitte?* — Casson zagadnął młodego recepcjonistę, który sprawdził dane w księdze gości.

— Wynajął pokój sześćdziesiąt cztery. Spodziewa się pana?

— Tak. — Casson skinął głową i ruszył w kierunku schodów. Wszedł na pierwsze piętro i skręcił w korytarz, szukając pokoju sześćdziesiąt cztery. Znalazł go w połowie korytarza, po prawej stronie. Uniósł dłoń, aby zapukać, gdy nagle ktoś chwycił ją od tyłu. Odwrócił się i ujrzał nad sobą grubą, siną twarz o wydatnej szczęce. Oczy łypiące na niego spod czarnych, krzaczastych brwi były pozbawione zainteresowania. Mężczyzna ruszył za nim, gdy Casson przeszedł obok wnęki cztery metry wcześniej. Nie usłyszał żadnego dźwięku, choć dywan na korytarzu był cienki.

— *Vous désirez?*[1] — spytał od niechcenia olbrzym.

Casson poczuł skurcz żołądka, przypominając sobie, jak szybko zgarnięto Argouda z hotelu Eden Wolff cztery miesiące wcześniej. Po chwili skojarzył, że człowiek, który za nim stoi, jest Polakiem z legii cudzoziemskiej służącym pod rozkazami Rodina w Indochinach i Wietnamie. Przypomniał też sobie, że Rodin wykorzystywał Wiktora Kowalskiego do zadań specjalnych.

— Mam spotkanie z pułkownikiem Rodinem, Wiktorze — odpowiedział delikatnie.

---

[1] Czego chcesz? (fr.).

Kowalski jeszcze bardziej zmarszczył brwi, słysząc swoje nazwisko i nazwisko przełożonego.

— Jestem André Casson — dodał gość.

Na Kowalskim nie zrobiło to najmniejszego wrażenia. Sięgnął ponad ramieniem Cassona, by zapukać lewą ręką do pokoju sześćdziesiąt cztery.

— *Oui?* — rozległ się męski głos.

Kowalski zbliżył usta do drzwi.

— Mamy gościa — warknął. Drzwi lekko się uchyliły, Rodin wyjrzał na zewnątrz i otworzył je na oścież.

— Witaj, André! Przepraszam za niego. — Skinął głową Kowalskiemu. — W porządku, kapralu. Oczekiwałem tego człowieka.

Uwolniony Casson wszedł do pokoju. Rodin zamienił na progu kilka słów z Kowalskim i ponownie zamknął drzwi. Polak wrócił na korytarz i ukrył się w ciemnej wnęce.

Rodin wymienił z Cassonem uścisk dłoni i podszedł do jednego z dwóch foteli stojących przed piecykiem gazowym. Chociaż była połowa czerwca, na zewnątrz panował chłód, a obaj mężczyźni przywykli do gorącego słońca Afryki Północnej. Piecyk gazowy nastawiono na najwyższą temperaturę. Casson zdjął płaszcz przeciwdeszczowy i usiadł przy ogniu.

— Zwykle nie stosujesz takich środków ostrożności, Marc — zauważył.

— Nie chodzi o mnie — odrzekł Rodin. — W razie czego umiem się o siebie zatroszczyć. Potrzebowałbym jednak kilku minut, aby pozbyć się tych papierów. — Wskazał biurko przy oknie, na którym leżała gruba szara teczka. — Właśnie dlatego sprowadziłem Wiktora. Dzięki niemu zyskałbym sześćdziesiąt sekund na zniszczenie dokumentów.

— Muszą być bardzo ważne.

— Być może, być może. — W głosie Rodina dało się wyczuć nutkę satysfakcji. — Poczekamy na René. Kazałem mu przyjść o jedenastej piętnaście, abyście nie zjawili się w odstępie kilku sekund i nie zdenerwowali Wiktora.

Rodin uśmiechnął się przelotnie na myśl, co by się stało, gdyby zdenerwowany Wiktor sięgnął po ciężkiego kolta, którego trzymał w pochwie pod lewą pachą. Usłyszeli pukanie do drzwi. Rodin podszedł i przyłożył usta do desek.

— *Oui?*

Tym razem usłyszał zdenerwowany i napięty głos René Montclaira.

— Marc, na miły Bóg...

Rodin otworzył drzwi i ujrzał Montclaira wyglądającego jak karzeł na tle ogromnego Polaka, który stał za jego plecami.

— *Ça va, Victor*[1] — mruknął ochroniarzowi, który zwolnił uścisk krępujący Montclaira. Ten z radością wszedł do pokoju i skrzywił się na widok Cassona, który uśmiechał się do niego z fotela. Drzwi zamknęły się ponownie i Rodin powtórzył przeprosiny.

René podszedł do niego i podali sobie dłonie. Montclair zdjął płaszcz, odsłaniając źle skrojony, wygnieciony szary garnitur niedbale zarzucony na ramiona. Podobnie jak większość byłych wojskowych przywykłych do munduru on i Rodin nigdy nie nauczyli się nosić garnituru.

Pełniąc funkcję gospodarza, Rodin usadził obu gości w głębokich fotelach, a sam zajął miejsce na krześle za stołem, który zamienił w biurko. Sięgnął po butelkę francuskiej brandy stojącą na stoliku przy łóżku i uniósł ją pytająco. Obaj goście skinęli potakująco głowami. Rodin napełnił hojnie trzy szklanki, a następnie podał Montclairowi i Cassonowi. Pociągnęli łyk niczym

[1] W porządku, Wiktorze (fr.).

dwaj wędrowcy, czekając, aby napój rozgrzał ich zziębnięte ciała.

Niski i krępy René Montclair, opierający głowę o zagłówek, był żołnierzem zawodowym podobnie jak Rodin. W przeciwieństwie do niego nigdy jednak nie służył na froncie. Przez całe życie wykonywał administracyjną robotę, a przez dziesięć ostatnich lat zajmował się wypłacaniem żołdu w legii cudzoziemskiej. Wiosną tysiąc dziewięćset sześćdziesiątego trzeciego roku był skarbnikiem OAS.

André Casson to jedyny cywil w tym gronie. Mały i skrupulatny, wciąż nosił się niczym dyrektor banku, którym był w Algierii. Obecnie zajmował się koordynacją działań OAS-CNR na terenie metropolii francuskiej.

Obaj mężczyźni byli fanatycznymi członkami OAS, choć z nieco innych przyczyn. Montclair miał dziewiętnastoletniego syna, który trzy lata wcześniej wykonywał obywatelski obowiązek w Algierii, podczas gdy jego ojciec zajmował się płacami legii cudzoziemskiej w bazie nieopodal Marsylii. Major Montclair nigdy nie zobaczył ciała syna. Zostało pochowane przez patrol legii, który zajął wioskę, gdzie partyzanci przetrzymywali młodego szeregowego. Dowiedział się jednak ze szczegółami, co zrobiono synowi. W legii żadna tajemnica długo się nie uchowa. Ludzie paplają o wszystkim.

André Casson był jeszcze bardziej zaangażowany w sprawę. Urodzony w Algierii, całe życie poświęcił karierze zawodowej i rodzinie. Bank, w którym pracował, miał centralę w Paryżu, więc Casson nawet po odzyskaniu niepodległości przez Algierię miałby robotę. Gdy w tysiąc dziewięćset sześćdziesiątym roku francuscy osadnicy wzniecili bunt, przyłączył się do nich, stając się jednym z przywódców w rodzinnej Konstantynie. Pracując w banku, widział, jak ludzie likwidują jedno konto po drugim, a przedsiębiorcy sprzedają firmy, by przeprowadzić się do

Francji. Zrozumiał, że złoty okres francuskiej obecności w Algierii dobiegł końca. Wkrótce po buncie w armii, doprowadzony do pasji nową polityką gaullistowską, niedolą drobnych rolników i kupców uciekających ze zrujnowanego kraju do Francji, o której nie mieli zielonego pojęcia, pomógł oddziałowi OAS obrabować własny bank z trzydziestu milionów starych franków. Młodszy kasjer domyślił się wszystkiego i doniósł na niego przełożonym, więc jego kariera w banku była skończona. Wtedy odesłał żonę i dwójkę dzieci do teściów w Perpignan i wstąpił do OAS. Był cennym członkiem, ponieważ znał osobiście kilka tysięcy sympatyków OAS mieszkających obecnie na terenie Francji.

Marc Rodin usiadł i przyjrzał się uważnie kolegom. Odpowiedzieli zaciekawionym spojrzeniem, lecz nie zadali żadnych pytań.

Rozpoczął odprawę w metodyczny i ostrożny sposób, koncentrując się na długiej liście niepowodzeń i porażek, których OAS doznało z rąk francuskich tajnych służb w ciągu ostatnich miesięcy. Goście wbili ponury wzrok w szklanki.

— Trzeba stawić czoło faktom. W ostatnich czterech miesiącach ponieśliśmy trzy dotkliwe porażki. Udaremnienie zamachu w École Militaire, który miał uwolnić Francję od dyktatora, to zaledwie ostatnia z długiej listy prób, które udaremniono jeszcze przed rozpoczęciem operacji. Dwie inne, podczas których nasi ludzie znaleźli się w odległości rzutu kamieniem od prezydenta, spaliły na panewce z powodu elementarnych błędów w fazie planowania lub realizacji. Nie będę się wdawał w szczegóły, dobrze je znacie. Porwanie Antoine'a Argouda pozbawiło nas jednego z najlepszych przywódców. Mimo jego oddania sprawie nie mam wątpliwości, że nowoczesne metody przesłuchiwania z użyciem środków farmakologicznych zagrażają bezpieczeństwu całej naszej organizacji. Antoine wiedział o wszystkim. Powinniśmy zacząć budować od początku. Właśnie dlatego siedzimy teraz w obskurnym hoteliku zamiast w monachijskiej kwaterze. Jeszcze rok temu było znacznie mniej trudności. Mogliśmy liczyć na tysiące ochotników pełnych entuzjazmu i patriotycznych uczuć. Teraz nie jest to takie łatwe. Zamordowanie Jeana-Marie Bastiena-Thiry'ego bynajmniej nam w tym nie pomoże. Obiecaliśmy ludziom rezultaty, a nie daliśmy niczego. Mają prawo oczekiwać konkretów, a nie słów.

— W porządku, masz rację. Do czego zmierzasz? — spytał Montclair. Obaj goście zdawali sobie sprawę, że Rodin ma słuszność. Montclair wiedział lepiej od innych, że pieniądze zrabowane z algierskich banków wydano niemal w całości na bieżącą działalność, a datki od prawicowych przemysłowców zaczęły się kurczyć. Niedawno jego prośba o pieniądze spotkała się z nieskrywaną pogardliwą odmową. Casson też dostrzegał, że jego łączność z podziemną Francją z tygodnia na tydzień staje się coraz wątlejsza, że policja robi naloty na ich kryjówki, a po aresztowaniu Argouda wielu towarzyszy wycofało swoje poparcie. Rozstrzelanie Bastiena-Thiry'ego mogło jedynie przyspieszyć ten proces. Opis sytuacji podany przez Rodina był zgodny z prawdą, choć jego wysłuchanie nie należało do przyjemności.

Marc Rodin kontynuował, jakby mu nie przerwano.

— W chwili obecnej osiągnięcie naszego głównego celu, odsunięcie Wielkiego Zdrajcy, stało się niemożliwe przy wykorzystaniu tradycyjnych środków, bez tego zaś nie uda się nam zrealizować dalszych zamierzeń. Panowie, mam wątpliwości, czy powinienem zwerbować kolejnych młodych patriotów do wykonania planu, który za kilka dni stanie się znany francuskiemu gestapo. Mówiąc wprost, w naszym gronie jest zbyt wielu kapusiów, draniów i sabotażystów. Tajna policja wykorzystała ten fakt i przeniknęła do wnętrza organizacji. Dochodzi do przecieków ze spotkań naszych czołowych przywódców. Odnoszę wrażenie, że policja potrzebuje kilku dni, aby ustalić, jakie decyzje podjęto, jakie mamy zamiary, co planujemy i kim są nasi ludzie. Wiem, że to, co mówię, jest przykre, lecz jestem przekonany, iż trzeba to uczynić, aby nie żyć dłużej w stanie iluzorycznego błogostanu. Doszedłem do wniosku, że istnieje tylko jeden sposób osiągnięcia naszego głównego celu, zamordowania zdrajcy. Tylko jeden sposób pokonania siatki szpiegów i agentów, pozbawienia tajnej policji przewagi i sprawienia, żeby przeciwnik nie tylko nie wiedział, co się dzieje, lecz nie mógł pokrzyżować naszych planów, nawet gdyby je znał.

Montclair i Casson podnieśli głowy.

Zapanowało milczenie przerywane jedynie dudnieniem kropel deszczu o szybę.

— Jeśli zgodzicie się z moją oceną sytuacji, która jest, niestety, prawdziwa — ciągnął Rodin — będziecie musieli przyznać, że wszyscy ludzie przygotowani i zdolni do zlikwidowania Wielkiego Zdrajcy są znani tajnej policji. Każdy z nich z chwilą przekroczenia granicy Francji stanie się ściganą zwierzyną... zwierzyną tropioną nie tylko przez zwykłą policję, lecz całą sieć tajniaków i kapusiów. Panowie, doszedłem do wniosku, że jednym sposobem, który nam pozostał, jest zatrudnienie do tej roboty kogoś z zewnątrz.

Montclair i Casson spojrzeli na niego ze zdumieniem, które po chwili ustąpiło miejsca akceptacji.

— Kogo masz na myśli? — spytał w końcu Casson.

— Niezależnie od tego, kogo wybierzemy, musi być cudzoziemcem — wyjaśnił Rodin. — Nie powinien być członkiem OAS ani CNR. Nie może być znany żadnemu policjantowi we Francji, nie może też figurować w żadnych kartotekach. Słabość każdej dyktatury polega na potężnie rozbudowanej biurokracji. To, czego nie ma w dokumentach, nie istnieje. Ten człowiek przyjedzie z zagranicznym paszportem, wykona robotę i rozpłynie się we własnym kraju, a obywatele Francji powstaną, aby uwolnić się od zdradzieckiej gaullistowskiej hołoty. Ucieczka sprawcy nie ma większego znaczenia, uwolnimy go bowiem po przejęciu władzy. Ważne, aby zdołał przybyć do kraju w sposób legalny i niewzbudzający podejrzeń.

Obaj mężczyźni milczeli, pogrążeni we własnych myślach, obserwując, jak plan Rodina materializuje się w ich głowach.

Montclair gwizdnął cicho.

— Potrzebujemy zawodowego zabójcy, najemnika.

— Właśnie — przytaknął Rodin. — Oczywiście nie można oczekiwać, że zrobi to z miłości do nas, z patriotyzmu lub czort jeszcze wie czego. Trzeba zatrudnić prawdziwego zawodowca o umiejętnościach i opanowaniu potrzebnym do spełnienia misji. Tacy pracują jedynie za pieniądze, duże pieniądze — dodał, rzucając szybkie spojrzenie w kierunku Montclaira.

— Jak go znajdziemy? — spytał Casson.

Rodin uniósł dłoń.

— Po kolei, panowie. To oczywiste, że trzeba się zająć mnóstwem szczegółów. Chciałbym wiedzieć, czy w ogóle popieracie ten pomysł.

Montclair i Casson spojrzeli po sobie, aby po chwili zwrócić się do Rodina i wolno przytaknąć.

— *Bien*[1]. — Rodin odchylił się do tyłu tak daleko, jak pozwalało oparcie krzesła. — Pierwszy punkt załatwiony, mamy ogólną zgodę. Druga kwestia dotyczy bezpieczeństwa i ma zasadnicze znaczenie dla powodzenia całej operacji. Wiem, że

[1] Dobrze (fr.).

grono osób, którym można zaufać i które ponad wszelką wątpliwość nie staną się źródłem przecieku, jest coraz bardziej ograniczone. Nie oznacza to, że uważam naszych kolegów z OAS lub CNR za zdrajców. Stara zasada głosi, że im więcej osób zna jakąś tajemnicę, tym mniejszym jest ona sekretem. Powodzenie akcji zależy od całkowitej tajemnicy, dlatego im mniej ludzi będzie o niej wiedziało, tym lepiej. Do OAS przeniknęli agenci, którzy zajęli odpowiedzialne stanowiska i teraz informują o naszych planach tajną policję. Choć kiedyś przyjdzie na nich czas, obecnie stwarzają duże zagrożenie. Wśród polityków CNR są ludzie zbyt delikatni lub tchórzliwi, aby w pełni pojąć doniosłość sprawy, której są rzekomo oddani. Nie chciałbym narażać niczyjego życia bez potrzeby. René i André, wezwałem was, ponieważ jestem całkowicie przekonany o waszej lojalności i umiejętności dochowania tajemnicy. Potrzebuję twojej pomocy, René, aby spełnić finansowe żądania zabójcy. Twoja współpraca, André, będzie niezbędna, aby z pomocą garstki zaufanych ludzi udzielić mu wsparcia na terenie Francji, gdyby okazało się to konieczne. Nie widzę powodu, by szczegóły operacji miały być znane komuś innemu oprócz nas trzech. Proponuję, abyśmy zawiązali komitet i wzięli na siebie całą odpowiedzialność za pomysł, plan, realizację i sfinansowanie tej akcji.

Ponownie zapadła cisza.

— Chcesz pominąć radę OAS i radę CNR? — spytał w końcu Montclair. — Nie będą z tego zadowoleni.

— Po pierwsze, nie będą o niczym wiedzieli — odparł spokojnie Rodin. — Aby przedstawić im pomysł, trzeba by zwołać spotkanie plenarne. Wzbudziłoby to czujność tajniaków pragnących za wszelką cenę ustalić, co było jego tematem. Mogłyby się nawet pojawić przecieki. Indywidualne spotkanie ze wszystkimi i uzyskanie wstępnej akceptacji pomysłu zajęłoby tygodnie. Później chcieliby znać szczegóły każdej fazy planowania. Wiecie, jacy są politycy i członkowie rad. Chcą wiedzieć o wszystkim dla samej wiedzy. Chociaż nic nie zrobią, każdy będzie mógł zagrozić powodzeniu operacji jednym nieostrożnym słowem lub pijackim zwierzeniem. Po drugie, uzyskanie aprobaty rad OAS i CNR nie posunie nas do przodu, o planie zaś będzie wiedziało trzydzieści osób. Jednakże jeśli weźmiemy na siebie odpowiedzialność i plan się nie powiedzie, sytuacja organizacji nie ulegnie pogorszeniu. Będą wzajemne oskarżenia, lecz nic ponadto. Jeśli nam się uda, zdobędziemy władzę i nikt nie będzie miał o to pretensji. Sposób zlikwidowania dyktatora stanie się kwestią czysto akademicką. Powiem krótko, czy wy dwaj zgadzacie się być wraz ze mną jedynymi pomysłodawcami, organizatorami i wykonawcami akcji, którą wam przedstawiłem?

Montclair i Casson ponownie spojrzeli po sobie, a następnie zwrócili się do Rodina i skinęli głowami. Było to ich pierwsze spotkanie od czasu porwania Argouda trzy miesiące temu. Kiedy Argoud kierował organizacją, Rodin trzymał się w cieniu. Teraz okazał się niezależnym i dojrzałym przywódcą. Szef podziemnej siatki i skarbnik OAS byli pod wrażeniem.

Rodin spojrzał na obu, zrobił wolny wydech i uśmiechnął się.

— Dobrze — powiedział. — A zatem możemy przejść do szczegółów. Pomysł zatrudnienia zawodowego zabójcy przyszedł mi do głowy, gdy usłyszałem przez radio o zamordowaniu nieszczęsnego Bastiena-Thiry'ego. Od tego czasu rozglądałem się za odpowiednim człowiekiem. Oczywiście niełatwo takiego znaleźć. Płatni mordercy nie reklamują swoich usług. Prowadzę poszukiwania od połowy marca. Oto rezultaty.

Mówiąc to, podniósł szarą teczkę leżącą na blacie stołu. Montclair i Casson ponownie wymienili spojrzenia. Rodin uniósł brwi, więc nie odezwali się ani słowem.

— Sądzę, że powinniście przejrzeć dossier — mówił dalej. — Kiedy się z nimi zapoznacie, zdecydujemy, kogo wybrać. Osobiście uszeregowałem ich w kolejności od najbardziej do najmniej pożądanego, w razie gdyby któryś nie mógł lub nie chciał się podjąć tego zadania. Ponieważ nie ma więcej egzemplarzy, będziecie musieli się wymieniać.

Otworzył szarą teczkę i wyciągnął z niej trzy koperty. Jedną podał Montclairowi, drugą Cassonowi. Trzecią zatrzymał, lecz nie zadał sobie trudu, by ją otworzyć. Znał na pamięć zawartość każdej z nich.

Nie była to długa lektura. Określenie dossier przedstawionych przez Rodina mianem „zwięzłych" okazało się boleśnie prawdziwe. Casson zapoznał się z zawartością koperty jako pierwszy, spojrzał na Rodina i skrzywił się boleśnie.

— To wszystko?

— Tacy ludzie ukrywają informacje na swój temat — odparł Rodin, podając Cassonowi ostatnią kopertę.

Chwilę później Montclair skończył czytać i podał swoją Rodinowi, który wręczył mu dossier przejrzane przez Cassona. Obaj mężczyźni ponownie pogrążyli się w lekturze. Tym razem Montclair skończył jako pierwszy. Spojrzał na Rodina i wzruszył ramionami.

— No cóż... nic szczególnego, wśród naszych znaleźlibyśmy pięćdziesięciu podobnych. Na świecie jest mnóstwo zabójców.

Przerwał mu Casson.

— Przeczytaj to. — Odwrócił ostatnią stronę i przebiegł wzorkiem trzy końcowe akapity. Kiedy skończył, spojrzał na Rodina, lecz szef OAS nie zdradził swoich osobistych preferencji. Wziął kopertę, z którą zapoznał się Casson, i podał ją Montclairowi. Cztery minuty później obaj mężczyźni zakończyli równocześnie.

Rodin zebrał koperty i odłożył na biurko. Odwrócił i przysunął krzesło do ognia, siadając na nim okrakiem, kładąc ręce na oparciu i przyglądając się kolegom.

— No cóż, wspomniałem chyba, że to wąskie środowisko. Być może takich ludzi jest więcej, lecz bez dostępu do archiwów naszej poczciwej tajnej policji cholernie trudno ich znaleźć. Najlepsi przypuszczalnie w ogóle nie mają swoich teczek. Zapoznaliście się z trzema. Nazwijmy ich Niemcem, Południowoafrykańczykiem i Anglikiem. André?

Casson wzruszył ramionami.

— Osobiście nie mam wątpliwości. Jeśli informacje na jego temat są prawdziwe, bije tamtych na głowę.

— René?

— Zgadzam się. Niemiec jest trochę za stary na tę robotę. Oprócz kilku operacji wykonanych na zlecenie nazistowskich niedobitków i wymierzonych przeciw izraelskim agentom, którzy ich ścigali, nie zajmował się likwidowaniem polityków. Oprócz tego przypuszczalnie zabijał Żydów z pobudek osobistych, nie jest więc stuprocentowym zawodowcem. Południowoafrykańczyk mógłby rozwalić kilku czarnoskórych polityków w rodzaju Lumumby, nie nadaje się jednak do przeprowadzenia zamachu na prezydenta Francji. Na dodatek Anglik mówi płynnie po francusku.

Rodin skinął wolno głową.

— Nie sądziłem, że będziecie mieli większe wątpliwości. Wybór był oczywisty jeszcze przed zakończeniem kompletowania dossier.

— Jesteś za Anglikiem? — spytał Casson. — Naprawdę wykonał zlecenia, które tu opisano?

— Sam byłem zaskoczony — odrzekł Rodin. — Poświęciłem mu nieco więcej czasu. Oczywiście nie ma niepodważalnych dowodów. Gdyby istniały, byłby to zły znak. Figurowałby wówczas we wszystkich kartotekach jako osoba niepożądana. Obecnie nie ma przeciwko niemu nic prócz plotek. Oficjalnie jego kartoteka jest biała jak śnieg. A jeśli figuruje w brytyjskich archiwach, obok jego nazwiska mogli postawić wyłącznie znak zapytania. Wynika stąd, że nie przekazali danych Interpolowi. Szanse, że Brytyjczycy powiadomią o nim SDECE, są znikome, nawet jeśli zostanie wszczęte oficjalne dochodzenie. Wiecie, jak się nienawidzą. Nie powiadomili naszych, że Georges Bidault był w styczniu w Londynie. Anglik nadaje się idealnie do tej roboty, jest jednak jedno ale...

— Jakie? — zapytał szybko Montclair.

— To proste, facet nie będzie tani. Tacy ludzie chcą dużej forsy. Jak stoimy finansowo, René?

Montclair wzruszył ramionami.

— Nieszczególnie. Ostatnio wydatki nieco zmalały. Po porwaniu Argouda chojracy z CNR przenieśli się do tanich hotelików. Stracili upodobanie do pięciogwiazdkowych pałaców i wywiadów telewizyjnych. Jednakże pieniądze płyną do nas coraz węższą strużką. Jak powiedziałeś, musimy poczynić zdecydowane kroki, w przeciwnym razie trzeba będzie zakończyć działalność z powodu braku środków. Nikt nie daje forsy za miłość i pocałunki.

Rodin ponuro skinął głową.

— Jestem podobnego zdania. Trzeba będzie znaleźć forsę. Musimy jednak pamiętać, że podejmowanie takich czynności nie ma sensu, dopóki nie dowiemy się, ile będziemy potrzebowali...

— Wynika stąd — wtrącił gładko Casson — że kolejnym krokiem powinno być nawiązanie kontaktu z Anglikiem, aby się dowiedzieć, czy byłby skłonny przyjąć zlecenie i ile by to kosztowało.

— Tak, czy wszyscy jesteśmy zgodni w tym względzie? — Tym razem to Rodin spojrzał na kolegów. Obaj skinęli głową. Rodin popatrzył na zegarek. — Minęła pierwsza. Zadzwonię do naszego człowieka w Londynie. Poproszę, aby się z nim skontaktował i zaproponował przyjazd. Jeśli przyleci do Wiednia wieczornym samolotem, spotkamy się z nim po kolacji. Tak czy siak, dowiemy się wszystkiego, gdy mój człowiek oddzwoni. Pozwoliłem sobie wynająć sąsiednie pokoje. Myślę, że będziemy bezpieczniejsi, przebywając razem pod opieką Wiktora, niż oddzielnie, lecz bez żadnej ochrony. Na wszelki wypadek, mam nadzieję, że rozumiecie.

— Jesteś przekonany o słuszności tego pomysłu? — spytał Casson, urażony, że Rodin wszystko przewidział.

Rodin wzruszył ramionami.

— Gromadzenie informacji zajęło mi dużo czasu. Im mniej go teraz stracimy, tym lepiej. Jeśli mamy przystąpić do działania, uczyńmy to jak najszybciej.

Wstał, a goście poszli za jego przykładem. Rodin wezwał Wiktora i powiedział mu, aby zszedł na dół po klucze do pokojów sześćdziesiąt pięć i sześćdziesiąt sześć.

— Zadzwonię z gmachu poczty głównej — wyjaśnił, gdy Montclair i Casson czekali na klucze. — Wiktor pójdzie ze mną. Gdy mnie nie będzie, zostaniecie w jednym pokoju. Zamknięcie za sobą drzwi. Moim sygnałem rozpoznawczym będą trzy stuknięcia, przerwa i dwa kolejne.

Był to znany znak „trzy plus dwa" naśladujący rytm słów *Algérie Française*, który kierowcy samochodów wybijali klaksonem w minionych latach, aby wyrazić swoją dezaprobatę dla polityki de Gaulle'a.

— Nawiasem mówiąc, czy któryś z was ma broń? — zagadnął Rodin.

Pokręcili przecząco głowami. Pułkownik podszedł do sekretarzyka i wyjął masywny dziewięciomilimetrowy pistolet marki MAB, który trzymał dla własnego bezpieczeństwa. Sprawdził magazynek, wsunął go na miejsce i załadował.

— Znasz ten *flingue*[1]? — spytał, podając broń Montclairowi.

Montclair skinął głową.

— Wystarczająco dobrze — powiedział, odbierając pistolet.

Pojawił się Wiktor i odprowadził obu do pokoju Montclaira. Gdy wrócił, Rodin zapinał już płaszcz.

— Chodźcie, kapralu. Mamy robotę.

• • •

Kiedy vanguard linii BEA z Londynu do Wiednia lądował wieczorem na lotnisku Schwechat, zmierzch począł zamieniać się w noc. Jasnowłosy Anglik siedzący w tylnej części samolotu wyglądał przez okno, obserwując światła lotniska. Zawsze z przyjemnością patrzył, jak się zbliżają, dopóki maszyna nie dotknęła pasa. W ostatniej chwili znikała zamazana trawa, tablice z numerami i światła, a ich miejsce zajmowały betonowe płyty. Po sekundzie koła dotykały ziemi. Był pod wrażeniem precyzji manewru lądowania. Lubił precyzję.

Siedzący obok młody Francuz z francuskiego biura turystycznego na Piccadilly spojrzał na niego z niepokojem. Był bardzo zdenerwowany od czasu telefonu, który odebrał w porze lunchu. Wyjeżdżając z Paryża rok temu, zaoferował pomoc OAS, lecz kazano mu zwyczajnie siedzieć za biurkiem w Londynie. Miał skrupulatnie i bezzwłocznie wykonać każde polecenie przesłane w liście lub przekazane w rozmowie telefonicznej rozpoczynającej się słowami: „Drogi Pierre”, w której padnie jego prawdziwe nazwisko. Coś takiego wydarzyło się dopiero dziś.

Operatorka poinformowała go o telefonie z Wiednia, dodając „En Autriche”[2], aby zaznaczyć, że nie chodzi o Viennę we

---

[1] Pistolet (potocz. fr.).
[2] W Austrii (fr.).

Francji. Ze zdumieniem odebrał rozmowę i usłyszał, jak ktoś zwraca się do niego „Drogi Pierre". Dopiero po kilku sekundach przypomniał sobie, że to jego kryptonim.

Po lunchu wyszedł z pracy, wymawiając się migreną. Udał się do mieszkania przy South Audley Street i przekazał wiadomość Anglikowi, który otworzył mu drzwi. Mężczyzna nie okazał żadnego zaskoczenia tym, że za trzy godziny ma wylecieć do Wiednia. Spokojnie spakował rzeczy na zmianę i obaj ruszyli taksówką na lotnisko Heathrow. Równie spokojnie wyciągnął zwitek banknotów wystarczający do nabycia dwóch biletów powrotnych, gdy Francus wyznał, że nie pomyślał o zabraniu gotówki i ma przy sobie jedynie paszport i książeczkę czekową.

Od tego momentu zamienili ze sobą tylko kilka słów. Anglik nie pytał, dokąd pojadą ani z kim się spotkają w Wiedniu. Na szczęście nie pytał też o powód wyjazdu, bo Francuz go nie znał. Miał jedynie zadzwonić z lotniska w Londynie i potwierdzić, że przylecą liniami BEA. Nieznajomy rozmówca kazał mu zapytać o wiadomość przy okienku informacji na lotnisku Schwechat. Wszystko to sprawiło, że młodzieniec był podenerwowany, a opanowanie i spokój siedzącego obok Anglika, zamiast pomóc, jedynie pogarszały ten stan.

W informacji w głównej hali podał swoje nazwisko ślicznej Austriaczce, która zajrzała do przegródek za plecami, a następnie wręczyła mu szarą karteczkę. Napisano na niej: „Zadzwoń pod numer 61-44-03 i poproś Schulza". Odwrócił się, aby podejść do automatów telefonicznych stojących w tylnej części hali. Anglik klepnął go w ramię i wskazał na kontuar z napisem: *Wechsel*[1].

— Będziemy potrzebowali monet — powiedział nienaganną francuszczyzną. — Nawet Austriacy nie są tak hojni.

---

[1] Kantor, wymiana pieniędzy (niem.).

Francuz poczerwieniał i podszedł do kantoru, w którym wymieniano pieniądze, podczas gdy Anglik rozsiadł się wygodnie na kanapie pod ścianą i zapalił kolejnego długiego angielskiego papierosa z filtrem. Po minucie jego przewodnik wrócił z kilkoma austriackimi banknotami i garścią monet, a potem udał się do budek telefonicznych, znalazł pustą kabinę i zadzwonił. *Herr* Schulz po drugiej stronie linii udzielił mu zwięzłych i precyzyjnych wskazówek. Po kilku sekundach zakończyli rozmowę.

Blondyn podniósł głowę, spoglądając na Francuza.

— *On y va?*[1] — zapytał.

— *On y va.*

Francuz rzucił podartą karteczkę z numerem telefonu na podłogę. Anglik podniósł ją i przytknął do płomienia zapalniczki. Spopieliła się w jednej chwili i zniknęła, roztarta eleganckim zamszowym butem. Opuścili w milczeniu halę lotniskową i przywołali taksówkę.

Tonące w światłach centrum miasta było zakorkowane pojazdami, więc dotarcie do pensjonatu Kleist zajęło im czterdzieści minut.

— Tutaj się rozstaniemy. Kazano mi pana przywieźć i pojechać taksówką w inne miejsce. Czekają na pana w pokoju sześćdziesiąt cztery.

Blondyn skinął głową i wysiadł z samochodu. Taksówkarz spojrzał pytająco na Francuza.

— Jedź — powiedział i taksówka zniknęła w uliczce.

Anglik spojrzał na tablicę z wypisaną gotykiem nazwą ulicy, a następnie na kwadratową tabliczkę z rzymskimi cyframi widniejącą nad drzwiami pensjonatu Kleist. Rzucił na ziemię w połowie wypalony papieros i wszedł do środka.

---

[1] Idziemy? (fr.).

Recepcjonista siedział odwrócony plecami do skrzypiących drzwi. Anglik nie dał najmniejszego znaku, że ma zamiar podejść do recepcji, lecz od razu skierował się w stronę schodów. Pracownik miał zamiar spytać, czego sobie życzy, lecz gość spojrzał na niego i lekko skinął głową jak do służącego:

— *Guten Abend*[1] — rzekł zdecydowanym tonem.

— *Guten Abend, Mein Herr* — odruchowo odpowiedział recepcjonista, a gdy skończył, blondyna już nie było. Sadził po dwa stopnie, choć nie sprawiał wrażenia osoby, która się spieszy. U szczytu schodów przystanął i wyjrzał na korytarz. Na końcu znajdował się pokój numer sześćdziesiąt osiem. Odliczył cztery, lokalizując pokój numer sześćdziesiąt cztery, chociaż cyfry na drzwiach były niewidoczne.

W połowie drogi pomiędzy nim a pokojem sześćdziesiąt cztery dostrzegł małą wnękę częściowo zasłoniętą czerwonym welurem zawieszonym na tandetnym mosiężnym karniszu.

Przyjrzał się jej uważnie. Spod zasłony kończącej się dziesięć centymetrów nad podłogą wystawał lekko czubek czarnego buta. Odwrócił się i zszedł do holu. Tym razem recepcjonista był przygotowany. W końcu zdołał otworzyć usta.

— Proszę mnie połączyć z pokojem sześćdziesiąt cztery — powiedział Anglik. Recepcjonista przyglądał mu się przez chwilę, a następnie wykonał polecenie.

— Jeśli w ciągu piętnastu sekund nie usuniecie ochroniarza, wracam do domu — oznajmił blondyn i odłożył słuchawkę.

Chwilę później ponownie wchodził po schodach.

Kiedy znalazł się na górze, drzwi pokoju sześćdziesiąt cztery otworzyły się i ze środka wyjrzał pułkownik Rodin. Przez chwilę przyglądał się Anglikowi, a następnie rzekł cicho:

— Wiktor. — Z niszy wyłonił się ogromny Polak, spog-

---

[1] Dobry wieczór (niem.)

lądając niepewnie to na jednego, to na drugiego. — W porządku — rzekł Rodin. — Czekaliśmy na niego. — Kowalski popatrzył gniewnie, a Anglik ruszył przed siebie.

Rodin zaprosił go gestem dłoni do pokoju, w którym urządzono prowizoryczne biuro komisji rekrutacyjnej. Stół pełniący funkcję biurka przewodniczącego był zasłany papierami. Za nim stało jedyne krzesło w tym pokoju. Dwa inne, przyniesione z sąsiednich, ustawiono po bokach. Siedzieli na nich Montclair i Casson, przyglądając się z zaciekawieniem gościowi. Anglik rozejrzał się wokół, wybrał jeden z dwóch foteli i odwrócił go przodem do stołu. W chwili gdy Rodin wydawał Wiktorowi polecenie zamknięcia drzwi, Anglik siedział już wygodnie, spoglądając na Cassona i Montclaira. Pułkownik zajął swoje miejsce.

Przez sekundę przypatrywał się przybyszowi z Londynu. Jego wygląd nie rozczarował go, a Rodin znał się na ludziach. Mężczyzna miał około stu osiemdziesięciu centymetrów wzrostu, niedawno przekroczył trzydziestkę, był szczupły i dobrze zbudowany. Wyglądał na wysportowanego, a opalona twarz miała regularne rysy, choć nie wyróżniała się niczym szczególnym. Dłonie spoczywały spokojnie na oparciach fotela. Rodin pomyślał, że Anglik potrafi nad sobą panować. Zaniepokoiły go jedynie oczy. Widywał delikatne wilgotne oczy mięczaków, tępe oczy psychopatów i czujne oczy żołnierzy. Oczy Anglika były szeroko otwarte i wpatrywały się w niego z całkowitą otwartością. Pokryte szarymi plamkami tęczówki wydawały się lekko przydymione niczym mgła w chłodny zimowy ranek. Rodin potrzebował kilku sekund, aby zrozumieć, że są całkowicie pozbawione wyrazu. Przypominały zasłonę dymną skrywającą wszelkie myśli, co sprawiło, że Rodin poczuł się nieswojo. Jak wszyscy ludzie będący wytworem systemu i procedur nie lubił tego, co nieprzewidywalne, a zatem niepodlegające kontroli.

— Wiemy, kim pan jest — zaczął opryskliwie. — Pozwoli pan, że się przedstawię. Jestem pułkownik Marc Rodin...

— Wiem — przerwał mu Anglik. — Jest pan szefem operacji OAS. A pan to major René Montclair, skarbnik, natomiast pan nazywa się André Casson i jest szefem podziemnej siatki w metropolitalnej strefie. — Wymienił nazwiska, spoglądając na każdego z nich, a następnie sięgnął po papierosa.

— Widzę, że wiele pan wie — wtrącił Casson, obserwując, jak Anglik zapala papierosa. Ten odchylił się do tyłu, wydmuchując kłąb dymu.

— Panowie, bądźmy szczerzy. Wiem, kim jesteście, wiem też, że wiecie, z kim macie do czynienia. Wszyscy mamy nietypowe zajęcie. Wy jesteście poszukiwani, ja zaś mogę się swobodnie poruszać, nieobserwowany przez nikogo. Ja działam dla pieniędzy, wy z idealistycznych pobudek. Jeśli jednak chodzi o szczegóły, jesteśmy zawodowcami. Pytaliście o mnie. Nie można tego zrobić tak, aby poszukiwana osoba o niczym się nie dowiedziała. Naturalnie byłem ciekaw, kto się mną interesuje. Mógł to być człowiek szukający zemsty lub zleceniodawca. Musiałem to ustalić. Kiedy odkryłem, jaka organizacja jest mną zainteresowana, wystarczyły dwa dni w dziale francuskich gazet w British Museum, aby dowiedzieć się czegoś o was i waszej grupie. Dzisiejsza wizyta waszego posłańca nie była dla mnie żadnym zaskoczeniem. *Bon*[1]. Wiem zatem, kim jesteście i kogo reprezentujecie.

Zapadło milczenie. Casson i Montclair spojrzeli pytająco na Rodina, jakby oczekiwali wskazówek. Pułkownik spadochroniarzy i zawodowy zabójca spoglądali sobie w oczy. Rodin wiedział wystarczająco wiele o przemocy, aby mieć pewność, że człowiek, który siedzi naprzeciw niego, jest tym, którego szukał. Od tej pory Montclair i Casson przestali go obchodzić.

---

[1] Dobrze (fr.).

— Ponieważ zapoznał się pan z dostępnymi informacjami, nie będę pana zanudzał opowiadaniem o motywach naszych działań, które słusznie określił pan mianem idealistycznych. Uważamy, że dzisiejsza Francja jest rządzona przez dyktatora, który zbrukał kraj i splamił jego honor. Wierzymy, że reżim upadnie, a Francja stanie się ponownie własnością Francuzów jedynie wówczas, gdy ten człowiek umrze. Sześć zamachów udaremniono we wczesnej fazie planowania, w jednym wypadku zdradzono nas na dzień przed operacją, w dwóch pozostałych plan nie wypalił. W obecnej chwili zastanawiamy się, powtarzam, zastanawiamy się, nad skorzystaniem z usług zawodowca. Nie chcemy jednak marnować środków. Chciałbym wiedzieć, czy zadanie to jest w ogóle wykonalne.

Rodin sprytnie rozgrywał sprawę. Ostatnie zdanie, na które znał odpowiedź, wywołało błysk w szarych oczach Anglika.

— Nikt na świecie nie jest bezpieczny, gdy grozi mu kula zabójcy — powiedział. — De Gaulle jest narażony na wielkie niebezpieczeństwo. Oczywiście można go zamordować. Sęk w tym, że szanse ucieczki są bardzo niewielkie. Tylko fanatyk gotowy umrzeć podczas próby zamachu zlikwiduje dyktatora, który pokazuje się w miejscach publicznych. Zwróciłem uwagę, że mimo idealistycznych pobudek nie zdołaliście takiego znaleźć — dodał ze szczyptą ironii. — Zamachy na Pont-de Seine i Petit-Clamart się nie powiodły, bo nikt nie był gotów zaryzykować własnego życia, aby mieć absolutną pewność.

— Znam wielu patriotycznych Francuzów, którzy są gotowi to uczynić... — zaprotestował Casson, lecz Rodin uciszył go skinieniem ręki. Anglik nawet na niego nie spojrzał.

— A zawodowiec? — zapytał Rodin.

— Zawodowiec nie działa pod wpływem emocji, dlatego jest bardziej opanowany i popełnia mniej elementarnych błędów. Wolny od idealistycznych uprzedzeń nie zawaha się z lęku, że podczas wybuchu mogą zostać ranne osoby trzecie. Nie ma też wątpliwości co do metod. Jako profesjonalista skalkulował ryzyko i jest przygotowany na każdą ewentualność. Z tego powodu ma większą szansę na odniesienie sukcesu i wykonanie roboty zgodnie z planem. Nie rozpocznie jednak operacji, dopóki nie opracuje planu, który umożliwi mu wykonanie zadania i bezpieczną ucieczkę.

— Sądzi pan, że można opracować plan, który umożliwi zawodowemu mordercy zlikwidowanie Wielkiego Zdrajcy i ucieczkę?

Anglik jakiś czas palił w milczeniu, wyglądając przez okno.

— W zasadzie tak — odrzekł w końcu. — Jest to możliwe, pod warunkiem że operacji poświęci się wystarczająco wiele czasu i starannie ją zaplanuje. To zlecenie będzie niezwykle trudne. Trudniejsze niż w wypadku innych celów.

— Dlaczego? — spytał Montclair.

— De Gaulle został zawczasu ostrzeżony... nie przed konkretną próbą, lecz ogólnym zamiarem. Wszyscy wielcy tego świata mają ochroniarzy i ludzi od bezpieczeństwa, ale wraz z upływem czasu procedury stają się coraz bardziej skostniałe, wykonuje się je w sposób mechaniczny, a stopień czujności ulega obniżeniu. Pojedyncza kula, która trafia w cel, jest zupełnie nieoczekiwana, dlatego wywołuje panikę. Pod osłoną zamieszania zabójca może uciec. W tym wypadku nie mamy do czynienia z obniżonym poziomem czujności ani rutyną, a jeśli kula dotrze do celu, wielu nie ulegnie panice, ale ruszy w pościg za zabójcą. Można wykonać tę robotę, lecz będzie to jedno z najtrudniejszych zleceń na świecie. Widzicie, panowie, wasze wysiłki nie tylko zawiodły, lecz pomieszały szyki wszystkim innym.

— Czy gdybyśmy zdecydowali się zatrudnić zawodowego zabójcę... — zaczął Rodin.

— Nie macie innego wyjścia — przerwał mu cicho Anglik.

— Dlaczego? Wielu ludzi zrobiłoby to z czysto patriotycznych pobudek.

— Tak, w dalszym ciągu macie przecież Watina i Curutcheta — zauważył blondyn. — Bez wątpienia jest też wielu podobnych Degueldresowi i Bastienowi-Thiry'emu. Nie wezwalibyście mnie tutaj, aby pogawędzić o teorii politycznego zabójstwa. Nie uczyniliście tego, bo nagle zabrakło ludzi gotowych wziąć udział w zamachu. Zrobiliście to, bo poniewczasie doszliście do wniosku, że wasza organizacja jest tak głęboko infiltrowana przez francuskie tajne służby, że żaden sekret długo się nie utrzyma. Uczyniliście to także dlatego, że wasze twarze są znane wszystkim policjantom we Francji. Właśnie z tych powodów potrzebujecie kogoś z zewnątrz. Macie słuszność. To zadanie może zostać wykonane jedynie przez kogoś z zewnątrz. Pozostają tylko dwa pytania: kto i za ile. Myślę, panowie, że mieliście dość czasu, aby ocenić towar, prawda?

Rodin spojrzał kątem oka na Montclaira i uniósł brwi. Montclair skinął głową. Casson poszedł za jego przykładem.

— Podejmie się pan zamordowania de Gaulle'a? — spytał w końcu Rodin. Wypowiedziane cichym głosem pytanie zawisło w powietrzu. Anglik spojrzał na niego ponownie beznamiętnym wzrokiem.

— Tak, lecz będzie to bardzo kosztowne.

— Ile? — spytał Montclair.

— W życiu można wykonać tylko jedną taką robotę. Człowiek, który się jej podejmie, nie będzie mógł wrócić do interesu. Szansa ucieczki jest bardzo niewielka, podobnie rzecz się ma z niewykryciem sprawcy. Za to zlecenie trzeba wziąć pieniądze, które pozwolą wygodnie żyć do końca swoich dni i zabezpieczyć się przed zemstą gaullistów...

— Kiedy odzyskamy władzę — powiedział Casson — będziemy dysponowali nieograniczonymi środkami...

— Gotówka — przerwał mu Anglik. — Połowa teraz, połowa po wykonaniu roboty.

— Ile? — spytał Rodin.

— Pół miliona.

Rodin spojrzał na Montclaira, który skrzywił się boleśnie.

— To dużo pieniędzy... pół miliona nowych franków...

— Dolarów — wyjaśnił Anglik.

— Pół miliona dolarów! — wykrzyknął Montclair, wstając z krzesła. — Oszalał pan?

— Nie — odrzekł spokojnie Anglik. — Jestem najlepszy, dlatego moja cena jest najwyższa.

— Z pewnością uda się nam znaleźć kogoś tańszego — wtrącił szyderczo Casson.

— Tak — przytaknął obojętnie blondyn. — Znajdziecie kogoś tańszego. Zażąda połowy należności i zniknie albo zacznie mnożyć wymówki, dlaczego wykonanie zlecenia nie było możliwe. Za wynajęcie najlepszych trzeba słono zapłacić. Moja cena to pół miliona dolarów. Nie zapominajcie, że chcecie odzyskać Francję. Zbyt nisko cenicie swoją ojczyznę.

Głos zabrał Rodin, który milczał w czasie tej wymiany zdań.

— *Touché*[1]. Problem w tym, że nie mamy pół miliona dolarów w gotówce.

— Wiem — odparł Anglik. — Jeśli chcecie, abym wykonał tę robotę, musicie je zdobyć. Nie potrzebuję tego zlecenia. Po wykonaniu ostatniej roboty mam dość pieniędzy, aby przeżyć dostatnio kilka lat. Jestem gotów podjąć ogromne ryzyko z powodu nagrody. Pańscy przyjaciele pragną jeszcze większej... Francji. A jednak odstrasza ich ryzyko. Przykro mi. Jeśli nie

[1] Zrozumieliśmy (fr.).

możecie zdobyć wymienionej sumy, będziecie musieli powrócić do obmyślania zamachów i przyglądać się, jak władze udaremniają jeden po drugim.

Podniósł się w fotelu, jednocześnie gasząc papierosa.

— Proszę usiąść, *monsieur*. Zdobędziemy pieniądze. — Obaj usiedli.

— Dobrze — powiedział Anglik. — Oprócz nich będziecie musieli spełnić jeszcze kilka dodatkowych warunków.

— Słucham.

— Uznaliście, że potrzeba wam kogoś z zewnątrz z powodu ciągłych przecieków informacji do francuskich władz. Kto w OAS wie o waszym pomyśle? Nie wspominając o tym, że to ja mam być wykonawcą?

— Tylko nas trzech. Wpadłem na ten pomysł dzień po rozstrzelaniu Bastiena-Thiry'ego. Wszystkie poszukiwania przeprowadziłem osobiście. O operacji nie dowie się nikt więcej.

— Niech tak pozostanie — przytaknął Anglik. — Trzeba zniszczyć notatki ze spotkań, wszystkie teczki i dossier. Ta wiedza musi pozostać wyłącznie w głowach waszej trójki. Mając na uwadze to, co spotkało Argouda, zastrzegam sobie prawo odwołania operacji, jeśli choćby jeden z waszej trójki został zatrzymany. Dlatego sugeruję, abyście do czasu wykonania roboty pozostawali w bezpiecznym miejscu pod silną ochroną.

— *D'accord*[1]. Coś jeszcze?

— Sam zaplanuję i wykonam operację. Nie ujawnię szczegółów nikomu, także żadnemu z was. Później zniknę i więcej o mnie nie usłyszycie. Macie mój londyński numer telefonu i adres. Zmienię miejsce pobytu, gdy tylko będzie to możliwe. W sytuacji alarmowej skontaktujecie się ze mną pod tym

[1] Zgoda (fr.).

adresem. Nikt inny nie będzie miał ze mną łączności. Zostawię wam adres mojego banku w Szwajcarii. Przeprowadzę się, kiedy powiadomią mnie o wpłacie pierwszych dwustu pięćdziesięciu tysięcy dolarów lub gdy będę gotowy, cokolwiek wcześniej nastąpi. Nie będziecie mnie ponaglać ani ingerować w przebieg operacji.

— *D'accord*. Nasi ludzie działający w podziemiu mogą ci udzielić cennego wsparcia informacyjnego. Niektórzy zajmują wysokie stanowiska.

Anglik pomyślał chwilę.

— Dobrze, kiedy będziecie gotowi, prześlijcie mi listownie numer telefonu, najlepiej w Paryżu, abym mógł zadzwonić z każdego miejsca we Francji. Nie podam nikomu miejsca swojego pobytu. Zadzwonię jedynie w celu uzyskania informacji o aktualnej ochronie prezydenta. Człowiek, z którym będę rozmawiał, nie powinien wiedzieć, co robię we Francji. Powiedzcie mu jedynie, że wykonuję ważne zadanie i potrzebuję jego pomocy. Im mniej będzie wiedział, tym lepiej. Ma odgrywać jedynie rolę biura informacyjnego. Grono informatorów należy ograniczyć do tych, którzy mogą udzielić cennych danych o charakterze poufnym, nie śmieci, o których mogę się dowiedzieć z gazet. Zgoda?

— Bardzo dobrze. Chcesz działać zupełnie sam, bez niczyjej pomocy. Odpowiadać za wszystko. Co z fałszywymi dokumentami? Mamy dwóch znakomitych specjalistów, którzy mogą je dostarczyć.

— Dziękuję, mam własne kontakty.

— Stworzyłem we Francji organizację podziemną podobną do tej, która działała pod niemiecką okupacją — wtrącił Casson. — Możesz mieć ją do swojej dyspozycji. Pomogą ci.

— Nie, dziękuję. Wolę liczyć na swoją całkowitą anonimowość. To najlepsza broń.

— A jeśli coś pójdzie źle? Jeśli będziesz musiał uciekać...

— Nic nie pójdzie źle, chyba że coś schrzanicie. Będę działał bez kontaktowania się z wami i bez wiedzy pańskiej organizacji, Casson. Uczynię to z tego samego powodu, dla którego mnie tu wezwaliście, gdyż wasza siatka roi się od agentów i kapusiów.

Casson wyglądał tak, jakby za chwilę miał eksplodować. Montclair spojrzał ponuro w okno, próbując wyobrazić sobie, skąd w krótkim czasie wezmą pół miliona dolarów. Rodin popatrzył w zamyśleniu na Anglika siedzącego po drugiej stronie stołu.

— Uspokój się, André. Ten pan chce pracować sam. Uszanujmy to. W taki sposób działa. Nie będziemy płacić pół miliona dolarów człowiekowi, który musi być tak rozpieszczany jak nasi ludzie.

— W jaki sposób w tak krótkim czasie mamy zdobyć taką sumę? — mruknął Montclair.

— Użyjcie organizacji do obrabowania kilku banków — zasugerował niefrasobliwie Anglik.

— Tak czy siak, to nasz problem — odparł Rodin. — Czy musimy jeszcze coś omówić, zanim nasz gość wróci do Londynu?

— Co miałoby cię powstrzymać przed czmychnięciem z połową forsy? — spytał Casson.

— Powiedziałem wam, panowie, że pragnę przejść na emeryturę. Nie chcę, aby polowała na mnie połowa armii byłych spadochroniarzy. Musiałbym wydać więcej pieniędzy na ochronę, niż zarobię. Środki szybko by się wyczerpały.

— Co ma nas powstrzymać przed odmową wypłacenia drugiej części po tym, jak wykonasz robotę? — ciągnął dalej Casson.

— To samo — odpowiedział gładko Anglik. — Zacząłbym

pracować na własny rachunek, a wy trzej, panowie, stalibyście się moim celem. Nie sądzę jednak, by do tego doszło, prawda?

Rodin przerwał.

— Jeśli to wszystko, nie musimy dłużej zatrzymywać naszego gościa. Ach... jest coś jeszcze. Pańskie nazwisko. Jeśli chce pan pozostać anonimowy, musi przyjąć jakiś kryptonim. Ma pan jakieś sugestie?

Anglik zamyślił się chwilę.

— Skoro mówimy o łowach, proponuję „Szakal". Zgoda?

Rodin skinął głową.

— Tak. Szczerze mówiąc, nawet mi się podoba.

Odprowadził Anglika i otworzył drzwi. Wiktor wyszedł z wnęki i zbliżył się do nich. Rodin uśmiechnął się po raz pierwszy i podał rękę zabójcy.

— Skontaktujemy się w umówiony sposób tak szybko, jak to będzie możliwe. Tymczasem może pan przystąpić do ogólnego planowania, aby nie tracić czasu. Świetnie. W takim razie *bonsoir*[1], panie Szakal.

Polak obserwował mężczyznę, który oddalił się równie cicho, jak się pojawił. Anglik spędził noc w hotelu obok lotniska, a następnie wsiadł na pokład pierwszego porannego samolotu lecącego do Londynu.

Pomiędzy dwudziestą pierwszą a dwudziestą czwartą w pokoiku pensjonatu Kleist Rodin musiał stawić czoło spóźnionym pytaniom i skargom wstrząśniętych Cassona i Montclaira.

— Pół miliona dolarów — nie przestawał powtarzać Montclair. — Skąd, u licha, mam wytrzasnąć pół miliona dolarów?

— Może powinniśmy skorzystać z rady Szakala i obrabować kilka banków — odparł Rodin.

---

[1] Dobranoc (fr.).

— Nie podoba mi się ten człowiek — rzekł Casson. — Działa w pojedynkę, bez pomocników. Tacy ludzie są groźni. Nie ma nad nimi kontroli.

Rodin zakończył dyskusję.

— Posłuchajcie obaj. Stworzyliśmy plan, doszliśmy do zgody i znaleźliśmy odpowiedniego człowieka, który za pieniądze jest gotów zamordować prezydenta. Mamy to, czego chcieliśmy. Zajmijmy się własną robotą i pozwólmy mu działać.

Rozdział trzeci

W drugiej połowie czerwca i lipcu tysiąc dziewięćset sześćdziesiątego trzeciego roku Francją wstrząsnęła fala brutalnych napadów na banki i salony jubilerskie na skalę niespotykaną nigdy wcześniej ani później.

Jak kraj długi i szeroki zamaskowani bandyci rabowali banki, używając pistoletów, obrzynów i broni maszynowej. Napady na sklepy jubilerskie stały się tak powszechne, że miejscowa policja nie zdążyła spisać zeznania rozdygotanego i zakrwawionego złotnika, gdy nadchodziło kolejne wezwanie.

Dwaj urzędnicy bankowi zginęli podczas próby stawiania oporu. Pod koniec lipca kryzys był tak głęboki, że po raz pierwszy do akcji skierowano uzbrojonych w broń maszynową funkcjonariuszy Compagnies Républicaine de Sécurité, oddziałów prewencji znanych Francuzom jako CRS. Ludzie wchodzący do banku musieli przechodzić przez hol, w którym funkcjonariusze CRS mierzyli do nich z broni gotowej do strzału.

W odpowiedzi na naciski ze strony bankierów i jubilerów, którzy skarżyli się rządowi na falę przemocy, nasiliły się nocne kontrole policyjne banków, lecz nie dało to żadnych rezultatów, ponieważ rabusie nie byli zawodowymi włamywaczami otwierającymi bankowe sejfy pod osłoną nocy, lecz zwyczajnymi zamaskowanymi oprychami, którzy wdzierali się uzbrojeni, gotowi strzelać, jeśli zostaną sprowokowani.

Najbardziej niebezpiecznie było za dnia. Bank lub sklep jubilerski mógł zostać napadnięty w samo południe przez dwóch lub trzech uzbrojonych i zamaskowanych mężczyzn wołających ostrzegawczo: *Haut les mains*[1].

Pod koniec lipca raniono i schwytano trzech rabusiów. Okazali się drobnymi rzezimieszkami wykorzystującymi zamieszanie wywołane przez OAS lub dezerterami z dawnych pułków kolonialnych, którzy przyznali się do członkostwa w OAS. Mimo intensywnych przesłuchań prowadzonych w kwaterze głównej policji żaden z aresztowanych nie potrafił wyjaśnić, czemu fala napadów tak nieoczekiwanie przetoczyła się przez kraj. Wszyscy powtarzali, że skontaktował się z nimi *patron*[2], wskazując bank lub salon jubilerski. W końcu policja doszła do wniosku, że aresztowani nie wiedzieli, w jakim celu dokonywano napadów. Każdemu obiecano działkę i sądząc po tym, co zeznali, byli zwyczajnymi płotkami.

Władze państwowe szybko odkryły, że za napadami stoi OAS i że z jakiegoś powodu organizacja niezwłocznie potrzebuje pieniędzy. Powód ten poznały jednak dopiero w pierwszej połowie sierpnia, i to w całkiem nieoczekiwany sposób.

Sprawa napadów na banki i inne miejsca, w których można było szybko zdobyć pieniądze lub kamienie szlachetne, stała się na tyle poważna, że śledztwo przekazano w ręce komisarza Maurice'a Bouviera, szanowanego szefa francuskiej policji kryminalnej. W jego małym gabinecie w gmachu kwatery

---

[1] Ręce do góry (fr.).
[2] Szef gangu (fr.).

głównej przy Quai des Orfèvres nad Sekwaną wisiała tablica, na której odnotowywano zrabowane sumy, a klejnotom towarzyszyły kwoty, za które można je było sprzedać. W drugiej połowie lipca suma łupów przekroczyła dwa miliony nowych franków, czyli czterysta tysięcy dolarów. Komisarz oszacował, że nawet po pokryciu wydatków i opłaceniu bezpośrednich wykonawców napadów pozostawała znaczna suma, o której przeznaczeniu nie mieli pojęcia.

Pod koniec czerwca na biurku generała Guibauda, szefa SDECE, wylądował raport kierownika biura stałego w Rzymie. Donosił w nim, że trzej czołowi przywódcy OAS, Marc Rodin, René Montclair i André Casson, zajęli górne piętro hotelu przy Via Condotti. Autor raportu dodawał, że mimo sporych kosztów pobytu w hotelu położonym w luksusowej dzielnicy wspomniana trójka wynajęła całe piętro, niższe zaś zajęła jej ochrona. Szefów OAS strzegło dzień i noc ośmiu twardzieli, dawnych członków legii cudzoziemskiej. Ani na chwilę nie opuszczali hotelu. Początkowo sądzono, że przybyli na spotkanie, lecz w miarę upływu czasu agenci SDECE doszli do wniosku, że zwyczajnie przedsięwzieli niezwykłe środki ostrożności, aby nie zostać porwani jak Antoine Argoud. Generał Guibaud uśmiechnął się ponuro na myśl o czołowych przywódcach organizacji terrorystycznej kulących się ze strachu w rzymskim hotelu. W tym duchu sporządził własny raport. Mimo wrogości, jaka zapanowała między francuskim Ministerstwem Spraw Zagranicznych przy Quai d'Orsay a niemieckim Ministerstwem Spraw Zagranicznych w Bonn z powodu naruszenia integralności terytorialnej Niemiec podczas akcji przeprowadzonej w lutym w hotelu Eden-Wolff, Guibaud miał powody, aby być zadowolonym z działań agentów wydziału operacyjnego, którzy dokonali tego wyczynu. Myśl o przerażonych szefach OAS była dla niego wystarczającą nagrodą. Generał stłumił cień wątpliwości, przeglądając teczkę Marca Rodina, musiał bowiem zadać sobie pytanie, czemu człowiek taki jak Rodin tak łatwo się wystraszył. Jako wytrawny polityk znający realia dyplomacji wiedział, że trudno byłoby o ponowne pozwolenie na kolejne porwanie. Dopiero później zrozumiał, dlaczego trzej szefowie OAS zachowali tak daleko posuniętą ostrożność.

• • •

Szakal przeznaczył drugą połowę czerwca i pierwszą połowę lipca na staranne przemyślenie operacji. Od dnia powrotu do Londynu postanowił zdobyć i przeczytać wszystko, co napisano o Charles'u de Gaulle'u lub co było dziełem jego samego. Wystarczyło pójść do lokalnej biblioteki i przejrzeć hasło poświęcone prezydentowi w *Encyclopaedia Britannica*, aby na końcu znaleźć obszerną bibliografię na jego temat.

Później napisał do kilku znanych księgarń, używając fałszywego nazwiska i podając adres przy Praed Street w Paddington. W ten sposób drogą pocztową zamówił niezbędne publikacje encyklopedyczne. Wertował je do wczesnych godzin porannych w swoim mieszkaniu, tworząc w myślach szczegółowy wizerunek francuskiego prezydenta urzędującego w Pałacu Elizejskim, szkicując jego historię od lat chłopięcych aż do chwili obecnej. Większość informacji nie miała żadnego praktycznego znaczenia, jednakże tu i tam pojawiały się ważne cechy charakteru, które odnotowywał skrzętnie w małym zeszycie. Źródłem najcenniejszych informacji dotyczących osobowości generała okazały się wspomnienia *Le Fil de l'Épée* (Ostrze miecza), w których Charles de Gaulle opisywał swój osobisty stosunek do życia, ojczyzny i własnego przeznaczenia.

Chociaż lektura książek Charles'a de Gaulle'a i ludzi, którzy doskonale go znali, pozwoliła nakreślić portret pełnego dumy i pogardy prezydenta Francji, nie dostarczała odpowiedzi na główne pytanie, które dręczyło Szakala od chwili, gdy piętnastego czerwca w wiedeńskim pokoju Rodina przyjął zlecenie. I choć zbliżał się koniec pierwszego tygodnia lipca, nie wiedział jeszcze kiedy, gdzie i jak powinien dokonać morderstwa. W końcu uchwycił się ostatniej deski ratunku — poszedł do czytelni w British Museum i wypełniwszy podpisany fałszywym nazwiskiem formularz z prośbą o umożliwienie przeprowadzenia badań, zaczął przeglądać numery czołowego francuskiego dziennika „Le Figaro".

Mimo że nie potrafił określić, kiedy dokładnie znalazł odpowiedź, można przyjąć, że stało się to w ciągu trzech dni, licząc od siódmego lipca. W tym czasie, wychodząc od pomysłu, który podsunął mu autor artykułu z tysiąc dziewięćset sześćdziesiątego drugiego roku, zabójca zaczął znajdować odpowiedzi na swoje pytanie, sprawdzając notatki dotyczące działalności publicznej de Gaulle'a, począwszy od tysiąc dziewięćset czterdziestego piątego roku. Właśnie wtedy ustalił, jakiego dnia, bez względu na chorobę lub złą pogodę, nie zważając na osobiste bezpieczeństwo, Charles de Gaulle pojawi się publicznie. Od tej chwili przygotowania Szakala przeszły z fazy badawczej w fazę praktycznego planowania.

Rozmyślał wiele godzin, leżąc na plecach w swoim pokoju, wpatrując się w kremowy sufit i wypalając jednego papierosa z filtrem po drugim, dopóki wszystkie szczegóły nie znalazły się na właściwym miejscu.

Przeanalizował i odrzucił tuzin pomysłów, zanim podjął decyzję i przystąpił do realizacji konkretnego planu. Właśnie wtedy zdecydował „jak", określiwszy wcześniej „kiedy" i „gdzie".

Szakal wiedział, że w tysiąc dziewięćset sześćdziesiątym trzecim roku generał de Gaulle był nie tylko prezydentem Francji, lecz najlepiej strzeżonym przywódcą świata zachodniego. Jego zabicie, jak się później okazało, było znacznie trudniejsze od zamordowania prezydenta Stanów Zjednoczonych Johna F. Kennedy'ego. Chociaż angielski zabójca tego nie wiedział, francuscy specjaliści od bezpieczeństwa otrzymali zgodę Amerykanów na przyjrzenie się ochronie prezydenta Kennedy'ego. Wrócili do kraju rozczarowani działaniami amerykańskich tajnych służb. Ich krytyczna opinia potwierdziła się, gdy w listopadzie tysiąc dziewięćset sześćdziesiątego trzeciego roku John Kennedy został zastrzelony w Dallas przez na pół obłąkanego, lekceważącego zasady bezpieczeństwa amatora, podczas gdy Charles de Gaulle żył dalej, aby w spokoju odejść na emeryturę i w końcu umrzeć we własnym domu.

Szakal wiedział też, że ochroniarze prezydenta, z którymi będzie musiał się zmierzyć, należą do najlepszych na świecie, a aparat bezpieczeństwa otaczający de Gaulle'a znajduje się w ciągłym stanie najwyższej czujności, obawiając się zamachu na jego życie. Wiedział również, że organizacja, dla której pracuje, roi się od tajnych informatorów. Na plus mógł zaliczyć swoją anonimowość oraz stanowczość, z jaką ofiara odmawiała współpracy z własną ochroną. Wybranego dnia duma, upór i pogarda dla grożącego mu niebezpieczeństwa skłonią prezydenta Francji do ukazania się publicznie na kilka sekund, niezależnie od ryzyka, które mogło być z tym związane.

• • •

Samolot komunikacji liniowej SAS z Kastrup w Kopenhadze skręcił w kierunku londyńskiej hali przylotów, kołował chwilę i stanął. Silniki wyły jeszcze przez krótki czas, aby w końcu ucichnąć. Kilka minut później do maszyny podjechały schody i pasażerowie zaczęli schodzić na płytę lotniska, pozdrawiając uśmiechnięte stewardesy. Blondyn stojący na tarasie obserwacyjnym nasunął na czoło czarne okulary i przystawił lornetkę do oczu. Była to szósta grupa pasażerów, której przyglądał się tego ciepłego ranka, lecz na tarasie zatłoczonym ludźmi oczekującymi na przyjazd bliskich jego zachowanie nie wzbudzało większego zainteresowania.

Kiedy z samolotu wyszedł ósmy pasażer i rozprostował kości, człowiek na tarasie lekko drgnął, obserwując, jak przybysz schodzi na płytę lotniska. Pasażer z Danii był księdzem lub pastorem, miał na sobie szary garnitur i koloratkę. Sądząc po szpakowatych, krótko przyciętych włosach, dobiegał pięćdziesiątki, choć jego twarz wydawała się młodsza. Mężczyzna sprawiał wrażenie wysportowanego, był wysoki i szeroki w ramionach, podobnie jak ten, który przypatrywał mu się z górnego tarasu.

Przyjezdni zaczęli wchodzić do hali przylotów w celu dokonania odprawy celnej i paszportowej, a Szakal wsunął lornetkę do skórzanej teczki, zamknął ją i niepostrzeżenie wrócił przez szklane drzwi do holu głównego. Piętnaście minut później duński pastor wyszedł z odprawy celnej z torbą sportową i walizką. Najwyraźniej nikt na niego nie czekał, skierował bowiem swoje kroki do kantoru Barclays Bank.

Z tego, co zeznał duńskiej policji, która przesłuchała go sześć tygodni później, wynikało, że nie zauważył stojącego obok jasnowłosego Anglika, który przyglądał się jego rysom zza ciemnych okularów. Pastor nie miał pamięci do takich ludzi.

Kiedy wyszedł z holu głównego, aby wsiąść do autobusu BEA jadącego do terminalu przy Cromwell Road, Anglik ruszył z teczką kilka kroków za nim. Musieli jechać do Londynu tym samym autobusem.

Po dotarciu do terminalu Duńczyk czekał kilka minut, aż jego walizka zostanie wyładowana z przyczepki bagażowej ciągniętej przez autobus, a następnie ruszył obok stanowisk odprawy do znaku wyjścia oznaczonego strzałką i powszechnie zrozumiałym napisem „Taxi". W tym czasie Szakal obszedł autobus, kierując się w stronę parkingu dla personelu, gdzie zostawił swój samochód. Położył teczkę na fotelu pasażera, wskoczył do sportowego wozu i uruchomił silnik. Po chwili zaparkował przy lewej ścianie terminalu, skąd widać było długi rząd taksówek oczekujących pod arkadami. Duńczyk wsiadł do trzeciej taksówki, która ruszyła Cromwell Road, skręcając w kierunku Knightsbridge. Sportowy wóz podążył w ślad za nim.

Nieświadomy niczego duchowny wysiadł z taksówki przed małym, lecz wygodnym hotelem przy Half Moon Street. Sportowy wóz przejechał obok wejścia i kilka minut później zaparkował po drugiej stronie Curzon Street. Szakal schował teczkę do bagażnika, kupił południowe wydanie „Evening Standard" w kiosku przy Shepherd Market i wszedł do holu hotelowego. Musiał czekać kolejne dwadzieścia pięć minut, zanim Duńczyk zszedł na dół i podał recepcjonistce klucz do swojego pokoju. Dziewczyna powiesiła go na tablicy, gdzie kołysał się kilka sekund. Mężczyzna siedzący w jednym z foteli, najwyraźniej oczekujący przyjaciela, opuścił gazetę, obserwując Duńczyka kierującego się w stronę restauracji. Zauważył, że na kluczu widnieje numer czterdzieści siedem. Kilka minut później, kiedy recepcjonistka udała się do pokoju za kontuarem, aby sprawdzić rezerwację na przedstawienie teatralne dla jednego z gości, mężczyzna w czarnych okularach wszedł niezauważony po schodach.

Pięciocentymetrowy plastikowy pasek nie wystarczył do otworzenia solidnych drzwi pokoju czterdzieści siedem, lecz udało się to za pomocą małej wygiętej szpachli malarskiej. Sprężyna kliknęła i drzwi odskoczyły. Pastor, który wyszedł na chwilę, aby zjeść lunch, zostawił paszport na stoliku przy łóżku. Szakal wrócił na korytarz po trzydziestu sekundach, nie zabierając czeków podróżnych. Miał nadzieję, że dyrekcja hotelu przekona Duńczyka, iż zwyczajnie zgubił dokumenty. Tak też się stało. Anglik opuścił hotel, zanim Duńczyk dopił kawę. Dopiero późnym wieczorem, po skrupulatnym przeszukaniu pokoju, zdumiony duchowny powiadomił menedżera hotelu o zniknięciu paszportu. Pracownik sprawdził pokój kolejny raz, a stwierdziwszy, że inne przedmioty zostały na miejscu, w tym portfel z czekami podróżnymi, przekonał gościa, iż nie ma potrzeby wzywania policji. Przypuszczalnie zgubił paszport po drodze. Uprzejmy Duńczyk, który nie czuł się zbyt pewnie w obcym kraju, przyznał mu rację. Następnego dnia zgłosił zgubę w duńskim konsulacie generalnym i otrzymał dokumenty, które umożliwiły mu powrót do Kopenhagi po dwutygodniowym pobycie w Londynie. Później więcej się nad tym nie zastanawiał. Urzędnik konsulatu generalnego, który wydał duchownemu dokumenty podróżne, odnotował zaginięcie paszportu pastora Pera Jensena z kościoła Sankt Kjeldskirke w Kopenhadze i podobnie jak on zapomniał o całej sprawie. Był czternasty lipca.

Dwa dni później podobna strata spotkała amerykańskiego studenta z Syracuse w stanie Nowy Jork. Po przylocie z Nowego Jorku młody człowiek wszedł do Oceanic Building i wyciągnął paszport, aby zrealizować pierwszy czek podróżny na stanowisku American Express. Po załatwieniu sprawy wsunął pieniądze do wewnętrznej kieszeni marynarki, a paszport do zapinanej na zamek błyskawiczny saszetki, którą włożył ponownie do małej skórzanej torby. Kilka minut później, pragnąc przywołać bagażowego, na chwilę postawił ją na ziemi. Wystarczyły trzy sekundy, aby zniknęła. Poskarżył się pracownikowi lotniska, który zaprowadził go do stanowiska informacyjnego Pan American, tam zaś skierowano go do najbliższego policjanta pełniącego służbę. Policjant zabrał go na posterunek, gdzie Amerykanin wyjaśnił, o co chodzi.

Po przeprowadzeniu dochodzenia, które wykluczyło, że ktoś mógł omyłkowo wziąć jego torbę za własną, sporządzono raport stwierdzający, że doszło do kradzieży.

Wysokiego, dobrze zbudowanego Amerykanina przeproszono i wyrażono żal z powodu kradzieży dokonywanych przez kieszonkowców i złodziei w miejscach publicznych. Opisano również środki ostrożności przedsiębrane przez zarząd lotniska, aby ograniczyć plagę okradania zagranicznych turystów. Podróżny wspomniał uprzejmie, że jego przyjaciel został w podobny sposób okradziony na nowojorskiej Grand Central Station.

Zgodnie z procedurą raport przesłano do wszystkich oddziałów londyńskiej policji wraz z opisem torby, jej zawartości oraz dokumentów i paszportu znajdujących się w saszetce. Wszystko wykonano jak należy, lecz mimo upływu tygodni nie natrafiono na żaden ślad wskazujący, że torba lub jej zawartość były celem czegoś więcej niż zwyczajny rabunek.

Tymczasem Marty Schulberg udał się do konsulatu przy Grosvenor Square, aby powiadomić o kradzieży paszportu i otrzymać dokumenty umożliwiające powrót do Stanów Zjednoczonych po miesiącu wakacji spędzonym na wyżynach Szkocji z sympatią, która przyjechała do Anglii w ramach programu wymiany studentów. W konsulacie odnotowano zaginięcie dokumentu, a następnie powiadomiono Departament Stanu w Waszyngtonie. Nie trzeba chyba wspominać, że obie instytucje o wszystkim zapomniały.

Nigdy się nie dowiemy, ilu pasażerów przylatujących na dwa londyńskie terminale obserwowano przez lornetkę z tarasu widokowego, gdy opuszczali samolot i schodzili po stopniach na płytę lotniska. Poza różnicą wieku dwóch mężczyzn, którzy utracili dokumenty, łączyły pewne wspólne cechy. Obaj mieli około stu osiemdziesięciu centymetrów wzrostu, byli szerocy w ramionach i szczupli. Obaj mieli niebieskie oczy i rysami twarzy przypominali nierzucającego się w oczy Anglika, który podążył ich śladem, a następnie obrabował. Pastor Jensen miał czterdzieści osiem lat, szpakowate włosy i złocone okulary do czytania. Marty Schulberg liczył sobie dwadzieścia pięć lat, miał kasztanowe włosy i masywne dyrektorskie oprawki okularów, które nosił cały czas.

Szakal długo analizował ich fotografie, rozłożywszy paszporty na blacie biurka w swoim mieszkaniu przy South Audley Street. W ciągu jednego dnia odwiedził kilka sklepów, między innymi wypożyczalnię kostiumów teatralnych, salon optyczny i butik z męską odzieżą na West Endzie, w którym sprzedawano amerykańskie ubrania, głównie z Nowego Jorku. Kupił zestaw zabarwionych na niebiesko szkieł kontaktowych, zaopatrzył się też w dwie pary okularów, jedną w złoconej, a drugą w ciężkiej czarnej oprawie, bez soczewek korekcyjnych, ze zwykłymi szkłami. Kupił też parę czarnych skórzanych półbutów, podkoszulek i slipy, spodnie w kolorze złamanej bieli i błękitną wiatrówkę zapinaną na zamek błyskawiczny z kołnierzem i mankietami z czerwono-białej wełny. Wszystkie wspomniane części garderoby były wyprodukowane w Nowym Jorku. Nabył też białą koszulę odpowiednią dla duchownego i nakrochmaloną koloratkę z czarnym „listkiem". Z tych ostatnich rzeczy starannie odpruł metki.

A potem odwiedził salon z perukami i tupecikami w Chelsea prowadzony przez dwóch homoseksualistów. Kupił tam preparat umożliwiający nadanie włosom szpakowatej barwy oraz wysłuchał precyzyjnych, z fałszywą skromnością wygłoszonych wskazówek, jak nałożyć kolor, aby w krótkim czasie uzyskać najlepszy efekt. Nabył też kilka małych szczoteczek do nakładania farby. Oprócz kompletu amerykańskich ubrań w każdym ze sklepów kupił tylko jedną rzecz.

Następnego dnia, osiemnastego lipca, w dolnej części wewnętrznej kolumny „Le Figaro" ukazała się mała wzmianka, że zastępca szefa brygady policji kryminalnej, komisarz Hypolite Dupuy, dostał udaru w swoim paryskim biurze przy Quai des Orfèvres i zmarł w drodze do szpitala. Wymieniono też nazwisko jego następcy. Został nim komisarz Claude Lebel, szef wydziału zabójstw. Z powodu nawału pracy, jaki w miesiącach letnich miały wszystkie wydziały brygady, komisarz od razu przystąpił do pełnienia obowiązków. Szakal, który przeglądał codziennie każdą francuską gazetę dostępną w Londynie, przeczytał tę informację, zatrzymując wzrok na słowie „kryminalnej" umieszczonym w nagłówku, lecz nie pomyślał o niczym konkretnym.

Przed rozpoczęciem codziennej obserwacji londyńskiego lotniska postanowił, że podczas całej operacji będzie się posługiwał fałszywym nazwiskiem. Zdobycie brytyjskiego paszportu jest jedną z najłatwiejszych rzeczy na świecie. Szakal wykorzystał metodę stosowaną przez większość najemników, przemytników i innych osobników, którzy wolą przekraczać granicę pod cudzym nazwiskiem. Najpierw wybrał się na wycieczkę samochodową do hrabstw wokół Londynu, rozglądając się za małymi wioskami położonymi w dolinie Tamizy. Na trzecim cmentarzu, który odwiedził, znalazł grób odpowiadający jego potrzebom. Był w nim pochowany Alexander Duggan, który zmarł w tysiąc dziewięćset trzydziestym pierwszym roku jako dwuletnie dziecko. Gdyby żył, w lipcu tysiąc dziewięćset sześćdziesiątego trzeciego roku byłby o kilka miesięcy starszy od Szakala. Leciwy wikary uprzejmie potraktował gościa, który zapukał na plebanię, przedstawiając się jako genealog amator próbujący odtworzyć drzewo genealogiczne rodziny Dugganów. Poinformowano go, że Dugganowie osiedlili się w wiosce wiele lat temu. Nieznajomy wyraził nieśmiałą sugestię, że księgi parafialne mogłyby mu dostarczyć pomocy w badaniach.

Wikary był człowiekiem wielkiej poczciwości. W drodze do kościoła Szakal zachwycił się pięknem małej normańskiej budowli, a datek wrzucony do skrzynki z darowiznami na jej odnowienie jeszcze bardziej ocieplił atmosferę. Z ksiąg parafialnych wynikało, że rodzice Duggana zmarli w ciągu siedmiu ostatnich lat, a ich jedyny syn Alexander został pochowany na parafialnym cmentarzu ponad trzydzieści lat temu. Szakal bezmyślnie przewracał karty parafialnego rejestru urodzin, małżeństw i zgonów z roku tysiąc dziewięćset dwudziestego dziewiątego, aż w kwietniowej rubryce spostrzegł nazwisko Duggan zapisane małymi literkami wprawną ręką.

Alexander James Quentin Duggan, urodzony trzeciego kwietnia tysiąc dziewięćset dwudziestego dziewiątego roku w parafii Świętego Marka w Sambourne Fishley.

Zanotował szczegóły, wylewnie podziękował wikaremu i odjechał. W Londynie zaszedł do Centralnego Rejestru Urodzin, Małżeństw i Zgonów, gdzie uczynny młody asystent bez mrugnięcia okiem przyjął jego wizytówkę, z której wynikało, że jest wspólnikiem firmy adwokackiej z Market Dayton w Shropshire i próbuje ustalić miejsce pobytu wnuków jednego z klientów firmy, który zmarł niedawno, zapisawszy majątek krewnym. Jednym z nich był Alexander James Quentin Duggan urodzony w Sambourne Fisley, w parafii Świętego Marka trzeciego kwietnia tysiąc dziewięćset dwudziestego dziewiątego roku.

Urzędnicy brytyjskiej służby cywilnej zwykle starają się spełnić grzeczną prośbę petenta. Młodzieniec, o którym mowa, nie był pod tym względem wyjątkiem. Po zajrzeniu do rejestru okazało się, że dane dotyczące urodzin się zgadzają, lecz dziecko zmarło ósmego listopada tysiąc dziewięćset trzydziestego pierwszego roku w wyniku wypadku drogowego. Za kilka szylingów Szakal otrzymał odpis aktu urodzenia i zgonu. Przed powrotem do domu wstąpił do rejonowego oddziału Ministerstwa Pracy po formularz podania paszportowego, zajrzał też do sklepu z zabawkami, gdzie za piętnaście szylingów nabył dziecinny zestaw do drukowania, a na poczcie nadał przekaz pocztowy opiewający na kwotę jednego funta.

Po powrocie do domu wypełnił formularz podania paszportowego na nazwisko Duggan, podając jego datę urodzenia i tak dalej, lecz wpisując własne znaki szczególne — wzrost, kolor włosów i oczu — a w rubryce zawód zanotował „przedsiębiorca". Podał też pełne imiona i nazwiska rodziców Duggana, czerpiąc je z aktu urodzenia. W rubryce osoby udzielającej referencji wpisał wielebnego Jamesa Elderly'ego, wikarego kościoła Świętego Marka w Sambourne Fishley, z którym rozmawiał tego ranka, a którego pełne nazwisko i tytuł LL.D[1] figurowało na tablicy informacyjnej przed wejściem do kościoła. Podpis wikarego został wprawnie podrobiony jasnym atramentem i cienką stalówką. Za pomocą dziecinnego zestawu do drukowania wykonał stempel z napisem: „Parafia kościoła Świętego Marka, Sambourne Fishley", którą następnie przystawił obok podpisu duchownego. Kopia aktu urodzenia wraz z formularzem zostały wysłane do biura paszportów w Petty France. Akt zgonu zniszczył. Nowy paszport nadszedł na adres korespondencyjny cztery dni później, kiedy Szakal czytał poranne wydanie „Le Figaro". Odebrał dokument po lunchu. Późnym popołudniem zamknął mieszkanie i pojechał na lotnisko w Londynie, gdzie wsiadł na pokład samolotu lecącego do Kopenhagi, ponownie płacąc gotówką, aby nie używać książeczki czekowej. Pod fałszywym dnem walizki, w przegródce niewiele grubszej od zwyczajnego magazynu, którą można było odkryć jedynie po skrupulatnym przeszukaniu, znajdowały się dwa tysiące

[1] *Legum Doctor*, doktor praw.

funtów, które poprzedniego dnia wyjął z jednej z kasetek w skarbcu firmy adwokackiej w Holborn.

Wizyta w Kopenhadze była krótka i miała charakter roboczy. Przed opuszczeniem lotniska Kastrup zarezerwował sobie lot Sabeną do Brukseli następnego dnia. W stolicy Danii było za późno na zakupy, więc zameldował się w Hôtel d'Angleterre przy Longs Ny Torv, zjadł jak król w restauracji Seven Nations i po przyjemnym flircie z dwiema jasnowłosymi Dunkami wrócił wolnym krokiem przez ogrody Tivoli, aby położyć się do łóżka o pierwszej w nocy.

Następnego dnia kupił lekki szary garnitur dla duchownego w jednym z najlepszych sklepów odzieżowych w centrum Kopenhagi, parę eleganckich czarnych butów, zestaw bielizny i trzy białe koszule z kołnierzykiem. Kupował jedynie produkty duńskich firm, o czym informowała mała, umieszczona w środku naszywka. Białe koszule, których nie potrzebował, kupił tylko po to, aby przeszyć metki na koszulę, koloratkę i „listek" kupione w Londynie. Sprzedawcy wyjaśnił, że jest studentem teologii, który niebawem zostanie wyświęcony.

Ostatnim zakupem była napisana w języku duńskim książka o najważniejszych kościołach i katedrach Francji. Zjadł lekki chłodny posiłek w restauracji nad brzegiem jeziora w ogrodach Tivoli i o piętnastej piętnaście wsiadł na pokład samolotu lecącego do Brukseli.

Rozdział czwarty

Powody, dla których człowiek tak utalentowany i dojrzały jak Paul Goossens postanowił zostać przestępcą, stanowiły zagadkę dla jego nielicznych przyjaciół, znacznie liczniejszych klientów i belgijskiej policji. Po przepracowaniu trzydziestu lat w Fabrique Nationale w Liège Goossens stał się znany ze skrupulatności i dokładności w dziedzinie, w której jest to absolutnie niezbędne. Cieszył się nieposzlakowaną opinią. Uważano go za głównego specjalistę znakomitej firmy zbrojeniowej produkującej broń — od damskich pistoletów po najcięższe karabiny maszynowe.

Imponujące były również jego dokonania wojenne. Chociaż po zajęciu Belgii przez Niemców w dalszym ciągu pracował w fabryce zbrojeniowej, którą przejęli naziści, potajemnie współpracował z ruchem oporu i uczestniczył w organizowaniu sieci kryjówek umożliwiających ucieczkę zestrzelonym alianckim lotnikom. W pracy organizował sabotaż, dzięki któremu znaczna część wyprodukowanej broni wracała do Liège, nieużyta nawet do strzału, lub eksplodowała przy pięćdziesiątym pocisku, zabijając niemiecką obsługę. Te niezwykłe fakty z życia skromnego i bezpretensjonalnego człowieka zostały później przywołane przez jego obrońców, którzy z powodzeniem wykorzystali je na sali sądowej. Dzięki nim otrzymał znacznie łagodniejszy wyrok. Na ławie przysięgłych zrobiło też wrażenie jego nieśmiałe wyznanie, że nie ujawnił swojej konspiracyjnej działalności, ponieważ medale i wyróżnienia nadawane po wyzwoleniu wprawiały go w zakłopotanie.

Kiedy stuknęła mu pięćdziesiątka, podczas lukratywnej transakcji sprzedaży broni z konta zagranicznego klienta zniknęła duża kwota. Podejrzenia padły na Goossensa, który zajmował wówczas stanowisko kierownika jednego z zakładów. Przełożeni stanęli za nim murem, zapewniając policję, że zarzuty stawiane zaufanemu *monsieur* Goosensowi są śmieszne.

Nawet podczas procesu dyrektor naczelny przemawiał w jego obronie. Sędzia przewodniczący obradom uznał jednak, że sprzeniewierzenie się takiemu zaufaniu jest tym bardziej naganne i Goossens został skazany na dziesięć lat więzienia. Po apelacji karę zmniejszono do pięciu lat. Z powodu dobrego sprawowania zwolniono go po odsiedzeniu trzech i pół roku.

Żona rozwiodła się z nim i odeszła, zabierając dzieci. Dawne życie lokatora otoczonego kwiatami domu w jednej z ładniejszych podmiejskich dzielnic Liège (a nie było ich zbyt wiele) dobiegło końca. Zakończyła się też jego kariera w Fabrique Nationale. Goossens kupił małe mieszkanko w Brukseli. Później przeprowadził się do domu oddalonego od miasta, gdy zaczął rozkwitać jego nowy interes polegający na dostarczaniu nielegalnej broni połowie podziemnego światka Europy Zachodniej.

Na początku lat sześćdziesiątych zyskał przydomek L'Armurier, „Rusznikarz". Obywatel Belgii mógł legalnie nabyć broń — rewolwer, automat lub karabin — w każdym sklepie z bronią myśliwską lub sportową w kraju po okazaniu dokumentu potwierdzającego belgijskie obywatelstwo. Goossens nigdy tego nie robił, ponieważ każda sprzedaż broni i amunicji była odnotowywana w specjalnym rejestrze wraz z nazwiskiem i numerem dokumentu tożsamości kupującego. Goossens posługiwał się dokumentami innych osób, ukradzionymi lub podrobionymi.

Nawiązał bliski kontakt z najlepszym kieszonkowcem w mieście, człowiekiem, który potrafił z łatwością wyciągnąć portfel z każdej kieszeni, gdy nie gnił w więzieniu na koszt państwa. Goossens kupował od niego dokumenty za gotówkę. Znał też znakomitego fałszerza, który po dotkliwej porażce pod koniec lat czterdziestych, kiedy to zmarnował dużą kwotę franków francuskich, przez nieuwagę opuszczając literę „u" w „Banque de France" (był wówczas młody), ze znacznie większym powodzeniem zajął się fałszowaniem paszportów. Goossens kupował broń za pośrednictwem człowieka posługującego się starannie podrobionym dokumentem tożsamości, podającym się za bezrobotnego, drobnego przestępcę niedawno wypuszczonego z więzienia lub aktora odpoczywającego przed kolejnym sukcesem scenicznym.

Spośród „personelu" tylko kieszonkowcy i fałszerze znali jego prawdziwą tożsamość. Podobnie postępowali niektórzy jego klienci, szczególnie herszci belgijskiego świata przestępczego, którzy nie tylko nie wtrącali się w jego sprawy, lecz oferowali mu pewną ochronę, odmawiając ujawnienia, skąd wzięli broń i doceniając w ten sposób jego użyteczność.

Oczywiście belgijska policja wiedziała, czym się zajmuje Goossens, lecz nigdy nie udało się przyłapać go z towarem lub uzyskać zeznania, które ostałoby się w sądzie i przyczyniło do jego skazania. Wiedzieli o podejrzanym, małym, lecz świetnie wyposażonym warsztacie i kuźni w zaadaptowanym garażu, lecz wielokrotnie ponawiane przeszukania nie ujawniły niczego więcej od typowego wyposażenia zakładu produkującego medaliony i miniatury brukselskich pomników z kutego metalu dla turystów. Podczas ostatniej wizyty policji Goossens wręczył uroczyście głównemu inspektorowi figurkę sikającego chłopca w dowód uznania dla sił stojących na straży prawa i porządku publicznego.

Nie czuł żadnych wyrzutów sumienia, czekając rankiem dwudziestego pierwszego lipca tysiąc dziewięćset sześćdziesiątego trzeciego roku na przybycie Anglika poleconego mu telefonicznie przez jednego z najlepszych klientów, dawnego najemnika, który służył w Katandze od tysiąc dziewięćset sześćdziesiątego do tysiąc dziewięćset sześćdziesiątego drugiego roku, a później wpadł na genialny pomysł założenia firmy ochroniarskiej opiekującej się domami publicznymi w Brukseli.

Gość zjawił się w samo południe, tak jak obiecał. *Monsieur* Goossens wprowadził go do małego biura za warsztatem.

— Mógłby pan zdjąć okulary? — spytał, kiedy gość zajął miejsce, a widząc wahanie wysokiego Anglika, dodał: — Jeśli mamy współpracować, powinniśmy sobie ufać. Chce pan drinka?

Człowiek, który posługiwał się paszportem Alexandra Duggana, zdjął ciemne okulary i patrzył z lekkim zdziwieniem, jak mały rusznikarz nalewa piwo do dwóch szklanek. *Monsieur* Goossens rozsiadł się za biurkiem, pociągnął łyk i spytał cicho:

— Czym mogę panu służyć, *monsieur*?

— Czy Louis zadzwonił, aby uprzedzić o moim przybyciu?

— Oczywiście — skinął głową *monsieur* Goossens — w przeciwnym razie nie byłoby tu pana.

— Powiedział, czym się zajmuję?

— Nie, wspomniał jedynie, że znacie się z Katangi, że ręczy za pana dyskrecję i że potrzebuje pan broni. Zapewnił, że będzie pan przygotowany, by zapłacić za nią gotówką, w funtach szterlingach.

Anglik skinął wolno głową.

— Skoro wiem, czym się pan zajmuje, nie ma powodu, aby nie znał pan mojego fachu. Broń, której potrzebuję, to wyjątkowy karabin wyposażony w pewne nietypowe dodatki. Cóż... specjalizuję się w usuwaniu ludzi, którzy mają potężnych i bogatych wrogów. Tacy ludzie są zwykle potężni i bogaci. Zadanie to bywa trudne, albowiem mogą sobie pozwolić na profesjonalną ochronę. Taka robota wymaga precyzyjnego planu i odpowiedniej broni. Obecnie wykonuję tego rodzaju zlecenie. Będę potrzebował karabinu.

Monsieur Goossens pociągnął łyk piwa, a następnie dobrotliwie skinął głową.

— Znakomicie, znakomicie. Jest pan specjalistą podobnie jak ja. Wyczuwam wyzwanie. Jaki karabin ma pan na myśli?

— Ważny jest nie tyle typ broni, ile ograniczenia narzucane przez mój fach. Potrzebuję karabinu, który sprosta wymaganiom mimo pewnych ograniczeń.

Oczy *monsieur* Goossensa zabłysły z zadowolenia.

— Ma pan na myśli karabin jedyny w swoim rodzaju — mruknął z rozkoszą. — Karabin skonstruowany dla jednego człowieka, do wykonania jednorazowego zlecenia w okolicznościach, które nie powtórzą się nigdy więcej. Przyszedł pan do właściwego człowieka. Wyczuwam wyzwanie, drogi *monsieur*. Cieszę się, że pan do mnie trafił.

Anglik uśmiechnął się na widok profesjonalnego entuzjazmu Belga.

— Oto jestem, *monsieur*.

— Proszę mi wyjaśnić, jaki charakter mają te ograniczenia.

— Głównym ograniczeniem jest wielkość, nie tyle długość, ile masywność poszczególnych części. Komora i zamek nie mogą być większe niż... — mówiąc to, uniósł prawą rękę i dotknął kciuka końcem środkowego palca tak, że powstała litera O o średnicy nieprzekraczającej ośmiu centymetrów.

Z uwagi na wielkość komory gazowej nie może to być broń powtarzalna. Z tego samego powodu karabinek nie może mieć masywnego mechanizmu sprężynowego — kontynuował Anglik. — Musi być wyposażony w zamek ryglowy.

Monsieur Goossens kiwał głową, spoglądając w sufit. Najwyraźniej analizował wymagania klienta, tworząc w myślach obraz karabinu składającego się z części niewielkich rozmiarów.

— Proszę mówić dalej — mruknął.

— Broń nie może mieć zamka z rączką, która wystaje na zewnątrz, jak w mauserze siedem i dziewięćdziesiąt dwie setne milimetra lub lee enfieldzie trzystatrójce. Zamek musi przesuwać się w kierunku ramienia, żeby palcem wskazującym i kciukiem można było wsunąć nabój od tyłu. Nie może być też wyposażony w osłonę spustu. Język spustowy musi być wyjmowany tak, aby można go było umieścić na miejscu tuż przed strzałem.

— Dlaczego? — spytał Belg.

— Ponieważ cały mechanizm musi się zmieścić w cylindrycznym pojemniku, w którym będzie przechowywany i przenoszony, ten zaś nie może wzbudzać niczyjej uwagi. Z tego powodu konieczna jest średnica nie większa od tej, którą pokazałem. Czy można skonstruować wyjmowany język spustowy?

— Pewnie, prawie wszystko jest możliwe. Oczywiście da się zbudować karabin na jeden nabój, który ładuje się od tyłu jak śrutówkę. W ten sposób można się obyć bez zamka, konieczny będzie jednak przegub, a zatem nic nam to nie zaoszczędzi. Trzeba będzie zaprojektować i zbudować karabin od zera, wykonać z jednego kawałka metalu cały zamek i komorę. Nie będzie to łatwe w małym warsztacie, lecz jest możliwe do wykonania.

— Ile czasu może to panu zająć? — spytał Anglik.

Belg wzruszył ramionami i rozłożył dłonie.

— Obawiam się, że kilka miesięcy.

— Nie mogę tak długo czekać.

— W takim razie trzeba będzie wykorzystać elementy broni dostępnej na rynku i dokonać niezbędnych przeróbek. Proszę mówić dalej.

— Dobrze, karabin musi być lekki. Nie zależy mi na dużym kalibrze. Dzieła zniszczenia dokona kula. Musi mieć krótką lufę, nie dłuższą niż siedemdziesiąt centymetrów...

— Z jakiej odległości chce pan strzelać?

— Jeszcze nie wiem, z około stu trzydziestu metrów, chociaż mogą się pojawić przeszkody.

— Będzie pan celował w głowę czy klatkę piersiową?

— Przypuszczalnie w głowę. Mógłbym celować w pierś, lecz strzał w głowę jest pewniejszy.

— Tak, pod warunkiem że pan trafi — przytaknął Belg. — Łatwiej trafić w klatkę piersiową. Przynajmniej jeśli używa się lekkiej broni o krótkiej lufie z odległości ponad stu trzydziestu metrów, a na dodatek jeśli mogą się pojawić przeszkody. Z pana wątpliwości, czy mierzyć w głowę, czy klatkę piersiową, wnoszę, że ktoś może stanąć na drodze — dodał.

— Tak, to możliwe.

— A czy uda się panu strzelić drugi raz, jeśli trzeba będzie kilku sekund, aby wyjąć łuskę i włożyć do komory nowy nabój, zamknąć zamek i ponownie wycelować?

— Nie sądzę. Mógłbym zyskać sekundę, gdybym użył tłumika i pierwszy chybiony strzał nie zostałby przez nikogo zauważony. Jednak nawet gdybym trafił w skroń, potrzebowałbym tłumika, aby uciec. Musi minąć kilka minut, zanim ktokolwiek się zorientuje, skąd nadleciała kula.

Belg w dalszym ciągu kiwał głową, wpatrując się w blat biurka.

— Powinien pan użyć pocisków wybuchających. Przygotuję kilka razem z bronią. Wie pan, co mam na myśli?

Anglik skinął głową.

— Glicerynowe czy rtęciowe?

— Rtęciowe. Są znacznie czystsze i schludniejsze. Czy ma pan jeszcze jakieś wymagania?

— Obawiam się, że tak. Aby broń zajmowała jak najmniej miejsca, trzeba usunąć wszystkie elementy drewniane tworzące uchwyt pod lufą. Potrzebuję jedynie metalowej konstrukcji podobnej do stena. Karabin musi dać się rozłożyć na trzy części: górną, dolną i kolbę. Na koniec będzie potrzebny dobry tłumik i celownik teleskopowy. Obydwa elementy muszą być ruchome, aby można je było zdjąć podczas przenoszenia i przechowywania.

Belg zamyślił się dłuższą chwilę, wypijając piwo do dna.

— Może pan coś takiego wykonać? — spytał niecierpliwie Anglik.

Monsieur Goossens przebudził się z zadumy i uśmiechnął przepraszająco do gościa.

— Proszę wybaczyć. To bardzo skomplikowane zlecenie. Tak, mogę przygotować panu coś takiego. Jeszcze nigdy nie zawiodłem klienta, nie dostarczając mu zamówionego towaru. Zgaduję, że operacja, którą mi pan opisał, będzie przypominała polowanie. Sprzęt trzeba będzie przenosić przez punkty kontrolne w sposób niewzbudzający niczyich podejrzeń. Wyprawa łowiecka wymaga broni myśliwskiej i taką właśnie pan otrzyma. Nie będzie to dwudziestkadwójka, taką bowiem poluje się na króliki i zające. Nie będzie to też coś tak dużego jak remington trzysta, gdyż taka broń nie spełniłaby pańskich wymagań dotyczących wielkości. Myślę o pewnym karabinku, który można kupić w Brukseli w niektórych sklepach z bronią sportową. To drogi karabin, bardzo precyzyjne narzędzie. Odznacza się niezwykłą celnością, a jednocześnie jest pięknie wykonany, lekki i cienki. Używa się go do polowań na kozice i inne małe jeleniowate, jednakże stosując pociski wybuchające, można nim zapolować na większą zwierzynę. Proszę mi powiedzieć, czy... ten dżentelmen będzie się poruszał wolno czy szybko? A może będzie stał nieruchomo?

— Nie będzie się poruszał.

— W takim razie nie ma problemu. Skonstruowanie ramy z trzech oddzielnych stalowych rurek i wykonanie wyjmowanego spustu to kwestia czysto techniczna. Dokręcenie tłumika i skrócenie lufy o dwadzieścia centymetrów nie jest problemem. Proszę jednak pamiętać, że skrócenie lufy o dwadzieścia centymetrów zmniejszy celność broni. Szkoda, naprawdę szkoda. Jest pan strzelcem wyborowym?

Anglik skinął głową.

— Celny strzał do stojącego nieruchomo człowieka z odległości stu trzydziestu metrów z broni z celownikiem teleskopowym nie powinien stanowić problemu. Tłumik wykonam sam. Konstrukcja nie jest skomplikowana, ale trudno go kupić w sklepie, szczególnie długi, do karabinu, bo zazwyczaj nie są używane do polowań. Wspomniał pan wcześniej, *monsieur*, o cylindrycznym pojemniku do przenoszenia rozmontowanego karabinu. Proszę opisać dokładniej, o co panu chodzi.

Anglik wstał i podszedł do biurka, pochylając się nad małym Belgiem. Kiedy wsunął rękę do wewnętrznej kieszeni, w oczach gospodarza błysnął lęk. Dopiero teraz spostrzegł, że wyraz twarzy zabójcy nie wpływa na jego oczy przesłonięte szarą smugą niczym pasmem dymu. Anglik wyjął srebrny ołówek automatyczny. Odwrócił notatnik *monsieur* Goossensa i przez kilka sekund szybko coś szkicował.

— Poznaje pan to? — spytał, odwracając kartkę w stronę rusznikarza.

— Oczywiście — odparł Belg, rzuciwszy okiem na starannie wykonany rysunek.

— Doskonale. Całość składa się z szeregu pustych aluminiowych rurek, które można ze sobą skręcić. W tej... — wskazał czubkiem ołówka fragment rysunku — znajduje się pierwsza część broni, w tej druga. Obie są schowane w tej rurce. Kolba na ramię jest tutaj... cała. To jedyna część, która bez żadnych modyfikacji spełnia obie funkcje. Tutaj... — pokazał ołówkiem inny fragment rysunku, który Belg obserwował wybałuszonymi ze zdumienia oczami — w najgrubszym miejscu, w rurce o największej średnicy, znajduje się zamek z ryglem przechodzący w lufę. Ponieważ użyję celownika teleskopowego, muszka będzie niepotrzebna, więc wszystkie części powinny się wysunąć po odkręceniu zatyczki. Dwie ostatnie części... ta i ta... zawierają celownik i tłumik. Na koniec naboje. Trzeba je umieścić w tej małej rurce u dołu. Po złożeniu karabin musi wyglądać dokładnie tak. Z siedmiu części... naboju, tłumika, celownika teleskopowego, lufy i trzech podpórek... powinna powstać skuteczna broń, rozumie pan?

Mały Belg przez kilka sekund przyglądał się rysunkowi, a potem podniósł się powoli i wyciągnął dłoń.

— *Monsieur*, to genialna konstrukcja — rzekł z uznaniem. — Broń będzie niewykrywalna, a jednocześnie niezwykle prosta. Wykonam ją.

Anglik nie okazał żadnych uczuć.

— Dobrze — powiedział. — Pozostaje jeszcze kwestia czasu. Będę potrzebował tej broni za mniej więcej czternaście dni. Zdoła ją pan wykonać w tym czasie?

— Tak. Nabycie karabinu zajmie mi trzy. Dokonanie przeróbek wymaga tygodnia. Zakup celownika teleskopowego nie stanowi problemu. Może mi pan pozostawić wybór w tej kwestii. Wiem, czego trzeba, aby strzelić celnie z odległości stu trzydziestu metrów. Wyreguluje pan broń osobiście, według własnego uznania. Wykonanie tłumika, zmodyfikowanie naboi i wykonanie zewnętrznych cylindrów... tak, zdążę na czas, jeśli zabiorę się ostro do roboty. Proponuję, aby wrócił pan dzień lub dwa wcześniej, by uzgodnić ostatnie szczegóły. Możemy się spotkać za dwanaście dni?

— Tak, w każdym czasie w ciągu siedmiu do czternastu dni od dziś. Czternaście dni to nieprzekraczalny termin. Muszę wrócić do Londynu czwartego sierpnia.

— Jeśli przyjedzie pan pierwszego sierpnia na ostatnią konsultację, broń będzie gotowa na czwartego sierpnia rano, *monsieur*.

— Znakomicie. Pozostaje kwestia kosztów i pańskiego wynagrodzenia — powiedział Anglik. — Ile to może kosztować?

Belg pomyślał chwilę.

— Za tego rodzaju zlecenie, robociznę, amortyzację sprzętu i moją fachową wiedzę, muszę policzyć tysiąc funtów szterlingów. Zgadzam się, że przekracza to cenę zwyczajnego karabinu, lecz nie będzie to zwykła broń. Mówimy o dziele sztuki. Jestem jedynym człowiekiem w Europie, który może ją wykonać. Podobnie jak pan, *monsieur*, jestem najlepszy w swoim fachu. Za pracę najlepszych się płaci. Do tego trzeba będzie doliczyć koszt karabinu, naboi, celownika teleskopowego i materiałów... powiedzmy jakieś dwieście funtów.

— Zgoda — odparł Anglik, nie wdając się w dyskusję. Sięgnął do kieszeni na piersi i wyciągnął zwitki pięciofuntowych banknotów po dwadzieścia każdy. Odliczył pięć po dwadzieścia banknotów. — Aby miał pan pewność, że jestem poważnie zainteresowany — rzekł spokojnym głosem — wypłacę zaliczkę na pokrycie kosztów w kwocie pięciuset funtów. Siedemset funtów otrzyma pan za jedenaście dni, po moim powrocie. Czy zgadza się pan na takie warunki?

— *Monsieur*, robienie interesów z takim zawodowcem i dżentelmenem to dla mnie prawdziwa przyjemność — odrzekł Belg, zręcznie przeliczając pieniądze.

— Chciałbym dodać coś jeszcze — ciągnął gość, jakby mu nie przerwano. — Nie będzie pan próbował skontaktować się z Louisem, nie będzie pytał, kim jestem oraz jaka jest moja prawdziwa tożsamość. Jeśli pan to zrobi, na pewno się dowiem, a wówczas pana zabiję. Zabiję pana także wówczas, gdy podejmie pan jakąkolwiek próbę skontaktowania się z policją lub zastawienia pułapki. Czy to jasne?

Monsieur Goossens poczuł się nieswojo. Stojąc w korytarzu, spojrzał na Anglika i poczuł, że żołądek podchodzi mu do gardła. Poznał wielu twardzieli z belgijskiego półświatka, którzy przychodzili do niego z zadrapanym nosem po nietypową broń lub zwyczajnego kolta. Byli to groźni ludzie, lecz w gościu, który przybył zza kanału, aby zamordować ważną i pilnie strzeżoną osobę, wyczuł coś obcego i nieprzejednanego. Pomyślał, że nie chodzi o szefa gangu, lecz o jakąś ważną personę, być może polityka. Chciał zaprotestować lub stanowczo odmówić, lecz postąpił rozsądniej.

— *Monsieur*, nie chcę wiedzieć, kim pan jest — powiedział cicho. — Nie chcę wiedzieć o panu niczego. Karabin, który pan otrzyma, nie będzie miał numeru seryjnego. Proszę zrozumieć, że od zdobycia wiedzy na pański temat ważniejsze jest dla mnie to, aby w żaden sposób nas ze sobą nie powiązano. Żegnam *monsieur*.

Szakal wyszedł na słońce i dwie ulice dalej wsiadł do taksówki, każąc się zawieźć do hotelu Amigo w centrum miasta.

Wiedział, że Goossens musi skorzystać z pomocy fałszerza, aby kupić karabin, lecz do pozostałych spraw wolał znaleźć własnego. Ponownie pomógł mu Louis, kumpel z dawnych czasów w Katandze. Oczywiście nie stanowiło to większego problemu. Bruksela była od dawna ważnym ośrodkiem fabrykowania dokumentów, a wielu cudzoziemców ceniło sobie, że wszystko odbywało się bez zbędnych formalności. Na początku lat sześćdziesiątych stolica Belgii stanowiła główną bazę przerzutową najemników, zanim w Kongu pojawiły się francuskie, południowoafrykańskie i brytyjskie oddziały, które później zdominowały całą branżę. Kiedy Katanga upadła, ponad trzystu „doradców wojskowych", będących na usługach dawnego reżimu Tshombe, przesiadywało bezczynnie w barach w dzielnicy domów publicznych, a wielu z nich dysponowało kilkoma zestawami fałszywych dokumentów.

Szakal znalazł człowieka, którego szukał, w barze przy Rue Neuve, po tym jak Louis zaaranżował im spotkanie. Przedstawił się i obaj usiedli we wnęce z boku sali. Szakal wyciągnął prawo jazdy wystawione na swoje prawdziwe nazwisko, wydane dwa lata wcześniej przez Radę Miejską Londynu i ważne jeszcze kilka miesięcy.

— Należało do człowieka, który już nie żyje — wyjaśnił Belgowi. — Ponieważ mam zakaz prowadzenia pojazdów w Wielkiej Brytanii, potrzebuję dokumentu z własnym nazwiskiem.

Mówiąc to, położył przed fałszerzem paszport wystawiony na nazwisko Duggana. Mężczyzna siedzący po drugiej stronie spojrzał na paszport i zauważył, że jest nowy. Jego uwagi nie umknęło również to, że został wydany trzy dni temu. Spojrzał chytrze na Anglika.

— *En effet*[1] — mruknął, a następnie przejrzał małe czerwone prawo jazdy. Po chwili podniósł głowę. — Nie będzie to trudne, *monsieur*. Angielscy urzędnicy to dżentelmeni. Nie podejrzewają, że dokumenty mogły zostać podrobione, dlatego nie

[1] Rzeczywiście (fr.).

stosują należytych środków ostrożności. Ten... — przytknął palcami w małą kartkę przyklejoną do pierwszej strony prawa jazdy z numerem oraz imieniem i nazwiskiem właściciela... można by wydrukować za pomocą małego drukarza dla dzieci. Podrobienie znaku wodnego też nie nastręcza trudności. Czy to wszystko?

— Nie, potrzebuję jeszcze dwóch dokumentów.

— Rozumiem. Nie podejrzewam, aby skontaktował się pan ze mną, gdyby potrzebował czegoś tak prostego. W Londynie są specjaliści, którzy wykonaliby takie zlecenie w ciągu kilku godzin. O jakie dokumenty chodzi?

Szakal opisał je szczegółowo. Belg zmrużył oczy, zastanawiając się nad tym, co usłyszał. Wyciągnął paczkę basto, poczęstował Anglika, który odmówił, i zapalił jednego.

— To nie będzie już takie łatwe. Francuski dokument tożsamości, mogło być gorzej. Mamy wiele papierów, które można wykorzystać. Jak pan zapewne wie, trzeba mieć oryginał, aby osiągnąć najlepsze rezultaty. Lecz ten drugi... Nie sądzę, abym widział coś takiego. To nietypowe zlecenie.

Przerwał, gdy Szakal wezwał kelnera, prosząc o ponowne napełnienie szklanek. Kiedy mężczyzna odszedł, podjął temat:

— Na dodatek ta fotografia. To nie będzie łatwe. Powiedział pan, że musi być wyraźna różnica wieku, rozpoznawalna po kolorze i długości włosów. Większość osób zamawiających fałszywe dokumenty chce, aby zawierały ich własne zdjęcie ze zmienionymi danymi. Trzeba będzie wykonać nowe, na którym będzie pan wyglądał inaczej niż obecnie, co znacznie skomplikuje nam sprawę.

Wypił pół szklanki, mierząc wzrokiem Anglika siedzącego naprzeciw niego.

— Trzeba będzie znaleźć człowieka w wieku zbliżonym do wieku właścicieli tych dowodów. Facet musi być podobny do pana, przynajmniej jeśli chodzi o głowę i twarz. Przytniemy mu włosy do żądanej przez pana długości. Jego zdjęcie zostanie następnie wstawione do dokumentów. Od tej chwili to pan będzie musiał się do niego upodobnić, a nie odwrotnie. Nadąża pan?

— Tak — odparł Szakal.

— Zajmie mi to trochę czasu. Jak długo zabawi pan w Brukseli?

— Mam mało czasu — stwierdził Szakal. — Muszę wkrótce wyjechać, lecz wrócę pierwszego sierpnia i zostanę w mieście trzy dni. Czwartego wracam do Londynu.

Belg zamyślił się ponownie, patrząc na fotografię w paszporcie, który trzymał przed sobą. W końcu zamknął dokument i zwrócił go Anglikowi po zapisaniu na wyciągniętej z kieszeni kartce: „Alexander James Quentin Duggan". Następnie schował do kieszeni notatkę i prawo jazdy.

— W porządku. Myślę, że da się to załatwić. Będę potrzebował dobrej fotografii pańskiej twarzy, tak jak wygląda obecnie, z przodu i profilu. Oczywiście wykonanie zlecenia będzie wymagało czasu i pieniędzy. Będę musiał ponieść dodatkowe koszty... być może trzeba będzie wysłać do Francji kolegę kieszonkowca, aby zdobyć drugi dokument. Naturalnie najpierw rozpytam się w Brukseli, lecz podróż do Francji nie jest wykluczona...

— Ile? — przerwał mu Anglik.

— Dwadzieścia tysięcy franków belgijskich.

Szakal pomyślał chwilę.

— Około sto pięćdziesiąt funtów szterlingów. Zgoda. Dam sto funtów zaliczki i resztę po odebraniu towaru.

Belg wstał od stołu.

— W takim razie wykonajmy portrety. Mam własne studio.

Pojechali taksówką do małego mieszkania w suterenie, w odległości niecałych dwóch kilometrów od baru. Było to zaniedbane i podupadłe atelier fotograficzne z szyldem informującym, że zakład specjalizuje się w wykonywaniu zdjęć paszportowych na poczekaniu. W oknie widniały zdjęcia, które przechodnie mieli uznać za szczytowe osiągnięcie właściciela zakładu — dwa ohydnie wyretuszowane portrety mizdrzących się kokieteryjnie dziewczyn, zdjęcie małżeńskiej pary wystarczająco nieatrakcyjnej, aby zadać miażdżący cios idei małżeństwa, i fotografie dwojga niemowląt. Belg podszedł do drzwi, otworzył zamek i zaprosił gościa do środka.

Podczas trwającej dwie godziny sesji Belg okazał się znakomitym fotografem, czego nie można było powiedzieć o autorze portretów widniejących w oknie. W dużej stojącej w rogu skrzyni, którą otworzył własnym kluczem, znajdowały się drogie aparaty i lampy błyskowe oraz wiele rekwizytów, między innymi szampony koloryzujące i farby do włosów, tupeciki i peruki, masa oprawek do okularów i kilka kostiumów teatralnych.

W połowie sesji Belg wpadł na pomysł, że nie trzeba będzie szukać modela, aby wykonać zdjęcie, które zastąpi autentyczną fotografię. Przyjrzawszy się efektowi trzydziestu minut pracy nad makijażem Szakala, sięgnął do skrzyni i wyciągnął perukę.

— Co o tym sądzisz? — spytał.

Peruka miała szpakowaty kolor i była przycięta *en brosse*[1].

— Czy mogłyby tak wyglądać pana włosy przycięte do tej długości i odpowiednio ufarbowane?

Szakal wziął perukę i przyjrzał się jej badawczo.

— Możemy spróbować i zobaczyć, jak wyjdzie na zdjęciu — zasugerował.

Wypadło znakomicie. Pół godziny później, po zrobieniu

[1] Na jeża (fr.).

sześciu fotografii, Belg wyszedł z ciemni. Obaj pochylili się nad biurkiem. Ze zdjęcia spoglądała na nich twarz starego, znużonego mężczyzny z ziemistą cerą i podkrążonymi oczami, wskutek zmęczenia lub bólu. Choć nie miał brody ani wąsów, siwe włosy powodowały, że wyglądał na schorowanego, pięćdziesięcioletniego człowieka.

— Myślę, że będzie dobrze — zawyrokował Belg.

— Problem w tym, że zrobienie makijażu zajęło panu pół godziny — odpowiedział Szakal. — Na dodatek ta peruka. Nie zdołam zrobić tego sam. Moja twarz została oświetlona sztucznym światłem, a dokument będę musiał pokazać w naturalnym świetle, gdy zostanę o to poproszony.

— To nie tak — zaprzeczył fałszerz. — Po pierwsze, nie chodzi o to, że pana wygląd nie będzie dokładnie odpowiadał fotografii, lecz o to, że fotografia nie będzie dokładnie odpowiadała panu. Tak rozumują ludzie sprawdzający dokumenty. Facet najpierw przygląda się twarzy, a następnie prosi o dokumenty. Dopiero wówczas widzi zdjęcie. To wpływa na jego osąd. Szuka podobieństw, a nie różnic. Po drugie, zdjęcie, które pan widzi, ma wymiary dwadzieścia pięć na dwadzieścia centymetrów. Zdjęcie w dokumencie tożsamości ma format trzy na cztery. Po trzecie, należy unikać zbyt dużego podobieństwa. Jeśli dokument został wystawiony kilka lat temu, nie jest możliwe, aby człowiek trochę się nie zmienił. Na tym zdjęciu jest pan w koszuli z rozpiętym kołnierzykiem. Proszę jej nie wkładać lub w ogóle nie rozpinać koszuli pod szyją. Może pan nosić krawat, apaszkę lub golf. Dodam, że bez trudu może pan zrobić to co ja. Oczywiście najważniejsze są włosy. Przed pokazaniem tego zdjęcia muszą zostać obcięte na jeża i ufarbowane. Powinny być nieco bardziej szpakowate niż na fotografii, na pewno nie mniej. W celu podkreślenia wieku i zniedołężnienia może pan wyhodować sobie dwu- lub trzydniowy zarost. Później proszę ogolić się brzytwą, lecz uczynić to niestarannie, zacinając się w kilku miejscach. Ludzie starsi często to robią. Ważna jest także cera. Aby wzbudzić współczucie, musi być ziemista i zmęczona, woskowa i chora. Może pan zdobyć trochę kordytu?

Szakal z podziwem słuchał wykładu fałszerza, choć nie okazywał tego na zewnątrz. Po raz drugi tego dnia spotkał zawodowca, który świetnie znał swój fach. Przypomniał sobie, że po wykonaniu zlecenia musi odpowiednio podziękować Louisowi.

— Chyba tak — rzekł ostrożnie.

— Wystarczy pogryźć i połknąć dwie lub trzy małe tabletki kordytu, aby po trzydziestu minutach dostać mdłości i innych przykrych dolegliwości, które nie wywołują jednak żadnych groźnych skutków. Kordyt nadaje skórze ziemisty odcień i wywołuje pot na twarzy. Stosowaliśmy tę sztuczkę w wojsku, symulując chorobę w celu uniknięcia służby w kuchni lub marszobiegu.

— Dzięki za informacje. Zdąży pan na czas z dokumentami?

— Z technicznego punktu widzenia tak. Jedynym problemem jest zdobycie oryginału drugiego francuskiego dokumentu. Będę musiał zabrać się szybko do pracy. Jeśli wróci pan w pierwszych dniach sierpnia, myślę, że zdążę wszystko przygotować. Aha... wspomniał pan o zaliczce na pokrycie kosztów...

Szakal sięgnął do wewnętrznej kieszeni, wyciągnął zwitek pięciofuntowych banknotów i podał go Belgowi.

— Jak mam się z panem skontaktować? — zapytał.

— Podobnie jak dziś wieczorem.

— To zbyt ryzykowne. Mój człowiek może się gdzieś zawieruszyć lub wyjechać z miasta. Wówczas nie będę miał z panem kontaktu.

Belg pomyślał chwilę.

— Przez pierwsze trzy dni sierpnia będę czekał codziennie od szóstej do siódmej w barze, w którym się spotkaliśmy. Jeśli się pan nie pojawi, uznam, że transakcja nie doszła do skutku.

Anglik zdjął perukę i otarł twarz ręcznikiem zamoczonym w płynie do demakijażu. W milczeniu zawiązał krawat i włożył marynarkę. Kiedy skończył, odwrócił się do Belga.

— Chcę wyjaśnić pewną sprawę — rzekł cicho. Przyjacielski ton głosu zniknął, a jego oczy wpatrywały się w fałszerza tak ponuro jak mgła unosząca się nad kanałem La Manche. — Po wykonaniu roboty zgodnie z obietnicą zjawi się pan w barze. Przekaże mi pan nowe prawo jazdy i stronę usuniętą z dokumentu, który obecnie pan ma. Odda mi pan również negatywy wszystkich wykonanych dzisiaj fotografii. Zapomni pan o nazwisku Duggan i nazwisku pierwszego właściciela prawa jazdy. Nazwiska na dwóch sfałszowanych francuskich dokumentach może pan wybrać sam, muszą być jednak proste i popularne. Kiedy odda mi pan te dokumenty, zapomni także o nich. Nigdy nie wspomni pan nikomu o tym zleceniu. Jeśli złamie pan któryś z tych warunków, zabiję. Czy to jasne?

Belg przypatrywał się mu przez chwilę. Przez trzy ostatnie godziny sądził, że Anglik jest zwykłym klientem, który chce prowadzić auto w Anglii, a we Francji z jakiegoś powodu pragnie udawać mężczyznę w średnim wieku. Być może był przemytnikiem szmuglującym narkotyki lub diamenty z jakiegoś samotnego rybackiego portu w Bretanii do Anglii. W sumie sympatyczny gość. Teraz zmienił zdanie.

— Rozumiem, *monsieur*.

Chwilę później Anglik zniknął w ciemnościach nocy. Po przejściu pięciu przecznic wsiadł do taksówki i kazał się zawieźć do hotelu Amigo. Na miejsce przybył o północy. Zamówił do pokoju zimnego kurczaka i butelkę mozelskiego wina, wziął kąpiel, aby zmyć wszelkie ślady makijażu, i poszedł spać.

Następnego ranka wymeldował się z hotelu i wsiadł do Brabant Express jadącego do Paryża. Był dwudziesty drugi lipca.

• • •

Tego ranka szef wydziału operacyjnego SDECE siedział przy biurku, analizując dwie kartki. Każda zawierała rutynowy raport sporządzony przez agentów innych wydziałów. W główce niebieskiej przebitki widniała lista szefów służb upoważnionych do otrzymania kopii. Obok jego nazwiska postawiono mały ptaszek. Oba raporty nadeszły dziś rano i w normalnych warunkach pułkownik Rolland przejrzałby je, zapisując informacje w odpowiedniej rubryce swojej przepastnej pamięci. Jednakże w obu pojawiało się słowo, które nie dawało mu spokoju.

Pierwszy raport był międzywydziałową notatką z R3 (Europa Zachodnia) zawierającą streszczenie depeszy z biura SDECE w Rzymie. Autor donosił, że Rodin, Montclair i Casson w dalszym ciągu przebywają w apartamentach na górnym piętrze hotelu, pilnowani przez ośmiu ochroniarzy. Nie ruszyli się stamtąd od dnia, w którym się zameldowali, to jest od osiemnastego czerwca. Z Paryża przysłano dodatkowych ludzi z R3, aby pomóc rzymskiej placówce obserwować hotel przez okrągłą dobę. Instrukcje z centrali nie uległy zmianie: nie podejmować żadnych działań, poprzestać na obserwacji. Trzy tygodnie wcześniej (zob. raport komórki R3 w Rzymie z trzydziestego czerwca) mężczyźni przebywający w hotelu stworzyli metodę kontaktowania się ze światem zewnętrznym i do tej pory ją stosowali. Kurierem był Wiktor Kowalski. Koniec wiadomości.

Pułkownik Rolland sięgnął do płowożółtej teczki leżącej z prawej strony biurka, obok spiłowanej łuski pocisku sto pięć milimetrów, pełniącej funkcję pokaźnej popielniczki do połowy wypełnionej niedopałkami gauloise'ów disque bleue.

Codziennie jeden z ochroniarzy opuszczał hotel i udawał się na pocztę, gdzie na nazwisko Poitiers wynajęto przegródkę z przesyłkami poste restante. Oasowcy nie postarali się o skrytkę pocztową z kluczem, najwyraźniej obawiając się, że może zostać okradziona. Korespondencja przychodząca do szefów OAS, którą pracownik poczty przechowywał w przegródkach działu poste restante, była adresowana na nazwisko Poitiers. Próba przekupienia urzędnika i nakłonienia go do przekazywania korespondencji agentowi R3 okazała się nieskuteczna. Mężczyzna zawiadomił o tej próbie swoich przełożonych, którzy na jego miejsce postawili starszego urzędnika. Być może listy adresowane na nazwisko Poitiers były sprawdzane przez włoskie siły bezpieczeństwa, lecz ludzie z R3 mieli rozkaz, aby nie prosić Włochów o współpracę. Chociaż próba przekupienia pocztowca zakończyła się fiaskiem, byli przekonani, że należało spróbować. Korespondencja napływająca w ciągu nocy była codziennie przekazywana ochroniarzowi, którego zidentyfikowano jako Wiktora Kowalskiego, byłego kaprala legii cudzoziemskiej służącego w kompanii Rodina w Indochinach. Sądzono, że Kowalski ma dokumenty na nazwisko Poitiers lub upoważnienie do odbioru listów, które zostało zaakceptowane przez urząd pocztowy. Jeśli Kowalski miał do nadania jakieś listy, zjawiał się obok skrzynki pocztowej w holu głównym pięć minut przed jej opróżnieniem, wrzucał kopertę i czekał, aż listy zostaną wyjęte w celu posegregowania. Ingerowanie w proces odbioru lub wysyłki korespondencji szefów OAS wymagałoby użycia przemocy, co wykluczyła centrala w Paryżu. Czasami Kowalski telefonował. Przypuszczalnie były to rozmowy zamiejscowe, ponieważ korzystał z budek przeznaczonych na rozmowy zagraniczne. Nie udało się ustalić, z jakim numerem się łączył, ani podsłuchać, o czym mówiono. Koniec informacji.

Pułkownik Rolland zamknął teczkę i sięgnął po drugi raport, który nadszedł tego ranka. W raporcie policji kryminalnej z Metz napisano, że podczas próby wylegitymowania pewnego mężczyzny w trakcie rutynowego nalotu na bar, ten omal nie zabił dwóch funkcjonariuszy. Na posterunku policji na podstawie odcisków palców zidentyfikowano go jako dezertera z legii cudzoziemskiej o nazwisku Sandor Kovacs — Węgra, który uciekł z Budapesztu w tysiąc dziewięćset pięćdziesiątym szóstym roku. Notatka wydziału paryskiej policji kryminalnej uzupełniała raport z Metzu informacją, że Kovacs był żołnierzem OAS od dawna poszukiwanym w związku z serią politycznych zabójstw lojalistycznie nastawionych notabli z Bône i Konstantyny. W tym czasie Kovacs współdziałał z innym bandytą OAS przebywającym na wolności, byłym kapralem legii cudzoziemskiej Wiktorem Kowalskim. Koniec raportu.

Rolland zadumał się ponownie nad związkiem łączącym tych dwóch mężczyzn, tak jak to czynił przez minioną godzinę. W końcu nacisnął dzwonek i po usłyszeniu *Oui, mon colonel*[1] powiedział:

— Proszę mi natychmiast przynieść teczkę Wiktora Kowalskiego.

Dziesięć minut później dostarczono dokumenty z archiwum. Rolland studiował je kolejną godzinę. Kilka razy przebiegł wzrokiem wybrany fragment. Kiedy mieszkańcy Paryża wykonujący mniej stresującą robotę spieszyli na lunch, pułkownik zwołał małe zebranie. Oprócz Rollanda uczestniczyli w nim

[1] Tak, panie pułkowniku (fr.).

jego osobisty sekretarz, grafolog z wydziału dokumentacji, mieszczącego się trzy piętra niżej, i dwóch uzbrojonych twardzieli z jego osobistej gwardii pretoriańskiej.

— Panowie — oznajmił zebranym — z pomocą człowieka, który nie jest obecny wśród nas i byłby przeciwny temu, co za chwilę zrobimy, przygotujemy, napiszemy i wyślemy pewien list.

Rozdział piąty

Pociąg Szakala przybył na Gare du Nord tuż przed lunchem. Anglik pojechał taksówką do małego, lecz wygodnego hoteliku przy Rue de Suresne, obok Place de La Madeleine. Nie był to hotel tej klasy co d'Angleterre w Kopenhadze czy Amigo w Brukseli, Szakal miał bowiem powody, aby podczas pobytu w Paryżu zatrzymać się w bardziej skromnym i mniej znanym miejscu. Po pierwsze, chciał zabawić tu dłużej, po drugie, w odróżnieniu od Kopenhagi i Brukseli w Paryżu istniało znacznie większe prawdopodobieństwo, że pod koniec lipca przypadkowo natknie się na kogoś, kto znał go przelotnie w Londynie pod prawdziwym nazwiskiem. Wiedział, że na ulicy jego tożsamość ukryją czarne panoramiczne okulary, z którymi się nie rozstawał i które w jasnym słońcu oświetlającym paryskie bulwary wydawały się całkiem naturalne. Najbardziej niebezpieczne były hotelowe korytarze i hole. Ostatnią rzeczą, jakiej sobie życzył, było powitanie radosnym okrzykiem: „Ty tutaj?!" i wymienienie jego nazwiska w zasięgu słuchu recepcjonisty, dla którego był panem Dugganem.

Na szczęście pobyt w Paryżu nie łączył się z niczym, co mogłoby zwrócić czyjąś uwagę. Prowadził spokojny tryb życia, zamawiając do pokoju śniadanie złożone z rogalików i kawy. W delikatesach po drugiej stronie ulicy kupił słoik angielskiej marmolady, która zastąpiła dżem z czarnej porzeczki, jaki serwowano na tacy, i poprosił obsługę hotelową, aby przynosiła mu co rano marmoladę zamiast dżemu.

Zwracał się uprzejmie do pracowników, używając nielicznych francuskich słów, które wymawiał z okropnym angielskim akcentem, i uśmiechał się grzecznie, gdy do niego mówili. Na troskliwe zapytania menedżerów odpowiadał, że jego pokój jest niezwykle wygodny i dziękuje za obsługę.

— *Monsieur Duggan est extrêmement gentil. Un vrai gentleman*[1] — powiedziała pewnego dnia właścicielka hotelu recepcjoniście. Mężczyzna nie zaprzeczył.

Jak każdy turysta spędzał całe dnie poza hotelem. Pierwszego nabył plan Paryża i korzystając z małego notatnika, zaznaczył na nim interesujące miejsca, które chciałby zobaczyć. Wybrał się tam później z godnym pochwały poświęceniem, zwracając uwagę na piękno architektury i historyczne związki, które łączyły je z innymi miejscami.

Przez trzy dni włóczył się wokół Łuku Triumfalnego i przesiadywał na tarasie Café de l'Elysée, przypatrując się pomnikowi i dachom wielkich gmachów otaczających Place de l'Étoile. Człowiek, który w owe dni podążałby śladem Szakala (choć nikt taki się nie znalazł), byłby zaskoczony, że jego uwagę przyciągnęły nawet błyskotliwe projekty urbanistyczne *monsieur* Haussmanna. Żaden postronny obserwator nie odgadłby, że spokojny i elegancki angielski turysta mieszający kawę i długimi godzinami przypatrujący się budynkom, analizuje kąty strzału i odległość dzielącą górne piętra od wiecznego

[1] Pan Duggan jest niezwykle uprzejmy. To prawdziwy dżentelmen (fr.).

ognia płonącego pod Łukiem Triumfalnym, oceniając szansę ucieczki schodami pożarowymi i wmieszania się w tłum.

Po trzech dniach zakończył obserwację okolic Étoile i odwiedził cmentarz bohaterów francuskiego ruchu oporu w Mont Valérien. Przybył na miejsce z bukietem kwiatów. Wzruszony gestem Anglika przewodnik, który sam działał kiedyś w ruchu oporu, oprowadził go po wzgórzu, dostarczając ciekawego komentarza. Nie zauważył, że oczy gościa, zamiast wpatrywać się w wejście, podążają ku wysokim murom więzienia górującym nad dachami sąsiednich budynków i zasłaniającym wewnętrzny dziedziniec. Po dwóch godzinach Szakal pożegnał się uprzejmym „dziękuję" i hojnym, choć nie przesadnie ekstrawaganckim, *pourboire*[1].

Później zajrzał na Place des Invalides, nad którym od południa dominował Hôtel des Invalides, i Dôme des Invalides, gdzie znajdują się grób Napoleona i świątynia chwały francuskiego oręża. Najbardziej interesował go zachodni bok ogromnego placu wyznaczony przez Rue Fabert. Przesiedział cały ranek w narożnej kawiarence przy Rue Fabert sąsiadującej z małym, trójkątnym Place Santiago du Chili. Oszacował, że z siódmego lub ósmego piętra budynku przy Rue de Grenelle sto czterdzieści sześć, w miejscu, gdzie łączyła się z Rue Fabert pod kątem prostym, strzelec wyborowy mógłby razić ogniem ogrody, wejście na dziedziniec wewnętrzny, znaczną część Places des Invalides i dwie lub trzy ulice. Dobre miejsce na ostatni punkt oporu, lecz nie na dokonanie zamachu. Między innymi dlatego, że odległość dzieląca górne okna od wysypanej żwirem ścieżki wiodącej z Places des Invalides do miejsca, w którym między dwoma czołgami u podstawy schodów zatrzymywały się samochody, wynosiła ponad dwieście metrów. Widok rozciągający

[1] Napiwek (fr.).

się z okiem po drugiej stronie był częściowo zasłonięty przez konary gęstych lip rosnących na Place de Santiago, z których gołębie brudziły białymi odchodami milczący posąg Vaubana.

Kolejny dzień spędził na zwiedzaniu katedry Notre Dame. W labiryncie Ile de Los Angeles Cité mnóstwo było bocznych schodów, alejek i przejść, lecz odległość dzieląca drzwi katedry od samochodów zaparkowanych u podstawy schodów wynosiła zaledwie kilka metrów. Z kolei dachy budynków na Place du Parvis znajdowały się zbyt daleko, a dachy domów przy maleńkim placu Karola Wielkiego były zbyt blisko i zostałyby pewnie obsadzone obserwatorami francuskich sił bezpieczeństwa.

Na koniec odwiedził plac położony na południowym końcu Rue de Rennes. Zjawił się tam dwudziestego ósmego lipca. Kiedy gaulliści przejęli władzę w mieście, przemianowali Place de Rennes na Place du 18 Juin 1940. Oczy Szakala zatrzymały się na nowej, lśniącej tablicy z nazwą placu. Przypomniał sobie coś, o czym przeczytał w ciągu minionego miesiąca. Osiemnastego czerwca tysiąc dziewięćset czterdziestego roku samotny, dumny wygnaniec przebywający w Londynie sięgnął po mikrofon, aby oznajmić Francuzom, że przegrali bitwę, lecz nie przegrali wojny.

W placu przywołującym liczne wspomnienia wojennemu pokoleniu paryżan, z ciężką bryłą Gare Montparnasse po południowej stronie, było coś, co sprawiło, że zabójca przystanął. Uważnie oszacował szerokość placu, przez który sunął sznur pojazdów jadących Boulevard de Montparnasse, krzyżując się ze strumieniami napływającymi Rue d'Odessa i Rue de Rennes. Przyjrzał się wysokim, wąskim budynkom po obu stronach Rue de Rennes, które górowały nad placem. Ruszył wolno skwerem w stronę południowego krańca i spojrzał przez ogrodzenie na plac dworca. Powietrze wypełniał hałas samochodów i taksówek odbierających dziesiątki tysięcy pasażerów dojeżdżających codziennie do pracy na jeden z głównych węzłów kolejowych

Paryża. Zimą gmach dworca zamieni się w milczący kadłub, rozpamiętujący prywatne i państwowe wydarzenia, w jego dostojnym, okopconym cieniu. Dworzec został przeznaczony do rozbiórki. (Uwaga autora: Gmach Gare Montparnasse został rozebrany w tysiąc dziewięćset sześćdziesiątym czwartym roku, a w jego miejscu stanął biurowiec. Nowy budynek stacji zbudowano pięćset metrów dalej, przy torach kolejowych).

Odwrócił się od ogrodzenia i popatrzył na samochody jadące Rue de Rennes. Spojrzał w stronę Place du 18 Juin 1940 przekonany, że właśnie tutaj, o wyznaczonym czasie, po raz ostatni stanie prezydent Francji. Inne miejsca, które odwiedził w minionym tygodniu, stanowiły jakąś możliwość, lecz to było pewnikiem. Już wkrótce nie będzie Gare Montparnasse — kolumny, które były świadkami tylu wydarzeń, zostaną przetopione na podmiejskie ogrodzenia, a miejsce dworcowego placu, który widział upokorzenie Berlina i ocalenie Paryża, zajmie kolejny bar dla dyrektorów. Zanim to jednak nastąpi, człowiek w kepi z dwiema złotymi gwiazdami pojawi się tu po raz ostatni. Odległość dzieląca górne piętro narożnej kamienicy po zachodniej stronie Rue de Rennes i środek placu dworcowego będzie wynosiła około stu trzydziestu metrów.

Szakal zlustrował okolicę fachowym okiem. Oczywistym wyborem były dwie narożne kamienice przy Rue de Rennes, które wychodziły na plac. Trzy kolejne domy przy tej ulicy także wchodziły w grę, gdyż można z nich było strzelać pod kątem ostrym. Dalej kąt strzału stawał się zbyt mały. Podobnie było przy Boulevard de Montparnasse przecinającym plac pod kątem prostym, z zachodu na wschód. Nadawały się trzy pierwsze kamienice, w pozostałych kąt strzału stawał się ponownie zbyt ostry, a odległość za duża. Nie było innych gmachów górujących nad placem, które znajdowałyby się w odpowiedniej odległości. Budynek dworca nie wchodził w rachubę, bo górne okna biur zostaną z pewnością obsadzone przez ludzi ochrony. Szakal postanowił, że najpierw przyjrzy się uważnie trzem budynkom narożnym przy Rue de Rennes, a następnie przejdzie do kawiarni Księżnej Anny na rogu, po wschodniej stronie placu.

Usiadł na tarasie kilka metrów od zgiełkliwego ruchu ulicznego, zamówił kawę i spojrzał na domy po drugiej stronie ulicy. Pozostał tam trzy godziny. Następnie zjadł lunch w restauracji Hansi Brasserie Alsacienne na drugim końcu placu, przyglądając się wschodnim fasadom kamienic. Całe popołudnie przechadzał się tam i z powrotem, badając z bliska drzwi kamienic, które uznał za możliwe do wykorzystania.

Na koniec ruszył w stronę domów przy bulwarze Montparnasse, nowych biurowców, w których panował większy ruch.

Następnego dnia wrócił w to samo miejsce, minął fasadę budynku i przeszedł na drugą stronę ulicy, aby usiąść na ławce pod drzewami i udawać, że czyta gazetę. W rzeczywistości przypatrywał się badawczo niższym piętrom. Pięć, sześć pięter kamiennej fasady, następnie gzyms i pochyły dach kryty czarną dachówką, pod którym znajdował się strych z oknami *mansarde*[1], gdzie kiedyś znajdowały się mieszkania dla służby, a obecnie klitki uboższych *pensionnaires*[2]. Pomyślał, że na dachu mogą zostać umieszczeni obserwatorzy, przycupnięci za kominami, lustrujący przez lornetkę okna i dachy po drugiej stronie ulicy. Najwyższe piętro poniżej strychu było wystarczająco wysoko, pod warunkiem że zabójca ukryje się w mroku i nie będzie widoczny z drugiej strony ulicy. Otwarte okno podczas skwarnego paryskiego lata nie powinno wzbudzić niczyich podejrzeń.

Jednakże im głębiej się cofnie, tym węższy będzie miał kąt

---

[1] Mansarda (fr.).
[2] Lokatorzy (fr.).

strzału. Właśnie dlatego wykluczył trzeci dom przy Rue de Rennes. Kąt byłby zbyt ostry. Mógł wybierać spośród czterech kamienic. Ponieważ planował dokonanie zamachu wczesnym popołudniem, kiedy słońce zacznie się chylić ku zachodowi, lecz wciąż będzie wystarczająco wysoko ponad dachami dworca, aby oślepić stojącego w oknie po wschodniej stronie, zdecydował, że wybierze jedną z dwóch kamienic po stronie zachodniej. Aby sprawdzić warunki, zaczekał do szesnastej, dwudziestego dziewiątego lipca. Zauważył, że górne okna po zachodniej stronie oświetlają nieliczne, ukośne promienie, podczas gdy okna po stronie wschodniej giną w potokach światła.

Trzeciego dnia przesiadywania na tarasie kawiarni lub ławce zauważył konsjerżkę. Wybrał ławkę stojącą w odległości kilku metrów od drzwi dwóch kamienic, które go interesowały. Kobieta siedziała w wejściu, robiąc na drutach, kilka metrów dalej, oddzielona chodnikiem, którym przepływała niekończąca się rzeka przechodniów. Z pobliskiej kawiarni podszedł do niej kelner, aby pogadać. Nazwał kobietę *madame* Berthe. Urocza scenka. Dzień był ciepły, a promienie przenikały w głąb ciemnego wejścia. Słońce znajdowało się po południowo-wschodniej i południowej stronie wysoko na niebie, ponad dachami stacji na przeciwległym końcu placu.

Po sposobie, w jaki konsjerżka szczebiotała *Bonjour, monsieur* do lokatorów wchodzących i wychodzących z kamienicy, wywnioskował, że to miła poczciwina, a z odpowiedzi *Bonjour, madame* Berthe, którą za każdym razem otrzymywała, że jest osobą powszechnie lubianą. Dobrotliwa istota okazująca współczucie wszystkim nieszczęśnikom. Kiedy po czternastej zjawił się kot, poszła do mrocznej *loge*[1] na parterze, aby po chwili poczęstować „małą Minet” spodkiem mleka.

---

[1] Stróżówka (fr.).

Po szesnastej wsunęła robótkę do jednej z przepastnych kieszeni fartucha i podreptała w pantoflach do piekarni. Szakal podniósł się z ławki i cicho wszedł do kamienicy. Wybrał schody zamiast windy i bezszelestnie ruszył na górę.

Kręte schody oplatały szyb windy, zatrzymując się przy każdym załamaniu z tyłu budynku, gdzie umieszczono mały podest. Co dwa piętra znajdowały się drzwi wychodzące na żelazne schody przeciwpożarowe. Przystanął na podeście tuż przed szóstą, ostatnią kondygnacją, nie licząc strychu, otworzył drzwi i spojrzał w dół. Schody przeciwpożarowe prowadziły na wewnętrzne podwórko z tylnym wejściem do pozostałych kamienic tworzących narożnik placu, który miał za sobą. Po drugiej stronie podwórka dostrzegł wąskie, kryte przejście prowadzące na północ.

Cicho zamknął drzwi, przesunął zasuwę i pokonał ostatnie pół piętra na szóstą kondygnację. Na końcu korytarza dostrzegł skromniejsze schody wiodące na poddasze. Dwoje drzwi prowadziło do mieszkań wychodzących na wewnętrzne podwórko, dwoje do mieszkań z oknami na ulicę. Orientacja kierunkowo-przestrzenna podpowiedziała mu, że każde z nich ma okna na Rue de Rennes, skwer i plac dworca. Były to okna, które tak długo obserwował z ulicy w dole.

Podszedł do drzwi, na których obok dzwonka widniała tabliczka z napisem: *Mlle Beranger*. Na drugich przeczytał *M. et Mme Charter*. Przez chwilę nasłuchiwał, lecz ze środka nie napłynął żaden dźwięk. Zbadał zamki. Oba były wstawione w solidne drewniane drzwi. Rygiel został pewnie wykonany z grubego żelaza. Lubiący bezpieczeństwo Francuzi często stosowali podwójny zamek. Uznał, że będą mu potrzebne klucze, i pomyślał, że *madame* Berthe z pewnością trzyma je w swojej małej *loge*.

Po kilku minutach zbiegł lekko na dół, tą samą drogą, którą

przyszedł. Był w kamienicy nie dłużej niż pięć minut. Konsjerżka wróciła. Spostrzegł ją przez matowe okienko w drzwiach stróżówki, skręcił i wyszedł przez łukowate wejście.

Ruszył w lewo, w górę Rue de Rennes, mijając dwie sąsiednie kamienice, aby dotrzeć do budynku poczty, gdzie biegła wąska Rue Littre. Szakal skręcił w nią, cały czas idąc wzdłuż ściany poczty. W miejscu, w którym gmach poczty się kończył, dostrzegł wąskie, zadaszone przejście. Przystanął, zapalił papierosa i spojrzał w jedną i drugą stronę. Przejście prowadziło do tylnego wejścia poczty i było przeznaczone dla pracowników centrali telefonicznej przychodzących na nocną zmianę. Na końcu tunelu widać było oświetlone promieniami słońca podwórko. W cieniu dostrzegł ostatnie szczeble drabiny przeciwpożarowej. Zabójca zaciągnął się głęboko i ruszył dalej. Znalazł drogę ucieczki.

Doszedłszy do końca Rue Littre, ponownie skręcił w lewo, w Rue de Vaugirard i wrócił do miejsca, w którym ulica łączyła się z Boulevard de Montparnasse. Stanął na rogu, rozglądając się za taksówką. W tej samej chwili na skrzyżowanie wjechał policjant, postawił motocykl na nóżkach i zaczął kierować ruchem. Przenikliwym sygnałem gwizdka zatrzymał pojazdy jadące Rue de Vaugirard oraz te, które poruszały się bulwarem biegnącym od dworca. Samochody sunące od ulicy Duroc zostały władczo skierowane na prawą stronę drogi. Ledwie zdołał je zatrzymać, gdy z oddali, od Duroc, doleciał jęk policyjnych syren. Stojący na rogu i spoglądający w dół Boulevard de Montparnasse Szakal z odległości pięciuset metrów ujrzał kawalkadę wjeżdżającą na skrzyżowanie Duroc z Boulevard des Invalides.

Na czele kolumny jechali motocykliści ubrani w czarne, skórzane kombinezony. Syreny wyły, białe kaski lśniły w słońcu. Za nimi pojawiły się dwa rekinie nosy citroenów ds dziewiętnaście. Odwrócony tyłem do Szakala policjant wyprężył się na baczność, lewą ręką wskazując biegnącą na południe Avenue du Maine, prawą zaś wyciągając wzdłuż piersi, z dłonią skierowaną ku dołowi, na znak, że nadjeżdżająca kolumna ma pierwszeństwo.

Dwa motocykle skręciły w prawo, w Avenue du Maine, a limuzyny podążyły za nimi. Na tylnym siedzeniu pierwszej, za kierowcą i ochroniarzem spoglądającym sztywno przed siebie, siedziała wysoka postać w ciemnoszarym garniturze. Zanim konwój się oddalił, przed oczami Szakala mignęła lekko zadarta głowa i charakterystyczny nos. Następnym razem ujrzę twoją twarz w polu celownika teleskopowego, pomyślał, patrząc za odjeżdżającym. Później znalazł taksówkę i wrócił do hotelu.

• • •

Nieco dalej, obok przystanku metra Duroc, z którego przed chwilą wyłonił się orszak prezydencki, przejazd kawalkady z żywym zainteresowaniem obserwowała inna osoba. Już miała przekroczyć ulicę, gdy policjant dał jej znak, aby stanęła. Kilka sekund później kawalkada pojazdów przemknęła po bruku Boulevard des Invalides, aby skręcić w Boulevard de Montparnasse. Przyglądająca się jej osoba również dostrzegła charakterystyczny profil mężczyzny siedzącego na tylnym siedzeniu citroena. W jej oczach pojawił się ogień. Nie odwróciła oczu, nawet gdy samochody zniknęły. Uczyniła to dopiero wówczas, gdy się zorientowała, że policjant taksuje ją wzrokiem. Pospiesznie ruszyła na drugą stronę.

Jacqueline Dumas miała dwadzieścia sześć lat i była prawdziwą pięknością. Wiedziała, jak umiejętnie podkreślić swoją urodę, ponieważ pracowała jako kosmetyczka w drogim salonie przy Polach Elizejskich. Wieczorem trzydziestego lipca pędziła do swojego małego mieszkanka przy Place de Breteuil, aby przygotować się na wieczorną randkę. Wiedziała, że za kilka godzin znajdzie się naga w ramionach kochanka, którego nienawidziła, lecz mimo to chciała zaprezentować się jak najlepiej.

Jeszcze kilka lat temu uważała kolejną randkę za najważniejszą rzecz w życiu. Pochodziła z porządnej, kochającej rodziny — jej ojciec był szanowanym urzędnikiem bankowym, a matka typową francuską gospodynią domową z klasy średniej i *maman*. Kiedy Jacqueline kończyła kurs kosmetyczny, Jean-Claude wykonywał swój obowiązek wobec ojczyzny. Mieszkali w ładnym domku na przedmieściach Le Vezinet, choć nie w najlepszej części dzielnicy.

Telegram z Ministerstwa Sił Zbrojnych nadszedł w porze śniadania, pod koniec tysiąc dziewięćset pięćdziesiątego dziewiątego roku. Minister z wielkim żalem informował państwa Dumasów, że ich syn, szeregowy Jean-Claude, żołnierz pierwszego pułku spadochronowego, poległ podczas walk w Algierii. Jego rzeczy osobiste miały zostać zwrócone pogrążonej w żałobie rodzinie tak szybko, jak to możliwe.

Na jakiś czas świat Jacqueline legł w gruzach. Wszystko utraciło sens: spokojne życie rodzinne w Le Vezinet, plotkowanie z dziewczętami z salonu o uroku Yves'a Montanda czy ostatniej modzie na amerykańskiego rocka. Ciągle myślała o małym Jean-Claudzie — małym braciszku, którego tak lubiła rozpieszczać, delikatnym i bezbronnym, nienawidzącym wojny i przemocy, pragnącym jedynie przebywać w samotności ze swoimi książkami — zabitym podczas potyczki w jakimś zapomnianym przez Boga algierskim wadi. Poczuła narastającą nienawiść. Jej brata zabili Arabowie, godne pogardy, brudne, tchórzliwe „tępaki".

Później pojawił się François. W pewien zimowy niedzielny ranek nieoczekiwanie zapukał do ich domu, gdy rodzice wyjechali w odwiedziny do krewnych. Był grudzień. Aleję i ścieżkę w ogrodzie pokrywał śnieg. Podczas gdy inni ludzie wydawali się bladzi i wynędzniali, François był opalony i w świetnej formie. Powiedział, że chciałby porozmawiać z *mademoiselle* Jacqueline. Odpowiedziała: *C'est moi-même*[1] i spytała, czego chce. Odparł, że dowodził plutonem, w którym służył poległy szeregowy Jean-Claude Dumas i ma dla niej list. Zaprosiła go do środka.

List został napisany kilka tygodni przed śmiercią Jean-Claude'a. Miał go w wewnętrznej kieszeni podczas patrolowania pasma Dżebel w poszukiwaniu bandy fellachów, którzy zamordowali rodzinę francuskich osadników. Nie znaleźli rebeliantów, którzy zbiegli do batalionu ALN — wyszkolonych oddziałów algierskiego Frontu Wyzwolenia Narodowego FLN. O brzasku doszło do zaciekłej wymiany ognia, podczas której Jean-Claude został trafiony w pierś. Przed śmiercią oddał list dowódcy plutonu.

Jacqueline przeczytała go, cicho pochlipując. Nie było w nim niczego o ostatnich tygodniach życia brata, a jedynie wzmianki o koszarach w Konstantynie, torach przeszkód i dyscyplinie panującej w jednostce. Reszty dowiedziała się od François. Przedzierali się siedem kilometrów przez busz, uciekając przed oddziałem ALN, który próbował zamknąć ich w okrążeniu. O ósmej, po kilkakrotnym wezwaniu wsparcia lotniczego przez radio, pojawiły się myśliwce bombardujące, wyjąc silnikami i zrzucając rakiety. François wspomniał, że jej brat chciał dowieść, że jest mężczyzną, i zgłosił się do pułku, w którym panowała drakońska dyscyplina. Poległ jak bohater, krztusząc się krwią na kolanach swojego dowódcy.

François zachowywał się naturalnie i nienagannie, choć był człowiekiem twardym jak ziemia kolonialnej prowincji, w której cztery lata wcześniej został żołnierzem zawodowym. Jednakże

---

[1] To ja (fr.).

wobec siostry kolegi z własnego plutonu umiał być delikatny. Polubiła go za to i przyjęła zaproszenie na obiad. Obawiała się, że rodzice wrócą nieoczekiwanie i ich zaskoczą. Nie chciała, aby dowiedzieli się, jak umarł Jean-Claude, ponieważ po upływie dwóch miesięcy udało się im pogodzić ze stratą i jakimś cudem wrócić do dawnego życia. Podczas obiadu wymogła na poruczniku obietnicę, że nie powie o niczym rodzicom.

Natomiast jej własna ciekawość była nienasycona — chciała się dowiedzieć jak najwięcej o wojnie w Algierii, o tym, co naprawdę tam się działo, o co chodziło, jakie były prawdziwe intencje polityków. Generał de Gaulle, który w styczniu objął prezydenturę, zrzekając się urzędu premiera, dostał się do Pałacu Elizejskiego na fali patriotycznych uczuć, liczono bowiem, że zakończy tę wojnę, pozostawiając jednocześnie Algierię w rękach Francji. To właśnie z ust François dowiedziała się, że człowiek, którego tak podziwia jej ociec, jest zdrajcą.

Byli ze sobą do końca przepustki François. Spotykała się z nim co wieczór po pracy w salonie, gdzie zatrudniła się w styczniu tysiąc dziewięćset sześćdziesiątego roku, ukończywszy kurs. François opowiedział jej o dopuszczeniu się zdrady wobec armii francuskiej, o potajemnych negocjacjach prowadzonych przez rząd w Paryżu z uwięzionym Ahmadem Ben Bellą, przywódcą Frontu Wyzwolenia Narodowego, o bliskim przekazaniu Algierii Arabom. Porucznik wrócił na wojnę w drugiej połowie stycznia. Później spędzili ze sobą kilka dni w sierpniu, kiedy François przyjechał na tygodniową przepustkę do Marsylii. Czekała, ponieważ stał się dla niej ucieleśnieniem wszystkiego, co dobre, czyste i męskie w młodych Francuzach. Czekała całą jesień i zimę tysiąc dziewięćset sześćdziesiątego roku, dzień i noc trzymając jego zdjęcie na stoliku nocnym, przesuwając je po koszuli nocnej i przyciskając do brzucha, gdy spała.

Podczas ostatniej przepustki, na wiosnę tysiąc dziewięćset sześćdziesiątego pierwszego roku, François przyjechał ponownie do Paryża. Spacerowali bulwarami, on w mundurze, ona w swojej najładniejszej sukience. Uważała go za najsilniejszego, najbardziej barczystego, najprzystojniejszego mężczyznę w mieście. Kiedy zobaczyła ich koleżanka z pracy, następnego dnia w salonie huczało od plotek o pięknym „spadochroniarzu" Jacqui. Tego dnia nie było jej w pracy. Wzięła przysługujący jej raz do roku urlop, aby być z nim cały czas.

François był wyraźnie podekscytowany. Coś wisiało w powietrzu. Wszyscy wiedzieli o rozmowach prowadzonych z FLN. François uważał, że armia, prawdziwa armia, długo tego nie zniesie. To, że Algieria powinna pozostać francuska, było dla nich dwojga — dla zaprawionego w boju dwudziestosiedmioletniego oficera i uroczej dwudziestotrzyletniej przyszłej matki — niemal dogmatem.

François nigdy nie dowiedział się o dziecku. W marcu tysiąc dziewięćset sześćdziesiątego pierwszego roku wrócił do Algierii, a dwudziestego pierwszego kwietnia kilka jednostek armii francuskiej zbuntowało się przeciw rządowi francuskiej metropolii. W Pierwszym Pułku Kolonialnym do buntu przyłączyli się niemal wszyscy. Jedynie garstka poborowych opuściła koszary i udała się do biura prefekta. Zawodowi pozwolili im odejść. W ciągu następnego tygodnia doszło do walk między buntownikami i oddziałami wiernymi prezydentowi. Na początku maja François zginął podczas potyczki z grupą lojalistów.

Jacqueline niczego nie podejrzewała, ponieważ, począwszy od kwietnia, nie spodziewała się żadnych listów. Dopiero w lipcu dotarła do niej wiadomość o śmierci ukochanego. Potajemnie wynajęła mieszkanko w taniej dzielnicy Paryża i próbowała odebrać sobie życie za pomocą gazu. Nie udało się, bo system gazowy okazał się nieszczelny. Mimo to straciła dziecko. W sierpniu rodzice zabrali ją na wakacje, po których trochę wydobrzała. W grudniu wstąpiła do podziemnej siatki OAS i stała się jej aktywnym członkiem.

Kierowały nią proste motywy: François i Jean-Claude. Powinni zostać pomszczeni bez względu na koszty. Oprócz tego pragnienia nic więcej jej nie pozostało. Narzekała jedynie na to, że nie może przenosić większej liczby meldunków i plastikowych ładunków wybuchowych wetkniętych w bochen chleba leżący w jej torbie na zakupy. Była przekonana, że stać ją na więcej. Czy gliniarze stojący na rogach ulic i rewidujący przechodniów po fali zamachów bombowych na kawiarnie i kina nie przepuszczali jej na jedno mrugnięcie czarnych rzęs, jedno wydęcie warg?

Po nieudanej próbie zamachu w Petit-Clamart jeden z niedoszłych zabójców spędził trzy noce w jej mieszkanku przy Place de Breteuil, uciekając przed policją. Była to jej wielka chwila, ale mężczyzna się wyprowadził. Miesiąc później został schwytany, lecz nie wspomniał o pobycie w jej mieszkaniu. Być może zapomniał. Na wszelki wypadek szef jej komórki zdecydował, że przez kilka miesięcy nie będzie wykonywała żadnej roboty dla OAS, dopóki sprawa nie przycichnie. W styczniu tysiąc dziewięćset sześćdziesiątego trzeciego roku zaczęła ponownie przenosić meldunki.

Robiła to aż do lipca, kiedy to spotkał się z nią pewien mężczyzna. Przyszedł w towarzystwie szefa ich komórki, który okazywał mu wielki szacunek. Nie przedstawił się. Zapytał, czy byłaby gotowa wykonać dla organizacji wyjątkowe zadanie? Oczywiście. Nawet niebezpieczne lub odrażające? To bez znaczenia.

Trzy dni później pokazali jej mężczyznę wychodzącego z kamienicy. Siedzieli w zaparkowanym samochodzie. Powiedzieli jej, kim był i jakie stanowisko zajmował. Wyjaśnili, na czym będzie polegało jej zadanie.

Poznali się w połowie lipca, niby przypadkiem, kiedy siedziała obok niego w restauracji i poprosiła o podanie solniczki, uśmiechając się nieśmiało. Nawiązał rozmowę. Zachowywała się skromnie i z rezerwą. Postąpiła właściwie. Jej skromność zaintrygowała go. Jakby od niechcenia zaczęli rozmawiać — mężczyzna prowadził konwersację, ona ulegle podążała jego śladem. Po dwóch tygodniach mieli romans.

Wystarczająco dobrze znała mężczyzn, aby wiedzieć, na czym im zależy. Jej nowy kochanek był przyzwyczajony do łatwych podbojów i doświadczonych kobiet. Udawała nieśmiałą i troskliwą, chłodną i cnotliwą. Sugestia była bardzo delikatna. Także tym razem jej piękne ciało na coś się przydało. Połknął haczyk. Zdobycie jej stało się głównym celem tego mężczyzny.

W końcu lipca powiedziała szefowi komórki, że wkrótce pójdą ze sobą do łóżka. Był tylko jeden szkopuł: facet mieszkał z żoną i dwójką dzieci. Dwudziestego dziewiątego lipca jego rodzina wyjechała do wiejskiego domu w dolinie Loary. On musiał zostać w Paryżu z powodu nawału pracy. Kilka minut po wyjeździe rodziny zadzwonił do salonu, nalegając, aby tego wieczoru Jacqueline zjadła z nim obiad, sam na sam, w jego domu.

Po powrocie z pracy Jacqueline Dumas spojrzała na zegarek. Miała trzy godziny na przygotowanie, choć wystarczyłyby dwie, nawet gdyby chciała zrobić wszystko niezwykle drobiazgowo. Rozebrała się i wzięła prysznic, a następnie wytarła ciało przed dużym lustrem na drzwiach szafy. Obserwowała, jak ręcznik przesuwa się nieczule po jej skórze. Podniosła ramiona, podnosząc pełne piersi z różowymi sutkami bez oczekiwania na rozkosz, której doświadczała, gdy wiedziała, że niedługo będą pieszczone przez dłonie François.

Ze smutkiem pomyślała o nadchodzącej nocy, czując, jak jej brzuch kurczy się z odrazy. Przyrzekła sobie, że zrobi wszystko, o co ją poprosi. Z tylnej przegródki biurka wyjęła zdjęcie François patrzącego na nią ze znajomym, ironicznym półuśmiechem, który pojawiał się na jego twarzy, gdy biegła ku niemu na peronie. Spojrzała na miękkie brązowe włosy i elegancki, płowożółty mundur, pod którym kryły się twarde mięśnie; lubiła opierać na nich twarz. Stalowe skrzydła odznaki spadochroniarzy sprawiały wrażenie lodowatych w zetknięciu z rozpalonym policzkiem. Wszystko to wciąż istniało... na zdjęciu. Położyła się na łóżku, trzymając ramkę w górze. François spoglądał na nią tak jak wówczas, gdy kochali się po raz pierwszy, pytając niepotrzebnie: *Alors, petite, tu veux?...*[1]. Wyszeptała: *Oui, tu sais bien...*[2].

Kiedy zamknęła oczy, czuła go w sobie, twardego i gorącego, pulsującego siłą. Słyszała czułości szeptane delikatnie do ucha i w końcu stłumione polecenie: *Viens, viens...*[3], któremu zawsze była posłuszna.

Otworzyła oczy i spojrzała w sufit, przyciskając do piersi rozgrzane szkło fotografii.

— Pomóż mi dziś wieczorem, François... — westchnęła.

• • •

Ostatni dzień lipca był dla Szakala pełen wytężonej pracy. Cały ranek spędził na pchlim targu, wędrując od straganu do straganu z tanią torbą na zakupy. Nabył zatłuszczony czarny beret, parę podniszczonych butów, kilka par niezbyt czystych spodni i po długich poszukiwaniach stary wojskowy szynel. Wolałby z cieńszego materiału, lecz wojskowych szyneli nie szyje się na warunki panujące w połowie lata, a francuskie są zwykle wykonane z wełnianej bai. Poza tym był za długi, sięgał sporo za kolana, co miało duże znaczenie.

---

[1] Jesteś pewna, że tego chcesz, maleńka? (fr.).
[2] Tak, przecież wiesz (fr.).
[3] Chodź, chodź... (fr.).

Wychodząc, zatrzymał wzrok na straganie z medalami pokrytymi patyną wieku. Kupił kilka wraz z książeczką opisującą francuskie odznaczenia wojskowe, z wyblakłymi obrazkami wstęg i podpisami objaśniającymi, za jakie zasługi je nadawano.

Po lekkim lunchu w restauracji Queenie przy Rue Royale wrócił do hotelu, zapłacił rachunek i spakował rzeczy. Nowe zakupy ułożył na dnie jednej z dwóch drogich walizek. Korzystając z przewodnika medalierskiego, wybrał kilka odznaczeń — Médaille Militaire, medal za odwagę w walce z nieprzyjacielem, Médaille de la Libération i pięć innych odznaczeń przyznawanych tym, którzy w latach drugiej wojny światowej walczyli w Siłach Wolnych Francuzów. Przyznał sobie medal za udział w bitwie o Bir Hakeim, za kampanię w Libii i Tunezji, za operację D-Day oraz odznaczenie dla żołnierzy Drugiej Dywizji Pancernej generała Philippe'a Leclerca.

Pozostałe medale i książkę wyrzucił do koszy na śmieci przymocowanych do latarń przy bulwarze Malesherbes. Pracownik hotelu poinformował go, że o siedemnastej piętnaście z Gare du Nord odjeżdża do Brukseli szybki ekspres Étoile du Nord. Wsiadł do niego, zjadł dobry obiad i przyjechał do stolicy Belgii w ostatnich godzinach lipca.

Rozdział szósty

List adresowany do Wiktora Kowalskiego dotarł do Rzymu następnego ranka. Potężny kapral szedł przez hol hotelowy z codzienną pocztą, kiedy jeden z chłopców zawołał:

— *Signor, per favore...*[1].

Odwrócił się tak pewnie jak zawsze. Nie rozpoznał makaroniarza, lecz nie było w tym nic niezwykłego. Nigdy ich nie dostrzegał, gdy kroczył przez hol do windy. Młodzieniec o ciemnych oczach podszedł do niego i podał list.

— *E una lettera, signor. Per un Signor Kowalski... no cognosco questo signor... E forse un francese...*[2].

Kowalski nie zrozumiał ani słowa z tej włoskiej paplaniny, pojął jednak, o co chodzi, i rozpoznał własne nazwisko, chociaż zostało fatalnie wymówione. Wyrwał mu list z ręki, patrząc na nagryzmolone nazwisko i adres. Nie był zameldowany pod własnym nazwiskiem, nie był też molem książkowym, toteż nie zauważył, że pięć dni wcześniej w jednej z paryskich gazet pojawiła się wzmianka, iż trzech czołowych przywódców OAS zajęło górne piętro hotelu w Rzymie.

---

[1] Proszę pana (wł.).

[2] Mam list, proszę pana. Dla pana Kowalskiego... nie wiem, kto to jest... chyba jakiś Francuz... (wł.).

Co dotyczy jego, nikt nie powinien wiedzieć, gdzie przebywa. Mimo to list go zaintrygował. Nie dostawał wielu listów, a ludzie prości uważają ich nadejście za ważne wydarzenie. Włoch spojrzał na niego przymilnymi ślepiami spaniela, licząc na to, że Kowalski okaże się krynicą wiedzy i zdoła rozwiązać zagadkę, której nie potrafił rozwikłać żaden z hotelowych pracowników, nikt bowiem nie słyszał o gościu noszącym takie nazwisko i nie wiedział, co począć z listem.

Kowalski popatrzył na niego.

— *Bon. Je vais demander*[1] — oznajmił wyniośle. Włoch nawet nie zmarszczył brwi. — *Demander, demander* — powtórzył Kowalski, wskazując palcem do góry. Włoch zaczął chwytać.

— *Ah, si. Domandare. Prego, Signor. Tante grazie...*[2].

Kowalski odszedł, pozostawiając gestykulującego Włocha próbującego wyrazić mu swoją wdzięczność. Wsiadł do windy i wjechał na ósme piętro, aby stanąć twarzą w twarz z uzbrojonym w odbezpieczony automat ochroniarzem. Przez chwilę mierzyli się wzrokiem. Później tamten odsunął się na bezpieczną odległość i schował broń. W windzie nie było nikogo prócz Kowalskiego. Zachowanie ochroniarza to rutynowe działanie, zawsze gdy światełko sygnalizowało, że winda wjeżdża na ósme lub dziewiąte piętro.

Oprócz ochroniarza przy windzie był jeszcze mężczyzna pilnujący drzwi pożarowych na końcu korytarza i drugi, strzegący schodów. Schody i wyjście pożarowe zostały zaminowane, chociaż szefowie o tym nie wiedzieli. Można je było rozbroić, odcinając dopływ prądu do detonatorów za pomocą przełącznika umieszczonego pod biurkiem na korytarzu.

---

[1] Dobrze, spytam, kogo trzeba (fr.).

[2] Rozumiem. Spyta pan. Proszę bardzo. Wielkie dzięki... (wł.).

Czwarty ochroniarz siedział na dachu, nad dziewiątym piętrem, na którym mieszkali szefowie. Na wypadek ataku było trzech innych, którzy spali w pokojach wychodzących na korytarz, odpoczywając po nocnej warcie. Gdyby coś się stało, obudziliby się natychmiast i po kilku sekundach byli gotowi do akcji. Chociaż drzwi windy na ósmym piętrze otwierały się od zewnątrz, lampka sygnalizująca, że winda jedzie na tę kondygnację, była dla wszystkich znakiem alarmowym. Kiedy przez przypadek chłopiec hotelowy z tacą drinków omyłkowo wcisnął dziewiątkę, szybko oduczono go powtarzania tego błędu w przyszłości.

Facet przy biurku zadzwonił na górę, informując o nadejściu korespondencji, i dał znak Kowalskiemu, że może iść.

Były kapral zdążył wsunąć list do wewnętrznej kieszeni, a korespondencja dla przełożonych znajdowała się w stalowej kasecie przykutej łańcuchem do nadgarstka. Tylko Rodin miał klucz do zamka i płaskiej walizeczki. Kilka minut później pułkownik OAS otworzył jeden i drugi zamek, Kowalski zaś wrócił do swojego pokoju, aby uciąć sobie drzemkę przed zastąpieniem kolegi przy biurku późnym wieczorem.

Wróciwszy do pokoju na ósmym piętrze, uważnie obejrzał list, zaczynając od podpisu. Był zaskoczony, że nadawcą pisma był Kovacs, którego nie wiedział od roku i który miał kłopoty z pisaniem, podobnie jak on sam z czytaniem. Przy odrobinie wysiłku zdołał jednak rozszyfrować tekst. W końcu list nie był długi.

Na wstępie Kovacs zawiadamiał, że w gazecie, którą przeczytał mu kumpel, informowano o ukrywaniu się Rodina, Montclaira i Cassona w hotelu w Rzymie. Pomyślał, że jego stary druh, Kowalski, jest z nimi, dlatego napisał, mając nadzieję, że uda mu się z nim skontaktować.

W kolejnej części wspominał, że sytuacja we Francji staje

się coraz trudniejsza, że gliny legitymują ludzi, a rozkazy napadu na sklepy jubilerskie nie przestają napływać. Osobiście uczestniczył w czterech, co wcale nie jest zabawne, gdy trzeba oddać łupy. Lepiej bywało w Budapeszcie za starych, dobrych czasów, chociaż trwało to zaledwie dwa tygodnie.

Na koniec donosił, iż kilka tygodni temu spotkał Michela, który powiedział mu, że rozmawiał z JoJo i że mała Sylvie na coś zachorowała. Choróbsko miało jakiś związek z jej krwią. Kovacs wyraził nadzieję, że dziecko szybko wyzdrowieje, więc Wiktor nie powinien się martwić.

A jednak się zmartwił. Bardzo zasmuciło go to, że mała Sylvie zachorowała. Mimo trzydziestu sześciu burzliwych lat życia niewiele rzeczy poruszało serce Wiktora Kowalskiego. Był dwunastoletnim chłopcem, kiedy Niemcy napadły na Polskę. Rok później naziści wywieźli jego rodziców w bydlęcym wagonie. Był wystarczająco duży, aby wiedzieć, co jego siostra robi w dużym hotelu za katedrą, który został zajęty przez Niemców i był odwiedzany przez wielu oficerów. Jego rodzice byli tak wzburzeni, że poskarżyli się w biurze gubernatora wojskowego. Był też wystarczająco dorosły, aby wstąpić do partyzanckiego oddziału; zabił pierwszego Niemca w wieku piętnastu lat. Miał siedemnaście, kiedy do kraju wkroczyli Rosjanie. Rodzice nienawidzili Ruskich i opowiadali straszne historie o tym, co NKWD wyprawiało z Polakami. Wiktor opuścił partyzantów, którzy później zostali rozstrzelani na rozkaz komisarza, i uciekł do Czechosłowacji jak ścigana zwierzyna. Wysoki, wycieńczony z głodu chłopak, który mówił jedynie po polsku, trafił do austriackiego obozu dla uchodźców. Sądzono, że jest kolejnym nieszkodliwym rozbitkiem, jakich wielu było w powojennej Europie. Odzyskał siły dzięki amerykańskiemu jedzeniu. Uciekł nocą, wiosną tysiąc dziewięćset czterdziestego szóstego roku, aby wyruszyć na południe, do

Włoch, a stamtąd do Francji, gdzie w obozie dla uchodźców poznał innego Polaka mówiącego po francusku. W Marsylii włamał się nocą do sklepu i zamordował właściciela, który stanął mu na drodze. Ponownie musiał uciekać. Kolega go zostawił, radząc, aby wstąpił do legii cudzoziemskiej, co wydawało się dla niego jedynym ratunkiem. Zaciągnął się następnego ranka i trafił do Sidi Bu-l-Abbas, zanim policyjne śledztwo w zniszczonej wojną Marsylii ruszyło z miejsca. To położone nad Morzem Śródziemnym miasto pozostało ważnym portem przeładunkowym amerykańskich statków z żywnością, a morderstwa, które dla niej popełniano, były wówczas na porządku dziennym. Śledztwo umorzono po kilku dniach, kiedy nie udało się znaleźć żadnego podejrzanego. Niestety, gdy Kowalski się o tym dowiedział, był już legionistą.

Miał zaledwie dziewiętnaście lat, więc starzy wiarusi zwracali się do niego *petit bonhomme*[1]. Później pokazał im, że potrafi zabijać, a wówczas zaczęli mówić o nim „Kowalski".

Po sześciu latach spędzonych w Indochinach wyzbył się wszystkiego, co mogłoby go uczynić zdrową, przystosowaną do normalnego życia jednostką. Jako rosły kapral został przeniesiony do Algierii. Jednakże zanim to nastąpiło, skierowano go na sześciomiesięczny kurs obsługi broni w okolice Marsylii. Właśnie tam poznał Julie, drobną, lecz przebiegłą dziwkę pracującą w barze przy dokach. Dziewczyna miała problemy ze swoim *mec*[2]. Kowalski znokautował gościa sześć metrów od baru. Jeden cios wystarczył, aby leżał nieprzytomny przez dziesięć godzin. Przez dziesięć kolejnych lat facet miał dziwną wymowę, tak poważnie uszkodzona została dolna część żuchwy.

Julie polubiła rosłego legionistę, który przez kilka miesięcy

[1] Mały facet, gość (fr.).
[2] Facet, opiekun (fr.).

był jej nocnym „opiekunem”, odprowadzając ją z pracy do domu — obskurnego strychu w okolicy Vieux Port. Łączyło ich wielkie pożądanie (szczególnie z jej strony), lecz nigdy nie było między nimi miłości. Wzajemna sympatia jeszcze bardziej stopniała, kiedy okazało się, że Julie jest w ciąży. Powiedziała mu, że dziecko jest jego. Może i jej uwierzył, ponieważ tego pragnął. Oznajmiła też, że nie chce dziecka i że zna pewną staruchę, która pomoże jej się go pozbyć. Kowalski walnął ją pięścią i powiedział, że zabije, jeśli to zrobi. Trzy miesiące później wyjechał do Algierii. Podczas kursu w Marsylii zaprzyjaźnił się z innym Polakiem, byłym legionistą Józefem Grzybowskim, zwanym JoJo. Wskutek ran odniesionych w Indochinach został inwalidą i zamieszkał z wesołą wdówką prowadzącą przenośny kram z przekąskami na peronie dworca głównego. W tysiąc dziewięćset pięćdziesiątym roku pobrali się i od tego czasu wspólnie prowadzili interes. JoJo kuśtykał za swoją małżonką, przyjmując pieniądze i wydając resztę, ona zaś serwowała jedzenie. W wolne wieczory JoJo odwiedzał bary, do których przychodzili legioniści z pobliskiej jednostki, aby rozmawiać z nimi o starych dobrych czasach. Większość była młodzikami — wstąpili do legii w czasie, gdy on służył w Danangu, w Indochinach — lecz pewnego wieczoru natknął się na Kowalskiego.

Kowalski poprosił JoJo o radę w sprawie dziecka. JoJo przyznał mu rację. Obaj byli przecież kiedyś katolikami.

— Chce pozbyć się dziecka — westchnął Wiktor.

— *Salope*[1] — skwitował krótko JoJo.

— Dziewka — przyznał mu rację Wiktor. Pili, gapiąc się w zamyśleniu na lustro za barem. — To niesprawiedliwe, nie można tak postępować z małym gnojkiem — ciągnął Wiktor.

---

[1] Dziewka (fr.).

— Niesprawiedliwe — przytaknął JoJo.

— Nigdy nie miałem dziecka — stwierdził Wiktor po chwili zadumy.

— Ani ja. Teraz jestem żonaty — odparł JoJo.

Nad ranem, mając już nieźle w czubie, uzgodnili plan i wypili za jego powodzenie z powagą ludzi zamroczonych alkoholem. Następnego ranka JoJo przypomniał sobie o złożonej obietnicy, nie wiedział jednak, jak przekazać nowinę żonie. Zajęło mu to trzy dni. Kilka razy ostrożnie sondował sprawę, aby w końcu wygadać wszystko, gdy leżeli w łóżku. Ku jego zaskoczeniu kobieta ucieszyła się tym pomysłem. Wszystko zostało postanowione.

W wyznaczonym czasie Wiktor powrócił do Algierii. Trafił do majora Rodina, który objął dowództwo nad batalionem, aby wyruszyć na nową wojnę. W Marsylii JoJo i jego żona za pomocą gróźb i pochlebstw wpływali na brzemienną Julie. Kiedy Wiktor opuszczał Marsylię, była w czwartym miesiącu ciąży i na zabieg aborcji było już za późno. JoJo powtórzył to alfonsowi z pękniętą szczęką, który ponownie łaził wokół dziewczyny. Facet tak bał się zadzierać z legionistami, nawet starymi weteranami o chorych nogach, że zrezygnował z dawnego źródła dochodów i zaczął się rozglądać za kimś nowym.

Termin porodu nadszedł pod koniec tysiąc dziewięćset pięćdziesiątego piątego roku. Julie powiła dziewczynkę o złotych włosach i podpisała dokumenty adopcyjne wypełnione przez JoJo i jego żonę. Potem wróciła do dawnego życia, a JoJo zyskał córkę, której wraz z żoną nadali imię Sylvie. Poinformowali o tym listownie przebywającego w koszarach Wiktora, który był dziwnie uradowany z narodzin córki, choć nie wspomniał o tym nikomu. Jak daleko sięgał pamięcią, nie miał niczego, czego by mu nie odebrano, gdy tylko komukolwiek o tym powiedział.

Trzy lata temu, przed długą misją wojskową na wzgórzach Algierii, kapelan zasugerował, aby sporządził testament. Nigdy wcześniej o tym nie pomyślał. Po pierwsze, nie miał majątku, który mógłby komuś zostawić, bo podczas nielicznych przepustek wydawał cały zaoszczędzony żołd w barach i domach publicznych, po drugie, uważał się za własność legii cudzoziemskiej. Kapelan zapewnił go, że we współczesnej legii spisanie testamentu jest jak najbardziej na miejscu, więc z jego wydatną pomocą Wiktor dokonał zapisu, pozostawiając cały swój ziemski dobytek córce niejakiego Józefa Grzybowskiego, byłego legionisty, obecnie zamieszkałego w Marsylii. Koniec końców dokument ten, wraz z całym dossier, trafił do Ministerstwa Sił Zbrojnych w Paryżu. Kiedy nazwisko Kowalskiego stało się znane francuskim siłom bezpieczeństwa w związku z zamachami terrorystycznymi w Bône i Konstantynie w tysiąc dziewięćset sześćdziesiątym pierwszym roku, jego teczka została wydobyta z przepastnych archiwów wraz z wieloma innymi i stała się przedmiotem zainteresowania wydziału operacyjnego z Porte des Lilas dowodzonego przez pułkownika Rollanda. Później złożono wizytę Grzybowskim i wszystko wyszło na jaw, choć Kowalski nigdy się o tym nie dowiedział.

Widział córkę dwa razy w życiu — raz w tysiąc dziewięćset pięćdziesiątym siódmym roku po postrzale w udo, kiedy wysłano go na rekonwalescencję do Marsylii, drugi — w tysiąc dziewięćset sześćdziesiątym, kiedy towarzyszył podpułkownikowi Rodinowi, który stawał przed sądem wojskowym w charakterze świadka. Kowalski przybył obładowany prezentami dla JoJo i jego pani oraz zabawkami dla Sylvie. Świetnie się rozumieli — mała dziewczynka i jej niedźwiedziowaty wujek Wiktor. Nigdy jednak nie wspomniał o tym nikomu, nawet Rodinowi.

Teraz mała zachorowała na Bóg wie co, więc Kowalski martwił się przez cały ranek. Po lunchu wszedł na górę, aby pułkownik przykuł mu do nadgarstka stalową kasetę na korespondencję. Rodin czekał na ważny list z Francji, w którym miała być podana ostateczna kwota, jaką w ciągu ostatniego miesiąca udało się uzbierać ludziom Cassona z napadów na banki i salony jubilerskie. Właśnie dlatego chciał, aby Kowalski poszedł na pocztę po raz drugi, po nadejściu popołudniowej korespondencji.

— Co to takiego leuke... jakoś tam? — wybąkał nieoczekiwanie kapral.

Rodin, który przyczepiał bransoletę do jego przegubu, zdumiony podniósł głowę.

— Nigdy o czymś takim nie słyszałem — odrzekł.

— To jakaś choroba krwi — wyjaśnił Kowalski.

Casson, przeglądając ilustrowany magazyn w drugiej części pokoju, roześmiał się.

— Pewnie chodzi ci o leukemię.

— Co to takiego, proszę pana?

— Choroba nowotworowa — odparł Casson. — Rak krwi.

Kowalski spojrzał na Rodina. Nie miał zaufania do cywilów.

— Potrafią to wyleczyć... *toubibs, mon colonel*?[1].

— Nie, Kowalski. To śmiertelna choroba. Nie ma na nią lekarstwa. Dlaczego pytacie?

— Ja tylko tak... — wymamrotał Kowalski — gdzieś o tym przeczytałem.

Wyszedł. Jeśli Rodin był zaskoczony, że jego ochroniarz, który nie czytał niczego z wyjątkiem rozkazów dziennych, wspomniał o jakimś słowie, które znalazł w książce, nie okazał tego i szybko o wszystkim zapomniał. Z listu, który nadszedł tego popołudnia, wynikało, że na kontach OAS w bankach szwajcarskich zgromadzono łącznie ponad dwieście pięćdziesiąt tysięcy dolarów.

---

[1] Lekarze, panie pułkowniku (fr.).

Usiadł, aby z zadowoleniem wypisać polecenie przelewu tej sumy na konto zawodowego zabójcy. Nie miał najmniejszych wątpliwości. Po śmierci prezydenta de Gaulle'a popierający prawicowych ekstremistów przedsiębiorcy i bankierzy, którzy finansowali OAS w dawnych, bardziej pomyślnych czasach, wyłożą pozostałe dwieście pięćdziesiąt tysięcy. Ludzie, którzy jeszcze kilka tygodni temu odmawiali zaliczki, wykręcając się „brakiem inicjatywy i sukcesów sił patriotycznych" i wątpiąc, aby inwestycja kiedykolwiek im się zwróciła, czuliby się zaszczyceni, mogąc wspierać żołnierzy będących nowymi władcami odrodzonej Francji.

Kiedy wypełnił polecenia przelewu dla bankierów, było już ciemno. Casson zaprotestował, słysząc, że Rodin chce, aby Szwajcarzy wysłali pieniądze na konto Szakala. Upierał się, że jedyną rzeczą, którą wszyscy trzej przyrzekli Anglikowi, było dostarczenie aktualnych informacji na temat planów francuskiego prezydenta oraz zmian wprowadzonych przez jego ochronę. Informacje miały ogromne znaczenie dla zabójcy. Casson przekonywał, że w tym momencie wiadomość o przekazaniu pieniędzy zachęciłaby Anglika do przedwczesnego rozpoczęcia operacji. Chociaż wybór terminu akcji zależy od niego, kilka dni zwłoki nie sprawi większej różnicy, a informacje przekazane zabójcy z pewnością zadecydują o sukcesie lub porażce.

On, Casson, otrzymał tego ranka listowną wiadomość, że jego ludziom z Paryża udało się umieścić agenta w bezpośrednim otoczeniu jednego z bliskich współpracowników de Gaulle'a. Musi upłynąć kilka dni, zanim ich człowiek zdobędzie dostęp do wiarygodnych informacji na temat miejsca pobytu generała, jego planów podróży i wystąpień publicznych, których nigdy nie zapowiadano z wyprzedzeniem. Czy wobec tego Rodin zechce poczekać kilka dni aż on, Casson, będzie mógł przekazać zabójcy informacje mające istotne znaczenie dla powodzenia jego misji?

Rodin długo rozważał argumenty Cassona i w końcu przyznał mu słuszność. Nie znali zamiarów Szakala, nie wiedzieli też, czy przekazanie polecenia bankierom, za którym miał podążyć list do Londynu z numerem paryskiego telefonu, nie spowodowałby zmiany planów zabójcy. Przebywający w Rzymie terroryści nie mieli pojęcia, że Szakal wybrał już dzień zamachu i realizuje swój plan z najwyższą ostrożnością i precyzją.

Zwalista postać Kowalskiego siedzącego na dachu w upalną rzymską noc zlewała się z ciemnym kształtem wentylatora klimatyzacji. Trzymając nonszalancko kolta .45 w dłoni, martwił się o małą dziewczynkę w Marsylii, która zapadła na jakąś dziwną chorobę krwi. Tuż przed świtem wpadł na pewien pomysł. Przypomniał sobie, że gdy ostatnim razem widział się z JoJo, w tysiąc dziewięćset sześćdziesiątym roku, były legionista wspominał, że chcą zainstalować sobie telefon.

• • •

Tego samego ranka, gdy Kowalski otrzymał list, Szakal wyszedł z hotelu Amigo w Brukseli i pojechał taksówką na róg ulicy, przy której mieszkał *monsieur* Goossens. Zadzwonił do rusznikarza podczas śniadania, podając się za Duggana, ponieważ Belg znał go właśnie pod tym nazwiskiem. Umówili się na jedenastą rano. Przyjechał na miejsce o dziesiątej trzydzieści i przez pół godziny lustrował okolicę zza gazety, siedząc na ławce w małym ogrodzie publicznym na końcu ulicy.

Dzielnica wydawała się spokojna. Zapukał do drzwi punktualnie o jedenastej. Goossens otworzył i zaprowadził go do małego biura na końcu korytarza. Kiedy Szakal wszedł do środka, Goossens starannie zamknął drzwi i założył łańcuch. W gabinecie Anglik odwrócił się twarzą do rusznikarza.

— Jakieś problemy? — spytał.

Belg sprawiał wrażenie zakłopotanego.

— Obawiam się, że tak.

Zabójca obrzucił go chłodnym wzrokiem pozbawionym wyrazu. Jego oczy były lekko przymrużone i ponure.

— Powiedział pan, że jeśli wrócę pierwszego, broń będzie gotowa na czwartego sierpnia — przypomniał.

— To prawda, nie chodzi o karabin — odparł Belg. — Jest gotów. Uważam go za jedno ze swych najdoskonalszych dzieł, prawdziwy rarytas. Mam kłopot z innym przedmiotem, który trzeba będzie wykonać od zera. Pokażę panu.

Na biurku leżała płaska dyplomatka długości około sześćdziesięciu centymetrów, szeroka na czterdzieści pięć i głęboka na dziesięć centymetrów. Kiedy *monsieur* Goossens otworzył wieko, Szakal zajrzał do środka.

Wnętrze przypominało płaską tacę podzieloną na starannie uformowane przegrody odpowiadające częściom, które się w nich znajdowały.

— Jak pan się domyśla, nie jest to typowy futerał — wyjaśnił *monsieur* Goossens. — Taki byłby zbyt długi. Musiałem wykonać go sam. Wszystko pasuje.

Elementy broni były ułożone ściśle obok siebie. Na wierzchu znajdowała się lufa i zamek o długości nieprzekraczającej czterdziestu pięciu centymetrów. Szakal podniósł je i starannie obejrzał. Lufa była bardzo lekka i przypominała raczej lufę karabinu maszynowego. W skład zamka wchodził wąski rygiel zakończony sękatym uchwytem o odpowiedniej wielkości. Z zamkiem połączona była inna część.

Anglik umieścił uchwyt między palcem wskazującym i kciukiem, a następnie zdecydowanym ruchem przekręcił w stronę przeciwną do ruchu wskazówek zegara. Rygiel otworzył się i wysunął na zewnątrz, odsłaniając lśniącą przegrodę na nabój oraz ciemny otwór na końcu lufy. Ponownie zamknął rygiel, przekręcając go w drugą stronę. Gładko wszedł na miejsce.

W tylnej części zamka spostrzegł element po mistrzowsku wykonany z krążka stali. Miał półtora centymetra długości oraz niecałe dwa i pół centymetra obwodu. U góry krążka wycięto półksiężyc, aby umożliwić swobodne cofanie zamka. Wewnątrz znajdował się nagwintowany otwór jakby przygotowany na śrubę.

— To na kolbę karabinu — wyjaśnił cicho Belg.

Tam, gdzie usunięto drewnianą okładzinę, nie pozostał żaden ślad, z wyjątkiem małego kołnierza biegnącego poniżej zamka, w którym kiedyś znajdowało się drewno. Dwa otwory na śruby mocujące drewnianą osłonę do korpusu zostały po mistrzowsku zamaskowane i pomalowane na niebiesko. Szakal odwrócił karabin i obejrzał go od dołu. Pod zamkiem znajdowała się wąska szczelina, przez którą widać było dolną część zamka z iglicą. Ze szczeliny wystawał mały kikut języka spustowego spiłowany równo z powierzchnią stalowego zamka.

Do trzonu dawnego języka spustowego przytwierdzono mały kawałek metalu z wydrążonym otworem. *Monsieur* Goossens bez słowa podał Szakalowi niewielką wygiętą płytkę długości niecałych trzech centymetrów, z gwintem na jednym końcu. Zabójca wsunął ją w otwór i szybko przykręcił palcem wskazującym i kciukiem. Po przykręceniu spust wystawał na zewnątrz zamka.

Belg sięgnął do futerału i wręczył Anglikowi wąską stalową rurkę nagwintowaną z jednej strony.

— To pierwsza przykręcana część broni — wyjaśnił.

Zabójca umieścił koniec stalowej rurki w otworze z tyłu zamka i mocno dokręcił. Patrząc z boku, można było odnieść wrażenie, że stalowa rurka wystaje z tyłu broni, wygięta pod kątem trzydziestu stopni. Pięć centymetrów przed nagwintowanym końcem, obok głównego mechanizmu, stalowa rurka była lekko spłaszczona. Pośrodku spłaszczonej części wywiercono otwór odpowiadający kątowi nachylenia rurki, który teraz znajdował się z tyłu. Goossens podał kolejną, krótszą rurkę.

— Górna rozpórka.

Obie części pasowały do siebie — wystawały ku tyłowi, górna pod znacznie mniejszym kątem w stosunku do lufy, tak że przypominały dwa boki trójkąta ostrokątnego pozbawionego podstawy. Goossens wyjął zakończenie kolby. Była zakrzywiona, pokryta czarną skórą, i miała około piętnastu centymetrów długości. Na obu końcach kolby znajdował się mały otwór.

— Nie trzeba niczego przykręcać — powiedział. — Wystarczy wcisnąć końce rurek w otwory.

Anglik wsunął rurki w otwory kolby i zatrzasnął. Karabinek widziany z boku przypominał teraz normalną broń z językiem spustowym i korpusem utworzonym przez górną i dolną rurkę kolby oraz podstawę broni. Przyłożył kolbę do ramienia, umieszczając lewą rękę pod lufą i kładąc prawy palec wskazujący na spuście. Przymknął lewe oko i zmrużył prawe, spoglądając wzdłuż lufy.

Odwrócił się do Belga, który trzymał w dłoniach czarne, liczące dwadzieścia pięć centymetrów rurki.

— Tłumik — rzucił Anglik. Wziął jedną z rurek i przyjrzał się zakończeniu lufy. Wcisnął lub wkręcił rurkę we właściwe miejsce. Nasadził szerszy koniec tłumika na lufę i zaczął szybko obracać aż do oporu. Tłumik lufy sterczał niczym długa kiełbasa. Anglik ponownie wyciągnął rękę, do której *monsieur* Goossens włożył celownik teleskopowy.

W górnej części lufy znajdowało się kilka par wyżłobionych rowków, do których pasował sprężynowy zaczep umieszczony pod lunetą. Po prawej stronie, na górze celownika, umieszczono maleńkie wkręty bez łebka umożliwiające regulację. Anglik znowu uniósł karabin i zmrużył oko, mierząc do celu. Sprawiał wrażenie elegancko ubranego angielskiego dżentelmena, który wypróbowuje nowy karabinek sportowy. Jednak to, co przed chwilą wydawało się zbiorem dziwnie wyglądających części, nie było bronią sportową, lecz wyposażonym w tłumik karabinem zabójcy, cechującym się dużą prędkością wylotową pocisku i dalekim zasięgiem. Szakal odłożył karabin. Odwrócił się do Belga i skinął głową, nie kryjąc zadowolenia.

— Dobrze — rzekł. — Bardzo dobrze. Moje gratulacje. Piękna broń.

Monsieur Goossens rozpromienił się ze szczęścia.

— Trzeba jedynie wyregulować celownik, nadszedł czas na próbne strzały. Ma pan naboje?

Belg sięgnął do szuflady i wyciągnął pudełko z setką nabojów. Opakowanie było rozpieczętowane, a w środku brakowało sześciu sztuk.

— Te są do ćwiczeń — wyjaśnił rusznikarz. — Wyjąłem sześć, aby je przerobić na naboje wybuchające.

Szakal wysypał kilka na dłoń i dokładnie obejrzał. Wydawały się bardzo małe jak na zadanie, do którego miały być użyte, zauważył jednak, że są niezwykle długie, a dodatkowa ilość prochu nadawała pociskowi ogromną prędkość, co z kolei przekładało się na celność i siłę rażenia. Wierzchołki nabojów były ostre w przeciwieństwie do amunicji myśliwskiej, która jest zwykle zaokrąglona, ma tępą ołowianą główkę. Naboje przygotowane przez rusznikarza miały wierzchołek z miedzioniklu. Były używane podczas zawodów strzeleckich i pasowały kalibrem do broni łowieckiej, którą trzymał w rękach.

— Gdzie są naboje bojowe? — spytał zabójca.

Monsieur Goossens wyjął z biurka jakiś przedmiot zawinięty w bibułę.

— Zwykle trzymam amunicję w bezpiecznym miejscu —

wyjaśnił — lecz tym razem mam ją przy sobie. Wiedziałem, że pan przyjdzie.

Rozwinął pakunek i wysypał jego zawartość na bibułę. Na pierwszy rzut oka naboje wyglądały tak samo jak te, które Anglik przekładał z dłoni do kartonowego pudełka. Kiedy skończył, wziął jeden i przyjrzał się mu uważnie.

Wierzchołki nabojów z miedzioniklu starannie zeszlifowano, odsłaniając ołowianą część. Ostre zakończenie lekko spiłowano i nawiercono na głębokość około pół centymetra. Do otworu wpuszczono kroplę rtęci, a następnie zamknięto kroplą roztopionego ołowiu. Kiedy ołów wystygł, został oszlifowany w celu doskonałego odtworzenia pierwotnego kształtu.

Szakal słyszał o takich pociskach, choć nie miał okazji sprawdzić ich w praktyce. Przygotowanie nabojów było zbyt skomplikowane, aby mogły być używane *en masse*, chyba że pochodziły z fabryki, a tego zabraniała konwencja genewska. Siały większe spustoszenie od amunicji dum-dum, która, wnikając w ciało, powodowała rozległe rany. W chwili wystrzału kropla rtęci przesuwała się do tyłu pod wpływem pędu, tak jak pasażer wciskany w fotel przy gwałtownym przyspieszaniu. Kiedy pocisk trafiał w ciało, chrząstkę lub kość, rtęć gwałtownie wyhamowywała.

W efekcie przesuwała się ku przodowi. Pęd powodował oderwanie wierzchołka pocisku i wystrzelenie ołowiu na zewnątrz; wylatywał niczym palce rozwartej dłoni lub płatki rozwiniętego kwiatu. Taki pocisk rozrywał nerwy i tkankę, odcinał i rozdzierał wszystko na obszarze wielkości spodka. Gdyby trafił w głowę, nie przebiłby czaszki na wylot, lecz zniszczył cały mózg.

Zabójca ostrożnie umieścił nabój na bibule. Skromny mały jegomość, który go wyprodukował, przyglądał mu się zagadkowo.

— Na moje oko wyglądają prawidłowo. Jest pan artystą, *monsieur* Goossens. Na czym polega problem?

— Chodzi o co innego, *monsieur*. O cylindryczne pojemniki. Nie sądziłem, że będę miał taki problem z ich wykonaniem. Początkowo użyłem aluminium, tak jak pan sugerował. Proszę pamiętać, że najpierw zająłem się zdobyciem i przerobieniem broni. Do innych rzeczy wziąłem się dopiero kilka dni temu. Miałem nadzieję, że będzie to prosta sprawa, biorąc pod uwagę moje umiejętności i urządzenia, którymi dysponuję. Aby cylindry były jak najwęższe, kupiłem bardzo cienki metal. Zbyt cienki. Kiedy umieściłem go na maszynie, giął się jak bibuła. Wyginał się pod najmniejszym naciskiem. W celu uzyskania żądanych wymiarów, pozwalających na wsunięcie do środka zamka karabinu, a jednocześnie otrzymania grubszych ścianek, musiałem zastosować inny materiał. Zdecydowałem się na stal nierdzewną. Tylko taki materiał wchodził w rachubę. Wygląda jak aluminium, lecz jest nieco cięższy. Ponieważ jest bardziej wytrzymały, może być cieńszy. Można go nagwintować i wygiąć. Oczywiście twardszy materiał wymaga więcej czasu. Zacząłem wczoraj...

— W porządku. To, co pan mówi, brzmi logicznie. Niestety, pojemniki są mi potrzebne. Robota musi być wykonana bez zarzutu. Kiedy?

Belg wzruszył ramionami.

— Trudno powiedzieć. Mam niezbędne materiały, chyba że pojawią się nowe problemy, ale nie sądzę, by tak się stało. Jestem pewny, że to ostatnie trudności natury technicznej. Pięć, sześć dni. Najwyżej tydzień...

Anglik nie dał po sobie poznać, że jest rozdrażniony. Jego twarz pozostała beznamiętna. Przyglądał się Belgowi, gdy ten kończył swoje wyjaśnienia. Kiedy zamilkł, Anglik wciąż się zastanawiał.

— Dobrze — rzekł w końcu. — Zmienię plan podróży. Może nie będzie to tak trudne, jak sądziłem, gdy odwiedziłem pana ostatnim razem. Wszystko zależy od rozmowy telefonicznej, którą dzisiaj przeprowadzę. W każdym razie będę musiał zaznajomić się z nową bronią, a mogę to zrobić także w Belgii. Potrzebuję karabinu, paczki zwykłych nabojów i naboju przerobionego. Muszę znaleźć ciche i spokojne miejsce, żeby swobodnie postrzelać. Gdzie w tym kraju można dyskretnie przetestować nowy karabin? Potrzebuję otwartej przestrzeni o długości od stu trzydziestu do stu pięćdziesięciu metrów.

Monsieur Goossens pomyślał chwilę.

— Ardeny — rzekł w końcu. — Są tam ogromne połacie lasu, gdzie można wędrować samotnie kilka godzin. Dotrze pan tam i wróci w ciągu jednego dnia. Dziś mamy czwartek. Jutro rozpoczyna się weekend. Wielu ludzi może wyjechać do lasu na piknik. Sugeruję poniedziałek, piątego sierpnia. Mam nadzieję, że do wtorku lub środy uda mi się wykonać resztę roboty.

Anglik skinął głową usatysfakcjonowany.

— W porządku. Chciałbym zabrać karabin i amunicję. Skontaktuję się z panem w przyszły wtorek lub środę.

Belg chciał zaprotestować, lecz klient go uprzedził.

— O ile pamiętam, jestem panu winien siedemset funtów. Proszę... — położył na bibule kilka zwitków banknotów — oto pięćset. Pozostałe dwieście zapłacę, gdy dostarczy pan resztę.

— *Merci, monsieur.* — Rusznikarz podziękował i wsunął do kieszeni pięć zwitków po dwadzieścia pięciofuntowych banknotów. Rozebrał karabin, starannie umieszczając każdą część w zielonej, wyłożonej suknem części walizeczki przypominającej dyplomatkę. Pojedynczy nabój wybuchowy, o który poprosił zabójca, został owinięty w bibułę i umieszczony pośród szmat do czyszczenia i wyciorów. Podał Anglikowi zamkniętą dyplomatkę i pudełko nabojów ćwiczebnych, które ten wsunął do kieszeni.

Monsieur Goossens odprowadził go uczynnie do wyjścia.

Szakal wrócił do hotelu w samą porę, aby zjeść późny lunch. Najpierw jednak ostrożnie ułożył dyplomatkę na dnie szafy, zamknął i wsunął klucz do kieszeni.

Po południu udał się wolnym krokiem na pocztę główną i zamówił rozmowę telefoniczną z Zurychem w Szwajcarii. Na połączenie trzeba było czekać pół godziny. *Herr* Meier podszedł do telefonu po pięciu minutach. Anglik przedstawił się, podając hasło numeryczne i nazwisko.

Herr Meier poprosił, aby jego rozmówca poczekał. Wrócił dwie minuty później. Z jego głosu zniknęła nutka chłodnej rezerwy, którą można było wyczuć na początku. Klienci, których konto w dolarach i frankach szwajcarskich stale rosło, zasługiwali na uprzejme traktowanie. Mężczyzna dzwoniący z Brukseli zadał tylko jedno pytanie. Szwajcarski bankier ponownie się oddalił, aby podnieść słuchawkę po niecałych trzydziestu sekundach. Najwyraźniej trzymał przed sobą wyjętą z sejfu teczkę ze stanem konta klienta.

— Nie, *mein Herr* — zaskrzeczał. — Otrzymaliśmy list z poleceniem, aby zawiadamiać pana listownie o nadejściu każdej wpłaty. Od czasu wpłynięcia prośby nie było żadnych przelewów.

— Wiem, *mein Herr*, od dwóch tygodni nie ma mnie w Londynie. List mógł nadejść pod moją nieobecność.

— Nie, nie było żadnych wpłat. Powiadomimy pana niezwłocznie, jeśli jakieś pieniądze nadejdą.

Szakal odłożył słuchawkę w połowie wylewnego pożegnania *Herr* Meiera, zapłacił za telefon i wyszedł.

Tego wieczoru spotkał fałszerza w barze przy Rue Neuve,

zjawiając się na miejscu krótko po szóstej. Mężczyzna już tam był. Anglik znalazł wolny stolik w rogu sali i skinął fałszerzowi, aby poszedł za nim. Belg przyłączył się do niego, kiedy tylko usiadł i zapalił papierosa.

— Gotowe? — spytał Szakal.

— Tak. Robota została wykonana jak należy, proszę mi wierzyć.

Anglik wyciągnął dłoń.

— Proszę pokazać — zażądał.

Belg zapalił basto i pokręcił głową.

— To miejsce publiczne, *monsieur*. Proszę o tym nie zapominać. Trzeba dobrego światła, aby je obejrzeć, szczególnie francuskie dokumenty. Mam je w moim atelier.

Szakal przypatrywał mu się chłodno przez chwilę, a następnie skinął głową.

— Dobrze, pójdziemy i obejrzymy je bez świadków.

Wyszli z baru kilka minut później i pojechali taksówką na róg ulicy, przy której w suterenie znajdowało się fotograficzne atelier. Był spokojny, słoneczny wieczór. Jak zwykle na zewnątrz Anglik używał panoramicznych okularów przeciwsłonecznych zasłaniających połowę twarzy i uniemożliwiających rozpoznanie. Uliczka była tak wąska, że nie docierały do niej promienie słoneczne. Minął ich staruszek idący w przeciwną stronę, z nisko pochyloną głową, zgarbiony przez artretyzm.

Fałszerz zszedł po schodach i otworzył drzwi jednym z kluczy na kółku. W środku było niemal tak ciemno, jakby była noc. Słabe dzienne światło przenikało między koszmarnymi fotografiami przyklejonymi do wewnętrznej strony szyby przy drzwiach, więc Anglik dostrzegł zarys krzesła i stołu. Belg wszedł za aksamitne zasłony do studia i zapalił główne światło.

Z wewnętrznej kieszeni wyciągnął płaską brązową kopertę. Otworzył ją i rozłożył zawartość na małym mahoniowym stoliku, który stał z boku; rekwizyt do zdjęć portretowych. Następnie przesunął go na środek pokoju, aby znalazł się pod środkowym reflektorem. Dwie lampy łukowe nad małą sceną w głębi atelier pozostały niezapalone.

— Proszę, *monsieur.* — Uśmiechnął się szeroko i gestem ręki zaprosił gościa do stolika, na którym leżały trzy dokumenty. Anglik podniósł pierwszy i przysunął go do światła. Było to jego prawo jazdy. Na pierwszej stronie widniała naklejka informująca, że „pan Alexander James Quenting Duggan z Londynu W1 ma uprawienia do prowadzenia pojazdów mechanicznych kategorii 1a, 1b, 2, 3, 11,12 i 13 od dziesiątego grudnia tysiąc dziewięćset sześćdziesiątego do dziewiątego stycznia tysiąc dziewięćset sześćdziesiątego trzeciego roku". Powyżej znajdował się numer prawa jazdy (oczywiście fałszywy) i napis: „Rada Miasta Londynu" oraz „Ustawa o Ruchu Drogowym 1960 rok". Pod nimi widniały słowa: PRAWO JAZDY i „wniesiono opłatę w wysokości 15 funtów". Szakal uznał, że dokument został doskonale podrobiony, w stopniu wystarczającym dla jego celów.

Drugim dokumentem była zwyczajna francuska *carte d'identité* wystawiona na nazwisko André Martina, pięćdziesięciotrzyletniego mężczyzny urodzonego w Colmar i zamieszkałego w Paryżu. W rogu dokumentu widniało zdjęcie Szakala postarzałego o dwadzieścia lat, o szpakowatych włosach przyciętych na jeża, ponurego i zagubionego. Dokument był poplamiony i miał postrzępione rogi. Dowód tożsamości człowieka pracującego.

Najbardziej interesował go trzeci dokument. Fotografia, którą w nim umieszczono, różniła się od zdjęcia z *carte d'identité*, bo daty wydania dokumentów dzieliło kilka miesięcy. Oba miały różne okresy ważności, ponieważ fałszerz posłużył się prawdziwymi papierami. Na ostatnim dokumencie widniało inne zdjęcie Szakala wykonane dwa tygodnie temu, choć koszula wydawała się ciemniejsza, a na policzkach widać było ślady kilkudniowego zarostu. Efekt ten uzyskano za pomocą zręcznego retuszu, stwarzając wrażenie, że mamy przed sobą dwa zdjęcia tego samego człowieka wykonane w innym ubraniu i czasie. Oba dokumenty sporządzono z niezwykłym kunsztem. Szakal podniósł głowę i wsunął papiery do kieszeni.

— Doskonała robota — pochwalił Belga. — Dokładnie to, czego chciałem. Gratuluję. Jestem panu winien pięćdziesiąt funtów, prawda?

— Tak, *monsieur. Merci* — odrzekł Belg, czekając na pieniądze. Anglik wyjął z kieszeni dziesięć pięciofuntowych banknotów i wyciągnął je w kierunku fałszerza.

Zanim jednak wypuścił je z palców, zapytał:

— O niczym pan nie zapomniał?

Belg udał, że nie rozumie.

— Co pan ma na myśli, *monsieur*?

— Pierwszą stronę prawa jazdy. Wspomniałem, że chcę ją mieć z powrotem.

Nie było wątpliwości, że fałszerz udaje. Uniósł brwi, robiąc zdumioną minę, jakby dopiero teraz o tym pomyślał. Puścił pieniądze i odwrócił się. Zrobił kilka kroków, splótłszy ręce za plecami, aby po chwili wykonać w tył zwrot i wrócić.

— Moglibyśmy pogadać o tym świstku, *monsieur*.

— Tak? — Ton głosu Szakala na zdradzał żadnych uczuć. Był bezbarwny, pozbawiony najmniejszego śladu formy pytającej. Także wyraz twarzy niczego nie ujawniał. Oczy wydawały się lekko przymknięte, jakby wpatrywały się we własny świat.

— Nie zabrałem pierwszej strony pańskiego prawa jazdy, *monsieur*... z pana prawdziwym nazwiskiem, jak sądzę... — wykonał szeroki gest, jakby chciał uspokoić gościa, choć Anglik nie zdradzał żadnych oznak zaniepokojenia. — Ukryłem ją w bezpiecznym miejscu. W prywatnej skrytce bankowej, do której nie ma dostępu nikt oprócz mnie. Proszę zrozumieć, *monsieur*, człowiek w moim fachu musi zachować ostrożność. Jeśli pan woli, to rodzaj ubezpieczenia.

— Czego chcesz?

— Cóż, drogi panie, pomyślałem, że dokonamy wymiany... za kwotę nieco wyższą od wymienionej przed chwilą, przekraczającą sto pięćdziesiąt funtów, o których wspomniał pan w tym atelier.

Anglik westchnął cicho, jakby był zdumiony talentem Belga do niepotrzebnego komplikowania swojego żywota na ziemskim padole. Nie dał żadnego znaku, że jego propozycja go zaciekawiła.

— Jest pan zainteresowany? — spytał z fałszywą obojętnością Belg. Odgrywał swoją rolę tak, jakby ją przećwiczył. Zawoalowane sugestie, subtelne sygnały. Fałszerz wydał się Szakalowi postacią z kiepskiego, niskobudżetowego filmu.

— Miałem już do czynienia z szantażystami — stwierdził Anglik bezbarwnym głosem, wolnym od oskarżania.

Belg sprawiał wrażenie zaszokowanego.

— Co pan opowiada, *monsieur*. Ja szantażystą? Układ, który panu zaproponowałem, nie jest szantażem. Szantaż to proces powtarzalny. Zaproponowałem panu prostą wymianę: towar za określoną kwotę. W mojej skrytce jest oryginał pańskiego prawa jazdy, wywołana klisza i negatywy wszystkich fotografii, które panu zrobiłem... Obawiam się, że... — przybrał zmartwioną minę, jakby się rzeczywiście czegoś lękał — sfotografowałem pana, gdy stał pan pod lampami na scenie, przed nałożeniem makijażu. Jestem pewien, że miałby pan pewne przykrości, gdyby te rzeczy znalazły się w rękach brytyjskich i francuskich władz. Mam wrażenie, że jest pan człowiekiem przyzwyczajonym do płacenia w celu uniknięcia życiowych niedogodności...

— Ile?

— Tysiąc funtów, *monsieur*.

Anglik rozważył propozycję, spokojnie kiwając głową, jakby chodziło jedynie o kwestię akademicką.

— Faktycznie, przedmioty te mają dla mnie taką wartość... — przyznał.

Belg uśmiechnął się triumfalnie.

— Z radością to słyszę.

— Jednak moja odpowiedź brzmi „nie" — ciągnął Anglik, jakby w dalszym ciągu gorączkowo się zastanawiał. Belg zmrużył oczy.

— A to czemu? Nie pojmuję. Powiedział pan, że dokumenty te mają dla pana wartość tysiąca funtów. To prosta transakcja. Obaj zajmujemy się wymianą pożądanych dóbr za godziwą zapłatę.

— Z dwóch powodów — kontynuował spokojnym głosem Anglik. — Po pierwsze, nie mam pewności, czy oryginalne negatywy nie zostały skopiowane. Po drugie, nie wiem, czy w ślad za pierwszym żądaniem nie pójdą kolejne. Nie mam też pewności, czy nie przekazał pan dokumentów przyjacielowi, który, poproszony o ich zwrot, nagle dojdzie do wniosku, że już ich nie ma, chyba że zostanie zjednany kolejnym tysiącem.

Belg spojrzał na niego z wyraźną ulgą.

— Jeśli tylko to pana niepokoi, pańskie obawy są bezzasadne. Przede wszystkim w moim własnym interesie leży niepowierzanie takich rzeczy wspólnikowi, ten bowiem mógłby ich nie zwrócić. Nie wyobrażam sobie, aby rozstał się pan z tysiącem funtów, nic otrzymawszy dokumentów. Nie ma powodu, bym ja miał się rozstać z dokumentami. Powtarzam, dokumenty spoczywają bezpiecznie w bankowej skrytce. A co dotyczy kolejnych żądań, to również nie ma najmniejszego sensu. Fotokopia prawa jazdy nie wywarłaby większego wrażenia na brytyjskich władzach. Nawet gdyby został pan zatrzymany z fałszywym prawem jazdy, miałby pan małe nieprzyjemności, zbyt małe, aby usprawiedliwić płacenie mi kolejnych sum. Jeśli zaś chodzi o francuskie dokumenty tożsamości, to w razie informacji, że jakiś Anglik podszywa się pod nieistniejącego André Martina, mogliby kazać pana aresztować po przekroczeniu pod tym nazwiskiem granicy Francji. Gdybym jednak ponawiał swoje żądania, opłaciłoby się panu zwyczajnie wyrzucić dokumenty i znaleźć fałszerza, który przygotuje panu nowy zestaw. Wówczas nie musiałby się pan obawiać, że we Francji zostanie zdemaskowany jako André Martin, ktoś taki bowiem przestałby istnieć.

— Czemu nie miałbym tego zrobić od razu? — spytał Anglik. — Skoro nowy zestaw dokumentów można kupić za jakieś sto pięćdziesiąt funtów?

Belg rozłożył ręce, unosząc dłonie w górę.

— Liczę na to, że wygoda i czynnik czasu są dla pana warte tych pieniędzy. Myślę, że potrzebuje pan szybko dokumentów André Martina i mojego milczenia. Przygotowanie nowych zajęłoby dużo czasu, nie byłyby też tak dobre jak te. Dlatego wybierze pan dokumenty i moje milczenie, jedno i drugie teraz. Papiery już pan ma. Moje milczenie będzie pana kosztowało tysiąc funtów.

— Zgrabnie pan to ujął. Dlaczego pan sądzi, że przywiozłem do Belgii tysiąc funtów?

Fałszerz uśmiechnął się pobłażliwie jak człowiek, który zna wszystkie odpowiedzi, a jednocześnie nie ma oporów, aby je wyjawić i zaspokoić widzimisię przyjaciela.

— *Monsieur*, jest pan angielskim dżentelmenem. To oczywiste. Mimo to udaje pan pracującego Francuza w średnim wieku. Mówi pan świetnie po francusku, prawie bez akcentu. Właśnie dlatego jako miejsce urodzin André Martina podałem

Colmar. Mieszkańcy Alzacji mówią po francusku z akcentem przypominającym pański. Wjedzie pan do Francji pod nazwiskiem André Martin. Genialne posunięcie. Komu przyszłoby do głowy przeszukanie takiego staruszka jak Martin. To, co pan przewozi, musi być niezwykle cenne. Może to narkotyki? Są ostatnio bardzo modne w pewnych eleganckich kręgach społeczeństwa angielskiego. Marsylia to jeden z głównych ośrodków przerzutowych. A może szmugluje pan diamenty? Nie mam pojęcia. Wiem jednak, że pański proceder przynosi znaczny zysk. Angielscy arystokraci nie tracą czasu na kieszonkowców z torów wyścigowych. Błagam, *monsieur*, skończmy tę grę, *hein*[1]? Proszę zadzwonić do swoich przyjaciół w Londynie i poprosić, aby wykonali przelew telegraficzny na kwotę tysiąca funtów do pańskiego banku w Brukseli. Jutro wieczorem dokonamy wymiany i będzie mógł pan wyruszyć w dalszą drogę. Co pan na to?

Szakal kilkakrotnie skinął głową, jakby z żalem dumał nad błędami, które popełnił w życiu. Nagle podniósł oczy i spojrzał zachęcająco na Belga. Fałszerz po raz pierwszy ujrzał uśmiech na jego twarzy. Poczuł ogromną ulgę, że Anglik tak spokojnie to przyjął. Początkowo lawirował, szukając wyjścia, lecz w końcu zgodził się na wszystko. Facet odzyskał zdrowy rozum. Belg poczuł opadające napięcie.

— Zgoda — przytaknął Anglik. — Wygrał pan. Przyniosę tysiąc funtów jutro w południe. Mam tylko jeden warunek.

— Warunek? — Belg ponownie stał się czujny.

— Nie spotkamy się tutaj.

Fałszerz sprawiał wrażenie zdumionego.

— To dobre miejsce, ustronne i spokojne...

— Jestem podobnego zdania, wspomniał pan jednak, że

[1] Co? (fr.).

potajemnie zrobił mi tu zdjęcie. Nie chcę, aby małą ceremonię przekazywania dokumentów zakłócił cichy pstryk aparatu pańskiego przyjaciela ukrytego w jakimś zakamarku...

Ulga Belga była wyraźna. Westchnął głęboko.

— Nie musi się pan tego obawiać, *cher ami*[1]. Ten lokal jest moją własnością. To bardzo poufne miejsce. Przychodzą tu wyłącznie osoby, które zostały zaproszone. Muszę być dyskretny, rozumie pan. Prowadzę tu działalność dodatkową, robię zdjęcia turystom. To popularne zajęcie, lecz nie takie, jakie wykonuje się w fotograficznych atelier na Grande Place...

Uniósł lewą dłoń, tworząc literę O, a następnie kilkakrotnie wsunął do niej prawy palec wskazujący, aby zasugerować czynność seksualną.

Anglik zamrugał powiekami. Uśmiechnął się szeroko, aby po chwili zacząć się śmiać. Belga też ubawił własny żart. Nagle Anglik oparł dłonie na ramionach mężczyzny, zaciskając palce na bicepsach. Fałszerz w dalszym ciągu wykonywał dłońmi erotyczne gesty. Śmiał się, gdy nagle poczuł silne uderzenie w podbrzusze, jakby po intymnych częściach jego ciała przejechał pociąg.

Głowa poleciała do przodu, a dłonie zamarły i opadły ku zmiażdżonym jądrom, od których Anglik cofnął prawe kolano. Śmiech przerodził się w krzyk, bulgotanie i odgłos wymiotów. Ledwie przytomny Belg opadł na kolana, a następnie, skręcając się z bólu, runął na podłogę.

Szakal pochylił się nad leżącą postacią, odsłaniając kark ofiary. Prawe ramię oplotło szyję Belga, chwytając za lewy biceps. Lewa dłoń znalazła się z tyłu głowy fałszerza. Anglik wykonał jedno gwałtowne szarpnięcie, skręcając Belgowi kark.

Cichy dźwięk pękającego kręgosłupa w małym studiu foto-

[1] Drogi przyjacielu (fr.).

graficznym zabrzmiał jak wystrzał z niewielkiego pistoletu. Ciało Belga drgnęło konwulsyjnie i zwiotczało jak szmaciana lalka. Szakal trzymał je przez chwilę, zanim osunęło się na podłogę. Twarz zamordowanego odwróciła są na bok. Dłonie wciąż przyciskały okolice pachwiny, przygryziony język lekko wystawał spomiędzy zaciśniętych zębów, a otwarte oczy spoglądały martwym wzrokiem na linoleum.

Anglik cofnął się do zasłon, aby sprawdzić, czy są zaciągnięte, a następnie podszedł z powrotem do ciała. Odwrócił je i sprawdził kieszenie. Klucze były w lewej kieszeni spodni. W odległym kącie atelier stała duża skrzynia z „rekwizytami" i przyborami do makijażu. Otworzył ją czwartym kluczem i przez dziesięć minut wyrzucał jej zawartość na podłogę.

A potem ujął ciało pod pachy i umieścił w skrzyni. Weszło bez trudu. Członki przystosowały się do jej wymiarów. Po kilku godzinach nastąpi stężenie pośmiertne i zwłoki zastygną w przyjętej pozycji na dnie pojemnika. Umieściwszy w skrzyni denata, zaczął wkładać do środka rzeczy, które wcześniej wyrzucił na podłogę. Peruki, kobiecą bieliznę, tupeciki i inne małe oraz miękkie przedmioty upychał w szczelinach między kończynami. Na zwłokach ułożył kosmetyki do makijażu, pędzelki i tubki z brylantyną oraz pudełka z kremem. Przykrył wszystko dwoma peniuarami, parą swetrów i dżinsów, szlafrokiem, kilkoma parami czarnych kabaretek, wypełniając skrzynię aż po brzegi. Musiał lekko docisnąć wieko, aby zamknąć ją na klucz.

Wkładając do środka wszystkie rzeczy, Anglik owinął ręce w jakąś część garderoby. Teraz wytarł chusteczką wszystkie zewnętrzne powierzchnie, wsunął do kieszeni plik pięciofuntowych banknotów, które leżały na blacie, a następnie wytarł stół i postawił przy ścianie, tam gdzie stał na początku. Na koniec zgasił światło, usiadł na jednym z krzeseł i czekał, aż zapadnie zmrok. Po kilku minutach wyciągnął papierosy z bocznej kieszeni marynarki i zapalił. Użył pustego pudełka jako popielniczki, a potem starannie wsunął do niego niedopałek.

Wiedział, że pewnego dnia zwłoki fałszerza zostaną odnalezione, lecz uznał, iż człowiek wykonujący taki fach musi co jakiś czas schodzić do podziemia lub wyjeżdżać z miasta. Jeśli jacyś jego przyjaciele zauważą, że nagle przestał bywać tam gdzie zwykle, pomyślą, że zniknął na jakiś czas. Później rozpoczną poszukiwania, najpierw w środowisku ludzi związanych z fałszowaniem dokumentów lub przemysłem pornograficznym. Przyjaciele znający adres atelier odwiedzą je, lecz większość zniechęcą zamknięte drzwi. Ten, kto wejdzie do środka, będzie musiał przetrząsnąć całe atelier, sforsować zamek i opróżnić skrzynię, zanim znajdzie ciało.

Żaden przestępca przypuszczalnie nie powiadomi policji, myśląc, że fałszerz zadarł z szefem jakiegoś gangu. Żaden maniakalny amator pornografii nie starałby się tak skrupulatnie ukryć ciała po zabójstwie dokonanym w afekcie. Mimo to policja w końcu się dowie. Wówczas fotografia ofiary z pewnością zostanie opublikowana, a barman przypomni sobie, że pierwszego sierpnia fałszerz był wieczorem w lokalu w towarzystwie wysokiego blondyna w kraciastym garniturze i ciemnych okularach.

Upłyną długie miesiące, zanim sprawdzą skrytkę bankową denata, nawet jeśli wynajął ją pod własnym nazwiskiem. Szakal nie zamienił ani słowa z barmanem, a u kelnera zamówił te same drinki co dwa tygodnie wcześniej. Mężczyzna musiałby mieć fenomenalną pamięć, aby przypomnieć sobie, że w głosie zamawiającego dwa piwa dało się wyczuć ledwie wyczuwalny cudzoziemski akcent. Policja rozpocznie niemrawe poszukiwania wysokiego blondyna, lecz nawet jeśli śledczy dotrą do Alexandera Duggana, belgijska policja będzie musiała przebyć jeszcze długą drogę prowadzącą do Szakala. Przecież potrzebował tylko miesiąca. Zamordowanie fałszerza było czynnością tak odruchową jak rozdeptanie karalucha. Szakal rozluźnił się, wypalił drugiego papierosa i wyjrzał na zewnątrz. Była dwudziesta pierwsza trzydzieści. Wąską uliczkę spowijał gęsty mrok. Wyszedł cicho z atelier, zamykając za sobą drzwi. Nikt go nie minął, gdy szedł spokojną okolicą. Po przejściu kilometra wrzucił klucze do dużego otworu kanalizacyjnego w chodniku i usłyszał, jak z chlupotem wpadają do ścieku kilka metrów pod ulicą. Wrócił do hotelu w porze późnej kolacji.

Następny dzień, piątek, spędził na zakupach w jednej z robotniczych dzielnic Brukseli. W sklepie ze sprzętem kempingowym kupił buty do pieszych wędrówek, długie wełniane skarpety, dżinsy, wełnianą koszulę w kratę i chlebak. Oprócz tego nabył kilka arkuszy cienkiej gumy piankowej, torbę na zakupy, kłębek szpagatu, nóż myśliwski, dwa cienkie pędzelki do malowania oraz puszkę różowej i brązowej farby. Zastanawiał się, czy nie kupić dużego melona na straganie z owocami, lecz zrezygnował, uznając, że pewnie zepsuje się przez weekend.

Wróciwszy do hotelu, użył nowego prawa jazdy pasującego do paszportu wystawionego na nazwisko Alexander Duggan, aby wynająć samochód, poprosił również szefa recepcji, żeby zarezerwował mu jednoosobowy pokój z łazienką w jednym z nadmorskich kurortów. Chociaż w sierpniu trudno było znaleźć wolne miejsce, urzędnik zdobył mu pokój w małym hoteliku z widokiem na malowniczą zatokę rybacką Zeebrugge. Na odchodnym życzył Anglikowi miłego weekendu nad morzem.

Rozdział siódmy

Podczas gdy Szakal robił zakupy w Brukseli, Wiktor Kowalski zmagał się z systemem połączeń międzynarodowych na poczcie głównej w Rzymie.

Ponieważ nie mówił po włosku, musiał skorzystać z pomocy urzędników pocztowych. W końcu udało mu się znaleźć jednego, który mówił trochę po francusku. Z trudem wyjaśnił, że chciałby zadzwonić do pewnego człowieka w Marsylii, we Francji, lecz nie zna jego numeru telefonu.

Tak, zna nazwisko i adres. Grzybowski. Dziwne nazwisko zdumiało Włocha, który poprosił, aby Kowalski je przeliterował. Kowalski zrobił, jak mu kazano, lecz urzędnik, nie wierząc, że nazwisko mogło się zaczynać od „Grzyb...", przeliterował je pracownikowi centrali międzynarodowej jako „Grib...", uznając, że Kowalski popełnił błąd, zamiast „i", podając „z". Włocha poinformowano, że żaden Józef Gribowski nie figuruje w książce telefonicznej Marsylii. Urzędnik zwrócił się do Kowalskiego, wyjaśniając, że nie ma nikogo noszącego takie nazwisko.

Jedynie przez przypadek, ponieważ był człowiekiem sumiennym i chciał zadowolić obcokrajowca, urzędnik odczytał nazwisko tak, jak je przeliterowano.

— *Il n'existe pa, monsieur. Voyons... jay, air, eee...*[1].

— *Non, jay, air, zed*[2] — przerwał Kowalski.

Urzędnik sprawiał wrażenie zagubionego.

— *Excusez moi, monsieur, jay, air, zed? Jay, air, zed, yqrec, bay?*[3].

— *Oui*[4] — przytaknął Kowalski. — G, R, Z, Y, B, O, W, S, K, I.

Włoch wzruszył ramionami i ponownie połączył się z operatorem.

— Proszę z informacją międzynarodową.

Dziesięć minut później Kowalski otrzymał numer JoJo, a po półgodzinie uzyskał połączenie. Głos byłego legionisty po drugiej stronie linii zniekształcały trzaski. JoJo ociągał się z potwierdzeniem złych wiadomości przekazanych w liście Kovacsa. Tak, cieszy się, że Kowalski zadzwonił. Od trzech miesięcy próbował się z nim skontaktować.

Niestety, wiadomość o chorobie małej Sylvie była prawdziwa. Z każdym dniem staje się coraz słabsza i chudsza. Kiedy w końcu lekarzom udało się postawić diagnozę, dziewczynkę trzeba było położyć do łóżka. Leżała w sypialni obok pokoju, z którego JoJo prowadził tę rozmowę. Nie, mieszkają gdzie indziej. Przeprowadzili się do nowszego i większego mieszkania. Co? Adres? JoJo podał go powoli, a Kowalski równie powoli go zapisał, poruszając językiem za wydętymi wargami.

— Ile czasu dają jej medycy?! — ryknął. Musiał powtórzyć cztery razy, aby JoJo zrozumiał, o co chodzi. Zapanowała dłuższa cisza. — *Allo? Allo?* — krzyknął, gdy nie otrzymał żadnej odpowiedzi. W końcu JoJo odzyskał mowę.

---

[1] [Człowiek] o takim nazwisku nie istnieje, proszę pana... gie, er, i... (fr.).

[2] Nie, gie, er, zet (fr.).

[3] Przepraszam pana: gie, er, zet? Gie, er, zet, igrek, be? (fr.).

[4] Tak (fr.).

— Tydzień, może dwa lub trzy.

Kowalski spojrzał z niedowierzaniem na słuchawkę, którą trzymał w ręku. Bez słowa odłożył ją na widełki i wypadł z kabiny. Po zapłaceniu za rozmowę i odebraniu korespondencji zatrzasnął stalową kasetę przyczepioną do nadgarstka i wrócił do hotelu. Po raz pierwszy od wielu miesięcy czuł się zagubiony. Nie wiedział, do kogo mógłby się zwrócić po rozkazy, aby jak zwykle rozwiązać problem, używając siły.

W swoim mieszkaniu w Marsylii, tym samym, w którym mieszkał od lat, JoJo odłożył słuchawkę, słysząc, że Kowalski się rozłączył. Odwrócił się w stronę dwóch agentów wydziału operacyjnego, którzy znajdowali się tam gdzie przedtem, z policyjnymi koltami .45 w ręku. Jeden mierzył do JoJo, a drugi do jego pobladłej żony, która siedziała na kanapie w kącie pokoju.

— Dranie — syknął jadowicie JoJo. — Gnoje.

— Przyjedzie? — zapytał jeden z mężczyzn.

— Nie powiedział. Zwyczajnie odłożył słuchawkę — odparł Polak.

Korsykanin utkwił w nim ciemne, pozbawione wyrazu oczy.

— Musi przyjechać. Otrzymał taki rozkaz.

— Słyszeliście, co powiedziałem. Zrobiłem, jak kazaliście. Musiał być w szoku. Rozłączył się. Nie mogłem temu zapobiec.

— Byłoby lepiej dla ciebie, gdyby przyjechał — powtórzył Korsykanin.

— Przyjedzie — powiedział JoJo zrezygnowanym tonem. — Jeśli będzie mógł, przyjedzie. Zrobi to dla dziewczynki.

— Dobrze. Twoja rola jest skończona.

— W takim razie wynoście się stąd! — krzyknął JoJo. — Dajcie nam święty spokój!

Korsykanin wstał, nie odkładając broni. Drugi mężczyzna w dalszym ciągu siedział na kanapie, przyglądając się kobiecie.

— Pójdziecie razem z nami — odparł Korsykanin. — Nie możemy pozwolić, abyście zaczęli gadać lub zadzwonili do Rzymu, prawda JoJo?

— Dokąd nas zabieracie?

— Wyjedziecie na małe wakacje. Do małego, uroczego hoteliku w górach. Dużo tam słońca i świeżego powietrza. Dobrze się spisałeś, JoJo.

— Na długo? — spytał ponuro Polak.

— Na tyle, ile będzie trzeba.

JoJo wyjrzał przez okno na plątaninę uliczek i rybnych straganów, iście pocztówkowy widok starego portu.

— Jest szczyt sezonu turystycznego. Pociągi są zatłoczone. W sierpniu zarabiamy więcej niż przez całą zimę. Przez kilka lat będziemy na minusie.

Korsykanin się roześmiał, jakby słowa JoJo go rozbawiły.

— Powinieneś uznać to raczej za zysk niż stratę, JoJo. W końcu robisz to dla Francji, twojej przybranej ojczyzny.

Polak odwrócił się na pięcie.

— Gówno mnie obchodzi polityka. Jest mi obojętne, kto rządzi krajem, jaka partia chce wszystko spieprzyć. Znam takich jak ty. Mam z wami do czynienia przez całe życie. Służyłbyś Hitlerowi, bo gość był w twoim typie. Wysługiwał się Mussoliniemu lub OAS, gdyby ci to odpowiadało. Każdemu. Dyktatury się zmieniają, lecz dranie twojego pokroju nigdy! — krzyknął, kuśtykając w kierunku mężczyzny z pistoletem; lufa nie drgnęła nawet o milimetr.

— JoJo! — zawołała kobieta na kanapie. — *JoJo, je t'en prie. Laisse-le*[1].

Polak zatrzymał się i spojrzał na żonę, jakby zapomniał o jej istnieniu. Rozejrzał się po pokoju, uważnie przypatrując każ-

[1] JoJo, proszę, uspokój się (fr.).

demu z obecnych. Wszyscy wpatrywali się w niego — żona błagalnie, a dwaj twardziele z wydziału operacyjnego wzrokiem bez wyrazu. Wiedzieli, że obelgi nie zmienią tego, co nieuniknione. Dowódca skinął głową w kierunku sypialni.

— Pakujcie się. Najpierw ty, później żona.

— A Sylvie? O szesnastej wróci ze szkoły do domu. Nikogo nie zastanie — powiedziała kobieta.

Korsykanin nie odrywał wzroku od jej męża.

— Odbierzemy ją w drodze do nowego domu. Wszystko zostało przygotowane. Powiedzieliśmy dyrektorce, że jej babcia umiera i cała rodzina zgromadziła się przy łożu śmierci. Zrobiliśmy to bardzo dyskretnie. Zacznijcie pakować manatki.

JoJo wzruszył ramionami, spojrzał po raz ostatni na żonę i wyszedł do sypialni, by się spakować. Korsykanin ruszył za nim. Żona JoJo w dalszym ciągu miętła chusteczkę w dłoniach. Po chwili spojrzała na drugiego agenta siedzącego na krawędzi kanapy. Gaskończyk był młodszy od Korsykanina.

— Co... co mu zrobicie?

— Kowalskiemu?

— Wiktorowi.

— Pewni ludzie chcą z nim pogadać. To wszystko.

Godzinę później cała rodzina siedziała na tylnym siedzeniu dużego citroena, który pędził do odosobnionego hoteliku w wysokim masywie Vercors. Towarzyszyli jej dwaj agenci.

• • •

Szakal spędził weekend nad morzem. Kupił strój kąpielowy i całą sobotę przesiedział na plaży w Zeebrugge, kilka razy kapiąc się w Morzu Północnym i spacerując po małym portowym miasteczku i molo, gdzie kiedyś brytyjscy żołnierze walczyli i ginęli w gradzie pocisków. Niektórzy starsi mężczyźni z wąsami morsa, łowiący strzępiele na molo, mogli pamiętać wydarzenia, które rozegrały się tu czterdzieści sześć lat temu. Mógłby ich o to zapytać, lecz tego nie uczynił. Nieliczne angielskie rodziny przebywające tego dnia na plaży cieszyły się słońcem i obserwowały, jak ich dzieci bawią się w wodzie.

W niedzielę rano Szakal spakował manatki i ruszył leniwie przez flamandzkie wsie, a potem wąskimi uliczkami Ghentu i Brugii. W restauracji Siphon w Damm zjadł na lunch smakowity stek z pieca opalanego węglem drzewnym i po południu skręcił w kierunku Brukseli. Przed pójściem spać poprosił o wczesne budzenie, podanie śniadania do łóżka oraz przygotowanie lunchu na wynos, tłumacząc, że następnego dnia zamierza pojechać w Ardeny na grób starszego brata, który poległ w bitwie pod Bulge, między Bastogne a Malmedy. Urzędnik wyraził żal i obiecał, że zbudzą go na czas, aby mógł wyruszyć w swoją pielgrzymkę.

• • •

W Rzymie czekał Wiktora Kowalskiego mniej przyjemny weekend. Zjawiał się punktualnie, aby zastąpić kolegę na ósmym piętrze lub nocnego strzelca na dachu. Nie mógł zasnąć, gdy nie pełnił służby. Leżał nieruchomo na łóżku w pokoju obok głównego korytarza na ósmym piętrze, paląc papierosy i popijając podłe czerwone wino, które przynoszono w dzbanach pojemności galonu ekslegionistom pilnującym swoich szefów. Pomyślał, że kiepskie włoskie rosso nie może się równać z algierskim pinardemi, które przelewało się z kubka każdego legionisty. Jednak lepsze to niż nic.

Kowalski potrzebował zwykle wiele czasu, aby podjąć decyzję w sprawie, której nie rozstrzygał regulamin ani żadne rozkazy przełożonych. Mimo to w poniedziałek rano wiedział, co zrobi.

Wyjedzie na krótko, najwyżej na dzień lub dwa, jeśli nie będzie miał idealnego połączenia lotniczego. Tak czy owak, musiał to zrobić. Później wytłumaczy wszystko patronowi. Był pewny, że szef go zrozumie, nawet jeśli będzie diablo wściekły. Przez chwilę zastanawiał się, czy nie powiedzieć pułkownikowi o swoim problemie i poprosić o czterdziestoośmiogodzinną przepustkę. Wiedział jednak, że pułkownik odmówi, choć był znakomitym dowódcą, zawsze broniącym swoich ludzi, gdy ci znaleźli się w tarapatach. Rodin nic nie wiedział o Sylvie, a Kowalski miał świadomość, że nie zdoła mu tego wytłumaczyć. Nigdy nie potrafił niczego wyjaśnić słowami. Westchnął ciężko, wstając na poranną poniedziałkową zmianę. Był głęboko zmartwiony tym, że po raz pierwszy w karierze legionisty będzie musiał samowolnie się oddalić.

• • •

Szakal wstał o tej samej porze i przystąpił do drobiazgowych przygotowań. Najpierw wziął prysznic i ogolił się. Następnie zjadł smaczne śniadanie leżące na tacy obok łóżka. Z zamkniętej szafy wyjął futerał z karabinem i starannie owinął każdą część kilkoma warstwami gumowej pianki, przewiązując zawiniątka szpagatem. Tak zabezpieczone ułożył na dnie plecaka. Na wierzchu znalazły się puszki z farbą i pędzle, dżinsy i koszula w kratę, skarpety i buty. Sznurkowa torba na zakupy powędrowała do zewnętrznej kieszeni plecaka, a pudełko z nabojami do drugiej.

Włożył jedną z charakterystycznych kraciastych koszul, które były modne w tysiąc dziewięćset sześćdziesiątym trzecim roku, lekki garnitur gołębiej barwy zamiast typowego z wełny czesankowej oraz lekkie czarne skórzane mokasyny od Gucciego. Całości dopełnił czarny jedwabny krawat. Wziął do ręki plecak i zszedł na dół do samochodu, który zaparkował na hotelowym parkingu. Następnie wrócił do holu, odebrał przygotowany lunch i grzecznie skinął głową recepcjoniście, który życzył mu *bon voyage*. O dziewiątej wyjeżdżał z Brukseli starą autostradą E40, kierując się w stronę Namur. Płaski krajobraz skąpany w ciepłych promieniach słońca zapowiadał upalny dzień. Z mapy samochodowej wynikało, że od Bastogne dzieli go sto pięćdziesiąt kilometrów. Dodał do tego kilka kilometrów, aby znaleźć ustronne miejsce w zalesionych górach na południe od małego miasteczka. Oszacował, że przed południem z łatwością pokona sto sześćdziesiąt kilometrów, i dodał gazu, mknąc simcą aronde kolejnym prostym odcinkiem drogi przecinającym płaską równinę Walonii.

Minąwszy Namur i Marche, Anglik ujrzał znaki informujące, że dojeżdża do Bastogne. Zbliżało się południe. Przejechał przez miasteczko, które zostało zrównane z ziemią przez tygrysy Hasso von Manteuffla zimą tysiąc dziewięćset czterdziestego czwartego roku, i skręcił na południe, w kierunku wzgórz. Lasy stawały się coraz gęstsze, a wijącą się serpentynami drogę często zaciemniały wielkie wiązy i buki, przez których korony przenikało niewiele promieni słońca. Osiem kilometrów za miastem Szakal wypatrzył wąską dróżkę prowadzącą do lasu. Skręcił w nią i przejechał kolejne dwa kilometry, do następnej drogi biegnącej od lasu. Ruszył nią i po pokonaniu kilku metrów ukrył samochód za kępą krzaków. Przez chwilę siedział nieruchomo ukryty w leśnym cieniu, paląc papierosa i wsłuchując się w odgłosy stygnącego silnika, szum wiatru w wysokich konarach i dalekie wołanie gołębia.

Powoli wysiadł, otworzył bagażnik i położył plecak na masce. Przebrał się. Ułożył nieskazitelny gołębi garnitur na tylnym siedzeniu aronde i ubrał się w dżinsy. Ponieważ było ciepło i kurtka nie była potrzebna, zastąpił koszulę z kołnierzykiem i krawatem flanelową koszulą w kratę. Na koniec zdjął drogie miejskie mokasyny, by włożyć turystyczne buty i wełniane skarpety, za które wetknął mankiety spodni.

Po kolei odwinął poszczególne elementy broni, umieszczając je na właściwym miejscu. Tłumik wsunął do jednej kieszeni spodni, a celownik teleskopowy do drugiej. Wyciągnął z pudełka dwadzieścia nabojów i włożył je do kieszeni na piersi. Pojedynczy pocisk wybuchowy owinięty w bibułę powędrował do drugiej.

Kiedy wszystkie części karabinu znalazły się na swoim miejscu, położył broń na masce wozu i podszedł do bagażnika, aby wyjąć duży melon, który kupił na targu w Brukseli przed powrotem do hotelu i który zostawił w samochodzie. Następnie zatrzasnął bagażnik, włożył melon do pustego plecaka wraz z farbą, pędzlami i nożem myśliwskim, zamknął samochód, wziął broń i ruszył w las. Było kilka minut po dwunastej.

Po dziesięciu minutach dotarł do wąskiej polany długości około stu pięćdziesięciu metrów. Oparł karabin o pień i odliczył sto pięćdziesiąt kroków, a następnie wyszukał drzewo, z którego widać było miejsce, gdzie zostawił karabin. Wyjął zawartość plecaka na ziemię i otworzył wieczka obu puszek z farbą, aby przystąpić do pracy nad melonem. Górną i dolną część owocu pomalował brązową, a środek różową farbą. Kiedy farba była jeszcze mokra, palcem wskazującym nakreślił prymitywne oczy, nos, wąsy i usta.

Wbił nóż w melon, aby uniknąć rozmazania farby palcami, i ostrożnie umieścił go w środku sznurkowej torby na zakupy. Wielka siatka i rączka w żaden sposób nie przysłaniały kształtu melona ani rysów twarzy, którą na nim naszkicował.

Na koniec wbił nóż w pień drzewa na wysokości około dwóch metrów nad ziemią, by na rękojeści zawiesić rączki torby. Na tle brązowej kory wiszący w powietrzu różowo-brązowy melon przypominał groteskową, oddzieloną od ciała głowę.

Szakal zamknął puszki i cisnął je daleko w las. Wpadły w krzaki i zniknęły. Pędzle, które rzucił na ziemię, nieco bardziej rzucały się w oczy. Zaczął je przydeptywać nogami, dopóki nie zniknęły z oczu. Kiedy skończył, podniósł plecak i wrócił do miejsca, w którym zostawił karabin.

Tłumik wszedł bez trudu, obracając się na lufie aż do oporu. Celownik teleskopowy zatrzasnął się idealnie na wierzchołku lufy. Szakal wysunął rygiel i włożył do komory pierwszy nabój. Zmrużył oczy, mierząc do celu dyndającego na końcu przesieki. Kiedy go odnalazł, zdumiał się dużym i wyraźnym obrazem w celowniku. Gdyby była to ludzka głowa, można by odnieść wrażenie, że znajduje się w odległości nie większej niż trzydzieści metrów. Widział krzyżujące się linie sznurkowej siatki z melonem i nakreślone palcem rysy twarzy.

Nieznacznie zmienił pozycję ciała, dla większej stabilności opierając się o drzewo i ponownie mrużąc oczy. Ponieważ dwa włoski tworzące krzyżyk nie znajdowały się w centrum pola widzenia, prawą ręką sięgnął do śrubek i kręcił nimi tak długo, aż znalazły się we właściwym miejscu. Zadowolony wcelował w środek melona i wystrzelił.

Odrzut okazał się słabszy, niż oczekiwał, stłumiony zaś odgłos strzału był tak słaby, że nie usłyszano by go po drugiej stronie cichej ulicy. Wsunął karabin pod pachę i poszedł na drugi koniec polany, aby obejrzeć melon. Kula otarła się o górną krawędź z prawej strony, rozrywając jeden ze sznurków torby i wbijając się w drzewo. Wrócił i strzelił ponownie, ustawiając celownik teleskopowy w poprzedniej pozycji.

Rezultat był ten sam, lecz tym razem pocisk utkwił kilka centymetrów bliżej środka. Szakal strzelił jeszcze cztery razy, nie ruszając celownika, aż doszedł do wniosku, że mierzył dobrze, lecz przy takim ustawieniu celownika kula zbacza lekko w prawo i w górę. Dopiero wtedy wyregulował pokrętła.

Kolejna kula zboczyła w dół i w lewo. Aby się upewnić, jeszcze raz poszedł na koniec polany i zbadał otwory. Pocisk trafił w lewą dolną część atrapy głowy. Strzelił znowu trzy razy z celownikiem znajdującym się w identycznej pozycji. Wszystkie kule utkwiły w tym samym rejonie. Na koniec przesunął celownik o włos.

Dziewiąta kula trafiła w czoło, dokładnie tam, gdzie celował. Podszedł do drzewa po raz trzeci, tym razem wyjmując z kieszeni kawałek kredy i obrysowując rejon, w którym utkwiły kule — jeden obszar u góry, po prawej stronie, drugi po lewej stronie ust, trzeci na środku czoła.

Wrócił i strzelił kolejno w jedno i drugie oko, nasadę nosa, górną wargę i brodę. Obrócił melon bokiem i posłał sześć ostatnich kul w skroń, ucho, kark, policzek, szczękę i potylicę. Tylko jeden strzał był lekko chybiony.

Zadowolony z celności karabinu zapamiętał pozycję pokręteł na celowniku i wycisnął odrobinę kleju z balsy na główki oraz bakelitową powierzchnię, do której przylegały. Po upływie pół godziny — Szakal zdołał wypalić dwa papierosy — klej zastygł. Celownik był teraz wyregulowany do wzroku, przy strzale do celu znajdującego się w odległości stu trzydziestu metrów.

Z drugiej kieszeni na piersi wyjął nabój wybuchowy, odwinął go i wsunął do komory nabojowej. Starannie wycelował w środek melona i pociągnął za spust.

Z tłumika wydobył się mały pióropusz dymu. Szakal oparł karabin o drzewo i ruszył przez polanę w kierunku torby z melonem. Wisiała zwiotczała i pusta obok uszkodzonego pnia. Melon, który przyjął wcześniej dwadzieścia ołowianych pocisków i nie rozpadł się na części, zamienił się teraz w maź rozrzuconą na trawie. Po korze spływały strużki soku i pestki. Resztki miąższu leżały na dnie torby przypominającej mosznę zwisającą z myśliwskiego noża.

Zdjął torbę i cisnął ją w pobliskie krzaki. Melon, który był w niej jeszcze przed chwilą, zamienił się w trudną do określenia substancję. Szakal wyciągnął nóż z pnia drzewa i wsunął do pochwy. Wrócił po karabin i wolnym krokiem udał się do samochodu.

Starannie owinął poszczególne części broni gumą piankową i schował do plecaka wraz z butami, skarpetami, koszulą i spodniami. Ponownie włożył miejskie ubranie, umieścił plecak w bagażniku i spokojnie zjadł kanapki przygotowane na lunch. Kiedy skończył, uruchomił samochód i wrócił do głównej drogi, skręcając w lewo, do Bastogne, Marche, Namur i Brukseli. Przyjechał do hotelu krótko po szóstej i po odniesieniu plecaka do pokoju zszedł na dół, aby zapłacić za wynajęcie samochodu pracownikowi w recepcji. Zanim wziął kąpiel, przed wieczornym posiłkiem, godzinę czyścił każdą część karabinu i oliwił ruchome elementy, a następnie umieścił je w futerale i zamknął w szafie. W nocy wyrzucił plecak, szpagat i kilka kawałków gumy piankowej do firmowego pojemnika na śmieci, a dwadzieścia jeden łusek po nabojach trafiło do miejskiego ścieku.

• • •

W ten sam poniedziałek, piątego sierpnia, Wiktor Kowalski znalazł się ponownie na poczcie głównej w Rzymie i znowu szukał kogoś mówiącego po francusku. Tym razem chciał, aby pracownik poczty zatelefonował do biura Alitalii i spytał o rejsy z Rzymu do Marsylii i z powrotem. Spóźnił się na poniedziałkowy lot. Samolot odlatywał za godzinę z lotniska Fiumicino, więc nie zdołałby dotrzeć na czas. Następny bezpośredni lot był w środę. Nie, inne linie lotnicze nie miały bezpośrednich połączeń z Marsylią. A loty z przesiadką? Nie? O której wylatywał samolot w środę? O jedenastej piętnaście. Lądowanie na lotnisku Marignane w Marsylii tuż po dwunastej. Powrót następnego dnia. Zarezerwować jedno miejsce? Bilet w jedną stronę czy powrotny? Oczywiście, na jakie nazwisko? Kowalski podał nazwisko widniejące na dokumencie, który miał w kieszeni. Po zniesieniu obowiązku paszportowego dla obywateli krajów należących do Wspólnego Rynku wystarczał krajowy dokument tożsamości.

Poproszono, aby stawił się przy stanowisku odpraw Alitalii na lotnisku Fiumicino w środę, godzinę przed odlotem. Kiedy urzędnik odłożył słuchawkę, Kowalski zabrał listy, zamknął je w kasecie i wrócił do hotelu.

• • •

Następnego ranka Szakal odbył ostatnie spotkanie z *monsieur* Goossensem. Zadzwonił do Belga zaraz po śniadaniu. Rusznikarz z radością oznajmił, że robota jest skończona. Czy *monsieur* mógłby przyjść o jedenastej? Proszę przynieść przedmioty niezbędne do sprawdzenia pojemników.

Anglik przybył na miejsce pół godziny przed czasem. Mała dyplomatka znajdowała się w pustej plastikowej walizce, którą nabył rano w sklepie z używanymi rzeczami. Przez trzydzieści minut obserwował uliczkę, przy której mieszkał rusznikarz, aby w końcu cicho zapukać do drzwi. Kiedy *monsieur* Goossens otworzył, wszedł bez wahania. Rusznikarz dołączył do niego po zamknięciu drzwi wejściowych i drzwi biura.

— Żadnych problemów? — spytał Anglik.

— Nie, tym razem wszystko jest gotowe. — Belg wyjął zza biurka kilka worków z juty i położył je na blacie. Po rozwiązaniu wyciągnął ze środka i ułożył obok siebie kilka stalowych cylindrów wypolerowanych tak starannie, że wyglądały jak aluminium. Kiedy ostatni znalazł się na biurku, wciągnął rękę po dyplomatkę, w której znajdowały się elementy broni.

Rusznikarz wsuwał poszczególne części do pojemników. Pasowały idealnie.

— Jak wyniki strzelania? — zapytał, nie przerywając pracy.

— Doskonale.

Wkładając do cylindra celownik teleskopowy, Belg zauważył, że śruby regulujące zostały unieruchomione kroplą kleju z balsy.

— Szkoda, że śruby muszą być takie małe — westchnął. — Lepiej byłoby oznaczyć właściwe położenie, niestety, trzeba było usunąć łebki ze względu na wielkość. Musiałem zastosować małe śrubki, w przeciwnym razie celownik nie zmieściłby się w cylindrze. — Mówiąc to, wsunął celownik do odpowiedniego pojemnika. Pasował idealnie, podobnie jak pozostałe części. Kiedy pięć elementów karabinu zniknęło, wziął do ręki cienki kawałek metalu pełniący funkcję spustu i pięć pozostałych naboi wybuchowych. — Te musiałem umieścić gdzie indziej, jak pan za chwilę zobaczy — wyjaśnił.

Sięgnął po pokrytą czarną skórą kolbę i pokazał klientowi miejsce, w którym została nacięta nożem. Wcisnął spust do środka i zamknął rozcięcie czarną taśmą izolacyjną. Wyglądało to zupełnie naturalnie. Z szuflady biurka wyjął okrągły czarny walec z gumy o średnicy czterech i długości pięciu centymetrów. Ze środka wystawał ku górze stalowy bolec nagwintowany jak śruba.

— Dopasowałem to do ostatniej rurki — powiedział. W stalowym bolcu nawiercono pięć otworów. Do każdego otworu Belg ostrożnie wsunął nabój, tak głęboko, aby widać było jedynie mosiężne spłonki. — Po nasunięciu gumy wszystko jest niewidoczne, a guma stanowi doskonałą imitację — wyjaśnił. Anglik słuchał go w milczeniu. — Co pan o tym sądzi? — spytał zaniepokojony rusznikarz.

Anglik wziął do ręki i dokładnie obejrzał wszystkie cylindry. Potrząsnął nimi, lecz nie wydały żadnego dźwięku, ponieważ w środku oklejono je jasnoszarym suknem pochłaniającym wstrząsy i hałas. Najdłuższy miał pięćdziesiąt centymetrów. Znajdowała się w nim lufa i zamek karabinu. Pozostałe miały około trzydziestu centymetrów długości i zawierały dwie rozpórki, górną i dolną, tłumik oraz celownik teleskopowy. Kolba z językiem spustowym ukrytym pod skórzaną wyściółką leżała oddzielnie wraz z gumowym walcem zawierającym kule. Broń myśliwska, nie wspominając o broni zabójcy, rozpłynęła się w powietrzu.

— Doskonała robota — powiedział Szakal, nieznacznie kiwając głową. — Dokładnie to, czego chciałem.

Belg nie posiadał się z radości. Choć był mistrzem w swoim fachu, lubił pochwały jak każdy człowiek, miał też świadomość, że mężczyzna, który przed nim stoi, należy do najlepszych.

Szakal wziął do ręki stalowe pojemniki z elementami karabinu i ostrożnie wsunął do worków, a następnie umieścił w plastikowej walizce. Po zapakowaniu pięciu pojemników, kolby i gumowego walca zwrócił rusznikarzowi dyplomatkę z przegrodami.

— Nie będę jej potrzebował. Broń pozostanie w pojemnikach do chwili, gdy jej użyję. — Z wewnętrznej kieszeni wyjął dwieście funtów, które był winien Belgowi, i położył na stole. — Myślę, że sfinalizowaliśmy sprawę, *monsieur* Goossens.

Belg wsunął pieniądze do kieszeni.

— Tak, *monsieur*, chyba że będę mógł służyć czymś jeszcze.

— Tak — odparł Anglik. — Proszę, aby pan zapamiętał moje krótkie kazanie, które wygłosiłem dwa tygodnie temu. O cnocie milczenia.

— Nie zapomniałem, *monsieur* — odrzekł cicho Belg.

Ponownie ogarnął go strach. Czy ten delikatnie przemawiający zabójca chciał go uciszyć już teraz, aby zagwarantować sobie milczenie? Z pewnością nie. Policyjne dochodzenie ujawniłoby wizyty wysokiego Anglika, zanim ten miałby szansę użycia broni, którą ukrył w walizce. Anglik najwyraźniej czytał w jego myślach. Uśmiechnął się przelotnie.

— Nie musi się pan obawiać. Nie mam zamiaru wyrządzać panu krzywdy. Wiem, że człowiek o pańskiej inteligencji z pewnością poczyniłby odpowiednie kroki, aby nie zginąć z ręki klienta. Może za godzinę oczekuje pan telefonu od przyjaciela? Jeśli pan nie odbierze, tamten przyjdzie tu i znajdzie ciało? A może zostawił pan list u prawnika, z dyspozycją, by otworzyć go po pańskiej śmierci? Z mojego punktu widzenia zamordowanie pana stworzyłoby więcej problemów, niż rozwiązało.

Monsieur Goossens był zdumiony. Rzeczywiście złożył list w kancelarii prawnej z poleceniem, aby otworzyć go po jego śmierci. Prosił w nim, by policja zajrzała pod pewien kamień w ogrodzie na tyłach domu. Pod kamieniem znajdowała się kasetka z listą ludzi, którzy danego dnia mieli zjawić się w jego domu. Codziennie wymieniał ją na nową. Tego dnia miał tylko jednego klienta — wysokiego, zamożnie wyglądającego Anglika występującego pod nazwiskiem Duggan. Był to rodzaj ubezpieczenia.

Anglik przyglądał mu się spokojnie.

— Tak sobie pomyślałem — podjął po chwili. — Jest pan bezpieczny. Jednakże zabiję bez wahania, jeśli kiedykolwiek wspomni pan komuś o moich wizytach lub zakupionym karabinie. Podkreślam, komukolwiek. Proszę zapomnieć o moim istnieniu w chwili, gdy opuszczę ten dom.

— To oczywiste, *monsieur*. Stosuję tę zasadę w kontaktach ze wszystkimi klientami. Ze swojej strony dodam, że oczekuję od nich podobnej dyskrecji. Dlatego za pomocą kwasu wypaliłem z pańskiej broni numer seryjny. Ja również muszę dbać o swoje bezpieczeństwo.

Anglik uśmiechnął się ponownie.

— W takim razie świetnie się rozumiemy. Życzę miłego dnia, panie Goossens.

Minutę później za nieznajomym zamknęły się drzwi i Belg, który wiedział tak dużo o broni i ludziach jej używających, a tak mało o Szakalu, odetchnął z ulgą i wrócił do biura, aby przeliczyć pieniądze.

Szakal nie chciał, aby pracownicy hotelu widzieli go z tanią plastikową walizką. Mimo że minęła pora lunchu, kazał się zawieźć taksówkarzowi na dworzec główny i umieścił walizkę w przechowalni bagażu, wsuwając kwit do wewnętrznej kieszeni cienkiego portfela z jaszczurczej skóry.

Zjadł smaczny, drogi lunch w restauracji Cygne, aby uczcić koniec fazy planowania i przygotowań we Francji i w Belgii, a następnie wrócił do hotelu Amigo, by spakować rzeczy i zapłacić rachunek. Wyszedł ubrany dokładnie tak, jak przyszedł — w eleganckim garniturze z kratkowanego materiału, czarnych okularach na nosie i z dwiema walizkami marki Vuitton niesionymi za nim przez bagażowego do oczekującej taksówki. Był teraz uboższy o tysiąc sześćset funtów i bogatszy o karabin ukryty bezpiecznie w niepozornej walizce pozostawionej w przechowalni bagażu dworca głównego oraz trzy znakomicie podrobione dokumenty wsunięte do wewnętrznej kieszeni marynarki.

Samolot z Brukseli do Londynu startował tuż po szesnastej. Choć w Londynie przeprowadzono pobieżną kontrolę jednej z walizek, nie znaleziono nic podejrzanego. O dziewiętnastej był już w swoim mieszkaniu, a wieczorem poszedł zjeść obiad na West Endzie.

Rozdział ósmy

Kowalski miał pecha, bo w środę rano nie musiał nigdzie telefonować. Gdyby było inaczej, spóźniłby się na samolot. W przegródce leżała jak co dzień korespondencja dla *monsieur* Poitiersa. Kowalski odebrał pięć listów, umieścił je w stalowej kasecie na końcu łańcucha i wrócił pospiesznie do hotelu. O dziewiątej trzydzieści, odesłany przez pułkownika Rodina, poszedł do swojego pokoju, aby się zdrzemnąć. Miał rozpocząć służbę na dachu o dziewiętnastej.

Wstąpił do siebie tylko po to, aby zabrać kolta .45 (Rodin nigdy by nie pozwolił, aby Kowalski wychodził z hotelu uzbrojony). Wsunął broń do pochwy pod pachą. Gdyby miał na sobie dobrze dopasowaną marynarkę, wybrzuszenie od pistoletu i kabury byłoby widoczne z odległości stu metrów. Ubrania Kowalskiego były jednak źle skrojone, jakby zostały uszyte przez kiepskiego krawca, dlatego mimo krępej budowy ciała wisiały na nim jak worek. Zabrał rolkę plastra opatrunkowego i beret, który nabył poprzedniego dnia, upychając je w kieszeni marynarki. Wsunął do spodni zwitek włoskich lirów i francuskich franków, które zaoszczędził w ciągu ostatniego pół roku, i zamknął drzwi.

Kolega pełniący straż na ósmym piętrze podniósł wzrok.

— Chcą, abym zadzwonił — wyjaśnił Kowalski, wskazując kciukiem dziewiąte piętro. Ochroniarz nie odpowiedział, przypatrując się, jak winda nadjeżdża i Kowalski wchodzi do środka. Chwilę później Polak był już na zewnątrz i nakładał duże, czarne okulary.

Mężczyzna czytający magazyn „Oggi" w kawiarni po drugiej stronie ulicy na moment przerwał lekturę, przypatrując się zza ciemnych okularów Polakowi szukającemu wolnej taksówki. Kiedy żadna nie nadjechała, Kowalski ruszył na róg ulicy. Facet z kawiarni opuścił taras i podszedł do krawężnika. Obok niego zatrzymał się zaparkowany nieopodal mały fiat. Mężczyzna wsiadł i samochód ruszył wolno w ślad za Polakiem.

Na rogu Kowalski zatrzymał przejeżdżającą taksówkę i kazał się zawieźć na lotnisko Fiumicino.

Agenci SDECE obserwowali dyskretnie, jak podchodzi do stanowiska Alitalii, płaci gotówką za bilet i wyjaśnia dziewczynie, że nie ma żadnej walizki ani bagażu podręcznego. Pracownica poinformowała go, że pasażerowie odlatujący o jedenastej piętnaście do Marsylii zostaną wezwani za godzinę i pięć minut.

Mając trochę wolnego czasu, były legionista wstąpił do kawiarni, zamówił kawę przy barze, a następnie zabrał filiżankę do stolika przy oknie, skąd mógł obserwować przylatujące i odlatujące samoloty. Lubił lotniska, choć nie miał zielonego pojęcia, jak funkcjonują. Przez znaczną część życia huk samolotowych silników kojarzył mu się z niemieckimi messerschmittami, radzieckimi szturmowikami lub potężnymi amerykańskimi bombowcami. Później oznaczał wsparcie powietrzne maszyn B dwadzieścia sześć lub skyraiderów w Wietnamie, czy mysteresów lub fougasów podczas walk w rejonie masywu Dżebel. Przebywając na lotnisku cywilnym, lubił obserwować, jak nadlatują niczym wielkie srebrzyste ptaki, aby po chwili wylądować na pasie startowym, ze stłumionym rykiem silników, choć zanim dosięgły ziemi, wisiały na niebie, jakby podtrzymywały je niewidzialne nitki. Chociaż był człowiekiem nieśmiałym, lubił przypatrywać się zgiełkowi panującemu na lotnisku. Pomyślał, że gdyby jego losy potoczyły się inaczej, mógłby pracować w porcie lotniczym. Był jednak tym, kim był i nie mógł tego zmienić.

Zadumał się o Sylvie i jego krzaczaste brwi zmarszczyły się od wytężonego myślenia. To nie w porządku, tłumaczył sobie, że dziecko umrze, a ci dranie z Paryża będą nadal żyć. Pułkownik Rodin opowiadał mu o nich, o tym, jak zdradzili Francję, odwrócili się od armii, porzucili swoich ludzi w Indochinach i Algierii, wydając ich na pastwę terrorystów. Pułkownik Rodin nigdy się nie mylił.

Kiedy poproszono do wyjścia pasażerów lecących do Marsylii, wyszedł przez szklane drzwi na nagrzaną, betonową płytę lotniska, aby przejść do samolotu oczekującego sto metrów dalej. Z tarasu obserwacyjnego dwaj agenci pułkownika Rollanda obserwowali, jak wchodzi po schodkach na pokład samolotu. Na głowie miał czarny beret, a do jednego z policzków przykleił duży kawałek plastra. Tajniacy spojrzeli po sobie, unosząc brwi ze zdumienia. Kiedy turbośmigłowy samolot wystartował do Marsylii, dwaj mężczyźni opuścili taras. Idąc przez hol główny, przystanęli obok budki telefonicznej. Jeden z nich wybrał numer miejscowy w Rzymie. Przedstawił się imieniem i powiedział wolno:

— Wyleciał z Rzymu. Alitalia, lot cztery-pięć-jeden. Lądowanie na lotnisku Marignane o dwunastej dziesięć. *Ciao*.

Dziesięć minut później wiadomość dotarła do Paryża, a po kolejnych dziesięciu minutach została przekazana do Marsylii.

Viscount Alitalii wzniósł się nad zatoką o niewiarygodnie

błękitnej wodzie, aby niebawem rozpocząć schodzenie do lądowania na lotnisku Marignane. Śliczna włoska stewardesa przeszła z uśmiechem między fotelami, sprawdzając, czy wszyscy pasażerowie zapięli pasy, a następnie usiadła w kącie i zapięła własne. Zauważyła, że pasażer siedzący naprzeciwko nie odrywa oczu od szyby, wpatrując się nieruchomo w bielejącą deltę Rodanu, jakby nie widział jej nigdy wcześniej.

Pasażer był olbrzymim niemrawym mężczyzną, który nie znał ani słowa po włosku, a po francusku mówił z ciężkim akcentem kogoś pochodzącego z Europy Wschodniej. Na krótko ostrzyżone czarne włosy naciągnął czarny beret, miał ciemny, pognieciony garnitur i plaster na policzku zasłaniający połowę twarzy. Pomyślała, że musiał się paskudnie zaciąć przy goleniu.

Wylądowali dokładnie o czasie, niedaleko budynku terminalu. Pasażerowie ruszyli do hali odpraw. Kiedy wchodzili do środka przez szklane drzwi, mały łysy człowieczek stojący obok jednego z pograniczników kopnął go delikatnie w kostkę.

— Duży gość, czarny beret, plaster na twarzy — powiedział, podchodząc do pozostałych. Pasażerowie stanęli w dwóch kolejkach do *guichet*[1]. Przechodzili między dwoma funkcjonariuszami, którzy siedzieli za okratowanymi okienkami oddalonymi trzy metry od siebie. Każdy pasażer podawał paszport i kartę lądowania. Urzędnicy byli funkcjonariuszami DST[2], francuskiej służby wywiadowczej odpowiedzialnej za bezpieczeństwo wewnętrzne Francji oraz kontrolę wszystkich Francuzów i cudzoziemców wjeżdżających do kraju.

Kiedy Kowalski stanął przed funkcjonariuszem w niebieskim mundurze, ten ledwie na niego spojrzał. Przystawił pieczątkę na żółtej karcie lądowania, sprawdził pobieżnie wręczony do-

---

[1] Bramka (fr.).

[2] DST, Direction de la Surveillance du Territoire, Dyrekcja Nadzoru Terytorium (fr.).

kument tożsamości i skinął głową, dając znak, że olbrzym może przejść dalej. Kowalski ruszył z ulgą do stanowiska odprawy celnej. Kilku celników słuchało w milczeniu niskiego, łysego jegomościa, który po chwili zniknął za szklanymi drzwiami biura.

— *Monsieur, votre baggage*[1]? — spytał Kowalskiego starszy urzędnik celny, wskazując pozostałych pasażerów oczekujących przy taśmie na swoje bagaże leżące na wózkach stojących na zewnątrz terminalu.

— *J'ai pas de bagage*[2].

Celnik uniósł brwi.

— *Pas de bagage? Eh bien, avez-vous quelque chose à déclarer?*[3].

— *Non, rien* — odparł Kowalski[4].

Celnik uśmiechnął się przyjaźnie.

— *Eh bien, passez, monsieur*[5] — powiedział ze śpiewnym, marsylskim akcentem, wskazując wyjście, przed którym czekał rząd taksówek. Kowalski skinął głową i wyszedł na słońce. Nienawykły do szastania gotówką rozglądał się wokół, dopóki nie zobaczył autobusu i nie wsiadł do niego.

Kiedy zniknął z pola widzenia, starszego urzędnika otoczyło kilku celników.

— Ciekawe, czego od niego chcą? — powiedział jeden.

— Facet wygląda na twardziela — rzekł drugi.

— Przestanie być twardzielem, gdy ci dranie z nim skończą — zauważył trzeci, kiwając głową w kierunku biura za plecami.

---

[1] Pański bagaż (fr.).
[2] Nie mam bagażu (fr.).
[3] Nie ma pan bagażu? Rozumiem, a coś do oclenia? (fr.).
[4] Nie, nic (fr.).
[5] Rozumiem, może pan przejść (fr.).

— Dajcie spokój, wracajmy do pracy — przerwał starszy. — Dzisiejszego dnia spełniliśmy już nasz obowiązek wobec Francji.

— Chyba wobec Wielkiego Charles'a — bąknął pod nosem pierwszy, kiedy zaczęli się rozchodzić. — Niech go szlag.

Gdy autobus stanął przed biurem Air France w centrum miasta, nadeszła pora lunchu. Było tu jeszcze cieplej niż w Rzymie. Sierpień w Marsylii ma kilka zalet, z pewnością jednak nie zachęca do dużego wysiłku. Skwar ogarnął miasto niczym choroba, przenikając każde włókno, pozbawiając siły, niwecząc energię i wolę zrobienia czegokolwiek, z wyjątkiem leżenia w chłodnym pokoju z zaciągniętymi żaluzjami i wentylatorem nastawionym na najwyższe obroty.

Spokój panował nawet na Cannebière, zwykle tętniącej ruchem głównej arterii Marsylii, po zmroku przypominającej wartką rzekę świateł. Nieliczni ludzie i pojazdy poruszali się w takim tempie, jakby taplali się po pas w lepkim syropie. Znalezienie wolnej taksówki zajęło Kowalskiemu pół godziny. Większość taksówkarzy ukryła się w zacienionym parku, aby przeczekać sjestę.

Dom, którego adres JoJo podyktował Kowalskiemu, znajdował się przy głównej drodze wylotowej z miasta, w kierunku Cassis. Poprosił kierowcę, żeby wysadził go przy Avenue de la Libération, aby mógł pokonać pieszo resztę drogi. Ton, jakim taksówkarz wypowiedział *si vous voulez*[1], jasno wyraził, co sądzi o cudzoziemcach, którzy wolą pokonać pieszo odległość kilku metrów w skwarze, gdy mają do dyspozycji samochód.

Kowalski obserwował taksówkę wracającą do miasta, dopóki nie zniknęła z pola widzenia. Odnalazł boczną uliczkę o nazwie widniejącej na kartce, pytając o drogę kelnera z ulicznej kawia-

---

[1] Jak pan sobie życzy (fr.).

renki. Dom wyglądał na całkiem nowy, więc Kowalski pomyślał, że JoJo musi zbijać kokosy, sprzedając żarcie na dworcowym peronie. Może kupili kiosk, na który od tylu lat miała chrapkę małżonka Grzybowskiego. Tłumaczyłoby to ich obecną zamożność. Sylvie byłoby tu lepiej niż w klitce nieopodal doków. Myśl o córce i idiotycznej wiadomości, którą usłyszał, sprawiła, że Kowalski stanął przy schodach. Co JoJo powiedział mu przez telefon? Tydzień? Może dwa? To niemożliwe!

Wbiegł po stopniach i zatrzymał się przed podwójnym rzędem skrytek pocztowych z boku korytarza. Na jednej z nich widniało nazwisko „Grzybowski". Mieszkanie dwadzieścia trzy. Postanowił, że pójdzie schodami. To tylko drugie piętro.

Mieszkanie numer dwadzieścia trzy miało takie same drzwi jak pozostałe. Dostrzegł dzwonek z małą białą karteczką, na której drukowanymi literami wypisano nazwisko „Grzybowski". Drzwi znajdowały się na końcu korytarza, obok drzwi do mieszkań dwadzieścia dwa i dwadzieścia cztery. Nacisnął dzwonek. Drzwi się otworzyły, lecz zamiast powitania Kowalski otrzymał cios drewnianym trzonkiem.

Drewno rozcięło skórę, lecz odbiło się od kości z tępym odgłosem. Drzwi z numerami dwadzieścia dwa i dwadzieścia cztery otworzyły się do środka i na korytarz wypadło kilku mężczyzn. Choć wszystko to rozegrało się w ciągu zaledwie pół sekundy, wystarczyło, aby Kowalski wpadł w szał. Mimo ociężałości myślenia doskonale opanował technikę walki. W wąskim korytarzu siła i wielkość jego ciała były całkiem nieprzydatne. Z powodu wysokiego wzrostu drewniany trzonek nie uderzył go w głowę z maksymalną siłą. Przez krew zalewającą oczy spostrzegł, że w mieszkaniu przed nim czai się dwóch mężczyzn, a dwóch innych stoi po jednej i drugiej stronie drzwi. Potrzebował więcej miejsca, więc wpadł do mieszkania dwadzieścia trzy.

Mężczyzna, który zagrodził mu drogę, zachwiał się pod wpływem uderzenia. Ci, którzy stali za jego plecami, próbowali chwycić Kowalskiego za kołnierz i marynarkę. Wpadłszy do mieszkania, wyciągnął kolta z kabury pod pachą, odwrócił się i strzelił w kierunku drzwi. W tej samej chwili jakiś kij trafił go w nadgarstek, obniżając lufę pistoletu.

Kula odłupała rzepkę kolanową jednemu z napastników, który upadł z cichym krzykiem. Choć Kowalski wypuścił pistolet, otrzymał kolejny cios w nadgarstek. Po chwili pięciu mężczyzn przygniotło go do podłogi. Walka trwała zaledwie trzy minuty. Lekarz stwierdził później, że Kowalski otrzymał kilka ciosów w głowę owiniętą w skórę pałką, zanim w końcu stracił przytomność. Jeden z ciosów naderwał mu kawałek ucha, inny pogruchotał nos, a twarz przypominała krwawą, ciemnoczerwoną miazgę. Kowalski walczył odruchowo. Dwukrotnie omal nie dosięgnął pistoletu, dopóki któryś z napastników nie posłał go kopnięciem w kąt pokoju. Kiedy w końcu Polak upadł na twarz, już tylko trzech mogło kopać leżącego.

Gdy skończyli, ogromne ciało zastygło na podłodze bez czucia. Jedynie strużka krwi spływająca z rozciętej głowy wskazywała, że Kowalski żyje. Trzej ocalali napastnicy cofnęli się, ciężko dysząc i klnąc na czym świat stoi. Pobladły mężczyzna postrzelony w nogę kulił się przy drzwiach, obejmując rozerwane kolano dłońmi czerwonymi od krwi. Z jego poszarzałych od bólu warg spływał długi, monotonny potok wyzwisk. Drugi opadł na kolana, kołysząc się wolno do przodu i do tyłu, kurczowo obejmując obolałe krocze. Trzeci leżał na dywanie nieopodal Polaka, z brzydkim siniakiem na lewej skroni, tam gdzie z pełną siłą trafił jeden z sierpowych Kowalskiego.

Szef grupy przewrócił Polaka na plecy i uniósł mu jedną powiekę. Sięgnął po telefon stojący przy oknie, wybrał miejscowy numer i czekał.

Mężczyzna ciężko oddychał. Kiedy odebrano telefon, poinformował osobę po drugiej stronie:

— Mamy go... Czy stawiał opór? Jak cholera... Nawet raz strzelił. Guerini stracił rzepkę kolanową. Capetti zarobił kopa w jaja, a Vissart leży nieprzytomny... Co? Tak, Polak żyje. Taki był rozkaz, nie? W przeciwnym razie nie mielibyśmy takich strat... Cóż, jest ranny. Nie wiem, stracił przytomność... Słuchaj, nie potrzebujemy radiowozu, przyślijcie kilka karetek pogotowia. Załatw to szybko.

Rzucił słuchawkę na widełki, klnąc pod nosem w żywy kamień. Po pokoju walały się kawałki mebli przypominające drewno na opał, do czego faktycznie jedynie się nadawały. Sądzili, że dopadną Polaka w korytarzu, więc nie wynieśli mebli do sąsiedniego pokoju, dlatego stanęły im na drodze. Nawet on, szef, zarobił fotelem, którym Kowalski trafił go w klatkę piersiową. Bolało. Cholerny Polaczek, pomyślał. Sukinsyny z centrali nie uprzedzili, jaki jest groźny.

Po piętnastu minutach przed dom zajechały dwa citroeny karetki i lekarz wszedł na górę. Przez pięć minut badał Kowalskiego, a następnie podwinął mu rękaw i zrobił zastrzyk. Dwaj sanitariusze z noszami wnieśli Polaka do windy, chwiejąc się pod ciężarem. Lekarz zwrócił się do rannego Korsykanina, który spoglądał nienawistnie znad kałuży krwi przy ścianie, i zdjął mu dłonie z kolana. Spojrzał i gwizdnął przeciągle.

— Dobra, morfina i do szpitala. Dam ci zastrzyk, po którym stracisz przytomność. Nie mogę zrobić nic więcej. Tak czy owak, *mon petit*[1], twoja kariera na tym stanowisku jest skończona.

Guerini odpowiedział potokiem przekleństw, kiedy lekarz wbił igłę.

---

[1] Mój drogi (fr.).

Vissart siedział na podłodze, trzymając się rękami za głowę. Sprawiał wrażenie ogłuszonego. Capetti podniósł się i wymiotował oparty o ścianę. Dwaj koledzy złapali go pod ręce i wyprowadzili utykającego na korytarz. Dowódca pomógł Vissartowi wstać, kiedy noszowi z drugiej karetki zabierali nieprzytomnego Gueriniego.

Rzucił po raz ostatni okiem na zrujnowany pokój. Lekarz stanął obok niego.

— Niezły bałagan, co? — skomentował medyk.

— Lokalna komórka to posprząta — odpowiedział dowódca, zamykając drzwi. — To ich pieprzone mieszkanie.

Drzwi do lokalów dwadzieścia dwa i dwadzieścia trzy były otwarte, lecz w środku nie dokonano żadnych zniszczeń. Agent zamknął oba mieszkania.

— Nie ma sąsiadów? — spytał lekarz.

— Żadnych — odpowiedział Korsykanin. — Zajęliśmy całe piętro.

Ruszył za lekarzem, pomagając ogłuszonemu Vissartowi zejść po schodach do oczekujących samochodów.

Dwanaście godzin później, po szybkim przewiezieniu przez całą Francję, Kowalski spoczął na pryczy w celi pod koszarami fortu nieopodal Paryża. Pomieszczenie miało przepisowo pobielone ściany, choć cuchnęło stęchlizną jak wszystkie cele więzienne. Tu i ówdzie na ścianach nagryzmolono nieprzyzwoite wyrazy lub słowa modlitwy. Cela była ciepła i duszna. Powietrze wypełniała woń karbolu, potu i moczu. Polak leżał na plecach na wąskiej metalowej pryczy, której nogi zalano betonem. Nie było prześcieradła, a jedynie jasnobrązowy materac i koc zwinięty pod głową. Dwa grube skórzane pasy krępowały więźniowi kostki, a dwa inne — uda i nadgarstki. Pojedynczy pas unieruchamiał klatkę piersiową. Kowalski był w dalszym ciągu nieprzytomny, oddychał wolno i nieregularnie.

Twarz obmyto mu z krwi, zszyto ucho i skórę głowy. Złamany nos opatrzono szeregiem plastrów. Z otwartych ust, z których wydobywało się sapanie, sterczały kikuty dwóch przednich siekaczy. Twarz była paskudnie posiniaczona.

Pod grubą warstwą czarnych włosów pokrywających klatkę piersiową, ramiona i brzuch widać było inne niebieskofioletowe siniaki po uderzeniach pięści, butów i pałek. Prawy nadgarstek został mocno obandażowany i zaklejony plastrem.

Mężczyzna w białym fartuchu zakończył badanie, wyprostował się i włożył stetoskop do torby. Odwrócił się i skinął głową w kierunku człowieka, który stał za jego plecami. Tamten zapukał do drzwi. Kiedy się otworzyły, wyszli na zewnątrz. Drzwi się zatrzasnęły i klawisz zasunął dwa potężne stalowe rygle.

— Co go uderzyło? Pociąg ekspresowy? — spytał lekarz, kiedy ruszyli korytarzem.

— Trzeba było sześciu ludzi, aby go zatrzymać — odparł pułkownik Rolland.

— Postarali się. Omal go nie zabili. Nie przeżyłby, gdyby nie miał atletycznej budowy.

— Nie było innego sposobu — odparł pułkownik. — Poturbował trzech moich ludzi.

— Musiała być niezła jatka.

— Bo i była. Jakie są obrażenia?

— Mówiąc prostym językiem, możliwe złamanie prawego nadgarstka... nie zdążyłem wykonać zdjęcia rentgenowskiego... naderwane lewe ucho, uszkodzona skóra głowy i złamany nos. Liczne rany cięte i siniaki, lekkie krwawienie wewnętrzne, które może ulec pogorszeniu i doprowadzić do zgonu lub samoistnie się zaleczyć. Można powiedzieć, że facet cieszy się dobrym zdrowiem... albo raczej cieszył. Najbardziej niepokoi mnie jego głowa. Doszło do wstrząśnienia mózgu, choć nie wiem jak poważnego. Żadnych śladów pęknięcia czaszki, chociaż nie można o to winić pańskich ludzi. Gość ma czaszkę jak słoń. Niestety, jego stan może się pogorszyć, jeśli niczego nie zrobimy.

— Chciałbym zadać mu kilka pytań — powiedział Rolland, przyglądając się płonącemu czubkowi papierosa. Szpital więzienny, w którym pracował lekarz, znajdował się z jednej strony korytarza, a schody prowadzące na parter z drugiej. Mężczyźni się zatrzymali. Medyk spojrzał z niesmakiem na szefa wydziału operacyjnego.

— Wiem, że to więzienie — rzekł cicho. — Więzienie dla tych, którzy zagrażają bezpieczeństwu państwa. Mimo to jestem lekarzem. W pozostałej części tego zakładu przyjmuje się do wiadomości to, co mówię na temat zdrowia więźniów. W tym skrzydle... — spojrzał za siebie, w stronę miejsca, z którego przybyli — jest pańskie prywatne poletko. Wyjaśniono mi niezwykle klarownie, że to, co się tam dzieje, to nie mój cholerny interes i że nie mam tam nic do powiedzenia. Mimo to powiem, co myślę: jeśli zaczniecie go „przesłuchiwać" tymi waszymi metodami, zanim wydobrzeje, umrze lub oszaleje.

Pułkownik z kamienną twarzą wysłuchał gorzkiej prognozy lekarza.

— Jak długo? — spytał.

Medyk wzruszył ramionami.

— Trudno powiedzieć. Może odzyskać przytomność jutro lub leżeć nieprzytomny wiele dni. Nawet jeśli się obudzi, przez co najmniej dwa tygodnie nie będzie się nadawał do przesłuchania... mam na myśli jego stan medyczny... w najlepszym razie... Jeżeli wstrząśnienie mózgu okaże się niewielkie.

— Muszą być jakieś lekarstwa — mruknął pułkownik.

— To prawda, ale nie mam zamiaru ich przepisać. Może uda się panu je zdobyć... pewnie tak, lecz ja ich panu nie dostarczę. W każdym razie to, co panu powie w tym stanie, nie będzie miało najmniejszego sensu. Stracił rozum. Może wrócić do zdrowych zmysłów lub nie. Jeśli ma odzyskać siły, musi się to stać we właściwym czasie. Leki odurzające zrobią z niego idiotę, nic to nie da panu ani nikomu innemu. Przypuszczalnie minie tydzień, zanim mrugnie powieką. Będzie pan musiał poczekać.

Powiedziawszy to, lekarz odwrócił się na pięcie i poszedł na oddział szpitalny.

Okazało się, że był w błędzie. Kowalski otworzył oczy trzy dni później, dziesiątego sierpnia, i tego samego dnia zabrano go na pierwsze przesłuchanie.

• • •

Wróciwszy z Brukseli, Szakal poświęcił trzy dni na ostatnie przygotowania do czekającej go misji we Francji.

Z nowym prawem jazdy wystawionym na Alexandra Jamesa Quentina Duggana w kieszeni udał się do Fanum House, siedziby Angielskiego Związku Motorowego, aby wyrobić międzynarodowe prawo jazdy na to samo nazwisko.

Następnie kupił komplet skórzanych walizek w sklepie podróżniczym handlującym używanym towarem. Do jednej z nich spakował rzeczy, w których miał występować jako pastor Per Jensen z Kopenhagi. Wcześniej przeszył metki z trzech koszul, które nabył w Danii, na koszulę duchownego, koloratkę i „listek" zakupione w Londynie, usuwając metki angielskiego producenta. Do tej samej walizki włożył buty, skarpety, bieliznę i grafitową, lekką marynarkę, w której pewnego dnia mógł wystąpić jako pastor Jensen. Powędrowała tam również odzież amerykańskiego studenta Marty'ego Schulberga — tenisówki, skarpety, dżinsy, swetry i wiatrówka.

Naciął podszewkę i między dwie warstwy skóry tworzące

usztywnione boki walizki wsunął paszporty dwóch cudzoziemców, w których zamierzał się wcielić. Na koniec do walizki pełnej ciuchów włożył duńską książkę o francuskich katedrach, dwie pary okularów, dla Duńczyka i Amerykanina, dwa zestawy barwionych szkieł kontaktowych starannie zawiniętych w bibułę oraz farbę do włosów.

Do drugiej walizki powędrowały buty, skarpety, koszula i spodnie zaprojektowane i wyprodukowane we Francji, które kupił na pchlim targu w Paryżu, oraz sięgający kostek szynel i czarny beret. Za podszewkę drugiej walizki wsunął fałszywe papiery wystawione na nazwisko André Martina, Francuza w średnim wieku. W walizce pozostało wolne miejsce, niebawem bowiem miały się w niej znaleźć wąskie metalowe cylindry zawierające części karabinu snajperskiego i amunicja.

Do trzeciej, nieco mniejszej walizki spakował garderobę Alexandra Duggana: buty, skarpety, bieliznę, koszule, krawaty, chusteczki i trzy eleganckie garnitury. Za podszewką umieścił kilka cienkich zwitków dziesięciofuntowych banknotów w kwocie tysiąca funtów, które podjął z prywatnego konta bankowego po powrocie z Brukseli.

Walizki zostały starannie zamknięte, a kluczyki umieszczone na kółku z prywatnymi kluczami. Gołębiego koloru garnitur, wyczyszczony i odprasowany, wisiał w szafie wnękowej w mieszkaniu. W kieszeni na piersi spoczywał paszport, angielskie prawo jazdy, międzynarodowe prawo jazdy i folder ze stu funtami w gotówce.

Ostatni element bagażu, zgrabna torba podróżna, posłużył do zapakowania przyborów do golenia, pidżam, kosmetyczki i ręcznika oraz ostatnich nabytków — cienkiej uprzęży misternie utkanej z taśmy tapicerskiej, kilogramowego opakowania gipsu zakupionego w Paryżu, kilku rolek szerokiego bandaża, pół tuzina rolek taśmy klejącej, trzech paczek waty i mocnych nożyc o stępionych, lecz potężnych ostrzach. Kolba miała także trafić do torby, ponieważ z doświadczenia Szakala wynikało, że celnicy pracujący na lotniskach zwykle nie wybierają do kontroli bagażu podręcznego.

Dokonawszy zakupów i spakowawszy się, zakończył fazę planowania. Miał nadzieję, że rekwizyty umożliwiające wcielenie się w postać pastora Jensena i Marty'ego Schulberga nigdy nie zostaną użyte. Posłuży się nimi jedynie wówczas, gdyby musiał zrezygnować z występowania jako Alexander Duggan. Ważną rolę w jego planach odgrywał André Martin, w przeciwieństwie do dwóch pierwszych przykrywek, które mogły się okazać niepotrzebne. Gdyby tak się stało, po zakończeniu roboty zostawiłby walizkę w skrytce bagażowej. Pomyślał, że podczas ucieczki mógłby potrzebować jednego z przebrań. Tożsamość André Martina i karabin mogły zostać porzucone po akcji, nie miał bowiem zamiaru posługiwać się nimi w przyszłości. W ten sposób wjedzie do Francji z trzema walizkami i torbą, a opuści ją tylko z jedną i bagażem podręcznym. Z pewnością nie będzie ich więcej.

Po zakończeniu przygotowań zaczął oczekiwać na dwie wiadomości, które miały być sygnałem do rozpoczęcia operacji. Pierwszą był list z paryskim numerem telefonu, pod którym mógł uzyskać najświeższe informacje na temat ochrony francuskiego prezydenta, drugim pisemne zawiadomienie od *Herr* Meiera z Zurychu, że na jego rachunek wpłynęła kwota dwustu pięćdziesięciu tysięcy dolarów.

Czekając na wspomniane wiadomości, chodził po pokoju, ucząc się kuśtykać. Po dwóch dniach doszedł do wniosku, że potrafi na tyle sugestywnie udać kalectwo, aby postronny obserwator uznał, że ma źle zaleczone złamanie kostki lub nogi.

Pierwszy list nadszedł rano dziewiątego sierpnia. W kopercie ostemplowanej pieczątką rzymskiego urzędu pocztowego znajdowała się wiadomość: „Zadzwoń do przyjaciela pod numer MOLITOR 5901. Przedstaw się słowami »Ici Chacal«. Powinien odpowiedzieć: »Ici Valmy«[1]. Powodzenia".

List z Zurychu nadszedł dopiero jedenastego rano. Uśmiechnął się, czytając potwierdzenie, z którego wynikało, że jeśli zdoła przeżyć, do końca życia będzie zamożnym człowiekiem, a jeśli jego misja się powiedzie, stanie się jeszcze bogatszy. Nie miał wątpliwości, że wszystko się uda. Nie pozostawił niczego przypadkowi.

Ostatnie godziny poranka poświęcił na zarezerwowanie biletów lotniczych. Zaplanował, że wyruszy następnego dnia rano, dwunastego sierpnia.

• • •

W piwnicy słychać było jedynie ciężkie oddechy pięciu mężczyzn siedzących za stołem i ochrypłe charczenie więźnia przywiązanego do solidnego dębowego krzesła. Nie można było określić rozmiarów ani koloru ścian. W pomieszczeniu paliło się tylko jedno światło obejmujące swoim kręgiem dębowe krzesło i więźnia. Źródłem światła była zwyczajna lampa stołowa, jakiej używa się do czytania, do której wkręcono żarówkę o tak dużej mocy, że swoim żarem potęgowała nieznośny upał panujący w pomieszczeniu. Lampa była przytwierdzona do lewej krawędzi stołu, a jej osłona skierowana w taki sposób, aby snop światła padał wprost na krzesło stojące dwa metry dalej.

Krąg światła obejmował krawędź brudnego, drewnianego blatu, wydobywając z mroku końce palców, dłoń z nadgarstkiem oraz papierosa, z którego unosił się w górę mały obłoczek niebieskiego dymu.

---

[1] Mówi Szakal, mówi Valmy (fr.).

Światło było tak intensywne, że reszta piwnicy wydawała się tonąć w ciemności. Tułów i ramiona pięciu mężczyzn siedzących za stołem były niewidoczne dla więźnia. Mógłby zobaczyć przesłuchujących, gdyby wstał z krzesła i przeszedł na bok, aby w bocznym świetle lampy ukazały się ich kontury.

Nie było to jednak możliwe, ponieważ jego stopy przywiązano grubymi pasami do nóg krzesła, do których przykręcono kątownik w kształcie litery L przytwierdzony do podłogi. Krzesło miało podłokietniki, do których przywiązano pasami nadgarstki więźnia. Kolejny pas oplatał biodra, a ostatni masywną, owłosioną klatkę piersiową. Wszystkie pasy były przesiąknięte potem.

Na blacie nie było niczego z wyjątkiem dłoni mężczyzn prowadzących przesłuchanie. Jedyną dekorację stołu stanowiła mosiężna listwa osłaniająca krawędzie i wypisany z boku numer. Ze szczeliny wystawało wąskie mosiężne ramię z bakelitową gałką, którą można było przesuwać do przodu i do tyłu. Obok znajdował się prosty wyłącznik. Prawa ręka mężczyzny siedzącego z boku leżała nonszalancko obok pokręteł. Na wierzchu dłoni widać było rzadkie czarne włoski.

Pod stołem biegły dwa przewody — jeden odchodzący od przełącznika, drugi od regulatora natężenia prądu — połączone z małym transformatorem ustawionym na podłodze w pobliżu stóp więźnia. Czarny, osłonięty gumą przewód łączył transformator z dużym gniazdkiem w ścianie za mężczyznami.

Po drugiej stronie piwnicy, przy stole za przesłuchującymi, siedział człowiek zwrócony twarzą do ściany. Małe zielone światełko magnetofonu sugerowało, że jest włączony, choć szpule się nie poruszały.

W pomieszczeniu panowała głęboka cisza przerywana jedynie szmerem oddechów. Wszyscy mężczyźni byli bez marynarek, w przepoconych koszulach z wysoko podwiniętymi rękawami. W piwnicy unosił się potworny smród — odór potu mieszał się z wonią metalu, zastałego papierosowego dymu i ludzkich wymiocin. Ten ostatni, choć niezwykle przenikliwy, tłumił jeszcze silniejszy, charakterystyczny zapach strachu i bólu.

Mężczyzna siedzący pośrodku odezwał się ogładzonym, delikatnym i przekonywającym głosem.

— *Écoute, mon p'tit Viktor*[1], przecież i tak nam powiesz. Może nie teraz, lecz w końcu się złamiesz. Jesteś dzielnym mężczyzną. Wiemy o tym. Jesteśmy pełni podziwu. Jednak nawet ty dłużej tego nie zniesiesz. Czemu nie miałbyś nam powiedzieć? Myślisz, że pułkownik Rodin by ci tego zabronił, gdyby tu był? Kazałby ci powiedzieć wszystko, co wiesz. Zna się na torturach. Powiedziałby nam to sam, aby oszczędzić ci bólu. Sam wiesz, że w końcu wszyscy mówią. *N'est-ce pas, Viktor*[2]? Widziałeś na własne oczy, *hein*? Nikt nie potrafi znosić tego w nieskończoność. Czemu nie miałbyś powiedzieć nam teraz, *hein*? Wrócisz do celi, położysz się na pryczy i zaśniesz. Nikt nie będzie cię więcej niepokoił...

Mężczyzna siedzący na krześle podniósł spoconą, posiniaczoną twarz, wystawiając ją na światło. Oczy miał zamknięte... czy to z powodu ogromnych siniaków po kopniakach zadanych przez Korsykanów w Marsylii, czy intensywnego światła. Trudno odgadnąć. Więzień otworzył usta, jakby próbował coś powiedzieć. Mała strużka wymiocin spłynęła po owłosionej klatce piersiowej do kałuży na kolanach. Po chwili broda ponownie dotknęła piersi. Więzień pokręcił przecząco kudłatą głową. Ponownie rozległ się głos przesłuchującego.

---

[1] Posłuchaj, mój mały Wiktorze (fr.).
[2] Czyż nie, Wiktorze? (fr.).

— *Viktor, écoute-moi*[1]. Jesteś twardym mężczyzną. Wszyscy to wiemy. Szanujemy to. Ustanowiłeś nowy rekord, lecz nawet ty dłużej tego nie wytrzymasz. My zdołamy, Wiktorze. Jeśli zajdzie taka potrzeba, będziemy cię utrzymywali przy życiu, w pełnej świadomości, przez wiele dni i tygodni. Śmierć nie będzie wyzwoleniem. Dysponujemy nowoczesną techniką. Mamy środki farmakologiczne, *tu sais*[2]. Nie wolno już wymuszać zeznań torturami, te czasy się skończyły. Czemu nie miałbyś nam powiedzieć. Rozumiemy cię. Znamy się na bólu, ale te małe klamry nie mają o nim pojęcia. Zwyczajnie nie rozumieją, Wiktorze... Powiesz nam czy nie? Co przywódcy OAS robią w hotelu w Rzymie? Na co czekają?

Ogromna głowa zakołysała się na piersi z boku na bok. Można było odnieść wrażenie, że przez zamknięte powieki więzień przygląda się małym, miedzianym klamrom przyczepionym do brodawek sutkowych i główki penisa.

Mężczyzna, który go przesłuchiwał, położył w kręgu światła smukłe, białe, pełne spokoju dłonie. Po chwili je rozdzielił, chowając kciuk i pokazując cztery palce.

Facet na drugim końcu stołu przesunął mosiężną rączkę z dwóch na cztery, a następnie ujął przełącznik palcem wskazującym i kciukiem.

Przesłuchujący cofnął rozczapierzone palce i uniósł w górę palec wskazujący, a następnie skinął ku dołowi, dając sygnał koledze, który włączył urządzenie.

Małe metalowe klamry przyczepione do ciała więźnia siedzącego na krześle i połączone z przewodami wychodzącymi z przełącznika ożyły, wydając ciche buczenie. Potężna postać uniosła się niczym za sprawą lewitacji, pchnięta niewidzialną

[1] Wiktorze, posłuchaj mnie (fr.).
[2] Sam wiesz (fr.).

ręką w krzyż. Krępujące mężczyznę pasy napięły się tak mocno, jakby za chwilę miały przeciąć ciało i kości. Oczy, z medycznego punktu widzenia niezdolne do widzenia z powodu opuchlizny, wyszły z orbit, wpatrując się w sufit piwnicy. Usta otwarły się jakby w zdumieniu, a po pół sekundy z płuc wydobył się upiorny wrzask... który nie ustawał.

Wiktor Kowalski zaczął zeznawać o szesnastej dziesięć i właśnie wtedy uruchomiono magnetofon.

Kiedy próbował mówić, a raczej nieskładnie bełkotać, co chwila łkając i skowycząc, mężczyzna siedzący pośrodku stołu zaczął zadawać chłodne, logiczne pytania:

— Dlaczego tam są, Wiktorze... w tym hotelu... Rodin, Montclair i Casson... Czego się obawiają... Gdzie byli wcześniej, Wiktorze... Z kim się spotkali... Dlaczego z nikim się nie widują, Wiktorze... Powiedz nam, Wiktorze... Dlaczego akurat w Rzymie... Dlaczego w Wiedniu, Wiktorze... Gdzie dokładnie... w jakim hotelu... Czemu tam pojechali?

Kowalski zamilkł po pięćdziesięciu minutach. Nagrywali do końca jego rozwlekłą, pełną powtórzeń paplaninę. Głos zza stołu rozbrzmiewał łagodnie przez kilka chwil, aż stało się jasne, że nie będzie więcej pytań. Przełożony wydał polecenie podwładnym i przesłuchanie dobiegło końca.

Taśmę wyjętą z magnetofonu błyskawicznie przewieziono z piwnicy pod fortem na przedmieścia Paryża, do kwatery wydziału operacyjnego.

Piękne popołudnie ogrzewające przyjazne ulice Paryża przerodziło się w złoty zmierzch. O dwudziestej pierwszej zapalono uliczne latarnie. Nad brzegami Sekwany, jak w każdą letnią noc, pojawiły się pary zakochanych. Trzymali się za ręce, jakby sączyli wino nocy, miłości i młodości, które nigdy, choćby nie wiem jak się starali, nie będzie smakowało tak samo. Otwarte kawiarenki ciągnące się wzdłuż rzeki tętniły rozmowami i brzękiem szklanek, pozdrowieniami i udawanymi głosami protestu, kpinami i komplementami, przeprosinami i radosną paplaniną, z których utkane są rozmowy Francuzów i magia roztaczająca się nad Sekwaną w sierpniowy wieczór. Nawet turystom wybaczono, że tu przyszli, niosąc ze sobą te swoje dolary.

Beztroska atmosfera nie przeniknęła do małego biura przy Porte des Lilas. Trzej mężczyźni siedzieli pochyleni nad magnetofonem, na którym wolno wirowała szpula. Pracowali przez całe popołudnie i wieczór. Jeden obsługiwał urządzenie, bez przerwy manipulując pokrętłami „odtwarzanie" i „cofanie" na polecenie drugiego, który miał na uszach słuchawki i ze skupionym wyrazem twarzy próbował wyłapać znaczące słowa z bełkotu wydobywającego się z głośnika. Z tkwiącym między wargami papierosem, z którego unosił się błękitny, gryzący dym, dawał znak koledze, gdy chciał jeszcze raz przesłuchać jakiś fragment. Czasem kilka razy słuchał urywku trwającego dziesięć sekund, zanim skinął głową, aby zatrzymać taśmę. Później powtarzał głośno ostatnie słowa.

Trzeci mężczyzna, młody blondyn, siedział przy maszynie, zapisując to, co dyktowano. Pytania zadane w piwnicy pod fortem wydawały się łatwe do zrozumienia i wyraźnie słyszalne. Odpowiedzi były chaotyczne. Facet piszący na maszynie nadawał tekstowi formę rozmowy — każde pytanie rozpoczynał od nowej linijki literą P. Odpowiedzi zapisywał w kolejnej, poprzedzając je literą O. Słowa przesłuchiwanego były niezborne, urywane, często pozbawione sensu.

Kiedy skończyli, dobiegała północ. Mimo otwartego okna powietrze było błękitne od dymu, a w pomieszczeniu pachniało jak w prochowni.

Trzej znużeni mężczyźni podnieśli się na sztywnych nogach. Każdy rozciągnął się na swój sposób, aby rozruszać spięte i obolałe mięśnie. Jeden z nich sięgnął po telefon, poprosił o wyjście na miasto i wybrał numer. Mężczyzna ze słuchawkami ściągnął je z głowy i przewinął taśmę. Ten, który pisał na maszynie, wyjął ostatnie kartki, usunął kalkę i zaczął układać kolejne strony zeznania. Pierwsza kopia była przeznaczona dla pułkownika Rollanda, druga szła do akt, a trzecia na powielacz, aby sporządzić dodatkowe kopie dla szefów wydziałów, którym Rolland poleci je rozdać.

Rolland był w restauracji, gdzie jadł kolację z przyjaciółmi. Elegancko ubrany kawaler, urzędnik państwowy, tryskał dowcipem i galanterią. Damy chętnie przyjmowały jego komplementy, nawet jeśli nie wzbudzały one entuzjazmu ich mężów. Kiedy kelner poprosił go do telefonu, grzecznie przeprosił towarzyszy i odszedł od stołu. Telefon stał na kontuarze. Pułkownik rzekł zwyczajnie „Rolland" i czekał, aż rozmówca się przedstawi.

W pierwszym zdaniu padły właściwe, wcześniej ustalone słowa. Osoba postronna usłyszałaby, że telefonująca osoba właśnie otrzymała wiadomość, iż samochód pułkownika został naprawiony i że może go odebrać, kiedy zechce. Rolland podziękował za telefon i wrócił do stołu. Pięć minut później grzecznie przeprosił przyjaciół, mówiąc, że miał ciężki dzień i musi się położyć. Po dziesięciu minutach siedział w swoim samochodzie, pędząc zatłoczonymi ulicami miasta w kierunku nieco spokojniejszego przedmieścia Porte des Lilas. Dotarł do biura tuż po pierwszej nad ranem, zdjął nieskazitelną, czarną marynarkę, zamówił kawę u pracownika pełniącego nocny dyżur i zadzwonił po swojego asystenta.

Protokół z przesłuchania Kowalskiego nadszedł wraz z kawą. Pierwszy raz Rolland szybko przeczytał dwudziestosześciostronicowy tekst, próbując określić sedno zeznań bliskiego obłędu byłego legionisty. W środku lektury coś wzbudziło jego zaniepokojenie, spowodowało zmarszczenie brwi, czytał jednak dalej.

Za drugim razem czytał wolniej, z większym skupieniem, poświęcając więcej uwagi każdej odpowiedzi. Podczas trzeciej lektury sięgnął po czarne pióro z przegródki przed suszką i analizował tekst jeszcze wolniej, kreśląc grubą, czarną linię pod słowami i ustępami odnoszącymi się do Sylvie, choroby, Indochin, Algierii, JoJo, Kovacsa, korsykańskich drani i legii. Wszystko to było zrozumiałe i nie wzbudzało jego zainteresowania.

Znaczna część chaotycznej gadaniny, która dotyczyła Sylvie, a czasem kobiety imieniem Julie, nie miała dla Rollanda żadnego znaczenia. Z pozostałych wyznań próbował wydobyć jakiś sens. Byli w Rzymie. Trzej przywódcy OAS. Cóż, już to wiedział. Tylko dlaczego? Przesłuchujący zadali to pytanie osiem razy. Odpowiedź była z grubsza zawsze ta sama. Nie chcieli zostać porwani, tak jak Argoud w lutym tego roku. Całkiem zrozumiałe, pomyślał Rolland. Czy aby nie marnowali czasu na Kowalskiego? W tekście zeznań pojawiało się też słowo, które były legionista wypowiedział, a właściwie wymamrotał dwa razy w odpowiedzi na osiem identycznych pytań. „Tajemnica". W jakim znaczeniu go użył? Przymiotnika? Ich pobyt w Rzymie nie był tajemniczy. Może był to rzeczownik? O jaką tajemnicę chodziło?

Rolland po raz dziesiąty doczytał zeznanie do końca i zaczął ponownie od początku. Trzej szefowie OAS siedzieli w Rzymie. Przebywali tam, ponieważ nie chcieli zostać porwani. Nie chcieli zostać porwani, ponieważ poznali jakąś tajemnicę.

Pułkownik uśmiechnął się ironicznie. Wiedział lepiej od generała Guibauda, że Rodin nie zaszyłby się w kryjówce ze strachu.

Czy rzeczywiście znali jakąś tajemnicę? Jaką? Wydaje się, że początku wszystkiego należało poszukiwać w słowie „Vienna". W zeznaniach pojawiało się trzykrotnie. W pierwszej chwili

Rolland uznał, że chodzi o miejscowość leżącą w odległości trzydziestu kilometrów na południe od Lyonu. Ale równie dobrze mogło chodzić o stolicę Austrii, a nie prowincjonalne francuskie miasteczko.

Odbyli spotkanie w Wiedniu, a następnie udali się do Rzymu i schronili w dobrze strzeżonym hotelu, aby nie zostali porwani i nie zdradzili tajemnicy podczas przesłuchania. Tajemnica łączyła się z Wiedniem.

Mijały godziny, a wraz z nimi mnożyły się filiżanki wypitej kawy. Stos niedopałków w popielniczce z łuski pocisku stawał się coraz większy. Zanim cienka szara mgiełka położyła się na brzydkich przemysłowych dzielnicach na wschód od Boulevard Mortier, pułkownik Rolland wiedział, że wpadł na ważny trop.

W dalszym ciągu brakowało mu jednak istotnych elementów układanki. Czy nigdy ich nie poznają? O trzeciej nad ranem zadzwoniono z wiadomością, że Kowalski zmarł, więc nie będzie go można ponownie przesłuchać. A może odpowiedź kryje się w pogmatwanym tekście, paplaninie będącej wytworem doprowadzonego do obłędu umysłu, który uległ pozbawiony sił?

Prawą ręką począł zapisywać elementy układanki, które nie pasowały do reszty. Kleist, mężczyzna nazwiskiem Kleist. Będąc Polakiem, Kowalski poprawnie wymówił to nazwisko. Rolland, który pamiętał niemiecki z okresu wojny, zapisał je właściwie, chociaż zostało błędnie zanotowane przez francuskiego maszynistę. Kleist to nazwa osoby czy miejsca? Zadzwonił na centralę i polecił, aby poszukali w wiedeńskiej książce telefonicznej osoby o nazwisku Kleist lub miejsca o tej nazwie. Odpowiedź nadeszła w ciągu dziesięciu minut. W książce telefonicznej Wiednia były dwie kolumny Kleistów — osób prywatnych oraz dwie nazwy firm: Szkoły Podstawowej dla Chłopców Ewalda Kleista i pensjonatu Kleist przy Brucknerallee. Rolland zanotował oba adresy, podkreślając „pensjonat Kleist”. Mówiąc o jakimś nieznajomym, Kowalski czasami używał słowa *bon*, dobry. Innym razem określał go mianem *fâcheur*, przykry, irytujący. Krótko po piątej nad ranem pułkownik Rolland kazał sobie przynieść magnetofon i taśmę z nagraniem przesłuchania, a następnie przez godzinę analizował rozmowę. Kiedy wyłączył urządzenie, zaklął ostro pod nosem. Sięgnął po pióro i dokonał kilku zmian w maszynopisie.

Kowalski nie określał cudzoziemca mianem *bon*, lecz *blond*, blondyn. Słowo wypowiedziane spękanymi wargami, które zapisano jako *fâcheur*, w rzeczywistości brzmiało *faucheur*, zabójca.

Od tej chwili zrozumienie bełkotliwych zeznań Kowalskiego stało się łatwe. Słowo „szakal”, które Rolland przekreślił w tekście, sądząc, że więzień nazywał w ten sposób ludzi, którzy go aresztowali i torturowali, przybrało nowe znaczenie. Stało się pseudonimem zabójcy o jasnych włosach, cudzoziemca, z którym przywódcy OAS spotkali się w wiedeńskim pensjonacie Kleist, zanim ukryli się w pilnie strzeżonym hotelu w Rzymie.

Rolland domyślił się powodu fali napadów na banki i sklepy jubilerskie, która wstrząsnęła Francją w minionych ośmiu tygodniach. Blondyn, kimkolwiek był, chciał pieniędzy za wykonanie zlecenia dla OAS. Tylko jedno zadanie na świecie wymagało zgromadzenia tak dużej sumy. Blondyna nie zatrudniono, aby położył kres wojnie między gangami.

O siódmej rano Rolland zadzwonił do działu komunikacyjnego i polecił operatorowi pełniącemu nocny dyżur natychmiast wysłać rozkaz do biura SDECE w Wiedniu, naruszając międzywydziałowy protokół, zgodnie z którym stolica Austrii znajdowała się w gestii wydziału R3 zajmującego się Europą

Zachodnią. Następnie kazał sobie przynieść wszystkie egzemplarze przesłuchania Kowalskiego i zamknął je w sejfie. Na koniec zabrał się do sporządzenia raportu przeznaczonego wyłącznie dla jednego człowieka, sprawozdania opatrzonego nagłówkiem „tylko dla twoich oczu".

W odręcznej notatce zwięźle przedstawił przeprowadzoną na jego polecenie operację aresztowania Kowalskiego. Opisał przyjazd byłego legionisty do Marsylii, zwabionego podstępem i powodowanego fałszywym przeświadczeniem, że bliska mu osoba jest poważnie chora i przebywa w szpitalu. Opisał jego zatrzymanie przez agentów wydziału operacyjnego i dla porządku wspomniał, że mężczyzna został przesłuchany i złożył zeznania. Dodał również, że podczas aresztowania były legionista trwale okaleczył dwóch agentów. Próbował popełnić samobójstwo, więc trzeba go było hospitalizować. Właśnie tam, na szpitalnym łóżku, złożył swoje zeznania.

Główna część raportu dotyczyła zeznań Kowalskiego i interpretacji dokonanej przez pułkownika. Rolland skończył pisać i spojrzał na dachy domów, które lśniły w promieniach porannego słońca. Był znany z tego, że nigdy nie przesadzał ani nie wyolbrzymiał niebezpieczeństwa. Po dłuższym namyśle skreślił ostatni akapit.

„W chwili sporządzenia tego raportu dochodzenie zmierzające do zgromadzenia dowodów spisku nie zostało jeszcze zakończone. Gdyby okazało się, że moje przypuszczenia są słuszne, spisek ten stanowiłby najgroźniejszą próbę zamachu na życie prezydenta Francji, jaką podjęli terroryści. Jeśli wspomniany spisek faktycznie istnieje i jeśli cudzoziemski zabójca, występujący pod pseudonimem »Szakal«, został wynajęty do zamordowania prezydenta Francji, moim obowiązkiem jest poinformowanie pana, że mamy do czynienia z sytuacją najwyższego zagrożenia narodowego".

Najbardziej niezwykłe było to, że pułkownik Rolland przepisał dla siebie kopię raportu, włożył do koperty i ostemplował pieczątką najwyższej klauzuli tajności obowiązującą w tajnych służbach. Na koniec spalił kartki z notatkami i spłukał w małej umywalce, która stała w rogu gabinetu.

Kiedy skończył, umył ręce i twarz. Wytarł je ręcznikiem i spojrzał w lustro nad umywalką. Z żalem przyznał, że jego oblicze utraciło dawną urodę. Szczupła twarz, która w młodości była niezwykle urodziwa i pociągająca, w wieku średnim nosiła wyraźne ślady napięcia i przemęczenia. Zbyt wiele przeżył, zbyt dużo wiedział o okrucieństwie, do jakiego jest zdolny człowiek walczący o przeżycie z innym człowiekiem. Znał zbyt wiele intryg i podstępów, zbyt wielu ludzi posłał na śmierć lub kazał zamordować. Słyszał zbyt wiele krzyków torturowanych w piwnicach. Wszystko to przedwcześnie postarzało twarz czterdziestopięcioletniego szefa wydziału operacyjnego. Wzdłuż nosa biegły dwie bruzdy kończące się poniżej kącików ust. Jeśli ulegną dalszemu wydłużeniu, przestaną być jego znakiem szczególnym, a zamienią się w szpetną karykaturę. Pod oczami pojawiły się ciemne podkowy, eleganckie szare baki zbielały, nie zyskawszy srebrnego odcienia.

Odejdę pod koniec roku, powiedział sobie. Z lustra patrzyła na niego wymizerowana twarz. Wyrażała niewiarę czy zwyczajną rezygnację? Może wyrazowi twarzy należało bardziej ufać niż umysłowi? W pewnym wieku człowiek nie ma usprawiedliwienia. Do końca swoich dni pozostanie tym, kim jest. Z ruchu oporu przeszedł do tajnej policji, a stamtąd do SDECE, by w końcu trafić do wydziału operacyjnego. Ilu ludzi zginęło od tego czasu, ile przelano krwi, rzucił w stronę twarzy wpatrującej się w niego ze zwierciadła. Wszystko to zrobiono dla Francji. Czy Francję to obchodziło? W odbiciu twarzy w lustrze dostrzegł zaprzeczenie. Obaj znali odpowiedź.

Pułkownik poprosił, aby kurier motocyklista zameldował się w jego gabinecie. Zamówił jajecznicę, bułkę z masłem i kolejną kawę, tym razem duży kubek kawy z mlekiem, oraz aspirynę na ból głowy. Przekazał posłańcowi pakunek opatrzony pieczęcią i niezwłocznie go odprawił. Zjadłszy jajecznicę, usiadł z kubkiem na parapecie okna, z którego rozciągał się widok na centrum Paryża. Widział wieże Notre Dame i dachy w zasięgu kilku kilometrów. Nad Sekwaną i wieżą Eiffla unosiła się ciepła poranna mgiełka. Był jedenasty sierpnia, dobrze po dziewiątej rano. Budzące się do pracy miasto przeklinało motocyklistę w czarnym skórzanym kombinezonie, który pędził na syrenie przez uliczny tłok w kierunku ósmej dzielnicy.

Rolland pomyślał, że od usunięcia zagrożenia opisanego w liście spoczywającym w torbie na biodrze motocyklisty zależy, czy do końca roku będzie mieć robotę, by móc z niej zrezygnować i przejść na emeryturę.

Rozdział dziewiąty

Tego samego ranka minister spraw wewnętrznych siedział przy biurku, wyglądając ponuro przez okno wychodzące na okrągły dziedziniec oświetlony promieniami słońca. Na drugim końcu dziedzińca znajdowała się kuta żelazna brama z połową godła Republiki Francuskiej na każdym ze skrzydeł. Za bramą widać było Place Beauvau i potoki samochodów wlewające się od strony Faubourg St Honoré i Avenue de Marigny, trąbiących i wirujących wokół policjanta kierującego ruchem.

Na gwizdek policjanta ruszyły samochody stojące na dwóch innych ulicach dochodzących do placu — Avenue de Miromesnil i Rue de Sayssaies — aby po chwili zniknąć z oczu. Mężczyzna wydawał się bawić pięcioma rwącymi strumieniami paryskiego ruchu niczym torreador bykiem — pewnie i spokojnie, z maestrią i godnością. *Monsieur* Roger Frey zazdrościł mu prostoty tego zajęcia i pewności, z jaką je wykonywał.

W bramie prowadzącej na dziedziniec ministerstwa stali dwaj żandarmi, obserwując wirtuozowskie popisy kolegi. Zawiesili karabiny maszynowe na plecach i spoglądali na otoczenie przez żelazne kraty podwójnej bramy, chronieni przed zgiełkiem świata zewnętrznego, pewni wynagrodzenia, które otrzymają za miesiąc. Robili karierę i pilnowali swojego zajęcia w upalny sierpniowy dzień. Minister pozazdrościł także im prostej egzystencji i zwyczajnych ambicji.

Usłyszał szelest kartek za plecami i odwrócił fotel obrotowy w stronę biurka. Mężczyzna po drugiej stronie zamknął teczkę i położył ją pieczołowicie na biurku przed ministrem. Kiedy spojrzeli na siebie, ciszę przerywało jedynie tykanie zegara z pozłacanego brązu stojącego na kominku naprzeciw drzwi i stłumiony zgiełk ruchu ulicznego dochodzący od strony Place Beauvau.

— Co pan o tym sądzi?

Komisarz Jean Ducret, szef osobistej ochrony prezydenta de Gaulle'a, był jednym z najlepszych ekspertów w sprawach bezpieczeństwa Francji, a szczególnie ochrony życia jednego człowieka. Ponieważ to on wykonywał tę robotę, sześć prób zamordowania prezydenta Francji uniemożliwiono w fazie wykonania lub udaremniono jeszcze na etapie przygotowań.

— Rolland ma słuszność — rzekł komisarz. Jego głos był bezbarwny, pozbawiony emocji i rozstrzygający. Tak jakby typował wynik nadchodzącego meczu piłki nożnej. — Jeśli to, o czym pisze, jest prawdą, spisek stanowi zagrożenie. Wszystkie siatki francuskich agencji bezpieczeństwa, tajniacy i kapusie działający wewnątrz OAS są bezsilni w obliczu cudzoziemca, człowieka z zewnątrz, pracującego w pojedynkę, bez kontaktów i przyjaciół. Zawodowca wykonującego zlecenie. Jak to napisał Rolland... — komisarz otworzył ostatnią stronę raportu szefa wydziału operacyjnego i przeczytał — „mamy do czynienia z najpoważniejszym zagrożeniem, jakie można sobie wyobrazić".

Roger Frey przesunął dłonią po krótko przyciętych szpakowatych włosach i ponownie odwrócił się do okna. Nie był człowiekiem, którego łatwo wyprowadzić z równowagi, lecz rankiem jedenastego sierpnia wydawał się wyraźnie poruszony. W ciągu wielu lat działalności w obozie Charles'a de Gaulle'a wyrobił sobie reputację faceta, który otrzymał tekę ministra z powodu twardości charakteru, jaka kryła się za inteligencją i ogładą. Lśniące niebieskie oczy potrafiły być pełne serdecznego ciepła i lodowego chłodu. Męska klatka piersiowa i bezwzględna twarz, które przyciągały wzrok wielu kobiet otaczających ludzi władzy, nie były jedynie rekwizytami zyskującymi Rogerowi Freyowi głosy wyborców.

W czasach gdy gaulliści musieli stawiać czoło wrogości Amerykanów, obojętności Brytyjczyków, ambicjom giraudistów i zajadłości komunistów, w bolesny sposób nauczył się walki w zwarciu. Jakimś cudem przetrwali i dwukrotnie w ciągu osiemnastu lat człowiek, którego popierali, wrócił z wygnania, aby sięgnąć po najwyższy urząd we Francji. Dwa lata temu walka rozgorzała ponownie — tym razem przeciw generałowi wystąpili ludzie, którzy dwukrotnie umożliwili mu objęcie władzy. Jeszcze kilka minut temu minister sądził, że walka słabnie, a ich wrogowie pogrążyli się w niemożności i bezsilnym gniewie.

Teraz wiedział, że rozgrywka nie jest jeszcze skończona. Szczupły, fanatyczny pułkownik ukrywający się w Rzymie opracował plan, który mógł spowodować zawalenie się całego gmachu przez doprowadzenie do śmierci jednego człowieka. Niektóre kraje miały wystarczająco stabilne instytucje, aby przetrwać śmierć prezydenta lub abdykację króla, czego dwadzieścia osiem lat wcześniej dowiodła Wielka Brytania, a Ameryka miała dowieść jeszcze przed końcem tego roku. Roger Frey wiedział, że w tysiąc dziewięćset sześćdziesiątym trzecim roku francuskie instytucje znajdowały się w tak kiepskim stanie, iż śmierć prezydenta doprowadziłaby do przewrotu wojskowego i wojny domowej.

— Zgoda, trzeba mu powiedzieć — rzekł w końcu, spoglądając na lśniący w słońcu dziedziniec.

Komisarz nie odpowiedział. Była to jedna z korzyści wypływających z wykonywania zawodu specjalisty, który kończy swoją robotę, pozostawiając najważniejsze decyzje tym, którym płaci się za ich podejmowanie. Minister odwrócił się w jego stronę.

— *Bien, merci, Commissaire*[1]. Poproszę o spotkanie dziś po południu i osobiście poinformuję prezydenta. — Frey wypowiedział te słowa rzeczowym, zdecydowanym głosem. Trzeba było to zrobić. — Chyba nie muszę panu przypominać o zachowaniu całkowitej tajemnicy, dopóki nie wyjaśnię sytuacji prezydentowi, który postanowi, co dalej czynić.

Komisarz Ducret wstał i wyszedł. Minął dziedziniec i przeszedł sto metrów ulicą do bramy Pałacu Elizejskiego. Zostawszy sam, minister spraw wewnętrznych odwrócił teczkę w swoją stronę i jeszcze raz przeczytał jej zawartość. Nie miał wątpliwości, że ocena Rollanda była słuszna, a zgoda Ducreta nie pozostawiała mu żadnego pola manewru. Istniało poważne zagrożenie, a prezydent musi się o nim dowiedzieć, aby można było wszystkiemu zapobiec.

Z ociąganiem nacisnął klawisz interkomu, zwracając się do plastikowej kratki, skąd natychmiast dobiegły trzaski:

— Proszę mnie połączyć z sekretarzem generalnym w Pałacu Elizejskim.

Minutę później zadzwonił telefon stojący obok interkomu. Minister podniósł słuchawkę i przez chwilę słuchał w milczeniu.

— *Monsieur Foccart, s'il vou plaît*[2]. — Po chwili przerwy w słuchawce rozległ się zwodniczo delikatny głos jednego

[1] Dobrze, dziękuję, komisarzu (fr.).
[2] Z panem Foccartem proszę (fr.).

z najpotężniejszych ludzi Francji. Roger Frey powiedział, czego chce, i wyjaśnił dlaczego.

— Tak szybko, jak to możliwe, Jacques... Tak, wiem, że musisz sprawdzić. Proszę, zadzwoń, gdy tylko się dowiesz.

Foccart oddzwonił w ciągu godziny. Spotkanie umówiono na czwartą po południu, kiedy tylko prezydent zakończy sjestę. Minister przez chwilę chciał zaprotestować, powiedzieć, że to, co ma na biurku, jest ważniejsze niż jakaś tam sjesta, lecz stłumił w sobie to pragnienie. Podobnie jak wszyscy z otoczenia prezydenta wiedział, że nie należy zadzierać z przemawiającym delikatnie urzędnikiem mającym stały dostęp do prezydenta i znającym poufne, delikatne informacje, które wywoływały nerwowy strach.

• • •

Za dwadzieścia czwarta tego samego popołudnia Szakal skręcił z Cunningham w Curzon Street, spożywszy jeden z najwyśmienitszych i najdroższych lunchów, jakie potrafią przyrządzić londyńscy kucharze. Trzeba było jakoś uczcić ostatni lunch w Londynie przed wyjazdem, pomyślał, idąc zamaszystym krokiem South Audley Street.

W tej samej chwili czarny citroen ds dziewiętnaście stanął przed bramą gmachu Ministerstwa Spraw Wewnętrznych Francji, skręciwszy z Place Beauvau. Policjant kierujący ruchem, w porę ostrzeżony przez kolegów przy bramie, zatrzymał samochody poruszające się sąsiednimi ulicami, a następnie zasalutował, prężąc się na baczność.

Po pokonaniu stu metrów citroen podjechał do szarego kamiennego portyku przed Pałacem Elizejskim. Także tutaj uprzedzeni o wszystkim żandarmi zatrzymali ruch, aby limuzyna mogła bez przeszkód przejechać pod niezwykle wąskim łukiem. Dwaj żołnierze Gwardii Republikańskiej stojący przy budkach wartowniczych po obu stronach portyku oparli dłonie w białych rękawiczkach na magazynkach karabinów, salutując gościowi, a wóz ministra ruszył w kierunku placu przed pałacem.

Łańcuch zwisający nisko pod wewnętrznym łukiem bramy zatrzymał samochód, a inspektor pełniący tego dnia służbę, człowiek Ducreta, zajrzał przelotnie do środka limuzyny. Skinął głową ministrowi, który także odpowiedział ruchem głowy. Na znak inspektora łańcuch opadł i citroen wjechał na dziedziniec. Po drugiej stronie wysypanego brązowym żwirem placu szerokości trzydziestu metrów znajdowała się główna fasada budynku. Robert, szofer ministra, skręcił w prawo i objechał plac przeciwnie do ruchu wskazówek zegara, aby wysadzić swojego przełożonego u stóp sześciu granitowych stopni prowadzących do wejścia.

Drzwi otworzył jeden z dwóch portierów ubranych w surduty ze srebrnym łańcuchem. Minister wyszedł z samochodu i wbiegł po schodach, aby zostać powitanym przez głównego portiera. Po formalnym pozdrowieniu przed szklanymi drzwiami wszedł za nim do środka. Musiał poczekać chwilę w przedsionku pod ogromnym żyrandolem zawieszonym na długim, złoconym łańcuchu. Portier zatelefonował z aparatu stojącego na marmurowym stoliku przy drzwiach. Kiedy odłożył słuchawkę, odwrócił się do ministra, uśmiechnął przelotnie i ruszył majestatycznym, niespiesznym krokiem w lewo, po granitowych schodach wyłożonych dywanem.

Na pierwszym piętrze weszli na krótki szeroki podest, z którego widać było hol w dole, i zatrzymali się przed drzwiami z lewej strony. Portier delikatnie zapukał. Ze środka doleciało stłumione *Entrez*[1]. Portier zgrabnie otworzył drzwi i cofnął się, wpuszczając ministra do Salon des Ordonnances. Kiedy minister

---

[1] Wejść (fr.).

wszedł do środka, bezgłośnie zamknął drzwi i dostojnym krokiem zszedł po schodach do przedsionka.

Przez wielkie okna wychodzące na południe do wnętrza sali wpadały promienie słońca, oblewając dywan ciepłą falą. Jedno z okien sięgających od sufitu do podłogi było otwarte. Od strony pałacowych ogrodów dolatywał głos grzywacza gruchającego wśród drzew. Dźwięki ulicznego ruchu dochodzące od Pól Elizejskich, biegnących pięćset metrów za oknami i zasłoniętych przez lipy i buki, które w środku lata pokrywało piękne listowie, przypominały cichy szmer, słabszy od głosu gołębia. Zawsze gdy był w południowych pokojach Pałacu Elizejskiego, *monsieur* Frey, mieszczuch z urodzenia i wychowania, miał wrażenie, że znalazł się w jakimś wiejskim *château*[1]. Jazgot pojazdów na Faubourg St Honoré, przebiegającej z drugiej strony gmachu, był zaledwie wspomnieniem. Frey wiedział, że prezydent uwielbia wieś.

Tego dnia funkcję adiutanta pełnił pułkownik Tesseire. Mężczyzna podniósł się zza biurka.

— Panie ministrze...

— Pułkowniku... — Minister skinął głową w kierunku zamkniętych podwójnych drzwi ze złoconymi klamkami po przeciwnej stronie salonu. — Jestem oczekiwany?

— Oczywiście, panie ministrze. — Tesseire przeszedł salę i zapukał krótko do drzwi.

— Panie prezydencie, minister spraw wewnętrznych.

Ze środka doleciało przytłumione zaproszenie. Tesseire cofnął się i uśmiechnął do ministra, a Roger Frey wszedł za nim do prywatnego gabinetu Charles'a de Gaulle'a.

Każdy element wystroju gabinetu dostarczał informacji o człowieku, który kazał go urządzić i umeblować. Po prawej

---

[1] Dworek, rezydencja (fr.).

znajdowały się trzy wysokie, eleganckie okna wychodzące na ogród, podobnie jak w Salon de Ordonnances. I tutaj jedno okno było otwarte, więc przechodząc z jednego pomieszczenia do drugiego, Frey cały czas słyszał gruchanie dolatujące z ogrodu.

Gdzieś pod lipami i bukami czaili się strzelcy wyborowi, mierzący z broni automatycznej, potrafiący dostrzec asa pik z odległości dwudziestu kroków. Biada jednak temu z nich, który dałby się wypatrzyć z okien na pierwszym piętrze. W pałacu krążyły legendy o gniewie człowieka, którego z takim oddaniem chronili — człowieka wściekającego się na wieść o środkach przedsiębranych w celu zapewnienia mu bezpieczeństwa; naruszało to jego prywatność. Był to najcięższy krzyż, który Ducret musiał dźwigać na swoich barkach. Nikt nie zazdrościł mu tego, że odpowiada za bezpieczeństwo człowieka, dla którego wszelkie formy ochrony były niegodne i który zupełnie ich nie doceniał.

Po lewej, przy ścianie z oszklonymi półkami na książki, stało biurko w stylu Ludwika XIV, a na nim zegar z tej samej epoki. Na podłodze leżał dywan z Savonnerie wykonany przez królewską fabrykę dywanów w Chaillot w roku tysiąc sześćset piętnastym. Manufaktura ta, jak wyjaśnił mu kiedyś sam prezydent, wcześniej zajmowała się produkcją mydła, a dopiero później stała się wytwórnią dywanów, której nazwą firmowano produkty.

Wszystko w tym pokoju odznaczało się prostotą i dostojną elegancją. Nie było w nim niczego taniego, niczego, co nie odzwierciedlałoby wielkości Francji. Zdaniem Rogera Freya taki był też mężczyzna siedzący za biurkiem, który w tym momencie wstał, aby go przywitać z typową dla siebie wylewną uprzejmością.

Minister przypomniał sobie, że Harold King, nestor brytyjskich dziennikarzy w Paryżu i jedyny Anglik będący osobistym przyjacielem Charles'a de Gaulle'a, powiedział mu kiedyś, iż pod względem sposobu bycia prezydent nie należy do XX, lecz XVIII wieku. Od tego czasu, zawsze gdy spotykał prezydenta, Roger Frey próbował sobie wyobrazić wysoką postać w jedwabiach i brokatach wykonującą te same dworskie gesty i pozdrowienia. Dostrzegał podobieństwa, lecz końcowy obraz zawsze mu umykał. Jednakże pamiętał, jak kilka razy dostojny starszy pan, głęboko poruszony czymś, co go rozdrażniło, przemawiał koszarowym żargonem w sposób tak ordynarny, iż członkowie gabinetu lub jego najbliższego otoczenia kamienieli, tracąc mowę.

Roger Frey świetnie wiedział, że jednym z tematów mogących wzbudzić taką reakcję były środki stosowane przez ministra spraw wewnętrznych odpowiedzialnego za bezpieczeństwo francuskich instytucji, z których najważniejszą był sam prezydent. Nigdy wcześniej nie rozmawiali wprost o takich sprawach, a wielu rozwiązań Frey musiał szukać potajemnie. Omal nie zadygotał ze strachu na myśl o dokumencie, który miał w teczce, i prośbie, z którą zamierzał się zwrócić.

— *Mon cher Frey*[1].

Wysoki mężczyzna w ciemnoszarym garniturze wyszedł zza wielkiego biurka, wyciągając rękę na powitanie.

— *Monsieur le Président, mes respects*[2]. — Uścisnął ofiarowaną dłoń. *Le Vieux* był na szczęście w dobrym nastroju. Wskazał mu jedno z krzeseł stojących przed biurkiem, obitych tkaniną dekoracyjną beauvais z okresu pierwszego cesarstwa. Wypełniwszy obowiązek gospodarza, Charles de Gaulle wrócił na swoje miejsce i usiadł.

---

[1] Mój drogi Freyu (fr.).

[2] Panie prezydencie, moje uszanowanie (fr.).

— Powiedzieli mi, mój drogi Freyu, że chciałeś się ze mną widzieć w pilnej sprawie. Słucham.

Roger Frey wziął głęboki oddech i przystąpił do rzeczy. Krótko i węzłowato wyjaśnił, co go sprowadza, wiedząc, że de Gaulle nie lubi długich oracji, z wyjątkiem swoich własnych, a i to jedynie podczas wystąpień publicznych. Osobiście cenił zwięzłość, co ku swemu zakłopotaniu odkryło kilku jego wymownych podwładnych.

Frey zauważył, że podczas jego przemowy człowiek po drugiej stronie biurka wyraźnie zesztywniał. Z każdą chwilą odchylał się coraz bardziej do tyłu, a jego postać zdawała się rosnąć w oczach. Uniósł długi, władczy nos, kierując go w stronę ministra, jakby wierny sługa podrzucił mu do gabinetu jakąś podejrzaną substancję. Roger Frey wiedział, że prezydent jest krótkowidzem, więc z odległości pięciu metrów jego twarz musi przypominać barwną plamę, choć de Gaulle starannie to ukrywał podczas wystąpień publicznych, zakładając okulary jedynie do czytania przemówień.

Minister spraw wewnętrznych zakończył swój krótki, jednominutowy monolog, wspominając o Rollandzie i Ducrecie.

— Mam w teczce raport Rollanda — dodał na koniec.

Prezydent wyciągnął rękę bez słowa. *Monsieur* Frey wyjął raport i podał go przez biurko.

Charles de Gaulle sięgnął po okulary do czytania z górnej kieszeni marynarki, umieścił na nosie, rozłożył teczkę i zaczął czytać. Gołąb przestał gruchać, jakby zrozumiał, że takie zachowanie jest teraz nie na miejscu. Roger Frey spojrzał na drzewa, a następnie miedzianą lampę stojącą na biurku obok suszki. Była to piękna obrotowa lampa Flambeau de Vermeila z okresu restauracji, w którą wprawiono elektryczną żarówkę. W ciągu pięciu lat prezydentury de Gaulle'a lampa ta przez tysiące nocnych godzin oświetlała dokumenty państwowe.

Generał de Gaulle szybko czytał, więc zapoznanie się z raportem Rollanda zajęło mu trzy minuty. Starannie zamknął teczkę, odłożył na biurko i splótł na niej dłonie.

— Czego ode mnie oczekujesz, drogi Freyu?

Minister wziął głęboki oddech i szybko wyrecytował, jakie środki bezpieczeństwa chciałby zastosować. Dwukrotnie użył zwrotu „w mojej ocenie, *Monsieur le Président*, aby zapobiec zagrożeniu...". W trzydziestej drugiej sekundzie jego przemowy padły słowa „w interesie Francji...".

Nie było mu dane mówić dalej. Prezydent przerwał Freyowi w pół zdania, donośnym głosem powtarzając słowo „Francja" niczym imię jakiegoś bóstwa, w sposób niemożliwy do naśladowania przez żadnego z ludzi znanych ministrowi.

— W interesie Francji, mój drogi Freyu, prezydent nie może drżeć tchórzliwie przed nędznym najemnikiem i... — przerwał na chwilę, milcząco wyrażając swoją pogardę dla nieznanego skrytobójcy — ...i cudzoziemcem.

Roger Frey zrozumiał, że przegrał. Generał nie stracił jednak zimnej krwi. Zaczął mówić jasno i precyzyjnie, jak człowiek pragnący, by jego intencje stały się całkowicie czytelne dla słuchającego. Niektóre z jego słów doleciały przez otwarte okno do uszu pułkownika Tesseire'a.

— *La France ne saurait accepter... la dignité et la grandeur asujetties aux misérables menaces d'un... d'un CHACAL...*[1].

Dwie minuty później Roger Frey opuścił gabinet prezydenta. Skinął chłodno głową pułkownikowi Tesseire'owi, wyszedł z Salon de Ordonnances i zszedł po schodach do przedsionka.

Facet musi mieć cholerny problem. Ciekawe, co Staruszek mu powiedział, pomyślał główny portier, sprowadzając ministra

[1] Francja się na to nie zgodzi... wielkość i godność nie pozwala się ugiąć przed nędznymi groźbami jakiegoś... jakiegoś SZAKALA (fr.).

do citroena oczekującego u podstawy schodów i obserwując, jak odjeżdża. Ponieważ był profesjonalistą, jego twarz pozostała nieruchoma niczym fasada pałacu, w którym służył od dwudziestu lat.

• • •

— Nie, to odpada. Prezydent wyraził się jasno.

Roger Frey odwrócił się od okna i spojrzał na człowieka, do którego skierował te słowa. Po powrocie z Pałacu Elizejskiego wezwał wszystkich członków swojego gabinetu. Alexandre Sanguinetti był Korsykaninem. Jako człowiek, któremu dwa lata temu minister przekazał nadzór nad francuskim aparatem bezpieczeństwa, Sanguinetti wzbudzał skrajne emocje, zależnie od poglądów politycznych oceniającego lub jego koncepcji praw obywatelskich.

Lewacy lękali się go i nienawidzili za sprawne zorganizowanie oddziałów prewencji CRS oraz przyjęcie skutecznej taktyki, którą czterdzieści pięć tysięcy członków tej organizacji paramilitarnej przyjęło wobec licznych demonstracji organizowanych przez lewicę i prawicę.

Komuniści nazywali go faszystą, być może dlatego, że jego metody utrzymania spokoju publicznego nasuwały skojarzenia ze środkami stosowanymi w raju klasy robotniczej za żelazną kurtyną. Skrajna prawica, która zdaniem komunistów także zaliczała się do faszystów, gardziła Sanguinettim równie gorąco, posługując się tymi samymi argumentami tłumienia demokracji i deptania praw obywatelskich. W istocie ich pogarda wynikała jednak z twardych metod utrzymywania porządku w kraju, dzięki którym udało się zapobiec całkowitemu zachwianiu ładu, co ułatwiłoby prawicy przeprowadzenie zamachu stanu.

Sanguinettiego nie lubiło także wielu zwyczajnych Francuzów z powodu drakońskich, utrudniających życie zarządzeń, których był autorem, barierek na ulicach, sprawdzania dokumentów na wszystkich głównych skrzyżowaniach, organizowania blokad drogowych i publikowania w prasie zdjęć młodych demonstrantów pałowanych przez osiłków z CRS. Dziennikarze ochrzcili go mianem *monsieur* antyoasowiec i piętnowali na okrągło z wyjątkiem nielicznego grona popierającego gaullistów. Jeśli sława najbardziej niepopularnego człowieka Francji wywierała na niego jakiś wpływ, doskonale to ukrywał. Bóstwo, które czcił, spoczywało wygodnie w gabinecie Pałacu Elizejskiego, a w gaullistowskiej religii Sanguinettiego odgrywało rolę głowy kurii. Spoglądał gniewnie na suszkę, która przed nim stała, i płowożółtą teczkę z raportem Rollanda.

— To niemożliwe, powiadam, niemożliwe! Staruszek jest nieznośny! Mamy chronić jego życie, mimo że na to nie pozwala. Mógłbym z łatwością dopaść tego drania Szakala. Mówisz jednak, że nie wolno nam przedsięwziąć żadnych środków zaradczych. Co mamy robić? Czekać, aż uderzy? Siedzieć bezczynnie i czekać?

Minister westchnął głęboko. Oczekiwał takiej reakcji od Sanguinettiego, co jednak nie ułatwiało mu zadania. Ponownie usiadł za biurkiem.

— Posłuchaj, Alexandre. Przede wszystkim nie mamy absolutnej pewności, że raport Rollanda jest prawdziwy. To tylko interpretacja bełkotu tego... jak mu tam... Kowalskiego, który już nie żyje. Może jest w błędzie. Dochodzenie w Wiedniu nie zostało jeszcze zakończone. Rozmawiałem z Guibaudem. Spodziewa się odpowiedzi dziś wieczorem. Przyznasz chyba, że na tym etapie ogłoszenie w całym kraju poszukiwań cudzoziemca pod kryptonimem „Szakal" nie byłoby rozsądne. W tej sprawie zgadzam się z prezydentem. Prócz tego mamy instrukcje... nie, jego formalne polecenia. Powtórzę je, aby nikt nie miał najmniejszej wątpliwości. Nie można nadawać tej sprawie rozgłosu, wszczynać poszukiwań w całym kraju, sugerować komukolwiek spoza bardzo wąskiego grona, że coś nie jest w porządku. Prezydent uważa, że gdyby tajemnica przedostała się do prasy, dziennikarze daliby nam wycisk. Inne kraje zaczęłyby z nas drwić, a wszelkie dodatkowe środki bezpieczeństwa zostałyby odebrane jako ukrywanie się prezydenta Francji przed jednym człowiekiem, w dodatku cudzoziemcem. Powtarzam raz jeszcze, prezydent absolutnie nie wyraża na to zgody. Szczerze mówiąc... — minister podkreślił swoje słowa, unosząc palec wskazujący — ...dał mi wyraźnie do zrozumienia, że jeśli informacje o śledztwie, a nawet ogólne podejrzenia, przenikną do wiadomości publicznej, polecą głowy. Uwierz mi, *cher ami*, dawno nie widziałem go równie stanowczego.

— Musi przecież zmienić program wystąpień publicznych — zaoponował Korsykanin. — Do chwili schwytania tego człowieka nie może pokazywać się publicznie. Musi...

— Niczego nie odwoła. Nie będzie żadnych zmian, ani o godzinę, ani minutę. Musimy działać w całkowitej tajemnicy.

Po raz pierwszy od chwili udaremnienia zamachu w École Militaire w lutym tego roku i aresztowania spiskowców Alexandre Sanguinetti poczuł się tak, jakby wrócił do punktu wyjścia. Przez dwa ostatnie miesiące zmagał się z falą napadów na banki i salony jubilerskie, i miał nadzieję, że najgorsze już minęło. Kiedy OAS zachwiała się pod ciosami wydziału operacyjnego z jednej strony oraz hord policji i CRS z drugiej, uznał falę przemocy za ostatnie podrygi tajnej armii, za działania garstki oszalałych z wściekłości niedobitków próbujących zgromadzić wystarczającą sumę pieniędzy, aby żyć dostatnio na wygnaniu.

Niestety, w podsumowaniu swojego raportu Rolland dawał jasno do zrozumienia, że anonimowy zabójca, o którym wiedzieli jedynie trzej mężczyźni przebywający w niedostępnym rzymskim hotelu, zdobył przewagę nad podwójnymi agentami w kierowniczych kręgach oasowców. Zrozumiał, że ogromne archiwa z informacjami o każdym, kto mógł mieć choćby najsłabsze powiązania z OAS, z których minister spraw wewnętrznych czerpał dotąd cenne informacje, stały się bezużyteczne z powodu jednego prostego faktu. Szakal był cudzoziemcem.

— Co mamy robić, jeśli nie wolno nam działać?

— Nie powiedziałem, że nie wolno nam działać — poprawił go Frey. — Powiedziałem, że nie możemy działać w sposób otwarty. Wszystko musi pozostać w najgłębszej tajemnicy. Pozostaje tylko jedna możliwość. Tożsamość zabójcy musi zostać ustalona w wyniku tajnego dochodzenia. Trzeba go wyśledzić, gdziekolwiek jest, we Francji lub za granicą, i bez wahania zlikwidować.

• • •

...bez wahania zlikwidować. Nie ma innej możliwości, mój drogi.

Minister spraw wewnętrznych spojrzał na uczestników narady, aby podkreślić sens swoich słów. Łącznie z nim było ich czternastu. Po prawej miał szefa gabinetu, po lewej prefekta policji, politycznego przełożonego francuskiej policji.

Po prawej stronie Sanguinettiego siedział generał Guibaud, szef SDECE, i pułkownik Rolland, szef wydziału operacyjnego oraz autor raportu, którego kopia leżała przed każdym z obecnych. Obok Rollanda zasiadał komisarz Ducret z Corp de Sécurité Presidentielle[1] i pułkownik sił powietrznych Saint-Clair de Villauban, bliski współpracownik de Gaulle'a fanatycznie oddany własnym ambicjom.

---

[1] Agencja Ochrony Prezydenta (fr.).

Po lewej stronie prefekta policji, *monsieur* Maurice'a Papona, zasiadali *monsieur* Maurice Grimaud, szef francuskiej policji kryminalnej Sûreté Nationale, a dalej szefowie jej pięciu wydziałów.

Chociaż zajmujący się zwalczaniem przestępczości agenci Sûreté Nationale byli pupilkami autorów kryminałów, zajmowali małe, nędznie wyposażone biuro, z którego nadzorowali pracę pięciu wydziałów kryminalnych wykonujących całą robotę. Rola Sûreté Nationale sprowadzała się do administrowania, podobnie jak rola równie błędnie pojmowanego Interpolu. Sûreté nie miała też w swoich szeregach detektywów.

Facet, któremu podlegali wszyscy francuscy detektywi, siedział obok Maurice'a Grimauda. Był to Max Fernet, szef policji sądowej. Policja sądowa, zajmująca ogromną kwaterę główną przy Quai des Orfèvres, znacznie większą od kwatery Sûreté przy Rue des Saussaies 11, obok gmachu Ministerstwa Spraw Wewnętrznych, pełniła nadzór nad siedemnastoma oddziałami regionalnymi Services Régionaux, po jednym na każdy z policyjnych okręgów, na które podzielono metropolitalną Francję. Podlegały im miejskie komendy policji, w sumie czterysta trzydzieści pięć, obejmujące siedemdziesiąt dwa komisariaty główne, dwieście pięćdziesiąt trzy okręgowe i sto dwadzieścia sześć lokalnych posterunków policji. Wspomniana sieć pokrywała swoim zasięgiem dwa tysiące miast i miasteczek Francji. Tyle o policji kryminalnej. Na terenach wiejskich i drogach przestrzegania prawa i porządku pilnowały Gendarmerie Nationale[1] i policja drogowa, Gendarmes Mobiles. Żandarmi i policjanci drogówki często stacjonowali w tych samych budynkach i używali tego samego sprzętu. W tysiąc dziewięćset

[1] Żandarmeria Narodowa (fr.).

sześćdziesiątym trzecim roku pod rozkazami Maksa Ferneta służyło ponad dwadzieścia tysięcy ludzi.

Na lewo od Ferneta siedzieli szefowie czterech pozostałych wydziałów Sûreté: Bureau de Sécurité Publique[1], Renseignements Généraux[2], Direction de la Surveillance du Territoire[3] i Compagnies Républicaine de Sécurité, czyli CRS.

Pierwszy z nich, BSP, ochraniał budynki, system łączności, drogi i wszystko, co należało do państwa. Drugi, RG, jako centralne archiwum pełnił funkcję pamięci pozostałych czterech. W jego zasobach znajdowało się cztery i pół miliona dossier ludzi znanych francuskiej policji od chwili jej powstania. Teczki opatrzone odsyłaczami spoczywały na półkach długości niemal dziesięciu kilometrów, uporządkowane alfabetycznie według nazwisk lub przestępstw, za które wspomniani osobnicy albo zostali skazani, albo byli podejrzani o ich popełnienie. Przechowywano w nich także nazwiska świadków występujących w procesach sądowych i oskarżonych, którzy zostali uniewinnieni. Chociaż w tym czasie policyjne archiwa nie były skomputeryzowane, archiwiści przechwalali się, że w ciągu kilku minut mogą dostarczyć szczegółowych informacji na temat podpalenia dokonanego w małej wiosce dziesięć lat temu lub nazwiska świadków w utajnionym procesie, o którym nie pisano w prasie.

W teczkach znajdowały się wszystkie odciski palców, jakie pobrano we Francji, także te, których nie udało się zidentyfikować. Przechowywano również dziesięć i pół miliona kart lądowania turystów, którzy przekroczyli granicę, oraz karty hotelowe wszystkich, którzy zatrzymali się w jakimś hotelu poza Paryżem. Z tego powodu karty musiały być regularnie

---

[1] BSP, Biuro Bezpieczeństwa Publicznego (fr.).
[2] RG, Archiwum Centralne (fr.).
[3] DST, Dyrekcja Nadzoru Terytorium, francuska agencja wywiadowcza.

niszczone, aby zrobić miejsce ogromnej liczbie nowych, które napływały każdego roku.

Jedynymi kartami, których nie przekazywano RG, były pochodzące z paryskich hoteli. Te dostarczano do prefektury policji przy Boulevard du Paris.

DST, której szef siedział trzy miejsca dalej od Ferneta, była francuskim kontrwywiadem, odpowiedzialnym za stały nadzór nad krajowymi lotniskami, portami morskimi i granicami lądowymi. Przed odesłaniem do archiwum karty lądowania podróżnych przybywających do Francji były analizowane przez funkcjonariusza DST w momencie przekroczenia granicy, żeby od razu przesiać niepożądanych gości.

Na samym końcu siedział Alexandre Sanguinetti, szef liczącej czterdzieści pięć tysięcy funkcjonariuszy CRS, która w ciągu dwóch ostatnich lat stała się tak dobrze znana i tak szczerze znienawidzona przez Francuzów.

Aby mieć więcej miejsca, dyrektor CRS usiadł na końcu stołu, spoglądając na ministra, który przewodniczył naradzie. Było jeszcze jedno miejsce z prawej strony, między szefem CRS i pułkownikiem Saint-Clairem. Zajmował je rosły, potężnie zbudowany mężczyzna palący fajkę, której dym drażnił siedzącego z lewej pedantycznego pułkownika. Minister celowo poprosił Maksa Ferneta, aby przyprowadził go na spotkanie. Był to komisarz Maurice Bouvier, szef Brigade Criminelle, francuskiej brygady kryminalnej.

— Oto sytuacja, w której się znaleźliśmy, panowie — podsumował minister. — Zapoznaliście się z raportem pułkownika Rollanda. Dowiedzieliście się też ode mnie o poważnych ograniczeniach, które prezydent narzucił naszym działaniom zmierzającym do usunięcia zagrożenia, mając na uwadze godność Francji. Powtórzę raz jeszcze, dochodzenie i dalsze działania muszą być prowadzone w absolutnej tajemnicy. Nie muszę chyba dodawać, że wszyscy jesteśmy zobowiązani do zachowania całkowitego milczenia. Nie wolno rozmawiać o tej sprawie z nikim spoza tego grona, chyba że zostanie oficjalnie wtajemniczony. Wezwałem was tutaj, gdyż sądzę, że wcześniej czy później trzeba będzie wykorzystać zasoby podległych wam służb. To sprawa o najwyższym priorytecie. Nie można przekazać tej roboty podwładnym, chyba że nie będzie to wymagało dodatkowych wyjaśnień.

Przerwał. Kilku zgromadzonych poważnie skinęło głowami. Inni utkwili wzrok w ministrze lub raporcie, który leżał przed nimi. Siedzący po przeciwnej stronie stołu komisarz Bouvier patrzył w sufit, wydmuchując kącikiem ust małe obłoczki niczym czerwonoskóry wysyłający znaki dymne.

— Czy mają panowie jakieś sugestie? — spytał minister. — Pułkowniku Rolland, czy nasi ludzie w Wiedniu odkryli jakieś nowe fakty?

Szef wydziału operacyjnego popatrzył na swój raport, a następnie spojrzał kątem oka na generała kierującego SDECE, lecz nie otrzymał od niego żadnego sygnału zachęty lub niechętnego zmarszczenia brwi.

Generał Guibaud, który spędził pół dnia na uspokajaniu szefa wydziału R3, wściekłego, że Rolland użył biura w Wiedniu do przeprowadzenia własnego śledztwa, patrzył przed siebie.

— Tak — skinął głową pułkownik. — Nasi agenci w Wiedniu sprawdzili pensjonat Kleist, mały prywatny hotel położony przy Brucknerallee. Wzięli ze sobą fotografię Marca Rodina, René Montclaira i André Cassona. Nie było czasu na przekazanie zdjęcia Wiktora Kowalskiego. Komórka w Wiedniu nie miała jego fotografii. Recepcjonista rozpoznał przynajmniej dwóch z nich, nie potrafił jednak powiedzieć, w których pokojach się zatrzymali. Kiedy pewna kwota przeszła z rąk do rąk, sprawdził rejestr gości hotelowych od dwunastego do osiemnastego czerwca. Dodam, że osiemnastego czerwca trzej szefowie OAS zamieszkali razem w hotelu w Rzymie. W końcu przypomniał sobie twarz Rodina, który zarezerwował pokój piętnastego czerwca pod nazwiskiem Schulz. Urzędnik powiedział, że Schulz przyjechał na popołudniowe spotkanie biznesowe, spędził noc w pokoju i wyjechał następnego dnia. Przypomniał też sobie, że Schulz miał towarzysza, potężnie zbudowanego, gburowatego mężczyznę. Właśnie dlatego go zapamiętał. Rano dołączyli do nich dwaj inni, z którymi odbył naradę. Gośćmi mogli być Casson i Montclair. Recepcjonista nie był tego pewny, lecz zdawało mu się, że widział wcześniej przynajmniej jednego z nich. Pracownik hotelu powiedział, że mężczyźni siedzieli w pokoju przez cały dzień. Tylko raz, późnym rankiem, Schulz w towarzystwie olbrzyma wyszli gdzieś na pół godziny. Żaden nie zamówił lunchu, nie zeszli też na dół, aby coś zjeść.

— Czy odwiedził ich piąty mężczyzna? — spytał niecierpliwie Sanguinetti.

— Wieczorem na pół godziny dołączył do nich piąty — kontynuował Rolland bezbarwnym tonem. Recepcjonista zapamiętał go, ponieważ facet tak szybko wszedł do środka i skręcił na schody, że nie miał czasu mu się przyjrzeć. Pomyślał, że to jeden z gości, który nie oddał klucza do pokoju. Dostrzegł tylko połę jego płaszcza na schodach. Po kilku sekundach mężczyzna wrócił. Pracownik hotelu był pewny, że to ten sam, właśnie z powodu płaszcza. Poprosił, aby połączyć go z pokojem Schulza, numer sześćdziesiąt cztery. Powiedział dwa zdania po francusku i wrócił na schody. Spędził na górze pół godziny, a następnie wyszedł, nie mówiąc ani słowa. Godzinę po nim wyszli oddzielnie dwaj inni goście Schulza. Schulz i olbrzym zostali na noc, a następnego ranka po śniadaniu wyjechali.

Z opisu recepcjonisty wynika, że gość, który odwiedził ich tego wieczoru, był wysoki, w bliżej nieokreślonym wieku, o regularnych rysach twarzy. Nosił czarne okulary, posługiwał się płynną francuszczyzną i miał jasne włosy zaczesane do tyłu.

— Czy można poprosić tego człowieka o pomoc w sporządzeniu portretu pamięciowego blondyna? — spytał prefekt policji Papon.

Rolland potrząsnął głową.

— Moi agenci... podali się za funkcjonariuszy wiedeńskiej policji, ubranych po cywilnemu. Choć jeden z nich mógłby uchodzić za wiedeńczyka, nie sposób ciągnąć tej maskarady w nieskończoność. Musieli go przesłuchać w recepcji.

— Potrzebujemy dokładniejszego opisu — zaprotestował szef RG. — Czy padło jakieś nazwisko?

— Nie — odparł Rolland. — To, co panowie usłyszeliście, to efekt trzygodzinnego przesłuchania pracownika hotelu. Moi ludzie kilkakrotnie pytali o każdy ważny szczegół. Facet nie zapamiętał nic więcej. Potrafił jedynie podać skrócony portret pamięciowy.

— Czy moglibyście go porwać jak Argouda, aby sporządzić portret pamięciowy w Paryżu? — spytał pułkownik Saint-Clair.

Do rozmowy wtrącił się minister.

— Nie ma zgody na kolejne porwania. Z powodu uprowadzenia Argouda nasze stosunki z niemieckim Ministerstwem Spraw Zagranicznych do dziś pozostają napięte. Tego rodzaju operacji się nie powtarza.

— Czy nie można by go uprowadzić dyskretniej niż Argouda, zważywszy na to, że sytuacja jest poważna? — zapytał szef DST.

— Wątpię, aby portret pamięciowy mężczyzny z dużymi czarnymi okularami mógł się na cokolwiek przydać — powiedział cicho Max Fernet. — Niewiele portretów pamięciowych wykonanych po przypadkowym spotkaniu, do którego doszło dwa miesiące wcześniej i trwało dwadzieścia sekund, odpowiada wyglądowi przestępcy, gdy ten zostanie w końcu ujęty. Większość mogłaby pasować do pół miliona ludzi, często też wprowadzają w błąd.

— Zatem oprócz Kowalskiego, który nie żyje i który powiedział nam wszystko, co wiedział, czyli niewiele, tylko czterech ludzi na świecie zna tożsamość Szakala — stwierdził komisarz Ducret. — On sam oraz trzech mężczyzn przebywających w hotelu w Rzymie. A gdyby tak przywieźć do Francji jednego z nich?

Minister potrząsnął głową.

— Mam oficjalne polecenie w tej sprawie. Porwanie nie wchodzi w grę. Włoski rząd zareagowałby gwałtownie, gdyby doszło do porwania kilka metrów od Via Condotti. Poza tym wątpliwe, czy w ogóle jest to wykonalne. Słucham, generale?

Generał Guibaud spojrzał na zebranych.

— Zdaniem moich agentów, którzy prowadzą nieprzerwaną obserwację tego hotelu, środki bezpieczeństwa przedsięwzięte przez Rodina i jego najbliższych współpracowników wykluczają taką operację z praktycznego punktu widzenia — powiedział. — Chroni ich ośmiu byłych legionistów, najlepszych ludzi... Siedmiu, jeśli nikt nie zastąpił Kowalskiego. Wszystkie windy, schody i drabinki pożarowe są pilnie strzeżone. Doszłoby do ostrej strzelaniny, przypuszczalnie trzeba by użyć granatów gazowych i karabinów maszynowych, aby wziąć ich żywcem. Nawet gdyby się to udało, przewiezienie ich pięćset kilometrów na północ do granicy Francji wydaje się mało prawdopodobne, biorąc pod uwagę gwałtowną reakcję włoskich władz. Mamy najlepszych specjalistów w tej dziedzinie. Twierdzą, że takie zadanie jest niemożliwe do wykonania, chyba że zdecydowalibyśmy się przeprowadzić akcję wojskową z użyciem oddziałów specjalnych.

W pokoju zapadła cisza.

— Macie inne sugestie, panowie? — spytał minister.

— Trzeba schwytać Szakala, to jasne — odezwał się pułkownik Saint-Clair.

Kilku obecnych spojrzało po sobie, jeden lub dwóch uniosło brwi.

— Sądzę, że nie budzi to niczyich wątpliwości — przytaknął minister. — Zastanawiamy się, jak tego dokonać w granicach, które nam wytyczono. Może przynajmniej zdecydujemy, które służby najlepiej nadawałyby się do tej roboty.

— Ostatecznie zapewnienie bezpieczeństwa prezydentowi Republiki jest zadaniem jego ochrony i najbliższego personelu — oznajmił pompatycznie Saint-Clair. — Zapewniam pana, ministrze, że wypełnimy nasz obowiązek.

Starzy wyjadacze uczestniczący w naradzie przymknęli oczy ze znużenia. Komisarz Ducret spojrzał na pułkownika jadowitym wzrokiem. Gdyby spojrzenie mogło zabić, Saint-Clair skończyłby w pół zdania.

— Czy on zdaje sobie sprawę, że Staruszek nas nie słucha? — mruknął Guibaud do Rollanda.

Roger Frey spojrzał w oczy prezydenckiemu urzędnikowi z Pałacu Elizejskiego, przypominając wszystkim, dlaczego został ministrem.

— Pułkownik Saint-Clair ma słuszność — powiedział miękkim głosem. — Wszyscy wypełnimy nasz obowiązek. Jestem pewny, że uwagi pułkownika nie umknęło to, że jeśli jakaś służba weźmie na swoje barki udaremnienie spisku i zawiedzie, a nawet niechcący użyje metod, które spowodują, iż jakieś informacje przedostaną się do wiadomości publicznej wbrew wyraźnej woli prezydenta, jej szefa czeka ostra reprymenda.

Groźba, która zawisła nad długim konferencyjnym stołem, była bardziej namacalna niż niebieski obłoczek dymu z fajki

Bouviera. Na szczupłej twarzy Saint-Claira pojawiło się napięcie, w oczach mignęła troska.

— Wszyscy wiemy, jak ograniczone jest pole działania ochrony prezydenta — stwierdził bezbarwnym głosem komisarz Ducret. — Przebywamy w bezpośrednim otoczeniu prezydenta. To oczywiste, że śledztwo musi być prowadzone na wielką skalę, i wątpię, czy mogliby tego dokonać agenci z jego osobistej ochrony, nie zaniedbując swoich głównych obowiązków.

Nikt mu się nie sprzeciwił, wszyscy bowiem wiedzieli, że szef ochrony prezydenta ma rację. Jednocześnie nikt nie chciał być tym, na którym spocznie spojrzenie ministra. Roger Frey rozejrzał się po zebranych, aby w końcu zatrzymać wzrok na otoczonym mgiełką dymu komisarzu Bouvierze.

— Co sądzisz, Bouvier? Nie odezwałeś się ani słowem.

Detektyw wyjął fajkę z ust, wydmuchnął strumień ostrego dymu prosto w twarz Saint-Claira, który zwrócił się w jego stronę, i rzekł spokojnym głosem, wskazując kilka prostych faktów, które przyszły mu do głowy.

— Podejrzewam, panie ministrze, że SDECE nie zdoła ujawnić tożsamości tego człowieka poprzez swoich agentów w OAS, nie znają jej bowiem nawet członkowie tej organizacji. Agenci wydziału operacyjnego nie mogą go zlikwidować, ponieważ nie wiedzą, kogo zabić. DST nie może go zatrzymać na granicy, bo nie ma pojęcia, kogo ująć. Ludzie z RG nie mogą nam dostarczyć żadnych informacji archiwalnych, ponieważ nie wiedzą, jakich dokumentów szukać. Policja nie może go aresztować, bo nie wie kogo, a CRS ruszyć za nim w pościg, bo nie wie, za kim gonić. Wszystkie instytucje stojące na straży bezpieczeństwa Francji są bezradne, ponieważ nie znamy jego nazwiska. Z uwagi na powyższe, uważam, że pierwszym zadaniem, bez którego wszystkie inne są pozbawione sensu, jest ustalenie tożsamości tego człowieka. Jeśli poznamy jego nazwisko, będziemy wiedzieli, jak wygląda. Wygląd pozwoli nam dotrzeć do jego paszportu, a paszport umożliwi aresztowanie. Dyskretne ustalenie nazwiska domniemanego zabójcy to czysto detektywistyczna robota.

Zamilkł, wetknąwszy ustnik fajki między zęby. Ludzie siedzący przy stole zadumali się nad jego słowami. Kiedy nikt nie znalazł błędu w rozumowaniu Bouviera, siedzący obok ministra Sanguinetti wolno skinął głową.

— Komisarzu, kto jest najlepszym francuskim detektywem? — spytał cicho minister.

Bouvier pomyślał chwilę, aby w końcu ponownie wyjąć fajkę z ust.

— Najlepszym detektywem we Francji, *messieurs*, jest mój zastępca, komisarz Claude Lebel.

— Wezwij go — polecił Roger Frey.

CZĘŚĆ DRUGA

Anatomia obławy

Rozdział dziesiąty

Godzinę później komisarz Claude Lebel opuścił salę konferencyjną w stanie wyraźnego oszołomienia. Przez pięćdziesiąt minut słuchał, jak minister spraw wewnętrznych przedstawia zadanie, którym miał się zająć.

Wszedłszy do pokoju, usiadł na końcu stołu, między szefem CRS i własnym przełożonym Bouvierem. Czternastu ludzi patrzyło w milczeniu, jak czyta raport Rollanda, taksując go wzrokiem.

Odłożył teczkę wyraźnie zaniepokojony. Dlaczego go wezwali? Wtedy zabrał głos minister. Nie konsultował się z nim ani nie zapytał o zdanie. Wydał polecenie, po którym nastąpiła krótka odprawa. Lebel zorganizuje własne biuro, będzie miał dostęp do wszystkich potrzebnych informacji. Do jego dyspozycji zostaną postawione zasoby wszystkich służb, których szefowie siedzą przy tym stole. Koszty nie mają znaczenia.

Kilkakrotnie przypomniał o konieczności dochowania tajemnicy zgodnie z życzeniem prezydenta Francji. Im dłużej Lebel słuchał, tym bardziej truchlało w nim serce. Proszono go... nie, raczej żądano... rzeczy niemożliwej. Nie wiedział, od czego mógłby zacząć. Nie popełniono żadnego przestępstwa, a przynajmniej jeszcze do tego nie doszło. Nie otrzymał żadnych wskazówek. Nie miał żadnych świadków, z wyjątkiem trzech mężczyzn, których nie mógł skłonić do mówienia. Dysponował jedynie nazwiskiem, nie, pseudonimem, a terenem poszukiwań był cały świat.

Claude Lebel wiedział, że jest dobrym gliną. Zawsze nim był. Powolnym, dokładnym, metodycznym i drobiazgowym. Sporadycznie zdradzał przebłysk geniuszu potrzebny do tego, aby dobry glina zamienił się w wielkiego detektywa. Jednakże nie zapominał, że dziewięćdziesiąt dziewięć procent policyjnej roboty to rutynowe czynności, nieciekawe śledztwo polegające na wielokrotnym sprawdzaniu faktów i mozolnym tkaniu pajęczyny, aż ta zamieni się w sieć pozwalającą sformułować akt oskarżenia, który nie tylko trafi na czołówki gazet, lecz ostoi się w sądzie.

W policji kryminalnej uchodził za guzdrałę, metodycznego śledczego, który nienawidzi rozgłosu i nigdy nie zorganizował własnej konferencji prasowej, choć niektórzy z jego kolegów zbudowali na nich swoją reputację. Mimo to ustawicznie piął się w górę po szczeblach kariery, rozwiązując kolejne sprawy i doprowadzając do skazania przestępców. Kiedy trzy lata temu pojawił się wakat na stanowisku szefa wydziału zabójstw Brigade Criminelle, nawet jego konkurenci przyznali, że należy mu się to stanowisko. Od trzech lat odnosił sukcesy w wydziale zabójstw, za każdym razem doprowadzając do aresztowania. Tylko raz oskarżony został uniewinniony przez sąd z przyczyn formalnych.

Jako szef wydziału zabójstw został dostrzeżony przez Maurice'a Bouviera, dyrektora Brigade Criminelle, innego glinę w starym stylu. Kiedy jego zastępca Dupuy zmarł nagle kilka tygodni temu, Bouvier poprosił, aby Lebel został jego nowym zastępcą. Niektórzy członkowie policji kryminalnej podejrzewali, że uginający się pod nawałem administracyjnej roboty Bouvier wybrał starego podwładnego, aby po cichu rozwiązywał wielkie sprawy z nagłówków gazet, pozostawiając szefowi zbieranie laurów. Może ludzie ci zwyczajnie nie byli mu życzliwi.

Po zakończeniu spotkania egzemplarze raportu Rollanda zostały zebrane i złożone w sejfie ministerstwa. Tylko Lebelowi pozwolono zatrzymać kopię należącą do Bouviera. Komisarz poprosił jedynie, aby mógł się zwrócić o pomoc, w całkowitej tajemnicy, do szefów wydziałów kryminalnych innych krajów, które mogłyby mieć w swoich archiwach informacje pozwalające ustalić tożsamość takiego zawodowego zabójcy jak Szakal. Oświadczył, że bez ich pomocy nie będzie można zacząć poszukiwań.

Sanguinetti zapytał, czy ma pewność, że ci ludzie zachowają milczenie. Lebel odparł, że osobiście zna osoby, z którymi zamierza się skontaktować. Jego prośby nie będą miały charakteru oficjalnego, lecz towarzyski, odwołujący się do więzi łączącej najlepszych gliniarzy zachodniego świata. Po krótkim zastanowieniu minister wyraził zgodę.

Lebel stał w holu, czekając na Bouviera i obserwując szefów służb przechodzących obok niego. Niektórzy pozdrawiali go uprzejmym skinieniem głowy, inni uśmiechali się ciepło, jakby mówili dobranoc. Jako jeden z ostatnich salę opuścił arystokratyczny pułkownik z Pałacu Elizejskiego, podczas gdy Bouvier naradzał się cicho z Maksem Fernetem. Lebel zapamiętał nazwisko pułkownika, gdy przedstawiano mu mężczyzn siedzących przy stole. Saint-Clair de Villauban. Pułkownik stanął przed małym, pulchnym komisarzem i spojrzał na niego ze źle skrywanym niesmakiem.

— Mam nadzieję, że pańskie śledztwo będzie szybkie i zakończy się sukcesem — powiedział. — W pałacu będziemy bacznie obserwować postępy dochodzenia. Zapewniam, że jeśli nie uda się panu znaleźć tego bandyty, zostaną wyciągnięte... konsekwencje.

Po tych słowach odwrócił się na pięcie i zszedł schodami do holu. Lebel nie odrzekł ani słowa, jedynie kilkakrotnie zamrugał powiekami.

Jedną z cech Claude'a Lebela, które przyczyniły się do jego sukcesów w ciągu minionych dwudziestu lat, odkąd podjął pracę w policji Republiki Francuskiej jako młody detektyw w Normandii, była umiejętność skłonienia ludzi, by się przed nim otworzyli.

Nie był potężnie zbudowany jak Bouvier stanowiący idealne ucieleśnienie stróża prawa. Nie był tak elokwentny jak wielu młodych detektywów potrafiących zastraszyć świadka i doprowadzić go do płaczu. Nie żałował, że brakuje mu tych przymiotów.

Wiedział, że świadkami lub ofiarami większości przestępstw w każdym kraju są zwykli ludzie — sklepikarze, sprzedawcy, urzędnicy pocztowi lub pracownicy banku. Potrafił skłonić ich do mówienia i zdawał sobie z tego sprawę.

Częściowo wynikało to z jego wzrostu. Lebel był niski i pod wieloma względami przypominał komiksowego męża pantoflarza, którym w istocie był, chociaż nie wiedział o tym nikt z jego wydziału.

Ubierał się niestarannie, nosił wygnieciony garnitur i płaszcz przeciwdeszczowy. Miał uprzejmy, niemal przepraszający styl bycia, a sposób, w jaki zwracał się do świadka z prośbą o informacje, stanowił tak jaskrawe przeciwieństwo tego, czego doświadczył podczas pierwszego przesłuchania, że z ulgą chronił się w gabinecie detektywa przed szorstkością i surowością funkcjonariuszy niższego szczebla.

Oprócz tego Lebel miał jeszcze jedną cechę. Był szefem wydziału zabójstw najpotężniejszej policji kryminalnej Europy.

Przez dziesięć lat pracował jako detektyw w Brigade Criminelle. Za fasadą uprzejmości i prostoty krył się przenikliwy umysł i upór niepozwalający, aby ktoś zbił go z tropu lub onieśmielił podczas wykonywania obowiązków służbowych. Grozili mu herszci najgroźniejszych francuskich gangów. Widząc, jak niespokojnie mruga oczami, sądzili, że wziął sobie do serca przestrogę. Dopiero później, siedząc w więziennej celi, mieli dość czasu, aby zrozumieć, że zlekceważyli delikatne brązowe oczy i wąsik przypominający szczoteczkę do zębów.

Dwukrotnie próbowali go zastraszyć wpływowi i bogaci ludzie. Pewien przedsiębiorca chciał, aby na podstawie pobieżnej analizy raportu audytora oskarżył o defraudację jednego z jego młodszych pracowników. Innym razem ważna postać paryskiej socjety naciskała, by umorzyć śledztwo w sprawie śmierci młodej aktorki zmarłej w wyniku przedawkowania narkotyków.

W pierwszym wypadku dochodzenie ujawniło znacznie poważniejsze nieprawidłowości niemające nic wspólnego z młodszym księgowym. W rezultacie przemysłowiec zaczął żałować, że nie wyjechał do Szwajcarii, kiedy to jeszcze było możliwe. W drugim wypadku ważna postać towarzyskiej elity stała się na dłuższy czas gościem państwa, żałując, że przyszło jej do głowy przewodzenie grupie przestępczej ze swojego luksusowego apartamentu przy Avenue Victor Hugo.

W odpowiedzi na słowa pułkownika Saint-Claira Claude Lebel zamrugał jak zbesztany uczeń i nie odrzekł słowa. Nie wpłynęło to jednak w żadnym stopniu na jego działania w sprawie, którą go obarczono.

Jako ostatni salę konferencyjną opuścił Maurice Bouvier, przyłączając się do swojego zastępcy. Max Fernet życzył Lebelowi powodzenia, uścisnął dłoń i zbiegł po schodach. Bouvier położył mu na ramieniu wielkie łapsko.

— *Eh, bien, mon petit Claude*[1]. Tak to już jest, *hein*? W porządku, to ja zasugerowałem, że sprawą powinna się zająć policja kryminalna. Inaczej się nie dało. Tamci gadaliby na okrągło. Chodź, pomówimy w samochodzie. — Ruszył ku schodom i po chwili obaj usiedli na tylnej kanapie citroena czekającego na dziedzińcu.

Minęła dwudziesta pierwsza i po słonecznym dniu pozostała jedynie ciemnopurpurowa poświata nad Neuilly. Wóz Bouviera ruszył Avenue de Marigny i wjechał na Place Clemenceau. Lebel spojrzał na Pola Elizejskie, które w letnią noc migotały potokiem świateł. Widok ten nie przestawał go zachwycać, choć minęło kilkadziesiąt lat od czasu, gdy przyjechał do stolicy z prowincji.

W końcu Bouvier przemówił.

— Będziesz musiał zrezygnować z prowadzenia innych spraw. Zostaw wszystko. Usuń to, co masz na biurku. Każę Favierowi i Malcoste'owi przejąć twoje niezakończone śledztwa. Chcesz nowy gabinet do tej roboty?

— Nie, wolę pozostać w tym, który mam.

— W porządku, lecz od tej pory stanie się głównym centrum operacji „Schwytać Szakala". Zapomnij o wszystkim innym, dobrze? Chcesz kogoś do pomocy?

— Tak, Carona — odpowiedział Lebel. Młodszy inspektor pracował razem z nim w wydziale zabójstw. Lebel zabrał go ze sobą do nowej roboty jako asystenta zastępcy szefa Brigade Criminelle.

— Okay, masz Carona. Kogoś jeszcze?

— Nie. Caron musi się dowiedzieć.

Bouvier zadumał się chwilę.

— Nie powinno być z tym problemu. Nie mogą oczekiwać cudów. To oczywiste, że musisz mieć asystenta. Powiesz mu

---

[1] Cóż, rozumiem, mój drogi Claude (fr.).

za godzinę lub dwie. Po przyjeździe do biura zadzwonię do Freya i poproszę o oficjalną zgodę. Oprócz Carona nie mów nikomu. Jeśli będzie przeciek, wiadomość dotrze do prasy w ciągu dwóch dni.

— Nie powiem nikomu oprócz Carona — zapewnił Lebel.

— *Bon*. Mam coś jeszcze. Przed wyjściem Sanguinetti zaproponował, abyśmy spotykali się w regularnych odstępach czasu, by śledzić postępy śledztwa. Frey się zgodził. Fernet i ja próbowaliśmy oponować, lecz przegraliśmy. Od tej chwili co wieczór musisz zdawać sprawę w ministerstwie. Punktualnie o dwudziestej drugiej.

— Boże — jęknął Lebel.

— Teoretycznie rzecz biorąc, każdy powinien dostarczyć ci cennych rad i wskazówek — ciągnął ironicznie Bouvier. — Nie przejmuj się, Claude. Fernet i ja będziemy przy tobie, jeśli wilki zaczną kłapać zębami.

— I tak aż do odwołania? — spytał Lebel.

— Niestety. Najgorsze, że ta operacja nie ma żadnych ram czasowych. Musisz dopaść zabójcę, zanim ten dobierze się do skóry Wielkiemu Charles'owi. Nie wiemy, czy facet ustalił datę zamachu, nie znamy jej. Może uderzyć jutro rano lub nie zrobić nic przez miesiąc. Musisz przyjąć, że będziesz się tym zajmował, dopóki gość nie zostanie schwytany, a przynajmniej dopóki nie ustalimy jego tożsamości i miejsca pobytu. Myślę, że od tego momentu do akcji będą mogli wkroczyć chłopcy z wydziału operacyjnego.

— Banda zbirów — mruknął Lebel.

— Racja — przytaknął bez wahania Bouvier — mimo to potrafią być przydatni. Żyjemy w niebezpiecznych czasach, mój drogi Claude. Oprócz wzrostu pospolitej przestępczości pojawiły się przestępstwa polityczne. Ktoś musi to robić. Padło na nich. W każdym razie postaraj się znaleźć tego drania.

Wóz skręcił w Quai des Orfèvres i przejechał przez bramę kwatery głównej policji kryminalnej. Dziesięć minut później Claude Lebel był już w swoim biurze. Podszedł do okna, otworzył je i wyjrzał na zewnątrz. Spojrzał przed siebie na Quai des Grands Augustins na lewym brzegu Sekwany. Chociaż dzieliła ich wąska tasiemka rzeki okalającej Ile de la Cité, był na tyle blisko, aby widzieć gości ulicznych restauracji ciągnących się wzdłuż nabrzeża, słyszeć śmiech i brzęk butelek wina uderzających o kieliszki.

Gdyby był innym człowiekiem, mógłby pomyśleć, że pełnomocnictwa, których udzielono mu w ciągu ostatnich dziewięćdziesięciu minut, uczyniły go, przynajmniej na chwilę, najpotężniejszym gliną Europy. Nikt prócz prezydenta lub ministra spraw wewnętrznych nie mógł mu odmówić pomocy. Mógłby zmobilizować całą armię, pod warunkiem że zdoła tego dokonać w tajemnicy. Mógłby się też poczuć wywyższony, chociaż jego władza i wpływ zależały od sukcesu. Jeśli mu się powiedzie, będzie to ukoronowanie jego kariery. Jeśli dozna porażki, zostanie bezlitośnie usunięty, jak to niedwuznacznie zasugerował Saint-Clair de Villauban.

Ponieważ był sobą, nie pomyślał o żadnej z tych rzeczy. Nie wiedział, jak wyjaśnić Amélie przez telefon, że do odwołania nie pojawi się w domu. Usłyszał pukanie do drzwi.

Inspektorzy Malcoste i Favier przyszli po akta czterech spraw, nad którymi Lebel pracował, gdy późnym popołudniem wezwano go do ministerstwa. Przez pół godziny wprowadzał Malcoste'a w dwie sprawy, które mu przekazał, a następnie zapoznawał Faviera z dwiema kolejnymi.

Kiedy wyszli, westchnął głęboko. Ponownie zapukano do drzwi. Tym razem był to Lucien Caron.

— Dostałem telefon z biura komisarza Bouviera — zaczął. — Kazano mi niezwłocznie przyjść do ciebie.

— Wiem. Do odwołania odsunięto mnie od rutynowych obowiązków i oddelegowano do specjalnego zadania. Będziesz moim asystentem.

Nie chciał schlebiać Caronowi ujawnieniem, że osobiście poprosił, aby młody inspektor został jego prawą ręką. Zadzwonił telefon. Lebel podniósł słuchawkę i przez chwilę słuchał w milczeniu.

— No właśnie — podjął po zakończeniu rozmowy. — Dzwonił Bouvier, aby powiedzieć, że otrzymałeś certyfikat bezpieczeństwa i mogę poinformować cię o sprawie. Na początek przeczytaj ten raport.

Kiedy Caron usiadł na krześle przed jego biurkiem i zaczął czytać raport Rollanda, Lebel uprzątnął z blatu wszystkie teczki i notatki, upychając je na zagraconych półkach. Trudno byłoby uznać jego gabinet za centrum największej operacji pościgowej w historii Francji. Policyjne biura nigdy go nie przypominają. Lebel nie był pod tym względem wyjątkiem.

Gabinet miał powierzchnię trzy metry na cztery. Dwa okna wychodziły na południe, na rzekę i kipiącą życiem Dzielnicę Łacińską przy Boulevard St Michel. Przez jedno z nich wraz z ciepłym powiewem do środka przedostawały się odgłosy nocy. W pokoju stały dwa biurka: jedno Lebela, ustawione tyłem do okna, i drugie sekretarki, stojące wzdłuż wschodniej ściany. Drzwi znajdowały się naprzeciw okna.

Oprócz dwóch biurek i dwóch krzeseł w pokoju były jeszcze inne meble: krzesło z prostym oparciem, fotel przy drzwiach oraz sześć dużych szarych szaf na dokumenty zajmujących niemal całą zachodnią ścianę. Na ich szczycie stał długi rząd książek prawniczych i publikacji encyklopedycznych, a na półkach między oknami poupychano almanachy i teczki.

Jedynym osobistym akcentem była ramka z fotografią stojąca na biurku Lebela. Na zdjęciu widać było rosłą, zdecydowaną niewiastę, panią Amélie Lebel, i dwójkę dzieci — dziewczynkę z warkoczami i drucianymi okularami na nosie oraz chłopaka o tak łagodnym i udręczonym wyrazie twarzy jak jego ojciec.

Caron skończył czytać i podniósł wzrok.

— *Merde*[1] — powiedział.

— *Un énorme merde*[2], masz rację — powtórzył Lebel, który rzadko pozwalał sobie na używanie dosadnego języka. Każdy z czołowych komisarzy policji kryminalnej miał własną ksywę, np. *le Patron* czy *le Vieux*. Claude Lebel, który niewiele pił, nie palił i nie przeklinał, a na dodatek przypominał młodszym detektywom szkolnego belfra, był znany w wydziale zabójstw, a później w korytarzach wydziału administracyjnego Brigade Criminelle jako *le Professeur*. Gdyby nie był skuteczny w chwytaniu przestępców, z pewnością stałby się obiektem żartów. — Mimo to pozwolę sobie zapoznać cię ze szczegółami — ciągnął Lebel. — Później nie będzie na to czasu.

Przez trzydzieści minut opowiadał Caronowi o wydarzeniach, które rozegrały się tego popołudnia — od spotkania Rogera Freya z prezydentem po naradę zorganizowaną w gmachu Ministerstwa Spraw Wewnętrznych, jego pospieszne wezwanie po rekomendacji Maurice'a Bouviera i zorganizowanie biura, w którym przebywali i które miało się stać kwaterą główną podczas polowania na Szakala. Caron słuchał w milczeniu.

— Wrobili cię — westchnął, gdy Lebel skończył. Zastanawiał się chwilę, a następnie spojrzał na szefa z wyraźną troską. — *Mon commisaire*, na pewno uświadamia pan sobie, że dostał tę sprawę, ponieważ nie chciał jej nikt inny. Wie pan, co z panem zrobią, gdy nie schwytamy w porę tego człowieka?

Lebel skinął głową z ledwie wyczuwalnym smutkiem.

---

[1] Gówno (fr.).
[2] Wielkie gówno (fr.).

— Tak, Lucien, uświadamiam. Nie mogłem nic zrobić. Zlecono mi to zadanie i już. Nie pozostaje nam nic innego, jak zabrać się do roboty.

— Od czego powinniśmy zacząć?

— Od przypomnienia sobie, że mamy największą władzę, jaką dano francuskiemu gliniarzowi — odparł wesoło Lebel. — Użyjmy jej. Na początek rozgość się za biurkiem. Weź brulion i zanotuj, co powiem. Załatw przeniesienie mojej sekretarce lub płatny urlop aż do odwołania. Nikt nie może wiedzieć, czym się zajmujemy. Będziesz jednocześnie moim asystentem i sekretarką. Przynieś tu łóżko polowe z magazynu, załatw prześcieradła i poduszki, przybory do mycia i golenia. Wystaraj się o ekspres do kawy oraz trochę mleka i cukru z kantyny. Będziemy potrzebowali mnóstwa kawy. Później idź do centrali i poleć, aby przydzielili nam dziesięć linii zewnętrznych i jednego operatora do stałej dyspozycji. Jeśli zaczną marudzić, odeślij ich do Bouviera. W sprawie innego sprzętu, o który poproszę, udaj się wprost do szefa wydziału. Na szczęście mamy pierwszeństwo. Takie są rozkazy. Przygotuj mi do podpisu okólnik stwierdzający, że jesteś moim jedynym asystentem i możesz w moim imieniu zażądać wszystkiego. Prześlij go szefom służb, którzy uczestniczyli w wieczornym spotkaniu. Zrozumiałeś?

Caron skończył pisać i podniósł głowę.

— Zrozumiałem, szefie. Załatwię to w nocy. Jaka sprawa jest najważniejsza?

— Centrala telefoniczna. Chcę, aby obsługiwał ją dobry fachowiec, najlepszy, jakiego mają. Zadzwoń do domu dyrektora administracyjnego i powołaj się na Bouviera.

— Dobrze. Co mam zrobić przede wszystkim?

— Jak najszybciej skontaktuj się z szefami wydziału zabójstw policji kryminalnej siedmiu krajów. Na szczęście poznałem osobiście większość z nich na spotkaniach organizowanych przez Interpol. W niektórych wydziałach znam zastępców. Jeśli nie uda cię się dotrzeć do jednego, dzwoń do drugiego. Chodzi o Stany Zjednoczone, Biuro Wywiadu Krajowego w Waszyngtonie. Wielką Brytanię, zastępcę szefa Scotland Yardu, wydział kryminalny. Belgię, Holandię, Włochy, Niemcy Zachodnie. Afrykę Południową. Dzwoń pod służbowy lub prywatny numer. Kiedy się z nimi skontaktujesz, zorganizuj mi konferencje telefoniczne za pośrednictwem sali łączności. Zaplanuj je między siódmą a dziesiątą rano, w dwudziestominutowych odstępach. Połącz się z salą łączności i umów rozmowy z szefami wydziałów zabójstw. Rozmowy powinny być prowadzone osobiście, na częstotliwości UHF. Bez żadnych świadków. Daj im do zrozumienia, że to, co powiem, jest przeznaczone wyłącznie do ich wiadomości i stanowi najwyższy priorytet nie tylko dla Francji, lecz również dla ich kraju. Na szóstą rano przygotuj mi harmonogram siedmiu rozmów telefonicznych, w porządku chronologicznym. Tymczasem zejdę do wydziału zabójstw i sprawdzę, czy jakiś cudzoziemski zabójca był podejrzewany o działanie na terenie Francji, lecz nie został ujęty. Przyznaję, że nie mam większych złudzeń, Rodin z pewnością dokonał rozważnego wyboru. Wiesz, co masz robić?

Lekko oszołomiony Caron podniósł głowę znad brulionu.

— Tak, szefie. Zanotowałem wszystko. *Bon*. Od razu wezmę się do roboty. — Sięgnął po telefon.

Claude Lebel wyszedł z gabinetu i ruszył w stronę schodów. Usłyszał, jak dzwon na wieży Notre Dame wybija północ. Nadszedł dwunasty sierpnia.

Rozdział jedenasty

Pułkownik Raoul Saint-Clair de Villauban wrócił do domu przed północą, ostatnie trzy godziny dnia poświęciwszy na skrupulatne przepisanie na maszynie raportu w sprawie wieczornej narady w Ministerstwie Spraw Wewnętrznych. Jutro z samego rana raport trafi na biurko sekretarza generalnego w Pałacu Elizejskim.

Sporo się natrudził, aby go przygotować. Dwie wersje robocze powędrowały do kosza, zanim zadowolony ze swojej pracy przepisał na czysto trzecią. Był poirytowany, że musi się zajmować tak przyziemną czynnością jak pisanie na maszynie, lecz dzięki temu jego sekretarka nie pozna tajemnicy, o czym nie zawahał się wspomnieć. Wiedział, że dokument będzie gotowy na jutro rano i, miejmy nadzieję, zostanie zauważony. Przy odrobinie szczęścia znajdzie się na biurku prezydenta godzinę później, a to również żadną miarą mu nie zaszkodzi.

Ze szczególną starannością dobierał słowa, aby delikatnie zasugerować swoją dezaprobatę w związku z powierzeniem tak ważnej sprawy, jaką było bezpieczeństwo głowy państwa, komisarzowi policji, człowiekowi, którego wiedza i doświadczenie predestynowały go do chwytania pospolitych przestępców o niskiej inteligencji i byle jakim talencie.

Nie chciał zanadto podkreślać swoich obaw, ponieważ Lebel mógł złapać tego Szakala. Nawet gdyby mu się udało, dobrze, że ktoś zachował dostateczną czujność, aby wyrazić powątpiewanie co do słuszności wyboru komisarza.

Lebel nie przypadł mu do gustu. Prywatnie uznał go za pospolitego, małego człowieka. W swoim raporcie napisał: „Jego kompetencje i osiągnięcia zawodowe nie budzą żadnych zastrzeżeń".

Dumając nad dwiema pierwszymi wersjami spisanego odręcznie raportu, doszedł do wniosku, że nie powinien sprzeciwiać się od początku zleceniu tego zadania byłemu posterunkowemu, decyzję tę bowiem zaakceptowali pozostali uczestnicy spotkania. Jednakże zamierzał bacznie obserwować przebieg śledztwa w imieniu sekretariatu prezydenta i jako pierwszy wskazać, z całą przenikliwością, na ewentualne nieskuteczne prowadzenie dochodzenia.

Kiedy zastanawiał się, jak nadzorować poczynania komisarza, zadzwonił Sanguinetti, mówiąc, że minister w ostatniej chwili podjął decyzję, iż będzie osobiście przewodniczył wieczornym naradom poświęconym postępom śledztwa Lebela. Ta wiadomość bardzo uradowała Saint-Claira. Minister rozwiązał problem za niego. Jeśli nieco się przyłoży w ciągu dnia, będzie mógł obmyślić celne i ważkie pytania, udowadniając pozostałym, że prezydencki sekretariat rozumie powagę sytuacji.

Osobiście nie dawał zabójcy dużych szans, nawet gdyby ten był już w drodze. Ochrona prezydenta należała do najlepszych na świecie, a jednym z jego służbowych obowiązków było organizowanie publicznych wystąpień de Gaulle'a oraz tras jego przejazdów. Nie sądził, aby przez gęstą, świetnie zorganizowaną sieć ochrony zdołał przeniknąć cudzoziemiec zabójca.

Kiedy stanął w drzwiach swojego mieszkania, usłyszał wołanie kochanki, która niedawno się wprowadziła.

— To ty, kochanie?

— Tak, *chérie*[1].

Przybiegła z sypialni ubrana w krótką, przezroczystą czarną koszulę z wycięciem obszytym koronką. Przyćmione światło lampy stojącej na stoliku nocnym, które wydostawało się na zewnątrz przez otwarte drzwi sypialni, podkreślało krągłe kształty ciała młodej kobiety. Jak zwykle na widok kochanki Raoula Saint-Claira przeszedł dreszcz zadowolenia. Był dumny, że należy do niego, że jest w nim tak bardzo zakochana. Zamiast podziękować szczęśliwemu zrządzeniu losu za to, że połączył ich drogi, pogratulował samemu sobie. Taki miał charakter.

Dziewczyna oplotła mu szyję nagimi ramionami i złożyła na jego wargach długi pocałunek. Odpowiedział, najlepiej jak potrafił, wciąż trzymając w rękach teczkę i wieczorną gazetę.

— Idź do łóżka — zaproponował, kiedy się rozdzielili. — Za chwilę przyjdę. — Wymierzył jej lekkiego klapsa, aby się pospieszyła. Dziewczyna pobiegła do sypialni i opadła na łóżko. Rozciągnęła się na pościeli, splatając dłonie na karku i unosząc piersi.

Saint-Clair wszedł do pokoju bez teczki, spoglądając na nią z satysfakcją. Odpowiedziała mu pożądliwym uśmiechem.

Podczas dwóch tygodni, które ze sobą spędzili, nauczyła się, że jedynie najbardziej dosadne sugestie połączone z prymitywną zmysłowością mogą wzbudzić pożądanie w suchych lędźwiach prezydenckiego urzędnika. Jacqueline nienawidziła go równie silnie jak pierwszego dnia, kiedy się poznali. Okazało się, że pułkownik rekompensował brak męskości wylewną gadatliwością, podkreślając, jak ważną rolę odgrywa w Pałacu Elizejskim.

— Chodź szybko, pragnę cię — wyszeptała.

---

[1] Kochanie (fr.).

Saint-Clair uśmiechnął się z nieskrywaną przyjemnością i zdjął buty, ustawiając je starannie obok stolika na kółkach. Powiesił marynarkę, pieczołowicie układając zawartość kieszeni na toaletce. Po marynarce przyszła kolej na spodnie, które staranie złożył na wystającym ramieniu stolika. Jego długie, cienkie nogi wystawały spod koszuli niczym włochate, białe kikuty.

— Co cię zatrzymało tak długo? — spytała Jacqueline. — Czekałam całą wieczność.

Saint-Clair potrząsnął poważnie głową.

— Nie powinnaś zaprzątać tym sobie głowy, kochana.

— Jesteś niedobry. — Odwróciła się, robiąc nadąsaną minę i zginając nogi w kolanach. Patrzył na spływające na ramiona kasztanowe włosy kochanki i pełne biodra, widoczne spod krótkiej koszuli, manipulując przy krawacie. Po kolejnych pięciu minutach zapiął ostatni guzik ozdobionej monogramem piżamy. Był gotowy.

Wyciągnął się obok Jacqueline, przesuwając dłonią po jej biodrach. Palce powędrowały w stronę krągłych, ciepłych pośladków.

— O co ci chodzi?

— O nic.

— Myślałem, że chcesz się kochać.

— Niczego mi nie mówisz. Mogłeś choć zadzwonić z biura. Leżałam godzinami, martwiąc się, że spotkało cię coś złego. Wcześniej zawsze uprzedzałeś, że się spóźnisz.

Odwróciła się i spojrzała mu w oczy. Saint-Clair oparł się na łokciu, wsunął wolną rękę pod koszulkę i zaczął pieścić jej piersi.

— Byłem bardzo zajęty, kochanie. Mamy sytuację kryzysową. Musiałem się tym zająć przed powrotem do domu. Zadzwoniłbym, ale cały czas ktoś wchodził i wychodził. Ludzie wiedzą, że moja żona wyjechała. Uznaliby za dziwne, gdybym dzwonił do domu przez centralkę.

Wsunęła rękę pod jego piżamę, pieszcząc zwiotczały członek. W nagrodę wyczuła lekkie drżenie.

— Żadna sprawa nie powinna być tak ważna, abyś nie zadzwonił, uprzedzając, że się spóźnisz, kochanie. Martwiłam się całą noc.

— Nie martw się. Obciągnij mi, wiesz, jak to lubię.

Roześmiała się, prawą ręką przyciągając jego głowę i delikatnie gryząc w ucho.

— Nie, jeszcze na to nie zasłużył. Jeszcze nie teraz. — Ścisnęła z przyganą wolno twardniejącą męskość. Oddech pułkownika stał się płytki. Zaczął całować jej rozchylone usta, ugniatając ręką jedną, a następnie drugą pierś tak silnie, że skrzywiła się z bólu.

— Obciągnij mi — jęknął.

Przesunęła się i rozwiązała pasek piżamy. Raoul Saint-Clair ujrzał potok kasztanowych włosów opadający na jego brzuch. Oparł głowę na poduszce i jęknął z rozkoszą.

— Wygląda na to, że OAS nie przestało polować na prezydenta — powiedział. — Dziś wieczorem ujawniono kolejny spisek. Trzeba się było tym zająć. Właśnie to mnie zatrzymało.

Usłyszał ciche mlaśnięcie, gdy dziewczyna cofnęła głowę o kilka centymetrów.

— Nie bądź głuptasem, przecież dawno z tego zrezygnowali — odpowiedziała, wracając do przerwanej czynności.

— Nieprawda. Zatrudnili cudzoziemskiego zabójcę, aby go zamordować. Ach... nie gryź.

Pół godziny później pułkownik Raoul Saint-Clair de Villauban już spał, z twarzą w poduszce, delikatnie chrapiąc z wyczerpania. Jego kochanka leżała obok, wpatrując się w sufit oświetlony słabą poświatą ulicznych lamp przenikającą przez wąską szparę w zaciągniętych zasłonach.

Przeraziły ją jego słowa. Chociaż nie wiedziała o spisku, domyśliła się, jak ważne były zeznania Kowalskiego.

Czekała w milczeniu, aż fosforyzujące wskazówki zegarka na stoliku nocnym pokażą drugą rano. Wysunęła się z łóżka i wyciągnęła z gniazdka przewód telefonu stojącego w sypialni. Przed wyjściem pochyliła się nad pułkownikiem, wdzięczna za to, że nie lubi spać w jej objęciach. Wciąż chrapał.

Wyszedłszy z sypialni, cicho zamknęła drzwi, przeszła przez salon do holu i starannie zamknęła kolejne. Z telefonu w holu wybrała numer Molitora. Po dłuższej chwili usłyszała zaspany głos. Mówiła szybko przez dwie minuty, uzyskała potwierdzenie i odwiesiła słuchawkę. Chwilę później była już w łóżku, próbując zasnąć.

• • •

Tej nocy szefów wydziałów kryminalnych pięciu europejskich krajów, Stanów Zjednoczonych i Afryki Południowej obudził telefon z Paryża. Większość czuła się poirytowana i senna. W Europie Zachodniej obowiązywał ten sam czas co w Paryżu, było zatem wcześnie rano. W Waszyngtonie wybiła dwudziesta pierwsza i szef wydziału zabójstw FBI bawił na obiedzie. Caron zdołał się z nim połączyć dopiero za trzecim razem. Ich rozmowę zagłuszały dyskusje gości i brzęk szklanek, dobiegające z pokoju obok, w którym odbywało się przyjęcie. Mimo to odebrał wiadomość i zgodził się być w sali łączności FBI o drugiej rano czasu waszyngtońskiego, aby odbyć telefoniczną rozmowę z komisarzem Lebelem, który zadzwoni do niego z Interpolu o ósmej rano czasu paryskiego.

Szefowie wydziałów kryminalnych belgijskiej, włoskiej, niemieckiej i duńskiej policji byli przykładnymi mężami i ojcami, każdy bowiem spał we własnym łóżku. Po obudzeniu się i wysłuchaniu wiadomości Carona zgodzili się stawić o wyznaczonym czasie w sali łączności, aby odbyć poufną rozmowę z Lebelem w sprawie najwyższej wagi.

Van Ruys z Afryki Południowej wyjechał i nie mógł wrócić do biura przed świtem, więc Caron odbył rozmowę z jego zastępcą Andersonem. Kiedy Lebel się o tym dowiedział, nie był rozczarowany, bo świetnie znał Andersona, a nie Ruysa. Oprócz tego podejrzewał, że Van Ruys otrzymał stanowisko z politycznego mianowania, w odróżnieniu od Andersona, który kiedyś, podobnie jak on, był posterunkowym.

Anthony Mallison, zastępca szefa wydziału kryminalnego Scotland Yardu, odebrał telefon w swoim domu w Bexley krótko po czwartej. Mruknął niechętnie, słysząc natrętne dzwonienie aparatu przy łóżku, sięgnął po słuchawkę i wymamrotał:

— Mallison.

— Pan Anthony Mallison? — usłyszał pytanie.

— Proszę mówić. — Zsunął kołdrę z ramion i spojrzał na zegarek.

— Jestem inspektor Lucien Caron, francuska Brigade Criminelle. Dzwonię w imieniu komisarza Claude'a Lebela.

Mężczyzna mówił dobrą angielszczyzną, choć z wyraźnym akcentem. Mallison słyszał go doskonale, najpewniej linie nie były przeciążone. Czemu nie zadzwonił o bardziej przyzwoitej porze?

— Słucham.

— Czy miał pan okazję poznać osobiście komisarza Lebela, panie Mallison?

Pomyślał chwilę. Lebel? A tak, ten mały facet, szef wydziału zabójstw francuskiej policji kryminalnej. Nie wyglądał imponująco, lecz miał znakomite wyniki. Oddał im wielką przysługę podczas śledztwa w sprawie morderstwa dwóch angielskich turystów dwa lata temu. Prasa dobrałaby się im do skóry, gdyby błyskawicznie nie schwytali zabójcy.

— Tak, znam komisarza Lebela — powiedział do mikrofonu. — O co chodzi?

Jego żona Lily zaczęła gderać obudzona rozmową.

— Mamy pilną sprawę, która wymaga dyskrecji. Pomagam komisarzowi w prowadzeniu śledztwa. To bardzo nietypowa robota. Komisarz chciałby odbyć z panem osobistą rozmowę telefoniczną z sali łączności Scotland Yardu dziś rano o dziewiątej. Mógłby pan się tam zjawić, aby z nim pomówić?

Mallison pomyślał chwilę.

— Czy chodzi o rutynowe współdziałanie naszych służb? — zapytał. Gdyby tak było, mogliby wykorzystać kanały Interpolu. O dziewiątej rano w Scotland Yardzie panowało duże zamieszanie.

— Nie, panie Mallison. Komisarz Lebel chciałby pana poprosić o drobną, dyskretną przysługę. Może się okazać, że sprawa w ogóle nie dotyczy Scotland Yardu. To bardzo prawdopodobne. Gdyby tak się stało, lepiej nie zgłaszać oficjalnej prośby.

Mallison zadumał się nad tym, co usłyszał. Z natury był człowiekiem ostrożnym i nie chciał być zamieszany w tajne dochodzenie prowadzone przez policję obcego państwa. Gdyby przestępstwo popełniono w Wielkiej Brytanii lub przestępca uciekł na wyspę, to co innego. Jeśli tak, po co te tajemnice? Później przypomniał sobie sprawę sprzed wielu lat, kiedy to kazano mu odnaleźć i przywieźć do kraju córkę jednego z ministrów, która uciekła z jakimś młodym przystojniakiem. Dziewczyna była nieletnia, więc można było wnieść oskarżenie o uprowadzenie dziecka spod władzy rodzicielskiej. Drugorzędna sprawa, lecz minister chciał, aby prasa nie dowiedziała się o niczym. Włoska policja okazała się bardzo pomocna, gdy parę udającą Romeo i Julię odnaleziono w Weronie. W porządku, pomoże Lebelowi, jeśli ten zwraca się z prośbą do starych kumpli. W końcu po co ma się przyjaciół.

— Dobrze. Będę czekał na telefon. O dziewiątej.

— Bardzo dziękuję, panie Mallison.

— Dobranoc. — Mallison odłożył słuchawkę i przestawił budzik z siódmej na szóstą trzydzieści, aby po chwili ponownie zapaść w sen.

• • •

Nauczyciel w średnim wieku chodził tam i z powrotem po małej, zatęchłej kawalerce, kiedy nad Paryżem zaświeciło słońce. W mieszkaniu panował bałagan — książki, gazety, magazyny i rękopisy walały się na stole, krzesłach i kanapie, a nawet na narzucie zakrywającej wąskie łóżko ustawione we wnęce po drugiej stronie pokoju. W przeciwległej wnęce znajdował się zlew pełen brudnych naczyń.

Niespokojne krążenie mężczyzny po mieszkaniu w środku nocy nie było spowodowane bałaganem, bo od czasu utraty stanowiska dyrektora liceum w Sidi Bu-l-Abbas i pięknego domu oraz dwóch służących przyzwyczaił się do takiego życia. Problem leżał gdzie indziej.

Kiedy nad wschodnimi przedmieściami wzeszło słońce, usiadł i sięgnął po jedną z gazet. Przebiegł wzrokiem drugi z artykułów na pierwszej stronie umieszczony w części poświęconej wiadomościom zagranicznym. Nagłówek głosił: „Przywódcy OAS zaszyli się w rzymskim hotelu". Po ponownym przeczytaniu doniesienia zarzucił lekki płaszcz przeciwdeszczowy, aby osłonić się przed chłodem, i wyszedł z mieszkania.

Zatrzymał taksówkę na pobliskim bulwarze i poprosił kierowcę, aby zawiózł go na Gare du Nord. Chociaż wysiadł na placu dworcowym, przeszedł na drugą stronę ulicy, gdy tylko taksówka zniknęła mu z oczu. Wszedł do jednej z licznych całodobowych kawiarni w tym rejonie.

Zamówił kawę i metalowy żeton do telefonu. Zostawił filiżankę przy barze i poszedł na tył kawiarni, aby zadzwonić. Kiedy operator przełączył go na centralę międzynarodową, poprosił o numer hotelu w Rzymie. Uzyskał go w ciągu sześćdziesięciu sekund, odłożył słuchawkę i wyszedł.

Ponownie skorzystał z telefonu w kawiarni sto metrów dalej. Tym razem zadzwonił do informacji i poprosił o adres najbliższego urzędu pocztowego czynnego całą dobę, z którego można zamówić rozmowę międzynarodową. Tak jak tego oczekiwał, placówka znajdowała się w odległości jednej przecznicy od dworca.

Na poczcie zamówił połączenie z Rzymem, z numerem, który niedawno otrzymał, nie podając nazwy hotelu. Oczekiwał na rozmowę przez dwadzieścia niespokojnych minut.

— Chciałbym mówić z panem Poitiers — powiedział Włochowi, który podniósł słuchawkę.

— *Signor Che*[1]? — zapytał Włoch.

— *Il Signor Poitiers. Poitiers...*[2].

— *Che*[3]? — powtórzył pytanie.

— *Francesi, francesi...*[4] — powiedział mężczyzna dzwoniący z Paryża.

— *Ah, si, il signor francesi. Momento, per favore...*[5].

Po kilku kliknięciach w słuchawce rozległ się zmęczony głos.

— *Ouay*[6]...

— Posłuchaj — rzekł pospiesznie telefonujący z Paryża. — Mam mało czasu. Weź ołówek i zanotuj, co powiem. Zaczynam. „Valmy do Poitiers. Szakal spalony. Powtarzam, Szakal spalony.

[1] Z kim? (wł.).
[2] Z panem Poitiers. Poitiers... (wł.).
[3] Co? (wł.).
[4] Francuzem, francuzem... (wł.).
[5] Aha, tak, z tym Francuzem. Proszę chwilę zaczekać... (wł.).
[6] Tak (wł.).

Kowalski aresztowany. Wyśpiewał wszystko przed śmiercią. Koniec". Zapisałeś?

— *Ouay* — odrzekł rozmówca. — Przekażę, komu trzeba.

Valmy odłożył słuchawkę, szybko uregulował rachunek i wybiegł z gmachu. Minutę później zniknął w tłumie podróżnych wylewającym się z głównej hali dworca. Słońce stało wysoko nad horyzontem, ogrzewając chodniki i rozwiewając nocny chłód. W ciągu pół godziny zapach poranka, rogalików i mielonej kawy zniknie przytłoczony smogiem samochodowych spalin, wonią potu i zastałego dymu z papierosów. Dwie minuty po wyjściu Valmy'ego przed gmach poczty zajechał samochód i do środka wbiegli pospiesznie dwaj agenci DST. Zanotowali jego rysopis podany przez operatora centrali, choć mógł pasować do każdego.

• • •

Kiedy Marc Rodin się obudził, w Rzymie była siódma pięćdziesiąt pięć rano. Szarpał go za ramię mężczyzna, który pełnił nocny dyżur w recepcji piętro niżej. Pułkownik natychmiast otworzył oczy i sięgnął ręką po pistolet, podnosząc się z łóżka. Rozluźnił się, widząc nad sobą znajomą twarz byłego legionisty. Rzucił okiem na stolik nocny i stwierdził, że ponownie zaspał. Lata przebyte w tropikach sprawiły, że zwykle budził się znacznie wcześniej. Sierpniowe słońce stało już wysoko nad dachami Rzymu. Tygodnie bezczynności, długie wieczory spędzane na grze w pikietę z Montclairem i Cassonem, duże ilości czerwonego wina i brak ćwiczeń, które zasługiwałyby na to miano, sprawiły, że stał się rozlazły i ospały.

— Przynoszę wiadomość, *mon colonel*. Przed chwilą ktoś zadzwonił. Spieszył się.

Ochroniarz podsunął dowódcy kartkę, na której zapisał urywane zdania Valmy'ego. Rodin przeczytał wiadomość, a następnie odłożył papier na łóżko. Narzucił na ramiona bawełniany sarong, który nosił od czasu pobytu na Wschodzie, przepasał się i przeczytał notatkę ponownie.

— W porządku, możesz odejść. — Mężczyzna opuścił pokój i zszedł po schodach.

Rodin klął cicho przez kilka sekund, gniotąc kartkę w dłoni. Przeklęty Kowalski. Niech go szlag.

Początkowo sądził, że Polak zwyczajnie zdezerterował. Ostatnio mnożyły się przypadki odejścia z organizacji. Wśród szeregowych członków panowało przekonanie, że OAS ich zawiodła i nie zdoła spełnić oczekiwań. Że nie uda się zamordować de Gaulle'a i doprowadzić do obalenia ekipy rządzącej Francją. Mimo to sądził, że Kowalski pozostanie z nim do końca.

Wszystko wskazywało na to, że z jakiegoś nieznanego powodu wrócił do Francji lub został ujęty na terenie Włoch i przewieziony do kraju. No i zaczął sypać, oczywiście pod wpływem tortur.

Rodin szczerze opłakiwał śmierć swojego ochroniarza. Dobre imię, którym się cieszył jako żołnierz i dowódca, zawdzięczał w dużej mierze ogromnej trosce o swoich ludzi. Żołnierze na froncie cenią to bardziej, niż sądzą teoretycy wojskowości. Rodin nie miał wątpliwości, jaki koniec spotkał jego człowieka.

Trzeba było ustalić, co powiedział tamtym przed śmiercią. Bez wątpienia wydobyli z niego informację o spotkaniu w Wiedniu i nazwę hotelu. Powiedział im pewnie, że uczestniczyli w nim trzej ludzie. Dla SDECE nie było to nic nowego. Co Kowalski wiedział o Szakalu? To pewne, że nie podsłuchiwał za drzwiami. Mógł zeznać, że spotkał się z nimi wysoki, jasnowłosy cudzoziemiec. Samo w sobie nie miało to większego znaczenia. Obcokrajowiec mógł być handlarzem broni lub ich finansowym sponsorem. Nie padły żadne nazwiska.

Valmy wymienił pseudonim „Szakal". Skąd go znał? Jakim cudem Kowalski mógł im to powiedzieć?

Z przerażeniem przypomniał sobie scenę pożegnania. Stał w drzwiach obok Anglika. Wiktor czekał na korytarzu kilka metrów dalej, rozdrażniony tym, że obcy wypatrzył go we wnęce. Zawodowiec przechytrzony przez innego zawodowca. Czekający na problemy, niemal proszący się o nie. Jakimi słowami pożegnał Anglika? *Bonsoir*, panie Szakal. Oczywiście, niech to szlag!

Po zastanowieniu Rodin doszedł do wniosku, że Kowalski nie mógł znać prawdziwego nazwiska zabójcy. Znali je jedynie Montclair i Casson. Valmy miał rację. Agenci dysponowali zeznaniami Kowalskiego. Szakal był spalony, szkoda była nie do naprawienia. Wiedzieli o spotkaniu, znali nazwę hotelu, przypuszczalnie rozmawiali z recepcjonistą. Znali twarz i budowę Szakala, wiedzieli, jakim pseudonimem się posługuje. Bez wątpienia domyślili się tego, co Kowalski, że blondyn jest zawodowym zabójcą. Od tej chwili ochronna sieć oplatająca de Gaulle'a ulegnie zacieśnieniu. Prezydent odwoła publiczne wystąpienia, zrezygnuje z opuszczania pałacu. Będzie unikał sytuacji, w których zabójca mógłby dokonać zamachu na jego życie. Muszą odwołać akcję i zażądać zwrotu pieniędzy po odjęciu poniesionych kosztów i rekompensaty za kłopoty.

Trzeba było załatwić to jak najszybciej. Niezwłocznie ostrzec Szakala, aby przerwał operację. Rodin nie przestał być dowódcą i nie posłałby człowieka na misję niemożliwą do spełnienia.

Wezwał ochroniarza, który po odejściu Kowalskiego odbierał korespondencję i dzwonił z poczty, aby pobieżnie zapoznać go z sytuacją.

O dziewiątej ochroniarz zjawił się w gmachu poczty głównej i poprosił o połączenie z numerem telefonu w Londynie. Aparat po drugiej stronie zadzwonił po kolejnych dwudziestu minutach. Operator dał znak Francuzowi, aby wszedł do kabiny w celu odbycia rozmowy. Ochroniarz podniósł słuchawkę, gdy telefonista odłożył swoją.

• • •

Szakal wstał wcześnie rano, wiedząc, że czeka go mnóstwo roboty. Poprzedniego wieczoru sprawdził i przepakował trzy główne walizki. Teraz musiał jedynie dopakować ręczny bagaż, kładąc na wierzchu kosmetyczkę i przybory do golenia. Jak zwykle wypił dwie filiżanki kawy, umył się, wziął prysznic i ogolił. Po włożeniu przyborów toaletowych zamknął torbę i ustawił bagaż przy drzwiach.

Następnie przyrządził sobie szybkie śniadanie złożone z jajecznicy, soku pomarańczowego i kolejnej porcji czarnej kawy w małej, lecz zgrabnie urządzonej kuchni. Zjadł posiłek nad blatem kuchennym. Będąc człowiekiem schludnym i metodycznym, wylał resztkę mleka do zlewu. Podobnie postąpił z dwoma pozostałymi jajkami. Dopił resztę soku pomarańczowego i wyrzucił karton do kosza. Do śmieci powędrowała również piętka chleba, skorupki po jajkach i fusy kawowe. Podczas jego nieobecności nic się nie zepsuje.

Na koniec ubrał się starannie. Włożył cienkie jedwabne polo, szary garnitur z dokumentami na nazwisko Duggan i stu funtami w gotówce, a do tego ciemnoszare skarpetki i eleganckie czarne mokasyny. Całości dopełniły nieodłączne czarne okulary.

O dziewiątej piętnaście wyniósł bagaż na zewnątrz, trzymając po dwie walizki w każdej ręce, zamknął drzwi wyposażone w zamek zatrzaskowy i zszedł na dół po schodach. Pokonał pieszo krótki odcinek do South Audley Street i zatrzymał taksówkę na rogu.

— Proszę na lotnisko, terminal drugi — powiedział kierowcy.

Kiedy samochód ruszył, w mieszkaniu Anglika zadzwonił telefon.

• • •

Legionista wrócił do hotelu przy Via Condotti o dziesiątej, zawiadamiając Rodina, że przez pół godziny bezskutecznie próbował połączyć się z podanym numerem w Londynie.

— O co chodzi? — spytał Casson, który usłyszał wyjaśnienia legionisty i zauważył, że mężczyzna został zwolniony z obowiązków wartowniczych. Trzej szefowie OAS siedzieli w salonie. Rodin wyciągnął kartkę z wewnętrznej kieszeni i podał Cassonowi.

Ten przeczytał ją i wręczył Montclairowi. Obaj spojrzeli pytająco na przełożonego. Nie usłyszeli żadnej odpowiedzi. Rodin patrzył przez okno na spieczone słońcem dachy Rzymu, ponuro marszcząc brwi.

— Kiedy to dostałeś? — zapytał w końcu Casson.

— Dziś rano — rzucił Rodin.

— Musisz go powstrzymać — zaprotestował Montclair. — Będzie go szukało pół Francji.

— Połowa Francji będzie szukała wysokiego, jasnowłosego cudzoziemca — odpowiedział cicho Rodin. — W sierpniu nasz kraj odwiedza ponad milion turystów. O ile wiem, nie dysponują żadnym nazwiskiem, żadną twarzą, żadnym paszportem. Muszą przebyć długą drogę, aby go ująć. Mam nadzieję, że zostanie w porę ostrzeżony, jeśli zadzwoni do Valmy'ego. Wtedy będzie mógł wyjechać.

— Jeśli zadzwoni do Valmy'ego, otrzyma rozkaz przerwania operacji — powiedział Montclair. — Valmy wyda mu polecenie.

Rodin potrząsnął głową.

— Valmy nie ma takiej władzy. Jego zadanie polega na odbieraniu informacji od dziewczyny i przekazywaniu ich Szakalowi, jeśli ten zadzwoni. Nie zrobi nic więcej.

— Szakal musi wiedzieć, że sprawa jest nieaktualna — oświadczył Montclair. — Musi wyjechać z Francji po pierwszym telefonie od Valmy'ego.

— Teoretycznie masz rację — rzekł w zamyśleniu Rodin. — Jeśli zwróci pieniądze. Stawka jest bardzo wysoka. Dla nas i dla niego. Wszystko zależy od tego, czy jest pewny swojego planu.

— Sądzisz, że ma szansę... po tym, co się stało? — spytał Casson.

— Szczerze mówiąc, nie — odpowiedział Rodin. — Pamiętajmy jednak, że Szakal to zawodowiec, podobnie jak ja. Chodzi o sposób myślenia. Nikt nie chce przerwać operacji, którą osobiście zaplanował.

— W takim razie odwołaj go, na Boga! — rzucił Casson.

— Nie mogę. Zrobiłbym to, gdybym mógł, lecz to niemożliwe. Szakal wyjechał. Wyruszył w drogę. Chciał, aby tak było, i dostał, czego pragnął. Nie wiemy, gdzie jest ani co ma zamiar zrobić. Jest zdany wyłącznie na siebie. Nie mogę nawet zadzwonić do Valmy'ego i kazać mu odwołać Szakala. Mógłbym w ten sposób spalić Valmy'ego. Teraz nikt nie może go zatrzymać. Jest już za późno.

Rozdział dwunasty

Komisarz Claude Lebel przyjechał do biura przed szóstą rano. Zmęczony i wyraźnie spięty inspektor Caron siedział przy biurku bez marynarki.

Przed nim leżało kilka arkuszy papieru kancelaryjnego pokrytych notatkami. W biurze pojawiły się nowe rzeczy. Na szczycie segregatorów z dokumentami stał elektryczny ekspres do kawy, sycząc i roznosząc cudowną woń świeżo zaparzonego napoju. Obok niego stały papierowe kubki, karton mleka i torebka cukru. Nocą przyniesiono je z kantyny.

W kącie między dwoma biurkami ustawiono łóżko polowe zasłane szorstkim pledem. Opróżniony kosz na śmieci stał obok fotela przy drzwiach.

Okno było w dalszym ciągu otwarte. Cienki, niebieskawy obłoczek dymu z papierosa Carona wydostawał się na zewnątrz, na chłodny poranek. Za oknem na iglicy kościoła St Sulpice błysnęły pierwsze promienie nowego dnia.

Lebel podszedł do biurka i zwalił się na krzesło. Chociaż nie spał zaledwie od dwudziestu czterech godzin, był równie zmęczony jak Caron.

— Niczego nie znalazłem — powiedział. — Przejrzałem

sprawy z ostatnich dziesięciu lat. Jedynym cudzoziemskim zabójcą politycznym, który próbował działać na terenie Francji, był Degueldre. Facet już nie żyje. Oprócz tego Degueldre należał do OAS, a zatem mieliśmy go w swoich archiwach. Zakładam, że Rodin wybrał człowieka, który nie ma nic wspólnego z OAS. Postąpił słusznie. W ciągu ostatnich dziesięciu lat prócz miejscowej zbieraniny tylko czterech zawodowych zabójców próbowało operować we Francji. Schwytaliśmy trzech. Czwarty odsiaduje dożywocie gdzieś w Afryce. Dodam, że wszyscy byli na usługach gangów. Ludzie tego pokroju nie zdołaliby dokonać zamachu na prezydenta Francji. Zadzwoniłem do Bargerona z Centralnego Archiwum. Sprawdzili dwukrotnie, nie sądzę jednak, abyśmy mieli tego człowieka w naszych aktach. Rodin z pewnością zbadał wszystko skrupulatnie przed jego zatrudnieniem.

Caron zapalił kolejnego gaulloise'a, wydmuchnął obłok dymu i westchnął głęboko.

— Powinniśmy zacząć od zagranicy?

— Właśnie. Człowiek tego pokroju musiał zostać gdzieś przeszkolony, zdobyć gdzieś doświadczenie. Nie uchodziłby za jednego z najlepszych na świecie, gdyby nie dowiódł tego szeregiem świetnie wykonanych zleceń. Może nie organizował zamachów na prezydentów, lecz z pewnością na ważnych ludzi, potężniejszych od *caïds*[1] przestępczego światka. Ktoś musiał zwrócić na niego uwagę. To pewne. Co udało ci się załatwić?

Caron sięgnął po kartkę z listą nazwisk, obok których umieszczono godziny umówionych rozmów.

— Zorganizowałem ci siedem konferencji telefonicznych — powiedział. — Zaczniesz od szefa amerykańskiego Biura Wywiadu Krajowego, dziesięć minut po siódmej. W Waszyngtonie

[1] Szefów, hersztów (fr.).

będzie wtedy dziesięć po pierwszej w nocy. Umówiłem go na samym początku, ponieważ w Ameryce jest najpóźniej.

O siódmej trzydzieści Bruksela, o siódmej czterdzieści pięć Amsterdam. Bonn o ósmej dziesięć. Na ósmą trzydzieści umówiłem rozmowę z Johannesburgiem. Ze Scotland Yardem na dziewiątą. Na koniec pójdzie Rzym, dziewiąta trzydzieści.

— Umówiłeś mnie z szefami wydziałów zabójstw? — spytał Lebel.

— Lub ich odpowiednikami. W Scotland Yardzie załatwiłem ci rozmowę z Anthonym Mallisonem, komisarzem z wydziału kryminalnego. Odniosłem wrażenie, że w policji metropolitalnej nie mają wydziału zabójstw. Umówiłem cię z szefami, oprócz niego i gościa z Afryki Południowej. Nie mogłem złapać Van Ruysa, więc będziesz rozmawiał z zastępcą komisarza Andersonem.

Lebel zamyślił się chwilę.

— To dobrze. Wolę Andersona. Kiedyś pracowaliśmy razem nad pewną sprawą. Pozostaje kwestia języka. Trzech mówi po angielsku. Zgaduję, że Belg zna francuski. Pozostali potrafią się dogadać po angielsku, jeśli to konieczne...

— Dietrich z Niemiec mówi po francusku — przerwał mu Caron.

— Doskonale, z tymi, którzy mówią po francusku, będę rozmawiał osobiście. Będziesz tłumaczył pięciu pozostałych. Chodźmy.

Dziesięć po siódmej policyjny samochód z dwoma detektywami zatrzymał się przed niepozornymi drzwiami małego domu przy Rue Paul Valery, w którym mieściła się kwatera Interpolu.

Trzy kolejne godziny Lebel i Caron spędzili pochyleni nad telefonem w sali łączności w piwnicy, rozmawiając z czołowymi przedstawicielami zachodniej policji zajmującymi się zwalczaniem przestępczości. Z pozornie splątanych anten na dachu budynku rozchodziły się sygnały wysokiej częstotliwości, docierając do czterech kontynentów. Szybowały wysoko nad stratosferą, aby odbić się od powłoki jonowej i wrócić na ziemię tysiące kilometrów dalej, do innego aluminiowego pręta sterczącego na dachu pokrytym dachówką.

Zaszyfrowane fale tej długości były niewykrywalne. Detektywi rozmawiali ze sobą, gdy ludzie na całym świecie sączyli poranną kawę lub wypijali ostatni kieliszek przed snem.

Lebel za każdym razem mówił mniej więcej to samo:

— Nie, komisarzu... Na tym etapie nie mogę wystosować oficjalnej prośby o współpracę policji naszych krajów... Tak, działam z oficjalnego upoważnienia... W obecnej chwili nie jesteśmy pewni, czy powzięto jedynie zamiar popełnienia przestępstwa, czy operacja weszła w fazę przygotowań... Chodzi o poufną informację, czysto rutynową sprawę... Cóż, poszukujemy człowieka, o którym wiemy bardzo niewiele... nie znamy nawet jego nazwiska, dysponujemy bardzo niedokładnym rysopisem...

Opisywał mężczyznę, najlepiej jak potrafił. Był rozczarowany, gdy każdy zagraniczny kolega pytał, czemu zwraca się akurat do niego i jakiej pomocy oczekuje. Po krótkim, pełnym napięcia milczeniu wyjaśniał:

— Chodzi nam o następującą rzecz. Niezależnie od tego, kim jest, musi mieć pewne cechy, które wyróżniają go jako jednego z najlepszych zawodowych zabójców na świecie... nie, nie chodzi o gangstera, raczej o politycznego zabójcę, który ma na koncie kilka udanych zamachów. Czy macie kogoś takiego w swoich aktach... nawet jeśli facet nie działał na terenie waszego kraju... Może przyjdzie wam ktoś do głowy.

Tym razem milczenie zapadało po drugiej stronie. Kiedy rozmówca odzyskiwał głos, mówił ciszej, z większą ostrożnością.

Lebel wiedział, że szefowie wydziałów zabójstw głównych policji zachodniego świata domyślą się, o co chodzi, choć nie powiedział tego wprost. We Francji był tylko jeden cel, który mógł wzbudzić zainteresowanie politycznego zabójcy z pierwszej ligi.

Pod koniec każdej rozmowy padała podobna odpowiedź.

— Tak, oczywiście. Sprawdzę w archiwum. Zobaczę, co da się zrobić, i oddzwonię pod koniec dnia. Powodzenia, Claude.

Kiedy skończył ostatnią rozmowę, pomyślał, że niebawem premierzy i ministrowie spraw zagranicznych siedmiu krajów dowiedzą się o wszystkim. Policjanci mieli obowiązek zawiadamiania polityków o sprawach takiej wagi. Był pewny, że ministrowie zachowają dyskrecję. Mimo różnic politycznych wszystkich polityków łączyła silna więź. Wszyscy należeli do tego samego klubu, klubu możnych tego świata, którzy jednoczyli się przeciwko wspólnym wrogom, a czyż mogło być coś bardziej niebezpiecznego od politycznego zabójcy? Lebel wiedział, że gdyby wiadomość o śledztwie przedostała się do prasy, zostałaby rozgłoszona na cały świat, a on byłby skończony.

Najbardziej niepokoili go Anglicy. Gdyby ta sprawa mogła pozostać między glinami, zaufałby Mallisonowi.

Jednakże wiedział, że jeszcze dziś wiadomość dotrze do kogoś stojącego wyżej od Mallisona. Upłynęło zaledwie siedem miesięcy od czasu, gdy Charles de Gaulle zdecydowanie sprzeciwił się przyjęciu Anglii do Wspólnoty Europejskiej. Nawet Lebel, człowiek obojętny na sprawy polityki, nie miał wątpliwości, że po konferencji prasowej zorganizowanej przez generała czternastego stycznia tego roku angielskie Foreign Office[1] za pośrednictwem korespondentów zagranicznych rozpętało gwałtowną kampanię medialną przeciw prezydentowi Francji.

---

[1] Ministerstwo Spraw Zagranicznych (ang.).

Czemu mieliby nie skorzystać z okazji umożliwiającej zemstę na Staruszku?

Lebel przez chwilę patrzył na konsolę. Caron obserwował go w milczeniu.

— Chodź — powiedział komisarz, wstając ze stołka i ruszając do drzwi. — Musimy coś zjeść i odrobinę się zdrzemnąć. Niewiele tu zdziałamy.

• • •

Podkomisarz Anthony Mallison odłożył słuchawkę i zamyślony wyszedł z sali łączności, nie odpowiadając na pozdrowienie młodszego funkcjonariusza, który wszedł do środka, aby objąć poranną zmianę. Nachmurzony wrócił po schodach do swojego przestronnego, choć skromnie urządzonego gabinetu z oknami wychodzącymi na Tamizę.

Nie miał wątpliwości, jakie śledztwo prowadzi Lebel, wiedział też, jakie motywy kryją się za jego działaniami. Policja francuska musiała dostać cynk, że na łowy ruszył jeden z najlepszych płatnych zabójców. Tak jak przewidział Lebel, nie trzeba było wielkiej przenikliwości umysłu, aby wykoncypować, kto mógł być celem zabójcy we Francji w sierpniu tysiąc dziewięćset sześćdziesiątego trzeciego roku. W milczeniu ocenił położenie Lebela z perspektywy swojego długiego policyjnego doświadczenia.

— Biedny dupek — westchnął, spoglądając na rzekę, której nurt leniwie opływał nabrzeże pod jego oknem.

— Będę panu potrzebny? — spytał jego osobisty asystent, kładąc na biurku z orzecha poranną pocztę, która wymagała jego uwagi.

— Nie — odparł Mallison, nie przestając wyglądać przez okno. Chociaż współczuł Claude'owi Lebelowi, który odpowiadał za ochronę prezydenta, nie mając możliwości wszczęcia oficjalnych poszukiwań, on również miał przełożonych. Wcześniej czy później dowiedzą się o prośbie, którą skierował do niego tego ranka. Za półtorej godziny, o dziesiątej, odbędzie się codzienna odprawa szefów wydziałów. Czy powinien o tym wspomnieć?

Po chwili namysłu postanowił, że tego nie zrobi. Wystarczy sporządzenie oficjalnej, poufnej notatki adresowanej do szefa Scotland Yardu, w której opisze prośbę Lebela. Później wyjaśni konieczność zachowania dyskrecji, jeśli będzie to potrzebne. Wytłumaczy, dlaczego nie poruszył tej kwestii podczas porannej narady. Tymczasem nie zaszkodzi ustalić, dlaczego Francuzi zwrócili się do nich z taką prośbą.

Usiadł za biurkiem i włączył interkom.

— Słucham? — usłyszał głos asystenta pracującego w pokoju obok.

— Możesz zajrzeć do mnie na minutkę, John?

Młody detektyw w szarym garniturze zjawił się po chwili z notatnikiem w dłoni.

— Chciałbym, abyś poszedł do Centralnego Archiwum, John. Idź do komisarza Markhama. Powiedz mu, że to moja osobista prośba i że w tej chwili nie mogę mu powiedzieć nic więcej. Poproś, aby odszukał akta wszystkich zawodowych zabójców działających w tym kraju...

— Zabójców? — Asystent spojrzał na niego takim wzrokiem, jakby podkomisarz Scotland Yardu poprosił go o przeprowadzenie rutynowej kontroli wszystkich znanych Marsjan.

— Tak, John, zabójców. Nie chodzi o zwyczajnych zbirów pozostających na usługach świata przestępczego, którzy kogoś sprzątnęli lub byliby do tego zdolni, gdyby wybuchła wojna gangów. Mam na myśli politycznych zabójców, John. Ludzi zdolnych do zamordowania dla pieniędzy dobrze chronionego polityka lub męża stanu.

— Takimi facetami zajmuje się wydział specjalny.

— Tak, wiem. Przekażę im tę sprawę, wcześniej jednak muszę przeprowadzić rutynowe badanie. Chcę mieć odpowiedź do południa. Zrozumiałeś?

— Tak. Zajmę się tym.

Piętnaście minut później podkomisarz Scotland Yardu Mallison udał się na codzienną odprawę.

Po powrocie przejrzał korespondencję i poprosił asystenta, aby przyniósł mu maszynę do pisania. W samotności sporządził krótki raport dla szefa Scotland Yardu. Wspomniał w nim o porannym telefonie do domu i poufnej rozmowie za pośrednictwem linii Interpolu o dziewiątej rano, wyjaśnił też charakter prośby Lebela. Dolną część formularza pozostawił pustą, zamknął pismo w szufladzie biurka i zajął się inną robotą.

Tuż przed dwunastą do jego gabinetu zapukał asystent.

— Komisarz Markham dzwonił przed chwilą z biura archiwów — powiedział. — Nie znaleziono danych żadnego człowieka, który spełniałby wymienione kryteria. Mamy dane siedemnastu zawodowych zabójców działających w świecie przestępczym. Dziesięciu przebywa w więzieniu, siedmiu jest na wolności. Wszyscy pracują dla dużych gangów, w Londynie lub innych większych miastach. Markham twierdzi, że żaden nie byłby w stanie dokonać zamachu na ważnego polityka. Zasugerował, aby zwrócić się do wydziału specjalnego.

— Rozumiem, John. Dziękuję. To wszystko, czego potrzebowałem.

Po odejściu asystenta Mallison wyciągnął z szuflady niedokończoną notatkę i ponownie umieścił kartkę w maszynie. U dołu dopisał:

„W centralnym rejestrze kryminalnym nie ma danych na temat człowieka pasującego do opisu dostarczonego przez komisarza Lebela. Przekazuję sprawę zastępcy komisarza wydziału specjalnego".

Złożył podpis i zabrał trzy pierwsze kopie. Pozostałe trafiły do kosza, do którego wyrzucano materiały opatrzone klauzulą tajności, aby później pociąć je na miliony kawałków i unicestwić.

Jedną z kopii włożył do koperty i zaadresował do szefa Scotland Yardu. Drugą umieścił w przegródce „tajna korespondencja" sejfu ściennego. Trzecią złożył i wsunął do wewnętrznej kieszeni garnituru.

W notatniku leżącym na biurku napisał krótką wiadomość.

Do: Komisarz Claude Lebel, zastępca szefa policji kryminalnej, Paryż

Od: Podkomisarz Anthony Mallison, wydział kryminalny, Scotland Yard, Londyn.

Wiadomość: W odpowiedzi na Pańskie zapytanie informuję, że wspomniana osoba nie figuruje w naszej kartotece kryminalnej. Stop. Przekazałem prośbę do wydziału specjalnego w celu dalszego zbadania. Stop. Niezwłocznie prześlemy wszelkie przydatne informacje. Stop. Mallison.

Czas nadania: 12/08/1963

Dochodziła jedenasta trzydzieści. Mallison podniósł słuchawkę i poprosił operatora o połączenie z podkomisarzem Dixonem, szefem wydziału specjalnego.

— To ty, Alec? Mówi Tony Mallison. Znalazłbyś dla mnie chwilę czasu? Chciałbym, lecz to niemożliwe. Muszę ograniczyć lunch do jednej kanapki. Czeka nas kolejny upalny dzień. Nie, chciałbym wpaść na chwilę, zanim wyjdziesz. Dobrze, znakomicie. Zaraz przyjdę.

Wychodząc z gabinetu, położył zaadresowaną kopertę na biurku asystenta.

— Idę do Dixona z wydziału specjalnego. Mógłbyś to zanieść do gabinetu szefa, John? Osobiście. Później nadaj tę wiadomość do adresata. Przepisz sam jak trzeba.

— Tak. — Mallison stanął przy biurku, obserwując, jak inspektor przegląda wiadomość. Kiedy doczytał do końca, wytrzeszczył oczy ze zdumienia.

— John...

— Słucham?

— Proszę, nie opowiadaj o tym nikomu.

— Tak.

— Nikomu ani słowa, John.

— Ani słowa.

Mallison uśmiechnął się przelotnie i wyszedł. Asystent po raz drugi przeczytał notatkę adresowaną do Lebela, przypomniał sobie poranną wizytę w archiwum na prośbę Mallisona, dodał dwa do dwóch i mruknął: „Jasna cholera".

Mallison spędził dwadzieścia minut z Dixonem, skutecznie uniemożliwiając mu wyjście na lunch do klubu. Wręczył też szefowi wydziału specjalnego kopię notatki do komisarza. Wychodząc, odwrócił się do kolegi, trzymając dłoń na gałce drzwi.

— Przepraszam, Alec, ale to twoje podwórko. Moim zdaniem nie mamy w Anglii takiego człowieka. Wystarczy jeszcze raz przejrzeć kartotekę i zawiadomić Lebela teleksem, że nie możemy pomóc. Nie zazdroszczę facetowi.

Podkomisarz Dixon, którego robota polegała na obserwowaniu obywateli brytyjskich, nie wspominając o całym mnóstwie rozgoryczonych i zwariowanych cudzoziemców przebywających na terenie Anglii, którym mogłoby przyjść do głowy zamordowanie ważnego polityka, jeszcze lepiej rozumiał, jak niewykonalne zadanie zlecono Lebelowi. Ochrona własnych i przyjezdnych polityków przed niezrównoważonymi fanatykami była wystarczająco trudnym zadaniem, choć można liczyć na to, że amatorzy zawiodą w starciu z doświadczonymi zawodowcami.

Sytuacja komplikowała się, gdy głowa państwa była na muszce miejscowej organizacji złożonej z byłych żołnierzy. Mimo to Francuzom udało się pokonać oasowców. Jako kolega po fachu Dixon nie krył podziwu dla policji francuskiej. Co innego zatrudnienie zawodowego zabójcy. Jeśli o niego chodzi, mógł zrobić tylko jedną rzecz. Kryteria postawione przez Lebela spełniało tak niewielu ludzi, że Dixon był pewny, iż w archiwach wydziału specjalnego nie znajdzie się żaden człowiek tego pokroju.

Po wyjściu Mallisona Dixon jeszcze raz przestudiował tekst notatki, a następnie wezwał swojego asystenta.

— Powiadom nadinspektora Thomasa, że chciałbym się z nim spotkać o... — spojrzał na zegarek, oceniając, ile czasu zajmie mu pospieszne zjedzenie lunchu — o czternastej.

• • •

Szakal wylądował w Brukseli tuż po dwunastej. Zostawił trzy walizki w skrytce w holu głównym terminalu, zabierając do miasta jedynie bagaż podręczny z rzeczami osobistymi, gipsem kupionym w Paryżu oraz watą i bandażami. Wysiadł z taksówki przed dworcem głównym i poszedł do przechowalni bagażu.

Plastikowa walizka z karabinem stała na półce, tam gdzie pracownik umieścił ją tydzień wcześniej. Oddał kwit i odebrał bagaż.

Nieopodal stacji znalazł mały, zapuszczony hotelik z rodzaju tych, które funkcjonują w pobliżu wszystkich dworców głównych na świecie. Typowe miejsce, w którym nie zadaje się pytań i w zamian otrzymuje wiele kłamstw.

Wynajął jedynkę, zapłacił z góry w belgijskiej walucie, którą nabył na lotnisku, i osobiście zaniósł walizkę do pokoju. Kiedy zamknął za sobą drzwi, napełnił miskę zimną wodą. Następnie wyjął gips i bandaże, ułożył wszystko na łóżku i przystąpił do pracy.

Gips schnął ponad dwie godziny. W tym czasie Szakal siedział z nogą opartą na stołku, paląc papierosy z filtrem i patrząc na szare dachy, które było widać z okna sypialni. Co jakiś czas sprawdzał gips kciukiem i czekał, aż bardziej stwardnieje.

Plastikowa walizka, w której przyniósł karabin, była pusta. Resztę bandaży i gipsu spakował do bagażu podręcznego, na wypadek gdyby musiał uzupełnić ubytki. Kiedy uznał, że opatrunek gipsowy jest gotowy, wsunął tanią plastikową walizkę pod łóżko i ponownie zlustrował pokój, sprawdzając, czy nie zostawił żadnych śladów. Wyrzucił zawartość popielniczki za okno i ruszył do wyjścia.

Doszedł do wniosku, że do tego, aby utykanie wyglądało autentycznie, potrzebny jest gips. Zszedłszy na dół, stwierdził z ulgą, że w biurze za recepcją siedzi niechlujny, zaspany facet, który go zameldował. Chociaż nadeszła pora lunchu i recepcjonista jadł, przez uchylone drzwi z matowego szkła mógł obserwować kontuar.

Rzuciwszy okiem w stronę drzwi i upewniwszy się, że nikt nie nadchodzi, Szakal przycisnął bagaż podręczny do piersi i na czworakach przemknął niepostrzeżenie przez wyłożony kafelkami hol. Z powodu letniego skwaru drzwi frontowe były otwarte, więc mógł podnieść się na szczycie trzech schodków wychodzących na ulicę, poza zasięgiem wzroku recepcjonisty.

Niezdarnie zszedł po stopniach i ruszył w kierunku skrzyżowania z główną ulicą. Taksówkarz wypatrzył go w ciągu pół minuty. Po chwili jechał z powrotem na lotnisko.

Podszedł do stanowiska Alitalii z paszportem w dłoni. Dziewczyna uśmiechnęła się życzliwie.

— Dwa dni temu zarezerwowałem bilet do Mediolanu. Na nazwisko Duggan.

Dziewczyna sprawdziła rezerwacje na popołudniowy lot do Mediolanu. Samolot miał wystartować za półtorej godziny.

— Zgadza się — potwierdziła z promiennym uśmiechem. — *Meester* Duggan. Zarezerwował pan bilet, lecz za niego nie zapłacił. Chce pan uregulować należność?

Szakal zapłacił gotówką, w zamian otrzymując bilet. Za godzinę miał się zjawić przy stanowisku odpraw. Z pomocą uczynnego bagażowego, wyrażającego ubolewanie z powodu gipsu, pokuśtykał po trzy walizki, wyjął je ze schowka, nadał na stanowisku Alitalii i przeszedł przez odprawę celną. Widząc, że opuszcza kraj, urzędnicy ograniczyli się do sprawdzenia paszportu. Wolną godzinę przeznaczył na zjedzenie spóźnionego, choć smacznego lunchu w restauracji obok hali odlotów.

Pasażerowie oczekujący na samolot odnosili się do niego z niezwykłą uprzejmością i troskliwością. Pomogli mu wsiąść do autobusu, a później z niepokojem obserwowali, jak mozolnie wspina się po schodkach na pokład. Urocza włoska stewardesa uśmiechnęła się do niego szerzej niż zwykle i dopilnowała, aby zajął wygodne miejsce pośrodku samolotu, gdzie fotele były zwrócone przodem do siebie. Wyjaśniła, że tam będzie mu najwygodniej.

Podczas zajmowania miejsc towarzysze podróży zwracali baczną uwagę, aby nie urazić jego nogi. Szakal rozłożył się w fotelu i dzielnie uśmiechał.

O szesnastej piętnaście rejsowa maszyna wystartowała na południe, zmierzając w kierunku Mediolanu.

• • •

Wyraźnie nieszczęśliwy nadinspektor Bryn Thomas opuścił gabinet podkomisarza tuż przed trzecią. Miał dosyć letniego przeziębienia, najbardziej przykrego i uciążliwego, jakiego doświadczył, a teraz obarczono go nowym zadaniem, które całkiem zrujnowało mu dzień.

Jak każdy poniedziałkowy ranek i ten był do kitu. Najpierw dowiedział się, że jeden z jego ludzi stracił z oczu radzieckiego przedstawiciela handlowego, którego miał śledzić, a późnym rankiem otrzymał skargę z innego wydziału. MI-5 zwracało się z uprzejmą prośbą, aby jego ludzie odczepili się od radzieckiej delegacji, co nieomylnie wskazywało, że sami chcą przejąć sprawę.

Poniedziałkowe popołudnie okazało się jeszcze gorsze. Istnieje niewiele rzeczy, które budzą większą niechęć policjanta, nawet z wydziału specjalnego, od widma politycznego zabójcy. Tym razem szef nie podał mu nawet nazwiska faceta.

— Nie wiemy, jak się nazywa. Czekają cię cholerne ćwiczenia z pełnym ekwipunkiem. — Dixon zdobył się na *bon mot*. — Spróbuj się czegoś dowiedzieć do jutra.

— Ćwiczenia z pełnym ekwipunkiem — prychnął Thomas, stając przed drzwiami swojego biura. Chociaż lista podejrzanych była faktycznie niezwykle okrojona, Thomasa i jego ludzi czekały długie godziny szperania w kartotekach, raportach z politycznych zamieszek, wyrokach skazujących i, czego nie robiono w wydziale kryminalnym, listach podejrzanych. Trzeba będzie wszystko sprawdzić. W opisie Dixona przebijał się tylko jeden promyk nadziei — gość był zawodowcem, a nie jednym z niezliczonych pospolitych najemników, którzy uprzykrzali życie wydziałowi specjalnemu przed każdą wizytą zagranicznego polityka, a także w trakcie odwiedzin.

Wezwał do siebie dwóch inspektorów śledczo-dochodzeniowych, którzy zajmowali się drugorzędnymi sprawami. Kazał im odłożyć na bok dotychczasową robotę i zameldować się w jego gabinecie. Informacje, które im przekazał, były znacznie bardziej zdawkowe od tych, które otrzymał od Dixona. Ograniczył się do powiedzenia, kogo szukają, nie wyjaśniając dlaczego. Podejrzenia policji francuskiej, że gość mógł szykować zamach na generała de Gaulle'a, nie miały nic wspólnego z przeszukiwaniem archiwów i akt wydziału specjalnego Scotland Yardu.

Wszyscy trzej uprzątnęli z biurka różne papiery i przystąpili do pracy.

• • •

Samolot Szakala wylądował na lotnisku Linate w Mediolanie tuż po osiemnastej. Uczynna stewardesa pomogła mu zejść po stopniach na płytę lotniska, a hostessa z terminalu odprowadziła go do hali głównej. Staranne przepakowanie elementów broni do niewzbudzających podejrzeń pojemników dało spodziewany efekt na stanowisku odprawy celnej. Kontrola paszportowa okazała się czystą formalnością, lecz gdy jego bagaż zdjęto z taśmociągu bagażowego i ustawiono obok ławy celników, ryzyko zaczęło rosnąć.

Szakal wezwał bagażowego, który postawił walizki jedna za drugą. Obok nich umieścił bagaż ręczny. Jeden z celników podszedł do niego, widząc, że kuleje.

— *Signor*? Czy to wszystkie pana rzeczy?

— Tak, trzy walizki i bagaż podręczny.

— Ma pan coś do oclenia?

— Nie.

— Przyjechał pan służbowo?

— Nie, na wakacje. Zaczynam rekonwalescencję. Jadę nad jeziora.

Celnik pozostał obojętny.

— Mogę zobaczyć pański paszport, *signor*?

Podał mu dokument. Włoch obejrzał go dokładnie, a następnie zwrócił bez słowa.

— Proszę otworzyć tę.

Wskazał ręką walizkę. Szakal sięgnął po kółko z kluczami, wybrał jeden i otworzył, a bagażowy położył ją płasko. Na szczęście walizka zawierała ubrania fałszywego duńskiego pastora i amerykańskiego studenta. Przeglądając garderobę, celnik nie zwrócił większej uwagi na szary garnitur, bieliznę, białą koszulę, czarne mokasyny, prochowiec i skarpety. Nie zaciekawiła go również książka w języku duńskim. Na okładce widniało kolorowe zdjęcie katedry w Chartres i duży tytuł. Chociaż napisano go po duńsku, wystarczająco przypominał angielskie słowa, aby nie rzucać się w oczy. Mężczyzna nie dostrzegł starannie zszytego rozcięcia w bocznym poszyciu, nie znalazł też fałszywych dokumentów tożsamości. Podczas drobiazgowego przeszukania z pewnością zostałyby odkryte, lecz celnik przeprowadzał jedynie rutynową kontrolę, która uległaby zaostrzeniu jedynie wówczas, gdyby znalazł coś podejrzanego. Elementy karabinka snajperskiego znajdowały się zaledwie metr od niego, po drugiej stronie biurka, lecz Włoch niczego nie podejrzewał. Zatrzasnął walizkę i dał znać Szakalowi, że może przekręcić kluczyk. Uśmiechnął się szeroko, wiedząc, że wykonał swój obowiązek.

— *Grazie, signor*[1]. Życzę udanych wakacji.

Bagażowy przywołał taksówkę, odebrał hojny napiwek i po chwili Szakal pędził w kierunku Mediolanu zatłoczonymi ulicami. Hałas potęgowały dodatkowo pojazdy, którymi ludzie wracali do domu, i skłonność Włochów do częstego używania klaksonu. Kazał się zawieźć na dworzec główny.

[1] Dziękuję, proszę pana (wł.).

Dojechawszy na miejsce, wezwał kolejnego bagażowego i pokuśtykał do przechowalni bagażu. W taksówce przełożył z torby podręcznej do spodni stalowe nożyce. W przechowalni zostawił bagaż podręczny i dwie walizki, zabierając tę z długim, obszernym francuskim szynelem.

Zapłacił bagażowemu i pokuśtykał do męskiej toalety. Tylko jedna z długiego rzędu umywalek na lewo od pisuarów była zajęta. Postawił walizkę i zaczął starannie myć ręce. Kiedy został sam, przeszedł na drugi koniec i zamknął się w jednej z kabin.

Oparłszy stopę na sedesie, zaczął kruszyć gips na nodze, odsłaniając bawełniane waciki imitujące pękniętą kostkę w gipsowym opatrunku.

Pozbywszy się resztek gipsu, naciągnął jedwabną skarpetę i włożył skórzany mokasyn, który wcześniej przykleił taśmą do łydki. Zebrał resztki gipsu i bawełnianych wacików, i spuścił w muszli klozetowej. Za pierwszym razem połowa utkwiła w otworze, za drugim nie pozostało po nich ani śladu.

Umieściwszy walizkę na muszli, ułożył stalowe rurki z elementami karabinu na połach szynela. Mocno zaciągnął taśmy wewnętrzne, żeby przedmioty w walizce nie uderzały o siebie, a następnie zamknął wieko i uchylił drzwi. Przy umywalkach stało dwóch mężczyzn, dwóch innych tkwiło przy pisuarach. Wyszedł z kabiny, skręcił ostro w stronę wyjścia i wyszedł do hali głównej, zanim tamci zdążyli mu się przyjrzeć, choć bynajmniej nie mieli takiego zamiaru.

Nie mógł wrócić do przechowalni bagażu jako człowiek zdrowy, ponieważ przed chwilą odszedł, kuśtykając. Wezwał bagażowego, wyjaśnił, że się spieszy. Musi szybko wymienić pieniądze, odebrać bagaż i wezwać taksówkę. Wsunął mu do ręki kwit bagażowy wraz z tysiąclirowym banknotem, wskazując przechowalnię. Sam pójdzie do kantoru, aby wymienić angielskie funty na liry.

Włoch skinął z zadowoleniem głową i ruszył po bagaż. Szakal zdążył wymienić ostatnie dwadzieścia funtów na włoską walutę, gdy bagażowy wrócił z dwiema walizkami i bagażem podręcznym. Dwie minuty później był już w taksówce, która z niebezpieczną prędkością mknęła przez Piazza Duca d'Aosta w kierunku hotelu Continentale.

W recepcji urządzonej w okazałym holu powiedział:

— Dzwoniłem z Londynu dwa dni temu. Zarezerwowałem pokój na nazwisko Duggan.

Przed ósmą zdążył się ogolić i wziąć długi prysznic. Starannie zamknął w szafie dwie walizki. Trzecią, z własnym ubraniem, zostawił otwartą na łóżku. Przyszykował na wieczór granatowy lekki garnitur z wełny i moheru. Szary garnitur przekazał do pralni hotelowej w celu wyczyszczenia i uprasowania. Zszedł na koktajl, zjadł obiad i poszedł wcześnie spać, ponieważ następny dzień, trzynasty sierpnia, zapowiadał się niezwykle pracowicie.

Rozdział trzynasty

— Nic.

Drugi młodszy inspektor z biura Bryna Thomasa zamknął ostatnią teczkę i spojrzał zza biurka na przełożonego.

Jego kolega skończył przed chwilą, dochodząc do podobnego wniosku. Thomas uporał się z robotą pięć minut temu i podszedł do okna. Obserwował pojazdy przejeżdżające pod oknami w gęstniejącym mroku. W przeciwieństwie do podkomisarza Mallisona nie miał z okna widoku na rzekę, a jedynie na zatłoczoną Horseferry Road piętro niżej. Czuł się paskudnie. Gardło go piekło od papierosów, chociaż wiedział, że jest przeziębiony i nie powinien palić. Nie potrafił zrezygnować z papierosa, gdy doświadczał silnego napięcia.

Od dymu papierosowego i wielu rozmów telefonicznych przeprowadzonych tego popołudnia rozbolała go głowa. Pytał o różnych ludzi, których mieli w swojej kartotece, za każdym razem uzyskując negatywną odpowiedź. Albo znano miejsce pobytu podejrzanego, albo zwyczajnie nie był wystarczająco dobry, aby dokonać zamachu na prezydenta Francji.

— W porządku, na tym koniec — powiedział zdecydowanym głosem, odwracając się od okna. — Zrobiliśmy wszystko co w naszej mocy. Nie znaleźliśmy nikogo pasującego do opisu, który nam dostarczono.

— Może jakiś Anglik zajmuje się taką robotą, lecz nie mamy u siebie jego danych — zasugerował jeden z inspektorów.

— W naszej kartotece są wszyscy — warknął Thomas. Nie bawiła go myśl, że jakiś zawodowy zabójca mógłby działać na jego podwórku i nie figurować w żadnych aktach. I jeszcze to przeziębienie i ból głowy. Kiedy był w kiepskim nastroju, jego walijski akcent stawał się bardziej wyraźny. Chociaż trzydzieści lat temu opuścił doliny Walii, nigdy nie pozbył się zaśpiewu typowego dla mieszkańców tamtych stron.

— W końcu polityczny zabójca to niezwykle rzadki ptaszek — dodał drugi inspektor. — Nie jakaś tam filiżanka angielskiej herbaty, prawda?

Thomas rzucił mu gniewne spojrzenie. Wolał używać słowa „Brytyjczyk" na określenie obywateli Zjednoczonego Królestwa. To, że pierwszy inspektor nierozważnie użył słowa „Anglik", mogło stanowić zawoalowaną sugestię, iż poszukiwany był Walijczykiem, Szkotem lub Irlandczykiem.

— W porządku, zabierzcie to do archiwum. Napiszę, że po skrupulatnym przejrzeniu akt nie natrafiliśmy na żaden ślad. Nie możemy zrobić nic więcej.

— Kto prosił nas o sprawdzenie, szefie? — spytał jeden z mężczyzn.

— Nie zaprzątaj sobie tym głowy, chłopcze. Wygląda na to, że ktoś ma poważny problem, lecz z pewnością nie my.

Inspektorzy zebrali teczki i ruszyli do drzwi. Obaj mieli rodzinę i chcieli jak najszybciej wrócić do domu. Ten, który lada dzień miał zostać ojcem, wyszedł pierwszy. Drugi odwrócił się do Thomasa z wyrazem zamyślenia na twarzy.

— Szefie, przyszło mi coś do głowy, gdy przeglądałem notatki. Gdyby taki facet istniał i miał brytyjskie obywatelstwo, przypuszczalnie nie działałby na naszym terenie. Rozumie pan, gość musi mieć gdzieś bazę wypadową. Miejsce schronienia, kryjówkę, do której mógłby wrócić. Chciałby uchodzić za szanowanego obywatela we własnym kraju.

— Do czego zmierzasz? Facet jest jak Jekyll i Hyde?

— Coś w tym rodzaju. Jeśli jest zawodowym zabójcą, którego próbujemy wyśledzić, wystarczająco niebezpiecznym, aby zlecono dochodzenie komuś takiemu jak pan, musi być niezły w tym, co robi. A jeśli jest ceniony w swojej branży, to ma już za sobą kilka zleceń. W przeciwnym razie byłby nikim, prawda?

— Mów dalej — powiedział Thomas, patrząc na niego uważnie.

— Taki gość działałby przypuszczalnie poza granicami swojego kraju, umknąłby zatem uwagi wewnętrznych sił bezpieczeństwa. Może wiedzą o nim ci z wywiadu...

Thomas pomyślał chwilę, a następnie wolno pokręcił głową.

— Zapomnij o tym, wracaj do domu, chłopcze. Napiszę raport. Zapomnij o wszystkim.

Inspektor wyszedł, lecz jego sugestia nie dawała Thomasowi spokoju. Mógłby sporządzić raport. Całkowicie negatywny raport. Niczego nie znaleźli. Nie mogliby im nic zarzucić. A jeśli Francuzi nie stracili głowy z powodu jakichś plotek dotyczących swojego bezcennego prezydenta? Jeśli rzeczywiście wiedzieli tak mało, jak utrzymywali? Jeśli nic nie wskazywało, że ten człowiek był Anglikiem, musieli prowadzić podobne poszukiwania na całym świecie. Osobiście uważał, że nie było żadnego zabójcy, a nawet gdyby był, przypuszczalnie pochodziłby z kraju mającego długą historię politycznych zabójstw. A jeśli podejrzenia Francuzów były słuszne? Jeśli się okaże, że facet jest Anglikiem? Choćby z urodzenia?

Thomas był dumny z zasobów archiwalnych Scotland Yardu, a szczególnie z kartoteki wydziału specjalnego. Nigdy nie mieli takich kłopotów. Nigdy nie dopuścili do zamachu na obcego dostojnika, nawet do najdrobniejszego skandalu. Musiał osobiście pilnować tego ruskiego gnojka, Iwana Sierowa, szefa KGB, kiedy przyjechał, aby przygotować wizytę Chruszczowa. Sierowa chciało dopaść wielu obywateli krajów bałtyckich i Polaków. Nie doszło nawet do strzelaniny, choć wokół roiło się od ochroniarzy Sierowa, a każdy miał broń i był gotowy jej użyć.

Od przejścia na emeryturę i zamieszkania w małym domku, który wspólnie z Meg kupili nad Kanałem Bristolskim, dzieliły go dwa lata. Lepiej dmuchać na zimne, lepiej wszystko sprawdzić.

W młodości Thomas był świetnym zawodnikiem rugby. Ci, którzy grali przeciw Glamorgan, pamiętali, że lepiej nie próbować, gdy Bryn Thomas gra na skrzydle w ataku. Oczywiście teraz był na to za stary, lecz wciąż kibicował drużynie London Welsh i kiedy miał czas, jeździł do Old Deer Park w Richmond, aby patrzyć, jak grają. Znał dobrze wszystkich zawodników i po meczu prowadził z nimi pogaduszki w klubie. Cieszył się wystarczającą sławą, aby zawsze być mile widzianym.

Jeden z zawodników pracował w Ministerstwie Spraw Zagranicznych. Thomas wiedział o nim więcej od innych. Gość był zatrudniony w wydziale podlegającym bezpośrednio ministrowi, nie należał jednak do pracowników Foreign Office. Barrie Lloyd reprezentował Secret Inteligence Service[1], nazywanego niekiedy SIS lub „służbą", w powszechnej świadomości błędnie utożsamianą z MI-6.

Thomas podniósł słuchawkę i poprosił o połączenie z numerem Lloyda.

---

[1] Brytyjska tajna służba wywiadowcza zajmująca się wywiadem zagranicznym.

Umówili się na drinka w spokojnym pubie nad rzeką między ósmą a dziewiątą. Thomas zamówił drinki i jakiś czas gadali o rugby. Lloyd domyślił się, że kolega z wydziału specjalnego nie poprosiłby go o spotkanie w pubie nad rzeką, aby rozmawiać o rozgrywkach, które rozpoczną się za dwa miesiące. Kiedy kelner przyniósł szklanki, wznieśli toast i Thomas skinął głową w kierunku tarasu prowadzącego na nabrzeże. Na dworze było cicho, gdyż większość młodych par z Chelsea i Fulham wypiła drinka i pojechała na obiad.

— Mam problem, stary — zaczął Thomas. — Może będziesz mógł mi pomóc.

— Cóż... jeśli zdołam — odparł Lloyd.

Thomas opowiedział mu o prośbie z Paryża i o tym, że nie mają niczego w archiwum kryminalnym i kartotece wydziału specjalnego.

— Pomyślałem, że gdyby taki facet rzeczywiście istniał i był Brytyjczykiem, mógłby nie działać na terenie tego kraju. Rozumiesz? Mógłby przyjmować jedynie zagraniczne zlecenia. Może pozostawił jakiś ślad, może zwrócił na siebie uwagę służby?

— Służby? — spytał cicho Lloyd.

— Daj spokój, Barry. Obaj wiemy to i owo. — Thomas mówił niemal szeptem. Z oddali wyglądali jak dwaj mężczyźni w czarnych garniturach, którzy rozmawiają o interesach ubitych w City, wpatrując się w światła za rzeką. — Musieliśmy przeanalizować mnóstwo akt w sprawie Blake'a. Przyjrzeliśmy się wielu ludziom z Foreign Office, sprawdziliśmy, czym się naprawdę zajmują. Tobie również. Byłeś w jego sekcji, kiedy pojawiły się podejrzenia. Wiem, dla kogo pracujesz.

— Rozumiem — powiedział Lloyd.

— Posłuchaj, chociaż w Park jestem zwykłym Brynem Thomasem, pracuję jako nadinspektor w wydziale specjalnym. Człowiek nie może być cały czas anonimowy, prawda?

Lloyd utkwił wzrok w swojej szklance.

— Czy to oficjalna prośba o informacje?

— Nie, nie mogę jej wystosować. Prośba Francuzów była nieoficjalna, skierowana przez Lebela do Mallisona. Mallison nie znalazł niczego w Centralnym Archiwum, więc odpisał, że nie może pomóc, zamienił jednak słówko z Dixonem, a ten poprosił mnie, abym sprawdził. Wszystko nieformalnie, pojmujesz? Czasem tak musi być. To bardzo delikatna sprawa. Informacje nie mogą przeniknąć do prasy. Być może nie dysponujemy żadnymi informacjami, które mogłyby pomóc Lebelowi. Chciałem się upewnić. Zostałeś mi tylko ty.

— Facet poluje na de Gaulle'a?

— Musi, wszystko na to wskazuje. Francuzi są bardzo ostrożni. Najwyraźniej nie chcą nadawać sprawie rozgłosu.

— Czemu nie skontaktował się bezpośrednio z nami?

— Poprosił o pomoc starych kumpli. Lebel zadzwonił do Mallisona. Może ludzie z tajnej policji francuskiej nie mają przyjaciół w twojej sekcji.

Nawet jeśli Lloyd pomyślał o napiętych stosunkach pomiędzy SDECE i SIS, nie zdradził tego w żaden sposób.

— Nad czym się zastanawiasz? — spytał po chwili Thomas.

— To zabawne — odpowiedział Lloyd, wpatrując się w rzekę — pamiętasz sprawę Philby'ego?

— Oczywiście.

— Nasi ludzie wściekają się do dziś z tego powodu — ciągnął Lloyd. — Facet przyjechał z Bejrutu w styczniu sześćdziesiątego pierwszego. Kiedy się o tym dowiedzieliśmy, w SIS zapanowało wielkie zamieszanie. Trzeba było przenieść wiele osób, bo gość sypnął większość agentów sekcji arabskiej i kilku innych. Musieliśmy błyskawicznie wycofać jednego z naszych głównych rezydentów w rejonie Karaibów, który sześć miesięcy wcześniej pracował z Philbym w Bejrucie. W tym samym okresie Trujillo, dyktator rządzący Republiką Dominikańską, został zamordowany na odludnej drodze biegnącej przedmieściami Ciudad Trujillo. Dziennikarze napisali, że zabili go partyzanci. Gość miał wielu wrogów. Nasz człowiek wrócił do Londynu i przez pewien czas dzieliliśmy gabinet, zanim został wysłany na inną placówkę. Krążyła wówczas plotka, że samochód generała Trujilla wpadł w zasadzkę. Został zatrzymany przez snajpera jednym strzałem z karabinu wyposażonego w celownik optyczny. Kiedy wóz się zatrzymał, partyzanci wysadzili drzwi i zabili pasażera. Był to cholernie dobry strzał z odległości stu pięćdziesięciu metrów do pędzącego samochodu. Kula przeszła przez małe trójkątne okienko po stronie kierowcy, jedyne, które nie było wykonane z kuloodpornego szkła. Cały wóz był opancerzony. Gość trafił kierowcę w gardło i samochód uległ wypadkowi. Wtedy do akcji wkroczyli partyzanci. Ludzie gadali, że strzelcem wyborowym był Anglik.

Zapanowało dłuższe milczenie. Obracali w palcach puste szklanki po piwie, wpatrując się w ciemniejący nurt Tamizy. Wyobrażali sobie jałowy, pustynny krajobraz typowy dla gorącej, egzotycznej wyspy i wóz pędzący z prędkością stu dwudziestu kilometrów na godzinę, zjeżdżający z asfaltu na kamieniste pobocze. Oczyma wyobraźni widzieli starszego mężczyznę w płowych spodniach z diagonalu, obszytych złotym galonem, gościa, który przez trzydzieści lat sprawował twarde rządy, wyciąganego z wraku i dobijanego na poboczu strzałami z pistoletu.

— Czy... ten człowiek... o którym mówiono... miał jakieś nazwisko?

— Nie wiem. Nie pamiętam. Zwyczajnie gadaliśmy w biurze. Mieliśmy wówczas mnóstwo roboty, więc los karaibskiego dyktatora był ostatnią rzeczą, która nas obchodziła.

— Czy kolega, z którym rozmawiałeś, napisał raport w tej sprawie?

— Musiał, to standardowa procedura. Pamiętaj, że były to tylko plotki. Nic konkretnego. Zajmujemy się faktami, sprawdzonymi informacjami.

— Ten raport musiał trafić do jakiejś kartoteki, prawda?

— Tak sądzę — odparł Lloyd. — Sprawa miała bardzo niski priorytet. Zwykła plotka. W tym rejonie aż huczy od pogłosek.

— Mógłbyś do niego dotrzeć? Sprawdzić, czy facet miał jakieś nazwisko?

— Jedź do domu. Zadzwonię, jeśli znajdę coś interesującego — zapewnił go Lloyd.

Wrócili do pubu, oddali szklanki i wyszli na ulicę.

— Będę ci wdzięczny — rzekł Thomas, gdy uścisnęli sobie dłonie. — Pewnie nic z tego nie będzie, zawsze jednak istnieje niewielka szansa.

• • •

Kiedy Thomas i Lloyd rozmawiali nad Tamizą, Szakal sączył ostatnie krople zabaglione w restauracji na dachu w Mediolanie, a komisarz Claude Lebel brał udział w pierwszym spotkaniu poświęconym postępom śledztwa, zorganizowanym w sali konferencyjnej Ministerstwa Spraw Wewnętrznych w Paryżu.

W naradzie brały udział te same osoby, które spotkały się dwadzieścia cztery godziny wcześniej. Minister siedział u szczytu stołu, a szefowie służb po jednej i drugiej stronie. Claude Lebel spoczął naprzeciw ministra, trzymając przed sobą mały notatnik. Roger Frey szorstko skinął głową, dając znak do rozpoczęcia spotkania.

Najpierw zabrał głos szef jego gabinetu. Wyjaśnił, że w ciągu ostatniej doby wszyscy francuscy celnicy otrzymali polecenie, aby starannie przeszukać bagaż każdego wysokiego blondyna cudzoziemskiego pochodzenia wjeżdżającego do Francji. Agenci DST mieli uważnie kontrolować paszporty, sprawdzając, czy nie zostały sfałszowane. (Szef DST skinął głową, wyrażając swoje uznanie). Turyści i biznesmeni wjeżdżający do Francji z pewnością zauważą wzmożone kontrole na granicach, trudno jednak domniemywać, by domyślili się, że jest to skutek prowadzonych w całym kraju poszukiwań wysokiego blondyna. Jeśli przenikliwi dziennikarze zadadzą jakieś pytania, usłyszą, że to rutynowe, pobieżne kontrole.

Miał do zakomunikowania coś jeszcze. Na poprzednim spotkaniu padła propozycja uprowadzenia jednego z szefów OAS przebywających w Rzymie. Ludzie z Quai d'Orsay byli zdecydowanie przeciwni takiemu pomysłowi z powodów dyplomatycznych (nie poinformowano ich o misji Szakala), w czym popierał ich urzędujący prezydent (który znał powód potencjalnej operacji). Zatem ten sposób rozwiązania problemu odpada.

Generał Guibaud z SDECE oznajmił, że w jego archiwach nie ma żadnego śladu wskazującego na istnienie zawodowego zabójcy politycznego spoza OAS lub kręgu sympatyków tej organizacji, którego miejsce pobytu pozostawałoby nieznane.

Szef Renseignements Généraux stwierdził, że przejrzenie kartoteki kryminalnej dało podobny efekt nie tylko w wypadku Francuzów, lecz także cudzoziemców, którzy próbowali działać na terenie Francji.

Następnie przyszła kolej na dyrektora DST. O siódmej trzydzieści rano jego ludzie przechwycili telefon z urzędu pocztowego w pobliżu Gare du Nord do hotelu w Rzymie, w którym zatrzymali się trzej szefowie OAS. Kiedy odkryto, gdzie przebywają, polecono operatorom centrali międzynarodowych, aby zawiadamiali władze o każdym telefonie. Operator, który pełnił dyżur tego ranka, był widać zaspany. Połączył klienta, zanim zdał sobie sprawę, że numer figuruje na liście, którą otrzymał. Połączył go, a dopiero później powiadomił DST. Na szczęście zachował się na tyle rozsądnie, by podsłuchać rozmowę. Wiadomość była następująca. „Valmy do Poitiers. Szakal jest spalony. Aresztowali Kowalskiego. Wyśpiewał wszystko przed śmiercią".

W sali zapadło milczenie.

— Jak się dowiedzieli? — spytał cicho Lebel z drugiego końca stołu. Wszyscy spojrzeli w jego stronę z wyjątkiem pułkownika Rollanda, który w zamyśleniu gapił się na przeciwległą ścianę.

— Niech to szlag — powiedział, nie odrywając oczu od ściany. Tym razem wszyscy uktwili wzrok w szefie wydziału operacyjnego.

Pułkownik przebudził się z zadumy.

— Marsylia — powiedział krótko. — Użyliśmy przynęty, aby ściągnąć Kowalskiego z Rzymu. Jego starego przyjaciela, JoJo Grzybowskiego. Facet ma żonę i córkę. Trzymaliśmy ich w odosobnieniu, dopóki Kowalski był w naszych rękach. Później pozwoliliśmy im wrócić do domu. Chciałem, aby Kowalski dostarczył mi informacji na temat swoich przełożonych. W tym czasie nie mieliśmy pojęcia o istnieniu spisku. Nie było powodu, aby zataić przed Grzybowskim aresztowanie Kowalskiego. Później sytuacja uległa zmianie. Ten Polaczek JoJo musiał zawiadomić agenta Valmy'ego. Przykro mi, panowie.

— Czy agenci DST zdjęli Valmy'ego na poczcie? — zapytał Lebel.

— Nie, spóźnili się kilka minut z powodu głupoty operatora — odrzekł szef DST.

— Cóż za nieskuteczność! — prychnął pułkownik Saint-Clair. Kilku zebranych spojrzało na niego z niechęcią.

— Poruszamy się w ciemności, po omacku, walczymy z nieznanym wrogiem — odpowiedział generał Guibaud. — Jeśli pan pułkownik chce na ochotnika przejąć nadzór nad całą operacją i wziąć na swoje barki odpowiedzialność, która się z tym wiąże...

Choć pułkownik z Pałacu Elizejskiego pilnie przeglądał swoją teczkę, jakby jej zawartość była ważniejsza od zawoalowanej groźby szefa SDECE, zrozumiał, że jego uwaga nie należała do mądrych.

— Tak czy siak, dowiedzieli się, że ich płatny zabójca jest spalony — zadumał się minister. — Sądzicie, że odwołali operację?

— Pan minister ma rację — wtrącił Saint-Clair, próbując się zrehabilitować. — Byliby szaleni, gdyby ją kontynuowali. Zwyczajnie go odwołają.

— Szakal nie został spalony — przerwał mu cicho Lebel. Zebrani niemal zapomnieli o jego istnieniu. — Nie wiemy, jak się nazywa. Ostrzeżenie może spowodować, że stanie się ostrożniejszy. Użyje fałszywych dokumentów, będzie występował w przebraniu...

Nadzieje rozbudzone słowami ministra nagle prysły. Roger Frey spojrzał z szacunkiem na małego komisarza.

— Posłuchajmy, co ma do powiedzenia komisarz Lebel, panowie. W końcu to on prowadzi dochodzenie. Mamy mu pomóc, najlepiej jak potrafimy.

Zachęcony słowami Freya Lebel opisał działania, które podjął od wczorajszego wieczoru. Wyraził przekonanie, potwierdzone sprawdzeniem francuskich archiwów policyjnych, że informacje na temat cudzoziemca, jeśli ten gdziekolwiek figuruje, znajdują się w kartotekach policji innego państwa. Za zgodą ministra wystosował prośbę do kolegów z zagranicy. Za pośrednictwem Interpolu przeprowadził szereg osobistych rozmów telefonicznych z szefami policji siedmiu najważniejszych krajów.

— Dzisiejszego dnia otrzymałem odpowiedź — zakończył. — Oto ona. Holendrzy nie mają żadnych informacji na temat tego człowieka. Włosi znają kilku zawodowych zabójców, lecz wszyscy są na usługach mafii. Kiedy *carabinieri* zwrócili się z dyskretnym zapytaniem do rzymskiego *capo*[1], otrzymali zapewnienie, że mafijni zabójcy dokonaliby politycznego mordu jedynie na polecenie swoich bossów, którzy nie przyłożyliby ręki do zamachu na cudzoziemskiego polityka. — Lebel podniósł głowę. — Osobiście jestem skłonny w to uwierzyć. Wielka Brytania. Żadnych informacji, choć moja prośba została przekazana do wydziału specjalnego w celu dalszego sprawdzenia.

— Guzdrzą się jak zwykle — mruknął pod nosem Saint-Clair. Lebel usłyszał jego słowa i ponownie podniósł głowę.

— Nasi angielscy przyjaciele są bardzo skrupulatni. Proszę nie lekceważyć Scotland Yardu. — Powiedziawszy to, kontynuował czytanie. — Stany Zjednoczone, dwie możliwości. Jeden z zabójców jest prawą ręką międzynarodowego handlarza bronią działającego w Miami na Florydzie. Człowiek ten służył kiedyś w amerykańskiej piechocie morskiej, a później był agentem CIA na Karaibach. Zlecono mu zamordowanie Kubańczyka popierającego rządy Fidela Castro, tuż przed operacją w Zatoce Świń. Kubańczyk miał być odpowiedzialny za fragment tej operacji. Później Amerykanin zaczął pracować dla handlarza bronią, z którego usług korzystało CIA do potajemnego zaopatrywania w broń sił inwazyjnych lądujących w Zatoce Świń. Przypisuje się mu dwa niewyjaśnione wypadki, które spotkały konkurentów jego mocodawcy. Wygląda na to, że handel bronią to trudna branża. Facet nazywa się Charles „Chuck" Arnold. FBI sprawdza, gdzie przebywa obecnie. FBI podsunęło nam drugiego kandydata, Marca Vitellina, dawnego osobistego ochroniarza nowojorskiego mafiosa Alberta Anastasia. Szefa Vitellina zabito na fotelu u fryzjera w październiku tysiąc dziewięćset pięćdziesiątego siódmego. Vitellino uciekł

---

[1] Szef, komendant, dowódca (wł.).

z Ameryki, obawiając się o własne życie. Osiedlił się w Caracas, w Wenezueli. Próbował handlować narkotykami, lecz bez większego powodzenia. Miejscowi wyparli go z rynku. Ludzie z FBI sądzą, że jeśli dał za wygraną, mógł wrócić do zawodu płatnego zabójcy i za odpowiednią opłatę przyjąć zlecenie od zagranicznej organizacji.

Na sali zapanowało głębokie milczenie. Czternastu mężczyzn słuchało Lebela bez jednego słowa.

— Belgia, jedna możliwość. Psychopatyczny zabójca, dawny najemnik pracujący dla Tschombe, prezydenta Katangi. Wydalony z kraju po aresztowaniu go przez żołnierzy ONZ w tysiąc dziewięćset sześćdziesiątym drugim roku. Nie może wrócić do Belgii, grożą mu bowiem dwa wyroki za morderstwo. Płatny zabójca, inteligentny. Nazwisko — Jules Bérenger. Przypuszczalnie wyemigrował do Ameryki Środkowej. Policja belgijska sprawdza miejsce jego pobytu. — Niemcy, jedna sugestia. Hans-Dietrich Kassel, były major SS poszukiwany przez dwa kraje za zbrodnie wojenne. Po wojnie mieszkał w RFN pod fałszywym nazwiskiem. Zawodowy zabójca działający na zlecenie ODESSY, tajnej organizacji stworzonej przez byłych żołnierzy SS. Podejrzewany o zabójstwo dwóch lewaków wywierających naciski na rząd w celu skuteczniejszego ścigania zbrodni wojennych. Zdemaskowany uciekł do Hiszpanii, po tym jak dostał cynk od wyższego funkcjonariusza policji, który z tego powodu stracił pracę. Podobno przeszedł na emeryturę i mieszka w Madrycie...

Lebel ponownie podniósł głowę.

— Kassel wydaje się nieco za stary na tego typu robotę. Ma pięćdziesiąt siedem lat. Na koniec Afryka Południowa. Jedna możliwość. Najemnik Piet Schuyper. Jeden z najlepszych ludzi Tschombe. Władze Afryki Południowej nie mają oficjalnie nic przeciw niemu, choć jest uważany za osobę niepożądaną.

Strzelec wyborowy, lubi zabijać. Ostatni raz słyszano o nim na początku tego roku, gdy po upadku Katangi został wydalony z Konga. Podobno Schuyper w dalszym ciągu przebywa w Afryce Zachodniej. Ludzie z wydziału specjalnego policji południowoafrykańskiej obiecali to sprawdzić.

Przerwał, rozglądając się po zebranych. Czternastu mężczyzn spoglądało na niego wzrokiem pozbawionym wyrazu.

— Wiem, że to niewiele — rzekł skromnie. — Zwróciłem się z prośbą do przedstawicieli policji siedmiu najważniejszych państw. Szakal może być Szwajcarem lub Austriakiem, lub obywatelem innej narodowości. Policjanci trzech z siedmiu krajów odpowiedzieli, że nikt nie przychodzi im do głowy. Mogli się pomylić. Szakal może być Włochem, Holendrem lub Anglikiem. Może być obywatelem Afryki Południowej, Belgii, Niemiec i Stanów Zjednoczonych, lecz nie znajdować się wśród wymienionych. Nie wiem. Muszę poruszać się po omacku i mieć nadzieję na przełom.

— Nadzieja to za mało — prychnął Saint-Clair.

— Może pan pułkownik ma jakieś sugestie? — spytał grzecznie Lebel.

— Mam przeczucie, że go ostrzegli — rzekł chłodno Saint-Clair. — Po zdemaskowaniu nie zdoła podejść do prezydenta. Niezależnie od tego, ile obiecali mu zapłacić, Rodin i jego ludzie poproszą o zwrot pieniędzy i odwołają akcję.

— Ma pan przeczucie, że został ostrzeżony — zauważył grzecznie Lebel. — Od przeczucia niedaleko do nadziei. W chwili obecnej wolałbym kontynuować dochodzenie.

— W jakiej fazie znajduje się śledztwo, komisarzu? — spytał minister.

— Moi przyjaciele służący w policji innych krajów zaczęli przesyłać teleksem pełne dossier podejrzanych. Mam nadzicję, że do jutra otrzymamy wszystkie. Drogą telegraficzną nadejdą zdjęcia. Niektóre służby próbują ustalić miejsce pobytu podejrzanych, abyśmy mogli ich przejąć.

— Sądzisz, że zachowają dyskrecję? — zapytał Sanguinetti.

— Nie ma powodu, aby było inaczej — odparł Lebel. — Rok w rok policjanci prowadzą setki poufnych dochodzeń w krajach zrzeszonych w Interpolu, często nieoficjalnie, korzystając z kontaktów osobistych. Na szczęście wszystkie państwa, niezależnie od uprawianej polityki, występują przeciwko przestępczości. Nie jest to działalność konkurencyjna, jak w bardziej upolitycznionych dziedzinach stosunków międzynarodowych. Policje różnych krajów świetnie ze sobą współpracują.

— Nawet w dziedzinie przestępstw politycznych? — spytał Frey.

— Dla policjantów to bez różnicy, panie ministrze. Właśnie dlatego wolę się kontaktować z moimi zagranicznymi kolegami, niż występować z zapytaniem za pośrednictwem Ministerstwa Spraw Zagranicznych. Przełożeni moich kolegów z pewnością dowiedzieli się o mojej prośbie, lecz nie mają powodu, aby nam szkodzić. Na całym świecie polityczni zabójcy to ludzie wyjęci spod prawa.

— Jeśli dowiedzą się o prowadzonym śledztwie, wyciągną wnioski i będą drwić z naszego prezydenta — parsknął Saint-Clair.

— Nie pojmuję, dlaczego mieliby to robić. Pewnego dnia mogą się znaleźć w podobnym położeniu — odparł Lebel.

— Nie ma pan pojęcia o polityce, jeśli nie jest pan świadomy, że niektórzy ludzie byliby uszczęśliwieni, wiedząc, że płatny zabójca poluje na prezydenta Francji — odrzekł Saint-Clair. — Prezydent chciał uniknąć przedostania się tych informacji do wiadomości publicznej.

— Nie jest to wiedza publiczna — poprawił go Lebel — lecz bardzo poufna, ograniczona do małej garstki ludzi znających sekrety, których ujawnienie mogłoby doprowadzić do upadku połowy polityków w ich kraju. Niektórzy znają najgłębsze tajemnice instalacji stojących na straży bezpieczeństwa Zachodu. Muszą je znać, aby móc ich strzec. Gdyby nie umieli zachować dyskrecji, nie zajmowaliby wysokich stanowisk.

— Wolę, aby garstka ludzi wiedziała, że szukamy zabójcy, od otrzymania zaproszenia na pogrzeb prezydenta — warknął Bouvier. — Walczymy z OAS od dwóch lat. Prezydent nie chciał, aby ta sprawa stała się sensacją prasową lub tematem dyskusji publicznej.

— Panowie, panowie! — przerwał minister. — Dość tego. To ja upoważniłem komisarza Lebela do poufnego kontaktu z szefami policji innych krajów po... — spojrzał na Saint-Claira — po skonsultowaniu się z prezydentem.

Zebrani ze źle skrywanym rozbawieniem obserwowali konsternację pułkownika Saint-Claira.

— Coś jeszcze? — zapytał *monsieur* Frey.

Rolland nieznacznie uniósł dłoń.

— Mamy stałe biuro w Madrycie — powiedział. — W Hiszpanii mieszka wielu uchodźców OAS. Moglibyśmy sprawdzić tego nazistę, Kassela, o którym wspominała zachodnioniemiecka policja. Jak rozumiem, nasze relacje z Ministerstwem Spraw Zagranicznych w Bonn w dalszym ciągu nie należą do najlepszych.

Niektórzy z zebranych uśmiechnęli się, wspominając uprowadzenie Argouda w lutym tego roku i wściekłość Bonn po tym incydencie. Frey uniósł groźnie brwi i spojrzał na Lebela.

— Dziękuję — powiedział detektyw. — Będziemy bardzo wdzięczni za ustalenie miejsca jego pobytu. Do pozostałych panów nie mam żadnych próśb, z wyjątkiem tej, aby wszystkie służby w dalszym ciągu udzielały mi pomocy, tak jak to czyniły w ciągu ostatnich dwudziestu czterech godzin.

— Zatem do jutra, panowie — rzucił minister, energicznie wstając z krzesła i zbierając papiery. Spotkanie dobiegło końca.

Lebel z radością wciągnął w płuca delikatne nocne powietrze Paryża, stojąc na schodach przed ministerstwem. Zegary wybiły północ, oznajmiając nadejście czwartku. Trzynasty sierpnia.

• • •

Tuż po północy Barrie Lloyd zadzwonił do domu nadinspektora Thomasa w Chiswick. Thomas szykował się właśnie do zgaszenia lampki nocnej, sądząc, że kolega z SIS odezwie się rano.

— Znalazłem kopię raportu, o którym rozmawialiśmy — powiedział Lloyd. — Miałem słuszność. To rutynowa notatka poświęcona plotkom, które w tym czasie krążyły na wyspie. Kiedy trafiła do akt, oznaczono ją dopiskiem: „Nie podejmować żadnych działań". Byliśmy wtedy bardzo zajęci innymi sprawami.

— Czy w raporcie pada jakieś nazwisko? — spytał Thomas cicho, aby nie obudzić żony.

— Tak, brytyjskiego biznesmena, który przebywał w tym czasie na terenie Dominikany, a później słuch po nim zaginął. Facet mógł nie mieć nic wspólnego z zamachem. Nazywał się Charles Calthrop.

— Dzięki, Barrie. Zajmę się tym jutro rano. — Thomas odłożył słuchawkę i poszedł spać.

Lloyd, będąc skrupulatnym młodym pracownikiem, sporządził krótką notatkę w sprawie prośby kolegi i odpowiedzi, której mu udzielił, a następnie przekazał ją do archiwum. Nad ranem agent pełniący dyżur nocny przeczytał ją ze zdumieniem, a ponieważ sprawa dotyczyła Paryża, umieścił ją w torbie przeznaczonej dla sekcji francuskiej. Zgodnie z procedurą miała zostać dostarczona do rąk jej szefa, kiedy rano zamelduje się w pracy.

Rozdział czternasty

Szakal wstał jak zwykle o siódmej trzydzieści, wypił herbatę, którą kelner postawił przy jego łóżku, ogolił się i wziął prysznic. Po włożeniu ubrania zza podszewki walizki wyciągnął plik banknotów w kwocie tysiąca funtów, wsunął go do kieszeni na piersi i zszedł po schodach na śniadanie. O dziewiątej wyszedł z hotelu i ruszył Via Manzoni, rozglądając się za bankami. Przez godzinę chodził od jednego do drugiego, wymieniając angielskie funty. Dwieście wymienił na włoskie liry, a pozostałe osiemset na franki francuskie.

Późnym rankiem wymienił całą kwotę i wstąpił na filiżankę espresso do kawiarni na tarasie. Następnie wyruszył na kolejne poszukiwania. Po długiej wędrówce dotarł do jednej z bocznych uliczek Porta Garibaldi, dzielnicy robotniczej położonej nieopodal Dworca Garibaldiego. Znalazł to, czego szukał — rząd zamykanych garaży. Wynajął jeden z nich od właściciela, który prowadził warsztat samochodowy na rogu ulicy. Chociaż dziesięć tysięcy lirów za dwa dni było bardzo wygórowaną ceną, potrzebował garażu jedynie na krótki czas.

W okolicznym sklepie z artykułami żelaznymi kupił kombinezon i metalowy sekator, kilka metrów cienkiego stalowego drutu, lutownicę i pół metra lutu. Zapakował to wszystko w torbę z materiału kupioną w tym samym sklepie i pozostawił ją w garażu. Wsunąwszy klucz do kieszeni, udał się na lunch do trattorii w modnej części miasta.

Wczesnym popołudniem zamówił taksówkę i pojechał do małej, niezbyt popularnej firmy wynajmującej samochody. Wybrał używany dwumiejscowy sportowy kabriolet marki Alfa Romeo z tysiąc dziewięćset sześćdziesiątego drugiego roku. Wyjaśnił, że w ciągu dwutygodniowych wakacji zamierza objechać Włochy, a następnie wrócić do Mediolanu i oddać wóz.

Jego paszport i brytyjskie prawo jazdy były w najlepszym porządku. W ciągu godziny wykupiono ubezpieczenie w firmie, która zwykle obsługiwała klientów wypożyczalni. Depozyt za wóz był wysoki, sięgający ponad stu funtów, lecz wczesnym popołudniem samochód był jego, kluczki tkwiły w stacyjce, a właściciel firmy życzył mu udanych wakacji.

W londyńskim związku motorowym zapewniono go, że Francja i Włochy są członkami Wspólnego Rynku, dlatego nie będzie miał problemu z wjechaniem samochodem na włoskich numerach do Francji, pod warunkiem że prawo jazdy, dokumenty wozu i ubezpieczenie będą w należytym porządku.

W Automobil Club Italiano przy Corso Venezia uzyskał adres renomowanej firmy ubezpieczeniowej działającej w pobliżu, która specjalizowała się w ubezpieczaniu wyjazdów zagranicznych. Za gotówkę wykupił dodatkowe ubezpieczenie obejmujące podróż do Francji. Zapewniono go, że włoska firma ściśle współpracuje z dużą francuską firmą ubezpieczeniową, która w razie potrzeby zapewni mu bezzwłocznie odpowiednią ochronę.

Później pojechał alfą do hotelu Continentale, zostawił wóz na parkingu hotelowym i poszedł do pokoju po walizkę z elementami karabinu snajperskiego. Tuż po podwieczorku wrócił do dzielnicy wąskich uliczek, gdzie wcześniej wynajął garaż.

Zamknąwszy za sobą drzwi, podłączył kabel lutownicy do gniazda żarówki w suficie, a następnie położył latarkę na podłodze, aby oświetlić podwozie samochodu. Kiedy wszystko było gotowe, przystąpił do pracy. W ciągu dwóch godzin starannie przyspawał cienkie stalowe pojemniki z elementami broni do podwozia alfy. Jednym z powodów, dla których wybrał tę markę, było to, że spośród włoskich aut alfa ma najsolidniejsze podwozie z głębokim wewnętrznym kołnierzem.

Pojemniki z częściami broni wsunął w cienki rękaw z workowej tkaniny. Stalowym drutem przymocował je solidnie do kołnierza, a miejsca styku drutu z podwoziem zgrzał punktowo za pomocą lutu.

Kiedy skończył, kombinezon był pobrudzony smarem z podłogi, a dłonie bolały go od mocnego naciągania drutu wokół elementów podwozia. Wykonał robotę jak należy. Cylindryczne pojemniki były prawie niewidoczne, chyba że wóz zostałby starannie przebadany od spodu, a przecież podwozie miało się niebawem pokryć warstwą kurzu i brudu.

Szakal spakował kombinezon, lutownicę i drut do torby z materiału, a następnie wsunął ją pod stertę szmat w drugim końcu garażu. Metalowy sekator trafił do schowka na rękawiczki w samochodzie.

Gdy ponownie zasiadł za kierownicą alfy, nad miastem zaczął zapadać zmrok. Zamknął drzwi garażu, wsunął klucz do kieszeni i wrócił do hotelu.

Dwadzieścia cztery godziny po przybyciu do Mediolanu był znowu w swoim pokoju. Zmył pod prysznicem brud i zmęczenie, namoczył obolałe dłonie w misce z zimną wodą, a następnie ubrał się, by wypić koktajl i pójść na obiad.

Przystanął w recepcji przed udaniem się do baru na codzienne campari z wodą sodową, prosząc, aby po obiedzie przygotowano mu rachunek za pobyt. Zamówił również poranne budzenie na piątą trzydzieści i herbatę do pokoju.

Po zjedzeniu smacznego posiłku uregulował należność, zostawiając recepcjoniście resztę lirów, i tuż po dwudziestej trzeciej poszedł spać.

• • •

Sir Jasper Quigley stał zwrócony twarzą do okna. Założył ręce na plecach, przypatrując się okazałemu, liczącemu pół hektara placowi Horse Guards Parade rozciągającemu się obok Ministerstwa Spraw Zagranicznych. Pułk kawalerii przybocznej paradował w zwartym szyku w kierunku hotelu Annexe i Malla, by następnie skręcić do pałacu Buckingham.

Była to piękna i wzruszająca uroczystość. Sir Jasper często stawał w oknie gmachu ministerstwa, obserwując tę najbardziej angielską z parad. Zwykle przychodziło mu na myśl, że dla takiego widoku regimentu Blues[1], promieni słońca i wyciągających szyję gapiów, brzęku uprzęży i wędzideł niosącego się po placu oraz krzyków zachwyconej gawiedzi warto było służyć tyle lat w ambasadach drugorzędnych krajów. Obserwując uroczystość, prężył plecy i wciągał brzuch, a dumnie uniesiona broda powodowała, że znikały zmarszczki na szyi. Czasami, słysząc odgłos kopyt na żwirze, wstawał zza biurka, podchodził do neogotyckiego okna i obserwował przejeżdżających kawalerzystów, aby po chwili wrócić do dokumentów i innych spraw wagi państwowej. Czasami myślał o cudzoziemcach, którzy próbowali położyć kres tej ceremonii, zastąpić pobrzękiwanie ostróg ciężkim człapaniem francuskich kamaszy lub niemiec-

[1] Elitarny regiment angielskiej kawalerii.

kich wojskowych buciorów. Czuł wówczas lekkie pieczenie oczu i pospiesznie wracał do swoich papierów.

Tego ranka było inaczej. Patrzył przed siebie jadowitym wzorkiem, a jego wąskie, blade wargi były tak ściśnięte, że stały się prawie niewidoczne. Sir Jasper Quigley był wściekły, o czym świadczyły ledwie dostrzegalne oznaki. Oczywiście w gabinecie był sam.

Quigley był „szefem Francji", naturalnie nie w sensie dosłownym, nie miał bowiem żadnej władzy nad krajem leżącym po drugiej stronie kanału. Wiele mówiło się o przyjaźni z Francją, lecz niewiele zrobiono, aby stała się faktem. Sir Jasper był szefem wydziału Ministerstwa Spraw Zagranicznych, którego zadaniem było śledzenie spraw, ambicji, działań, a często również intryg targających tym niespokojnym miejscem, aby przekazywać informacje podsekretarzowi, a ostatecznie ministrowi spraw zagranicznych rządu Jej Królewskiej Mości.

Sir Jasper Quigley odznaczał się wszelkimi przymiotami niezbędnymi do piastowania swojej funkcji, w przeciwnym razie by jej bowiem nie otrzymał — miał za sobą długą i błyskotliwą karierę dyplomatyczną w krajach, do których grona Francja się nie zaliczała, potwierdzoną zdolność trzeźwej oceny politycznej, która mimo licznych błędów była zawsze zgodna z aktualnymi poglądami jego przełożonych. Wspaniała kariera, z której mógł być naprawdę dumny. Nigdy nie popełnił publicznej gafy, nigdy słuszną uwagą nie postawił w kłopotliwej sytuacji przełożonych, nigdy też nie popierał niepopularnego punktu widzenia ani nie wypowiadał opinii niezgodnych z poglądem osób zajmujących najwyższe stanowiska w angielskim korpusie dyplomatycznym.

Małżeństwo z brzydką córką szefa wydziału kanclerskiego w Berlinie, która później została asystentką zastępcy podsekretarza stanu, nie zaszkodziło jego karierze. Ułatwiło przemilczenie niefortunnego berlińskiego memorandum z tysiąc dziewięćset trzydziestego siódmego roku, sugerującego, że rozbrojenie Niemiec nie będzie miało wpływu na polityczną przyszłość Europy.

Okres wojny sir Jasper spędził w Londynie, przez jakiś czas zajmując się wydziałem bałkańskim. W tym czasie zdecydowanie opowiadał się za tym, aby Brytyjczycy poparli czetników Mihailovicia. Kiedy ówczesny premier rządu lekkomyślnie posłuchał nieznanego młodego kapitana Fitzroya MacLeana, który został zrzucony ze spadochronem na terytorium Jugosławii i doradził wsparcie tego żałosnego komunisty Tita, młody Quigley został przeniesiony do sekcji francuskiej.

Na tym stanowisku wyróżnił się jako czołowy orędownik stacjonującego w Algierii generała Girauda. Byłaby to całkiem rozsądna linia polityki, gdyby generała nie wymanewrował inny, młodszy dowódca, który w tym czasie mieszkał w Londynie, organizując francuskie oddziały nazywane armią Wolnej Francji. Żaden z zawodowych dyplomatów nie miał pojęcia, czemu Winston zaprząta sobie głowę tym człowiekiem.

Czy z Francuzów może być w ogóle jakiś pożytek? Nikt nie mógłby zaprzeczyć, że sir Jasper (wyróżniony tytułem szlacheckim w sześćdziesiątym pierwszym roku w uznaniu zasług na polu dyplomacji) ma kwalifikacje niezbędne do kierowania wydziałem francuskim. Jednakże czuł wrodzoną niechęć do Francji i wszystkiego, co się z nią wiązało. Uczucia te były jednak niczym w porównaniu z urazą, którą żywił do francuskiego prezydenta, szczególnie po konferencji prasowej zwołanej przez de Gaulle'a czternastego stycznia tysiąc dziewięćset sześćdziesiątego trzeciego roku, podczas której generał oficjalnie zawetował przyjęcie Wielkiej Brytanii do Wspólnoty Europejskiej. Sir Jasper spędził wówczas dwadzieścia bardzo nieprzyjemnych minut w towarzystwie ministra.

Słysząc pukanie do drzwi, odwrócił się od okna i podniósł z biurka kopię jakiegoś dokumentu, udając, że czyta.

— Wejść.

Mężczyzna zamknął za sobą drzwi i podszedł do biurka.

Sir Jasper spojrzał na niego zza połówek okularów.

— Witaj, Lloyd. Właśnie przeglądałem raport, który sporządziłeś ostatniej nocy. Intrygująca sprawa. Wyższy funkcjonariusz policji francuskiej kieruje nieoficjalną prośbę do wyższego funkcjonariusza policji brytyjskiej. Ten przekazuje ją podkomisarzowi wydziału specjalnego, który uznaje za stosowne porozmawiać o tej sprawie z młodszym pracownikiem naszego wywiadu. Oczywiście nieoficjalnie. Intrygujące, nie sądzisz?

— Tak.

Lloyd spojrzał na szczupłą postać dyplomaty stojącego w oknie i studiującego jego raport, jakby nie widział go wcześniej na oczy. Odgadł, że sir Jasper doskonale zna treść dokumentu, a wystudiowana obojętność jest zwykłą pozą.

— Ów młodszy pracownik uznaje za stosowne, z własnej inicjatywy, bez zapytania o zdanie przełożonych, pomóc funkcjonariuszowi wydziału specjalnego, przekazując mu swoje sugestie. Sugestie oparte na niepotwierdzonych plotkach, że brytyjski obywatel podający się za biznesmena może być działającym z zimną krwią zabójcą. Intrygujące, prawda?

Do czego zmierza ten stary zgred, pomyślał Lloyd.

Wkrótce miał się tego dowiedzieć.

— Intryguje mnie, drogi Lloydzie, dlaczego owa prośba, oczywiście nieoficjalna, wpłynęła wczoraj rano, a szef wydziału Ministerstwa Spraw Zagranicznych, żywotnie zainteresowanego sytuacją we Francji, został o tym poinformowany dopiero po upływie dwudziestu czterech godzin. Dziwna sprawa, nie sądzisz?

Lloyd zrozumiał. Rywalizacja między wydziałami. Był świadomy, że sir Jasper jest człowiekiem wpływowym i od wielu lat bierze udział w walce o władzę, która kompetentnym członkom rządu zajmuje więcej czasu od spraw wagi państwowej.

— Z całym szacunkiem, jak pan sam zauważył, nadinspektor Thomas zwrócił się do mnie z nieoficjalnym zapytaniem wczoraj o dwudziestej pierwszej. Raport został sporządzony o północy.

— Racja, racja. Zauważyłem wszak, że jego prośba została spełniona na długo przed północą. Możesz mi to wytłumaczyć?

— Uznałem, że przekazanie wskazówki prowadzącemu dochodzenie jest zgodne z duchem wzajemnej współpracy między naszymi wydziałami — odrzekł Lloyd.

— Czyżby? Naprawdę? — Sir Jasper zrezygnował z grzecznego wypytywania, otwarcie wyrażając swoją irytację. — A nie pomyślał pan, że jest to zgodne z duchem wzajemnej współpracy między pana agencją i sekcją francuską?

— Trzyma pan w dłoni mój raport.

— Dostałem go nieco za późno. Nieco za późno.

Lloyd postanowił zareagować. Wiedział, że gdyby popełnił błąd, udzielając pomocy Thomasowi bez wiedzy przełożonych, powinien był spytać o to własnego przełożonego zamiast sir Jaspera Quigleya. Szef SIS był uwielbiany przez swoich ludzi i darzony niechęcią przez mandarynów z Foreign Office za to, że nie pozwalał, aby ganili jego podwładnych.

— Za późno na co?

Quigley rzucił mu ostre spojrzenie. Nie miał zamiaru wpaść w pułapkę i przyznać, że było za późno na odmowę udzielenia pomocy Thomasowi.

— Zdaje pan sobie sprawę, że chodzi o obywatela brytyjskiego. Człowieka, wobec którego nie ma nawet cienia dowodu, o twardych dowodach nie wspominając. Sądzi pan, że powinniśmy narażać na szwank jego nazwisko, a biorąc pod uwagę charakter prośby, także reputację?

— Nie uważam, aby przekazanie nazwiska nadinspektorowi wydziału specjalnego stanowiło narażenie na szwank reputacji obywatela brytyjskiego.

Dyplomata zacisnął usta, próbując zapanować nad gniewem. Musiał się pilnować, wziąć się w garść.

— Rozumiem, Lloyd. Rozumiem. Tak bardzo pragnął pan udzielić pomocy wydziałowi specjalnemu, co skądinąd należy uznać za chwalebne, że nie pomyślał o tym, by wcześniej zasięgnąć rady przełożonych?

— Pyta pan, dlaczego nie zasięgnąłem pańskiej rady?

Quigley poczerwieniał.

— Tak! Pytam, dlaczego nie przyszedł pan z tym do mnie.

— Z najwyższym szacunkiem dla pańskiego wysokiego stanowiska, chciałbym przypomnieć, że jestem pracownikiem wywiadu. Jeśli nie zgadza się pan z moim postępowaniem, bardziej stosowne byłoby wystosowanie skargi do mojego przełożonego, zamiast zwracać się z tym bezpośrednio do mnie.

Stosowne? Stosowne! Jak ten młody karierowicz śmie mówić szefowi sekcji francuskiej, co jest stosowne!

— Nie omieszkam tego uczynić — prychnął sir Jasper. — Zapewniam pana. W najbardziej zdecydowanych słowach.

Lloyd odwrócił się i wyszedł z gabinetu, nie pytając o zgodę. Nie miał wątpliwości, że Stary zmyje mu głowę. Na swoją obronę mógł przytoczyć jedynie to, że prośba Bryna Thomasa wydawała się pilna, że ważną rolę odgrywał czynnik czasu. Jeśli Stary uzna, że powinien załatwić sprawę kanałem służbowym, otrzyma naganę. W każdym razie dostanie ją od swojego szefa, a nie od Quigleya. Przeklęty Thomas.

Sir Jasper Quigley nie był pewny, czy złoży skargę. Z proceduralnego punktu widzenia miał słuszność — informacje na temat

Calthorpa, choć całkowicie zapomniane, powinny były zostać udostępnione przez kogoś mającego wyższą rangę, choć niekoniecznie przez niego. Jako szef sekcji francuskiej był odbiorcą raportów SIS, nie zaś jednym z jej dyrektorów. Mógł złożyć skargę na ręce tego kłótliwego geniusza (nie on go tak nazywał), który kierował SIS i pewnie udzieliłby nagany Lloydowi, szkodząc przyszłej karierze tego smarkacza. Jednakże szef SIS mógłby użyć swojego ciętego języka i zrobić mu awanturę, że wezwał do siebie agenta wywiadu bez jego wiedzy, to zaś bynajmniej nie bawiłoby sir Jaspera. Do jego uszu docierały pogłoski, że szef SIS pozostaje w bardzo zażyłych stosunkach z ludźmi na samej górze, że grywa z nimi w karty w Blades i jeździ na polowania do Yorkshire. Do Glorious Twelfth został zaledwie tydzień. Lepiej dać temu spokój.

— Nie zapobiegnie to szkodzie — mruknął, wyglądając na Horse Guards Parade.

• • •

— Nie zapobiegnie to szkodzie — powiedział podczas lunchu koledze, z którym tuż po pierwszej jadł posiłek w klubie. — Teraz rzucą się Francji na pomoc. Miejmy nadzieję, że nie będą się zbyt mocno przykładali, prawda?

Uznał to za dobry żart i nieźle się ubawił. Niestety, nie wiedział, że jego towarzysz pozostaje w zażyłych stosunkach z kimś na samej górze.

• • •

Do premiera, który wrócił na Downing Street tuż przed szesnastą, po udzieleniu odpowiedzi na zapytania członków parlamentu, dotarł niemal równocześnie osobisty raport komisarza policji metropolitalnej i niewinny *bon mot* sir Jaspera.

O szesnastej dziesięć zadzwonił telefon w biurze nadinspektora Thomasa.

Thomas poświęcił cały ranek i większą część popołudnia na tropienie mężczyzny, o którym wiedział jedynie, jak się nazywa. Jak zwykle w razie poszukiwań człowieka, który przebywał za granicą, śledztwo rozpoczęto w biurze paszportowym w Petty France.

Ponieważ złożył im wizytę o dziewiątej, zaraz po rozpoczęciu pracy, otrzymał fotokopie formularzy paszportowych sześciu różnych Charlesów Calthropów. Niestety, wszyscy mieli drugie imię, w każdym przypadku inne. Zdobył również zdjęcia wszystkich sześciu, złożywszy obietnicę, że zostaną skopiowane i zwrócone od archiwum urzędu.

Jedno z podań wpłynęło w styczniu tysiąc dziewięćset sześćdziesiątego pierwszego roku, co nie musiało niczego oznaczać, choć Thomas zwrócił uwagę, że wspomniany Charles Calthrop wcześniej nie prosił o wydanie paszportu. Jeśli na Dominikanie posługiwał się innym nazwiskiem, jak to możliwe, by w plotkach łączących go z zabójstwem Trujilla występował jako Calthrop? Thomas był skłonny wykluczyć z kręgu podejrzanych ostatniego Calthropa ubiegającego się o paszport.

Z pozostałych pięciu jeden wydawał się za stary. W sierpniu tysiąc dziewięćset sześćdziesiątego trzeciego miał sześćdziesiąt pięć lat. W grę wchodziło czterech. Nie miało większego znaczenia, czy byli wysokimi blondynami, jak wspomniał Lebel. Thomas posługiwał się metodą eliminacji. Byłby zadowolony, gdyby drogą eliminacji zdołał ustalić, że żaden z nich nie może być Szakalem. Mógłby wówczas z czystym sumieniem udzielić odmownej odpowiedzi Lebelowi.

W każdym formularzu figurował adres: dwa londyńskie i dwa na prowincji. Oczywiście nie mógł się połączyć z panem Charlesem Calthropem i zapytać, czy w sześćdziesiątym pierwszym był na Dominikanie. Facet mógłby zaprzeczyć, nawet gdyby było to prawdą.

Żaden z czterech podejrzanych w rubryce zawód nie wpisał „przedsiębiorca". To też nie było rozstrzygające. Plotki krążące w barach mogły zawierać nieprawdziwe informacje.

Rano policja hrabstwa na telefoniczną prośbę Thomasa dotarła do dwóch Calthropów mieszkających na prowincji. Jeden pracował, choć w nadchodzący weekend planował wyjazd z rodziną na wakacje. Zawieziono go do domu w porze lunchu i sprawdzono paszport. Nie znaleziono w nim pieczątek świadczących o przyjeździe do Dominikany lub wyjeździe z tego kraju w sześćdziesiątym lub sześćdziesiątym pierwszym roku. Mężczyzna użył paszportu tylko dwukrotnie: raz podczas wyjazdu na Majorkę, drugi na Costa Brava. Co więcej, wywiad przeprowadzony w miejscu pracy ujawnił, że Charles Calthrop przepracował cały styczeń tysiąc dziewięćset sześćdziesiątego pierwszego roku w dziale księgowości wytwórni mydła, w której był zatrudniony od dziesięciu lat.

Drugi z Calthropów mieszkających poza granicami Londynu został odnaleziony w hotelu w Blackpool. Ponieważ nie miał przy sobie paszportu, przekonano go, aby upoważnił policję w swoim mieście do wypożyczenia klucza od sąsiada, otworzenia górnej szuflady biurka i przyjrzenia się dokumentowi. Także w tym paszporcie nie znajdowały się żadne stemple Republiki Dominikańskiej. W miejscu pracy okazało się, że Calthrop jest technikiem naprawiającym maszyny do pisania, a w sześćdziesiątym pierwszym roku był codziennie w pracy poza okresem letnich wakacji. Potwierdzały to dokumenty ubezpieczenia i listy obecności.

Kiedy dwaj spokojni dżentelmeni w ciemnych garniturach odwiedzili trzeciego Calthropa, drugiego z zamieszkałych w Londynie, okazało się, że facet prowadzi sklep warzywny w Catford. Ponieważ mieszkał nad sklepem, przyniósł paszport po kilku minutach. Podobnie jak w wypadku pozostałych nic nie wskazywało na to, że kiedykolwiek był na Dominikanie. Zdołał nawet przekonać detektywów, że nie wie, gdzie leży wspomniana wyspa.

Odnalezienie czwartego i ostatniego Calthropa okazało się nieco trudniejsze. Adres podany w formularzu paszportowym cztery lata temu okazał się blokiem mieszkalnym w Highgate. Zarządcy budynku sprawdzili księgi i ustalili, że mężczyzna wyprowadził się w grudniu tysiąc dziewięćset sześćdziesiątego pierwszego roku, nie pozostawiając żadnego adresu, pod którym można by go znaleźć.

Thomas ustalił przynajmniej jego drugie imię. Żadnego rezultatu nie dało również sprawdzenie bazy telefonicznej na poczcie głównej, choć powołanie się na wydział specjalny pozwoliło Thomasowi ustalić, że niejaki C.H. Calthrop miał zastrzeżony numer w zachodnim Londynie. Inicjały ostatniego Calthropa odpowiadały imionom Charles Harold. Thomas skontaktował się z wydziałem meldunkowym gminy, w której figurował wspomniany numer telefonu.

W urzędzie zapewniono go, że pan Charles Harold Calthrop był faktycznie najemcą mieszkania pod tym adresem, znajdował się też na liście wyborców okręgu.

Postanowiono złożyć wizytę w jego mieszkaniu. Było zamknięte i nikt nie odpowiadał na wielokrotnie ponawiane dzwonienie do drzwi. Żaden z sąsiadów nie znał miejsca pobytu pana Calthropa. Kiedy kolumna samochodów wróciła do Scotland Yardu, nadinspektor Thomas postanowił obrać nową metodę postępowania. Poproszono urząd skarbowy o zbadanie deklaracji podatkowych niejakiego Charlesa Harolda Calthropa zameldowanego pod wspomnianym adresem. Kto był jego pracodawcą w ciągu trzech ostatnich lat?

Wtedy właśnie zadzwonił telefon. Thomas podniósł słuchawkę, przedstawił się, a następnie słuchał kilka sekund w milczeniu, ze zdumieniem unosząc brwi.

— Ja? — spytał. — Osobiście?! Tak, oczywiście, zaraz będę. Dasz mi pięć minut? W porządku, do zobaczenia.

Wyszedł z budynku i ruszył w stronę Parliament Square, głośno wydmuchując nos, aby oczyścić niedrożne zatoki.

Dotarłszy na Parliament Square, ruszył w kierunku Whitehall, a następnie skręcił w pierwszą ulicę w lewo. Znalazł się na Downing Street. Niepozorna ślepa uliczka, przy której urzędował premier Wielkiej Brytanii, była jak zawsze mroczna i ponura, osłonięta przed promieniami słońca. Naprzeciw posesji numer dziesięć zebrał się mały tłum zepchnięty na drugą stronę ulicy przez dwóch rosłych policjantów. Funkcjonariusze obserwowali gońców oczekujących pod drzwiami z szarymi kopertami w ręku, być może licząc na to, że w jednym z okien dostrzegą zarys jakiejś ważnej postaci.

Thomas minął jezdnię i przeszedł przez mały dziedziniec z niewielkim trawnikiem, kierując się do tylnego wejścia. W otwartych drzwiach stanął rosły, umundurowany sierżant policji, który rozpoznał go i zasalutował.

— Dobry wieczór. Pan Harrowby kazał zaprowadzić pana do siebie.

James Harrowby, człowiek, który zadzwonił do Thomasa kilka minut temu, był szefem osobistej ochrony premiera, przystojnym mężczyzną wyglądającym młodziej niż na swoje czterdzieści jeden lat. Chociaż uczęszczał do szkoły publicznej, zrobił błyskotliwą karierę w policji, zanim został przeniesiony na Downing Street. Podobnie jak Thomas był w stopniu nadinspektora. Na jego widok podniósł się z miejsca.

— Witaj, Bryn. Miło cię widzieć. — Skinął głową sierżantowi. — Dziękuję, Chalmers. — Sierżant się cofnął, zamykając za sobą drzwi.

— O co chodzi? — spytał Thomas.

Harrowby spojrzał na niego ze zdumieniem.

— Sądziłem, że ty mi powiesz. Zadzwonił piętnaście minut temu, wymienił twoje nazwisko i powiedział, że chce się z tobą natychmiast widzieć. Wiesz, co jest grane?

Thomasowi przyszła do głowy tylko jedna rzecz, był jednak zdumiony, że w tak krótkim czasie sprawa zaszła tak wysoko. Gdyby premier chciał wtajemniczyć w sprawę swojego szefa ochrony, mógłby to zrobić.

— Nie mam pojęcia — odrzekł.

Harrowby podniósł słuchawkę stojącego na biurku telefonu i poprosił o połączenie z gabinetem premiera. Po drugiej stronie zaskrzypiało i po chwili rozległ się głos:

— Tak?

— Mówi Harrowby, panie premierze. Przyszedł nadinspektor Thomas... tak. — Odłożył słuchawkę.

— Chodźmy. Coś się dzieje. Są u niego dwaj ministrowie.

Harrowby wyszedł z gabinetu i skręcił w kierunku obitych zielonym suknem drzwi na drugim końcu korytarza. Sekretarz wyszedł na korytarz i stanął z boku, robiąc im przejście.

— Nadinspektor Thomas, panie premierze — rzekł Harrowby, zapraszając Thomasa do środka.

Thomas znalazł się w wysokim, elegancko umeblowanym pokoju zawalonym książkami i dokumentami. Poczuł woń tytoniu i drewnianych paneli. Pomieszczenie przypominało raczej pokój nauczyciela akademickiego niż gabinet premiera.

Mężczyzna stojący przy oknie odwrócił się w jego stronę.

— Dobry wieczór, nadinspektorze. Proszę spocząć.

— Dobry wieczór. — Thomas przysiadł na krawędzi krzesła stojącego na wprost biurka. Nigdy wcześniej nie widział premiera z tak małej odległości, nigdy też nie spotkał się z nim osobiście. Ujrzał przed sobą parę smętnych, zmęczonych oczu i opadające powieki nadające premierowi wygląd ogara, który pokonał daleką drogę, czerpiąc z niej niewiele przyjemności.

W pokoju zapanowała cisza. Szef rządu spoczął za biurkiem. Thomas słyszał krążące w Whitehall plotki, że premier podupadł na zdrowiu, a niedawna afera Keelera i Warda, o której rozprawiano do dziś, odcisnęła na nim bolesne piętno. Mimo to był zaskoczony tym, jak wyczerpany i smutny wydawał się człowiek siedzący naprzeciw niego.

— Nadinspektorze Thomas, dowiedziałem się, że prowadzi pan śledztwo w sprawie telefonicznej prośby, którą wczoraj skierował do pana jeden ze starszych funkcjonariuszy policji kryminalnej Francji.

— Tak... panie premierze.

— Czy prośba ta wypływa z obaw francuskich sił bezpieczeństwa, że OAS wynajęło człowieka... zawodowego zabójcę... w celu przeprowadzenia operacji specjalnej na terenie Francji?

— Nie powiedziano tego wprost, panie premierze. Poproszono jedynie o przekazanie dostępnych nam informacji na temat zawodowych zabójców. Francuzi nie wyjaśnili, dlaczego ich potrzebują.

— Jaki wniosek wysnuł pan z tej prośby, nadinspektorze?

Thomas wzruszył lekko ramionami.

— Taki sam jak pan, panie premierze.

— Właśnie. Nie trzeba być geniuszem, aby wydedukować, że jest tylko jeden powód, dla którego władze francuskie mogły nas poprosić o informacje na temat takich... osobników. Kto pana zdaniem może być celem takiej operacji? Jeśli policja francuska rzeczywiście szuka tego człowieka?

— Francuzi obawiają się, że człowiek ten będzie usiłował zamordować ich prezydenta.

— Właśnie. Czy wcześniej podejmowano takie próby?

— Tak. Przeprowadzono sześć nieudanych zamachów.

Premier spojrzał na dokumenty leżące na biurku, tak jakby mogły mu wyjaśnić, co się stało ze światem w ciągu ostatnich miesięcy jego urzędowania.

— Czy jest pan świadomy, nadinspektorze, że w tym kraju są osoby często zajmujące eksponowane stanowiska, które nie byłyby zmartwione, gdyby dochodzenie prowadzono w sposób opieszały?

Thomas był szczerze zdumiony.

— Nie. — Skąd, u licha, premier wysnuł takie przypuszczenia?

— Mógłby mi pan przedstawić aktualne rezultaty śledztwa?

Nadinspektor zaczął od początku, wyjaśniając, w jaki sposób sprawa trafiła z archiwum spraw kryminalnych do wydziału specjalnego. Wspomniał o swojej rozmowie z Lloydem i nazwisku Calthrop, które padło w jej trakcie. Opisał również działania podejmowane w chwili obecnej.

Kiedy skończył, premier wstał i podszedł do okna, spoglądając na nasłoneczniony, porośnięty trawą dziedziniec. Milczał przez dłuższą chwilę, zwiesiwszy ramiona. Thomas był ciekaw, o czym duma.

Może myślał o plaży pod Algierem, po której spacerował z wyniosłym Francuzem kierującym teraz sprawami własnego kraju, pięćset kilometrów od Londynu. Byli wówczas dwadzieścia lat młodsi i nie wiedzieli, co przyniesie przyszłość.

Może dumał o tym samym Francuzie, który osiem miesięcy wcześniej w pozłacanej sali Pałacu Elizejskiego zniweczył starannie przemyślanymi i donośnymi słowami nadzieje brytyjskiego premiera, który liczył, że zdoła zakończyć okres swojego urzędowania wprowadzeniem Wielkiej Brytanii do Wspólnoty Europejskiej. Wydarzenie to miało być ukoronowaniem jego kariery. Mógłby odejść na emeryturę z poczuciem zadowolenia, jakiego doświadcza człowiek, który urzeczywistnił swoje marzenia.

A może zastanawiał się nad ostatnimi trudnymi miesiącami, kiedy sensacyjne wiadomości o stręczycielach i prostytutkach omal nie przewróciły rządu Wielkiej Brytanii. Był starym człowiekiem, który urodził się i wychował w świecie opartym na innym pojmowaniu dobra i zła — pojmowaniu, w które wierzył i którego się trzymał. Świat się zmienił, pojawili się nowi ludzie i nowe ideały, on zaś należał do przeszłości. Czy zdawał sobie sprawę, że zaczęły obowiązywać nowe standardy, których nie rozumiał i nie lubił?

Przypuszczalnie uświadamiał to sobie, patrząc na trawnik tonący w promieniach słońca. Operacja chirurgiczna, której miał się poddać, nie mogła być dłużej odkładana, a wraz z nią rezygnacja z zajmowanego urzędu. Niedługo władza zostanie przekazana nowym ludziom, tak jak w wielu innych krajach na świecie. Czy dostanie się w ręce stręczycieli i dziwek, szpiegów i... morderców?

Thomas zauważył, że premier wyprostował ramiona i odwrócił się w jego stronę.

— Nadinspektorze Thomas, chciałbym, aby pan wiedział, że generał de Gaulle jest moim przyjacielem. Jeśli istnieje najmniejsze prawdopodobieństwo, że coś mu zagraża i że źródłem tego zagrożenia jest obywatel naszego kraju, trzeba zrobić wszystko, by złapać tego człowieka. Proszę prowadzić śledztwo z pełnym zaangażowaniem. W ciągu godziny pański przełożony otrzyma polecenie udostępnienia panu wszelkich zasobów, którymi dysponuje. Nie będzie żadnych ograniczeń finansowych ani kadrowych. Może pan zaprosić do swojego zespołu kogo zechce i mieć dostęp do archiwów wszystkich urzędów w kraju, jeśli pomoże to w prowadzeniu dochodzenia. Na moje osobiste polecenie podejmie pan pełną współpracę z francuskimi władzami w tej sprawie. Pana zadanie będzie zakończone dopiero wówczas, gdy zdobędziemy całkowitą pewność, że człowiek, którego poszukują Francuzi, nie jest obywatelem brytyjskim ani nie operuje na terenie naszego kraju. Zawiadomi mnie pan o tym osobiście i złoży raport. Gdyby się okazało, że ów Calthrop lub inny człowiek z brytyjskim paszportem może być tym, którego szukają Francuzi, zatrzyma go pan. Kimkolwiek jest, trzeba go powstrzymać. Czy wyraziłem się jasno?

Nie mógł tego powiedzieć w bardziej dobitny sposób. Thomas wiedział, że do uszu premiera musiały dotrzeć wieści, które zachęciły go do wydania takich instrukcji. Podejrzewał, że musiały mieć jakiś związek z zagadkową uwagą o ludziach, którzy pragnęliby, aby śledztwo posuwało się niemrawo. Nie miał jednak pewności.

— Tak — powiedział.

Premier skinął głową na znak, że spotkanie dobiegło końca. Thomas wstał i ruszył do drzwi.

— Panie premierze...

— Słucham?

— Czy chce pan, abym zawiadomił Francuzów o plotkach na temat Calthropa, które dwa lata temu krążyły na Dominikanie?

— Czy ma pan uzasadnione powody, aby sądzić, że dawne działania tego mężczyzny uprawdopodabniają, iż jest on osobą poszukiwaną przez Francuzów?

— Nie, panie premierze. Nie mamy niczego z wyjątkiem plotek sprzed dwóch lat. Nie wiemy nawet, czy wspomniany Calthrop, którego próbowaliśmy odnaleźć przez całe popołudnie, był na Karaibach w styczniu tysiąc dziewięćset sześćdziesiątego pierwszego roku. Jeśli nie, znajdziemy się ponownie w punkcie wyjścia.

Premier pomyślał chwilę.

— Nie chciałbym, aby pańscy francuscy koledzy tracili czas z powodu niepotwierdzonych plotek sprzed dwóch lat. Podkreślam „niepotwierdzonych", panie nadinspektorze. Proszę energicznie kontynuować śledztwo. Kiedy uzna pan, że zebrał wystarczającą ilość informacji na temat tego... Charlesa Calthropa... lub każdego innego... aby pozytywnie zweryfikować plotki, że był zamieszany w zamach na generała Trujilla, proszę niezwłocznie poinformować Francuzów, jednocześnie próbując ustalić miejsce jego pobytu.

— Zrozumiałem, panie premierze.

— Niech pan poprosi Harrowby'ego, aby natychmiast tu przyszedł. Od razu powiadomię pana przełożonych.

• • •

Późnym popołudniem sytuacja w biurze Thomasa uległa wyraźnej zmianie. Nadinspektor zgromadził wokół siebie grupę złożoną z sześciu najlepszych śledczych wydziału specjalnego. Jednego ściągnięto z urlopu, dwóch odwołano spod domu mężczyzny podejrzewanego o przekazywanie tajnych informacji uzyskanych z Royal Ordnance Factory[1] attaché wojskowemu jednego z krajów Europy Wschodniej. Dwaj kolejni pomagali mu wczoraj sprawdzić kartotekę wydziału specjalnego w poszukiwaniu bezimiennego zabójcy. Ostatni miał wolny dzień i pielęgnował rośliny w szklarni, kiedy otrzymał telefon z rozkazem natychmiastowego stawienia się w centrali.

---

[1] Brytyjskie Przedsiębiorstwo Zbrojeniowe.

Thomas szybko przedstawił im sprawę, nakazał utrzymać tajemnicę i zaczął odbierać bez przerwy dzwoniące telefony. Zaraz po osiemnastej urząd skarbowy odnalazł deklaracje podatkowe Charlesa Harolda Calthropa. Jeden z detektywów został wysłany w celu ich przywiezienia. Pozostali pracowali przy telefonach, z wyjątkiem tego, który pojechał do mieszkania Calthropa, aby wypytać sąsiadów i okolicznych sklepikarzy, gdzie podejrzany może aktualnie przebywać. W laboratorium fotograficznym powielono zdjęcia dołączone przez Calthropa do formularza paszportowego i przekazano każdemu z inspektorów.

Z deklaracji podatkowych Calthropa wynikało, że w ciągu ostatnich dwunastu miesięcy był bez pracy, a dwa lata temu przebywał za granicą. Większą część roku finansowego tysiąc dziewięćset sześćdziesiąt do tysiąc dziewięćset sześćdziesiąt jeden przepracował w firmie należącej do jednego z głównych brytyjskich producentów i eksporterów broni ręcznej. Thomas w ciągu godziny zdobył numer telefonu dyrektora firmy. Odnalazł go w wiejskim domu w zamożnej dzielnicy Surrey. Umówił się na spotkanie i gdy nad wodami Tamizy zaczął zapadać zmrok, jego policyjny jaguar ruszył w kierunku wioski Virginia Water.

Patrick Monson nie wyglądał na handlarza śmiercionośną bronią, lecz Thomas przypomniał sobie, że zwykle tak właśnie jest. Od Monsona dowiedział się, że Calthrop przepracował w firmie niecały rok. Co ważniejsze, w grudniu tysiąc dziewięćset sześćdziesiątego i styczniu tysiąc dziewięćset sześćdziesiątego pierwszego roku został wysłany w podróż służbową do Ciudad Trujillo w celu sprzedaży szefowi policji partii pistoletów maszynowych, których nie potrzebowała armia brytyjska.

Thomas spojrzał na Monsona z niesmakiem.

Nie obchodziło cię, do czego jej użyją, pomyślał, choć nie wyraził swojej niechęci. Czemu Calthrop w takim pośpiechu opuścił Republikę Dominikańską?

Monson wydawał się zdumiony tym pytaniem. Ponieważ Trujillo został zamordowany. W ciągu kilku godzin upadł reżim. Czego mógł się spodziewać od nowego reżimu facet, który przyjechał na wyspę, aby sprzedać broń i amunicję Staremu? To oczywiste, że musiał zmiatać.

Thomas się zadumał. Wyjaśnienie wydawało się sensowne. Monson dodał, że Calthrop utrzymywał, iż siedział w gabinecie szefa policji, kiedy dotarła wiadomość, że generał zginął w zasadzce zorganizowanej na peryferiach miasta. Opowiadał, że szef policji zbladł jak papier i natychmiast pojechał do swojej posiadłości, gdzie stale czekał na niego samolot z pilotem. Kilka godzin później tłumy wyległy na ulice, szukając zwolenników starego reżimu. Calthrop musiał przekupić rybaka, aby wywiózł go łodzią z wyspy.

Dlaczego Calthrop odszedł z firmy? Został zwolniony. Czemu?

— Panie nadinspektorze, rynek handlu używaną bronią jest bardzo trudny, trzeba twardo walczyć o swoje — odpowiedział po chwili wahania Monson. — Informacje na temat oferty rywala i ceny, której żąda, mają ogromne znaczenie dla dobicia targu z tym samym klientem. Powiedzmy, że nie byliśmy do końca zadowoleni z lojalności pana Calthropa.

W drodze powrotnej Thomas zastanawiał się nad słowami Monsona. Wyjaśnienie, dlaczego Calthrop tak pospiesznie opuścił wyspę, wydawało się wiarygodne. Nie potwierdzało jednak, a właściwie wydawało się zaprzeczać późniejszym pogłoskom, o których donosił rezydent SIS, łączącym jego nazwisko z zamachem na generała.

Jednakże Monson przyznał, że Calthrop wystawił ich do wiatru. Czy mógł przyjechać do kraju jako przedstawiciel małej firmy, która pragnie dokonać transakcji, a jednocześnie być na usługach partyzantów?

Monson powiedział coś, co nie dawało Thomasowi spokoju. Kiedy Calthrop podjął pracę, jego wiedza o karabinach była bardzo ograniczona. Przecież strzelec wyborowy byłby ekspertem w tej dziedzinie. Mógł się tego nauczyć podczas pracy w firmie. Jeśli jednak nie miał pojęcia o posługiwaniu się bronią, czemu partyzanci zwalczający Trujilla mieliby go wynająć, aby jednym strzałem zatrzymał pędzący samochód generała? A może w ogólne go nie wynajęli? Czy historyjka, którą Calthrop opowiedział Monsonowi, była w ogóle prawdziwa?

Thomas się wzdrygnął. To niczego nie potwierdzało ani nie obalało. Z goryczą pomyślał, że ponownie znalazł się w punkcie wyjścia.

Kiedy wrócił do biura, zmienił zdanie. Po wysłuchaniu inspektora, który wypytał o Calthropa w miejscu jego zamieszkania. Dotarł do sąsiadki, która wcześniej była w pracy. Kobieta powiedziała, że pan Calthrop kilka dni temu wyjechał w podróż po Szkocji. Na tylnym siedzeniu jego samochodu zaparkowanego przed domem zauważyła coś przypominającego wędki.

Wędki? Nadinspektora Thomasa przeszedł zimny dreszcz, chociaż w biurze było ciepło. Kiedy skończyli rozmowę, zameldował się kolejny detektyw.

— Szefie?

— Tak?

— Przyszło mi coś do głowy.

— Śmiało.

— Zna pan francuski?

— Nie, a ty?

— Tak, moja matka była Francuzką. Czy zabójca, którego szuka francuska policja kryminalna, ma pseudonim Szakal?

— Co z tego?

— Szakal to po francusku „Chacal". C-H-A-C-A-L. Rozumie pan? Może to zwykły zbieg okoliczności. Facet musiałby być głupi jak but, aby wybrać francuski pseudonim złożony z trzech pierwszych liter imienia i nazwiska...

— Niech mnie szlag! — zawołał Thomas, gwałtownie kichając i sięgając po telefon.

Rozdział piętnasty

Wskutek spóźnienia ministra, wracającego z przyjęcia dyplomatycznego, trzecie spotkanie w Ministerstwie Spraw Wewnętrznych w Paryżu rozpoczęło się krótko po dwudziestej drugiej. Gdy tylko zajął miejsce, skinął dłonią, aby zaczynać.

Jako pierwszy złożył raport generał Guibaud z SDECE. Było to krótkie i rzeczowe wystąpienie. Kassel, zabójca o nazistowskiej przeszłości, został namierzony przez agentów wydziału operacyjnego komórki w Madrycie. Niemiec wiódł spokojny żywot emeryta w małym madryckim mieszkanku na poddaszu. Razem ze wspólnikiem, innym byłym dowódcą SS, prowadził intratny interes w mieście. O ile wiadomo, nie kontaktował się z OAS. Gdy nadeszło zapytanie z Paryża, okazało się, że mieli jego teczkę. Byli pewni, że Kassela nic nie łączyło z OAS.

Z powodu podeszłego wieku, nasilającego się reumatyzmu i poważnego nadużywania alkoholu można go było wykluczyć jako potencjalnego Szakala.

Kiedy generał zakończył swoje wystąpienie, oczy wszystkich skierowały się na Lebela. Jego raport nie nastrajał optymistycznie. W ciągu dnia otrzymał teleksy z trzech krajów, które dwadzieścia cztery godziny wcześniej wymieniły kilku podejrzanych.

Ze Stanów Zjednoczonych nadeszła wiadomość, że Chuck Arnold, handlarz bronią, przebywał w Kolumbii, gdzie w imieniu swojego szefa próbował sprzedać kolumbijskiemu szefowi sztabu nadwyżkę karabinów AR 10 należących kiedyś do armii amerykańskiej. Facet był w Bogocie pod stałą obserwacją CIA i nic nie wskazywało na to, by planował coś więcej prócz dokonania transakcji, chociaż Stany oficjalnie się temu sprzeciwiały.

Mimo to jego dane zostały przesłane teleksem do Paryża, podobnie jak akta Vitellina. Chociaż nie ustalono jeszcze miejsca pobytu byłego mordercy Cosa Nostry, okazało się, że gość miał metr sześćdziesiąt wzrostu, był krępy i przysadzisty. Na dodatek miał kruczoczarne włosy i śniadą cerę. Zważywszy na to, że jego wygląd zewnętrzny wyraźnie odbiegał od opisu Szakala podanego przez pracownika hotelu w Wiedniu, Lebel uznał, że jego również można wykluczyć.

Policja z Afryki Południowej ustaliła, że Piet Schuyper był obecnie dowódcą prywatnej armii najemników pozostającej na usługach korporacji zajmującej się wydobywaniem diamentów w jednym z zachodnioafrykańskich krajów należących do Brytyjskiej Wspólnoty Narodów. Do jego obowiązków należało patrolowanie granic ogromnych połaci dzierżawionych przez firmę i zniechęcanie nielegalnych poszukiwaczy diamentów przybywających z drugiej strony granicy. Nie pytano go, jakimi metodami zniechęca intruzów, a mocodawcy byli zadowoleni z jego pracy. Szefowie Schuypera potwierdzili, że ponad wszelką wątpliwość przebywa w Afryce.

Policja belgijska także sprawdziła byłego najemnika. W ambasadzie jednego z krajów rejonu Karaibów odnaleziono raport, z którego wynikało, że dawny żołnierz Katangi został zabity trzy miesiące temu w Gwatemali, podczas bójki w barze.

Kiedy Lebel skończył czytać ostatni raport i podniósł głowę, ujrzał czternaście par chłodnych i wyzywających oczu.

— *Alors, rien*[1]? — zapytał pułkownik Rolland, wyrażając uczucia wszystkich zebranych.

— Obawiam się, że tak — skinął głową Lebel. — Żadne z podejrzeń się nie potwierdziło.

— Żadne z podejrzeń się nie potwierdziło — powtórzył jak echo rozgoryczony Saint-Clair. — Czy tylko tyle udało się ustalić dzięki „czysto policyjnej" robocie? Żadne z podejrzeń się nie potwierdziło? — Rzucił gniewne spojrzenie dwóm detektywom. Bouvier i Lebel szybko wyczuli, że pozostali są po jego stronie.

— Panowie, znaleźliśmy się znowu w punkcie wyjścia — rzekł cicho minister, używając liczby mnogiej, aby nie odcinać się od komisarzy. — Na pierwszej bazie?

— Obawiam się, że tak — odparł Lebel.

— Komisarz Lebel prowadzi śledztwo, nie dysponując żadnymi wskazówkami, szuka jednego z najbardziej nieuchwytnych ludzi na świecie — zaczął bronić kolegę Bouvier. — Tacy nie reklamują swoich usług ani nie zdradzają miejsca swojego pobytu.

— Wiemy o tym, drogi komisarzu — przerwał mu chłodno minister. — Pytanie brzmi...

Przerwało mu pukanie do drzwi. Roger Frey zmarszczył brwi. Polecił, aby im nie przeszkadzać, chyba że wydarzy cię coś pilnego.

— Wejść.

W drzwiach stanął niepewny, speszony portier.

— *Mes Excuses, Monsieur le Ministre*[2]. Dzwonią z Londynu, do komisarza Lebela. — Wyczuwając wrogość zebranych, dodał: — Powiedzieli, że to pilne...

Lebel podniósł się z miejsca.

— Wybaczcie, panowie.

---

[1] A zatem, nic (fr.).

[2] Przepraszam, panie ministrze (fr.).

Wrócił po pięciu minutach. Pod jego nieobecność atmosfera uległa ociepleniu. Pułkownik Saint-Clair przerwał krytyczne wystąpienie, gdy Lebel zajął swoje miejsce. Mały komisarz trzymał w dłoni kopertę, na której odwrocie coś zanotował.

— Myślę, panowie, że znamy nazwisko poszukiwanego — zaczął.

Spotkanie zakończyło się trzydzieści minut później w niemal beztroskim nastroju. Kiedy Lebel przekazał wiadomość, którą otrzymał z Londynu, ludzie siedzący wokół stołu odetchnęli z ulgą, niczym pociąg wjeżdżający na peron po długiej podróży. Wiedzieli, że wreszcie będzie można coś zrobić. W ciągu pół godziny doszli do zgody, że rozpoczną dyskretne, ogólnokrajowe poszukiwania niejakiego Charlesa Calthropa, aby go ująć, a jeśli zajdzie potrzeba, zlikwidować.

Pełne informacje na temat Calthropa miały zostać przesłane rano, teleksem z Londynu. Tymczasem ludzie z Renseignements Généraux mieli przetrząsnąć kilometry półek, aby odnaleźć jego kartę lądowania lub rejestracji we francuskim hotelu. Prefektura policji sprawdzi własne zasoby, aby zbadać, czy nie zatrzymał się w Paryżu.

DST przekaże jego nazwisko i opis wszystkim posterunkom granicznym, portom morskim i powietrznym z poleceniem natychmiastowego aresztowania, gdy tylko przekroczy granicę Francji.

Jeśli nie znalazł się jeszcze na terytorium kraju, nic nie szkodzi. Do jego przyjazdu sprawa będzie utrzymywana w całkowitej tajemnicy, a kiedy się pojawi, zatrzymają go.

• • •

— Już mają drania, nazywa się Calthrop — oznajmił swojej kochance pułkownik Raoul Saint-Clair de Villauban, gdy leżeli w łóżku.

Kiedy w końcu Jacqueline udało się doprowadzić pułkownika do spóźnionego orgazmu, po którym zapadł w sen, zegar na kominku wybił północ. Był czternasty sierpnia.

• • •

Po rozmowie telefonicznej z Paryżem nadinspektor Thomas wezwał swoich ludzi, aby przegrupować siły. Była letnia noc, a Big Ben przed chwilą wybił północ.

Odprawa trwała godzinę. Pierwszemu śledczemu polecono poznać dzieciństwo Calthropa, określić miejsce zamieszkania jego rodziców, jeśli żyli, adresy szkół, do których uczęszczał, oraz wyniki strzeleckie na lekcjach przysposobienia obronnego. Miał również ustalić jego cechy i znaki szczególne.

Drugi otrzymał polecenie zebrania informacji z pierwszych lat okresu dorosłego życia Calthropa, od chwili opuszczenia szkoły, szczególnie dotyczących przebiegu służby wojskowej, opinii przełożonych i wyników strzeleckich oraz kolejnych miejsc zatrudnienia od przejścia do cywila do momentu, gdy stracił pracę w firmie zbrojeniowej z powodu podejrzeń o nielojalność.

Trzeci miał prześledzić losy Calthropa od opuszczenia ostatniego miejsca pracy w październiku tysiąc dziewięćset sześćdziesiątego pierwszego roku. Gdzie przebywał, z kim się spotykał, jakie miał dochody i skąd je czerpał. Ponieważ podejrzany nie był wcześniej notowany, nie dysponowano odciskami palców, Thomas potrzebował wszystkich fotografii, szczególnie najbardziej aktualnych.

Ostatniego obarczono zadaniem ustalenia obecnego miejsca pobytu Calthropa. Miał przeczesać jego mieszkanie, ustalić, gdzie kupił samochód, oraz sprawdzić w urzędzie hrabstwa i Londynie, kiedy wydano mu prawo jazdy. Gdyby się niczego nie dowiedział, miał szukać w wydziałach komunikacji wiejskich hrabstw. Polecono mu ustalić markę samochodu, rocznik, kolor i numery rejestracyjne. Odnaleźć jego warsztat serwisowy, aby sprawdzić, czy planował dłuższą podróż autem, wypytać na promach pływających po kanale La Manche oraz w firmach sprzedających bilety lotnicze.

Sześciu mężczyzn sporządziło obszerne notatki. Kiedy skończyli, rozeszli się do swoich zajęć. Dwaj ostatni wymienili nieufne spojrzenia na korytarzu.

— Wyczyścić i odprasować — powiedział pierwszy. — Niewdzięczna robota.

— Najzabawniejsze, że stary nie poinformował nas, czym sam się będzie zajmował — zauważył drugi.

— Jednego możemy być pewni, aby podjąć takie działania, musiał dostać rozkaz z samej góry. Można by pomyśleć, że ten gnojek Calthrop chce zastrzelić króla Syjamu.

• • •

Obudzenie sędziego i nakłonienie go do podpisania nakazu aresztowania nie zajęło wiele czasu. Wczesnym rankiem, gdy wyczerpany Thomas drzemał w fotelu w swoim gabinecie, jeszcze bardziej wykończony Claude Lebel popijał mocną czarną kawę w biurze, a dwaj ludzie z wydziału specjalnego skrupulatnie przeszukiwali mieszkanie Calthropa.

Byli ekspertami w swoim fachu. Rozpoczęli od szuflad, metodycznie wypróżniając jedną po drugiej na prześcieradło i starannie sortując ich zawartość. Po sprawdzeniu wszystkich szuflad zajęli się oględzinami biurka, szukając ukrytych schowków. Po przeszukaniu drewnianych mebli wzięli się do mebli tapicerskich. Gdy skończyli, mieszkanie wyglądało jak farma indyków w Święto Dziękczynienia. Jeden agent pracował w salonie, drugi zajął się sypialnią. Później przeszli do kuchni i łazienki.

Sprawdziwszy meble, poduszki i materace oraz płaszcze i garnitury w szafach, zaczęli badać podłogi, sufity i ściany. O szóstej rano całe mieszkanie zostało skrupulatnie przeszukane. Sąsiedzi zebrali się na podeście schodów, spoglądając na drzwi mieszkania Calthropa i cicho szepcząc. Zamilkli na widok dwóch mężczyzn wychodzących z posesji.

Jeden niósł walizkę wypchaną osobistymi dokumentami Calthropa i jego prywatnymi rzeczami. Wyszedł na ulicę, wsiadł do oczekującego samochodu i wrócił do nadinspektora Thomasa. Drugi rozpoczął wielogodzinną sesję przesłuchań. Zaczął od sąsiadów, zdając sobie sprawę, że większość w ciągu jednej lub dwóch godzin będzie musiała pójść do pracy. Później zajął się miejscowymi sklepikarzami.

Thomas przez kilka minut przeglądał osobiste przedmioty podejrzanego rozłożone na podłodze gabinetu. Z tej zbieraniny detektyw wybrał mały niebieski dokument, podszedł do okna i zaczął przeglądać kartki w promieniach wschodzącego słońca.

— Intrygujące, spójrz na to — wskazał palcem jedną z kartek paszportu. — Sam zobacz... *Republica de Dominica, Aeroporto Ciudad Trujillo. Decembre 1960, Entrada*[1]. Facet tam był, to ten, którego szukamy.

Thomas wziął paszport z rąk inspektora, przyglądał mu się chwilę, a następnie wyjrzał przez okno.

— Tak, to on. Nie zastanowiłeś się nad tym, że trzymasz w ręku jego paszport?

— Niech to jasny szlag... — szepnął inspektor, gdy zrozumiał, o co chodzi.

---

[1] Republika Dominikańska, Port Lotniczy Ciudad Trujillo. Grudzień 1960, Wjazd (hiszp.).

— Właśnie — powiedział Thomas, który uczęszczał do kościelnych szkół i bardzo rzadko używał dosadniejszych wyrażeń. — Jeśli nie używa swojego paszportu, jakimi papierami się posługuje? Daj mi telefon i połącz z Paryżem.

• • •

W tym czasie Szakal od ponad pięćdziesięciu minut był już w drodze, zostawiwszy Mediolan daleko z tyłu. Składany dach alfy był opuszczony, a autostrada numer siedem z Mediolanu do Genui tonęła w promieniach porannego słońca. Na prostym odcinku drogi dodał gazu, rozpędzając wóz do ponad stu trzydziestu kilometrów na godzinę; wskazówka obrotomierza sięgnęła niemal czerwonego pola. Chłodny wiatr rozwiewał jego jasne włosy, a czarne okulary chroniły oczy.

Z mapy samochodowej wynikało, że od francuskiej granicy w Ventimiglia dzieli go dwieście dziesięć kilometrów. Pokonał już znaczną część drogi, którą obliczył na dwie godziny. Tuż po siódmej musiał nieco zwolnić w pobliżu Genui z powodu ciężarówek jadących do portu, lecz o siódmej piętnaście skręcił w autostradę A10 prowadzącą do San Remo i granicy.

Po trzydziestu minutach oczekiwania w kolejce przywołano go gestem do stanowiska kontroli celnej. Policjant uważnie obejrzał jego paszport, mruknął: *Un moment, monsieur*[1] i zniknął w pokoju celników.

Wrócił po kilku minutach w towarzystwie ubranego po cywilnemu mężczyzny trzymającego jego paszport.

— *Bonjour, monsieur*[2].

— *Bonjour.*

— Czy to pański paszport?

---

[1] Chwileczkę, proszę pana (fr.).
[2] Dzień dobry panu (fr.).

— Tak.

Funkcjonariusz ponownie obejrzał dokument.

— W jakim celu przyjechał pan do Francji?

— W celach turystycznych, nigdy nie byłem na Lazurowym Wybrzeżu.

— Rozumiem. To pański wóz?

— Nie, wypożyczony. Byłem w Mediolanie, w interesach. Nieoczekiwanie trafił mi się wolny tydzień, więc wypożyczyłem samochód, aby odbyć małą podróż.

— Rozumiem, mogę zobaczyć dokumenty wozu?

Szakal podał międzynarodowe prawo jazdy, umowę zawartą z wypożyczalnią i dwa dowody ubezpieczenia. Funkcjonariusz w cywilnym ubraniu uważnie je obejrzał.

— Ma pan bagaż, *monsieur*?

— Tak, trzy walizki w bagażniku i torbę podróżną.

— Proszę je przynieść do budynku odprawy celnej.

Wrócił do samochodu z policjantem, który pomógł mu wyładować walizki i torbę, a następnie zanieść do pawilonu celnego.

Przed opuszczeniem Mediolanu Szakal przełożył do bagażnika stary szynel, zaniedbane spodnie i buty André Martina, nieistniejącego Francuza, którego paszport zaszył pod podszewką trzeciej walizki. Ubrania z dwóch pozostałych walizek rozdzielił na trzy, a medale wsunął do kieszeni.

Kiedy dwaj celnicy przeglądali zawartość walizek, Szakal wypełniał standardowy formularz przeznaczony dla turystów wjeżdżających do Francji. Żaden z przedmiotów nie wzbudził większych podejrzeń celników. Szakal się zaniepokoił, gdy jeden z mężczyzn sięgnął po pojemniki z farbą do włosów. Szakal przelał ją do opróżnionych pojemników po płynie do golenia, który nie był popularny we Francji. Niedawno pojawił się na rynku i sprzedawano go głównie w Stanach Zjednoczonych. Zauważył, że mężczyźni spojrzeli po sobie, lecz po chwili odłożyli flakoniki do torby podróżnej.

Kątem oka dostrzegł, że inny mężczyzna sprawdza bagażnik i zagląda pod maskę alfy. Na szczęście nie obejrzał podwozia. Rozwinął szynel i spodnie w bagażniku, patrząc na nie z obrzydzeniem. Najwyraźniej uznał, że szynel służył do przykrywania maski samochodu w chłodne noce, a stare rzeczy zabrano, na wypadek gdyby po drodze samochód się zepsuł i trzeba było go naprawiać. Odłożył rzeczy i zamknął kufer.

Kiedy Szakal skończył wypełnianie formularza, dwaj celnicy zamknęli jego walizki i skinęli głową człowiekowi ubranemu po cywilnemu. Ten odebrał kartę wjazdową, sprawdził ją, porównując z paszportem, i zwrócił dokument.

— *Merci, monsieur. Bon voyage*[1].

Dziesięć minut później alfa pędziła w kierunku wschodnich przedmieść Menton. Po spokojnym śniadaniu w kawiarni nad starym portem rybackim i mariną Szakal ruszył Corniche Littorale[2] w kierunku Monako, Nicei i Cannes.

• • •

Nadinspektor Thomas wymieszał mocną czarną kawę i przesunął dłonią po pokrytej szczeciną brodzie. W jego gabinecie byli już dwaj inspektorzy, którym zlecono ustalenie miejsca pobytu Calthropa. Oczekiwali na przybycie sześciu sierżantów z wydziału specjalnego wezwanych przez Thomasa w ciągu ostatniej godziny.

Kiedy tuż po dziewiątej zameldowali się w swoich biurach, dowiedzieli się o przydziale do grupy operacyjnej Thomasa

---

[1] Dziękuję panu. Życzę udanej podróży (fr.).

[2] Nadmorska Promenada (fr.).

i teraz zaczynali powoli napływać. Gdy byli w komplecie, Thomas wyjaśnił im, o co chodzi.

— Szukamy pewnego człowieka — powiedział. — Nie ma potrzeby, abym tłumaczył wam dlaczego. To bez znaczenia. Mamy powody, by sądzić, że obecnie przebywa za granicą. Przypuszczalnie podróżuje pod fałszywym nazwiskiem. Macie... — rozdzielił kopie fotografii Calthropa z formularza paszportowego. — To jego zdjęcie. Facet mógł zmienić wygląd, może podróżować w przebraniu. Chcę, byście pojechali do biura paszportowego i sprawdzili wszystkie wnioski paszportowe, które wpłynęły w ostatnim czasie. Zacznijcie od ostatnich pięćdziesięciu dni. Jeśli to nic nie da, cofnijcie się o kolejne pięćdziesiąt. Czeka was ciężka praca.

Następnie przedstawił im najczęściej stosowaną metodę wyrabiania fałszywego paszportu, którą Szakal faktycznie się posłużył.

— Najważniejsze, abyście nie zadowolili się świadectwem urodzenia — zakończył. — Sprawdźcie dokładnie świadectwo zgonu. Gdy sporządzicie listę w biurze paszportowym, przenieście się do Somerset House, podzielcie nazwiskami i zbadajcie świadectwa zgonu. Jeśli znajdziecie podanie o paszport złożone przez człowieka, który nie żyje, będziemy mieli naszego oszusta. Ruszajcie!

Kiedy ośmiu mężczyzn opuściło gabinet, Thomas zadzwonił do biura paszportowego, a następnie do Archiwum Narodzin, Małżeństw i Zgonów w Somerset House, aby zapewnić wsparcie swoim pracownikom.

Dwie godziny później golił się pożyczoną maszynką elektryczną podłączoną do kontaktu lampy biurowej, gdy zadzwonił inspektor kierujący zespołem. Poinformował go, że w ciągu ostatnich stu dni złożono osiem tysięcy czterdzieści jeden wniosków o wydanie nowego paszportu. Wyjaśnił, że to z powodu letniego sezonu wakacyjnego. Latem zawsze jest więcej wniosków.

Bryn Thomas odłożył słuchawkę i wydmuchał nos.

— Cholerne lato — powiedział.

• • •

Tuż po jedenastej Szakal wjechał do centrum Cannes. Jak zawsze, gdy chciał coś załatwić, zaczął się rozglądać za jednym z najlepszych hoteli i po kilku minutach krążenia ulicami zajechał na podjazd hotelu Majestic. Przeczesał włosy i wszedł do holu.

Ponieważ był późny ranek, większość gości wyszła i hol był pusty. Elegancki letni garnitur Szakala i pewny siebie sposób bycia sprawiły, że boy hotelowy bez wahania wskazał mu kabiny telefoniczne. Pani za kontuarem, który oddzielał centralę telefoniczną od toalety, podniosła głowę na jego widok.

— Proszę mnie połączyć z Paryżem, MOLITOR 5901 — powiedział.

Kilka minut później kobieta wskazała mu kabinę obok centralki i obserwowała, jak zamyka za sobą dźwiękoszczelne drzwi.

— *Allo, ici Chacal*[1].

— *Allo, ici Valmy*[2]. Dzięki Bogu, zadzwoniłeś. Od dwóch dni próbujemy się z tobą skontaktować.

Gdyby ktoś zajrzał do środka przez szklane drzwi, zauważyłby, że Anglik zastygł nieruchomo i przybrał gniewną minę. Przez większą część trwającej dziesięć minut rozmowy słuchał w milczeniu. Sporadycznie poruszał wargami, zadając krótkie, zwięzłe pytania. Nikt mu się jednak nie przyglądał. Operatorka

---

[1] Halo, mówi Szakal (fr.).

[2] Tu Valmy (fr.).

była zajęta czytaniem romansidła. Zwróciła uwagę na mężczyznę, kiedy pochylał się nad nią, spoglądając zza ciemnych okularów. Z licznika na centralce odczytała należność za rozmowę i odebrała pieniądze.

Szakal zaniósł dzbanek kawy na taras górujący nad Croisette i lśniącą powierzchnią morza, spoglądając na opalone postacie kąpiących się ludzi, wrzeszczących i baraszkujących w wodzie. Zaciągnął się papierosem, głęboko nad czymś dumając.

Zrozumiał to, co Valmy powiedział mu o Kowalskim. Zapamiętał rosłego Polaka z hotelu wiedeńskiego. Nie mógł jednak pojąć, jak stojący za drzwiami ochroniarz mógł znać jego pseudonim lub misję, którą mu zlecono. Może policja francuska sama się tego domyśliła. Może Kowalski wyczuł, kim jest, sam będąc zabójcą, choć ślamazarnym i niezręcznym.

Szakal podsumował swoje położenie. Valmy sugerował, aby przerwał operację i wrócił do domu, przyznał jednak, że nie otrzymał od Rodina upoważnienia do jej odwołania. To, co się stało, potwierdziło podejrzenia Szakala co do rozluźnienia dyscypliny w szeregach OAS. Wiedział jednak coś, o czym tamci nie wiedzieli. Coś, o czym nie mogła wiedzieć także policja francuska. Nie mieli pojęcia, że podróżuje pod fałszywym nazwiskiem, że ma przy sobie trzy komplety dokumentów, w tym dwa wystawione na cudzoziemców, oraz przebranie umożliwiające wcielenie się w ich właścicieli.

Czym dysponowali Francuzi? Co wiedział komisarz Lebel, o którym wspomniał Valmy? Miał bardzo ogólny opis wysokiego blondyna z zagranicznym paszportem. W sierpniu takich ludzi były we Francji tysiące. Nie mogli aresztować wszystkich.

Jego przewaga polegała także na tym, że policja poszukiwała człowieka legitymującego się paszportem Charlesa Calthropa. Niech sobie szukają, powodzenia. Nazywał się Alexander Duggan i mógł to udowodnić.

Teraz, gdy Kowalski już nie żył, nikt, nawet Rodin i jego najbliższi współpracownicy, nie wiedział, kim jest ani gdzie się znajduje. W końcu został sam, tak jak chciał.

Jednakże nie miał wątpliwości, że ryzyko znacznie wzrosło. Plan zamachu został ujawniony, dlatego musiał teraz stawić czoło całej armii ochroniarzy postawionej w stan najwyższej gotowości. Wszystko sprowadzało się do odpowiedzi na pytanie, czy jego plan wyprowadzi ich w pole. Po długim namyśle uznał, że tak.

• • •

Mimo to musiał sobie odpowiedzieć na pewne pytanie. Wycofać się czy brnąć dalej? Gdyby się wycofał, czekał go spór z Rodinem i jego zbirami o to, do kogo należy ćwierć miliona dolarów na jego koncie w Zurychu. Gdyby odmówił im zwrotu lwiej części tej sumy, nie zawahaliby się go wytropić i torturami zmusić do przelania pieniędzy, a następnie zamordować. Aby przed nimi uciec, potrzebowałby dużo pieniędzy, przypuszczalnie wszystkich, które miał.

Natomiast kontynuowanie operacji wiązało się z ogromnym ryzykiem. Trudniejsze było też wycofanie się w ostatniej chwili, kiedy nadejdzie wyznaczony dzień.

Spojrzał na rachunek i skrzywił się z niesmakiem. Boże, jakich cen żądają ci ludzie! Aby prowadzić życie na takim poziome, trzeba być bogatym, mieć dolary, dużo dolarów. Spojrzał na mieniące się odblaskami światła morze i gibkie opalone dziewczęta spacerujące po plaży, na cadillaki i jaguary sunące Croisette i ich opalonych kierowców jednym okiem obserwujących jezdnię, a drugim przeczesujących chodnik w poszukiwaniu łatwej zdobyczy. Od dawna marzył o takim życiu, od dnia kiedy z zapartym tchem stał przed oknem biura podróży, wpatrując się w plakaty pokazujące inne życie i inny świat, w którym nie było miejsca na podmiejskie pociągi, dokumenty w trzech egzemplarzach, spinacze do papieru i letnią herbatę. W ciągu ostatnich trzech lat omal mu się to udało — skubnął prawdziwego życia to tu, to tam. Przyzwyczaił się do eleganckich ubrań, drogich posiłków, ładnego mieszkania, sportowego samochodu i pięknych kobiet. Gdyby się wycofał, musiałby z tego wszystkiego zrezygnować.

Uregulował rachunek, zostawiając suty napiwek. Wsiadł do alfy i odjechał sprzed hotelu Majestic, kierując się do centrum Francji.

• • •

Komisarz Lebel siedział za biurkiem, czując się tak, jakby nie spał nigdy w życiu i miał nigdy nie zasnąć. Lucien Caron chrapał w kącie na łóżku polowym, po tym jak przez całą noc organizował poszukiwania Chalresa Calthropa we Francji. O świcie pałeczkę przejął Lebel.

Przed nim piętrzyła się sterta raportów rozmaitych służb, których zadaniem było śledzenie cudzoziemców wjeżdżających do Francji i rejestrowanie miejsca ich pobytu. Każdy z raportów zawierał tę samą wiadomość. Od początku roku żaden mężczyzna o wspomnianym nazwisku nie przekroczył legalnie granicy Francji. Żaden hotel w kraju, na prowincji ani w Paryżu, nie miał takiego gościa, a przynajmniej nie przyjął go pod tym nazwiskiem. Charles Calthrop nie figurował na żadnej liście niepożądanych cudzoziemców i w żaden inny sposób nie został odnotowany przez władze francuskie.

Lebel poprosił, aby badający sprawę cofnęli się do daty poprzedniego przyjazdu Calthropa do Francji. Być może na tej podstawie uda się ustalić, czy facet ma stałe miejsce pobytu, przyjaciół i ulubiony hotel, w którym może przebywać nawet dziś, ukrywając się pod fałszywym nazwiskiem.

Poranny telefon nadinspektora Thomasa był jeszcze jednym ciosem zadanym nadziejom na wczesne aresztowanie nieuchwytnego zabójcy. Ponownie usłyszał o „powrocie do punktu wyjścia", tym razem, dzięki Bogu, w rozmowie z Caronem. Członkowie wieczornych narad nie wiedzieli jeszcze, że trop Calthropa przypuszczalnie okaże się daremny. Będzie musiał im o tym powiedzieć podczas spotkania o dwudziestej drugiej. Jeśli nie poda innych nazwisk, ponownie spotka się z szyderstwami Saint-Claira i milczącą pogardą pozostałych.

Pocieszały go jedynie dwie rzeczy. Po pierwsze, dysponowali opisem Calthropa oraz zdjęciem jego głowy i ramion ustawionych *en face*. Chociaż mężczyzna przypuszczalnie zmienił swój wygląd, jeśli posługuje się fałszywym paszportem, lepsze to niż nic. Po drugie, nikt z uczestników spotkania nie potrafił wskazać lepszej metody od tej, którą obrał. Metody polegającej na drobiazgowym sprawdzaniu wszystkiego.

Caron podsunął mu myśl, że policja brytyjska mogła zaskoczyć Calthropa, gdy ten załatwiał sprawy na mieście. Nie miał innego paszportu, więc zapadł się pod ziemię i odwołał operację.

Lebel westchnął.

— Chciałbym, aby tak było — odpowiedział swojemu asystentowi — lecz nie mam większych nadziei. Ludzie z brytyjskiego wydziału specjalnego zauważyli, że z łazienki zniknęły przybory do mycia i golenia. Facet powiadomił sąsiadów, że wyjeżdża na ryby. Skoro Calthrop pozostawił swój paszport, pewnie nie będzie już go potrzebował. Nie licz na to, że ten człowiek popełni zbyt wiele błędów. Zaczynam wyczuwać tego Szakala.

• • •

Mężczyzna poszukiwany przez policję dwóch krajów postanowił ominąć korek przy Grande Corniche, na morderczym odcinku z Cannes do Marsylii. Postanowił nie skręcać w południową odnogę RN7 w miejscu, gdzie zbaczała na północ do Paryża. Wiedział, że w sierpniu obie drogi przypominają piekło na ziemi.

Czując się bezpiecznie pod nazwiskiem Duggan, ruszył wolno przez Alpy Nadmorskie, gdzie powietrze było chłodniejsze z powodu wysokości, i malownicze wzgórza Burgundii. Nie spieszył się, albowiem do zaplanowanego dnia zostało jeszcze dużo czasu, wiedział też, że przybył do Francji nieco za wcześnie.

Z Cannes pojechał na północ drogą RN85 przez malownicze, słynące z produkcji perfum miasteczko Grasse i skierował się do Castellane, gdzie burzliwe nurty rzeki Verdon, ujarzmione wysoką tamą kilkanaście kilometrów wyżej, zaczynały płynąć potulnie do Savoy, aby w Cadarache połączyć się z wodami Durance.

Dalej pojechał do Barrême i małego uzdrowiskowego miasteczka Digne. Zostawił za sobą skwar równiny Provençal. Powietrze wśród wzgórz było cudownie chłodne, nawet w największy upał. Kiedy stawał na chwilę, czuł silny słoneczny żar, podczas jazdy jednak chłodził go wiatr zalatujący wonią sosen i dymem drewna palonego w okolicznych farmach.

Po minięciu Digne przejechał na drugi brzeg Durance i zjadł lunch w małej gospodzie z pięknym widokiem na rzekę. Sto sześćdziesiąt kilometrów dalej Durance stawała się szara i oślizgła niczym wąż, sunąc płyciznami przez wypalone słońcem koryto w Cavaillon i Plan d'Orgon. Na obszarze wzgórz była rzeka o cienistym, porosłym zieloną trawą brzegu.

Po południu wyruszył krętym odcinkiem wiodącej na północ RN85, przejeżdżając Siseteron i w dalszym ciągu podążając lewym brzegiem Durance aż do rozwidlenia drogi, gdzie RN85 skręcała na północ. O zmroku zatrzymał się w małym miasteczku Gap, chociaż mógł kontynuować podróż w stronę Grenoble. Uznawszy, że nie musi się spieszyć i że w sierpniu łatwiej znajdzie miejsce w niewielkiej mieścinie, zaczął się rozglądać za wiejskim hotelikiem. Tuż za miastem wypatrzył Hôtel du Cerf z jasnym, dwuspadowym dachem, niegdyś dom myśliwski jednego z książąt Sabaudii. Hotelik zachował atmosferę wiejskiej rezydencji i miał wykwintną kuchnię.

Szczęśliwie kilka pokojów było wolnych. Szakal wziął relaksującą kąpiel zamiast prysznica, włożył szary garnitur i jedwabną koszulę oraz krawat z dzianiny. Pokojówka posłała mu czarujący uśmiech i zaczerwieniła się, zabierając do wyczyszczenia i odprasowania garnitur w kratkę, który nosił cały dzień, aby mógł go włożyć jutro rano.

Wieczorny posiłek podano w wyłożonej drewnem jadalni, z której rozciągał się wspaniały widok na zalesione wzgórze pobrzmiewające głosem cykad wśród *pinèdes*[1]. Powietrze było ciepłe. W połowie posiłku jedna z kobiet ubrana w wydekoltowaną suknię bez rękawów oznajmiła *maître d'hôtel*[2], że czuje chłód i prosi o zamknięcie okien.

Szakal odwrócił się, słysząc pytanie, czy nie ma nic przeciwko zamknięciu okna, przy którym siedzi. *Maître* wskazał głową kobietę, która o to poprosiła. Trzydziestokilkuletnia ładna Francuzka jadła sama. Miała delikatne białe ramiona i kształtne piersi. Szakal skinął głową na znak, że się zgadza, lekko przechylając głowę w stronę nieznajomej siedzącej za jego plecami. Odpowiedziała chłodnym uśmiechem.

Posiłek był wspaniały. Szakal zamówił rzecznego cętkowanego pstrąga z grilla opalanego węglem drzewnym oraz *tournedos*[3] z koprem włoskim i tymiankiem. Z win serwowano

[1] Sosny (fr.).
[2] Kierownik sali w restauracji (fr.).
[3] Małe filety z polędwicy wołowej smażone z grzybami i szparagami (fr.).

lokalne cotes du rhône o pełnym, bogatym smaku, w butelce bez etykiety. Najwyraźniej napój pochodził z beczułki w piwnicy i został wybrany osobiście przez właściciela jako *vin de la maison*[1]. Nie bez przyczyny zamówiła je większość gości.

Kończąc sorbet, usłyszał niski, apodyktyczny głos kobiety, która poinformowała *maître*, że wypije kawę w saloniku dla gości. Mężczyzna skłonił się, nazywając ją *Madam la Baronne*[2]. Kilka minut później Szakal również zamówił kawę do salonu i wstał od stołu.

• • •

Nadinspektor Thomas otrzymał telefon z Somerset House o dwudziestej drugiej piętnaście. Siedział przy otwartym oknie, spoglądając na opustoszałą ulicę, przy której nie było żadnych nocnych restauracji mogących ściągnąć w ten rejon późnych gości i kierowców. Biurowce między Millbank i Smith Square przypominały martwe kadłuby, pozbawione oświetlenia, ślepe i nieczułe. Jedynie w anonimowym budynku wydziału specjalnego jak zawsze do późna paliły się światła.

Dwa kilometry dalej, przy tętniącym życiem Strandzie, jaśniały okna Somerset House, gdzie przechowywano świadectwa zgonu milionów zmarłych Brytyjczyków. Zespół Thomasa złożony z sześciu sierżantów detektywów i dwóch inspektorów przeglądał sterty papierów. Mężczyźni wstawali co kilka minut, aby podejść do jednego z urzędników, którzy pozostali w pracy, chociaż ich koledzy dawno wrócili do domu. Szli razem między rzędami lśniących teczek, by sprawdzić kolejne nazwisko.

Do Thomasa zadzwonił starszy inspektor kierujący zespołem. W jego zmęczonym głosie dało się wyczuć nutkę optymizmu.

---

[1] Wino domu (fr.).
[2] Baronowa (fr.).

Miał nadzieję, że to, co powie, uwolni ich od ciężaru poszukiwania setek nieistniejących świadectw zgonu.

— Alexander James Quentin Duggan — oznajmił krótko, kiedy Thomas podniósł słuchawkę.

— Co z nim? — spytał Thomas.

— Urodzony trzeciego kwietnia tysiąc dziewięćset dwudziestego dziewiątego roku w Samoburne Fishley, w parafii Świętego Marka. Czternastego lipca tego roku złożył wniosek o paszport w normalnym trybie. Dokument został wydany następnego dnia i wysłany siedemnastego lipca na adres figurujący we wniosku. Przypuszczalnie jest to adres korespondencyjny.

— Dlaczego? — Thomas był zniecierpliwiony, nie lubił, gdy kazano mu czekać.

— Dlatego, że Alexander James Quentin Duggan zginął w wypadku samochodowym w rodzinnej wiosce w wieku dwóch i pół roku, ósmego listopada tysiąc dziewięćset trzydziestego pierwszego.

Thomas zamyślił się przez chwilę.

— Ile paszportów wydanych w ciągu stu ostatnich dni wam zostało? — spytał.

— Około trzystu — odparł inspektor.

— Sprawdźcie wszystkie, może znajdziecie kolejnego oszusta — polecił Thomas. — Przekaż dowództwo i sprawdź adres, pod który wysłano paszport. Zadzwoń, gdy tylko czegoś się dowiesz. Jeśli ktoś tam mieszka, przesłuchaj go. Przywieź mi szczegółowe dane na temat tego Duggana oraz kopię zdjęcia, które dołączył do podania paszportowego. Chcę zobaczyć, jak Calthrop prezentuje się w przebraniu.

Starszy inspektor zadzwonił tuż przed jedenastą. Pod wskazanym adresem znajdował się mały sklepik z papierosami i gazetami w Paddington, z rodzaju tych, których okna wyklejone są karteczkami z adresami prostytutek. Człowiek Thomasa obudził właściciela, który spał w mieszkaniu nad sklepem. Mężczyzna potwierdził, że często odbierał korespondencję klientów, którzy nie mieli stałego adresu. Pobierał opłatę za te usługi. Nie pamiętał stałego klienta o nazwisku Duggan, było jednak możliwe, że facet zadzwonił tylko dwa razy — raz, aby uprzedzić o nadejściu listu, i drugi, by odebrać czekającą przesyłkę. Inspektor pokazał mężczyźnie fotografię Calthropa, lecz ten go nie rozpoznał. Następnie pokazał mu zdjęcie Duggana dołączone do podania paszportowego. Sklepikarz miał wrażenie, że tego drugiego już kiedyś widział, lecz nie był pewny. Mógł nosić czarne okulary. Wielu klientów zaglądających do jego sklepiku po pisma erotyczne nosiło czarne okulary.

— Przywieź go na komendę — polecił Thomas. — I zamelduj się u mnie.

Po skończeniu rozmowy podniósł słuchawkę i poprosił o połączenie z Paryżem.

• • •

Tym razem Lebel otrzymał telefon w połowie wieczornej narady. Komisarz wyjaśnił zebranym, że ponad wszelką wątpliwość Calthrop nie wjechał do Francji pod własnym nazwiskiem, chyba że przeprawił się łodzią rybacką lub przeszedł jedną z granic lądowych w odludnym miejscu. Osobiście nie sądził, aby zawodowiec się na to zdecydował, ponieważ wystarczyłaby jedna policyjna kontrola, aby okazało się, że jego papiery nie są w porządku. W paszporcie brakowałoby pieczątki.

Charles Calthrop nie zameldował się w żadnym francuskim hotelu pod własnym nazwiskiem.

Nikt nie zaprotestował, ponieważ fakty te potwierdzili szefowie archiwum, DST i paryskiej prefektury policji.

Lebel wskazał dwie możliwości — facet nie zadbał o fałszywy paszport i został zaskoczony przez policję. Kiedy agenci wydziału specjalnego przeszukali jego mieszkanie w Londynie, zupełnie pokrzyżowali mu szyki. Wyjaśnił, że osobiście w to nie wierzy, ponieważ ludzie nadinspektora Thomasa stwierdzili, że szuflady z odzieżą były do połowy opróżnione, brakowało też przyborów do mycia i golenia, co wskazywało, że mężczyzna opuścił swoje lokum zgodnie z planem. Potwierdziła to jedna z sąsiadek, której Calthrop oznajmił, że wybiera się w podróż samochodem po Szkocji. Brytyjscy i francuscy policjanci nie mieli powodu, aby dać temu wiarę.

Druga ewentualność jest taka, że Calthrop przygotował sobie fałszywy paszport, i właśnie tym tropem podążała policja brytyjska. W tej sytuacji mógł teraz przebywać poza granicami Francji, kończąc przygotowania, lub bez przeszkód wjechać na jej terytorium.

Kilku uczestników narady nie wytrzymało.

— Mówi pan, że może tu być? We Francji? W centrum Paryża?! — wykrzyknął Alexandre Sanguinetti.

— Tak — skinął głową Lebel. — Calthrop działa zgodnie z planem, który jest znany tylko jemu. Prowadzimy śledztwo od siedemdziesięciu dwóch godzin. Nie wiemy, co robił, gdy wkroczyliśmy do akcji. Jednej rzeczy możemy być pewni: zabójca wie jedynie, że ujawniliśmy plan zamachu na prezydenta, nie wie jednak o postępie w dochodzeniu. Istnieje duża szansa na to, że złapiemy nic niepodejrzewającego człowieka, kiedy tylko poznamy jego nowe nazwisko i ustalimy miejsce obecnego pobytu.

Słowa komisarza Lebela nie uspokoiły członków zespołu. Świadomość, że zabójca może się znajdować w odległości kilku kilometrów od nich i dokonać, na przykład jutro, zamachu na prezydenta Francji, wywołała zaniepokojenie.

— Może po telefonie Valmy'ego Calthrop opuścił swoje mieszkanie, aby ukryć dowody — zadumał się pułkownik Rolland. — Powiedzmy, broń i amunicję. Mógł je wrzucić do jakiegoś jeziora w Szkocji, aby po powrocie być czysty jak łza. W takim wypadku oskarżenie go będzie bardzo trudne.

Zebrani po namyśle przyznali rację Rollandowi.

— Pułkowniku, czy na jego miejscu kontynuowałby pan operację, gdyby dowiedział się pan, że wszystko wyszło na jaw z wyjątkiem pańskiej tożsamości? — spytał minister.

— Oczywiście, *Monsieur le Ministre* — odrzekł Rolland. — Gdybym był doświadczonym zabójcą, wiedziałbym, że muszę figurować w jakiejś kartotece. Wizyta policji i przeszukanie mieszkania po ujawnieniu spisku byłyby jedynie kwestią czasu. Chciałbym się pozbyć dowodów. Czy istnieje lepsze miejsce od odludnego szkockiego jeziora?

Uśmiech na twarzach zebranych potwierdził, że byli usatysfakcjonowani jego wyjaśnieniem.

— Nie oznacza to, że powinniśmy mu odpuścić. Uważam, że powinniśmy... zaopiekować się panem Calthropem.

Uśmiechy zniknęły. Na kilka sekund zapadło milczenie.

— Nie nadążam za panem, *mon colonel* — powiedział generał Guibaud.

— To proste — wyjaśnił Rolland. — Otrzymaliśmy rozkaz odnalezienia i zlikwidowania tego człowieka. Mógł na chwilę zrezygnować ze swojego planu, nie musiał jednak zniszczyć sprzętu, lecz go ukryć, aby nie wpadł w ręce policji brytyjskiej. Później podejmie operację tam, gdzie ją przerwał, przygotowawszy się jeszcze staranniej.

— Jeśli przebywa na terenie Wielkiej Brytanii i zostanie zlokalizowany przez policję, z pewnością go zatrzymają, prawda? — spytał jeden z uczestników.

— Niekoniecznie. Osobiście w to wątpię. Przypuszczalnie

nie będą dysponowali dowodami, a jedynie podejrzeniami. Nasi angielscy przyjaciele są bardzo czuli na punkcie tego, co zwykli nazywać „swobodami obywatelskimi”. Podejrzewam, że go znajdą, przesłuchają i wypuszczą z braku dowodów.

— Pułkownik ma rację — wtrącił Saint-Clair. — Policja brytyjska dowiedziała się o nim szczęśliwym trafem. Ci idioci pozwalają groźnym szaleńcom chodzić na wolności. Sekcja pułkownika Rollanda powinna dostać pozwolenie na unieszkodliwienie go raz na zawsze.

Minister zauważył, że komisarz Lebel z ponurym milczeniem przysłuchuje się rozmowie.

— Co pan sądzi, komisarzu? Czy zgadza się pan z pułkownikiem Rollandem, że Calthrop przerwał operację i się ukrywa, że stara się pozbyć broni i innych dowodów planowanego zamachu?

Lebel spojrzał na dwa rzędy twarzy, które zastygły w oczekiwaniu.

— Chciałbym przyznać pułkownikowi słuszność — rzekł cicho. — Obawiam się jednak, że może być w błędzie.

— Dlaczego? — Pytanie ministra przecięło ciszę niczym ostrze noża.

— Dlatego że hipoteza pułkownika jest logiczna jedynie pod warunkiem, że Calthrop odwołał operację — wyjaśnił uprzejmie. — Nie wiemy, czy rzeczywiście podjął taką decyzję. A jeśli zdecydował inaczej? Jeśli nie otrzymał wiadomości od Rodina lub mimo to postanowił zrealizować swój plan?

Po sali przeszedł niechętny, wyrażający konsternację szmer, do którego nie przyłączył się jedynie Rolland. Pułkownik spojrzał w zadumie na komisarza. Pomyślał, że Lebel jest znacznie inteligentniejszy, niż byli skłonni przyznać jego koledzy. Domysły komisarza mogły być równie zasadne jak jego własne.

Właśnie w tym momencie zadzwonił Thomas. Komisarz wyszedł z sali na ponad dwadzieścia minut. Kiedy wrócił, przez kolejne dziesięć minut mówił do słuchającej w milczeniu grupy.

— Co robimy? — spytał minister, kiedy Lebel skończył.

W spokojny, niespieszny sposób Lebel wydał polecenia, niczym generał odprawiający wojska. Żaden z obecnych na sali, choć wszyscy byli wyżsi rangą, nie zaprotestował ani słowem.

— Przeprowadzimy dyskretne, ogólnokrajowe poszukiwania Duggana ukrywającego się pod zmienioną postacią. W tym samym czasie policja brytyjska zajmie się pasażerami linii lotniczych, promów pływających po kanale i tak dalej. Jeśli znajdą Duggana pierwsi na terenie Wielkiej Brytanii, aresztują go. Jeśli nie, poinformują nas, że wyjechał. Jeżeli zlokalizujemy go na obszarze Francji, sami go zatrzymamy. Jeśli zostanie namierzony na terytorium kraju trzeciego, zaczekamy, aż nieświadomy niczego wjedzie do Francji, albo... spróbujemy innego rozwiązania. Do tej chwili, panowie, chciałbym, abyśmy działali po mojemu.

Bezczelność Lebela była tak wielka, a pewność siebie tak całkowita, że nikt nie bąknął ani słowa. Wszyscy skinęli głowami. Milczał nawet Saint-Clair de Villauban.

Dopiero gdy dotarł do domu tuż po północy, znalazł słuchacza, przed którym mógł dać upust swojej wściekłości, że ten mały mieszczański komisarz mógł mieć rację, a najlepsi specjaliści w kraju mogli popełnić błąd.

Kochanka słuchała z sympatią i zrozumieniem, masując mu plecy, gdy leżał na brzuchu. Zasnął dopiero przed świtem, a ona wyślizgnęła się niepostrzeżenie do holu i odbyła krótką rozmowę telefoniczną.

• • •

Nadinspektor Thomas spojrzał na dwa wnioski paszportowe i dwie fotografie rozłożone na suszce i oświetlone promieniami lampy.

— Zastanówmy się jeszcze raz — polecił starszemu inspektorowi, który siedział obok niego. — Jesteś gotowy?

— Tak.

— Calthrop, wzrost sto siedemdziesiąt centymetrów, a u ciebie?

— Tak samo.

— Duggan, wzrost metr osiemdziesiąt.

— Podwyższone obcasy. Odpowiednie buty mogą uczynić wyższym nawet o sześć centymetrów. Wielu ludzi z branży rozrywkowej robi to z czystej próżności. Prócz tego w punkcie przyjmowania wniosków paszportowych nikt nie patrzy na obuwie.

— W porządku — zgodził się Thomas. — Buty na podwyższonym obcasie. Calthrop, kolor włosów brązowy. To niewiele mówi, mogą mieć dowolny odcień od jasnobrązowych po kasztanowe. Na zdjęciu wygląda, jakby miał ciemnobrązowe włosy. Duggan również napisał „brązowe", lecz wygląda na blondyna.

— To prawda. Proszę pamiętać, że włosy zwykle wychodzą ciemniej na fotografii. Wszystko zależy od oświetlenia... Prócz tego mógł je rozjaśnić, aby przeistoczyć się w Duggana.

— W porządku, zgoda. Calthrop, kolor oczu brązowy. Duggan, kolor oczu szary.

— Szkła kontaktowe. To proste.

— Okay. Calthrop, wiek trzydzieści siedem lat. Duggan w kwietniu skończył trzydzieści cztery.

— Musiał wpisać trzydzieści cztery — wyjaśnił inspektor. — Prawdziwy Duggan, mały chłopiec, który zginął w wieku dwóch i pół roku, urodził się w kwietniu tysiąc dziewięćset dwudziestego dziewiątego. Tego nie można było zmienić. Nikt nie zwróci uwagi na mężczyznę, który ma trzydzieści siedem lat, choć w paszporcie napisano trzydzieści cztery. Każdy da wiarę paszportowi.

Thomas spojrzał na dwie fotografie. Calthrop sprawiał wrażenie bardziej masywnego, pełniejszego na twarzy, mocniej zbudowanego. Mógł jednak zmienić swój wygląd, aby przeobrazić się w Duggana. Przypuszczalnie zmienił wygląd już podczas pierwszego spotkania z przywódcami OAS i od tego momentu go zachowywał, także w czasie gdy występował o fałszywy paszport. Tacy ludzie mogli całymi miesiącami żyć pod przybranym nazwiskiem, aby nie zostać zidentyfikowani. Przypuszczalnie dzięki sprytowi i skrupulatności Calthrop nie miał teczki w kartotece żadnej policji na świecie. Gdyby nie plotki powtarzane w barach na Karaibach, nigdy by go nie znaleźli.

Później zamienił się w Duggana, ufarbował włosy, założył barwione szkła kontaktowe, nieco zeszczuplał i włożył buty na podwyższonych obcasach. Thomas przekazał opis Duggana wraz z numerem paszportu i zdjęciem do pokoju teleksów, aby przesłano go do Paryża. Spojrzał na zegarek i pomyślał, że Lebel otrzyma nowe dane około drugiej rano.

— Teraz wszystko zależy od nich — zasugerował policjant.

— Nie, chłopcze. Czeka nas jeszcze cholernie dużo roboty — odpowiedział złośliwie Thomas. — Rano zaczniemy szukać w biurach sprzedających bilety lotnicze, bilety na promy i pociągi międzynarodowe... sporo pracy. Musimy nie tylko ustalić kim jest, lecz także gdzie się znajduje.

W tym momencie zadzwoniono z Somerset House. Zespół zakończył sprawdzanie wniosków paszportowych. Wszystkie były w porządku.

— Okay, podziękujcie urzędnikom i zwolnijcie ich do domu.

Do zobaczenia punktualnie o ósmej trzydzieści w moim biurze — polecił Thomas. — Taka już wasza dola.

Do pokoju wszedł sierżant z kopią zeznania gazeciarza, który został zabrany na miejscowy posterunek i przesłuchany. Thomas spojrzał na złożone pod przysięgą oświadczenie, które zawierało nieco więcej informacji, niż przekazał inspektorowi wydziału specjalnego na progu swojego domu.

— Nie mamy nic przeciwko niemu — powiedział. — Mógłbyś zadzwonić do naszych z Paddington, aby puścili go do domu i do tych jego świerszczyków?

— Tak jest. — Sierżant odwrócił się i wyszedł z pokoju.

Thomas pogrążył się w fotelu, próbując zdrzemnąć się choć trochę.

Podczas rozmowy z sierżantem niepostrzeżenie nadszedł piętnasty sierpnia.

Rozdział szesnasty

Madame la Baronne de la Chalonnière stanęła przed drzwiami pokoju, odwracając się do młodego Anglika, który jej towarzyszył. W półmroku panującym na korytarzu nie widziała szczegółów jego twarzy tworzących zamazaną plamę.

Chociaż spędzili ze sobą przyjemny wieczór, nie była pewna, czy zakończyć go na progu pokoju, czy pozwolić, aby wypadki potoczyły się dalej. Pytanie to nie dawało jej spokoju przez ostatnią godzinę.

Mimo że wcześniej miewała kochanków, była przecież szanowaną zamężną kobietą, która zatrzymała się na noc w prowincjonalnym wiejskim hotelu. Nie miała też zwyczaju dawać się uwieść całkiem nieznajomym mężczyznom. Jednak czuła się taka bezsilna i była wystarczająco szczera, aby to przyznać.

Cały poprzedni dzień spędziła w wojskowej akademii dla kadetów w Barcelonette, wysoko w Alpach, obserwując, jak paraduje jej syn mianowany podporucznikiem strzelców alpejskich w dawnym pułku swojego ojca. Chociaż była niewątpliwie najbardziej atrakcyjną matką obserwującą defiladę, widok syna odbierającego szlify oficerskie i przyjmowanego do armii francuskiej przypomniał jej o szokującym fakcie, że od czterdziestki dzieli ją kilka miesięcy i że jest matką dorosłego mężczyzny.

Chociaż mogłaby udawać pięć lat młodszą, a czasami czuła się tak, jakby miała na karku o dziesięć lat mniej, świadomość, że jej syn skończył dwadzieścia lat, ma własną dziewczynę i nie przyjeżdża do rodzinnego domu na wakacje, aby polować w lesie otaczającym rodzinne *château*[1], skłoniła ją do głębszego zastanowienia.

W obliczu niezgrabnej galanterii drżącego starego pułkownika pełniącego funkcję komendanta akademii i gorących spojrzeń rumianych kolegów syna poczuła się nagle bardzo samotna. Jej małżeństwo od lat było fikcją, baron bowiem był zbyt zajęty uganianiem się za nastoletnimi podlotkami z Paryża, Bilboquet i Castel, aby nawet latem zajrzeć do swojej rezydencji. Nie zjawił się też na przysiędze syna.

Wracając rodzinną limuzyną przez wysokie Alpy, zatrzymała się w wiejskim hoteliku na przedmieściach Gap. Zdała sobie sprawę, że jest piękna, pełna życia i samotna. Nie pozostawało jej nic prócz przyjmowania zalotów podstarzałych galantów w rodzaju pułkownika z akademii i pustego flirtowania z dzieciakami. Myślała o poświęceniu się działalności dobroczynnej. Nie, jeszcze nie teraz.

W Paryżu czuła się zakłopotana i upokorzona ciągłym uganianiem się Alfreda za podlotkami. Połowa towarzystwa śmiała się z niego, połowa z niej.

Dumała nad przyszłością, siedząc nad filiżanką kawy w salonie. Pragnęła, aby ktoś powiedział jej, że jest kobietą, piękną kobietą, nie zaś zwyczajnie *Madame la Baronne*, kiedy Anglik podszedł znienacka do stolika i zapytał, czy może się przysiąść,

---

[1] Zamek, posiadłość (fr.).

skoro są sami w salonie. Czy mógłby napić się z nią kawy? Była tak zaskoczona, że nie zdążyła odmówić.

Mogła się wycofać kilka sekund później, lecz po dziesięciu minutach nie żałowała, że przyjęła jego propozycję. Anglik miał trzydzieści trzy, może trzydzieści pięć lat. Jej zdaniem był to najlepszy wiek mężczyzny. Chociaż był Anglikiem, mówił płynnie po francusku. Wydawał się przystojny i umiał być zabawny. Cieszyły ją jego zręczne komplementy, a nawet zdobyła się na odwagę, by je odwzajemnić. Było im tak dobrze, że wstała od stolika tuż przed północą, tłumacząc, że następnego dnia musi wcześnie ruszyć w drogę.

Odprowadził ją po schodach. Przy oknie obok podestu przystanął, wskazując porośnięte drzewami wzgórza skąpane w jasnym świetle księżyca. Stali tak kilka chwil, przyglądając się pogrążonej we śnie okolicy. Gdy na niego spojrzała, dostrzegła, że nie wpatruje się w widok za oknem, lecz w rowek między piersiami, który w promieniach księżyca nabrał koloru alabastrowej bieli.

Uśmiechnął się, widząc, że go przyłapała, a następnie pochylił się i szepnął jej do ucha:

— Księżyc może zamienić w dzikusa nawet najbardziej kulturalnego mężczyznę.

Odwróciła się i ruszyła na górę, udając rozdrażnienie, chociaż niekłamany podziw nieznajomego wywołał w niej przyjemny dreszcz.

— To był bardzo miły wieczór, *monsieur*.

Oparła dłoń na gałce drzwi, zastanawiając się, czy mężczyzna będzie próbował ją pocałować. Właściwie miała nadzieję, że tak się stanie. Chociaż wypowiadała banalne słowa, czuła skurcz narastający w dole brzucha. Może był to jedynie skutek wypitego wina lub mocnego calvadosu, który zamówiła do kawy, albo widoku okolicy oświetlonej promieniami księżyca? Wiedziała jednak, że nie tak wyobrażała sobie koniec tego wieczoru.

Poczuła dłoń nieznajomego przesuwającą się po jej plecach i wargi bez słowa ostrzeżenia dotykające jej ust. Były ciepłe i twarde. „Musisz go powstrzymać", usłyszała wewnętrzny głos. Chwilę później odwzajemniła pocałunek zamkniętymi wargami. Wino spowodowało, że zawirowało jej w głowie. Tak, musiał to być skutek wina. Obejmujące ją ramiona były twarde i mocne.

Przywarli do siebie i przez atłasową suknię poczuła sztywną męskość. Na chwilę cofnęła nogę, aby ponownie ją przysunąć. Nie podjęła świadomej decyzji. Zrozumiała nagle, jak bardzo pragnie czuć go wewnątrz siebie przez całą noc.

Poczuła, że drzwi otwierają się za jej plecami, uwolniła się z jego uścisku i cofnęła do pokoju.

— *Viens, primitif*[1].

Ruszył za nią, zamykając drzwi.

• • •

Nocą ponownie przeczesano archiwa Pantheonu, tym razem w poszukiwaniu informacji dotyczących Duggana. Z większym powodzeniem. Odnaleziono kartę wjazdową, z której wynikało, że dwudziestego drugiego lipca Alexander James Quentin Duggan wjechał na terytorium Francji pociągiem Brabant Express z Brukseli. Godzinę później nadszedł meldunek z tego samego punktu odprawy granicznej od zespołu celników kontrolujących pociągi ekspresowe relacji Bruksela — Paryż i Paryż — Bruksela. Kontrola przeprowadzana w trakcie jazdy pociągu wykazała, że Duggan znajdował się wśród pasażerów Étoile du Nord Express jadącego z Brukseli do Paryża trzydziestego pierwszego lipca.

Z prefektury policji nadeszła wypełniona karta hotelowa z nazwiskiem Duggan i numerem paszportu, którym posługiwał

[1] Chodź, dzikusie (fr.).

się mężczyzna, przekazanym przez policję z Londynu. Wynikało z niej, że Duggan mieszkał w małym hoteliku nieopodal Place de la Madeleine od dwudziestego drugiego do trzydziestego lipca.

Inspektor Caron optował za przeprowadzeniem najazdu na hotel, lecz Lebel wolał złożyć dyskretną wizytę we wczesnych godzinach porannych, aby pogadać z jego właścicielem. Z zadowoleniem stwierdził, że poszukiwany mężczyzna nie przebywał w hotelu w dniach poprzedzających piętnasty sierpnia, a właścicielka była rada, że komisarz zachował dyskrecję i nie obudził wszystkich gości.

Lebel nakazał, żeby detektywi ubrani po cywilnemu zameldowali się w hotelu jako goście i pozostali w nim aż do odwołania, nie wychodząc na zewnątrz, na wypadek gdyby Duggan zjawił się tam ponownie. Właściciel okazał się skory do współpracy.

— Jego lipcowa wizyta to rekonesans — powiedział komisarz Caronowi, gdy o czwartej trzydzieści wrócili do biura. — Nie wiem, co zamierza, lecz wszystko starannie zaplanował.

Opadł na krzesło, patrząc w sufit i rozmyślając. Dlaczego zabójca zatrzymał się w hotelu zamiast w domu jednego z sympatyków OAS, jak to czynili oasowcy podczas podróży? Ponieważ nie ufał, że utrzymają to w sekrecie. Słusznie. A zatem pracuje w pojedynkę, nikomu nie ufa. Obmyślił i zaplanował operację po swojemu. Przypuszczalnie udaje zwyczajnego człowieka, uprzejmego i niewzbudzającego podejrzeń. Potwierdziła to właścicielka hotelu, którą niedawno przesłuchał. „To prawdziwy dżentelmen", powiedziała. Prawdziwy dżentelmen, na dodatek niebezpieczny jak żmija, pomyślał Lebel. Prawdziwi dżentelmeni zawsze stanowili największe wyzwanie dla policji. Nikt ich o nic nie podejrzewał.

Spojrzał na dwa zdjęcia, które nadeszły z Londynu — na fotografię Calthropa i Duggana. Calthrop przeistoczył się w Duggana, zmieniając nieco wzrost, kolor włosów i oczu oraz, przypuszczalnie, sposób bycia. Jaki był? Pewny siebie, arogancki, przekonany o własnej nietykalności. Groźny, chytry, skrupulatny, niepozostawiający niczego przypadkowi. Oczywiście miał broń. Jaką? Pistolet automatyczny ukryty w kaburze pod lewą pachą? Nóż, którym można przebić żebra? Karabin? Gdzie mógłby go ukryć, przechodząc przez odprawę celną? Jak mógłby się dostać w pobliże generała de Gaulle'a z taką bronią, skoro w odległości dwudziestu metrów od prezydenta nawet kobiece torebki były podejrzane, a mężczyźni z długimi pakunkami byli bezceremonialnie przeganiani z miejsc, w których de Gaulle pojawiał się publicznie?

Mon Dieu[1], a ten pułkownik z Pałacu Elizejskiego sądzi, że mamy do czynienia ze zwykłym zbirem! Lebel zdawał sobie sprawę, że ma nad zabójcą pewną przewagę — znał nazwisko, którym się posługiwał, on zaś o tym nie wiedział. Był to as w rękawie. Pozostałe atuty miał w ręku Szakal, z czego nie zdawali sobie sprawy uczestnicy wieczornych narad w ministerstwie.

Jeśli się o tym dowie, zanim go aresztujemy, ponownie zmieni tożsamość. Claude, będziesz musiał się postarać.

— Dobierzemy mu się do skóry.

Caron podniósł głowę.

— Masz rację, szefie. Facet nie ma żadnych szans.

Inspektor zaczął go drażnić, co było niezwykłe. Lebel pomyślał, że pewnie zaczął dawać o sobie znać brak snu.

• • •

Słabnące światło księżyca za oknem przesuwało się wolno po zmiętej pościeli ku okiennemu skrzydłu. Odsłoniło atłasową suknię leżącą na podłodze pomiędzy drzwiami i nogami łóżka

[1] Mój Boże (fr.).

oraz biustonosz i cienkie nylony rozrzucone na dywanie. Dwie postacie na łóżku spowijał mrok.

Colette leżała na plecach, wpatrując się w sufit i bezmyślnie przebiegając palcami po jasnych włosach mężczyzny opierającego głowę na jej brzuchu. Rozchyliła wargi w półuśmiechu, myśląc o minionej nocy.

Ten angielski dzikus okazał się naprawdę dobry, ostry i zręczny. Wiedział, jak użyć palców, języka i swojej męskości, aby pięciokrotnie doprowadzić ją do spełnienia i samemu doświadczyć go trzykrotnie. Wciąż czuła ogień, który ją ogarnął, gdy w nią wszedł. Od długiego czasu potrzebowała takiej nocy i niezwykle silnie ją przeżyła.

Spojrzała na mały podróżny budzik przy łóżku. Była piąta piętnaście. Zacisnęła palce na jasnej czuprynie i pociągnęła.

— Hej.

Anglik zamruczał pogrążony w półśnie. Leżeli nadzy na pomiętych prześcieradłach, lecz centralne ogrzewanie sprawiało, że w pokoju panowało przyjemne ciepło. Jasna głowa wyzwoliła się z uścisku i wślizgnęła między uda kobiety. Poczuła mrowienie od gorącego oddechu i penetrującego języka.

— Nie, wystarczy.

Szybko złączyła uda, usiadła i chwyciła go za włosy, unosząc głowę tak wysoko, aby mogła spojrzeć mu w twarz. Ponownie się uwolnił, ukrywając twarz w jej pełnych, ciężkich piersiach i zaczynając je całować.

— Powiedziałam: nie.

Spojrzał na nią.

— Wystarczy, kochany. Muszę wstać za dwie godziny. Wracaj do swojego pokoju, mój ty mały Angliku.

Zrozumiał przesłanie i skinął głową. Ześlizgnął się z łóżka i stanął na podłodze, szukając ubrania. Colette ukryła się pod prześcieradłem, wygładzając tkaninę i podciągając ją pod brodę.

Kiedy się ubrał, zarzucił na ramię marynarkę i krawat, a następnie spojrzał na nią w półmroku. Spostrzegła jego lśniące zęby. Usiadł na skraju łóżka, przesuwając dłonią po jej karku. Ich twarze znalazły się w odległości kilku centymetrów od siebie.

— Było ci dobrze?

— Mmm. Bardzo, a tobie?

Uśmiechnął się ponownie.

— A jak myślisz?

Roześmiała się.

— Jak masz na imię?

— Alex — skłamał po chwili namysłu.

— Cóż, Alex, było mi bardzo dobrze, lecz teraz czas, abyś wrócił do swojego pokoju.

Pochylił się i pocałował ją w usta.

— W takim razie dobranoc, Colette.

Chwilę później odszedł, zamykając za sobą drzwi.

• • •

O siódmej rano, po wschodzie słońca, do Hôtel du Cerf zajechał miejscowy żandarm, odstawił rower i wszedł do holu. Przywitał go właściciel, który siedział w recepcji, zajęty realizowaniem porannych zamówień i dostarczaniem *café complet* do pokoi gości.

— *Alors*[1], piękna pogoda?

— Jak zwykle — odparł żandarm. — Rowerem mam do ciebie kawał drogi. Zawsze zostawiam ten hotel na sam koniec.

— Wiem — odrzekł z uśmiechem hotelarz. — Za to mamy najlepszą kawę w okolicy. Marie-Louise, przynieś panu filiżankę. Z pewnością będzie rad, jeśli dodasz odrobinę calvadosu marki Trou Normand.

[1] Co słychać (fr.).

Posterunkowy uśmiechnął się z nieskrywanym zadowoleniem.

— Masz tu karty hotelowe — powiedział właściciel, wręczając mu niewielkie białe kartoniki wypełnione poprzedniego wieczoru przez nowych gości. — Ostatniej nocy mieliśmy tylko trzech nowych.

Żandarm odebrał karty, wsuwając je do skórzanej torby u pasa.

— Zbędna mitręga — rzekł z uśmiechem, siadając na ławie w holu w oczekiwaniu na kawę i calvados, i żartując rubasznie z Marie-Louise, która mu je przyniosła.

Dopiero o ósmej dotarł na posterunek w Gap z torbą pełną kart hotelowych. Inspektor przejrzał je bezmyślnie i odłożył na półkę, skąd w ciągu dnia miały zostać zabrane do komendy rejonowej w Lyonie, a następnie przewiezione do Centralnego Archiwum w Paryżu. Policjant nie dostrzegał w tym żadnego sensu.

Kiedy inspektor odkładał karty meldunkowe na półkę, *madame* Colette de la Chalonnière płaciła za nocleg, aby zasiąść za kierownicą samochodu i wyruszyć na zachód. Szakal spał do dziewiątej piętro wyżej.

• • •

Nadinspektor Thomas drzemał w najlepsze, gdy zadzwonił telefon. Był to interkom łączący jego gabinet z pobliskim pokojem, w którym od zakończenia odprawy przy baterii aparatów telefonicznych pracowało sześciu sierżantów i dwóch inspektorów.

Spojrzał na zegarek. Dziesiąta. Cholera, nie dadzą człowiekowi się zdrzemnąć. Przypomniał sobie, jak długo spał, a raczej jak długo tego nie robił, od chwili gdy Dixon wezwał go do siebie w poniedziałkowe popołudnie. Był czwartkowy ranek. Telefon zadzwonił ponownie.

— Słucham.

— Nasz przyjaciel Duggan wyleciał z Londynu w poniedziałek rano rejsowym samolotem BEA — usłyszał głos starszego inspektora. — Zarezerwował bilet w sobotę. Żadnych wątpliwości co do nazwiska. Alexander Duggan. Zapłacił gotówką na lotnisku.

— Dokąd poleciał? Do Paryża?

— Nie, szefie. Do Brukseli.

Thomas szybko zebrał myśli.

— Posłuchaj uważnie, facet wyleciał z kraju, lecz może wrócić. W dalszym ciągu sprawdzajcie rezerwacje, aby się dowiedzieć, czy nie zamówiono innych biletów na to nazwisko. Zwróćcie uwagę, czy są rezerwacje na samolot, który jeszcze nie odleciał z Londynu. Sprawdźcie wszystkie. Jeśli facet wróci z Brukseli, chcę o tym wiedzieć. Osobiście w to wątpię. Myślę, że go zgubiliśmy. Wyleciał z Londynu kilka godzin przed rozpoczęciem dochodzenia, więc nie jest to nasza wina, prawda?

— Prawda, szefie. Co z poszukiwaniami prawdziwego Calthropa na terenie Anglii? W akcji bierze udział wielu policjantów z prowincji. Dzwonili ze Scotland Yardu, mówiąc, że już zaczęły się narzekania.

Nadinspektor pomyślał chwilę.

— Odwołaj operację — powiedział. — Jestem pewny, że facet wyjechał z kraju.

Podniósł słuchawkę telefonu z wyjściem zewnętrznym i poprosił o połączenie z biurem komisarza Lebela z francuskiej policji kryminalnej.

• • •

Jeszcze w czwartek rano inspektor Caron sądził, że skończy w zakładzie dla obłąkanych. Najpierw, pięć po dziesiątej, zadzwonili Anglicy. Odebrał telefon, lecz nadinspektor Thomas chciał mówić wyłącznie z Lebelem. Nie pozostawało mu nic innego, jak udać się w kąt pokoju i obudzić przełożonego drzemiącego na łóżku polowym. Lebel wyglądał tak, jakby nie żył od tygodnia. Mimo to podniósł słuchawkę. Caron wziął drugą, gdy tylko szef przedstawił się Thomasowi, ponieważ wiedział, że Lebel nie zna angielskiego. Tłumaczył słowa Thomasa i odpowiedzi Lebela.

— Powiedz mu — rzekł Lebel, gdy przetrawił otrzymane informacje — że przekażemy sprawę Belgom. Powiedz, że jestem mu ogromnie wdzięczny za pomoc. Powiedz, że jeśli zabójca zostanie zlokalizowany na kontynencie, niezwłocznie go powiadomię, aby mógł odwołać swoich ludzi.

Po odłożeniu słuchawki obaj mężczyźni zasiedli za swoimi biurkami.

— Połącz mnie z Sûreté w Brukseli — polecił Lebel.

• • •

Szakal obudził się, gdy słońce stało już wysoko nad wzgórzami, zapowiadając pogodny, letni dzień. Wziął prysznic i ubrał się, wkładając garnitur w kratkę odprasowany przez pokojówkę, Marie-Louise, która ponownie zapłonęła rumieńcem, gdy jej podziękował.

Tuż po dziesiątej trzydzieści pojechał alfą do miasta i zaszedł na pocztę, aby zamówić rozmowę zamiejscową z Paryżem. Dwadzieścia minut później wyszedł w pośpiechu ze ściągniętymi ustami. W pobliskim sklepie żelaznym kupił półtora litra ciemnogranatowego lakieru, pół litra białej farby i dwa pędzle — jeden cienki, z sierści wielbłąda, do liter, drugi z miękkiego włosia. Nabył również śrubokręt. Umieściwszy wspomniane przedmioty w schowku na rękawiczki, wrócił do Hôtel du Cerf i poprosił o rachunek.

Tymczasem poszedł na górę, aby się spakować, i sam zniósł

na dół walizki. Kiedy wszystkie trzy znalazły się w bagażniku samochodu, a torba podróżna na siedzeniu obok kierowcy, wrócił do holu i uregulował rachunek. Pracownik, który tego dnia miał dyżur w recepcji, powiedział później, że Anglik sprawiał wrażenie podenerwowanego i wyraźnie się spieszył. Zapłacił nowym stufrankowym banknotem.

Nie wspomniał, bo tego nie widział, że gdy udał się do biura na zapleczu, aby rozmienić banknot, jasnowłosy Anglik odwrócił stronę hotelowej księgi gości i przeczytał wczorajszy wpis: *Mme La Baronne* de la Chalonnière, Corrèze.

Chwilę po zapłaceniu należności na podjeździe rozległ się warkot silnika alfy i Anglik zniknął.

• • •

Tuż przed południem do biura Claude'a Lebela nadeszło więcej wiadomości. Sûreté z Brukseli poinformowało, że w poniedziałek Duggan spędził w mieście zaledwie pięć godzin. Przyleciał samolotem linii BEA z Londynu, aby po południu odlecieć do Mediolanu na pokładzie maszyny Alitalii. Należność za bilet uregulował gotówką na lotnisku, a zamówił miejsce w poprzednią sobotę, dzwoniąc z Londynu.

Lebel połączył się natychmiast z mediolańską policją.

Telefon zdzwonił ponownie, gdy tylko odłożył słuchawkę. Tym razem dzwonili z DST. Przed chwilą otrzymali rutynowy raport z poprzedniego ranka, z którego wynikało, że wśród kart wjazdowych osób, które wjechały do Francji z Włoch w Ventimiglia znalazła się karta Alexandra Jamesa Quentina Duggana.

Lebel wybuchnął.

— To prawie trzydzieści godzin! — krzyknął. — Ponad jeden dzień... — Cisnął słuchawkę na widełki. Caron pytająco uniósł brwi. — Karta Duggana szła tak długo z Ventimiglia do Paryża — wyjaśnił Lebel wzburzonym głosem. — Teraz sprawdzają karty wjazdowe z wczorajszego ranka! Mówią, że jest ich ponad dwadzieścia pięć tysięcy. Z jednego dnia! Nie powinienem krzyczeć. Przynajmniej czegoś się dowiedzieliśmy... on tu jest. To pewne. Jest na terenie Francji. Jeśli nie zdobędę czegoś do wieczornego spotkania, obedrą mnie ze skóry. Nawiasem mówiąc, zadzwoń do nadinspektora Thomasa i podziękuj mu raz jeszcze. Powiedz, że Szakal jest na terenie Francji i że przejmujemy śledztwo.

Gdy tylko Caron odłożył słuchawkę po rozmowie z Londynem, zadzwonili z komendy rejonowej policji kryminalnej w Lyonie. Lebel wysłuchał, co mieli do powiedzenia, i spojrzał triumfalnie na Carona. Zasłonił ustami mikrofon mówiąc:

— Mamy go. Wczoraj wieczorem zameldował się na dwa dni w Hôtel du Cerf w Gap. — Odsłonił mikrofon. — Posłuchajcie mnie, komisarzu. Nie mogę wam powiedzieć, dlaczego szukamy Duggana. Proszę zadowolić się tym, że sprawa jest poważna. Chciałbym, aby pan...

Przez dziesięć minut tłumaczył mu, czego oczekuje. Kiedy skończył, zadzwonił telefon na biurku Carona. Ludzie z DST przekazali informację, że Duggan wjechał do Francji wynajętą białą alfą romeo, dwumiejscowym sportowym samochodem o numerze rejestracyjnym MI-61741.

— Mam powiadomić wszystkie posterunki? — spytał Caron.

Lebel pomyślał chwilę.

— Nie, jeszcze nie teraz. Jeśli podróżuje bocznymi drogami, zostanie zatrzymany przez wiejskiego glinę, który uzna, że chodzi o skradziony sportowy samochód. Ten człowiek zabije każdego, kto mu stanie na drodze. Karabin musi mieć gdzieś w samochodzie. Najważniejsze, że zameldował się w hotelu na dwie noce. Chcę, by po jego powrocie hotel otoczyła armia ludzi. Musimy dopilnować, aby nikt nie został ranny. Chodźmy, helikopter czeka.

Kiedy wypowiadał te słowa, policja w Gap szykowała stalowe blokady na wszystkich drogach wylotowych z miasta oraz w okolicy hotelu i rozlokowywała ludzi w pobliskich krzakach. W Grenoble i Lyonie funkcjonariusze uzbrojeni w karabiny maszynowe ładowali się do dwóch więziennych karetek. W Satory Camp na przedmieściach Paryża czekał helikopter, aby przewieźć komisarza Lebela do Gap.

• • •

Nawet w cieniu drzew skwar wczesnego popołudnia był przytłaczający. Szakal przez dwie godziny pracował przy samochodzie rozebrany do pasa, aby uniknąć pobrudzenia odzieży lakierem.

Po opuszczeniu Gap ruszył na zachód przez Veyne i Aspre-sur-Buech. Niemal cały czas zjeżdżał w dół drogą wijącą się wśród gór niczym beztrosko rzucona wstążka. Jechał z maksymalną prędkością, biorąc zakręty z piskiem opon, dwukrotnie omal nie spychając nadjeżdżającego z przeciwnej strony pojazdu na krawędź przepaści rozciągającej się poniżej. Minąwszy Aspres, skręcił w RN93 biegnącą wzdłuż płynącej na wschód rzeki Drôme aż do jej połączenia z Rodanem.

Przez kolejne trzydzieści kilometrów droga biegła to jedną, to drugą stroną rzeki. Minąwszy Luc-en-Diois, pomyślał, że czas zjechać na bok. W tym rejonie było wiele lokalnych dróg wiodących na wzgórza i wysoko położone wioski. Wybrał pierwszą lepszą i po przejechaniu trzech kilometrów skręcił w leśną dróżkę, między drzewa.

Skończył malowanie wczesnym popołudniem i cofnął się, aby obejrzeć swoje dzieło. Wóz lśnił ciemnogranatową barwą. Większość lakieru prawie wyschła. Chociaż żadną miarą nie można było tego uznać za fachową robotę, wóz nie wzbudziłby niczyich podejrzeń, chyba że dokonano by pełnego przeglądu.

Tym bardziej nie będzie rzucał się w oczy po zmroku. Dwie tablice rejestracyjne leżały odwrócone na trawie. Szakal wymalował na nich białą farbą fikcyjny francuski numer rejestracyjny kończący się liczbą siedemdziesiąt pięć — symbolem Paryża. Wiedział, że jest to numer rejestracyjny najczęściej spotykany na drogach Francji.

Dokumenty wozu i polisy ubezpieczeniowe nie pasowały do granatowej francuskiej alfy, wystawiono je bowiem na biały włoski samochód. Gdyby został zatrzymany na drodze bez dokumentów, byłoby po nim. Mimo to gdy zanurzał szmatę w zbiorniku z benzyną, aby zmyć plamy lakieru na rękach, dręczyła go jedynie myśl, czy powinien wyruszyć od razu, ryzykując, że jasne światło zdemaskuje amatorszczyznę jego roboty, czy poczekać do zmroku.

Wiedział, że po odkryciu jego fałszywego nazwiska Francuzi szybko ustalą, w jakim miejscu przekroczył granicę, i zaczną szukać samochodu. Do dnia zamachu pozostało jeszcze kilka dni, więc musiał znaleźć miejsce, w którym mógłby się zaszyć aż do nadejścia odpowiedniej chwili. Oznaczało to konieczność przedostania się do departamentu Corrèze, czterysta kilometrów dalej, a najszybszym sposobem wykonania tego zadania była podróż samochodem. Uznał to przedsięwzięcie za niebezpieczne, lecz postanowił zaryzykować. Im szybciej wyruszy, tym lepiej, zanim każdy gliniarz francuskiej drogówki zacznie szukać alfy romeo z jasnowłosym Anglikiem za kółkiem.

Przykręcił nowe tablice, pozbył się resztki farby i dwóch pędzli, włożył jedwabną koszulkę z kołnierzykiem polo i marynarkę, a następnie uruchomił silnik. Wracając na RN93, spojrzał na zegarek. Była piętnasta czterdzieści jeden.

Wysoko nad głową ujrzał helikopter lecący na wschód. Od miasteczka Die dzieliło go dwanaście kilometrów. Dobrze wiedział, że nie należy wymawiać jego nazwy z angielska, lecz zbieżność była wyraźna. Chociaż nie należał do przesądnych, zmrużył oczy, wjeżdżając do centrum miejscowości. Na głównym placu, obok pomnika ofiar wojny, na środku drogi rozkraczył się rosły policjant w czarnym skórzanym kombinezonie. Gestem dłoni dał mu znak, aby zjechał na prawe pobocze. Szakal pomyślał o karabinie w stalowych cylindrach przyczepionych drutem do podwozia samochodu. Nie miał pistoletu ani noża. Przez chwilę nie wiedział, czy uderzyć policjanta bokiem samochodu i jechać dalej, by po kilkanastu kilometrach porzucić wóz, a następnie za pomocą lusterka i miednicy przeistoczyć się w pastora Jensena podróżującego z trzema walizkami i torbą podróżną, czy też się zatrzymać.

Policjant pomógł mu podjąć decyzję, całkowicie ignorując zwalniającą alfę i odwracając się w drugą stronę. Szakal zjechał na pobocze i czekał, uważnie obserwując.

Z przeciwległej strony doleciało zawodzenie policyjnych syren. Było już za późno na wycofanie się. Do miasteczka wjechał konwój złożony z czterech policyjnych citroenów i sześciu karetek więziennych. Gliniarz uskoczył na bok, dziarsko salutując, a konwój przemknął obok stojącej alfy, zmierzając w kierunku, z którego Szakal przyjechał. Za okratowanymi oknami, którym suki zawdzięczały wdzięczny przydomek „sałatkowych koszy”, ujrzał policjantów w hełmach z karabinami maszynowymi na kolanach.

Konwój zniknął równie szybko, jak się pojawił. Policjant z drogówki opuścił dłoń zastygłą w salucie. Leniwym gestem dał znak kierowcy alfy, że może jechać, wracając do motocykla opartego o pomnik. Kopał jeszcze rozrusznik, gdy granatowa alfa zniknęła za zakrętem, pędząc na zachód.

• • •

Dotarli do Hôtel du Cerf o szesnastej pięćdziesiąt. Claude Lebel wylądował w odległości mniej więcej półtora kilometra od miasteczka i został przywieziony do hotelu policyjnym radiowozem. Wszedł do holu w towarzystwie Carona ukrywającego na prawym ramieniu, pod płaszczem przeciwdeszczowym, naładowany i gotowy do strzału karabin maszynowy MAT 49. Palec trzymał na spuście. Wszyscy w miasteczku wiedzieli, że coś się dzieje, z wyjątkiem właściciela hotelu. Był odizolowany od świata przez sześć godzin; jedyną dziwną rzeczą, którą zaobserwował, było niepojawienie się sprzedawcy pstrągów z codziennym połowem.

Wezwany przez recepcjonistę właściciel wstał znad ksiąg rachunkowych, nad którymi się mozolił. Lebel słuchał, jak mężczyzna odpowiada na pytania Carona i jednocześnie spogląda niespokojnie na dziwne wybrzuszenie pod płaszczem inspektora, ponuro zwieszając ramiona.

Pięć minut później hotel zalała fala funkcjonariuszy ubranych po cywilnemu. Ludzie Lebela przesłuchali pracowników, sprawdzili pokój Szakala i przeczesali okoliczny teren. Lebel wyszedł samotnie na podjazd, przyglądając się wzgórzom otaczającym hotel. Po chwili przyłączył się do niego Caron.

— Myślisz, że wyjechał na dobre, szefie?

Lebel skinął głową.

— Tak.

— Przecież zameldował się na dwa dni. Sądzisz, że był w zmowie z właścicielem hotelu?

— Nie, właściciel i jego ludzie mówią prawdę. Rano zmienił plan i wyjechał. Pozostaje pytanie, dokąd się udał i czy podejrzewa, że wiemy, jakim nazwiskiem się posługuje.

— Jak mógł się dowiedzieć? To niemożliwe. Myślę, że to zwyczajny zbieg okoliczności. Nie może być inaczej.

— Miejmy nadzieję, drogi Lucien.

— W takim razie mamy jedynie numer rejestracyjny jego wozu.

— Tak, to moja wina. Trzeba było od razu zacząć go szukać. Idź do radiowozu i połącz się drogą radiową z komisariatem w Lyonie. Ogłoś alarm we wszystkich posterunkach. Najwyższy stopień. Niech szukają białej alfy romeo na włoskich numerach. Rejestracja MI-61741. Trzeba zachować dużą ostrożność, kierowca jest uzbrojony i niebezpieczny. Znasz procedurę. Jeszcze jedno, nikt nie może pisnąć ani słowa prasie. Powiadom ich, że poszukiwany mężczyzna przypuszczalnie nie wie, iż go podejrzewamy. Osobiście obedrę ze skóry każdego, kto spowoduje, że gość dowie się o tym z radia lub gazet. Powiedz komisarzowi Gaillardowi z Lyonu, aby przejął dowodzenie operacją. Wracamy do Paryża.

• • •

Około osiemnastej granatowa alfa wjechała do Valence, gdzie Router Nationale 7, hucząca strumieniem pojazdów sunących nad brzegami Rodanu, łączy się z główną drogą Lyon—Marsylia oraz autostradą prowadzącą z Paryża na Lazurowe Wybrzeże. Samochód minął wielką autostradę biegnącą na południe, aby, pokonawszy most, wjechać na RN533 prowadzącą do St Peray na zachodnim brzegu rzeki. Potężny nurt lśnił pod mostem w promieniach popołudniowego słońca, ignorując żałosne, stalowe insekty gnające na południe i tocząc się w leniwym, niewzruszonym tempie do oczekującego go Morza Śródziemnego.

Kiedy Szakal przejechał St Peray, dolinę za jego plecami okrył zmierzch. Pędził sportowym samochodem, wznosząc się coraz wyżej i wyżej, drogami Owernii wijącymi się między górami Masywu Centralnego. Po przejechaniu Le Puy szlak stał się jeszcze bardziej stromy, góry wydawały się wyższe, a każde miasteczko przypominało wodne spa, gdzie życiodajne strumienie wypływały spomiędzy skał, przyciągając ludzi cierpiących na różne dolegliwości i choroby skóry. Dzięki nim wioski przekształcały się w miasta, umożliwiając zbicie fortuny chytrym owernijskim chłopom, którzy wzięli się do biznesu uzdrowiskowego.

Po minięciu Brioude zostawił za sobą dolinę rzeki Allier, a wraz z nią nocne powietrze pachnące wrzosem i sianem schnącym na wyżynnych pastwiskach. Zatrzymał się w Issoire, aby zatankować, a następnie szybko przejechał przez Mont Doré z nocnymi kasynami i uzdrowisko La Bourdoule. Dochodziła północ, kiedy skręcił w stronę górnego biegu rzeki Dordogne, na odcinku, gdzie wije się między skałami Owernii, podążając na południe i zachód przez pół tuzina zapór, aby w Bordeaux wpłynąć do Atlantyku.

W La Bourdoule skręcił w RN89 do Ussel, głównego miasta departamentu Corrèze.

• • •

— Jest pan głupcem, *Monsieur le Commissaire*, powiadam głupcem. Miał go pan w ręku i pozwolił umknąć! — Saint-Clair uniósł się lekko, aby wyrazić wzburzenie. Utkwił gniewny wzrok ponad głową Lebela siedzącego przy polerowanym mahoniowym stole. Detektyw przeglądał dokumenty w swoim dossier, jakby Saint-Clair w ogóle nie istniał.

Uznał, że to najwłaściwszy sposób postępowania z aroganckim pułkownikiem z pałacu. Saint-Clair nie wiedział, czy opuszczona głowa wyraża właściwe w takiej sytuacji zawstydzenie, czy zuchwałą obojętność. Wolał wierzyć w to pierwsze. Kiedy skończył i opadł na krzesło, Claude Lebel podniósł wzrok.

— Gdyby raczył pan przejrzeć kopię raportu, który ma pan przed sobą, drogi pułkowniku, wiedziałby pan, że nie mieliśmy go w ręku — zauważył spokojnie. — Wiedziałby pan, że meldunek z Lyonu stwierdzający, iż mężczyzna o nazwisku Duggan poprzedniej nocy zameldował się w hotelu w Gap, dotarł do nas dopiero dzisiaj, o dwunastej piętnaście. Niezależnie od poczynionych kroków i tak miałby nad nami kilka godzin przewagi. Co więcej, nie zgadzam się z pańską krytyką skuteczności działania policji. Przypominam panu, że z polecenia prezydenta operacja musi być prowadzona dyskretnie. Z tego względu nie można postawić w stan gotowości każdego wiejskiego żandarma i kazać mu szukać Duggana, wywołałoby to bowiem burzę w prasie. Karta meldunkowa Duggana z Hôtel du Cerf została przekazana w rutynowy sposób, o tej samej porze co zwykle, a następnie, zgodnie z procedurą, przesłana do rejonowej komendy w Lyonie. Dopiero tam wykryto, że Duggan jest poszukiwaną osobą. Zwłoka była nieunikniona, ponieważ nie chcieliśmy ogłaszać na cały kraj, że szukamy tego człowieka. Nie miałem na to żadnego wpływu. Duggan zameldował się w hotelu na dwie noce. Nie wiemy, dlaczego o jedenastej zmienił plan i zdecydował się wcześniej wyjechać.

— Może pańscy policjanci zaczęli myszkować po okolicy — prychnął Saint-Clair.

— Już powiedziałem, że do dwunastej piętnaście nie rozpoczęliśmy żadnych działań. Duggan wyjechał siedemdziesiąt minut wcześniej — odparł Lebel.

— W porządku, mieliśmy pecha, wielkiego pecha — uciął minister. — Czemu od razu nie wszczęto poszukiwań samochodu? Komisarzu?

— Panie ministrze, przyznaję, że w świetle późniejszych wydarzeń decyzja ta okazała się błędna. Miałem powody, by sądzić, że ten człowiek przebywa w hotelu i zamierza spędzić w nim kolejną noc. Gdyby przejeżdżał w pobliżu i został zatrzymany przez policjanta z drogówki, przypuszczalnie zastrzeliłby nic niepodejrzewającego funkcjonariusza i uciekł w porę ostrzeżony...

— I tak to zrobił — przerwał mu Saint-Clair.

— To prawda, nie mamy jednak powodu, by sądzić, że został ostrzeżony, do czego niewątpliwie by doszło, gdyby zatrzymał go patrol drogówki. Być może zwyczajnie postanowił przenieść się w inne miejsce. Jeśli tej nocy zamelduje się w innym hotelu, szybko się o tym dowiemy. Zostaniemy powiadomieni także wówczas, gdy ktoś zauważy jego samochód.

— Kiedy rozpoczęto poszukiwania białej alfy? — spytał szef policji kryminalnej Max Fernet.

— Wydałem polecenie o siedemnastej piętnaście, z hotelu w Gap — odrzekł Lebel. — Do dziewiętnastej wiadomość powinna dotrzeć do wszystkich patrolów drogowych na siódemce. Policjanci pełniący służbę w głównych miastach powinni zostać poinformowani, gdy zjawią się, by objąć nocną zmianę. Ponieważ zabójca jest bardzo niebezpieczny, przekazałem wiadomość, że wóz został skradziony, i poleciłem, by niezwłocznie powiadomić rejonową komendę główną, jeśli zostanie odnaleziony. Zakazałem pojedynczym funkcjonariuszom zbliżania się do samochodu. Jeśli panowie chcą zmienić moje dyspozycje, uznam, że bierzecie na siebie odpowiedzialność za to, co się może wydarzyć.

Zapadła dłuższa chwila milczenia.

— Cóż, nie można narażać życia funkcjonariuszy, aby chronić prezydenta Francji — mruknął pułkownik Rolland. Uczestnicy spotkania skinęli głowami na znak aprobaty.

— To prawda — przytaknął Lebel. — Zakładając, że pojedynczy policjant zdołałby go zatrzymać. Większość naszych funkcjonariuszy to zwykli posterunkowi i policjanci drogówki, a nie zawodowi zabójcy jak Szakal. Jeśli staną mu na drodze, zastrzeli jednego lub dwóch i rozpłynie się w powietrzu. W rezultacie pojawią się dwa dodatkowe problemy: po pierwsze, zabójca zostanie ostrzeżony i przyjmie nową tożsamość, której nie znamy, po drugie, na czołowej stronie gazet pojawią się duże nagłówki, bo nie zdołamy wyciszyć sprawy. Byłbym zaskoczony, gdyby w ciągu czterdziestu ośmiu godzin nie wyszedł na jaw prawdziwy powód pobytu Szakala we Francji. Wystarczy kilka dni, aby prasa zwęszyła, że ten człowiek poluje na prezydenta. Jeśli ktoś z panów chciałby wyjaśnić to generałowi, chętnie zrezygnuję z prowadzenia dochodzenia i przekażę je w jego ręce.

Nikt się nie zgłosił. Spotkanie skończyło się jak zwykle około północy. Po trzydziestu kolejnych minutach nadszedł piątek, szesnasty sierpnia.

Rozdział siedemnasty

Przed pierwszą w nocy granatowa alfa romeo wjechała na Place de la Gare w Ussel. Obok dworca była otwarta tylko jedna kawiarnia obsługująca nielicznych podróżnych, którzy oczekiwali na pociąg, sącząc kawę. Szakal uczesał włosy i podszedł do lady między stołami na tarasie, na których poskładano krzesła. Był zziębnięty, bo górskie powietrze jest lodowate, kiedy jedzie się z prędkością ponad stu kilometrów na godzinę. Bolały go uda i ramiona od pokonania niezliczonych górskich zakrętów. Odczuwał głód, ponieważ od czasu obiadu, który spożył dwadzieścia cztery godziny temu, zjadł jedynie rogalik z masłem na śniadanie.

Przy kasie zamówił dwa duże kawałki *tartine beurrée*, długi cienki chlebek oraz cztery jajka na twardo. Poprosił też o dużą białą kawę.

Kiedy przygotowywano posiłek, a kawa sączyła się leniwie przez filtr, Anglik rozejrzał się wokół w poszukiwaniu budki telefonicznej.

— Macie miejscową książkę telefoniczną? — spytał barmana. Zajęty mężczyzna wskazał na stojak za ladą.

— Proszę.

Numer telefonu baronowej znajdował się pod „Chalonnière, *M. le Baron de la...*, dalej zaś widniał adres: *château* w La Haute Chalonnière”. Szakal go znał, lecz wioska nie została naniesiona na jego mapie drogowej. Ponieważ numer telefonu należał do gminy Egletons, bez trudu domyślił się, gdzie leży posiadłość. Wioska Colette znajdowała się trzydzieści kilometrów za Ussel przy drodze RN89. Usiadł, aby zjeść jajka i kanapki.

Około drugiej w nocy minął przydrożny kamień, na którym widniał napis: „Egletons, 6 km”. Postanowił porzucić samochód w jednym z lasów przy drodze. Tereny te należały przypuszczalnie do jednego z okolicznych arystokratów. Niegdyś polowano tu konno i z psami na dziki. Możliwe, że czyniono to po dziś dzień, albowiem departament Corrèze wyglądał tak, jakby przeniesiono go żywcem z czasów Ludwika XIV.

Po przejechaniu kilkuset metrów znalazł drogę wiodącą do lasu, odgrodzoną od szosy drewnianym szlabanem z tabliczką *Chasse Privèe*[1]. Podniósł rogatkę, wjechał między zarośla, a następnie umieścił ją na poprzednim miejscu.

Przejechał kilometr, oświetlając reflektorami przypominające zjawy powyginane kształty drzew, chłoszczące samochód gniewnymi gałęziami. W końcu zatrzymał wóz, wyłączył reflektory, a następnie wyjął ze schowka na rękawiczki szczypce do cięcia drutu i latarkę.

Spędził godzinę pod podwoziem samochodu — ubranie na plecach stało się wilgotne od rosy. Wyciągnął cylindryczne pojemniki z częściami karabinu, które pozostawały w ukryciu przez ostatnie sześćdziesiąt godzin, a następnie przepakował je do walizki ze starymi ubraniami i wojskowym szynelem. Na koniec starannie obejrzał wóz, aby się upewnić, czy nie

---

[1] Teren prywatny (fr.).

pozostawił niczego, co mogłoby zdradzić, kto nim podróżował, i wjechał w środek gęstych zarośli dzikiego różanecznika.

Przez kolejną godzinę, używając nożyc do metalu, ciął gałęzie różanecznika z sąsiedniego krzaku, zasłaniając nimi otwór zrobiony przez alfę, aż samochód stał się całkowicie niewidoczny.

Przywiązał końce krawata do rączek dwóch walizek, robiąc zeń coś w rodzaju pasa, jakim posługują się bagażowi na dworcu. Przerzucił walizki przez ramię tak, że jedna znalazła się na piersi, a druga na plecach. Pozostałą walizkę i torbę podróżną wziął w ręce i ruszył w kierunku drogi.

Szedł powoli, przystając co sto metrów i zacierając ślady gałęzią, aby na mchu i gałązkach nie pozostał najmniejszy znak po przejeździe alfy. Kolejną godzinę zajęło mu dotarcie do drogi, przejście pod szlabanem i oddalenie się o kilometr od wejścia do lasu.

Jego garnitur w kratę był brudny od ziemi i igliwia, koszulka polo przylgnęła do spoconych pleców, a ból grzbietu przeszywał na wskroś. Szakal postawił walizki przy drodze i usiadł, obserwując niebo nieznacznie jaśniejące na wschodzie. Przypomniał sobie, że wiejskie autobusy wyruszają zwykle wcześnie rano.

Miał szczęście. O piątej pięćdziesiąt nadjechała ciężarówka wioząca siano na targ w mieście.

— Samochód się popsuł?! — krzyknął kierowca, zwalniając.

— Nie! Dostałem przepustkę na weekend! Jadę stopem do domu. Wczoraj wieczorem dotarłem do Ussel i postanowiłem iść do Thulle. Mam wuja, który może mi załatwić przejazd ciężarówką do Bordeaux. Dotarłem aż tutaj. — Uśmiechnął się do kierowcy, który zachichotał i wzruszył ramionami.

— To wariactwo, szwendać się tak po nocy. Nikt nie jeździ tą drogą po zmroku. Wskakuj na skrzynię. Zawiozę cię do Egletons, może tam coś znajdziesz.

Dotelepali się do małego miasteczka piętnaście minut przed siódmą. Szakal podziękował rolnikowi, wyskoczył za stacją kolejową i poszedł na kawę.

— Są tu jakieś taksówki? — spytał barmana, pijąc ciepły napój.

Kiedy mężczyzna podał mu numer, zadzwonił do firmy taksówkowej. Powiedzieli mu, że przyślą wóz za pół godziny. Czekając na przyjazd samochodu, poszedł do toalety, obmył twarz i ręce zimną wodą, zmienił ubranie i wyczyścił zęby, nieświeże od papierosów i kawy.

O siódmej trzydzieści nadjechał stary, rozklekotany renault.

— Wie pan, gdzie jest wioska Haute Chalonnière? — spytał kierowcę.

— Jasne.

— To daleko stąd?

— Osiemnaście kilometrów. — Mężczyzna wskazał kciukiem góry w oddali. — Na wzgórzach.

— Proszę mnie tam zawieźć — powiedział Szakal, układając trzy walizki na bagażniku dachowym. Torbę podróżną zabrał ze sobą.

Poprosił, aby taksówkarz wysadził go przed Café de la Poste na placu w centrum wioski. Nie było powodu, aby wiedział, że chce się dostać do *château*. Kiedy taksówka odjechała, wniósł swój bagaż do kawiarni. Mimo wczesnej godziny na dworze panował skwar. Dwa woły zaprzężone do wozu ze słomą przeżuwały paszę w refleksyjnej zadumie, a tłuste czarne muchy wirowały wokół ich delikatnych, cierpliwych oczu.

W środku kawiarni panował chłodny półmrok. Raczej usłyszał, niż zauważył, jak klienci odwracają się w kierunku drzwi, aby zobaczyć, kto przyszedł. Do jego uszu doleciał stukot drewniaków na kamiennych płytach. Stara kobieta w czarnej sukni odeszła od gromadki robotników rolnych, aby stanąć za ladą.

— Słucham, *monsieur* — wychrypiała.

Postawił walizki i pochylił się nad barem. Spostrzegł, że miejscowi piją czerwone wino.

— *Un gros rouge, s'il vous plaît, madame*[1]. Daleko stąd do *château*, proszę pani? — spytał, gdy nalewała wina. Przyjrzała się mu uważnie przebiegłymi ciemnymi oczkami.

— Dwa kilometry, *monsieur*.

Westchnął zmęczony.

— Ten głupiec kierowca twierdził, że nie ma tu żadnego *château*. Wysadził mnie na placu.

— Był z Egletons? — zapytała. Skinął potakująco głową. — Ci z Egletons to głupcy.

— Muszę się dostać do *château* — powiedział.

Wieśniacy się nie poruszyli, przypatrując mu się zza stołu. Nikt nie zasugerował, jak może się tam dostać. Wyciągnął nowiuteńki banknot stufrankowy.

— Ile płacę za wino, *madame?*

Spojrzała na setkę chciwym wzrokiem. Za plecami usłyszał poruszenie wśród robotników w niebieskich bawełnianych bluzach i spodniach.

— Nie mam wydać — powiedziała starucha.

Westchnął.

— Gdyby znalazł się ktoś z furgonetką, może nie byłoby to potrzebne — bąknął do siebie.

Jeden z mężczyzn wstał i podszedł do niego.

— Znam gościa w wiosce, który ma furgonetkę, *monsieur* — mruknął.

Szakal odwrócił się ku niemu, udając zdziwienie.

— Należy do ciebie, *mon ami?*

— Nie, *monsieur*, ale znam właściciela. Może podwieźć.

---

[1] Proszę dużą lampkę czerwonego [wina] (fr.).

Szakal pokiwał głową, jakby zastanawiał się nad propozycją.

— Zamówimy coś tymczasem?

Wieśniak dał znak oberżystce, która napełniła drugą szklankę czerwonego wina.

— A twoi przyjaciele? Gorąco dzisiaj, pić się chce.

Porośnięta szczeciną twarz rozpromieniła się w uśmiechu. Wieśniak mrugnął do kobiety, która postawiła dwie duże flaszki przed grupką siedzącą przy stole.

— Benoit, skocz po furgonetkę — polecił. Jeden z mężczyzn wstał, wypił swoje wino jednym haustem i wyszedł na zewnątrz.

Podskakując w samochodzie, Szakal pokonał dwa ostatnie kilometry do *château*, rozmyślając o pewnej pozytywnej cesze wieśniaków z Owernii — bez wątpienia będą trzymali przeklęte gęby na kłódkę, przynajmniej wobec obcych.

• • •

Colette de la Chalonnière siedziała na łóżku, popijając kawę i ponownie czytając list od przyjaciółki. Gniew, który czuła, zapoznając się z jego treścią, minął, a jego miejsce zajęła pełna znużenia odraza. Zastanawiała się nad tym, co począć z resztą swojego życia. Wczoraj w leniwym tempie pokonała drogę z Gap i po południu została powitana przez starą Ernestine, pokojówkę, która służyła w *château* od czasu, gdy mieszkał tu jeszcze ojciec Alfreda. Ernestine poślubiła ich ogrodnika, dawnego chłopa, Louisona, kiedy była jeszcze prostą służebną. Oboje byli teraz opiekunami *château*, którego dwie trzecie pokoi była zamknięta na klucz, a meble zasłonięte pokrowcami.

Colette zdała sobie sprawę, że jest panią opuszczonego zamku, w którego parku nie bawią się dzieci, a jego pan nie siodła już konia na dziedzińcu.

Spojrzała na wycinek z barwnego paryskiego pisma czytanego w towarzystwie, który podesłała jej życzliwa przyjaciółka.

Na zdjęciu widniał Alfred uśmiechający się idiotycznie do aparatu, nie wiedząc, czy patrzyć w obiektyw, czy na sterczący biust gwiazdki filmowej, która mu towarzyszyła. Kabaretowa tancerka, pracująca wcześniej jako hostessa w barze, miała nadzieję, że „pewnego dnia" będzie mogła poślubić barona, bliskiego przyjaciela.

Widząc pooraną zmarszczkami twarz i chudą szyję starzejącego się męża, Colette pomyślała o tym, co się stało z przystojnym młodym kapitanem ruchu oporu, którego pokochała w tysiąc dziewięćset czterdziestym drugim i poślubiła rok później, oczekując narodzin ich syna.

Kiedy spotkali się w górach, była nastolatką i działała w ruchu oporu jako łączniczka. On miał trzydzieści parę lat i nosił pseudonim „Pegasus". Był szczupłym, władczym mężczyzną o jastrzębiej twarzy, który zawrócił jej w głowie. Ksiądz sprzyjający partyzantom udzielił im potajemnego ślubu w kaplicy zamkowej. Colette urodziła syna w domu swojego ojca.

Po wojnie odzyskali ziemie i nieruchomości. Ojciec jej męża zmarł na zawał serca, kiedy alianci weszli do Francji. Alfred wyszedł wówczas z ukrycia, aby stać się baronem Chalonnière, owacyjnie przyjmowanym przez okolicznych chłopów, gdy z żoną i synem zamieszkali w *château*. Życie w wiejskiej rezydencji szybko go znudziło. Wyjechał do Paryża skuszony światłami kabaretów i pragnieniem nadrobienia lat utraconych w podziemiu. Pragnieniem, które było zbyt silne, aby zdołał mu się oprzeć.

Teraz, gdy skończył pięćdziesiąt siedem lat, przypominał siedemdziesięcioletniego staruszka.

Baronowa cisnęła na podłogę wycinek wraz z listem przyjaciółki. Wyskoczyła z łóżka i stanęła na wprost wysokiego lustra wiszącego na przeciwległej ścianie, rozwiązując sznurki łączące poły jej peniuaru. Stanęła na palcach, aby napiąć mięśnie ud, tak jakby była w szpilkach.

Nie jest źle, pomyślała. Mogłoby być znacznie gorzej. Pełna figura, ciało dojrzałej kobiety. Miała szerokie biodra, lecz talia zachowała właściwe proporcje, uformowana godzinami spędzonymi w siodle i długimi spacerami po wzgórzach. Ujęła piersi w dłonie, jakby badała ich ciężar. Były zbyt duże i ciężkie jak na skończoną piękność, wciąż jednak wystarczająco ładne, aby dostarczyć rozkoszy mężczyźnie.

Cóż, Alfredzie, oboje możemy uprawiać tę grę, pomyślała. Potrząsnęła głową, rozplątując sięgające poniżej ramion czarne włosy. Jedno z pasemek opadło na piersi. Opuściła ręce, umieszczając je między udami i myśląc o mężczyźnie, który pieścił ją dwadzieścia cztery godziny temu. Był wspaniałym kochankiem. Żałowała, że nie została dłużej w Gap. Może mogliby spędzić razem wakacje. Jeździć po okolicy, używając fałszywego nazwiska, jak uciekający przed światem kochankowie. Po co, u licha, wróciła do domu?

Usłyszała klekot starej furgonetki na podjeździe. Machinalnie zawiązała peniuar i podeszła do okna. Furgonetka ze wsi stała przed wejściem. Tylne drzwi były otwarte. Dwaj mężczyźni stali z tyłu, wyjmując coś z bagażnika. Louison, który pielił jeden z ozdobnych trawników, podszedł, aby pomóc im wnieść walizki.

Jeden z mężczyzn stojących za furgonetką poszedł do przodu, wsuwając jakiś zwitek do kieszeni spodni. Wsiadł do szoferki i uruchomił silnik. Co przywiózł do *château*? Przecież niczego nie zamawiała. Kiedy furgonetka ruszyła, Colette zamarła ze zdumienia. Na żwirze stały trzy walizki i podręczny bagaż, a obok nich znajomy mężczyzna. Rozpoznała go po jasnych, lśniących w słońcu włosach i uśmiechnęła się szeroko z zadowolenia.

— Ty zwierzaku. Ty piękny, prymitywny zwierzaku. Śledziłeś mnie.

Pobiegła do łazienki, aby się ubrać.

Kiedy zeszła na podest, usłyszała głosy dobiegające z holu. Ernestine pytała mężczyznę, czego sobie życzy.

— *Madame la Baronie, elle est là?*[1].

Ernestine zaczęła biec po schodach tak szybko, jak zdołały ją unieść stare nogi.

— Przyjechał jakiś dżentelmen, *madame*.

• • •

Piątkowa wieczorna odprawa w ministerstwie była krótsza niż zwykle. Jedyną wiadomością był brak wszelkich wieści. W ciągu ostatnich dwudziestu czterech godzin informacja o poszukiwanym samochodzie dotarła do wszystkich posterunków we Francji. Zgodnie z procedurą, aby nie wzbudzić niczyich podejrzeń. Nie natrafiono na żaden ślad. W podobny sposób rejonowe biura policji kryminalnej przekazały podległym komisariatom polecenie, aby zebrać i dostarczyć do centrali wszystkie hotelowe karty meldunkowe najpóźniej do ósmej rano następnego dnia. Tam niezwłocznie je przejrzano, szukając karty z nazwiskiem Duggan. Niczego nie znaleziono, zatem Szakal nie spędził ostatniej nocy w hotelu, a przynajmniej nie zrobił tego pod dotychczasowym nazwiskiem.

— Istnieją dwie możliwości — wyjaśnił Lebel pozostałym uczestnikom odprawy, którzy słuchali go w milczeniu. — Być może w dalszym ciągu czuje się bezpieczny, innymi słowy, opuścił Hôtel du Cerf w sposób przypadkowy i niezaplanowany. Będzie się wówczas poruszał alfą romeo i meldował w hotelach pod nazwiskiem Duggan, a wtedy, wcześniej czy później, go

---

[1] Czy zastałem panią baronową? (fr.).

znajdziemy. Mógł też ukryć samochód i zacząć się przemieszczać w inny sposób. Jeśli tak się stało, stajemy wobec dwóch kolejnych możliwości. Albo nie ma innych fałszywych dokumentów, a wtedy nie będzie mógł zatrzymać się niepostrzeżenie w hotelu lub wyjechać z Francji. Albo dysponuje kolejnym kompletem dokumentów i zacznie ich używać. W takiej sytuacji nadal będzie niezwykle groźny.

— Dlaczego sądzi pan, że może posługiwać się innymi dokumentami? — spytał pułkownik Rolland.

— Musimy założyć, że człowiek, któremu OAS zaoferowała ogromną sumę za zabicie prezydenta, jest jednym z najlepszych zawodowych zabójców. Oznacza to, że ma doświadczenie. Udało mu się uniknąć oficjalnych podejrzeń, nie ma też nigdzie policyjnego dossier. Mógł tego dokonać jedynie pod warunkiem, że posługiwał się fałszywymi dokumentami i działał w przebraniu. Inaczej mówiąc, to mistrz kamuflażu. Z dwóch zdjęć, które porównaliśmy, wynika, że Calthrop stał się wyższy za pomocą butów na wysokim obcasie, potrafił pozbyć się kilku kilogramów wagi, zmienić kolor oczu szkłami kontaktowymi i przeistoczyć się w Duggana. Jeśli zrobił to raz, nie możemy pozwolić sobie na luksus zakładania, iż nie powtórzy tego w przyszłości.

— Przecież nie ma powodu do przyjęcia założenia, że obawia się zdemaskowania, gdy zbliży się do prezydenta — zaprotestował Saint-Clair. — Czemu miałby stosować takie środki ostrożności? Przygotować kilka kompletów dokumentów?

— Najwyraźniej podjął taką decyzję — powiedział Lebel. — Gdyby tego nie zrobił, już byśmy go mieli.

— W dossier Calthropa, które przekazała nam policja brytyjska, przeczytałem, że zaraz po wojnie odbył służbę w oddziałach spadochronowych. Może wykorzystał zdobyte umiejętności i teraz ukrywa się gdzieś w górach — zasugerował Max Fernet.

— To możliwe — zgodził się Lebel.

— W takim razie nie stanowi już tak dużego zagrożenia.

Komisarz Lebel pomyślał chwilę.

— Tacy ludzie nie stanowią zagrożenia dopiero wówczas, gdy znajdą się za kratkami.

— Lub zostaną zabici — dodał Rolland.

— Jeśli zachował resztkę zdrowego rozsądku, będzie próbował wyjechać z Francji, póki jeszcze żyje — podsumował Saint-Clair.

Na tym spotkanie się zakończyło.

— Żałuję, że nie mogę na to liczyć — powiedział Caronowi Lebel, gdy wrócili do biura. — Osobiście uważam, że facet żyje, ma się dobrze, jest wolny i uzbrojony. Musimy w dalszym ciągu szukać jego i samochodu. Ma walizki, nie może podróżować na piechotę. Trzeba znaleźć alfę i rozpocząć od tego punktu.

• • •

Mężczyzna, którego szukali, leżał na świeżym prześcieradle w *château* w samym sercu departamentu Corrèze. Był wykąpany i zrelaksowany, nasycony wiejskim *paté*[1] i potrawką z zająca. Do posiłku on i baronowa wypili czerwone wino, a na deser czarną kawę i brandy. Anglik wpatrywał się w złocone ozdoby wijące się na suficie i planował, jak spędzi dni pozostałe do zamachu w Paryżu. Myślał o tym, że za tydzień trzeba będzie wyjechać i że może się to okazać trudne. Trudne, a jednak możliwe. Wymyśli jakiś powód.

Drzwi się otworzyły i do pokoju weszła baronowa. Luźne włosy spływały jej na ramiona, a zawiązany pod szyją peniuar był rozchylony u dołu. Gdy szła, poły lekko rozsunęły się na

[1] Pasztet (fr.).

boki. Miała na sobie jedynie pończochy, które nosiła podczas obiadu, i buty na wysokich obcasach. Szakal oparł się na łokciu, gdy zamknęła drzwi i weszła do łóżka. Spojrzała na niego w milczeniu. Nachylił się i rozwiązał tasiemkę łączącą poły peniuaru, odsłaniając piersi. Zsunął dłonią materiał obszyty koronką, który bezszelestnie opadł na podłogę. Baronowa pchnęła go na plecy, chwytając za nadgarstki, przyciskając do poduszki i siadając na nim okrakiem. Spojrzał w górę, gdy się nad nim pochylała, ściskając mu żebra udami.

— *Bon*, mój *primitif*, zobaczymy, co potrafisz.

Podniósł głowę, gdy uniosła się z jego piersi, i zaczął ją całować.

• • •

Lebel kręcił się w kółko przez trzy kolejne dni. Po każdym wieczornym spotkaniu uczestnicy coraz bardziej skłaniali się do wniosku, że Szakal potajemnie opuścił Francję, podkuliwszy ogon pod siebie. Dziewiętnastego sierpnia tylko Lebel uważał, że zabójca wciąż ukrywa się gdzieś we Francji, przyczajony i czekający na odpowiedni czas.

— Na co czeka? — zaskrzeczał Saint-Clair. — Jeśli pozostał tu, może oczekiwać jedynie na dogodną sposobność przekroczenia granicy Francji. Aresztujemy go, gdy tylko wyjdzie z ukrycia. Ma przeciwko sobie wszystkie nasze siły, nie wie, dokąd pójść, nikt go nie przyjmie, jeśli słusznie pan domniemywa, że całkowicie odciął się od sympatyków oasowców.

Zebrani skinęli głowami z aprobatą, coraz bardziej przekonani, że policja zawiodła, a sugestia Bouviera, iż obława to czysto policyjna robota, okazała się błędna.

Lebel uparcie potrząsał głową. Był zmęczony, wyczerpany brakiem snu, napięciem i zmartwieniem oraz koniecznością obrony siebie i swoich ludzi przed ciągłymi złośliwymi docinkami człowieka, który zawdzięczał swoją wysoką pozycję raczej politycznym koneksjom niż doświadczeniu. Komisarz miał dość zdrowego rozsądku, aby wiedzieć, że pomyłka oznacza koniec jego kariery. Dopilnują tego niektórzy ludzie siedzący przy tym stole. A jeśli ma słuszność? A jeśli Szakal w dalszym ciągu przygotowuje się do zamachu na prezydenta? Jeśli wyślizgnął się z sieci i zbliżył do swojej ofiary? Lebel wiedział, że uczestnicy narady potrzebowaliby kozła ofiarnego. Jego. Tak czy owak, długa kariera w policji byłaby skończona. Chyba że... chyba że odnalazłby tego człowieka i zdołał go powstrzymać. Jedynie wówczas będą musieli przyznać, że miał rację. Jednakże nie dysponował żadnym dowodem. Miał tylko przeczucie, którego nie mógł wyjawić, że poszukiwany człowiek był zawodowcem podobnie jak on i żadną miarą nie zrezygnuje z wykonania zadania.

W ciągu ośmiu dni prowadzenia sprawy nabrał wbrew sobie szacunku dla tego milczącego, nieprzewidywalnego człowieka z karabinem, który najwyraźniej zaplanował wszystko ze szczegółami, nawet scenariusz awaryjny. Jeśli jemu, komisarzowi, zależało na karierze, nie mógł o tym wspomnieć ludziom z klucza, którymi był otoczony. Niewielkiej pociechy dodawało mu jedynie olbrzymie cielsko Bouviera, który wtulił głowę w ramiona i pochylony nad stołem wpatrywał się w blat.

— Nie wiem, na co czeka, lecz jestem o tym przekonany — odparł Lebel. — Może na wyznaczony dzień. Jestem pewny, panowie, że jeszcze o nim usłyszymy. Nie potrafię wyjaśnić, dlaczego mam takie przeczucie.

— Przeczucie! Wyznaczony dzień! — żachnął się Saint-Clair. — Komisarzu, naczytał się pan kryminałów. To nie powieść, mój drogi. To rzeczywistość. Ten człowiek wyjechał, ot co! — zakończył z uśmiechem samozadowolenia.

— Mam nadzieję, że tak się właśnie stało — ciągnął cicho

Lebel. — *Monsieur le Ministre*, chciałbym zgłosić gotowość przerwania dochodzenia i powrotu do poprzedniej pracy.

Minister spojrzał na niego niezdecydowanie.

— Uważa pan, że należy kontynuować śledztwo, komisarzu? — spytał. — Sądzi pan, że w dalszym ciągu istnieje realne zagrożenie?

— Co do drugiego pytania, nie wiem. Co do pierwszego, uważam, że powinniśmy szukać aż do uzyskania całkowitej pewności.

— Dobrze. Panowie, chcę, aby komisarz dalej prowadził śledztwo. Jeszcze przez jakiś czas będziemy nadal odbywali wieczorne spotkania, wysłuchując jego raportów.

• • •

Rankiem dwudziestego sierpnia leśniczy Marcange Callet polował na szkodniki we włościach swojego chlebodawcy pomiędzy Egletons i Ussel, w departamencie Corrèze. Ranny grzywacz, którego tropił, ukrył się w krzakach dzikiego różanecznika. Leśniczy zajrzał w zarośla i spostrzegł gołębia dziko trzepoczącego skrzydłami na siedzeniu porzuconego sportowego samochodu.

Skręcił mu kark i pomyślał, że wóz pozostawiła para kochanków udająca się na piknik mimo tablicy ostrzegawczej, którą kilometr dalej przybił na szlabanie u wejścia do lasu. Kiedy dokładnie zbadał okolicę, spostrzegł, że ktoś ponacinał gałęzie z innego krzewu, a odcięte kikuty pomazał ziemią, aby nie rzucały się w oczy.

Z ptasich odchodów na siedzeniach wywnioskował, że wóz musiał stać w krzakach kilka dni. Wziąwszy strzelbę i upolowanego ptaka, ruszył do domu, mając zamiar powiadomić miejscowego żandarma, kiedy tego ranka pójdzie do wioski po sidła na króliki.

Około południa posterunkowy zakręcił korbą telefonu, by zawiadomić przełożonych z komisariatu w Ussel, że w pobliskim lesie znaleziono porzucony samochód. Zapytali, czy jest biały. Zajrzał do notatnika. Nie, granatowy. Na włoskich numerach? Nie, rejestracja jest francuska. Ci z Ussel powiedzieli, że po południu przyślą ciężarówkę, i kazali zaczekać, aby pokazać miejsce. Mieli mnóstwo roboty i borykali się z brakiem ludzi. Wszystko z powodu poszukiwań białego włoskiego wozu, ogłoszonych przez ważniaków z Paryża. Posterunkowy obiecał, że będzie czekał na przyjazd holownika.

Mały samochód trafił na policyjny parking w Ussel dopiero po szesnastej. Przed siedemnastą jeden z pracowników, oglądając wóz, zauważył, że kiepsko go pomalowano.

Za pomocą śrubokrętu zdrapał kawałek lakieru. Pod granatową farbą ukazał się biały lakier. Zdumiony sprawdził tablice rejestracyjne i spostrzegł, że zostały odwrócone. Kilka minut później obie leżały na placu, odsłaniając wypisaną białymi literami rejestrację MI-61741. Policjant popędził do biura.

• • •

Claude Lebel otrzymał wiadomość przed osiemnastą. Dzwonił komisarz Valentin z rejonowego wydziału policji kryminalnej w Clermont Ferrand, stolicy Owernii. Lebel drgnął na krześle, słysząc wiadomość.

— Proszę posłuchać, to bardzo ważna sprawa. Nie mogę wyjaśnić dlaczego, a jedynie o tym uprzedzić. Wiem, że to dziwne, lecz nic na to nie poradzę. Wiem, że jest pan komisarzem, mój drogi, jeśli chce pan potwierdzenia moich uprawnień, prześlę je panu z komendy głównej policji kryminalnej. Chcę, aby wysłał pan do Ussel zespół dochodzeniowy. Najlepszych ludzi, jakich pan ma. Tylu, ilu się da. Zacznijcie poszukiwania od miejsca, w którym znaleziono samochód. Zaznaczcie ten punkt na mapie i przeszukajcie cały kwadrat. Zapytajcie w każdym gospodarstwie, wypytajcie każdego rolnika, który regularnie jeździ tą drogą, dowiedzcie się w każdym wiejskim sklepie i kawiarni, w każdym hotelu i leśnym szałasie. Szukajcie wysokiego blondyna. To Anglik, lecz mówi dobrze po francusku. Ma trzy walizki i torbę podróżną. Dysponuje dużą sumą pieniędzy i jest dobrze ubrany, choć przypuszczalnie sprawia wrażenie zaniedbanego, jakby spał w surowych warunkach. Niech pańscy ludzie ustalą, gdzie był, dokąd się udał i co kupił. Jeszcze jedno, prasa nie może o niczym wiedzieć. Ani słowa dziennikarzom. Jeśli będą pytali, co się dzieje, powiedzcie, że doszło do wypadku samochodowego i jeden z pasażerów błąka się w szoku po okolicy. Tak, przedstawcie to jako operację ratunkową. Możecie powiedzieć, co chcecie, byle uspokoić ich podejrzenia. Wyjaśnijcie, że nie jest to historia, za którą chciałyby zapłacić ogólnokrajowe gazety, że w sezonie wakacyjnym dochodzi do pięciuset wypadków samochodowych dziennie. Rozegrajcie to jak należy. Aha, jeśli zlokalizujecie tego człowieka, macie go otoczyć i czekać. Przyjadę jak najszybciej.

Lebel odłożył słuchawkę i spojrzał na Carona.

— Połącz mnie z ministrem i poproś o przełożenie wieczornego spotkania na dwudziestą. Wiem, że to pora kolacji, lecz nie zajmie to dużo czasu. Później zadzwoń do Satory i poleć im, żeby przygotowali helikopter. Niech nas uprzedzą, gdzie wylądujemy, aby miejscowi podstawili samochód. Na miejscu przejmiesz dowodzenie operacją.

• • •

O zachodzie słońca policyjne furgonetki z Clermont Ferrand wraz z pojazdami, które nadjechały z Ussel, utworzyły prowizoryczną centralę na placu w niewielkiej osadzie położonej najbliżej miejsca, w którym znaleziono samochód. Za pomocą policyjnej radiostacji komisarz Valentin wydał polecenia załogom kilkunastu wozów patrolowych przeczesujących pobliskie wsie. Postanowił rozpocząć poszukiwania w promieniu dziesięciu kilometrów od porzuconego samochodu i pracować całą noc. Po zapadnięciu zmroku miejscowi będą w domach. Zachodziła jednak obawa, że jego ludzie mogą się pogubić wśród krętych dolin i wzgórz. Mogą też przeoczyć jakiś mały szałas, w którym ukrył się zbieg.

Był też inny czynnik, o którym nie chciał mówić przez telefon, lecz wyjaśnił sprawę, kiedy spotkał się z Lebelem twarzą w twarz. Zdarzyło się to przed północą. Przesłuchiwali rolnika w domu położonym cztery kilometry od miejsca, w którym znaleziono samochód.

Wieśniak stanął na progu ubrany w koszulę nocną, ostentacyjnie odmawiając zaproszenia detektywów do środka. Lampa naftowa, którą trzymał w dłoni, rzucała migotliwe światło na przybyłych.

— Gaston, wiem, że często jeździsz tą drogą na targ. Jechałeś nią z Egletons w piątek rano?

Mężczyzna przyjrzał mu się uważnie, mrużąc oczy.

— To możliwe.

— Tak czy nie?

— Nie pamiętam.

— Widziałeś jakiegoś człowieka przy drodze?

— Pilnuję własnego nosa.

— Nie o to pytam. Widziałeś kogoś?

— Nie, nikogo.

— Wysokiego, dobrze zbudowanego blondyna? Z trzema walizkami i torbą podróżną?

— Nikogo nie widziałem. *J'ai rien vu, tu comprends*[1].

I tak przez dwadzieścia minut. Detektywi robili skrupulatne notatki, a psy szczekały i szarpały się na łańcuchu. Jeden próbował chwycić policjanta za nogę, a ten uskoczył w bok,

[1] Nic nie widziałem, rozumiesz (fr.).

lądując w stercie gnoju. Wieśniak obserwował, jak wracają do drogi i odjeżdżają samochodem. Zatrzasnął za sobą drzwi, kopnął ciekawską kozę, która napatoczyła mu się pod nogi, i podreptał do łóżka.

— Szukają tego człowieka, którego podwiozłeś, prawda? — spytała żona. — Czego od niego chcą?

— Nie mam pojęcia — odparł Gaston. — Nikt nie powie, że Gaston Grosjean pomógł kogoś schwytać — odchrząknął i splunął do ognia. — *Sales flics*[1].

Przykręcił knot i zdmuchnął płomień, kładąc nogi na łóżku i przytulając się do puszystej żony.

— Życzę ci powodzenia, kimkolwiek jesteś, koleś.

• • •

Lebel odłożył papiery i spojrzał na zebranych.

— Zaraz po spotkaniu polecę do Ussel, aby osobiście nadzorować poszukiwania.

Przez minutę trwało milczenie.

— Jakie wnioski pan wyciągnął, komisarzu?

— Dwa, panie ministrze. Musiał kupić farbę, aby przemalować samochód. Podejrzewam, że śledztwo wykaże, iż w czwartek jechał nocą z Gap do Ussel przemalowanym wozem. Pewnie kupił lakier w Gap. Oznacza to, że dostał cynk. Albo ktoś do niego zadzwonił, albo on sam zatelefonował. Ktoś mu powiedział, że dowiedzieliśmy się o Dugganie. Wywnioskował, że przed południem będziemy wiedzieli o samochodzie i hotelu, w którym się zatrzymał. Dlatego tak szybko wyjechał.

Milczenie, które zapadło, było tak pełne napięcia, że Lebel pomyślał, iż na eleganckim suficie sali konferencyjnej za chwilę pojawią się rysy.

[1] Parszywe gliny (fr.).

— Sugeruje pan, że doszło do przecieku? Że ktoś z tu obecnych mógł przekazać informacje? — usłyszał daleki głos, jakby dolatywał z odległości miliona kilometrów.

— Nie wiem, *monsieur*. Oprócz nas są jeszcze operatorzy centrali i teleksu oraz kierownicy średniego i niższego szczebla odbierający polecenia. Możliwe, że jeden z nich jest tajnym agentem OAS. Moje przypuszczenia zostały potwierdzone. Chociaż uprzedzono go, iż wiemy o planie zamachu na prezydenta Francji, postanowił kontynuować operację. Uprzedzono go też, że został zdemaskowany jako Alexander Duggan. Najwyraźniej dowiedział się o tym od tego samego człowieka. Podejrzewam, że to Valmy, którego telefon do Rzymu został przechwycony przez agentów DST.

— Niech to szlag! — zaklął szef agencji. — Powinniśmy byli dorwać drania na poczcie.

— Jaki jest kolejny wniosek, który pan wysnuł, komisarzu? — spytał minister.

— Dowiedziawszy się, iż został zdemaskowany jako Duggan, nie zrezygnował i nie próbował wyjechać z Francji. Wręcz przeciwnie, ruszył do Paryża. Inaczej mówiąc, w dalszym ciągu zamierza zorganizować zamach. Najzwyczajniej w świecie rzucił wyzwanie nam wszystkim.

Minister wstał i zebrał papiery.

— Nie będziemy pana dłużej zatrzymywać, *Monsieur le Commissaire*. Proszę go odnaleźć. Tej nocy. Proszę go unieszkodliwić, jeśli będzie trzeba. Taki rozkaz otrzymałem od prezydenta Francji.

Po tych słowach sztywnym krokiem wyszedł z pokoju.

Godzinę później helikopter Lebela wystartował z lotniska w Satory i ruszył na południe pod ciemnofioletowym niebem.

• • •

— Bezczelny wieprz, jak on śmiał?! Jak śmiał zasugerować, że najwyżsi urzędnicy we Francji mogli popełnić błąd. Nie omieszkam wspomnieć o tym w następnym raporcie.

Jacqueline rozwiązała cienki pasek halki na ramionach, pozwalając, by przezroczysty materiał zsunął się na biodra. Napięła mięśnie tak, by między ściśniętymi piersiami powstał głęboki rowek, a następnie ujęła głowę kochanka i przyciągnęła do siebie.

— Opowiedz mi o tym — rzekła pieszczotliwie.

Rozdział osiemnasty

Ranek dwudziestego pierwszego sierpnia był równie słoneczny i ciepły jak czternaście poprzednich. Przez Francję przesunęła się fala letnich upałów. Z okien Haute Chalonnière widać było wzgórza porośnięte wrzosem. Okolica wyglądała na cichą i spokojną. Nic nie wskazywało na wielką policyjną obławę, która trwała w oddalonym o osiemnaście kilometrów Egletons.

Szakal stał w szlafroku w gabinecie baronowej, skąd codziennie dzwonił do Paryża. Jego kochanka spała na górze po namiętnej nocy.

— *Ici Chacal* — zaczął jak zwykle po uzyskaniu połączenia.

— *Ici Valmy* — rozległ się zachrypły głos po drugiej stronie. — Coś się zaczęło. Znaleźli samochód...

Anglik słuchał w milczeniu dwie minuty, przerywając tylko jednym zwięzłym pytaniem. Po pożegnalnym *merci*, odłożył słuchawkę i zaczął szukać w kieszeniach papierosów i zapalniczki. Wiedział, że będzie musiał zmienić plany. Chciał zostać w posiadłości jeszcze dwa dni, lecz w tej sytuacji powinien jak najszybciej opuścić rezydencję.

Zaciągnął się papierosem i nagle o czymś sobie przypomniał. Stało się to ot tak, kiedy dopalił papierosa i wyrzucił peta przez okno. Po podniesieniu słuchawki usłyszał słabe kliknięcie na linii. Nie słyszał tego, kiedy dzwonił poprzednio. W sypialni był drugi aparat, lecz Colette twardo spała, gdy wychodził. Chyba że... Odwrócił się i wbiegł energicznie po schodach, stąpając bezszelestnie bosymi stopami. Wpadł do sypialni.

Słuchawka leżała na widełkach, lecz drzwi szafy były otwarte, a trzy jego walizki leżały wywrócone na podłodze. Obok spostrzegł kółko z kluczami, którymi je otworzono. Baronowa klęczała wśród jego rzeczy, patrząc na nie oczami wybałuszonymi ze zdumienia. Wokół leżało kilka smukłych stalowych rurek wyjętych z worków jutowych. Z jednej wystawał celownik teleskopowy, z drugiej tłumik. Gdy wszedł, Colette trzymała coś w dłoniach, patrząc na niego z przerażeniem. Była to lufa i zamek karabinu.

Milczeli kilka sekund.

— Podsłuchiwałaś — zaczął Szakal.

— Zaintrygowało mnie, do kogo dzwonisz co rano.

— Myślałem, że śpisz.

— Nie, zawsze się budzę, gdy wstajesz z łóżka. To... to karabin. Karabin zabójcy.

Właściwie nie było to pytanie, choć miała nadzieję, że zaprzeczy, powie, iż to coś nieszkodliwego. Kiedy na nią spojrzał, po raz pierwszy ujrzała szare plamki w jego oczach, plamki przesłaniające wszelkie uczucia. Były tak martwe i pozbawione życia, jakby wpatrywała się w nią maszyna.

Podniosła się wolno, wypuszczając lufę, która z brzękiem upadła na podłogę.

— Chcesz go zamordować — wyszeptała. — Jesteś jednym z nich. Należysz do OAS. Chciałeś tego użyć do zamordowania de Gaulle'a.

Jego milczenie było wystarczającą odpowiedzią. Skoczyła do drzwi. Dopadł ją trzema susami, chwycił i bez trudu zaciągnął do łóżka. Upadła na zmięte prześcieradła z ustami otwartymi do krzyku. Cios boczną krawędzią dłoni w arterię szyjną stłumił rozpaczliwe wołanie. Ujął ją lewą ręką za włosy i przyciągnął do krawędzi łóżka, odwracając twarz do podłogi. Zdążyła jeszcze po raz ostatni spojrzeć na wzór na dywanie, zanim silnym uderzeniem skręcił jej kark.

Podszedł do drzwi, lecz z dołu nie napływały żadne dźwięki. Ernestine przygotowywała w kuchni poranne rogaliki i kawę, a Louison pewnie niedawno wyruszył na targ. Na szczęście oboje byli prawie głusi.

Spakował pojemniki z częściami karabinu do walizki razem z wojskowym szynelem i brudnym ubraniem André Martina, wyrównując podszewkę, aby upewnić się, że dokumenty nie zostaną zniszczone. Kiedy ją zamknął, zajął się drugą, w której znajdowały się ubrania duńskiego pastora Pera Jensena. Colette otworzyła ją, lecz nie zdążyła przeszukać.

Pięć minut mył się i golił w łazience sąsiadującej z sypialnią. Później sięgnął po nożyczki, starannie rozczesując długie, jasne włosy i skracając je o pięć centymetrów. Następnie wczesał w nie tyle farby, aby nabrały szpakowatego koloru włosów mężczyzny w średnim wieku. Farba zwilżyła włosy, umożliwiając ułożenie ich tak jak na zdjęciu w paszporcie pastora Jensena, który Szakal postawił na półce w łazience. Na koniec założył niebieskie szkła kontaktowe.

Otarł z twarzy ślady farby i wylał resztki substancji do umywalki. Zebrał przybory do strzyżenia i wrócił do sypialni, ignorując martwe nagie ciało leżące na podłodze.

Włożył podkoszulek, spodnie, skarpety oraz koszulę, którą kupił w Kopenhadze. Zapiął na szyi czarny „listek" z koloratką. Na koniec przywdział czarną marynarkę, a na nogi wsunął półbuty. Do górnej kieszeni włożył szkła w złotej oprawce, zapakował przybory toaletowe do torby podróżnej, układając na wierzchu duńską książkę o francuskich katedrach. W wewnętrznej kieszeni umieścił paszport Duńczyka i plik banknotów.

Reszta angielskich rzeczy powędrowała do walizki, w której przyjechała. Na koniec zamknął i ją.

Kiedy skończył, dochodziła ósma. Wkrótce przyjdzie Ernestine z poranną kawą. Baronowa starała się ukryć ich romans przed służbą, bo oboje małżonkowie byli oddani baronowi, którego znali z czasów, gdy był małym chłopcem, a później panem na włościach.

Przez okno ujrzał Louisona wyjeżdżającego do miasteczka szeroką drogą prowadzącą do bramy posiadłości. Koszyk na zakupy klekotał na bagażniku roweru. Ernestine zapukała do drzwi. Nie poruszył się. Zapukała ponownie.

— *Y a vot café, madame*[1] — zaskrzeczała przez drzwi.

— Zostaw pod drzwiami — odpowiedział po francusku Szakal, sennym głosem, jakby przed chwilą się obudził. — Zabierzemy ją, gdy będziemy gotowi.

Ernestine wydała okrzyk zdumienia. To skandaliczne! Co on tam robił... w sypialni pana?! Zbiegła na dół, aby odnaleźć Louisona, a gdy się okazało, że wyjechał, wygłosiła do kuchennego zlewu długie kazanie o moralnym upadku współczesnego świata. Za życia starego pana było inaczej. Gadając do siebie, nie usłyszała cichego odgłosu walizek spuszczanych na prześcieradle z okna sypialni na kwiatową rabatkę przed domem.

Nie usłyszała też, jak Anglik zamyka od środka drzwi sypialni, a potem układa bezwładne ciało jej pani tak, by wydawało się, że śpi, i przykrywa je prześcieradłem po samą brodę. Do jej uszu nie doleciał dźwięk okna zamykającego się za szpakowatym mężczyzną przykucniętym na zewnętrznym parapecie ani odgłos towarzyszący skokowi na trawnik.

---

[1] Przyniosłam kawę, proszę pani (fr.).

Usłyszała jedynie, że ktoś uruchomił renault *madame* w skrzydle *château*, w stajni przerobionej na garaż. Wyjrzała przez okno kuchni i zobaczyła, jak samochód skręca na podjeździe w stronę bramy wyjściowej.

— Co wyprawia nasza młoda pani? — mruknęła, drepcząc na górę.

Przed drzwiami sypialni stała taca z nietkniętą, letnią kawą. Zapukała kilka razy, a później nacisnęła klamkę, lecz okazało się, że drzwi są zamknięte. Sypialnia gościa także była zamknięta. I tym razem nikt jej nie od odpowiedział. Ernestine uznała, że w domu dzieją się dziwne rzeczy — dziwne rzeczy z rodzaju tych, które nie zdarzały się od czasu, gdy w rezydencji zakwaterowano szkopów zadających głupie pytania o młodego pana.

Postanowiła, że poradzi się Louisona. Pewnie pojechał na targ. Zadzwoni do kawiarni i poprosi, aby kazali mu jak najszybciej wracać. Nie znała się na telefonach, lecz sądziła, że jeśli podniesie słuchawkę, ktoś odezwie się z drugiej strony, a następnie wysłucha i pójdzie po osobę, z którą chce mówić. Całkowita bzdura. Nikt się nie odezwał, chociaż podniosła słuchawkę i trzymała ją przy uchu dziesięć minut. Nie zauważyła, że przewód został zgrabnie przecięty ponad listwą przypodłogową w bibliotece.

• • •

Po śniadaniu Claude Lebel wrócił helikopterem do Paryża. Powiedział Caronowi, że Valentin znakomicie się spisał mimo niechętnej postawy przeklętych wieśniaków. W porze śniadania dotarł do kawiarenki w Egletons, w której Szakal zjadł śniadanie i szukał taksówkarza. Oczekując na kierowcę, komisarz zarządził ustawienie blokady drogowej aż do godzin popołudniowych w promieniu dwudziestu kilometrów wokół Egletons.

Z powodu wysokiej szarży Valentina Lebel dał mu do zrozumienia, jak ważne jest odnalezienie Szakala, ten zaś zgodził się otoczyć Egletons pierścieniem „ciaśniejszym od mysiej dupy".

• • •

Mały renault, który opuścił rezydencję Haute Chalonnière, ruszył przez góry do leżącego na południu Tulle. Szakal uznał, że jeśli policjanci rozpoczęli poszukiwania wczoraj wieczorem, stale poszerzając krąg od punktu, w którym znaleziono alfę, o świecie dotrą do Egletons. Przesłuchają właścicielkę kawiarni i taksówkarza, a w południe zjawią się w *château*. Chyba że będzie miał więcej szczęścia.

Oczywiście będą szukali jasnowłosego Anglika, dopilnował bowiem, aby nikt nie oglądał go jako szpakowatego duchownego. W każdym razie powinien się przygotować na zaciekły pościg. Piłował mały samochód na bocznych górskich drogach, aby w końcu skręcić w RN8, osiemnaście kilometrów na południowy zachód od Egletons. Pojechał w kierunku Tulle oddalonego o kolejne dwadzieścia kilometrów. Spojrzał na zegarek. Była za dwadzieścia dziesiąta.

Kiedy zniknął za zakrętem, minął go mały konwój jadący na sygnale od strony Egletons. Radiowóz i dwie zamknięte furgonetki. Policjanci zatrzymali się na środku prostego odcinka drogi i sześciu z nich zaczęło ustawiać stalową blokadę.

• • •

— Co to znaczy, że nie ma go w domu?! — ryknął Valentin do płaczącej żony taksówkarza z Egletons. — Dokąd pojechał?

— Nie wiem, *monsieur*. Nie mam pojęcia. Co rano czeka na placu przed dworcem na przyjazd porannego pociągu z Ussel. Jeśli nie ma pasażerów, wraca do warsztatu i wykonuje bieżące naprawy. Nie wrócił, to znaczy, że ma kurs.

Valentin powiódł wokół ponurym wzrokiem. Wrzeszczenie na tę kobietę nie miało najmniejszego sensu. Firmę taksówkową prowadził jeden człowiek, który dorabiał sobie drobnymi naprawami.

— Czy w piątek rano miał klienta? — spytał, próbując okazać cierpliwość.

— Tak, *monsieur*. Wrócił do domu, bo na dworcu nie było nikogo. Później zadzwonili z kawiarni, mówiąc, że jakiś człowiek potrzebuje taksówki. Mąż zdjął jedno koło i martwił się, że zanim z powrotem je założy, klient wezwie inną taryfę. Przeklinał przez dwadzieścia minut, zakładając koło. Miał klienta, lecz nie wspomniał mi, dokąd go zawiózł — wysapała. — Niewiele mi mówi — dodała tytułem wyjaśnienia.

Valentin poklepał ją po ramieniu.

— Dziękuję, *madame*. Proszę się nie denerwować. Poczekamy, aż się pojawi. — Odwrócił się do jednego z sierżantów i polecił: — Wyślij jednego człowieka na stację benzynową, a drugiego do kawiarni na placu. Znasz numer taksówki. Chcę go jak najszybciej przesłuchać. Ruszaj.

Wyszedł z warsztatu i powlókł się do swojego samochodu.

— Do komisariatu — rzucił. Ruszyli na miejscowy posterunek, który Valentin zamienił w kwaterę główną. W komendzie w Egletons od lat nie widziano takiego ruchu.

• • •

W wąwozie dziesięć kilometrów za Tulle Szakal porzucił walizkę z angielskimi ubraniami i paszport Alexandra Duggana.

Dobrze mu służył. Cisnął bagaż za barierkę mostu tak, że zniknął w gęstych krzakach na dnie doliny.

Objechawszy Tulle, znalazł stację kolejową i zaparkował wóz trzy przecznice dalej, aby nie rzucał się w oczy. Wyjął dwie walizki i torbę podróżną, i ruszył w kierunku oddalonego o kilometr dworca.

— Proszę bilet do Paryża, druga klasa — powiedział kasjerce. — Ile płacę? — Spojrzał znad okularów w małe okratowane okienko klitki.

— Dziewięćdziesiąt siedem nowych franków, *monsieur*.

— Kiedy odjeżdża najbliższy pociąg?

— Jedenasta pięćdziesiąt. Ma pan prawie godzinę. Na peronie jest restauracja. Pociągi do Paryża odchodzą z peronu pierwszego, *je vous en prie*[1].

Szakal wziął bagaże i ruszył do barierki. Kiedy skasowano jego bilety, podniósł walizki i wszedł na peron. Tam zastąpił mu drogę żandarm w niebieskim mundurze.

— *Vos papiers, s'il vous plaît*[2].

Funkcjonariusz CRS był młody, lecz udawał nad wiek surowego. Przez ramię przewiesił karabin maszynowy. Szakal ponownie odłożył bagaż i podał duński paszport. Młodzieniec przekartkował go, nie rozumiejąc ani słowa.

— *Vous êtes Danois*?[3].

— *Pardon?*[4].

— *Vous... Danois*. — Mężczyzna wskazał okładkę paszportu.

Szakal uśmiechnął się i przyjaźnie skinął głową.

— *Danske... ja, ja*[5].

---

[1] Proszę bardzo (fr.).
[2] Dokumenty proszę (fr.).
[3] Jest pan Duńczykiem? (fr.).
[4] Przepraszam? (fr.).
[5] Duńczyk... tak, tak (duń.).

Funkcjonariusz oddał mu paszport i wskazał głową perony. Nie przejawiając większego zainteresowania, podszedł do kolejnego podróżnego, aby sprawdzić dokumenty.

• • •

Louison wrócił przed trzynastą, wypiwszy w miasteczku jedną lub dwie szklaneczki wina. Zdenerwowana małżonka wylała przed nim swoje żale. Louison postanowił wziąć sprawy w swoje ręce.

— Wdrapię się na górę i zajrzę przez okno — powiedział.

Zaczęło się od problemów z drabiną, która nie chciała stać tam, gdzie ją umieścił. W końcu udało się ją oprzeć o ceglany gzyms pod oknem sypialni baronowej i Louison wspiął się niepewnie. Zszedł pięć minut później.

— *Madame le Baronne* śpi — oznajmił.

— Nigdy nie spała tak długo — zaprotestowała Ernestine.

— A dzisiaj śpi — skwitował Louison. — Nie budźmy jej.

• • •

Pociąg do Paryża przybył z niewielkim opóźnieniem. Wśród pasażerów, którzy wsiedli do środka, był szpakowaty protestancki duchowny. Zajął miejsce w rogu przedziału, w którym jechały dwie kobiety w średnim wieku, nałożył na nos okulary do czytania w złotej oprawie i wyjął z torby podróżnej dużą książkę o kościołach i katedrach Francji. Usłyszał, że pociąg będzie w Paryżu o dwudziestej dziesięć.

• • •

Charles Bobet stał na poboczu obok swojej unieruchomionej taksówki. Spojrzał na zegarek i zaklął szpetnie. Wpół do drugiej, pora na lunch, a on utkwił na odludnej bocznej drodze pomiędzy Egletons i osadą Lamaziere. Zepsuła się półoś napędowa. *Merde*. Mógł zostawić samochód i pójść do wioski, pojechać autobusem do Egletons, a wieczorem wrócić z pomocą drogową. Zapłaciłby tyle, ile zarobi w tydzień. Poza tym jego wóz nie miał zamków w drzwiach, a potrzebował tego rozklekotanego rzęcha, aby zarabiać na życie. Lepiej nie zostawiać samochodu na pastwę małych wiejskich złodziejaszków. Lepiej poczekać cierpliwie, aż nadjedzie ciężarówka, która będzie mogła (za drobną opłatą) odholować go do Egletons. Nie zabrał ze sobą lunchu, lecz w schowku na rękawiczki była butelka wina. Niemal pusta. Gdy człowiek jeździ na taksówce, chce mu się pić. Usiadł na tylnej kanapie, aby poczekać. Na drodze panował straszny upał, więc pomyślał, że ciężarówki pojawią się dopiero wówczas, gdy się trochę ochłodzi. Wieśniacy z pewnością mają sjestę. Ułożył się wygodnie na siedzeniu i zasnął.

• • •

— Co to znaczy? Jeszcze nie wrócił? Dokąd ten gnojek pojechał? — grzmiał do telefonu komisarz Valentin. Dzwonił z komisariatu w Egletons i rozmawiał z jednym ze swoich ludzi. Funkcjonariusz tłumaczył coś przepraszającym tonem. Valentin z hukiem odłożył słuchawkę. Do końca pory lunchu odbierał raporty załóg radiowozów pilnujących blokad. W promieniu dwudziestu kilometrów od Egletons nie zauważono nikogo, kto choćby w niewielkim stopniu przypominał wysokiego, jasnowłosego Anglika. Letni skwar sprawił, że senne targowe miasteczko pogrążyło się w ciszy. Jego mieszkańcy drzemali błogo, jakby niepomni obecności dwustu funkcjonariuszy z Ussel i Clermont Ferrand.

• • •

Dopiero o szesnastej Ernestine udało się postawić na swoim.

— Masz iść i obudzić panią — szturchnęła Louisona. — To nienormalne, spać cały dzień.

Stary Louison, który nie wyobrażał sobie niczego lepszego i który miał w ustach nieświeży smak, był odmiennego zdania, wiedział jednak, że nie warto spierać się z żoną, gdy ta się uprze. Ponownie wspiął się po drabinie, tym razem bardziej pewnie niż poprzednio, otworzył okno i wszedł do środka.

Po kilku minutach wytknął głowę na zewnątrz.

— Ernestine! — krzyknął ochrypłym głosem. — Pani chyba nie żyje.

Już się szykował, aby zejść po drabinie, gdy Ernestine zawołała, by otworzył drzwi od środka. Wspólnie unieśli krawędź prześcieradła i ujrzeli oczy *madame* wpatrujące się martwym wzorkiem w poduszkę oddaloną kilka centymetrów od twarzy.

Ernestine przejęła dowodzenie.

— Louison!

— Słucham, duszko.

— Jedź migiem do miasta i sprowadź doktora Mathieu. Pospiesz się.

Kilka minut później Louison mknął rowerem tak szybko, jak pozwalały na to ściśnięte lękiem płuca. Zastał doktora Mathieu, który od ponad czterdziestu lat opiekował się mieszkańcami Haute Chalonnière, śpiącego pod drzewem morelowym w swoim ogrodzie. Staruszek zgodził się przyjechać natychmiast. Kiedy jego terkoczący samochód wjechał na dziedziniec rezydencji, była szesnasta trzydzieści. Piętnaście minut później wyprostował się i stanął obok łóżka, zwracając twarz do sług czekających na progu.

— *Madame* nie żyje. Ma skręcony kark — rzekł drżącym głosem. — Trzeba wezwać posterunkowego.

Żandarm Caillou był bardzo metodycznym człowiekiem. Wiedział, że rola stróża prawa jest niezwykle ważna, słyszał też, jak istotne jest ustalenie faktów. Zwilżywszy śliną ołówek, spisał zeznania Ernestine, Louisona i doktora Mathieu siedzących przy stole w kuchni.

— Nie ma wątpliwości, że doszło do morderstwa — oznajmił, gdy lekarz podpisał swoje zeznanie. Głównym podejrzanym jest jasnowłosy Anglik, który się tu zatrzymał, a teraz zniknął, zabierając samochód *madame*. Zawiadomię o tym funkcjonariuszy z komisariatu w Egletons.

Zjechał na rowerze ze wzgórza.

• • •

O osiemnastej trzydzieści Claude Lebel zadzwonił z Paryża do komisarza Valentina.

— *Alors, Valentin?*[1].

— Na razie nic — odparł tamten. — Rano ustawiliśmy blokady na wszystkich drogach. Musi gdzieś tu być, chyba że opuścił okolicę po porzuceniu samochodu. Ten przeklęty taksówkarz, który wiózł go w piątek z Egletons, jeszcze nie wrócił. Rozesłałem patrole, aby go szukali... Proszę chwilę zaczekać, otrzymałem kolejny raport.

Zapadła chwila ciszy. Lebel słyszał Valentina prowadzącego ożywioną rozmowę. Minutę później jego głos rozległ się ponownie w słuchawce.

— Co tu się, do diabła, dzieje? Popełniono morderstwo.

— Gdzie? — spytał pospiesznie Lebel.

— Na terenie rezydencji — wyjaśnił Valentin. — Właśnie otrzymałem meldunek od wiejskiego posterunkowego.

— Kim jest ofiara?

— To właścicielka. Kobieta. Proszę poczekać... baronowa de la Chalonnière.

Caron zauważył, że Lebel pobladł.

---

[1] Coś nowego, Valentin? (fr.).

— Proszę mnie posłuchać, Valentin. To on. Czy opuścił już rezydencję?

Valentin powtórzył pytanie funkcjonariuszom w komisariacie.

— Tak, wyjechał rano samochodem baronowej. Małym renault. Ogrodnik znalazł ciało dopiero po południu. Myślał, że baronowa de la Chalonnière śpi. Dopiero po jakimś czasie wspiął się do sypialni po drabinie i odkrył ciało.

— Macie opis zabójcy i samochodu?

— Tak.

— Ogłoście alarm. Nie trzeba niczego ukrywać. Poszukujemy mordercy. Zarządzę obławę w całym kraju. Jeśli to możliwe, postaraj się zabezpieczyć ślady na miejscu zbrodni. Spróbujcie określić kierunek, w jakim odjechał.

— Zrozumiałem. Teraz możemy zacząć na dobre.

Lebel odłożył słuchawkę.

— Dobry Boże, na starość robię się zbyt powolny. Nazwisko baronowej de la Chalonnière znajdowało się na liście gości Hôtel du Cerf, gdy zatrzymał się tam Szakal.

• • •

Samochód odnalazł się w bocznej uliczce Tulle o dziewiętnastej trzydzieści. Spostrzegł go posterunkowy podczas rutynowego obchodu. O dziewiętnastej czterdzieści pięć wrócił do komisariatu, a o dziewiętnastej pięćdziesiąt pięć ludzie z Tulle skontaktowali się z Valentinem. Komisarz z Owernii zadzwonił do Lebela o dwudziestej osiem.

— Wóz znaleziono w odległości pięciuset metrów od stacji kolejowej — powiedział Lebelowi.

— Ma pan pod ręką rozkład jazdy pociągów?

— Tak, powinien gdzieś tu być.

— O której godzinie odjeżdża poranny pociąg do Paryża

i o której powinien być na Gare d'Austerlitz? Na Boga, niech się pan pospieszy!

Ci z Egletons przez chwilę szeptali między sobą.

— Są tylko dwa pociągi — oznajmił Valentin. — Poranny wyjechał o jedenastej pięćdziesiąt... w Paryżu powinien być o... już mam... o dwudziestej dziesięć.

Lebel rzucił słuchawkę na widełki i skoczył do drzwi, wołając do Carona, aby popędził za nim.

• • •

Ekspres wjechał majestatycznie na Gare d'Austerlitz. O czasie. Ledwie przystanął, otworzyły się lśniące drzwi i pasażerowie zaczęli wysiadać na peron. Jednych witali oczekujący krewni, inni szli w kierunku sklepionego przejścia łączącego halę główną z postojem taksówek. Jednym z podróżnych był wysoki, szpakowaty mężczyzna w koloratce. Stanął wśród pierwszych osób oczekujących na taksówkę, a po chwili wrzucił swoje walizki na tylne siedzenie mercedesa diesla.

Kierowca włączył licznik i ruszył sprzed dworca w stronę ulicy. Przed Gare d'Austerlitz był półokrągły podjazd z dwiema bramami, wjazdową i wyjazdową. Taksówka ruszyła w kierunku tej ostatniej. Nagle kierowca i pasażer usłyszeli wycie policyjnych syren zagłuszające harmider pasażerów próbujących zwrócić na siebie uwagę taksówkarzy. Zanim wyjechali na ulicę, przystanęli na chwilę, przepuszczając trzy radiowozy i dwie czarne furgonetki policyjne, które zajechały pod gmach dworca i zatrzymały się przed łukowatym wejściem do hali głównej.

— Mają dziś mnóstwo roboty, sukinsyny! — powiedział taksówkarz. — Dokąd, *monsieur l'Abbé?*[1].

[1] Ojczulku (fr.).

Duchowny podał mu adres małego hoteliku przy Quai des Grands Augustins.

• • •

O dwudziestej pierwszej, po powrocie do biura, Claude Lebel otrzymał wiadomość z prośbą o pilny telefon do komisarza Valentina, który przebywał w komisariacie w Tulle. Po pięciu minutach uzyskał połączenie. Valentin mówił, a on robił notatki.

— Wzięliście odciski palców z samochodu? — spytał Lebel.

— Oczywiście, pobraliśmy je też z sypialni w *château*. Setki, wszystkie pasują.

— Prześlijcie je szybko do Paryża.

— Zrozumiałem. Chce pan, abym wysłał do pana funkcjonariusza CRS z dworca w Tulle?

— Nie, to zbyteczne. Nie powie nam nic więcej. Może pan odwołać swoich ludzi. Anglik jest teraz na naszym terenie. Sami się tym zajmiemy.

— Jest pan pewny, że chodzi o duńskiego pastora? — spytał Valentin. — To może być zwyczajny zbieg okoliczności.

— Nie — zaprzeczył Lebel. — To on. Wyrzucił jedną walizkę. Przypuszczalnie znajdziemy ją gdzieś między Haute Chalonnière i Tulle. Przeszukajcie rzeki i wąwozy. Trzy pozostałe bagaże zbyt dobrze pasują. Nie mam wątpliwości.

Odłożył słuchawkę.

— Tym razem udaje duchownego — rzekł z goryczą do Carona. — Duńskiego pastora. Nazwisko nieznane. Funkcjonariusz CRS nie zapamiętał nazwiska w paszporcie. Ponownie element ludzki. Taksówkarz zdrzemnął się na poboczu drogi, ogrodnikowi nie chciało się sprawdzić, czemu jego chlebodawczyni nie wstaje z łóżka od sześciu godzin, policjant nie zapamiętał nazwiska w paszporcie. To moja ostatnia sprawa,

Lucien. Starzeję się. Robię się zramolały i powolny. Sprowadź mi samochód, dobrze? Pora na wieczorne tortury.

• • •

Spotkanie w ministerstwie upłynęło w napiętej, nerwowej atmosferze. Przez czterdzieści minut zgromadzeni słuchali szczegółowego raportu opisującego podążanie tropem Szakala od leśnej polany do Egletons, od nieobecnego taksówkarza do morderstwa w *château* i wysokiego szpakowatego Duńczyka, który wsiadł w Tulle do paryskiego ekspresu.

— Mówiąc krótko, zabójca jest teraz w Paryżu — skwitował chłodno Saint-Clair, kiedy Lebel skończył. — Ma nową tożsamość i nową twarz. Zawiódł pan ponownie, drogi komisarzu.

— Zostawmy oskarżenia na później — przerwał mu minister. — Ilu Duńczyków zatrzymało się na noc w Paryżu?

— Przypuszczalnie kilkuset, *Monsieur le Ministre*.

— Będziemy mogli ich sprawdzić?

— Rano, gdy karty meldunkowe trafią do prefektury — odparł Lebel.

— Moi ludzie mogą pobrać karty meldunkowe o północy, a następnie o drugiej i czwartej nad ranem — zaproponował prefekt policji. — W rubryce „wykonywany zawód" musiał wpisać „duchowny", aby pracownicy hotelu nie nabrali podejrzeń.

Atmosfera na sali wyraźnie się poprawiła.

— Pewnie zasłoni koloratkę apaszką lub ją zdejmie i zamelduje się jako osoba świecka, pod nowym nazwiskiem — bąknął komisarz. Kilku obecnych spojrzało na niego gniewnym wzrokiem.

— Panowie, pozostało nam do zrobienia tylko jedno — oznajmił minister. — Udam się ponownie do prezydenta i poproszę, aby odwołał wszystkie publiczne wystąpienia do czasu schwytania tego człowieka. Rano sprawdzimy każdego Duńczyka, który dziś wieczorem zameldował się w jakimkolwiek paryskim hotelu. Mogę na was liczyć, komisarzu? *Monsieur le Préfet de Police?*[1].

Lebel i Papon skinęli głowami.

— W takim razie to wszystko.

• • •

— Dłużej tego nie wytrzymam. Upierają się, że Szakal zawdzięcza wszystko szczęściu lub naszej głupocie — powiedział Lebel Caronowi po powrocie do biura. — Nie można zaprzeczyć, że facet ma szczęście, choć również jest diabelsko przebiegły. Nie przeczę, mieliśmy pecha i popełniliśmy błędy. Sam pomyliłem się kilka razy. Dwukrotnie spóźniliśmy się zaledwie o kilka godzin. W Gap odjechał przemalowanym samochodem. W *château* zamordował baronową zaledwie kilka godzin po odnalezieniu alfy romeo. Za każdym razem wymykał się rano, po wieczornym raporcie, który złożyłem ministrowi. Kiedy oznajmiłem, że mamy go w ręku i że zostanie zatrzymany w ciągu następnych dwunastu godzin. Lucien, mój przyjacielu, chyba użyję swojej nieograniczonej władzy i zorganizuję mały podsłuch telefoniczny.

Oparł się o okienny parapet, spoglądając na Sekwanę płynącą spokojnym nurtem w kierunku Dzielnicy Łacińskiej lśniącej jasnymi światłami i rozbrzmiewającej śmiechem, który niósł się ponad wodą.

Trzysta metrów dalej inny mężczyzna opierał się na okiennym parapecie, patrząc w zadumie na gmach policji kryminalnej

[1] Panie prefekcie policji? (fr.).

położony na lewo od oświetlonych reflektorami iglic Notre Dame. Miał na sobie czarne spodnie i mokasyny oraz jedwabną koszulkę polo zasłaniającą białą koszulę i czarny „listek" z koloratką. Palił długiego angielskiego papierosa z filtrem, a na młodą twarz opadały szpakowate włosy.

Dwaj mężczyźni spoglądali bezwiednie w swoją stronę ponad wodami Sekwany, gdy dzwony na wieżach paryskich kościołów obwieściły nadejście dwudziestego drugiego sierpnia.

CZĘŚĆ TRZECIA

Anatomia morderstwa

Rozdział dziewiętnasty

Claude Lebel kiepsko spał tej nocy. O wpół do drugiej, gdy wreszcie zasnął, Caron potrząsnął go za ramię.

— Szefie, przepraszam, że cię budzę, lecz przyszło mi do głowy coś ważnego. Ten drań, Szakal, posługuje się duńskim paszportem, prawda?

Lebel potrząsnął głową, aby się obudzić.

— Mów dalej.

— Musiał go gdzieś zdobyć. Kazał go podrobić albo ukradł. Ponieważ dokument wymagał ufarbowania włosów, przypuszczalnie go komuś zabrał.

— Słusznie, kontynuuj.

— Oprócz lipcowej wyprawy do Paryża, na rekonesans, facet był cały czas w Londynie. Myślę, że ukradł paszport w jednym z tych miast. Co zrobiłby Duńczyk, gdyby zgubił paszport lub gdyby mu go skradziono? Poszedłby do swojego konsulatu.

Lebel dźwignął się z pryczy.

— Czasami myślę sobie, że daleko zajdziesz, drogi Lucien. Połącz mnie z nadinspektorem Thomasem, a następnie z duńskim konsulem generalnym w Paryżu. W takiej kolejności jak powiedziałem.

Spędził godzinę przy telefonie, przekonując obu mężczyzn, aby wstali z łóżek i pojechali do biura. Kiedy Lebel wrócił na swoją pryczę, dochodziła trzecia rano. O czwartej zbudził go telefon z prefektury policji. O północy i o drugiej nad ranem przywieziono ponad dziewięćset osiemdziesiąt hotelowych kart meldunkowych wypełnionych przez Duńczyków, którzy zatrzymali się w paryskich hotelach. Karty podzielono na trzy kategorie: „prawdopodobne", „możliwe" i „pozostałe".

O szóstej rano Lebel pił kawę, gdy zadzwonili inżynierowie z DST, którym wydał polecenie zaraz po północy. Mieli coś. Wezwał samochód i razem z Caronem ruszył sennymi ulicami miasta do ich kwatery. W piwnicy laboratorium łączności przesłuchali rozmowę nagraną na taśmie magnetofonowej.

Nagranie rozpoczynało się głośnym kliknięciem, po którym następowała seria dźwięków towarzyszących wybieraniu siedmiocyfrowego numeru. Później rozległ się długi sygnał, kolejne kliknięcie i odgłos podnoszonej słuchawki.

— *Allo?* — rozległ się zachrypły głos.

— *Ici Jacqueline* — odpowiedziała kobieta.

— *Ici Valmy* — odparł mężczyzna.

Zaczęła wypowiadać pospieszne słowa:

— Wiedzą, że jest duńskim pastorem. W nocy sprawdzili karty meldunkowe wszystkich Duńczyków, którzy zatrzymali się w paryskich hotelach. Przywieziono karty zebrane o północy, o drugiej i czwartej nad ranem. Odwiedzą każdego.

— *Merci* — powiedział mężczyzna po dłuższej przerwie. Odłożył słuchawkę, a kobieta zrobiła to samo.

Lebel utkwił wzrok w wolno wirującej szpuli.

— Wiecie, pod jaki numer dzwoniła? — spytał inżynierów Lebel.

— Tak, można to ustalić na podstawie obrotu tarczy podczas jego wybierania. Wykręciła MOLITOR 5901.

— Macie adres?

Mężczyzna podał mu kartkę papieru. Lebel rzucił na nią okiem.

— Chodź, Lucien, złożymy wizytę panu Valmy.

— A co z dziewczyną?

— Trzeba będzie ją aresztować.

• • •

Zapukali do drzwi o siódmej rano. Były dyrektor przygotowywał właśnie śniadanie na palniku gazowym. Gniewnie zmarszczył brwi i skręcił ogień, przeszedł przez salon i otworzył drzwi. Przed nim stało czterech mężczyzn. Wiedział, kim są i po co przyszli. Dwaj mundurowi wyglądali tak, jakby chcieli się na niego rzucić, lecz niższy, łagodnie wyglądający mężczyzna dał im znak, aby pozostali na miejscu.

— Nagraliśmy rozmowę telefoniczną — powiedział cicho. — Pan jest Valmy.

Dyrektor nie okazał żadnych emocji. Cofnął się o krok, wpuszczając ich do środka.

— Mogę się ubrać? — spytał.

— Oczywiście.

Zajęło mu to kilka minut. Dwaj umundurowani policjanci patrzyli, jak wkłada spodnie i koszulę, nie zadając sobie trudu zdjęcia piżamy. Młodszy mężczyzna ubrany po cywilnemu stał w drzwiach. Starszy myszkował po pokoju, przeglądając papiery i sterty książek.

— Przeszukanie tej klitki zajmie całe wieki, Lucien — powiedział, a mężczyzna w drzwiach mruknął coś pod nosem.

— Dzięki Bogu to nie nasza działka.

— Jest pan gotowy?

— Tak.

— Sprowadźcie go po schodach do samochodu.

Gdy wyszli, komisarz zaczął przeglądać papiery, nad którymi dyrektor szkoły ślęczał ostatniej nocy. Okazało się, że to zwykłe szkolne prace egzaminacyjne z naniesionymi poprawkami. Najwyraźniej Valmy pracował w swoim mieszkaniu. Musiał czekać przy telefonie, na wypadek gdyby Szakal zadzwonił. Telefon odezwał się zaraz po siódmej. Lebel podniósł słuchawkę.

— *Allo.*

— *Ici Chacal.* — Głos był bezbarwny, nijaki.

Lebel zaczął gorączkowo myśleć.

— *Ici Valmy* — odpowiedział. Zapanowała chwila ciszy, bo nie przychodziło mu do głowy nic, co mógłby powiedzieć.

— Coś nowego? — zapytał tamten.

— Nic. Stracili ślad w Corrèze.

Poczuł pot na czole. Wiedział, jak ważne było, aby Anglik pozostał kilka godzin tam, gdzie jest. Usłyszał klik odkładanej słuchawki i telefon zamilkł. Lebel odłożył swoją i zbiegł po schodach do samochodu czekającego przy krawężniku.

— Szybko do biura! — krzyknął do kierowcy.

• • •

Szakal stał w kabinie telefonicznej małego hoteliku nad brzegiem Sekwany, spoglądając w osłupieniu przez szybę. Nic nowego? Oczekiwał, że coś znajdą. Ten komisarz, Lebel, nie był głupcem. Musieli dotrzeć do taksówkarza w Egletons, a stamtąd do Haute Chalonnière. Musieli znaleźć ciało i odkryć, że skradziono renault. Musieli odnaleźć wóz porzucony na jednej z ulic Tulle i przesłuchać pracowników. Musieli...

Wyszedł z kabiny i przeszedł hol.

— Proszę o rachunek — powiedział recepcjonistce. — Za pięć minut będę na dole.

• • •

Komisarz Thomas zadzwonił o siódmej trzydzieści, gdy Lebel wchodził do swojego biura.

— Przepraszam, że tak długo to trwało — zaczął. — Obudzenie pracowników duńskiego konsulatu i sprowadzenie ich do biura zajęło mi całe wieki. Miał pan słuszność. Czternastego lipca duński pastor zgłosił zaginięcie paszportu. Podejrzewał, że skradziono mu go z pokoju hotelowego na West Endzie, lecz nie potrafił tego dowieść. Właściciel hotelu był rad, że nie złożył skargi. Pastor Per Jensen z Kopenhagi. Opis: sto osiemdziesiąt centymetrów wzrostu, niebieskie oczy, szpakowate włosy.

— To on. Dziękuję, komisarzu. — Lebel odłożył słuchawkę. — Połącz mnie z prefekturą — polecił Caronowi.

Cztery czarne karetki więzienne stanęły przed hotelem przy Quai des Grands Augustins o ósmej trzydzieści. Policjanci przetrząsnęli pokój numer trzydzieści siedem, który później wyglądał tak, jakby przeszło przez niego tornado.

— Przykro mi, *Monsieur le Commissaire* — oznajmił właściciel nieświeżo wyglądającemu detektywowi, który dowodził akcją. — Paster Jensen wymeldował się godzinę temu.

• • •

Szakal wrócił taksówką w okolice Gare d'Austerlitz, na który przybył wczorajszego wieczoru, zakładając, że nie będą go tu szukali. Zostawił walizkę z karabinem, wojskowym szynelem i ubraniem fikcyjnego Francuza André Martina w przechowalni bagażu, zachowując jedynie walizkę, w której miał ubrania i dokumenty amerykańskiego studenta Marty'ego Schulberga i torbę podróżną z przyborami do makijażu.

Z takim bagażem, w czarnym garniturze i polo zasłaniającym koloratkę, zameldował się w maleńkim hoteliku nieopodal stacji. Recepcjonista pozwolił mu własnoręcznie wypełnić kartę meldunkową, zbyt leniwy, aby porównać wpis z paszportem gościa, do czego obligowało go prawo. W rezultacie nie pojawiło się na niej nazwisko Pera Jensena.

Znalazłszy się w pokoju, Szakal przystąpił do pracy nad swoją twarzą i włosami. Zmył szpakowatą farbę rozpuszczalnikiem, odsłaniając jasne włosy, którym nadał następnie kasztanową barwę, jaką miały włosy Marty'ego Schulberga. Pozostawił niebieskie szkła kontaktowe, lecz miejsce okularów w złoconej oprawie zajęła ciężka amerykańska oprawka w dyrektorskim stylu. Czarne mokasyny, skarpetki, koszula i koloratka z „listkiem" trafiły do walizki wraz z paszportem pastora Jensena z Kopenhagi. Szakal włożył tenisówki, skarpety, dżinsy, podkoszulek i wiatrówkę młodzieńca z amerykańskiego college'u w Syracuse, w stanie Nowy Jork.

Późnym rankiem, z amerykańskim paszportem w kieszeni na piersi i zwitkiem francuskich franków w drugiej był gotów do drogi. Walizka z garderobą i dokumentami Jensena trafiła do szafy, a klucz do zamka poszybował do bidetu. Wyszedł schodami przeciwpożarowymi i nie widziano go więcej w tym hotelu. Kilka minut później zostawił torbę podróżną w przechowalni bagażu na Gare d'Austerlitz, wsunął kwit do tylnej kieszeni wraz z kwitem na pozostawioną wcześniej walizkę i ruszył przed siebie. Przejechał taksówką na lewy brzeg Sekwany i wysiadł na rogu Boulevard Saint Michel i Rue de la Huchette, ginąc w tłumie studentów i innych młodych ludzi, którzy mieszkali w labiryncie uliczek Dzielnicy Łacińskiej.

Siedząc z tyłu zadymionej speluny, do której wpadł na lunch, dumał nad tym, gdzie spędzi kolejną noc. Nie miał wątpliwości, że Lebel zdemaskował Pera Jensena, a Marty'emu Schulbergowi dawał nie więcej niż dwadzieścia cztery godziny.

• • •

Lebel oddzwonił do Thomasa w Londynie o dziesiątej. Wysłuchawszy jego prośby, Anglik wydał niski jęk, lecz grzecznie odpowiedział, że uczyni wszystko co w jego mocy. Po zakończeniu rozmowy Thomas wezwał do siebie starszego inspektora, który nadzorował śledztwo w ubiegłym tygodniu.

— Siadaj — zaczął. — Francuzi znowu się odezwali. Wygląda na to, że ponownie chybili. Ten Szakal jest teraz w samym środku Paryża. Podejrzewają, że ma kolejne sfałszowane dokumenty. Proszą, abyśmy obdzwonili wszystkie konsulaty w Londynie z prośbą o przygotowanie listy zagranicznych paszportów, które skradziono od pierwszego lipca. Możemy sobie odpuścić czarnych i Azjatów. Poszukiwania trzeba zawęzić do przedstawicieli rasy kaukaskiej. Zwróćcie uwagę na wzrost właściciela. Podejrzani są wszyscy powyżej metra pięćdziesięciu. Do roboty.

• • •

Codzienna narada w paryskim ministerstwie przesunęła się na czternastą.

Lebel przedstawił raport monotonnym, uprzejmym tonem, lecz spotkał się z lodowatym przyjęciem.

— Niech to szlag! — wykrzyknął minister. — Ależ ten człowiek ma szczęście!

— Nie, *Monsieur le Ministre*. To nie szczęście, ale przynajmniej nie wszystko można mu przypisać. Szakal był nieustannie informowany o postępach śledztwa, na każdym jego etapie. Dlatego w takim pośpiechu opuścił Gap, dlatego zamordował tę kobietę w La Chalonnière i uciekł, zanim zdążyliśmy rzucić sieć. Trzykrotnie od jego ujęcia dzieliły nas dosłownie godziny. Dziś rano aresztowaliśmy Valmy'ego. Pewnie nieudolnie go naśladowałem, bo Szakal się wymeldował i kolejny raz zmienił tożsamość. Wcześniej został dwukrotnie ostrzeżony, wczesnym rankiem po raporcie, który panom złożyłem.

W pokoju zapanowało lodowate milczenie.

— Wspominał już pan o tym, komisarzu — stwierdził sucho minister. — Mam nadzieję, że potrafi pan tego dowieść.

W odpowiedzi Lebel postawił na stole mały przenośny magnetofon i włączył odtwarzanie. W ciszy, która zapanowała na sali konferencyjnej, nagrana rozmowa miała metaliczne, ostre brzmienie. Kiedy dobiegła końca, wszyscy utkwili wzrok w aparacie. Pułkownik Saint-Clair pobladł jak papier i drżącymi rękami zaczął porządkować dokumenty w swojej teczce.

— Czyj to głos? — spytał w końcu minister.

Lebel nie odpowiedział. Saint-Clair podniósł się wolno, a oczy wszystkich zwróciły się na niego.

— Muszę pana z żalem poinformować... *Monsieur le Ministre*... że to głos... mojej przyjaciółki. Mieszka ze mną obecnie... wybaczcie, panowie.

Po tych słowach wyszedł z sali i wrócił do pałacu, aby złożyć dymisję. Pozostali w milczeniu oglądali swoje dłonie.

— Dobra robota, komisarzu — powiedział cicho minister. — Proszę kontynuować.

Lebel powrócił do przerwanego raportu, informując o prośbie skierowanej do Thomasa w Londynie, aby sprawdzić wszystkie paszporty zaginione w ciągu ostatnich pięćdziesięciu dni.

— Mam nadzieję, że do wieczora będziemy mieli krótką listę... nie więcej niż dwa nazwiska... osób pasujących do opisu Szakala. Kiedy je poznam, zwrócę się z prośbą do londyńskich konsulatów o dostarczenie zdjęć. Szakal będzie przypominał go bardziej niż Calthropa, Duggana lub Jensena. Przy odrobinie szczęścia otrzymamy zdjęcia do jutra w południe.

— Ze swojej strony — odezwał się minister — chciałbym poinformować panów o mojej rozmowie z prezydentem de

Gaulle'em. Generał stanowczo odmówił zmiany planów i nie interesuje go lepsza ochrona. Szczerze mówiąc, spodziewałem się takiej reakcji. Jedno wszakże udało mi się uzyskać. Prezydent zgodził się na upublicznienie sprawy, przynajmniej w następującym zakresie. Szakal jest obecnie poszukiwany jako pospolity morderca. Zamordował baronową de la Chalonnière w jej własnym domu podczas napadu rabunkowego, pragnąc ukraść jej klejnoty. Policja podejrzewa, że uciekł do Paryża i ukrywa się gdzieś w mieście. Zrozumieliście, panowie? Taka informacja ukaże się w popołudniowych gazetach, a przynajmniej w ostatnich wydaniach. Kiedy ustali pan jego nową tożsamość, dwa lub trzy nazwiska, pod którymi może się ukrywać, będzie pan mógł podać je prasie. W ten sposób w porannych gazetach znajdą się najświeższe informacje i nowy trop. Gdy zdjęcie niefortunnego turysty, który utracił paszport w Londynie, nadejdzie jutro rano, będzie pan mógł je zamieścić w popołudniowych wydaniach, pokazać w telewizji i opisać w radiu, relacjonując akcję poszukiwawczą. Jak tylko poznamy jego nowe nazwisko, wszyscy policjanci i funkcjonariusze CRS w Paryżu będą kontrolować dokumenty przechodniów.

Prefekt policji, szef CRS i komendant główny policji kryminalnej notowali w zawrotnym tempie.

— Funkcjonariusze DST z pomocą pracowników Centralnego Archiwum sprawdzą wszystkich sympatyków OAS. Czy to jasne?

Szefowie DST i RG skinęli energicznie głowami.

— Policji kryminalna oddeleguje wszystkich detektywów do tej obławy.

Max Fernet i komendant policji skinęli potakująco.

— Teraz pałac. Będę potrzebował informacji o wszystkich ruchach prezydenta, nawet jeśli on sam nie zostanie poinformowany o dodatkowych środkach ostrożności zastosowanych w jego interesie. Oczywiście ufam, że ochrona prezydenta zostanie postawiona w stan najwyższej gotowości, jakiego nie widziano nigdy wcześniej. Komisarzu Ducret?

Jean Ducret, szef osobistej ochrony de Gaulle'a, skinął głową.

— Wiem, że policja kryminalna... — minister spojrzał na komisarza Bouviera — opłaca wielu informatorów w świecie przestępczym. Chcę, aby byli czujni i wypatrywali tego człowieka. Przekażcie im jego nazwisko i rysopis, dobrze?

Maurice Bouvier szorstko skinął głową. Był lekko zaniepokojony. W ciągu swojej długiej kariery oglądał niejedną obławę, lecz żadna nie była prowadzona na tak dużą skalę. Kiedy Lebel poda im nazwisko i numer paszportu, nie wspominając o rysopisie, setki tysięcy pracowników służb bezpieczeństwa i informatorów będą obserwowały ulice, hotele, bary i restauracje w poszukiwaniu jednego człowieka.

— Czy coś przeoczyłem? — spytał minister.

Pułkownik Rolland spojrzał ukradkiem na generała Guibauda, a następnie komisarza Bouviera i chrząknął cicho.

— Nie wspomniał pan o Unii Korsykańskiej.

Generał Guibaud zaczął oglądać własne paznokcie. Bouvier rzucił mu mordercze spojrzenie, a pozostali sprawiali wrażenie zakłopotanych. Unia Korsykańska, zwana inaczej mafią korsykańską, wywodziła się od Bractwa z Ajaccio. Byli to potomkowie posłuszni nakazowi wendety, którzy założyli największą organizację przestępczą we Francji. Niektórzy eksperci uważali, że organizacja ta jest starsza i bardziej niebezpieczna od mafii włoskiej. Ponieważ jej członkowie nigdy nie wyemigrowali do Ameryki w pierwszych latach dwudziestego wieku, uniknęli rozgłosu, jaki zyskała ich włoska odpowiedniczka.

Gaulliści dwukrotnie sprzymierzyli się z Korsykanami, zawsze odnosząc korzyści i zawsze odczuwając pewne zakłopotanie z tego powodu. Korsykanie domagali się łapówki, zwykle w postaci osłabienia policyjnego nadzoru nad ich przestępczym procederem. Członkowie Unii Korsykańskiej pomogli aliantom podczas inwazji na południu Francji w sierpniu tysiąc dziewięćset czterdziestego czwartego roku i od tego czasu sprawowali niepodzielną władzę na obszarze Marsylii i Tulonu. Później, po kwietniu tysiąc dziewięćset sześćdziesiątego pierwszego roku, pomogli ponownie w walce z algierskimi osadnikami i bojówkarzami OAS, sięgając swoimi mackami na północ aż do Paryża.

Maurice Bouvier jako policjant szczerze ich nienawidził, wiedział jednak, że wydział operacyjny Rollanda często korzystał z pomocy Korsykanów.

— Myśli pan, że mogą pomóc? — spytał minister.

— Jeśli Szakal jest tak przebiegły, jak mówią, w Paryżu znajdą go tylko oni — odparł Rolland.

— Ilu ich jest w Paryżu? — zapytał z powątpiewaniem Frey.

— Około ośmiu tysięcy. Niektórzy pracują w policji, inni w urzędach celnych, CRS, tajnych służbach, oczywiście należą też do podziemnego światka. Są doskonale zorganizowani.

— Jeśli pan chce, może ich pan użyć — odrzekł minister.

Więcej sugestii nie padło.

— Ruszajmy do roboty. Komisarzu Lebel, oczekujemy od pana jednego nazwiska, jednego rysopisu, jednej fotografii. Kiedy je dostaniemy, daję Szakalowi nie więcej niż sześć godzin.

— Zostały mu jeszcze trzy dni — powiedział Lebel, wyglądając przez okno. Wszyscy spojrzeli na niego ze zdumieniem.

— Skąd pan wie? — zapytał Max Fernet.

Lebel kilkakrotnie zamrugał powiekami.

— Przepraszam, byłem głupi, że nie domyśliłem się tego wcześniej. Od tygodnia jestem przekonany, że Szakal ma plan, że wybrał już dzień zamachu na prezydenta. Czemu po opuszczeniu Gap nie przeistoczył się natychmiast w pastora Jensena? Czemu nie pojechał do Valence i nie wsiadł natychmiast do ekspresu jadącego do Paryża? Czemu przekroczył granicę Francji, a następnie czekał bezczynnie cały tydzień?

— Właśnie, dlaczego? — spytał jeden z obecnych.

— Ponieważ już wybrał dzień zamachu — odparł Lebel. — Wie, kiedy uderzy. Komisarzu Ducret, czy dzisiaj, jutro lub w sobotę prezydent zamierza wziąć udział w jakichś uroczystościach poza pałacem?

Ducret pokręcił przecząco głową.

— A w niedzielę, dwudziestego piątego sierpnia?

Mężczyźni siedzący przy stole wydali westchnienie przypominające odgłos wiatru buszującego w zbożu.

— Oczywiście, przecież to Dzień Niepodległości — wyszeptał minister. — Najdziwniejsze jest to, że większość z nas była przy nim w dzień wyzwolenia Paryża w tysiąc dziewięćset czterdziestym czwartym roku.

— Właśnie — przytaknął Lebel. — Szakal bawi się w psychologa. Wie, że generał de Gaulle za nic w świecie nie spędzi tego dnia inaczej. To jego wielkie święto. Właśnie na ten dzień czeka zabójca.

— W takim razie go mamy — powiedział dziarsko minister. — Stracił informatora i nie ma gdzie się ukryć w Paryżu. Nikt go nie przyjmie, nie udzieli schronienia. Dopadniemy go. Komisarzu Lebel, proszę nam tylko podać nazwisko tego człowieka.

Claude Lebel wstał i skierował się do drzwi. Pozostali poszli za jego przykładem, szykując się do wyjścia na lunch.

— Mam jeszcze jedno pytanie! — zawołał minister za odchodzącym Lebelem. — Skąd pan wiedział, że należy założyć podsłuch w prywatnym mieszkaniu pułkownika Saint-Claira.

Lebel odwrócił się w drzwiach i wzruszył ramionami.
— Nie wiedziałem — odrzekł. — Kazałem założyć podsłuch wszystkim panom. Życzę miłego dnia.

• • •

Wpadł na ten pomysł o siedemnastej, siedząc przy kuflu piwa na tarasie kawiarni nieopodal Place de l'Odeon, osłoniwszy twarz okularami przeciwsłonecznymi tak jak wszyscy inni. Przyszedł mu do głowy, gdy obserwował dwóch mężczyzn spacerujących ulicą. Zapłacił za piwo, wstał od stolika i wyszedł. Sto metrów dalej znalazł to, czego szukał — sklep z kosmetykami dla kobiet. Wszedł do środka i kupił kilka artykułów.

• • •

Tego popołudnia sześć gazet zmieniło nagłówki na pierwszych stronach. W górnej części popołudniowego wydania umieszczono krzyczący wielkimi literami tytuł. *ASSASIN DE LA BELLE BARONE SE REFUGIA À PARIS*[1]. Poniżej zamieszczono fotografię baronowej de la Chalonnière wykonaną podczas przyjęcia zorganizowanego dla paryskiej śmietanki towarzyskiej. Znaleziono je w archiwum agencji fotograficznej. To samo zdjęcie ukazało się we wszystkich gazetach. O szesnastej trzydzieści, z egzemplarzem „France-Soir" pod pachą, pułkownik Rolland wszedł do małej kawiarenki przy Rue Washington. Śniady barman o wydatnej kwadratowej szczęce spojrzał na niego badawczo i skinął głową innemu mężczyźnie stojącemu z tyłu sali.
Tamten podszedł i powitał Rollanda.
— Pan pułkownik Rolland?
Szef wydziału operacyjnego skinął głową.

---

[1] Morderca pięknej baronowej ukrywa się w Paryżu (fr.).

— Proszę za mną.

Poprowadził go przez drzwi w tylnej części kawiarni do małego saloniku na piętrze wchodzącego w skład mieszkania właściciela lokalu. Zapukał i usłyszał głośne: *Entrez*[1].

Kiedy zamknęli za nim drzwi, pułkownik Rolland wyciągnął dłoń do mężczyzny, który podniósł się z krzesła.

— Pułkownik Rolland? *Enchanté*[2]. Jestem szefem Unii Korsykańskiej. O ile wiem, poszukuje pan pewnego człowieka...

• • •

Nadinspektor Thomas zadzwonił z Londynu o dwudziestej. Miał zmęczony głos. Nie był to łatwy dzień. Jedne konsulaty chętnie udzieliły pomocy, inne piętrzyły trudności.

W ciągu ostatnich pięćdziesięciu dni w Londynie paszporty straciło osiem osób, nie licząc kobiet, Murzynów i Azjatów. Wymienił je kolejno, podając nazwisko, numer paszportu i rysopis.

— Proponuję zacząć od wyeliminowania niektórych z kręgu podejrzanych — poradził Lebelowi. — Trzech utraciło dokumenty w okresie, gdy wedle naszej wiedzy Szakal, *alias* Duggan, nie przebywał w Londynie. Sprawdziliśmy rezerwacje i sprzedane bilety lotnicze od pierwszego lipca. Wydaje się, że jedenastego tego miesiąca wyleciał wieczornym samolotem do Kopenhagi. Ci z BEA mówią, że kupił bilet przy ich stanowisku w Brukseli, zapłacił gotówką i wrócił do Anglii wieczorem szóstego sierpnia.

— Zgadza się — odparł Lebel. — Ustaliliśmy, że po wyjeździe z Londynu spędził kilka dni w Paryżu. Od dwudziestego drugiego do trzydziestego pierwszego lipca.

---

[1] Wejść (fr.).

[2] Miło [pana] widzieć (fr.).

— A zatem — rzucił skrzeczącym głosem Thomas — trzy paszporty zniknęły, gdy nie było go w mieście. Możemy je wykreślić, prawda?

— Tak — zgodził się Lebel.

— Z pozostałych pięciu jeden facet jest bardzo wysoki, sześć stóp i sześć cali wzrostu, po waszemu ponad dwa metry. Francuscy celnicy od razu by to spostrzegli, chyba że facet chodziłby na szpilkach.

— Zgadzam się, wygląda na to, że ten gość to prawdziwy olbrzym. Można go skreślić. A trzej pozostali? — spytał Lebel.

— Cóż, jeden jest bardzo otyły. Waży sto dziesięć kilogramów. Szakal musiałby użyć tyle poduszek, że z trudem by się poruszał.

— Jego też można skreślić — zdecydował Francuz. — Kto jeszcze?

— Następny jest za stary. Ma odpowiedni wzrost, lecz to ponadsiedemdziesięcioletni staruszek. Szakalowi trudno byłoby się w niego wcielić, chyba że byłby prawdziwym mistrzem teatralnej charakteryzacji.

— Tego też możemy sobie darować — powiedział Lebel. — A dwaj pozostali?

— Jeden to Norweg, drugi jest Amerykaninem — oznajmił. — Obaj pasują do twojego rysopisu. Wysocy, dobrze zbudowani, między dwudziestym a pięćdziesiątym rokiem życia. Dwie rzeczy przemawiają za wykreśleniem Norwega. Po pierwsze, facet jest blondynem. Nie sądzę, aby Szakal po zdemaskowaniu Duggana powrócił do własnego koloru włosów. Zbytnio przypominałby tamtego. Po drugie, gość powiedział w swoim konsulacie, że paszport wyślizgnął mu się z kieszeni i wpadł do wody podczas przejażdżki łódką po Serpentine z przyjaciółką. Zaklinał się, że miał paszport w kieszeni na piersi, a gdy piętnaście minut później zszedł z łodzi, już go tam nie było. Z kolei Amerykanin zeznał pod przysięgą na posterunku londyńskiego lotniska, że jego torba podróżna została skradziona wraz z dokumentami w głównej hali, gdy na chwilę skupił uwagę na czymś innym. Co o tym sądzisz?

— Prześlij mi wszystko, co wiesz o Amerykaninie, Martym Schulbergu. Poproszę o jego zdjęcie w biurze paszportowym w Waszyngtonie. Jestem wdzięczny za twoją pomoc.

• • •

Tego wieczoru o dwudziestej drugiej zorganizowano drugą naradę w ministerstwie. Najkrótszą z odbytych do tej pory. Godzinę wcześniej wszystkie jednostki aparatu bezpieczeństwa otrzymały informacje na temat Marty'ego Schulberga, mężczyzny poszukiwanego za morderstwo. Zdjęcie miało nadejść we wczesnych godzinach porannych, aby mogło się ukazać we wszystkich gazetach sprzedawanych następnego dnia na ulicach miasta.

Minister podniósł się z miejsca.

— Panowie, na pierwszym spotkaniu zgodziliśmy się z sugestią komisarza Bouviera, że ustalenie tożsamości Szakala to czysto detektywistyczna robota. Dysponując obecną wiedzą, wiem, że nie popełniliśmy błędu. Mieliśmy szczęście, mogąc w ciągu ostatnich dziesięciu dni korzystać z pomocy komisarza Lebela. Chociaż poszukiwany trzykrotnie zmienił tożsamość, z Calthropa przeistaczając się w Duggana, a następnie w Jensena i Schulberga, i chociaż dochodziło do stałych przecieków, komisarz zdołał określić nie tylko jego tożsamość, lecz miejsce pobytu zawężone do granic tego miasta. Jesteśmy mu niewymownie wdzięczni. — Skinął głową Lebelowi, który z zakłopotaniem spuścił oczy. — Od tej chwili zadanie schwytania Szakala spoczywa na nas wszystkich. Mamy nazwisko, rysopis, numer paszportu i narodowość. Za kilka godzin nadejdą zdjęcia.

Jestem pewny, że dysponując waszymi zasobami, w ciągu kilku godzin doprowadzicie do ujęcia zabójcy. Każdy policjant, funkcjonariusz CRS i detektyw policji kryminalnej otrzymał informację na jego temat. Do jutra rana, najpóźniej do południa, ten człowiek powinien znaleźć się w naszych rękach. Pozwoli pan, że jeszcze raz mu pogratuluję. Komisarzu Lebel, zdjął pan z naszych barków ogromny ciężar i stres związany z prowadzeniem dochodzenia. Nie będziemy już potrzebowali pana pomocy. Wykonał pan swoje zadanie i sprawił się znakomicie. Dziękuję.

Czekał cierpliwie. Lebel kilkakrotnie zamrugał i wstał. Skinął głową potężnym ludziom, którzy dowodzili tysiącami funkcjonariuszy i mieli do dyspozycji miliony franków. Odpowiedzieli mu uśmiechem. Odwrócił się i wyszedł z sali.

Po raz pierwszy od dziesięciu dni komisarz Claude Lebel mógł wrócić do domu. Kiedy przekręcił klucz w zamku i do jego uszu doleciało gderanie żony, zegar wybił północ. Nadszedł dwudziesty trzeci sierpnia.

Rozdział dwudziesty

Szakal wszedł do baru godzinę przed północą. W środku było ciemno, dlatego potrzebował kilku sekund, aby zorientować się w kształcie sali. Wzdłuż lewej ściany biegł długi bar z rzędem luster i butelek. Kiedy drzwi wahadłowe się zamknęły, barman spojrzał na niego z nieskrywanym zainteresowaniem.

Sala była długa i wąska, z małymi stolikami ustawionymi po prawej stronie wzdłuż baru. Na końcu pomieszczenie się rozszerzało, tworząc salon, w którym ustawiono stoły na cztery lub sześć osób. Większość krzeseł i stołków barowych zajmowała typowa nocna klientela.

Przy stolikach najbliżej drzwi zamarły rozmowy. Goście skierowali wzrok na przybysza. Po sali przeszedł szmer. Widząc reakcję swoich towarzyszy, ludzie odwracali się, by spojrzeć na wysokiego, mocno zbudowanego mężczyznę, który wszedł do lokalu. Kilku zamieniło szeptem parę słów, kilku innych zachichotało. Szakal dostrzegł wolny stołek barowy w głębi i ruszył w jego stronę, mając stoły po prawej, a bar po lewej ręce. Za plecami usłyszał cichy szept.

— *Oh, regarde-moi ça*[1]! Co za mięśnie! Chyba oszaleję, kotku.

---

[1] Spójrz tylko! (fr.).

Barman podszedł, aby mu się lepiej przyjrzeć. Podkreślone szminką usta wykrzywiły się w kokieteryjnym uśmiechu.

— *Bonsoir... monsieur.* — Za plecami rozległy się złośliwe chichoty.

— *Donnez-moi un Scotch*[1].

Barman odszedł w radosnych podskokach. Cóż za mężczyzna! Cóż za mężczyzna! Zapowiada się ciekawy wieczór. Kątem oka dostrzegł *petites folles*[2] ostrzących pazury w głębi korytarza. Większość czekała na swoich stałych „partnerów", lecz niektórzy nie mieli pary i przyszli w ciemno. Był pewny, że nowy wywoła ogromną sensację.

Klient siedzący obok Szakala spojrzał na niego, nie kryjąc zaciekawienia. Miał włosy o metalicznej złotej barwie, pedantycznie zaczesane na czoło, tworzące szereg ostro zakończonych loków jak u młodych greckich bogów z antycznego fryzu. Niestety, na tym podobieństwo się kończyło. Oczy mężczyzny były pomalowane tuszem do rzęs, wargi zaznaczone delikatną koralową szminką, a policzki przypudrowane. Makijaż nie zdołał ukryć zmęczonych rysów twarzy starzejącego się degenerata, a maskara jałowych, wygłodniałych oczu.

— *Tu m'invites?*[3] — spytał dziewczęcym głosem.

Szakal wolno pokręcił głową.

Mężczyzna przebrany za kobietę wzruszył ramionami i wrócił do swojego towarzysza. Kontynuowali rozmowę, szepcząc i piszcząc z udawanym przerażeniem. Szakal zdjął wiatrówkę i napiął muskuły, sięgając po szklankę podaną przez barmana.

Ten nie krył zadowolenia. Jest hetero? Nie, to niemożliwe, nie przyszedłby tutaj. Nie jest też homoseksualistą szukającym partnerki. Nie zbyłby małej Corinne, gdy poprosiła go o drinka.

---

[1] Podaj mi jedną szkocką (fr.).
[2] Małych dupków (fr.).
[3] Można się przysiąść? (fr.).

Musi być... to cudownie! Przystojny młody pedał szukający starszej królowej, która zabrałaby go do domu.

Tacy przychodzili przed północą, siadywali z tyłu sali i przyglądali się gościom, niekiedy wzywając barmana, aby odbyć z nim szeptaną rozmowę. Barman wracał wówczas za ladę i dawał sygnał jednej z „dziewcząt".

„*Monsieur* Pierre chce zamienić z tobą słówko, kotku. Postaraj się zrobić na nim wrażenie. I na Boga nie płacz jak ostatnim razem".

Szakal dokonał wyboru tuż przed północą. Dwaj mężczyźni siedzący z tyłu sali obserwowali go kilka minut. Siedzieli przy osobnych stolikach i co jakiś czas łypali na siebie jadowitym wzrokiem. Obaj byli w średnim wieku. Jeden wydawał się otyły, miał małe oczka ukryte za grubymi powiekami i wałeczek tłuszczu na karku zachodzący na kołnierz. Wyglądał obrzydliwie. Drugi był szczupły i elegancki, miał szyję sępa i łysinę, na której starannie zaczesał nieliczne pasemka włosów. Nosił elegancko skrojony garnitur — wąskie spodnie i marynarkę z rękawami obszytymi delikatną koronką. Pod szyją misternie zawiązał jedwabny fularek. Szakal pomyślał, że facet musi mieć coś wspólnego ze sztuką, modą lub fryzjerstwem.

Gruby skinął na barmana i szepnął mu coś do ucha. Po chwili barman wsunął do kieszeni banknot o pokaźnym nominale i wrócił za ladę.

— Ten pan pyta, czy wypiłby pan z nim lampkę szampana — szepnął barman, rzucając Szakalowi figlarne spojrzenie.

Szakal odstawił szklaneczkę whisky.

— Powiedz temu panu, że mi się nie podoba — rzekł głośno, aby usłyszeli go klienci siedzący przy barze.

Rozległo się kilka stłumionych okrzyków przerażenia. Paru młodych mężczyzn skorych do bójki zsunęło się ze stołków barowych, by podejść bliżej i nie przepuścić żadnego słowa. Barman wybałuszył oczy ze strachu.

— Ten pan proponuje ci szampana, kotku. Znam go, jest nieźle nadziany. Masz wielkie szczęście.

W odpowiedzi Szakal podniósł się ze stołka, wziął szklaneczkę whisky i ruszył do drugiej starej królowej.

— Mogę się przysiąść? — spytał. — Jeden z klientów postawił mnie w kłopotliwym położeniu.

„Artysta" omal nie zemdlał z zachwytu. Kilka minut później grubas opuścił bar, kipiąc gniewem z powodu doznanej zniewagi, a jego rywal leniwie położył wąską dłoń na ręce młodego Amerykanina spoczywającej na stole. Tak, niektórzy ludzie mają naprawdę, ale to naprawdę szokujące maniery.

Wyszli z baru tuż po pierwszej. Kilka minut wcześniej Jules Bernard, bo tak się nazywał dopiero co poznany homoseksualista, spytał Szakala, gdzie się zatrzymał. Ten z wyraźnym zawstydzeniem przyznał, że nie ma gdzie zanocować, jest kompletnie spłukany i liczy na łut szczęścia. Bernard nie mógł uwierzyć własnym uszom. Oznajmił młodemu przyjacielowi, że ma piękne, elegancko urządzone mieszkanie w spokojnej okolicy. Mieszkał sam, aby nikt mu nie przeszkadzał. Nic go nie łączyło z innymi lokatorami kamienicy, bo w przeszłości potraktowali go bardzo, ale to bardzo nieuprzejmie. Nie posiadałby się z radości, gdyby młody Martin zatrzymał się u niego podczas swojego pobytu w Paryżu. Szakal odegrał kolejne przedstawienie, wyrażając ogromną wdzięczność i przyjmując zaproszenie. Zanim wyszli z baru, wymknął się na chwilę do toalety (w lokalu była tylko jedna). Wrócił po kilku minutach z rzęsami podbarwionymi maskarą, pudrem na policzkach i ustami podkreślonymi szminką. Chociaż Bernard sprawiał wrażenie zdegustowanego, starał się to ukryć, gdy byli w barze.

Zaprotestował, kiedy znaleźli się na chodniku.

— Nie podobasz mi się w tym makijażu. Wyglądasz jak ci okropni pedzie w barze. Jesteś przystojnym młodzieńcem, nie potrzebujesz takich upiększeń.

— Przepraszam, Jules, sądziłem, że ci się spodoba. Zmyję makijaż w domu.

Nieco udobruchany Bernard zaprowadził Szakala do swojego samochodu. Zgodził się zawieźć go najpierw na Gare d'Austerlitz, aby mógł zabrać rzeczy. Na pierwszym skrzyżowaniu zatrzymał ich policjant. Szakal włączył światło, kiedy funkcjonariusz zajrzał do środka przez okno kierowcy. Widząc go, policjant odwrócił twarz z odrazą.

— *Allez*[1] — rozkazał bez zbędnych ceregieli. Kiedy samochód ruszył, mruknął pod nosem: — *Sales pédés*[2].

Zatrzymano ich jeszcze raz przed samą stacją. Policjant poprosił o dokumenty. Szakal zachichotał figlarnie.

— Nie chcesz nic więcej? — spytał frywolnie.

— Odpieprz się — powiedział tamten i dał im spokój.

— Nie drażnij gliniarzy — zaprotestował półgłosem Bernard. — Przez ciebie nas aresztują.

Szakal odebrał walizkę i torbę podróżną z przechowalni. Pracownik spojrzał na niego z niesmakiem, gdy niósł bagaż do samochodu.

W drodze do mieszkania Bernarda skontrolowano ich ponownie. Tym razem dwaj funkcjonariusze CRS, sierżant i szeregowiec, kazali im zatrzymać wóz na skrzyżowaniu dwieście metrów od miejsca zamieszkania Bernarda. Szeregowiec podszedł do okna pasażera, spojrzał na Szakala i cofnął się z odrazą.

— Boże, dokąd jedziecie? — warknął.

Szakal zrobił nadąsaną minę.

---

[1] Jazda (fr.).

[2] Cholerne pedały (fr.).

— A jak ci się zdaje, złociutki?

Mężczyzna skrzywił się ze wstrętem.

— Niedobrze mi się robi, gdy na was patrzę, pedały! Jazda stąd!

— Trzeba było ich poprosić o dokumenty — zganił go sierżant, gdy tylne światła samochodu Bernarda zniknęły w ulicy.

— Daj spokój, szefie — zaprotestował szeregowiec. — Szukamy gościa, który przeleciał baronową, a później ją wykończył, a nie dwóch stukniętych ciot.

O drugiej nad ranem Bernard i Szakal znaleźli się w mieszkaniu tego pierwszego. Szakal upierał się, że spędzi noc na kanapie w pracowni. Bernard zgodził się z pewnymi oporami, a później patrzył zza drzwi, jak młody Amerykanin zdejmował ubranie. Chciał być delikatny, lecz był podniecony tym, że udało mu się uwieść wspaniale umięśnionego studenta ze stanu Nowy Jork.

W nocy Szakal zajrzał do lodówki w pięknie urządzonej, choć utrzymanej w kobiecym stylu kuchni i uznał, że ilość jedzenia wystarczy na trzy dni... choć z pewnością nie dla dwóch. Rano Bernard chciał wyjść do sklepu po świeże mleko, lecz Szakal go zatrzymał, mówiąc, że woli kawę z mlekiem z puszki. Cały ranek spędzili w mieszkaniu, rozmawiając. Szakal chciał koniecznie obejrzeć południowe wydanie telewizyjnych wiadomości.

Pierwsza wiadomość dotyczyła obławy na mordercę baronowej de la Chalonnière, którą rozpoczęto czterdzieści osiem godzin temu. Jules Bernard pisnął z przerażenia.

— Nie znoszę przemocy — powiedział.

Po chwili na ekranie ukazało się zdjęcie. Przystojna, młoda twarz, kasztanowe włosy i okulary w grubej oprawce. Prezenter wyjaśnił, że właśnie tak wygląda zabójca, amerykański student nazwiskiem Marty Schulberg. Gdyby ktokolwiek go widział lub znał miejsce pobytu...

Bernard, który siedział na sofie, odwrócił się i spojrzał na przyjaciela. Zdążył tylko pomyśleć, że prezenter się pomylił, bo oczy spoglądające zza stalowych palców zaciśniętych na jego gardle były szare...

Kilka minut później Szakal zamknął drzwi szafy na płaszcze w korytarzu, zasłaniając wykrzywioną twarz, potargane włosy i wystający język Bernarda. Pozbywszy się ciała, sięgnął po magazyn ze stojaka i rozsiadł się wygodnie, zamierzając spędzić w mieszkaniu dwa dni.

W tym czasie w Paryżu prowadzono obławę na niespotykaną wcześniej skalę. Sprawdzono listę gości we wszystkich hotelach, od najdroższego po najbardziej obskurny dom publiczny. Policja odwiedziła każdy pensjonat i dom z pokojami do wynajęcia, każdą noclegownię i schronisko młodzieżowe. Funkcjonariusze ubrani po cywilnemu kontrolowali bary, restauracje, nocne kluby, kabarety i kawiarnie. Zdjęcia poszukiwanego pokazywano kelnerom, barmanom i wykidajłom. Odwiedzono i przeszukano domy wszystkich sympatyków OAS. Zatrzymano ponad siedemdziesięciu mężczyzn choćby nieznacznie przypominających zabójcę, aby zwolnić ich po przesłuchaniu, wygłosiwszy wcześniej rutynowe przeprosiny. Przepraszano tylko dlatego, że byli obcokrajowcami, a wiadomo, iż obcych należy traktować lepiej od swoich.

Zatrzymano i wylegitymowano setki tysięcy ludzi na ulicach, w taksówkach i autobusach. We wszystkich newralgicznych punktach Paryża co kilka kilometrów ustawiono blokady drogowe.

Korsykanie szukali Szakala w środowisku przestępczym, wśród sutenerów, prostytutek, oszustów, kieszonkowców, chuliganów, złodziei i kanciarzy, ostrzegając, że jeśli ktoś zatai ważne informacje, ściągnie na siebie ich gniew wraz ze wszystkim, co to mogło oznaczać.

W obławie wzięły udział setki tysięcy ludzi na państwowych posadach, od starszych detektywów po żołnierzy i żandarmów. Około pięćdziesięciu tysięcy ludzi związanych ze światem przestępczym przyglądało się mijanym twarzom. Pracownicy branży turystycznej mieli otwarte oczy we dnie i w nocy. Młodzi detektywi infiltrowali kawiarnie studenckie, bary, kluby dyskusyjne, organizacje społeczne i związki zawodowe. Odwiedzono i pouczono agencje trudniące się zagraniczną wymianą studentów, umieszczające obcokrajowców we francuskich rodzinach.

W sobotnie popołudnie, dwudziestego czwartego sierpnia, gdy komisarz Claude Lebel w rozpinanym swetrze i połatanych spodniach pracował w swoim ogrodzie, wezwano go do prywatnego gabinetu ministra. Samochód przyjechał o osiemnastej.

Widok Freya wprawił go w zdumienie. Dynamiczny szef aparatu bezpieczeństwa wewnętrznego Francji sprawiał wrażenie spiętego i wyczerpanego. Można by odnieść wrażenie, że postarzał się w ciągu ostatnich czterdziestu ośmiu godzin. Zmarszczki wokół oczu zdradzały, że niewiele spał. Wskazał Lebelowi krzesło stojące naprzeciw biurka, a sam usiadł w fotelu obrotowym, bo lubił co jakiś czas wyjrzeć przez okno, z którego rozciągał się widok na Place Beauvau. Tym razem jednak nie wyglądał przez okno.

— Nie możemy go znaleźć — oznajmił lakonicznie. — Zniknął, rozpłynął się w powietrzu. Jesteśmy przekonani, że oasowcy też nie wiedzą, gdzie przebywa. Nie słyszano o nim w środowisku przestępczym. Korsykanie uważają, że nie ma go w mieście.

Przerwał, wzdychając głęboko i patrząc w zamyśleniu na

niskiego detektywa siedzącego po drugiej stronie biurka. Lebel kilka razy zamrugał powiekami i nic nie powiedział.

— Chociaż minęły dwa tygodnie, w dalszym ciągu nie wiemy, kogo szukamy. Co pan sądzi?

— Zaszył się gdzieś w Paryżu — odparł Lebel. — Jaką mamy sytuację?

Minister spojrzał na niego, tak jakby odczuwał fizyczny ból.

— Prezydent nie ma zamiaru zmieniać swoich planów. Rozmawiałem z nim dziś rano. Nie był zadowolony. Jutrzejsze uroczystości odbędą się zgodnie z rozkładem. O dziesiątej zapali wieczny ogień pod Łukiem Triumfalnym. O jedenastej weźmie udział w uroczystej mszy w katedrze Notre Dame. O dwunastej trzydzieści odwiedzi mauzoleum pomordowanych członków ruchu oporu w Mont Valérien, a następnie wróci do pałacu na lunch i sjestę. Po południu zaplanowano tylko jedną uroczystość, wręczenie Médaille de la Libération grupie dziesięciu weteranów ruchu oporu, których zasług dotychczas nie doceniono. Ceremonia zaplanowana na szesnastą odbędzie się przed Gare de Montparnasse. Prezydent osobiście wybrał to miejsce. Jak pan zapewne wie, położono już fundamenty nowej stacji w odległości pięciuset metrów od starej. Na miejscu dawnego dworca stanie biurowiec i centrum handlowe. Jeśli budowa będzie postępowała zgodnie z planem, może być to ostatni Dzień Wyzwolenia obchodzony przed fasadą starego dworca.

— Jak chcecie zapanować nad tłumem? — spytał Lebel.

— Cóż, pracujemy nad tym. Generał będzie bardziej oddalony od publiczności niż zwykle. Ustawimy stalowe barierki na kilka godzin przed każdą uroczystością, a następnie przeszukamy teren po drugiej stronie, nawet kanały ściekowe. Sprawdzimy każdą kamienicę i każde mieszkanie. Na okolicznych dachach zostaną umieszczeni snajperzy, których zadaniem będzie obserwowanie domów przed uroczystością i w czasie jej trwania. Za barierki będą mogli przejść jedynie oficjele i osoby biorące udział w uroczystości. Tym razem zastosujemy wyjątkowe środki ostrożności. Policjanci zajmą miejsca na wewnętrznych i zewnętrznych gzymsach Notre Dame, na dachu i pomiędzy wieżyczkami. Wszyscy księża odprawiający mszę zostaną zrewidowani, aby sprawdzić, czy nie mają ukrytej broni, podobnie ministranci i chórzyści. Funkcjonariusze policji i CRS otrzymają jutro rano specjalne odznaki, na wypadek gdyby Szakal chciał się przebrać za jednego z nich. W ciągu ostatniej doby potajemnie wstawiliśmy kuloodporne szyby do citroena prezydenta. Nawiasem mówiąc, proszę nikomu o tym nie wspominać. Nie może o tym wiedzieć nawet prezydent. Wpadłby w szał. Kierowcą będzie jak zwykle Marroux. Kazano mu jechać szybciej niż zazwyczaj, gdyby nasz przyjaciel zaczął strzelać do samochodu. Ducret dobrał bardzo wysokich oficerów i urzędników, aby dyskretnie osłonić prezydenta. Każdy, kto zbliży się do niego na odległość dwustu metrów, zostanie skrupulatnie zrewidowany... bez żadnego wyjątku. Wiem, że wywoła to burzę protestów wśród dyplomatów, a dziennikarze już grożą buntem. Wszystkie akredytacje prasowe i dyplomatyczne mają zostać nieoczekiwanie zmienione jutro o świcie, na wypadek gdyby Szakal próbował wcielić się w postać z tych kręgów. Oczywiście każdy człowiek z pakunkiem lub długim przedmiotem zostanie niezwłocznie usunięty z placu. Ma pan inne pomysły?

Lebel pomyślał chwilę, wykręcając dłonie między kolanami, jak uczniak próbujący się usprawiedliwić przed dyrektorem. Działania władz Piątej Republiki wydawały się zbyt przytłaczające gliniarzowi, który zaczynał od patrolowania ulic i przez całe życie ścigał przestępców, mając oczy otwarte nieco szerzej niż inni.

— Nie sądzę, aby chciał ryzykować — odpowiedział w końcu. — To najemnik, który zabija dla pieniędzy. Pragnie uciec i wydać zarobione pieniądze. Zaplanował zamach z wyprzedzeniem, podczas swojej podróży do Paryża pod koniec lipca. Gdyby miał jakiekolwiek wątpliwości co do powodzenia operacji lub szansy ucieczki, zrezygnowałby dawno temu. A zatem musi chować jakiegoś asa w rękawie. Wybrał jeden dzień w roku, Dzień Wyzwolenia, w którym duma nie pozwoli generałowi de Gaulle'owi pozostać w domu, niezależnie od niebezpieczeństwa, na jakie się narazi. Przewidział daleko idące środki ostrożności, które pan opisał, *Monsieur le Ministre*, a mimo to nie zrezygnował.

Lebel wstał i wbrew obowiązującemu protokołowi zaczął chodzić po pokoju.

— Nie zrezygnował i nie uczyni tego. Dlaczego? Dlatego że uważa, iż może zrealizować swój plan i uciec. Musiał wpaść na pomysł, który nie przyszedł do głowy nikomu innemu. W grę wchodzi bomba ze zdalnym zapłonem lub karabin. Bomba zostałaby odkryta, a to zniweczyłoby jego plan. A zatem karabin. Właśnie dlatego wjechał do Francji samochodem. Karabin był w jego wozie, ukryty pod podwoziem lub za wykładziną drzwi.

— Przecież nie zbliży się do de Gaulle'a z karabinem! — zaprotestował minister. — Może do niego podejść jedynie mała garstka osób, a i to po uprzednim przeszukaniu. Jak zdoła przemycić broń za barierki oddzielające prezydenta od tłumu?

Lebel stanął i spojrzał na ministra, wzruszając ramionami.

— Nie wiem. Uważa jednak, że to możliwe, a do tej pory nie zawiódł, choć nie zawsze sprzyjało mu szczęście. Został zdradzony i był tropiony przez dwie najlepsze policje na świecie, a jednak udało mu się przedostać do Paryża. Teraz jest tu z karabinem, przyczajony w ukryciu, być może z nową twarzą i nowym dokumentem tożsamości. Gdziekolwiek jest, jutro musi wyjść z kryjówki, a wówczas będziemy musieli go rozpoznać w przebraniu, które wybierze. Wszystko sprowadza się do starej detektywistycznej zasady, aby mieć oczy szeroko otwarte. Nie mogę doradzić niczego więcej w kwestii środków ostrożności, panie ministrze. Wydają się doskonałe, w rzeczy samej... przytłaczające. Czy mógłbym kręcić się w pobliżu podczas uroczystości, próbując go wypatrzyć? Nie pozostało nam nic więcej.

Minister sprawiał wrażenie rozczarowanego. Miał nadzieję, że komisarz natchnie go nagle, że dozna błyskotliwego objawienia za sprawą detektywa, którego Bouvier dwa tygodnie temu nazwał najlepszym gliniarzem Francji. Tymczasem facet sugerował mu jedynie, aby mieć oczy szeroko otwarte. Frey wstał z fotela.

— Oczywiście — rzekł chłodno. — Może pan się kręcić w pobliżu, *Monsieur le Commissaire*.

• • •

Późnym wieczorem Szakal rozłożył swoje rekwizyty w sypialni Jules'a Bernarda. Na łóżku ułożył zdarte czarne buty, szare wełniane skarpety, spodnie i koszulę rozpinaną pod szyją. Obok nich znalazł się długi wojskowy szynel z jednym rzędem wojennych odznaczeń oraz czarny beret francuskiego weterana wojennego André Martina. Na wierzchu położył fałszywe dokumenty podrobione w Brukseli, nadające nową tożsamość mężczyźnie, który włoży ten strój.

Obok odzieży położył cienką siatkę, którą zrobił w Londynie, oraz pięć stalowych rurek kryjących w sobie łoże karabinu, zamek, lufę, tłumik i celownik teleskopowy. Na koniec wyjął czarną gumową zatyczkę z pięcioma nabojami wybuchającymi.

Wyciągnął z niej dwa i za pomocą szczypiec, które znalazł w pudełku na narzędzia pod zlewem kuchennym, ostrożnie usunął wierzchołki. Z wnętrza każdego naboju wysunął mały rdzeń z kordytu, a bezużyteczne łuski wyrzucił do kosza na śmieci. Powinny mu wystarczyć trzy pociski.

Ponieważ nie golił się od dwóch dni, na brodzie pojawił mu się delikatny złotawy zarost. Ogolił się niestarannie brzytwą kupioną w dniu przyjazdu do Paryża. Na półce w łazience leżały buteleczki z płynem po goleniu zawierające farbę do włosów, której użył już raz, wcielając się w postać pastora Jensena, oraz rozpuszczalnik ze spirytusem. Wcześniej zmył kasztanową farbę, za pomocą której upodobnił się do Marty'ego Schulberga. Usiadł przed lustrem w łazience, obcinając na jeża jasne włosy.

Ponownie sprawdził przedmioty, którymi miał się posłużyć jutrzejszego dnia, usmażył omlet i zasiadł przed telewizorem, do późna oglądając program rewiowy.

• • •

Niedziela dwudziestego piątego sierpnia była niezwykle gorąca. Tego dnia fala upałów osiągnęła punkt kulminacyjny. Od czasu gdy podpułkownik Jean-Marie Bastien-Thiry i jego ludzie dokonali zamachu na Charles'a de Gaulle'a obok ronda Petit-Clamart, minął zaledwie rok i trzy dni. Chociaż żaden z zamachowców nie zdawał sobie z tego sprawy, ich działania uruchomiły ciąg zdarzeń, który miał znaleźć finał w to niedzielne popołudnie w mieście spieczonym słońcem.

Kiedy Paryż świętował wyzwolenie z niemieckiej okupacji dziewiętnaście lat temu, siedemdziesiąt pięć tysięcy ludzi pociło się w granatowych mundurach z serży, próbując utrzymać porządek w mieście. Uroczystości Dnia Wyzwolenia, zapowiadane szumnymi nagłówkami gazet, ściągnęły na ulice Paryża ogromne rzesze ludzi. Większości gapiów nie było jednak dane choćby przelotnie spojrzeć na prezydenta kroczącego między ciasnymi szpalerami straży i policjantów, aby przewodniczyć uroczystościom.

Oprócz tego, że od tłumu oddzielała go zbrojna kohorta funkcjonariuszy i urzędników, którzy z radością przyjęli zaproszenie, choć nie spostrzegli, że jedyną łączącą ich cechą jest wysoki wzrost i że każdy z nich pełni funkcję żywej tarczy osłaniającej prezydenta, generała de Gaulle'a stale otaczali czterej jego osobiści ochroniarze.

Na szczęście krótkowzroczność prezydenta w połączeniu z niechęcią do noszenia okularów podczas uroczystości publicznych uniemożliwiły mu dostrzeżenie rosłych postaci Rogera Tessiera, Paula Comiti, Raymonda Sasia i Henri d'Joudera.

Dziennikarze nazywali ich gorylami. Wielu sądziło, że przydomek ten zawdzięczali swojemu wyglądowi. Ochroniarze prezydenta poruszali się jak małpy z bardzo praktycznego powodu. Każdy był mistrzem różnych sztuk walki, miał silnie umięśnioną klatkę piersiową i ramiona. Napięte mięśnie grzbietowe wypychały ręce na boki, powodując, że kołysały się z dala od tułowia. Na dodatek każdy nosił pod pachą kaburę z pistoletem, co sprawiało, że ich postawa jeszcze bardziej przypominała postawę goryla. Szli z lekko otwartymi dłońmi, gotowi w każdej chwili sięgnąć po pistolet i zacząć strzelać na widok najdrobniejszego zagrożenia.

Jednakże zagrożenie się nie pojawiło. Uroczystość pod Łukiem Triumfalnym odbyła się zgodnie z planem, obserwowana z wielkiego amfiteatru dachów górujących nad Place de l'Étoile przez setki mężczyzn z lornetkami i karabinami snajperskimi, przycupniętych za kominami. Kiedy prezydencka kawalkada ruszyła Polami Elizejskimi w kierunku Notre Dame, wszyscy odetchnęli z ulgą i zaczęli opuszczać swoje stanowiska.

W katedrze poszło podobnie. Mszę odprawiał kardynał, arcybiskup Paryża, w otoczeniu prałatów i duchowieństwa, których bacznie obserwowano podczas przywdziewania szat liturgicznych. Na galerii obok organów umieszczono dwóch ludzi z karabinami (nawet arcybiskup nie wiedział o ich obecności) obserwujących zgromadzenie z góry. Wśród wiernych roiło się od tajniaków, którzy nie klękali ani nie zamykali oczu, lecz modlili się równie żarliwie jak pozostali starą policyjną modlitwą: „Błagam, Panie, nie wtedy, gdy mam służbę".

Na zewnątrz przepędzono kilku gapiów, chociaż znajdowali się w odległości ponad dwustu metrów od drzwi katedry, bo nieopatrznie sięgnęli po coś do wewnętrznej kieszeni. Jeden chciał się podrapać pod pachą, a drugi wyjąć papierośnicę.

W dalszym ciągu nic się nie wydarzyło. Na żadnym dachu nie rozległ się huk karabinowego wystrzału, znikąd nie doszedł stłumiony odgłos wybuchającej bomby. Policjanci bacznie obserwowali jedni drugich, aby upewnić się, że koledzy mają w klapie obowiązkową odznakę, którą wydano tego ranka, żeby Szakal nie mógł jej podrobić i przebrać się za funkcjonariusza. Kiedy jeden z pracowników CRS zgubił odznakę, został natychmiast aresztowany i odwieziony furgonetką do komendy. Zabrano mu automat i wypuszczono dopiero wieczorem. Trzeba było dwudziestu kolegów, którzy za niego zaręczyli, by przekonać policję, że jest tym, za kogo się podaje.

W Mont Valérien panowała napięta atmosfera, choć prezydent udawał, że tego nie dostrzega. Ochroniarze uznali, że generał będzie bezpieczny w mauzoleum położonym na terenie robotniczej dzielnicy, lecz zabójca mógł czyhać w wąskich uliczkach, którymi kolumna zbliżała się do więzienia, zwalniając na zakrętach. Właśnie w takim miejscu mogło dojść do zamachu.

W tym czasie Szakal był jednak gdzie indziej.

• • •

Pierre Valremy miał tego wszystkiego po dziurki w nosie. Był spocony, bluza kleiła mu się do pleców, a pasek karabinu maszynowego wpijał się w ramię przez przesiąknięty potem materiał. Chciało mu się pić, a na dodatek zbliżała się pora lunchu. Tym razem będzie się musiał obyć bez posiłku. Zaczął żałować, że wstąpił do CRS.

Sądził, że to dobry pomysł, gdy stracił robotę w fabryce w Rouen, a pracownik urzędu pracy wskazał mu wiszący na ścianie plakat z promieniującym radością młodym człowiekiem w mundurze CRS. Młodzieniec ogłaszał całemu światu, że ma zajęcie z przyszłością i perspektywę interesującego życia. Mundur na zdjęciu wyglądał tak, jakby został skrojony przez samego Balenciaga. Valremy postanowił się zaciągnąć.

Nikt mu nie wspomniał, że będzie mieszkał w barakach przypominających więzienie, w którym kiedyś siedział. Nie poinformowano go również o zajęciach musztry i nocnych ćwiczeniach, drapiącej bluzie z serży, długich godzinach wystawania na rogach ulic na zimnie lub skwarze w oczekiwaniu na wielkie aresztowanie, do którego nigdy nie doszło. Dokumenty, które mu pokazywano, były nieodmiennie w najlepszym porządku, a zamiary obywatela przyziemne i nieszkodliwe. Taka służba mogła wpędzić człowieka w alkoholizm.

Teraz wysłali go do Paryża. Pierwszy raz w życiu wyjechał z Rouen. Myślał, że będzie miał okazję zwiedzić Miasto Świateł. Mógł o tym zapomnieć, dopóki sierżant Barbichet dowodził ich plutonem. Sierżant stale powtarzał: „Widzisz tę barierkę, Valremy? Stań obok i pilnuj. Nikt nie może jej przesunąć. Nie wpuszczaj za nią nikogo, chyba że pokaże upoważnienie, jasne? Masz odpowiedzialną robotę, chłopie".

Odpowiedzialną, akurat! W Paryżu dostali bzika. Na Dzień Wyzwolenia ściągnęli do stolicy tysiące funkcjonariuszy z prowincji, aby wsparły miejscowy garnizon. Ostatniej nocy w jego kwaterze spali ludzie z różnych miast. Ci z Paryża twierdzili, że coś ma się wydarzyć, inni utrzymywali, że to wszystko plotki. Plotki, które nigdy się nie sprawdzają.

Odwrócił się i spojrzał na Rue de Rennes. Barierka, której pilnował, była jedną z wielu blokujących ulicę, ustawionych od jednej kamienicy do drugiej w odległości około dwustu pięćdziesięciu metrów od Place du 18 Juin. Budynek starego dworca kolejowego znajdował się sto metrów za placem, na którym miała się odbyć uroczystość. Z oddali widział mężczyzn oznaczających miejsca, w których mieli stanąć weterani i dostojnicy oraz oddział Garde Républicaine [1]. Zostały jeszcze trzy godziny. Jezu, czy to się nigdy nie skończy?

Przy barierkach zaczęli się gromadzić pierwsi gapie. Pomyślał, że niektórzy z nich zostali obdarzeni niezwykłą cierpliwością. To śmieszne czekać tyle godzin w skwarze, aby w końcu ujrzeć gąszcz głów trzysta metrów dalej i wiedzieć, że gdzieś pośrodku znajduje się de Gaulle. Mimo to zawsze przychodzili, gdy w uroczystościach brał udział Wielki Charles.

Kiedy dostrzegł idącego staruszka, przy barierkach stało ze sto, może dwieście osób. Dziadek kuśtykał ulicą tak, jakby gonił ostatkiem sił. Czarny beret był mokry od potu, długi szynel sięgał za kolana. Na piersi pobrzękiwał rząd medali. Kilku przechodniów spojrzało na niego ze współczuciem.

Staruszkowie są przywiązani do swoich odznaczeń, pomyślał Valremy. Jakby nie pozostało im nic więcej. Czasami pewnie tak było, na przykład jeśli któremuś odstrzelono nogę. Patrząc na kuśtykającego dziadka, Valremy pomyślał, że facet mógł biegać, gdy był młody i miał dwie zdrowe nogi, a teraz przypominał chorą starą mewę, którą on, Valremy, widział nad morzem w Kermadec.

Chryste, to straszne kuśtykać do końca życia na jednej nodze, podpierając się na aluminiowej kuli. Staruszek podszedł do niego.

---

[1] Gwardia Republikańska (fr.).

— *Je peux passer*[1]? — spytał nieśmiało.

— Pokaż papiery, dziadku.

Stary weteran sięgnął za koszulę, której przydałoby się pranie. Wyjął dwa dokumenty, które Valremy uważnie obejrzał. André Martin, obywatel Francji, pięćdziesiąt trzy lata, urodzony w Colmar, w Alzacji. U góry napisano *Mutilé de Guerre*[2].

Przecież widzę, bracie, pomyślał Valremy.

Spojrzał na zdjęcia widniejące w dokumentach. Przedstawiały tego samego mężczyznę, choć wykonano je w różnym czasie. Spojrzał jeszcze raz.

— Zdejmij beret.

Staruszek zdjął nakrycie głowy, mnąc je w rękach. Valremy porównał twarz, którą miał przed sobą, z twarzą na zdjęciach. Ta sama. Mężczyzna, na którego patrzył, sprawiał wrażenie chorego. Zaciął się przy goleniu. Na policzkach miał małe skrawki papieru toaletowego, spod których widać było plamki krwi. Szarą twarz pokrywała warstwa potu. Kępki siwych włosów nad czołem sterczały na wszystkie strony, potargane od beretu. Valremy oddał dokumenty.

— Po co idziesz?

— Mieszkam w tym domu — odparł staruszek. — Jestem na emeryturze. Mam mieszkanie na poddaszu.

Valremy ponownie sięgnął po dokumenty. Adres zamieszkania, 154 Rue de Rennes, Paris 6ème. Funkcjonariusz spojrzał na kamienicę ponad swoją głową. Numer sto trzydzieści dwa. Numer sto pięćdziesiąt cztery musiał się znajdować nieco dalej. Nie wydano rozkazu, aby uniemożliwić staruszkom udanie się do własnego domu.

---

[1] Mogę przejść? (fr.).
[2] Inwalida wojenny (fr.).

— W porządku, możesz iść. Tylko nie wdaj się w żadną awanturę. Wielki Charles będzie tu za kilka godzin.

Staruszek uśmiechnął się, schował dokumenty i zachwiał na kuli, więc Valremy wyciągnął rękę, aby go podtrzymać.

— Wiem, jeden z moich kumpli dostanie medal. Mnie odznaczono dwa lata temu... — mówiąc to, poklepał wiszący na piersi Médaille de la Libération. — Szkoda, że udekorował mnie nim jedynie minister spraw wojskowych.

Valremy spojrzał na odznaczenie. Tak wygląda Medal Wyzwolenia? Niewielki jak za odstrzeloną nogę. Przypomniał sobie o władzy, którą mu powierzono, i dobrotliwie skinął głową. Staruszek pokuśtykał przed siebie, a funkcjonariusz zastąpił drogę kolejnemu przechodniowi, który próbował przejść za barierę.

— Dobrze, dobrze, dość tego. Cofnij się.

Valremy zdążył jeszcze zobaczyć szynel starego wojaka znikający w drzwiach domu przylegającego do placu na końcu ulicy.

Madame Bertha podniosła głowę zaskoczona przesuwającym się cieniem. Był to męczący dzień. Policjanci zaglądali do wszystkich mieszkań, a ona nie wiedziała, jak zareagowaliby najemcy, gdyby się o tym dowiedzieli. Nie szczęście był sierpień i wszyscy wyjechali na letnie wakacje.

Kiedy policjanci wyszli, usiadła w swoim kąciku przy drzwiach, robiąc na drutach. Ceremonia, która miała się tu odbyć za dwie godziny, nie wzbudzała jej najmniejszego zainteresowania.

— *Excusez-moi, madame*[1]... czy... mógłbym dostać szklankę wody. Pić się chce, kiedy człowiek czeka na uroczystość w takim skwarze...

---

[1] Przepraszam panią (fr.).

Spojrzała na twarz i postać starego mężczyzny w takim samym szynelu, jaki nosił jej zmarły mąż. Na lewej piersi dostrzegła kołyszące się medale. Mężczyzna oparł się ciężko na kuli, wystawiając spod płaszcza jedną nogę. Jego twarz sprawiała wrażenie spoconej i wymizerowanej. *Madame* Bertha złożyła robótkę i wsunęła ją do kieszeni fartucha.

— *Oh, mon pauv' monsieur*[1]. Chodzić w szynelu... w taki upał. Uroczystość rozpocznie się dopiero za dwie godziny. Przyszedł pan za wcześnie... proszę, proszę wejść.

Otworzyła szklane drzwi swojej klitki na końcu korytarza, aby przynieść szklankę wody. Weteran wojenny pokuśtykał jej śladem.

Z powodu szumu wody z kranu kuchennego konsjerżka nie usłyszała dźwięku zamykanych drzwi. Ledwie zdążyła poczuć na brodzie palce lewej dłoni mężczyzny stojącego za jej plecami. Ucisk pod wyrostkiem sutkowym poniżej prawego ucha był zupełnie nieoczekiwany. Obraz płynącej wody i szklanki rozpadł się na czerwone i czarne plamy, a bezwładne ciało *madame* Berthy osunęło się bezgłośnie na podłogę.

Szakal otworzył poły szynela i sięgnął do pasa, rozpinając siatkę przyciskającą jego prawą nogę do pośladków. Skrzywił się z bólu, rozprostowując kończynę i uginając zdrętwiałe kolano. Poczekał kilka minut, aby krew napłynęła do łydki i kostki, zanim się na niej oparł.

Pięć minut później *madame* Bertha leżała ze związanymi rękami i nogami pod zlewem, a usta miała zalepione dużym kawałkiem plastra. Szakal zaniósł ją do komórki przy kuchni i zamknął drzwi.

Przeszukał pokój i znalazł klucze do mieszkań w szufladzie stołu. Ponownie zapiął szynel i wziął kulę, tę samą, na której

[1] Oh, mój biedaku (fr.).

kuśtykał na lotnisku w Brukseli i Mediolanie dwanaście dni wcześniej. Korytarz był pusty. Wyszedł z pokoju, zamknął za sobą drzwi i wspiął się po schodach.

Znalazłszy się na szóstym piętrze, wybrał mieszkanie *mademoiselle* Beranger i zapukał. Nikt nie odpowiedział. Poczekał chwilę i zapukał ponownie. Z mieszkania panny Beranger i sąsiedniego mieszkania państwa Charrier nie doleciał żaden dźwięk. Sięgnął po klucze i odnalazł te z napisem „Beranger", a następnie otworzył drzwi, wszedł do środka i zamknął za sobą.

Podszedł do okna i wyjrzał na zewnątrz. Mężczyźni w niebieskich mundurach zajmowali miejsca na dachu domu po przeciwnej stronie ulicy. Zjawił się na czas. Wyciągniętą ręką otworzył okno i lekko rozchylił okiennice, aż oparły się o wewnętrzną ścianę salonu. Cofnął się do środka. Kwadratowy snop światła padał na dywan przez otwarte okno. Z powodu kontrastu reszta pokoju tonęła w mroku.

Jeśli będzie się trzymał z dala od kwadratu światła, obserwatorzy po drugiej stronie niczego nie zauważą.

Stanął w cieniu otwartych okiennic. Widział plac przed dworcem znajdującym się sto metrów dalej. Z boku, w odległości dwóch metrów od okna, ustawił stół, usuwając z niego obrus i wazon z plastikowymi kwiatami i zastępując je parą poduszek z fotela. Pomyślał, że oprze na nich karabin.

Zdjął szynel, podwinął rękawy i część po części zaczął rozmontowywać kulę. Odkręcił czarne gumowe zakończenie, odsłaniając lśniące spłonki trzech ostatnich pocisków. Mdłości i pot wywołane zjedzeniem kordytowego rdzenia zaczęły słabnąć.

Odkręcił kolejny element kuli i wysunął tłumik. Z następnej części wyjął lunetę teleskopową. W najgrubszym elemencie kuli, w miejscu połączenia wsporników z głównym trzonem, znajdowały się zamek i lufa karabinu.

Z fragmentu w kształcie litery Y wysunął dwie stalowe rurki, które po połączeniu utworzyły ramę. Na koniec sięgnął po wyściełaną podpórkę pod pachę, w której ukrył język spustowy. Sama podpórka posłużyła za kolbę karabinu.

Szakal z wielką pieczołowitością złożył karabin — połączył zamek i lufę, górną i dolną część łoża, kolbę, tłumik i język spustowy. Na koniec przymocował lunetę teleskopową.

Skończywszy montaż karabinu, usiadł za stołem, pochylając się lekko ku przodowi i opierając lufę na górnej poduszce. W celowniku ukazał się oświetlony słońcem plac za oknem. W polu widzenia dostrzegł jednego z mężczyzn oznaczających miejsca, w których mieli stanąć uczestnicy ceremonii. Powiódł za nim karabinem. Głowa była duża i wyraźnie widoczna, jak melon, do którego strzelał podczas prób na polanie w Ardenach.

Zadowolony ustawił trzy naboje na krawędzi stołu niczym żołnierzy. Palcem wskazującym i kciukiem cofnął rygiel i załadował pierwszy nabój. Jeden powinien wystarczyć, choć miał dwa zapasowe. Pchnął rygiel do przodu, wprowadzając nabój, a następnie zamknął komorę, ostrożnie ułożył karabin między poduszkami i sięgnął po papierosy.

Zaciągnął się głęboko, odchylając do tyłu i czekając. Została mu godzina i czterdzieści pięć minut.

Rozdział dwudziesty pierwszy

Komisarz Claude Lebel był tak spragniony, jakby nie pił nigdy w życiu. Usta mu wyschły na wiór, a język przylgnął do górnej części podniebienia niczym przyklejony. Przyczyną tego uczucia nie był jedynie panujący upał. Po raz pierwszy od wielu lat był naprawdę przestraszony. Wiedział, że tego popołudnia coś się wydarzy, choć nie miał zielonego pojęcia co.

Rano uczestniczył w obchodach pod Łukiem Triumfalnym, a następnie obserwował uroczystą mszę w Notre Dame i ceremonię w Mont Valérien. Nie wydarzyło się nic szczególnego. Podczas lunchu spożytego w towarzystwie kilku uczestników narad w ministerstwie dowiedział się, że na ostatniej porannej odprawie miejsce napięcia i gniewu zajął stan graniczący z euforią. Tego dnia pozostała jeszcze tylko jedna uroczystość na Place du 18 Juin, który miał zostać skrupulatnie przeszukany i zamknięty dla publiczności.

— Wyjechał — oznajmił Rolland, kiedy wyszli na dwór po zjedzeniu lunchu w restauracji nieopodal Pałacu Elizejskiego, a generał de Gaulle odpoczywał w swojej rezydencji. — Wyjechał, zrezygnował. Mądrze zrobił. Kiedyś będzie musiał się ujawnić, a wówczas moi chłopcy go zgarną.

Lebel krążył ponuro wśród tłumu, który zebrał się na Boulevard de Montparnasse, w odległości dwustu metrów od placu. Wszyscy policjanci i funkcjonariusze CRS przy barierkach powtarzali to samo. Od dwunastej, kiedy je ustawiono, na drugą stronę nie przeszedł żaden człowiek.

Zablokowano wszystkie główne ulice i aleje. Pilnie strzeżono i obserwowano dachy domów, a w gmachu dworca, gdzie miały siedzibę liczne biura, roiło się od agentów. Funkcjonariusze wspięli się na dach wielkiej parowozowni, wysoko nad pogrążonymi w ciszy peronami, tego popołudnia bowiem wszystkie pociągi skierowano na Gare Saint-Lazare.

Przeszukano od piwnicy aż po strych wszystkie kamienice położone w sąsiedztwie placu. Większość mieszkań stała pusta, ponieważ lokatorzy wyjechali nad morze lub w góry.

Krótko mówiąc, obszar wokół Place du 18 Juin został odcięty od świata „pierścieniem ciaśniejszym niż mysia dupa", jak powiedziałby komisarz Valentin. Lebel uśmiechnął się na wspomnienie języka, którym posługiwał się policjant z Owernii. Nagle uśmiech zgasł, gdy Lebel przypomniał sobie, że także Valentin nie zdołał dopaść Szakala.

Ruszył bocznymi uliczkami, pokazując swoją policyjną przepustkę, aby na skróty dotrzeć do Rue de Rennes. Usłyszał to samo co wcześniej. Drogę zamknięto dwieście metrów przed placem. Tłumy zgromadziły się za barierkami, a ulica była pusta z wyjątkiem patrolujących ją funkcjonariuszy CRS. Zaczął ponownie zadawać te same pytania.

Widzieliście kogoś? Nie, panie komisarzu. Czy ktokolwiek przeszedł za barierkę? Nie. Od strony placu napłynęły dźwięki orkiestry reprezentacyjnej Garde Républicaine strojącej instrumenty. Popatrzył na zegarek. Generał mógł się zjawić w każdej chwili. Na pewno nikt nie przechodził? Nie, panie komisarzu. Na pewno. W porządku, będziemy uważali.

Usłyszał głośną komendę i od strony Boulevard de Montparnasse na Place du 18 Juine wjechała kawalkada limuzyn. Obserwował, jak samochody skręcają w kierunku bramy placu dworcowego. Tłum patrzył jak zaczarowany na lśniące, czarne auta. Ludzie zgromadzeni za barierkami stanęli na palcach, aby zobaczyć, co się dzieje. Lebel spojrzał na dachy domów. Dobrzy policjanci, pomyślał. Obserwatorzy nie zwracali uwagi na widowisko rozgrywające się poniżej. Spoglądali czujnym wzrokiem na dachy i okna po przeciwnej stronie ulicy, siedząc w kucki na parapetach i obserwując każde najmniejsze poruszenie.

Doszedł do zachodniego krańca Rue de Rennes. Młody funkcjonariusz CRS stał w przejściu między barierkami, obok domu z numerem sto trzydzieści dwa. Kiedy mignął mu odznaką, tamten zesztywniał.

— Czy ktoś tędy przechodził?

— Nie, panie komisarzu.

— Od której tu stoicie?

— Od dwunastej, proszę pana. Od zamknięcia ulicy.

— Nie przeszedł tędy żaden człowiek?

— Nie, panie komisarzu... z wyjątkiem jednego kalekiego staruszka, inwalidy, który mieszka w okolicy.

— Co za jeden?

— Stary wiarus. Wyglądał na schorowanego. Sprawdziłem dokumenty. Miał legitymację inwalidy wojennego. Powiedział, że mieszka przy Rue de Rennes pod numerem sto pięćdziesiąt cztery. Musiałem go przepuścić. Wyglądał na chorego. Nic dziwnego, nosić szynel przy takiej pogodzie. Zwariowany staruszek.

— Szynel?

— Tak jest. Obszerny, długi szynel. Taki, który noszą starzy żołnierze.

— Co z nim było nie tak?

— Facet był zgrzany, za gorąco na szynel, prawda?

— Powiedziałeś, że był inwalidą wojennym. Co mu dolegało?

— Miał jedną nogę, panie komisarzu. Utykał, chodził o kuli.

Na placu rozległ się dźwięk trąbek.

— „Naprzód, ojczyzny dzieci, bo nadszedł chwały naszej dzień”... — Kilka osób zaintonowało „Marsyliankę”.

— O kuli? — powtórzył do siebie Lebel cichym głosem. Funkcjonariusz CRS spojrzał na niego z wyraźną troską.

— Tak jest. Chodził o kuli, jak ludzie o jednej nodze. Miał aluminiową kulę...

Lebel zaczął biec przed siebie, wołając, aby Valremy ruszył za nim.

• • •

Limuzyny stanęły jedna za drugą wzdłuż fasady dworca, obok placu oświetlonego promieniami słońca. Naprzeciw samochodów, wzdłuż długich barierek oddzielających teren dworca, stało dziesięć osób, które miały odebrać odznaczenia z rąk prezydenta Republiki. Po stronie wschodniej czekali urzędnicy i przedstawiciele korpusu dyplomatycznego zlewający się w jedną ciemnografitową masę. Tu i tam błysnęła czerwona wstążka Legii Honorowej.

Po zachodniej stronie ciągnął się szereg czerwonych pióropuszy żołnierzy Garde Républicaine. Orkiestra zajęła miejsce przed gwardią honorową.

Szakal podniósł karabin i zmrużył oczy, spoglądając na plac. Wybrał weterana wojennego, który stał najbliżej — człowieka, który za chwilę miał otrzymać medal. W celowniku widział wyraźny, niemal pełny profil głowy. Za kilka minut stanie przed nim inny, wyższy mężczyzna. Dumny i arogancki, w kepi barwy khaki na głowie, ozdobionym z przodu dwiema złotymi gwiazdami.

— *Marchons, marchons, à la Victoire...*[1]. — Ram, pam, pam. Kiedy ostatnie nuty hymnu przebrzmiały, plac zaległa wielka cisza. Komenda dowódcy gwardii honorowej poniosła się głośnym echem.

— Panie generale, melduję... Prezentuuuuj... broń!

Kilkadziesiąt dłoni w białych rękawiczkach opadło na kolby karabinów i magazynki, uderzyły wojskowe obcasy. Tłum otaczający limuzyny rozstąpił się na boki i pośrodku ukazała się wysoka postać zmierzająca sztywnym krokiem w stronę weteranów. Świta prezydenta zatrzymała się w odległości pięćdziesięciu metrów od pozostałych z wyjątkiem szefa Urzędu do spraw Kombatantów, który miał przedstawić de Gaulle'owi starych żołnierzy, oraz urzędnika niosącego aksamitną poduszkę z dziesięcioma medalami i barwnymi wstęgami. Charles'owi de Gaulle'owi nie towarzyszył nikt więcej.

• • •

— To tutaj?

Lebel stanął, ciężko dysząc i wskazując dłonią drzwi.

— Tak sądzę. Tak, to tutaj. Drugi dom od końca. Wszedł do tej kamienicy.

Mały detektyw wbiegł na korytarz. Valremy skoczył za nim. Nie był rad z tego, że opuścił posterunek, bo ich dziwne zachowanie ściągnęło uwagę grupki dygnitarzy stojących przed budynkiem dworca. Cóż, jeśli wezwą go na dywanik, zawsze będzie mógł powiedzieć, że ten śmieszny mały człowieczek przedstawił się jako komisarz policji i że on, Valremy, próbował go ująć.

---

[1] Marsz, marsz po zwycięstwo (fr.).

Kiedy wbiegł na korytarz, komisarz walił do drzwi klitki dozorczyni.

— Gdzie jest konsjerżka?! — krzyknął.

— Nie mam pojęcia, panie komisarzu.

Zanim zdążył zaprotestować, mały człowieczek wybił łokciem matową szybę, sięgnął do środka i otworzył drzwi.

— Za mną! — ryknął i wpadł do pomieszczenia.

Masz cholerną rację, na pewno nie zostawię cię samego, pomyślał Valremy. Odbiło ci, chłopie.

Znalazł detektywa przykucniętego na podłodze komórki. Spojrzał mu przez ramię na związaną konsjerżkę. Kobieta była w dalszym ciągu nieprzytomna.

— Jasny szlag! — Nagle przyszło mu do głowy, że mały jegomość nie żartował. Był komisarzem policji, naprawdę ścigali przestępcę. Nadeszła wielka chwila, o której zawsze marzył.

— Ostatnie piętro! — krzyknął detektyw, śmigając na górę z prędkością, która zdumiała Valremy'ego. Ruszył za nim co sił, zdejmując karabin z ramienia.

• • •

Prezydent Francji stanął przed pierwszym z weteranów, słuchając ministra wyjaśniającego, kim jest i jakimi czynami wsławił się dziewiętnaście lat temu. Kiedy skończył, skłonił głowę, odwrócił się w stronę urzędnika z orderami i podał jeden prezydentowi. Ten umieścił medal na piersi staruszka, a orkiestra zagrała cicho „La Marjolaine". Przypiąwszy medal, cofnął się i zasalutował.

Sto trzydzieści metrów dalej, na szóstym piętrze kamienicy, Szakal trzymał karabin, mrużąc oko i spoglądając przez lunetę teleskopową. Widział wyraźnie rysy twarzy, czoło zasłonięte daszkiem kepi, badawcze oczy i wystający nos. Ujrzał dłoń unoszącą się do czapki w salucie. Na celowniku ukazała się odsłonięta skroń. Miękko i delikatnie nacisnął spust.

Ułamek sekundy później spojrzał na plac, jakby nie mógł uwierzyć własnym oczom. Zanim kula opuściła lufę, generał poruszył głową. Zaskoczony zabójca patrzył, jak de Gaulle składa uroczysty pocałunek na policzkach staruszka. Ponieważ był trzydzieści centymetrów wyższy, musiał się nachylić do przodu, aby postąpić zgodnie z obyczajem, którego Anglicy nigdy nie potrafili zrozumieć.

Później ustalono, że kula minęła głowę o kilka centymetrów. Nie wiadomo, czy prezydent usłyszał odgłos towarzyszący przekroczeniu bariery dźwięku, podążający torem pocisku. W każdym razie nie dał tego poznać po sobie. Minister i urzędnik niczego nie zauważyli, podobnie jak ludzie stojący pięćdziesiąt metrów dalej.

Kula utkwiła w miękkim od słońca asfalcie, którym pokryto plac, wbijając się na głębokość trzech centymetrów. Orkiestra grała „La Marjolaine". Po złożeniu drugiego pocałunku prezydent się wyprostował i podszedł do kolejnego weterana.

Szakal zaklął cicho pochylony nad karabinem. Nigdy w życiu nie chybił do nieruchomego celu z odległości stu pięćdziesięciu metrów. Po chwili się uspokoił. Miał czas. Otworzył komorę, wyrzucając łuskę na dywan. Wziął ze stołu kolejny nabój, włożył do komory i zaryglował.

• • •

Claude Lebel dotarł na szóste piętro, ciężko dysząc. Myślał, że serce wypadnie mu z piersi i potoczy się po podeście. Na plac wychodziły okna dwóch mieszkań. Spoglądał to na jedno, to na drugie, gdy nadbiegł funkcjonariusz CRS, trzymając karabin maszynowy gotowy do strzału. Kiedy Lebel wahał się, które drzwi otworzyć, zza jednych doleciał stłumiony odgłos wystrzału.

— Rozwal drzwi — rozkazał, cofając się. Valremy stanął pewnie na nogach i rozpoczął ogień. Łuski, kawałki drewna i metalu poleciały na wszystkie strony. Drzwi zakołysały się i otworzyły chwiejnie do środka. Valremy wpadł do pokoju, a Lebel tuż za nim.

Valremy rozpoznał jedynie szare kępki włosów. Nic więcej. Człowiek z bronią miał obie nogi, szynel zniknął, a ramiona trzymające karabin należały do silnego, młodego mężczyzny. Zabójca nie miał czasu. Uniósł się zza stołu, wykonał płynny półobrót i strzelił z biodra. Kula nie wydała żadnego dźwięku, choć echo serii Valremy'ego wciąż brzmiało w uszach. Pocisk przeszył klatkę piersiową, trafił w mostek i eksplodował. Lebel usłyszał dźwięk rozdzieranego ciała i potworny jęk bólu. Później ustał i on. Światło osłabło, jakby lato zamieniło się w zimę.

Kawałek dywanu podniósł się i uderzył Valremy'ego w policzek, choć w rzeczywistości to policzek uderzył o dywan. Ranny funkcjonariusz stracił czucie w nogach i brzuchu, a później w piersi i karku. Ostatnią rzeczą, jaką zapamiętał, był słonawy smak w ustach, podobny do tego, jaki czuł podczas kąpieli morskiej w Kermadec. Wtedy gdy zobaczył starą mewę, która przycupnęła na słupie na jednej nodze.

• • •

Claude Lebel, spojrzał na Szakala znad ciała Valremy'ego. Serce już mu nie dokuczało — czuł się tak, jakby w ogóle przestało pracować.

— Szakal... — wyjąkał.

— Lebel — rzekł zabójca, otwierając zamek. Komisarz dostrzegł łuskę wypadającą na podłogę. Szakal chwycił coś ze stołu i wsunął do komory, nie spuszczając Lebela z oczu.

Próbuje sparaliżować mnie wzrokiem, pomyślał komisarz, jakby sytuacja, w której się znaleźli, była całkowicie surrealistyczna. Strzeli. Zabije mnie.

Z trudem opuścił oczy i spojrzał na podłogę. Chłopak z CRS przewrócił się na bok. Karabin leżał u jego stóp. Lebel odruchowo opadł na kolana, chwytając broń Valremy'ego. Uniósł ją niepewnie, szukając spustu. Kiedy naciskał, usłyszał odgłos ryglowanego zamka.

Huk wystrzału, który wypełnił mały pokój, dał się słyszeć na placu. Dziennikarzom wyjaśniono później, że był to odgłos uruchamianego kilka przecznic dalej motocykla z zepsutym tłumikiem. Pół magazynka dziewięciomilimetrowych pocisków utkwiło w piersi Szakala, uniosło go i obróciło w powietrzu, aby rzucić bezwładne ciało na drugą stronę pokoju nieopodal sofy. Upadając, pociągnął za sobą lampę. Kilka pięter niżej orkiestra grała „Mon Régiment et Ma Patrie".

• • •

Była osiemnasta, kiedy nadinspektor Thomas odebrał telefon z Paryża. Natychmiast wezwał do siebie starszego inspektora ze swojej grupy.

— Dopadli Szakala — powiedział. — W Paryżu. Na wszelki wypadek idź do jego mieszkania i jeszcze raz przejrzyj rzeczy.

Kiedy o dwudziestej inspektor kończył robotę, usłyszał zgrzyt klucza i dźwięk otwieranych drzwi. Odwrócił się. Jakiś mężczyzna spoglądał na niego gniewnym wzrokiem. Potężnie zbudowany, przysadzisty gość.

— Co tu robisz? — spytał inspektor.

— To ja mógłbym pana o to zapytać. Co pan tu, u diabła, robi?

— Dość tego — odparł inspektor. — Nazwisko!

— Calthrop. Charles Calthrop. To moje mieszkanie. Co pan tu robi, u licha?

Inspektor żałował, że nie miał przy sobie broni.

— W porządku — powiedział cicho znużonym głosem. — Pojedziemy do Scotland Yardu i odbędziemy małą pogawędkę.

— Masz cholerną rację — warknął Calthrop. — Będziesz mi musiał wiele wyjaśnić.

W rzeczywistości to Calthrop musiał się tłumaczyć. Trzymali go dwadzieścia cztery godziny, dopóki z Paryża nie nadeszły trzy niezależne potwierdzenia śmierci Szakala, a właściciele pięciu tawern w północnej, odludnej części hrabstwa Sutherland w Szkocji nie potwierdzili, że Charles Calthrop spędził tam trzy tygodnie, oddając się swojej namiętności, czyli wspinaczce i łowieniu ryb. Cały czas mieszkał u nich.

— Jeśli Szakal to nie Calthrop, kim, u diabła, był? — spytał Thomas inspektora, kiedy wypuścili Calthropa.

• • •

— Rząd Jej Królewskiej Mości nie potwierdzi, że Szakal był Anglikiem — powiedział szef policji metropolitalnej komisarzowi Dixonowi i nadinspektorowi Thomasowi. — Prawdą jest, że na wczesnym etapie śledztwa podejrzewano pewnego Anglika, lecz uwolnił się od zarzutów. Wiemy, że w trakcie... hm... wykonywania zadania we Francji Szakal podszywał się pod obywatela brytyjskiego, korzystając ze sfałszowanego paszportu. Jednakże udawał również Duńczyka, Amerykanina i Francuza, posługując się dwoma skradzionymi paszportami i sfałszowanymi francuskimi dokumentami. Nasze śledztwo wykazało, że zabójca podróżował po Francji z fałszywym paszportem wystawionym na nazwisko Duggan... i pod tym nazwiskiem został namierzony... hmm... w Gap. To wszystko, panowie. Sprawa jest zakończona.

• • •

Następnego dnia zwłoki mężczyzny pochowano w nieoznaczonym grobie na jednym z podmiejskich cmentarzy Paryża. W akcie zgonu napisano, że było to ciało nieznanego zagranicznego turysty, który zginął w niedzielę dwudziestego piątego sierpnia tysiąc dziewięćset sześćdziesiątego trzeciego roku podczas kraksy na autostradzie wylotowej z miasta. Sprawca wypadku zbiegł. W uroczystości wzięli udział ksiądz, policjant, urzędnik stanu cywilnego i dwaj grabarze. Wszyscy patrzyli obojętnie na prostą trumnę opuszczaną do grobu z wyjątkiem jeszcze jednej osoby, która im towarzyszyła. Po pogrzebie ów mężczyzna odmówił podania nazwiska i odszedł ścieżką między nagrobkami. Samotny, niewysoki jegomość wracający do domu, gdzie czekała na niego żona i dzieci.

Dzień Szakala dobiegł końca.

Spis treści